W0302977

S@MOTNOŚĆ W SIECI

JANUSZ LEON
WIŚNIEWSKI

S@MOTNOŚĆ W SIECI

WIELKA LITERA

Projekt okładki
Mariusz Banachowicz

Zdjęcie na okładce
efenzi/iStock

Zdjęcie autora
Mikołaj Rutkowski

Redakcja
Jan Koźbiel

Korekta
Jadwiga Piller
Grażyna Nawrocka

Copyright © by Janusz Leon Wiśniewski, 2017
Copyright © Wielka Litera Sp. z o.o., Warszawa 2017

Wielka Litera Sp. z o.o.
ul. Kosiarzy 37/53
02-953 Warszawa

Skład i łamanie
Piotr Trzebiecki

Druk i oprawa
Drukarnia POZKAL

ISBN 978-83-8032-181-6

Ze wszystkich rzeczy wiecznych
miłość trwa najkrócej…

ROZDZIAŁ 1

Dziewięć miesięcy wcześniej…

Z rampy przy torze czwartym na peronie jedenastym stacji kolejowej Berlin Lichtenberg skacze pod pociąg najwięcej samobójców. Tak mówią oficjalne, skrupulatne jak zawsze niemieckie statystyki dla wszystkich dworców Berlina. To zresztą widać, gdy się siedzi na ławce przy torze czwartym na peronie jedenastym. Szyny są tam znacznie bardziej błyszczące niż na innych peronach. Hamowanie awaryjne, często powtarzane, pozostawia na długo wyszlifowane tory. Poza tym normalnie ciemnoszare i przybrudzone betonowe podkłady kolejowe są w kilku miejscach na długości całego peronu jedenastego o wiele jaśniejsze niż w innych – gdzieniegdzie prawie białe. W tych miejscach służby utrzymania dworca używały silnych detergentów, aby zmyć plamy krwi z rozrywanych i wleczonych przez lokomotywy i wagony ciał samobójców.

Lichtenberg jest jedną z najbardziej peryferyjnych stacji w Berlinie i jest przy tym stacją najbardziej zaniedbaną. Odbierając sobie życie na stacji Berlin Lichtenberg, ma się wrażenie, że pozostawia się za sobą szary, brudny, śmierdzący moczem, obdrapany z tynku świat pełen śpieszących się smutnych lub nawet zrozpaczonych ludzi. Zostawić taki świat na zawsze jest o wiele łatwiej.

Wejście po kamiennych schodach na peron jedenasty jest ostatnim wejściem w tunelu między halą kasową i zamykającym go pomieszczeniem transformatorów. Tor czwarty jest najbardziej skrajnym torem na całym dworcu. Gdyby w hali kasowej dworca Berlin Lichtenberg postanowić zabić się, skacząc pod pociąg, to idąc na rampę toru czwartego na peronie jedenastym, żyje się najdłużej. Dlatego samobójcy prawie zawsze wybierają tor czwarty na peronie jedenastym.

Na rampie przy torze czwartym są dwie pokryte graffiti, ponacinane nożami drewniane ławki, przykręcone ogromnymi śrubami do betonowego podłoża. Na ławce bliżej wyjścia z tunelu siedział wychudzony, cuchnący mężczyzna. Od lat mieszkał na ulicy. Drżał z zimna i lęku. Siedział z nienaturalnie skręconymi stopami, ręce trzymał w kieszeni podartej i poplamionej ortalionowej kurtki, sklejonej w kilku miejscach żółtą taśmą samoprzylepną z niebieskim napisem *Just do it*. Palił papierosa. Obok niego na ławce stało kilka puszek po piwie i pusta butelka po wódce. Obok ławki, w foliowej reklamówce sieci Aldi, z której dawno już wytarła się żółta farba, znajdował się cały jego dobytek. Spalony w kilku miejscach koc, kilka strzykawek, pudełko na tytoń, paczuszki bibułek do skręcania papierosów, album ze zdjęciami z pogrzebu syna, otwieracz do konserw, pudełko zapałek, dwa opakowania metadonu, poplamiona kawą i krwią książka Remarque'a, stary skórzany portfel z pożółkłymi, podartymi i ponownie sklejonymi fotografiami młodej kobiety, z dyplomem ukończenia studiów i zaświadczeniem o niekaralności. Tego wieczoru do jednej z fotografii młodej kobiety mężczyzna przypiął spinaczem list oraz banknot stumarkowy.

Teraz czekał na pociąg z dworca Berlin ZOO do Angermuende. Dwanaście minut po północy. Pośpieszny z obowiązkową rezerwacją miejsc i wagonem Mitropy przy wagonach pierwszej klasy. Pociąg ten nigdy nie zatrzymuje się na stacji Lichtenberg. Przejeżdża bardzo szybko torem czwartym i znika w ciemności. Ma ponad dwadzieścia wagonów. Latem nawet więcej. Mężczyzna wiedział to od dawna. Przychodził na ten pociąg już wiele razy.

Mężczyzna bał się. Ten dzisiejszy lęk był jednak zupełnie inny. Uniwersalny, powszechnie znany, nazwany i zbadany dogłębnie. Wiedział dokładnie, czego się bał. Najgorszy jest lęk przed czymś, czego nie można nazwać. Na lęk bez imienia nie pomagają nawet strzykawki.

Dzisiaj przyszedł po raz ostatni na ten dworzec. Potem już nigdy nie będzie samotny. Nigdy. Samotność jest najgorsza. Czekając na ten pociąg, siedział spokojny, pogodzony z sobą. Niemal radosny.

Na drugiej ławce, za kioskiem z prasą i napojami, siedział inny mężczyzna. Trudno by było określić jego wiek. Około trzydziestu siedmiu, czterdziestu lat. Opalony, pachnący drogą wodą kolońską, w czarnej wełnianej marynarce, jasnych markowych spodniach, rozpiętej oliwkowej koszuli i zielonym krawacie. Obok ławki postawił metalową walizkę z etykietami linii lotniczych. Włączył komputer, który wyjął z czarnej skórzanej torby, ale zaraz zdjął go z kolan i odstawił obok siebie na ławkę. Ekran komputera migotał w ciemności. Wskazówka zegara nad peronem minęła liczbę dwanaście. Rozpoczynała się niedziela, 30 kwietnia. Mężczyzna oparł głowę na swoich dłoniach. Przymknął oczy. Płakał.

Mężczyzna z ławki przy wejściu podniósł się. Sięgnął po plastikową reklamówkę. Upewnił się, że list i banknot są w portfelu, wziął czarną puszkę z piwem i ruszył w kierunku końca rampy, zaraz przy semaforze. To miejsce upatrzył sobie już dawno. Minął kiosk z napojami i wtedy zobaczył go. Nie spodziewał się nikogo na peronie jedenastym po północy. Zawsze był tutaj sam. Ogarnął go niepokój inny niż lęk. Obecność tego drugiego mężczyzny zakłócała mu cały plan. Nie chciał spotkać nikogo w drodze na koniec rampy. Koniec rampy... To będzie naprawdę koniec.

Nagle poczuł, że chce pożegnać się z tym człowiekiem. Podszedł do ławki. Odsunął komputer i usiadł blisko niego.

– Kolego, wypijesz łyk piwa ze mną? Ostatniego łyka. Wypijesz? – zapytał, dotykając jego uda i wysuwając puszkę z piwem w jego kierunku.

ON: Minęła północ. Schylił głowę i poczuł, że nie zatrzyma tych łez. Już dawno nie czuł się taki samotny. To przez te urodziny. Samotność jako uczucie od kilku lat rzadko docierała do niego w szalonym pędzie codzienności. Samotnym jest się tylko wtedy, gdy ma się na to czas. On nie miał czasu. Tak skrzętnie organizował sobie życie, żeby nie mieć czasu. Projekty w Monachium i w USA, habilitacja i wykłady w Polsce, konferencje naukowe, publikacje. Nie, w jego biografii nie było ostatnio przerw na rozmyślanie o samotności, rozczulenia i takie słabości jak ta teraz tutaj. Tutaj, na tym szarym, opuszczonym dworcu, skazany na bezczynność, nie mógł zająć się niczym innym, by zapomnieć, i samotność pojawiła się jak atak astmy. To, że jest tutaj i ma tę niezaplanowaną przerwę, to tylko pomyłka. Zwyczajna, banalna, bezsensowna pomyłka. Jak błąd w druku. Sprawdzał w Internecie przed lądowaniem na Berlin Tegel rozkład jazdy pociągów i nie zwrócił uwagi, że ze stacji Berlin Lichtenberg do Warszawy kursują tylko w dni robocze. A przecież przed chwilą skończyła się sobota. Nawet miał prawo tego nie zauważyć. To było rano i miał za sobą kilkanaście godzin lotu z Seattle, lotu kończącego tydzień pracy bez wytchnienia.

Urodziny o północy na dworcu Berlin Lichtenberg. Coś tak absurdalnego. Czy trafił tutaj z jakąś misją?! To miejsce mogłoby być doskonałą scenerią akcji filmu, koniecznie czarno-białego, o bezsensie, szarości i udręce życia. Był pewien, że Wojaczek tutaj w takiej chwili napisałby swój najmroczniejszy wiersz.

Urodziny. Jak on się rodził? Jak to było? Jak bardzo ją bolało? Co myślała, gdy ją bolało? Nigdy jej o to nie zapytał. Właściwie dlaczego nie? Tak po prostu: „Mamo, bolało cię bardzo, gdy mnie rodziłaś?".

Dziś chciałby to wiedzieć, ale gdy jeszcze żyła, nie przyszło mu to nigdy do głowy.

Teraz już jej nie ma. I innych też. Wszyscy najważniejsi ludzie, których kochał, umarli. Rodzice, Natalia… Nie miał nikogo. Nikogo ważnego. Miał tylko projekty, konferencje, terminy, pieniądze i czasami uznanie. Kto w ogóle pamięta, że on ma dzisiaj urodziny? Dla kogo ma to znaczenie? Kto to zauważy? Czy jest ktoś, kto pomyśli o nim dzisiaj? I wtedy przyszły te łzy, których nie zdołał już powstrzymać.

Nagle poczuł szturchnięcie.

– Kolego… Wypijesz łyk piwa ze mną? Ostatniego łyka. Wypijesz? – usłyszał zachrypnięty głos.

Podniósł głowę. Przekrwione, wystraszone oczy w za dużych oczodołach wychudzonej, zarośniętej i pokrytej ranami twarzy patrzyły na niego błagalnie. W wyciągniętej drżącej dłoni mężczyzny, który siedział obok, była puszka piwa. Mężczyzna zauważył jego łzy, odsunął się i powiedział:

– Słuchaj, kolego, ja nie chcę ci przeszkadzać. Nie chciałem, naprawdę. Ja też nie lubię, gdy ja płaczę i ktoś się przyczepia. Ja już sobie idę. Płakać trzeba w spokoju. Tylko wtedy ma się z tego radość.

Nie pozwolił mu odejść, chwytając za kurtkę. Wziął puszkę z jego ręki i powiedział:

– Nie przeszkadzasz. Słuchaj, ty nawet nie wiesz, jak bardzo chcę się z tobą napić. Mam od kilku minut urodziny. Nie odchodź. Mam na imię Jakub.

I nagle zrobił coś, co wydawało mu się w tamtym momencie zupełnie naturalne i czemu nie mógł się oprzeć. Przyciągnął tego mężczyznę i przytulił do siebie. Oparł głowę na ramieniu okrytym podartą ortalionową kurtką. Trwali tak chwilę, czując, że dzieje się coś uroczystego. W pewnym momencie ciszę zakłócił pociąg, przelatując z hukiem obok ławki, na której siedzieli przytuleni do siebie. Wtedy mężczyzna skulił się jak przestraszone dziecko, wtulił się w niego i powiedział coś, co zagłuszył stukot kół pędzącego pociągu. Po chwili poczuł zawstydzenie. Ten drugi musiał poczuć to samo, odsunął się bowiem gwałtownie, bez słowa wstał i poszedł w kierunku schodów prowadzących do tunelu. Przy jednym z metalowych koszy na śmieci zatrzymał się, wyjął kartkę papieru ze swojej plastikowej torby, zgniótł ją w dłoni i wrzucił do pojemnika. Po chwili zniknął w tunelu.

– Wszystkiego najlepszego z okazji urodzin, Jakub – powiedział głośno, wypijając ostatni łyk piwa z puszki, którą tamten mężczyzna postawił obok migoczącego komputera.

To tylko chwila słabości. Atak arytmii serca, który minął. Usiadł wyprostowany na ławce. Sięgnął do torby po telefon komórkowy. Wyciągnął berlińską gazetę, którą kupił rano, odnalazł reklamę serwisu taxi. Wybrał numer. Spakował komputer i ciągnąc z hukiem po wybojach rampy walizkę, poszedł w kierunku tunelu prowadzącego do hali kasowej i wyjścia do miasta.

Jak to było? Jak on to powiedział? „Płakać trzeba w spokoju. Tylko wtedy ma się z tego radość…”.

ONA: Już dawno żaden mężczyzna aż tak bardzo nie starał się, aby miała taki nastrój, czuła się atrakcyjna i miała najlepsze drinki w kieliszku.

– Nikt nie zaprzeczy, że Kopciuszek miał wyjątkowo smutne dzieciństwo. Wredne przyrodnie siostry, praca ponad siły i straszna macocha. Poza tym, że musiała zatruwać się, wyciągając popiół z popielnika, to na dodatek nie miała nawet kanału MTV – powiedział, wybuchając śmiechem, młody mężczyzna siedzący naprzeciwko niej przy barze.

Był o kilka lat młodszy od niej. Miał nie więcej niż dwadzieścia pięć. Przystojny. Perfekcyjnie elegancki. Dawno nie widziała mężczyzny tak harmonijnie ubranego. Właśnie tak. Harmonijnie. Był wytworny jak jego piękne, szyte na miarę garnitury. Wszystko się w nim zgadzało ze sobą. Zapach wody kolońskiej pasował do koloru krawata, kolor krawata pasował do koloru kamieni w złotych spinkach przy mankietach nieskazitelnie błękitnej koszuli. Złote spinki przy mankietach – kto teraz jeszcze używa w ogóle takich spinek? – swoim rozmiarem i odcieniem złota pasowały do złotego zegarka, który nosił na przegubie prawej ręki. A zegarek pasował do pory dnia. Teraz, wieczorem, na to spotkanie z nią w barze włożył elegancki, prostokątny zegarek z delikatnym skórzanym paskiem w kolorze jego garnituru. Rano na zebraniu w berlińskiej siedzibie ich firmy miał ciężkiego, dostojnego roleksa. Poza tym rano inaczej też pachniał. Wie to dokładnie, bo celowo wstała ze swojego miejsca i wychyliła się po butelkę z wodą sodową dokładnie nad jego głową, choć miała całą tacę z butelkami przed sobą.

Przyglądała mu się całe przedpołudnie. Miał na imię Jean i był Belgiem „z absolutnie francuskiej części Belgii", jak sam podkreślał. Nie wiedziała, czym francuska część Belgii różni się tak bardzo od flamandzkiej, ale założyła, że widocznie być z francuskiej części jest większym zaszczytem.

Jak się potem okazało, Jean nie tylko według niej był największą atrakcją tego cyrku w Berlinie. Ściągnęli ich z całej Europy do centrali w Berlinie, aby powiedzieć, że tak naprawdę nie mają nic do powiedzenia. Od roku tkwiła wespół z ich belgijskim odpowiednikiem w projekcie, który w Polsce nie mógł się udać. Urządzenia, które chcieli sprzedawać, po prostu nie pasowały do polskiego rynku. Trudno sprzedawać Eskimosom kremy utrwalające opaleniznę. Nawet jeśli są to kremy najwyższej jakości.

W ogóle nie chciała tutaj przyjeżdżać i robiła wszystko, aby przerzucić ten wyjazd na kogoś innego z jej działu. Planowali z mężem od dawna wyjazd w Karkonosze z wypadem do Pragi. Nie udało się.

Na wyraźne polecenie z Berlina miała przyjechać właśnie ona. Na dodatek pociągiem, bo żeby ten pobyt w Berlinie miał w ogóle sens, musiała najpierw spędzić jeden dzień w filii ich firmy w Poznaniu.

Jadąc tutaj z Warszawy – ostatnio nienawidziła jeździć pociągami – miała bardzo dużo czasu, aby opracować strategię, która pozwoliłaby jej odwieść centralę od tego projektu. Jednak Jean, ten Belg ze spinkami pasującymi chyba nawet do pogody, przekonał wszystkich, że „rynek w Polsce jeszcze sam nie wie, że potrzebuje tych urządzeń", i że on „ma genialnie prosty pomysł na to, aby polski rynek się o tym dowiedział". Potem przez godzinę na tle wypieszczonych, kolorowych slajdów opowiadał o swoim „genialnie prostym pomyśle".

Mało, że ona sama opowiedziałaby o tym w kwadrans i do tego znacznie lepszą angielszczyzną, to na dodatek nic – z wyjątkiem mapy Polski – na jego slajdach nie odpowiadało rzeczywistości. Ale to nie zrobiło na nikim oprócz niej specjalnego wrażenia. Było widać, że dyrektorka z Berlina podjęła decyzję już przed prezentacją. Ona też podjęła decyzję już przed prezentacją. Problem polegał na tym, że były to decyzje całkowicie odmienne. Ale jak dyrektorka mogła się z nią zgodzić? Czyż ktoś tak ujmująco przystojny, mówiący po angielsku z tak czarującym francuskim akcentem mógł się mylić? Dyrektorka patrzyła na Belga opowiadającego bzdury na tle kolorowych fantazji jak na przystojnego faceta, który lada chwila zacznie się rozbierać. Ciężki przypadek menopauzy. Ale cóż, pokusa z pewnością warta była, według dyrektorki, pieniędzy akcjonariuszy. Poza tym zawsze można przekonać Eskimosów, że opalają się także w trakcie długiej nocy polarnej. Od promieniowania kosmicznego. I kremy przydadzą się im na pewno.

Po Jeanie wystąpiła ona. Dyrektorka nawet nie czekała do końca jej prezentacji. Wyszła, wywołana przez sekretarkę do telefonu. W ten sposób wszyscy się dowiedzieli, że nie warto jej słuchać. Schylili się jak na komendę nad klawiaturami swoich laptopów i zajęli Internetem. W zasadzie mogła recytować wiersze lub opowiadać po polsku dowcipy – oni i tak nie zauważyliby tego. Tylko Belg, gdy już zakończyła swoją prezentację, stanął przed nią i z tym swoim rozbrajającym uśmiechem powiedział:

– Jest pani najbardziej uroczym inżynierem, jakiego znam. Nawet jeśli nie ma pani racji, to słuchałem tego, co pani mówiła, z zapartym tchem i z największą uwagą.

Kiedy sięgnęła do torby, aby pokazać mu swoje obliczenia, dodał:

– Czy mogłaby pani przekonać mnie o swoich racjach dzisiaj wieczorem w barze naszego hotelu? Powiedzmy około dwudziestej drugiej?

Zgodziła się bez wahania. Nawet nie próbowała niczego utrudniać żadnymi wymyślonymi na poczekaniu kłamstewkami o tym, jak bardzo zajęta jest wieczorem. Wszystko oficjalne, co można było robić wieczorami, już się odbyło. Pociąg do Warszawy miała jutro, około południa. Poza tym chciała być z Belgiem chociaż raz tak, aby nie było przy tym ich berlińskiej dyrektorki.

Teraz tutaj, w hotelowym barze, cieszyła się, że rano nie protestowała zbyt zapalczywie w sprawie tego projektu. Belg był naprawdę czarujący. Wyglądało na to, że często bywa w tym hotelu. Z barmanem rozmawiał po francusku – sieć hoteli Mercure, w których firma tradycyjnie rezerwowała im noclegi, należy do Francuzów, w związku z czym personel mówi po francusku – i wyglądało na to, że są zaprzyjaźnieni.

Teraz, gdy projekt przedłużono na następny rok, będzie miała okazję spotykać go znacznie częściej. Podobał się jej. Myślała o tym, patrząc na niego, gdy zamawiał następnego drinka. Kiedy barman podał im szklanki z płynami o niespotykanych pastelowych kolorach i egzotycznych francuskich nazwach, Belg zbliżył swoją twarz do jej.

– Już dawno nie zaczynałem niedzieli z kimś tak czarującym. Minęła północ. Mamy trzydziestego kwietnia – powiedział, po czym uderzył lekko swoją szklanką w jej dłoń i ustami delikatnie dotknął jej włosów.

To było elektryzujące. Już dawno nie czuła takiej ciekawości, co zdarzy się dalej. Czy ma pozwolić mu brać swoje włosy do ust? Czy ma prawo czuć taką ciekawość? Co tak naprawdę chciałaby, aby zdarzyło się dalej? Ona, żona przystojnego męża, którego zazdroszczą jej wszystkie koleżanki. Jak daleko mogłaby się posunąć, aby poczuć coś więcej niż tylko ten dawno zapomniany dreszcz, gdy mężczyzna znowu całuje jej włosy, zamykając przy tym oczy? Jej mąż od dawna nie całuje jej włosów i jest tak... tak potwornie przewidywalny.

Myślała o tym ostatnio bardzo często. W zasadzie z niepokojem. Nie żeby wszystko spowszedniało. Nie aż tak. Ale zniknął ten napęd. Rozproszył się gdzieś w codzienności. Wszystko ostygło. Czasami tylko rozgrzewało się, na chwilę. W pierwszą noc po powrocie jej lub jego z jakiegoś dłuższego wyjazdu, po łzach i kłótni, którą postanowili zakończyć w łóżku, po alkoholu lub jakichś wonnych liściach palonych na przyjęciach, na urlopie w obcych łóżkach, na obcych podłogach, przy obcych ścianach lub w obcych samochodach.

To ciągle było. Powiedzmy, bywało. Ale bez tej dzikości. Tej mistycznej tantry z początku. Tego nienasycenia. Tego głodu, który powodował, że na samą tylko myśl o tym krew, szumiąc, odpływała w dół jak oszalała i pojawiała się, jak na zawołanie, wilgotność. Nie! Tego nie było już dawno. Ani po winie, ani po liściach, ani nawet na parkingu przy autostradzie, na który zjechał, gdy wracając pewnej nocy z jakiegoś przyjęcia i nie zważając na to, że jadą niesamowicie szybko, wepchnęła – tak jakoś ją naszło pod wpływem muzyki w radiu – głowę pod jego ręce na kierownicy i zaczęła rozpinać pasek jego spodni.

To pewnie przez tę dostępność. Wszystko było na wyciągnięcie ręki. Nie trzeba było o nic zabiegać. Znało się każdy swój włosek, każdy możliwy zapach, każdy możliwy smak skóry i suchej, i wilgotnej. Znało się wszystkie zakamarki swoich ciał, słyszało wszystkie westchnienia, przewidywało wszystkie reakcje i uwierzyło się już dawno we wszystkie wyznania. Niektóre były od czasu do czasu powtarzane. Ale nie robiły już wrażenia. Należały po prostu do scenariusza.

Ostatnio wydawało jej się, że seks z nią ma dla jej męża nastrój – jak mogło jej to w ogóle przyjść do głowy?! – katolickiej mszy. Po prostu pójść, nad niczym się nie zastanawiać i znowu ma się spokój na cały tydzień.

Może tak jest u wszystkich? Czy można się dziko pożądać, gdy zna się od kilkunastu lat i gdy widziało się go, gdy krzyczy, wymiotuje, chrapie, siusia i zostawia brudną muszlę klozetową?

A może to nie jest aż takie ważne? Może potrzebne jest tylko na początku? Może nie najważniejsze jest chcieć iść z kimś do łóżka, ale chcieć wstać następnego dnia rano i zrobić sobie nawzajem herbatę?

– Czy zrobiłem coś złego? – To Jean wyrwał ją z zamyślenia.

– Jeszcze nie wiem – odpowiedziała z wymuszonym uśmiechem. – Przepraszam na chwilę. Zaraz wrócę.

W toalecie wyciągnęła z torebki szminkę. Patrząc w lustro, powiedziała do siebie:

– Masz jutro długą drogę przed sobą.

Zaczęła malować usta.

– I męża też masz – dodała, grożąc palcem odbiciu w lustrze. Wyszła z toalety. Przechodząc obok recepcji, usłyszała, jak jakiś mężczyzna, odwrócony do niej plecami, literuje recepcjonistce swoje imię:

– J-a-k-u-b...

Już nie czuła ciekawości, co „zdarzy się dalej". Tęskniła za mężem. Podeszła do baru, do czekającego na nią mężczyzny. Stanęła na palcach i pocałowała go w policzek.

– Nie zrobił pan nic złego. Wręcz przeciwnie.

Z torebki wyjęła swoją wizytówkę, odwrotną, pustą stronę

przycisnęła mocno do ust błyszczących od świeżo nałożonej szminki. Położyła wizytówkę na barze obok swojego kieliszka z niedopitym pastelowym płynem.

– Dobranoc – powiedziała cicho.

ON: Taksówkarz, który podjechał pod opustoszały dworzec Berlin Lichtenberg, był Polakiem. Ponoć 30 procent berlińskich taksówkarzy to Polacy.

– Niech pan zawiezie mnie do hotelu, w którym jest bar, który znajduje się blisko dworca Berlin ZOO i jest drogi.

– To nietrudne w tym mieście. – Taksówkarz zaśmiał się głośno.

Zameldował się w hotelu. Zanim odszedł od recepcji, zapytał:

– Czy byłby pan uprzejmy obudzić mnie na półtorej godziny przed odjazdem pierwszego pociągu z dworca ZOO do Warszawy?

Młody recepcjonista podniósł głowę znad jakichś dokumentów i wpatrywał się w niego, nie rozumiejąc.

– Jak to... Półtorej godziny? Jakiego pociągu? To znaczy o której?

Spokojnie odpowiedział:

– Widzi pan, ja sam tego nie wiem dokładnie. Ale wy piszecie tak wzruszająco w reklamie waszego hotelu – wskazał kolorowy prospekt leżący obok jego paszportu – że *Mercure to nie tylko bezpieczny dach nad głową w podróży. Mercure to także podróż*. Proszę więc zadzwonić na stację, sprawdzić, o której jest pociąg do Warszawy, i obudzić mnie dokładnie na dziewięćdziesiąt minut przed jego odjazdem. Byłbym także wdzięczny za zamówienie mi taksówki. Chcę wyjechać na dworzec na godzinę przed odjazdem pociągu.

– Tak, oczywiście... – odpowiedział zmieszany recepcjonista.

– Pozwoli pan, że nie pójdę jeszcze do pokoju i zostawię bagaż w recepcji. Chciałbym teraz wydać dużo pieniędzy w barze pańskiego hotelu. Dopilnuje pan, aby w tym czasie mój bagaż był bezpieczny, prawda?

Nie czekając na odpowiedź, położył skórzaną torbę z laptopem na walizce i odszedł w kierunku drzwi, spoza których dochodziła muzyka.

Z kulistych głośników podwieszonych pod sufitem wypełnionej gwarem sali dochodziła spokojna muzyka. Natalie Cole śpiewała o miłości. Rozejrzał się. Tylko jeden podwyższony stołek przy eliptycznym barze był wolny. Gdy tam dotarł i zobaczył napełnioną do połowy szklankę, był rozczarowany. Chciał odejść, sądząc, że miejsce jest zajęte. W tym momencie młody mężczyzna siedzący na sąsiednim stołku odwrócił się i powiedział po angielsku:

– To miejsce zrobiło się niestety wolne. Może pan tu usiąść, jeśli ma pan ochotę. – I spoglądając na niego z uśmiechem, dodał: – To dobre miejsce. Barman przychodzi tutaj bardzo często.

Usiadł i od razu poczuł zapach subtelnych perfum. Lancôme? Biagiotti? Zamknął oczy. Chyba jednak Biagiotti.

Perfumy fascynowały go od dawna. Są jak wiadomość, którą chce się przekazać. Nie potrzeba do tego żadnego języka. Można być głuchoniemym, można być z innej cywilizacji, a i tak zrozumie się tę wiadomość. W perfumach jest jakiś irracjonalny, tajemniczy element. Channel No 5, L'Air du Temps czy Poème są jak wiersz, który nosi się na sobie. Niektóre są tak niepoprawnie sexy. Zmuszają do obejrzenia się, nawet podążenia za kobietą, która ich używa. Pamięta, jak dwa lata temu zwiedzał Prado. W pewnym momencie przeszła obok niego kobieta w czarnym kapeluszu i otoczył go mistyczny zapach. Zapomniał o El Grecu, Goi i innych. Poszedł za tą kobietą. Teraz pomyślał, że za kobietą, która tutaj przed chwilą siedziała i zostawiła swój zapach, też chciałby pójść.

Wychylił się i oparł łokciami na barze, aby zwrócić uwagę barmana, który rzekomo przychodzi w to miejsce bardzo często. Wtedy zauważył leżącą obok szklanki wizytówkę. Kontur ust wyraźnie odciśnięty na białej tekturce. Dolna warga wyraźnie szersza, zdecydowany łuk górnej. Prześliczne usta. Natalia miała właśnie takie. Podniósł wizytówkę do nosa. Na pewno Biagiotti! Musiała należeć do kobiety, która siedziała tutaj przed kilkoma minutami. Postanowił sprawdzić, do kogo należała. Odwracał wizytówkę, gdy usłyszał:

– Przepraszam pana, ale ta wizytówka jest przeznaczona dla mnie.

– Ależ oczywiście. Chciałem właśnie pana o to zapytać – skłamał, podając mężczyźnie wizytówkę.

Spóźnił się. Nie dowie się, do kogo należała. Mężczyzna wziął ją, schował do kieszeni marynarki, zostawił napiwek dla barmana na spodku filiżanki z kawą i bez słowa odszedł.

– Butelkę dobrze schłodzonego prosecco. I cygaro. Najdroższe, jakie pan ma – powiedział do barmana, który zjawił się w tym momencie przed nim.

Takie usta miała także jego matka. Ale matka wszystko miała śliczne.

Ten dzień, który minął, i tych kilka godzin należały w pewnym sensie do jego matki. I wcale nie przez to, że w swoje urodziny myśli o tym, jak go rodziła.

Przyleciał wczoraj rano z Seattle do Berlina tylko po to, aby w końcu zobaczyć, gdzie urodziła się jego matka. Jej biografia interesowała go ostatnio jak powieść, w której kilku ważnych rozdziałach brał udział. Chciał koniecznie poznać te pierwsze.

Urodziła się niedaleko dworca Berlin Lichtenberg, w szpitalu prowadzonym przez samarytanki. Dziadek wywiózł do Berlina swoją na ostatnich nogach żonę w nadziei, że w Berlinie będzie im lepiej. Jak to teraz nazywają? Emigrant gospodarczy. Tak. Właśnie tak. W tydzień po przyjeździe do Berlina babcia urodziła jego matkę. W szpitalu samarytanek. Tylko tam przywożono rodzące prosto z ulicy. Te bez pieniędzy. Był wczoraj przy tym budynku. Teraz jest tam jakiś turecki teatr eksperymentalny.

Po trzech miesiącach wrócili do Polski. Nie mogli żyć w Niemczech. Ale to nic nie szkodzi, że to były tylko trzy miesiące. W akcie urodzenia na zawsze pozostała ta historyczna adnotacja: miejsce urodzenia – Berlin. Jego matka została w ten prosty sposób Niemką. To dzięki temu on ma teraz niemiecki paszport i może latać do Seattle bez wizy. Ale i tak lata zawsze z dwoma paszportami. Kiedyś zapomniał polskiego i czuł się jak bezpaństwowiec.

Bo on może być tylko Polakiem.

Kelner przyniósł błękitną butelkę prosecco, srebrzystą tubę z kubańskim cygarem i małą gilotynę. Otwierał butelkę, gdy on zapalał cygaro. Pierwszy kieliszek wypił duszkiem. Cygaro było doskonałe. Dawno nie palił tak dobrych cygar. Kiedyś w Dublinie. Wiele lat temu.

Nie mógł przestać myśleć o wczorajszym spacerze po przeszłości matki. Jej niemieckość jednakże to nie tylko szpital samarytanek w przedwojennym Berlinie i nie tylko ten zapis w jej akcie urodzenia. To było bardziej skomplikowane. Tak samo jak jej biografia.

On urodził się pewnego 30 kwietnia jako trzecie dziecko trzeciego męża swojej matki. W ten dzień jest Jakuba. Wszyscy myślą, że właśnie dlatego ma na imię Jakub. Ale tak nie jest. Jakub miał na imię drugi mąż jego matki. Polski artysta, który w 1944 roku został Niemcem tylko dlatego, że urodził się o 12 kilometrów za bardzo na zachód, a pod Stalingradem trzeba było mieć pełne okopy. Wtedy ci naprawdę prawdziwi Niemcy mniej prawdziwymi Niemcami robili wszystkich. Zaraz po tym oczywiście robili ich także niemieckimi żołnierzami. Żołnierzami zostawali wtedy wszyscy. Kulawi, chorzy psychicznie, gruźlicy. Wszyscy mogli i powinni być w tamtych dniach żołnierzami. Drugi mąż jego matki nie wiedział tego. Nie wyobrażał sobie dnia i nocy bez jego matki. Dlatego przed terminem komisji lekarskiej najpierw celowo pocił się, a potem biegał nocą boso po śniegu w parku – miał nadzieję, że dostanie gruźlicy. Dostał. Ale i tak wzięli go do okopów.

Po wojnie nigdy się nie odnaleźli. Nie pomogła im nawet wielka miłość. Gdy wydobyła się z tęsknoty i uwierzyła, że artystę zabrała jej wojna i że tak po prostu musi być, w jej życiu pojawił się jego, Jakuba, ojciec. Wychudzony, przystojny do zauroczenia, stuprocentowy Polak po Stutthofie. Ona z niemiecką narodowością, on po trzech latach obozu. Ojciec nigdy nie dał mu odczuć, że nienawidzi Niemców. Chociaż nienawidził. Ciekawe, czy wybaczyłby mu, że zamieszkał w Niemczech?

Jego rodzice to najlepszy dowód, że te polsko-niemieckie podziały to tylko umowa historyków, którym udało się przekonać całe narody. Zresztą cała historia to tylko umowa. Głównie co do wspólnego oszustwa. Umówiono się, że właśnie o tym, a nie innym oszustwie będzie się nauczać w szkole.

Znowu robiło się mu smutno. Dosyć było smutku na dzisiaj. Ma przecież urodziny. Wyjął butelkę ze srebrnego kubełka z lodem. Nalał sobie następny kieliszek. Dzisiaj jedzie do domu.

ONA: Wszystkie miejsca w wagonach pierwszej klasy były wyprzedane. Popełniła błąd, nie wykupując miejscówek na powrót jeszcze w Warszawie. Kasjerka na dworcu Berlin ZOO powiedziała:

– Mam tylko kilka wolnych miejsc w drugiej klasie. Wszystkie w przedziałach dla palących. Bierze pani?

Perspektywa kilkunastu godzin jazdy w zadymionej klatce przerażała ją. Ale co miała zrobić?

Usiadła przy oknie. Twarzą w kierunku jazdy. Była sama w przedziale. Pociąg miał odjechać dopiero za pół godziny. Z walizki wyjęła książkę i skoroszyt z dokumentami ze spotkania w Berlinie. Okulary. Butelkę wody mineralnej. Telefon komórkowy. Odtwarzacz płyt kompaktowych, płyty, zapasowe baterie. Zsunęła buty i rozpięła dwa guziczki przy spódnicy.

Przedział zapełniał się powoli. Przez megafony ogłoszono odjazd pociągu, a jedno miejsce wciąż pozostawało puste. Pociąg już ruszał, gdy nagle drzwi przedziału się rozsunęły. Podniosła głowę znad książki i ich oczy się spotkały. Wytrzymała jego spojrzenie. To on opuścił głowę. Wyglądał w tym momencie trochę jak zawstydzony mały chłopiec. Walizkę umieścił na półce pod sufitem. Ze skórzanej torby wyjął komputer. Usiadł na wolnym miejscu przy drzwiach. Wydawało się jej, że patrzy na nią. Nogi wsunęła w buty. Zastanawiała się, czy widzi rozpięte guziczki jej spódnicy.

Po chwili wstał. Z torby wyjął puszkę dietetycznej coca-coli i trzy kolorowe czasopisma: „Spiegla", „Playboya" i „Wprost". Położył je sobie na kolanach. Nie wiedziała dlaczego, ale to, że był Polakiem, ucieszyło ją.

Zdjął marynarkę. Podwinął rękawy ciemnoszarej koszuli. Był opalony. Włosy miał w takim nieładzie, jak gdyby przyszedł do przedziału prosto z łóżka. Był nieogolony. Miał rozpiętą koszulę. Nie był młody, ale młodzieńczy. Od momentu kiedy wszedł, miała nadzieję, że nikt nie zapali teraz papierosa. Wchodząc, wypełnił przedział zapachem swojej wody toaletowej. Chciała jak najdłużej czuć ten zapach.

Spoglądała na niego ukradkiem spod okularów. Zaczął czytać. Ona też wróciła do swojej książki. W pewnym momencie poczuła niepokój. Podniosła głowę. Wpatrywał się w nią. Miał smutne, zmęczone, zielonkawe oczy. Palcami prawej dłoni dotykał ust i przenikliwie wpatrywał się w nią. Zrobiło jej się dziwnie ciepło. Uśmiechnęła się do niego.

Odłożył gazety i sięgnął po komputer. Pasażerowie w przedziale przyglądali mu się z ciekawością. Z kieszeni marynarki wyjął telefon komórkowy, po czym wychylił się do przodu i podłączył go do specjalnego gniazdka w tylnej części komputera. Może nie wszyscy w przedziale rozumieli, co on miał zamiar teraz zrobić, ale ona wiedziała, że połączy się z Internetem.

Przez chwilę myślała, że to, co on robi, jest pretensjonalne i na pokaz, tutaj, w tym pociągu, zaraz po wyjeździe z Berlina, ale gdy przyglądała mu się, wpatrzonemu z taką uwagą w ekran, pomyślała, że to… Że on nie jest pretensjonalny i na pokaz.

Włożyła rękę pod bluzkę i dyskretnie zapięła guziczki przy spódnicy. Poprawiła włosy i wyprostowała się na siedzeniu.

ON: Jeżeli w Niemczech można na kogoś liczyć, to jedynie na sprzątaczki z Chorwacji.

Nikt nie obudził go oczywiście na dziewięćdziesiąt minut przed odjazdem pociągu do Warszawy. Nawet nie było komu powiedzieć, że to jest absolutnie skandaliczne w hotelu po 300 dolarów za noc. Recepcjonisty z nocy już dawno nie było za ladą, a blondynka, która przejęła po nim dyżur, nie wyglądała na wiedzącą, gdzie na mapie znajduje się Warszawa.

Obudziła go sprzątaczka, która sądząc, że pokój jest pusty, weszła, aby posprzątać, gdy on ciągle jeszcze spał. Nie wiedział, o której jest pociąg do Warszawy, ale gdy zobaczył, że jest za pięć jedenasta, poczuł, że nie ma wiele czasu.

Nie zwracał uwagi na to, że sprzątaczka ciągle jeszcze tam stoi. Wyskoczył nagi z łóżka, krzyknął: „O kurwa mać!", i zaczął się w szaleńczym pośpiechu ubierać. Ponieważ sprzątaczka była z Chorwacji, doskonale zrozumiała „o kurwa mać" i gdy on wrzucał do kosmetyczki wszystko jak leci z pulpitu w łazience, ona pakowała do jego walizki wszystko, co leżało na stoliku nocnym i przy telewizorze. Po paru minutach wybiegł z pokoju. W pierwszym odruchu podbiegł do recepcji, ale tamtego recepcjonisty na szczęście nie było. Gdy się zorientował, że blondynka z recepcji nie ma pojęcia, o co chodzi, nawet nie zapłacił. Mają numer jego karty kredytowej. Poza tym w pociągu może wejść do Internetu i zapłacić. Karta American Express, którą miał od firmy, pozwalała na to.

Przed hotelem stał rząd taksówek. Taksówkarz dostosował się do sytuacji: w dziesięć minut byli na dworcu. Nie kupił biletu. Przebiegł na peron i wsiadł do wagonu, który stał na wprost wyjścia z tunelu. Udało się. Pociąg ruszył. Otworzył drzwi pierwszego z brzegu przedziału.

Siedziała pod oknem. Z książką na kolanach. Miała usta jak te odciśnięte na wizytówce w barze. Włosy spięte z tyłu. Wysokie czoło. Była śliczna.

Zajął jedyne wolne miejsce. Nie miał oczywiście rezerwacji. Nieważne. Rozwiąże ten problem, gdy przyjdzie konduktor. Z kartki naklejonej na drzwiach przedziału wynikało, że to miejsce i tak było zarezerwowane dopiero od Frankfurtu nad Odrą.

Wyciągnął gazety. Kiosk w hotelu sprzedawał także polskie czasopisma! Obok francuskich, amerykańskich, angielskich i włoskich. „Wyborcza" dostępna codziennie jak „Paris Soir" w hotelowym kiosku w centrum Berlina jest tysiąc razy ważniejsza niż te wszystkie deklaracje o „gotowości Polski do wejścia do Europy".

W pewnym momencie nie mógł się powstrzymać. Podniósł głowę znad gazety i zaczął się jej przyglądać. Oprócz szminki na wargach nie miała żadnego makijażu. Czytała, co rusz dotykając palcami ucha. Jej dłonie były fascynujące. Gdy odwracała strony książki, wydawało się, że muska je tylko długimi palcami.

Podniosła głowę i uśmiechnęła się do niego. Tym razem nie zawstydził się. Odpowiedział uśmiechem.

Nie miał ochoty więcej czytać. Podłączył telefon do komputera i uruchomił program poczty elektronicznej. Powoli przebrnął przez całą procedurę identyfikacji. Modem w telefonie komórkowym jest chyba najwolniejszym modemem, jaki istnieje. Często zastanawiał się, dlaczego. Sprawdzi to, gdy tylko wróci do Monachium.

W jego skrzynce pocztowej w komputerze instytutu w Monachium był tylko jeden e-mail. W adresie była nazwa domeny jakiegoś banku w Anglii.

Znowu jakaś reklamówka – pomyślał.

Chciał ją od razu usunąć, ale jego uwagę zwróciła pierwsza część adresu: Jennifer@. W jego wspomnieniach to imię brzmiało jak muzyka. Postanowił przeczytać.

Camberley, Surrey, Anglia, 29 kwietnia

Ty jesteś J.L., prawda???!!!

Tak wynika z Twojej strony internetowej. Spędziłam na niej całe dzisiejsze przedpołudnie w swoim biurze w banku. Zamiast wejść na stronę giełdy londyńskiej i pracować, za co mi tu nawet nieźle płacą, czytałam słowo po słowie na Twojej stronie. Potem wzięłam taksówkę i pojechałam do księgarni w centrum Camberley, aby kupić słownik polsko-angielski. Wzięłam największy, jaki mieli. Chciałam zrozumieć również te fragmenty, które opublikowałeś na tej stronie po polsku. Nie zrozumiałam wszystkiego, ale zrozumiałam klimat. Taki klimat umiał robić tylko L.J., więc to pewnie jednak Ty.

Po pracy poszłam do mojego ulubionego baru „Club 54" w pobliżu dworca i się upiłam. Jestem na głodówce od 4 dni, dwa razy do roku bowiem „oczyszczam się", głodując przez tydzień. Wiesz, że gdy przetrwasz pierwsze 3 dni absolutnej głodówki, to wpadasz w stan swoistego transu? Twój organizm nie musi nic trawić. Dopiero wówczas zauważasz, z czego okrada cię proces trawienia. Masz nagle tak dużo energii. Żyjesz jak na rauszu. Jesteś kreatywny, podniecony, masz niesamowicie wzmocnione i wyostrzone wszystkie zmysły. Twoja percepcja jest jak sucha gąbka, gotowa wysysać wszystko, co się tylko znajdzie w jej pobliżu. Pisze się wtedy ponoć piękne wiersze, wymyśla się niesłychanie rewolucyjne naukowe teorie, rzeźbi lub maluje prowokacyjnie i awangardowo, a także kupuje z wyjątkowym powodzeniem na giełdzie. To ostatnie mogę z pewnością potwierdzić. Poza tym Bach na „głodzie" jest... no, jaki jest... Jest tak, jak gdyby grał go sam Mozart.

Taki stan osiąga się jednak dopiero wtedy, gdy przebrnie się „w cierpieniu" przez pierwsze 2 lub 3 dni. Te 2 lub 3 dni to nieustanna walka z głodem. Ja budzę się nawet z głodu w nocy. Ale przebrnęłam przez to wszystko i zaczynałam czuć dzisiaj rano rausz „nietrawienia". I na tym rauszu natrafiłam na Twoją stronę internetową. Nie mogło być lepszego momentu.

I wszystko inne stało się mało ważne.

W zasadzie to tak naprawdę nie przerwałam głodówki. W tym barze przecież nic nie jadłam. Tylko piłam. Głównie za wspomnienia. Nie pij nigdy – nawet jeśli to jest bloody mary tak dobra, jak serwują w „Clubie 54", i masz najpiękniejsze wspomnienia – w czwartym dniu głodówki. Zjedz coś przed tym.

Potem wróciłam do domu i napisałam ten e-mail. Jest jak kartka z pamiętnika wygłodniałej (3 dni bez jedzenia), pijanej (2 bloody mary i 4 guinnessy) kobiety po przejściach (12 lat biografii).

Dlatego proszę, potraktuj go z całą powagą.

P(rzed) Scriptum: „Wyspa" w tym tekście – gdybyś zapomniał – to moja wyspa Wight. Maleńka plamka na mapie między Francją a Anglią na kanale La Manche. Tam, gdzie się urodziłam.

Drogi J.L.

Wiesz, że pisałam ten list minimum 1000 razy?

Pisałam go w myślach, pisałam go na piasku na plaży, pisałam go na najlepszym papierze, jaki można było kupić w Zjednoczonym Królestwie, pisałam go sobie długopisem na udzie. Pisałam go na obwolutach płyt z muzyką Szopena.

Pisałam go tyle razy...

Nigdy go nie wysłałam. Przez ostatnich 12 lat – bo to było prawie dokładnie 12 lat temu – nie wysłałam co najmniej tysiąca listów do NIEGO.

Bo to wcale nie jest list do Ciebie. To jest list do L. Jota. Bo ja odwróciłam mu inicjały, połączyłam je i nazywałam go Eljot.

Ty jesteś wprawdzie J.L., ale go znasz. Znasz go pewnie tak, jak nikt inny go nie zna. Obiecaj mi, że opowiesz mu, co napisałam. Opowiesz?

Bo Eljot miał być jak antrakt między pierwszym a drugim aktem opery. Ja wtedy piję najlepszego szampana, jakiego mają w barze. Jeśli mnie na to nie stać, to zostaję w domu i słucham płyt. On miał być jak ten szampan. Tylko na przerwę. Miał uderzyć do głowy. Miał smakować i miał wywołać ten rausz na następny akt. Aby muzyka była jeszcze piękniejsza.

Eljot był taki. Jak najlepszy i najdroższy w barze szampan. Oszołomił mnie. Potem miała być jeszcze druga przerwa. A potem koncert miał się skończyć. I szampan też. Ale tak nie było. Po raz pierwszy w życiu z całej opery najlepiej zapamiętałam przerwę między pierwszym i drugim aktem. Ta przerwa tak naprawdę nigdy się nie skończyła. Zdałam sobie z tego sprawę dzisiaj rano w tym klubie. Głównie dzięki zmysłom wyostrzonym czwartym dniem głodówki i czwartej szklance guinnessa.

Spędziłam z nim 88 dni i 16 godzin mojego życia. Żaden mężczyzna nie miał tak mało czasu i nie dał mi tak wiele. Jeden był ze mną przez 6 miesięcy, a nie umiał mi dać tego, co miałam z Eljotem już po 6 godzinach. Byłam z tym facetem, bo uważałam, że tych jego „6 godzin" dopiero nadejdzie. Czekałam. Ale one nigdy nie przyszły. Któregoś dnia w czasie bezsensownej sprzeczki zaczął wrzeszczeć:

– Co ci takiego dał ten cholerny Polak, po którym nie zostało ci nic? Nawet jedno cholerne zdjęcie. – A kiedy triumfująco dodał: – Czy on chociaż wiedział, co to aparat fotograficzny?! – wystawiłam jego do połowy pustą walizkę, z którą wprowadził się do mnie, za drzwi.

Co mi więc dał ten „cholerny Polak"? No co?

Dał mi na przykład ten optymizm. Nigdy nie mówił o smutku, a wiedziałam, że przeżył smutek ostateczny. Zarażał optymizmem. U niego deszcz był tylko krótką fazą przed nadejściem słońca. Każdy, kto mieszkał w Dublinie, wie, że takie myślenie to przykład totalnego optymizmu. To przy nim zauważyłam, że można nosić rzeczy, które nie muszą być czarne. To przy nim uwierzyłam, że mój ojciec kocha moją matkę, tylko nie umie tego okazać. W to nie wierzyła nigdy nawet moja matka. Jej psychoterapeutka także nie.

Dał mi na przykład to uczucie, gdy wydaje ci się, że za chwilę oszalejesz z pożądania. I wiesz przy tym na pewno, że się spełni. Umiał opowiedzieć mi baśń o każdym kawałku mojego ciała. Nie było chyba takiego, którego nie dotknął lub nie posmakował. Gdyby miał czas, pocałowałby każdy włos na mojej głowie. Każdy po kolei. Przy nim zawsze chciałam rozebrać się jeszcze bardziej. Miałam uczucie, że czułabym się chyba dopiero naprawdę naga, gdyby mój ginekolog wyjął mi spiralę.

Nigdy nie szukał erogennych miejsc na moim ciele. Założył, że kobieta jest erogennym miejscem jako całość, a z tej całości i tak najbardziej erogenny jest mózg. Eljot słyszał o okrzyczanym G-punkcie w pochwie kobiety, ale szukał go w moim mózgu. I prawie zawsze znajdował.

Doszłam z nim do końca każdej drogi. Zaprowadził mnie do tak cudownie grzesznych miejsc. Niektóre z nich są teraz dla mnie świętością. Czasami, gdy kochaliśmy się, słuchając oper lub Beethovena, wydawało mi się, że nie można już być bardziej czułym. Jakby miał dwa serca zamiast dwóch płuc. Może nawet miał...

Dał mi na przykład taki mały, czerwony gumowy termoforek w kształcie serca. Niewiele większy od dłoni. Słodki. Tylko on mógł coś takiego wynaleźć w Dublinie. Bo tylko on zwracał uwagę na takie rzeczy. Wiedział, że ja mam straszne PMS-y przed jeszcze gorszym okresem i że jestem wtedy niesprawiedliwą, okrutną, egoistyczną, wredną jędzą, której wszystko przeszkadza. Nawet to, że wschód jest na wschodzie, a zachód na zachodzie. Któregoś dnia pojechał na drugi koniec Dublina i kupił go. Tej nocy, gdy tak bardzo bolało, wstał w nocy, napełnił go ciepłą wodą i położył mi go na brzuchu. Ale najpierw całował mnie tam. Centymetr po centymetrze. Powoli, delikatnie i tak niewiarygodnie czule. Potem położył mi to na brzuchu i kiedy ja, zachwycona, wpatrywałam się w to maleństwo, on zaczął całować i ssać palce moich stóp. Jeden po drugim. Stopa po stopie. Patrzył mi cały czas w oczy i całował. Nawet jeśli nie masz PMS-ów, możesz wyobrazić sobie, że to było cudowne. Przeżyłam z nim niestety tylko trzy PMS-y i trzy okresy.

Dał mi na przykład tę dziecięcą ciekawość świata. On pytał o wszystko.

Naprawdę tak, jak dziecko, które ma prawo pytać. Chciał wiedzieć. Nauczył mnie, że „nie wiedzieć" to „żyć w zagrożeniu". Interesował się wszystkim. Wszystko podważał, we wszystko wątpił i we wszystko był skłonny uwierzyć, gdy tylko udało się go przekonać faktami. Pamiętam, jak zaszokował mnie pewnego dnia, pytając:

– Myślisz, że Einstein się onanizował?

Nauczył mnie na przykład, że należy ulegać swoim pragnieniom wtedy, kiedy nadchodzą, i nic nie odkładać na później. Tak jak wtedy, gdy podczas przyjęcia w ogromnym domu jakiegoś bardzo ważnego profesora genetyki, w trakcie bardzo ważnej nudnej naukowej dyskusji o „uwarunkowaniach genetycznych seksualizmu ssaków" wstał nagle, podszedł do mnie, nachylił się – wszyscy zamilkli, patrząc na nas – i wyszeptał:

– Na pierwszym piętrze tego domu jest łazienka, jakiej jeszcze nie widziałaś. Nie mogę skupić się na tej dyskusji o seksualizmie, patrząc na ciebie. Chodź ze mną teraz do tej łazienki.

I dodał:

– Myślisz, że to jest uwarunkowane genetycznie?

Wstałam posłusznie, poszliśmy na górę. Bez słowa oparł mnie o kryształowe lustro w drzwiach szafy, zsunął spodnie, rozsunął moje nogi i... I „uwarunkowany genetycznie seksualizm ssaków" nabrał zupełnie innego, cudownego znaczenia. Gdy po kilku minutach wróciliśmy na dół i usiedliśmy na swoich miejscach, na chwilę zapadła cisza. Kobiety patrzyły na mnie wnikliwie. Mężczyźni zapalili cygara.

Dał mi na przykład poczucie, że jestem dla niego kobietą najważniejszą. I że wszystko, co robię, ma dla niego znaczenie. Każdego ranka, nawet gdy spaliśmy ze sobą, całował mi dłoń na powitanie. Otwierał oczy, wyciągał moją dłoń spod kołdry i całował. I mówił przy tym: „Dzień dobry". Zawsze po polsku. Tak jak to zrobił pierwszego dnia, gdy zostaliśmy sobie przedstawieni.

Czasami, gdy obudził się w nocy „porażony jakimś pomysłem" – tak to nazywał – wysuwał się cichutko z łóżka i szedł pracować do tych swoich genów. Wracał nad ranem, wsuwał się pod kołdrę, aby pocałować mnie w rękę i powiedzieć „dzień dobry". Myślał naiwnie, że ja tego nie zauważałam. Ja zauważałam nanosekundy bez niego.

Potrafił przybiec do instytutu, gdzie miałam zajęcia, i powiedzieć mi, że spóźni się 10 minut na kolację. Abym się nie martwiła. Rozumiesz, całe niewiarygodnie długie 10 minut...

Dał mi na przykład w tych 88 dniach i 16 godzinach więcej niż 50 purpurowych róż. Bo ja najbardziej lubię purpurowe róże. Ostatnią dał mi w tej ostatniej, 16. godzinie. Tuż przed odlotem, na lotnisku w Dublinie. Wiesz, że gdy wracałam z tego lotniska, to wydawało mi się, że ta róża jest najważniejszą rzeczą, jaką dotychczas ktokolwiek dał mi w moim życiu?

Był moim kochankiem i najlepszą przyjaciółką jednocześnie. Takie coś zdarza się tylko w filmach i tylko tych z Kalifornii. Mnie zdarzyło się naprawdę w deszczowym Dublinie. Dawał mi to wszystko i nic nie chciał w zamian. Nic zupełnie. Żadnych obietnic, żadnych przyrzeczeń, żadnych przysiąg, że „tylko on i nigdy nikt inny". Po prostu nic. To była ta jego jedyna, potworna wada. Nie może być dla kobiety większej udręki niż mężczyzna, który jest tak dobry, tak wierny, tak kochający, tak niepowtarzalny i który nie oczekuje żadnych przyrzeczeń. Po prostu jest i daje jej pewność, że będzie na wieczność. Boisz się tylko, że ta wieczność – bez tych wszystkich standardowych obietnic – będzie krótka.

Moja wieczność miała 88 dni i 16 godzin.

W 17. godzinie 88. dnia zaczęłam czekać na niego. Już tam na lotnisku. Z bramy terminalu odjechał autobusem. On wszedł powoli na schody prowadzące do samolotu i na samej górze, tuż przed wejściem, odwrócił się w kierunku tarasu widokowego, na którym stałam – wiedział, że tam stoję – i położył prawą dłoń na swojej lewej piersi. Stał tak przez chwilę i patrzył w moim kierunku. Potem zniknął w samolocie.

Więcej go nie widziałam.

Pierwsze 3 dni głodówki to nic w porównaniu z tym, co przeżyłam przez pierwsze 3 miesiące po jego wyjeździe. Nie napisał. Nie zadzwonił.

Wiedziałam, że samolot dotarł do Warszawy, bo po tygodniu jego milczenia zatelefonowałam do biura LOT-u w Londynie, aby się upewnić.

Po prostu położył sobie dłoń na sercu i zniknął z mojego życia.

Cierpiałam jak dziecko, które oddało się na tydzień do domu dziecka i potem zapomniało odebrać. Tęskniłam. Nieprawdopodobnie. Kochając go, nie potrafiłam mu życzyć nic złego i tym bardziej cierpiałam. Po pewnym czasie, z zemsty, przestałam słuchać Szopena. Potem, z zemsty, wyrzuciłam płyty wszystkich oper, których słuchaliśmy razem. Potem, z zemsty, znienawidziłam wszystkich Polaków. Oprócz jednego. Jego właśnie. Bo ja tak na dobrą sprawę nie potrafię się mścić.

Potem mój ojciec porzucił moją matkę. Musiałam przerwać na pół roku studia i z Dublina wrócić na Wyspę, aby jej pomagać. To pomogło najbardziej mnie samej. Na Wyspie wszystko jest proste. Wyspa przywraca właściwe proporcje rzeczom. Gdy idziesz na klif, który był tam już 8 tysięcy lat temu, to wiele spraw, o które ludzie zabiegają, bo są dla nich takie ważne, traci na znaczeniu.

Sześć miesięcy po jego wyjeździe, tuż przed Bożym Narodzeniem, przysłali mi na Wyspę pakiet listów adresowanych do mnie do Dublina. Wśród nich znalazłam kartkę od Eljota. Tę jedną jedyną w ciągu 12 lat. Na kiczowatej papeterii jakiegoś hotelu w San Diego napisał:

Jedyne, co mogłem zrobić, aby przetrwać tę rozłąkę, to zniknąć z Twojego świata zupełnie. Nie byłabyś szczęśliwa tutaj ze mną. Ja nie byłbym szczęśliwy tam.

Jesteśmy z podzielonego świata.

Nawet nie proszę, abyś mi wybaczyła. Tego, co zrobiłem, nie można wybaczyć. To można tylko zapomnieć.

Zapomnij.

Jakub

PS Zawsze kiedy mam więcej czasu w Warszawie, jadę do Żelazowej Woli. Gdy tam jestem, siadam na ławce w ogrodzie przy dworku i słucham muzyki. Czasami płaczę.

Nie zapomniałam. Ale ta kartka mi pomogła. Nawet jeśli nie zgadzałam się z tym, dowiedziałam się, jak on postanowił poradzić sobie z tym, co było między nami. To było najbardziej egoistyczne postanowienie, jakie znam, ale przynajmniej dowiedziałam się, że coś postanowił. Miałam chociaż to jego „czasami płaczę". Kobiety żyją wspomnieniami. Mężczyźni tym, co zapomnieli.

Wróciłam do Dublina, skończyłam studia. Potem ojciec postanowił, że będę prowadzić interesy naszej rodzinnej firmy na Wyspie. Wytrzymałam rok. Upewniłam się, że mój ojciec jest facetem o zerowym współczynniku inteligencji emocjonalnej. Jego wysokie IQ nic tu nie zmieniało. Żeby go całkiem nie znienawidzić, postanowiłam uciec z Wyspy.

Wyjechałam do Londynu. Zrobiłam doktorat z ekonomii w Queen Mary's College, nauczyłam się grać na fortepianie, chodziłam na balet, znalazłam pracę na giełdzie, słuchałam oper. Nie było już nigdy więcej takiej przerwy, która byłaby ważniejsza od przedstawienia. I takiego szampana też nie.

Potem przyszli mężczyźni bez sensu. Z każdym kolejnym mniej chciałam zbliżyć się do następnego. Doszło do tego, że czasami, gdy byłam z nimi w łóżku i nawet wtedy, gdy oni „tam na dole" mnie całowali, to ja „tam na górze" i tak czułam się samotna. Bo oni mnie tylko mechanicznie dotykali powierzchnią naskórka na swoich wargach lub języku. A Eljot... Eljot mnie po prostu „zjadał". Tak łapczywie, jak zjada się pierwszą truskawkę. Czasami zanurzał ją w szampanie.

Nie potrafiłam pokochać żadnego z tych mężczyzn, którzy mieli tylko naskórek na wargach.

Po 2 latach pobytu w Londynie zauważyłam, że nie mam w ogóle przyjaciółek i że większość moich przyjaciół to homoseksualiści. Oprócz tego, że pożądają pokrętnie, mogą być mężczyznami na całe życie. Miałam szczęście spotykać najlepszych. Wrażliwi, delikatni, wsłuchujący się w to, co masz do powiedzenia. Nic nie muszą udawać. Jeśli płacą za twoją kolację, to nie po to, aby zapewnić sobie prawo do zdjęcia twoich majtek. A to, że mają kolczyki w uszach?

To jest przecież genialne – jak mówi jedna z moich koleżanek z banku – przynajmniej masz gwarancję, że facet wie, co to ból, i zna się na biżuterii.

Potem odeszła moja matka. Nikt nie wie, jak to się stało. W drodze promem z Wyspy do Calais wypadła za burtę. Nigdy nie znaleziono jej ciała. Znaleziono natomiast w szkatułce w jej sypialni testament spisany dokładnie na tydzień przed tą podróżą oraz jej ślubną obrączkę przeciętą piłką do metalu na połowę.

Po pewnym czasie smutek był tak wielki, że nie mogłam sobie poradzić ze wstawaniem rano. Miałam endogenną depresję. Wtedy najbardziej pomógł mi prozac. Mała zielono-biała tabletka z czymś magicznym w środku. Pamiętam, jak Eljot próbował objaśnić mi magię działania prozacu. Tłumaczył ją jak sztuczkę z kartami do gry. Kartami były jakieś neuroprzekaźniki w synapsie. Nie zrozumiałam tego do końca. Ale wiem, że to działa. Mój psychiatra też to wiedział.

Wiesz, że najwięcej ludzi w depresji popełnia samobójstwo właśnie wtedy, gdy prozac zaczyna działać i są na najlepszej drodze do wyleczenia? W prawdziwej depresji jesteś tak bardzo bez napędu, że nawet przeciąć żył ci się nie chce. Chodzisz lub leżysz jak w zastygającym betonie. Gdy prozac zaczyna działać, masz nareszcie siłę, aby skombinować żyletkę i iść do łazienki. Dlatego prozac ci na samym dnie powinni brać w klinice i najlepiej będąc przywiązanym skórzanymi pasami do łóżka. Aby nie móc iść przez kilka dni samemu do łazienki. Ale można zmylić czujność sanitariuszy i wejść na dach kliniki.

Po prozacu mój psychiatra powiedział mi, że muszę „zrobić praktyczną retrospekcję" i pojechać do Polski. Taki psychoanalityczny eksperyment, aby skrócić leżenie na kozetce.

To było w maju. Przyleciałam w niedzielę. Miałam dokładny plan „praktycznej retrospekcji" na całe 7 dni: Warszawa, Żelazowa Wola, Kraków, Oświęcim. To był jednak tylko plan. W Warszawie byłam prawie wyłącznie w hotelu blisko takiego pomnika, przy którym stali cały czas wartownicy. Każdego ranka po śniadaniu zamawiałam taksówkę i jechałam do Żelazowej Woli. Siadałam na ławce przy dworku, słuchałam Szopena.

Czasami nie płakałam.

W Żelazowej Woli byłam codziennie. Z wyjątkiem czwartku. W czwartek, gdy jechałam tam jak co dzień taksówką, w radiu ktoś wymówił jego imię. Kazałam taksówkarzowi zawrócić i jechać do Wrocławia.

W dziekanacie przez godzinę szukali kogoś, kto mówiłby po angielsku. A gdy już znaleźli, to jakaś miła pani powiedziała mi, że Eljot wyjechał do Niemiec i że na pewno nie wróci, bo przecież „nikt nie jest taki głupi, żeby wracać".

Jak on mógł wyjechać do Niemiec? Po tym, co Niemcy zrobili w obozie z jego ojcem?!

Ta miła pani w dziekanacie nie znała jego adresu. Zresztą nie chciałam go mieć. Tego samego wieczoru byłam znowu w Warszawie. Miałam za sobą retrospekcję. Psychiatra nie miał racji. Wcale mi to nie pomogło.

Może wiesz, jakim prawem, jakim cholernym prawem Eljot założył, że nie byłabym w tym kraju szczęśliwa? Bo co? Bo domy szare, bo tylko ocet w sklepach, bo telefony nie działają, bo papier toaletowy, którego nie ma, bo szklanki od wody sodowej są na pordzewiałych łańcuchach? Dlaczego mnie nie zapytał, czego ja tak naprawdę potrzebuję w życiu? Ja przecież w ogóle nie dzwonię. Nie piję wody sodowej, a octu używam do wszystkiego, nawet do *fish'n'chips.*

Nie! On się nawet nie pofatygował, aby mnie zapytać. Ten, który pytał mnie o wszystko, łącznie z tym, „jakie to uczucie, gdy tampon od krwi pęcznieje w tobie".

Położył rękę na jednym z tych swoich dwóch serc i wyjechał. A ja przecież mogłabym z nim kopać studnie, gdyby się okazało, że tam, gdzie mnie zabiera, nie ma jeszcze wody.

Potem nawet świat, który nas rzekomo rozdzielił, przestawał być już podzielony. Nadeszły takie lata, że wieczorem kładłam się spać, a w nocy jakiś kraj zmieniał system polityczny.

Londyn miał dla mnie za duże ciśnienie. Aby to wytrzymać, trzeba było być hermetycznym. Inaczej wszystko z ciebie uleci. To czysta fizyka. Nie umiałam być aż tak szczelna. Łatwiej jest, gdy we dwójkę „trzyma się pokrywę". Ja nie potrafiłam nie być sama. Gdy nawet komuś pozwalałam zasypiać obok siebie, to wychodziło zawsze na to, że to ja muszę trzymać dwie pokrywy. Poza tym mnie było z definicji trudniej. Ja przecież jestem ze wsi. Dublin tego nie zmienił. Wyspa zawsze była wsią. Wsią na klifie. Najpiękniejszą, jaką znam. Ale nie chciałam wrócić na Wyspę. Potem okazało się, że wcale nie musiałam.

Kiedyś po operze i po kolacji, która była niczym innym, tylko rozdzielaniem przy kawiorze „resztek" jakiegoś mniejszego banku pomiędzy dwa większe banki, dyrektor jednego z większych banków zapytał mnie – otrzymałam zaproszenie, byłam bowiem „dobrze zapowiadającą się analityczką giełdową młodego pokolenia", co w przekładzie na język powszechnie w banku zrozumiały oznaczało, że mam najlepszy biust w dziale papierów wartościowych – czy ja też mieszkam w Notting Hill. Gdy odpowiedziałam żartem, że nie stać mnie na mieszkanie w Notting Hill, uśmiechnął się, pokazując nieskazitelnie białe zęby, i odpowiedział, że to się z pewnością wkrótce zmieni, ale teraz to i tak nie ma znaczenia, on bowiem „zawsze mieszka w pobliżu, gdziekolwiek pani mieszka". Zrozumiałam to dokładnie. Nawet spodobała mi się ta odpowiedź. Był wprawdzie Francuzem, ale mówił, co jest absolutnym wyjątkiem, po angielsku z amerykańskim akcentem. Podobało mi się w nim także to, że choć był w tym całym bankowym przedsięwzięciu najważniejszy, w odróżnieniu od wszystkich innych był milczący przez cały wieczór. Poza tym pocałował mnie w rękę na powitanie. Wyszliśmy z tej kolacji razem.

Mieszkał w Park Lane Hotel. Był impotentem. Żaden mężczyzna po Eljocie nie był tak czuły jak on tego wieczoru. Nie było go, gdy rano obudziłam się w jego łóżku. Po tygodniu zapytano mnie, czy nie chciałabym poprowadzić „strategicznie ważnego oddziału naszego banku w Notting Hill". Nie chciałam. Zadzwoniłam do niego po lunchu i zapytałam, czy nie ma jakiegoś „strategicznie ważnego oddziału" w Surrey. Surrey jest jak Wyspa, tylko że na lądzie. Tego samego wieczoru przyleciał z Lyonu, aby powiedzieć mi przy kolacji, że „jest oczywiście taki oddział, jest od dzisiaj". Gdy po drinku przy barze poszliśmy do jego pokoju w Park Lane, stał tam najlepszy odtwarzacz płyt kompaktowych, jaki można kupić w ciągu kilku godzin w Londynie. Obok, w 4 rzędach, stało kilkaset płyt z muzyką poważną. Kilkaset.

Ja myślę, że on mnie kocha. Jest delikatny, wrażliwy, wpatruje się w moje oczy z takim smutkiem. Nie przepada za muzyką, ale przywozi mi wszystko, co utalentowana muzycznie asystentka działu reklamy jego banku wynajdzie na całym świecie w firmach fonograficznych specjalizujących się w produkcji płyt z muzyką poważną. Czasami mam płyty, zanim znajdą się one w sklepach w Europie. Potrafi przylecieć z Lyonu, spotkać się ze mną na lotnisku i zabrać mnie na koncert do Mediolanu, Rzymu lub Wiednia. Czasami po koncercie nie idziemy nawet do żadnego hotelu. On wraca do Lyonu, a mnie wsadza w samolot do Londynu.

W trakcie koncertu ściska i całuje cały czas moje dłonie. Nie lubię tego. Koncert Karajana to nie film w zaciemnionym kinie. Ale pozwalam mu to robić. To dobry mężczyzna.

Nie chce nic specjalnego ode mnie. Mam tylko mówić, jak bardzo go pragnę. Nic więcej. Czasami opowiada mi o swoich córkach i żonie. Wyciąga portfel i pokazuje mi ich fotografie. Dba o mnie, jest dobry. Dostaję trzy razy w tygodniu bukiety kwiatów od niego. Czasami przynoszą nawet w nocy.

Nie powiedziałam mu, że lubię purpurowe róże. To jest dla mnie zbyt osobiste.

Mogłabym prowadzić ten bank w Camberley. Już od jutra rana. Wystarczyłby jeden telefon. Ale nie chcę. Wolę być „dobrze zapowiadającą się analityczką giełdową" i nie mieć żadnej odpowiedzialności.

Gram coraz lepiej na fortepianie. Dużo podróżuję. Mam w Camberley stary dom z ogrodem pełnym purpurowych róż. Gdy nie mam wizyty z Lyonu, spotykam się w weekendy w Londynie z moimi przyjaciółmi z kolczykami w uszach i robimy zwariowane rzeczy. Odwiedzam Wyspę.

Jeżdżę też raz w roku na spotkania naszego roku do Dublina. Zawsze w drugą sobotę maja. W Dublinie nocuję w Trinity College. Praktycznie nic się tam nie zmieniło, odkąd Eljot stamtąd wyjechał. Ale w Trinity nie zmienia się nic od XIX wieku. W nocy w sobotę uciekam ze spotkania naszego roku i idę korytarzami pod to biuro, gdzie on wtedy pracował. Teraz jest tam magazyn. Ale drzwi są takie same. Postoję sobie tam trochę. Wtedy też wiele razy stałam. Ale raz odważyłam się zapukać. To było trochę innej nocy niż ta dzisiejsza. Dokładnie 12 lat temu. Wtedy jego urodziny kończyły się, a nie rozpoczynały.

Potem wracam i zatrzymuję się przy tej sali wykładowej, gdzie światła zapalały się i gasły z takim hukiem, gdy on opierał się plecami o wyłącznik, a ja klęczałam przed nim. Nie można tam teraz wejść. Ale wszystko widać przez tę porysowaną szybkę w drzwiach. Potem wracam na spotkanie roku i się upijam.

Ostatnio czuję się bardzo samotna. Będę miała dziecko. Czas najwyższy mieć dziecko. Mam już przecież 35 lat. Poza tym chcę mieć coś swojego. Coś, co będę kochać. Bo ja tak naprawdę najbardziej w życiu chcę kogoś kochać.

Wysłałam kilka dni temu e-mail do The Sperm Bank of New York, najlepszego banku spermy w USA. Oni są najbardziej dyskretni, robią najlepsze testy genetyczne i mają najbardziej kompletne katalogi. Za miesiąc lecę na spotkanie z ich genetykiem. W zasadzie to tylko formalność. Chciałabym, aby to była dziewczynka. Wysłałam im swój profil. Nie wyobrażasz sobie, ilu dawców ma IQ ponad 140! Ponadto dawca ma być z „muzycznie uzdolnionego otoczenia", ma mieć doktorat i pochodzić z Europy. Przysłali mi listę nazwisk ponad 300 dawców. Wybrałam tylko tych z polskimi nazwiskami.

Zastanawiałam się, jakie naprawdę oczy miał Eljot. On mówił mi, że szare. Ja zawsze widziałam zielone. Gdy wybrałam zielone oczy i dołożyłam doktorat z nauk ścisłych, zostało mi 4 dawców. Ostatecznie zdecyduję się na jednego z nich po rozmowie z genetykiem w Nowym Jorku.

Robi się rano. Dzisiaj jest niedziela. 30 kwietnia. To taki szczególny dzień. Mam na ten dzień dwa specjalne kieliszki. Ale to dopiero na wieczór. Wieczorem posłucham *Cyganerii* Pucciniego, zapalę cygaro, które przywiozłam sobie z Dublina, i napiję się najlepszego szampana. W przerwie między pierwszym i drugim aktem.

Z Twojego kieliszka też wypiję. Wszystkiego najlepszego w dniu Twoich urodzin, Eljot...

Jennifer

PS Gdy urodzę córeczkę, będzie miała na imię Laura Jane.

ONA: Dojeżdżali do Frankfurtu nad Odrą. Sięgnęła po butelkę z wodą mineralną. Spojrzała na niego. Jego komputer leżał włączony na kolanach, a on siedział z prawą dłonią przyciśniętą do serca i wpatrywał się w okno. Ona też czasami patrzy nieobecnym wzrokiem, gdy się nad czymś głęboko zamyśli. Powieki nie opadają, źrenice są powiększone i całkowicie nieruchome. Skupione na jednym punkcie. Dokładnie tak było z nim. To było nienaturalne. Ta dłoń na sercu i te nieruchome oczy. Jego twarz wyrażała smutek. Nieomal ból.

W pewnym momencie ktoś otworzył drzwi. Starszy mężczyzna włożył głowę do przedziału i odczytywał głośno numery miejsc. Na końcu zwrócił się po niemiecku do niego:

– Czy pan też ma miejscówkę na to miejsce?

Nie reagował. Starszy mężczyzna zapytał drugi raz i gdy on znowu nie zareagował, odważył się i dotknął jego ramienia.

– Przepraszam pana, ale czy pan też ma miejscówkę na to miejsce?

Wyglądał jak przebudzony ze śpiączki. Wstał natychmiast, robiąc miejsce staruszkowi.

– Nie. Nie mam żadnej miejscówki. Ja nawet nie mam biletu. To z pewnością jest pana miejsce.

Wyłączył komputer i schował go do skórzanej torby. Powoli, aby nikogo nie potrącić, zestawił na podłogę swoją walizkę. Wypchnął ją na korytarz wagonu. Torbę z komputerem przewiesił sobie przez ramię. Zdjął z haka marynarkę i przerzucił ją przez torbę komputera. Odwrócił się twarzą do wnętrza przedziału i spojrzał na nią smutno. Pożegnał wszystkich w przedziale po polsku i po niemiecku i wyszedł. Więcej go nie zobaczyła.

ROZDZIAŁ 2

ON: *Życie przeważnie jest smutne. A zaraz potem się umiera...*

Do Instytutu Genetyki Fundacji Maxa Plancka najłatwiej dojechać sześciopasmową autostradą biegnącą tuż obok nowoczesnego budynku, w którym mieści się jego biuro. To jedna z najbardziej ruchliwych autostrad w Monachium. Prowadzi dalej prosto do centrum miasta, a w miejscu, w którym znajduje się jego instytut, rozdziela otoczone wysokim parkanem tereny targowe od reszty miasta. Około 100 metrów od instytutu w kierunku miasta nad autostradą przebiega wiadukt. Jeden z filarów wiaduktu stoi na pasie zieleni rozdzielającym jezdnie autostrady. Jego skuter według niemieckich przepisów jest zbyt wolny, aby poruszać się nim po autostradzie, dlatego wiaduktem przedostaje się najpierw do targów i stamtąd normalnymi ulicami jedzie do domu.

Wczoraj wyszedł z instytutu około dwudziestej trzeciej. W zasadzie miał zamiar zrezygnować z jazdy skuterem i pojechać metrem. Styczeń jest bardzo chłodny w Monachium i było widać w świetle latarń, że na chodnikach skrzy się lód. Skuter na lodzie jest nieprzewidywalny. Wiedział o tym od zeszłej zimy, gdy po upadku na zamarzniętej kałuży spędził trzy dni z unieruchomionym w gipsie kolanem. Ale gdy pomyślał, że musiałby teraz iść kwadrans do dworca, potem czekać na metro, może nawet pół godziny, zdecydował, że jeszcze „ten jeden ostatni raz" pojedzie skuterem.

Przy środkowym filarze, na lewym pasie jezdni, dokładnie naprzeciwko wjazdu na wiadukt, leżał na dachu doszczętnie rozbity i spalony samochód. Na chodniku po drugiej stronie autostrady biegała w kółko młoda kobieta w futrze, pchając przed sobą dziecięcy wózek. Krzyczała coś rozpaczliwie w obcym języku. Gdy odwracała się w jego kierunku, widział, że pod futrem jest całkowicie naga. Przy krawężniku stał, migając światłami awaryjnymi, srebrzysty mercedes z otwartymi na oścież drzwiami. Gruby, łysy mężczyzna stojący obok mercedesa krzyczał do telefonu komórkowego, kopiąc przy tym z prawdziwą furią samochód.

Pod wiaduktem pełno było dymu, z bagażnika wraku samochodu ciągle jeszcze wydobywały się małe języki płomieni. W pierwszym odruchu chciał uciec. Ale tylko przez ułamek sekundy. Zatrzymał się. Postawił skuter na chodniku pod murem. Sprawdził, że nic nie nadjeżdża, i ruszył powoli w stronę filaru. Nie wiedział jeszcze, co zrobi. Po prostu czuł, że powinien tam pójść. Bał się. Strasznie się bał. Oczy zaczęły mu łzawić od dymu.

Nagle zrobiło się jasno jak w dzień. Policyjne auto z ogromną prędkością wyjechało z terenu targowego. Oprócz błękitnych świateł, włączanych w takich sytuacjach, na dachu policyjnego bmw zapalono bardzo silny reflektor, kierując snop światła na wrak samochodu. Zanim jeszcze bmw się zatrzymało, wyskoczyło z niego czterech mężczyzn z gaśnicami. Po chwili wrak auta pokryła gruba warstwa białej piany. W tym momencie nadjechał czerwony wóz strażacki. Silny strumień wody z działek na przyczepie zmył pianę. Gdy woda odpłynęła spod wraku, jeden ze strażaków położył się na autostradzie i wczołgał do auta. Po chwili wyczołgał się, wstał, podszedł do filaru wiaduktu i zaczął wymiotować.

Widział to wszystko, stojąc za filarem, kilka metrów od wraku. W pewnym momencie jakiś mężczyzna w czarnej skórzanej kurtce złapał go pod ramię, biegiem przeprowadził na drugą stronę jezdni i pozostawił nieopodal srebrzystego mercedesa.

Kobieta w futrze ciągle chodziła w kółko, mówiąc coś do siebie. Dziecko w wózku krztusiło się od płaczu. Drzwi mercedesa były zamknięte. Gruby mężczyzna z telefonem komórkowym zniknął.

Wydawało mu się przez chwilę, że to nieprawda. Że przypadkowo znalazł się na planie jakiegoś thrillera i że za moment dowie się, że można teraz zrobić sobie przerwę i że powtórzą tę scenę jeszcze raz. Ale to nie był film. To mogło się zdarzyć tylko w życiu.

Młoda dziewczyna z Rumunii – dowiedział się tego wszystkiego od policjanta w skórzanej kurtce, który przesłuchiwał go później w policyjnym bmw – jest prostytutką. Ma 18 lat. Żeby dorobić na boku, ucieka czasami ze swojego stałego miejsca na ulicy w centrum Monachium i przychodzi tutaj, pod wiadukt. To wyjątkowo dobre miejsce. W świetnym punkcie. Szczególnie gdy odbywają się w Monachium jakieś targi. Przy takich okazjach zawsze można dodatkowo zarobić. Dziewczyna staje na skraju chodnika i gdy zbliża się jakieś auto, rozpina futro, pod którym jest zupełnie naga. Po francusku za 40 marek, ręką za 30 i normalnie z penetracją za 60. Bez prezerwatywy ceny potrajają się zimą i podwajają latem. Futro, jedno na cztery dziewczyny, wynajęły z teatru.

Rumunka jest w Niemczech bez wizy i przyjechała tutaj w ciąży. Nawet w ciąży stała na ulicy. Teraz ma sześciomiesięczne dziecko. Dzisiejszego wieczoru przez te targi wszystkie koleżanki były „wystawione" i nie miała z kim go zostawić. Postanowiła, że weźmie je pod wiadukt. Już kiedyś latem też tak zrobiła. Mała spała, gdy wepchnęła wózek pod stromiznę i ukryła go za krzakami, które obrastają usypany z ziemi wał po obu stronach wiaduktu.

Nadjeżdżał samochód. Zbiegła szybko na chodnik i rozpięła futro. Srebrzysty mercedes zatrzymał się. Podeszła i przez otwartą szybę wsunęła głowę do środka, zamierzając negocjować cenę. W tym momencie zdarzyło się coś tak strasznego. Policjant w skórzanej kurtce ściszył głos i spojrzał na niego, jak gdyby pytając, czy on naprawdę chce to usłyszeć.

Nikt nie wie, dlaczego to się stało. Może wiaduktem przejeżdżała jakaś bardzo duża ciężarówka, która wprawiła całą konstrukcję w drgania. Może dziewczyna przez nieuwagę i pośpiech nie wcisnęła do końca hamulca kół wózka. Może dziecko poruszyło się w wózku zbyt gwałtownie. W każdym razie, gdy ona miała głowę w srebrnym mercedesie i umawiała się z klientem co do ceny, wózek z dzieckiem zaczął staczać się ze stromizny wiaduktu, przeciął chodnik i wjechał na autostradę. Dokładnie w tym momencie pod wiadukt wjeżdżał ten student swoją mazdą. Tam jest ograniczenie do 80 kilometrów na godzinę, ale kto go przestrzega. Szczególnie w nocy. Musiał zobaczyć w ostatniej chwili wózek wyjeżdżający zza stojącego mercedesa. Hamował. Próbował wyminąć. Wpadł w poślizg na marznącej wilgoci. Ten strażak mówił, że ciało studenta stopiło się w płomieniach z blachą karoserii, która pozostała po wypaleniu wnętrza mazdy. Dziewczynce w wózku nic się nie stało. Po studencie zostały spopielone resztki. Był jedynakiem. Rodzice kupili mu auto, gdy dostał się na uczelnię. Niecałe 20 lat. Jeszcze nie wiedzą. Mieszkają niedaleko. W Erlangen. Gdy skończy ten protokół, będzie musiał do nich pojechać i im to powiedzieć. Że ich syn umarł i że został po nim wtopiony ślad na wewnętrznej stronie karoserii i popiół z tego, co miał na sobie.

Do domu wrócił metrem. Zostawił skuter pod ścianą wiaduktu. Nie mógł zasnąć. Próbował bezskutecznie czytać. Nie potrafił się skoncentrować. Wyciągnął wino i włączył muzykę. Usiadł na podłodze przy łóżku w sypialni i pił z butelki. Myślał o rodzicach tego studenta. Chciałby im powiedzieć, że to można przeżyć. Chciałby im to powiedzieć, zanim zjawi się u nich ten policjant. Myślał i o nim, o policjancie w skórzanej kurtce. Wydał mu się nagle bohaterski i szlachetny. I myślał też o tej Rumunce. Czy można żyć z taką wiedzą i nie zwariować?

Obudził się rano na podłodze przy łóżku. Wstając, potrącił pustą butelkę. Rozbierał się po drodze do łazienki. Włączył najgłośniej, jak się tylko dało, radio wiszące przy oknie. Wszedł pod prysznic. Myślał o ostatniej nocy. Radio przypominało, że jest 30 stycznia 1996 roku, wtorek. Życie toczy się dalej. Jak gdyby nigdy nic. Znowu wyszły gazety i znowu są korki w tych samych miejscach na tych samych autostradach. Gdy Natalia odeszła, najbardziej nie mógł pogodzić się z tym, że następnego dnia życie toczyło się dalej. Jak gdyby nigdy nic. Wtedy też świat się nie zatrzymał. Nawet na najkrótszą chwilę. Znowu Bóg niczego nie zauważył...

Uważał to za wstydliwą słabość i niedołężność. Jak u jakiegoś schorowanego starca. Nie umiał po czymś takim jak to ostatniej nocy nie wpaść w depresję. Ze wszystkimi symptomami: smutkiem, lękiem, uciskiem w klatce piersiowej, ociężałością przechodzącą chwilami w odrętwienie, poczuciem bezsensu i nastrojem mszy za zmarłych. To było patologiczne i wiedział, że to resztki rozpaczy z jego własnej przeszłości. Tylko praca pomagała na to.

Zabrał rano z firmowej kuchni kilkanaście puszek coli i zamknął się w biurze, nie pokazując się nikomu na oczy. Programował. Chciał skończyć do południa ten fragment programu, który obiecał wysłać do Warszawy. Jego instytut współpracował z Uniwersytetem Warszawskim. To był jego pomysł, aby wciągnąć Warszawę do jednego z ich projektów. Dzięki temu wysyłał legalnie oprogramowanie, które kupowali w USA, także do Warszawy, wspólnie z nimi publikował, a także, co było dla niego szczególnie ważne, jeździł tam od czasu do czasu z wykładami. Odkąd zrobił habilitację w Polsce, zależało mu, aby nie przestać być obecnym, przynajmniej naukowo, w kraju, mimo że od kilkunastu lat pracował i mieszkał w Monachium.

To młody doktorant z Warszawy podsunął mu pomysł, aby zainstalował w swoim komputerze program, który robił ostatnio furorę w Internecie. Napisany przez dwóch studentów z Izraela i – jak prawie wszystko najlepsze w Internecie – bezpłatny, pozwalał na bezpośredni, rzeczywiście bez opóźnień, kontakt pomiędzy osobami podłączonymi do Sieci w tym samym czasie. To nie przypadek, że ten doktorant napisał Sieć wielką literą. Internet stawał się powoli czymś kultowym. Szczególnie dla młodego pokolenia. Nazywanie tego po prostu siecią komputerową, jak jakiegoś nieznaczącego zwojowiska kabli w banku lub w urzędzie, odbierało Internetowi mistyczny urok czegoś, co łączy absolutnie ponad wszystkimi podziałami.

Dobra, niech będzie Sieć – pomyślał. On ma już dawno poza sobą ten cały kult. Używa tej Sieci przez wielkie S od czasów, gdy Internet był absolutnym wtajemniczeniem, intelektualną Kamasutrą, a nie klikaniem myszą po kolorowych, najczęściej niebieskich, napisach lub obrazkach. Ale program polecany przez doktoranta był naprawdę interesujący. Nazywał się ICQ. Autorzy wykorzystali transkrypcję angielskich liter I, C, Q jako identyczną z angielskim zdaniem *I seek you*, co oznacza „szukam cię". Ludzie mający w swoich komputerach program ICQ – i oczywiście podłączeni do Sieci – znajdowali się nawzajem właśnie dzięki ICQ. Na swoich komputerach tworzyli listę przyjaciół, których poszukiwali, a ICQ dawał im znać, czy ci przyjaciele także są akurat teraz, w tym momencie, podłączeni do Internetu. To tak, jak gdyby wejść do sali, rozejrzeć się i wiedzieć, kto z przyjaciół akurat się tam znajduje. Tyle że salą był cały świat. Nie odgrywało żadnej roli to, że ktoś jest w Sydney, inny w Dublinie, a jeszcze inny niemal za rogiem – w Krakowie lub Gdańsku. To chyba właśnie było najbardziej kultowe w Internecie. Wszystko wydawało się za rogiem.

ICQ melduje obecność przyjaciół i pozwala wymieniać z nimi wiadomości. Bez opóźnień. Natychmiast. Taka rozmowa z użyciem klawiatury. Wysyłanie krótkich e-maili, które natychmiast docierają. To faktycznie symuluje rozmowę.

Ale ICQ to nie tylko wymiana krótkich wiadomości. To o wiele więcej. To na przykład Chat. Angielskie słowo, które przyjęli nawet Francuzi, dla których komputer nie nazywa się komputer. Ale Chat przyjęli, bo Chat można tylko tak nazwać, aby to znaczyło, co znaczy.

Znaczy „pogawędka", ale w Internecie jest to autentyczna rozmowa. Bez granic. W przypadku ICQ polega to na tym, że ekran komputera dzieli się na dwie części. Rozmówcy dostają po połowie ekranu i piszą swoje teksty. Każdy widzi proces pisania drugiego. Jego nerwowość, jego błędy, jego oczekiwanie. Może to nie to samo, co drżenie głosu, ale to też jest emocjonalne. I na dodatek nie można się z niczego wycofać. Niczemu zaprzeczyć prostackim „ja tego przecież nie powiedziałem". Wszystko jest zarejestrowane. Można wrócić na początek ekranu i zacytować wszystko. A na końcu przebieg Chatu można zapisać na dysku komputera, wydrukować lub nawet przesłać jako e-mail na dowolny adres w świecie. Dlatego Chat jest dla wielu rozmową ostateczną. Autoryzowaną z definicji. Jak zapis zeznania lub nagranie wywiadu. Każde wyznanie, każde kłamstwo, każda obietnica może być przywołana ponownie. Poza tym, aby rozpocząć Chat, można być gdziekolwiek. Wystarczy komputer, Internet i program, który taki Chat umożliwia. Takim programem jest na przykład ICQ. Są także inne. Wiele innych. Odległość nie gra roli. Sygnały w Sieci rozchodzą się z prędkością światła.

Pomysł ICQ był genialny. Wszystkie genialne pomysły biorą się z najprostszych podstawowych potrzeb. Tutaj potrzebą podstawową był nieograniczony kontakt. Gdy okazało się, że można pokonać odległość dzięki Internetowi, coś takiego jak ICQ było tylko kwestią czasu. Bo ludzie od początku lubili się kontaktować.

Doktorant z Warszawy także chciał mieć z nim stały kontakt, więc podsunął mu ten pomysł z ICQ. Gdy potrzebowali omówić status projektu, najnowsze pomysły, błędy w programie, ale także pogodę w Warszawie i ceny piwa w Monachium, otwierali po prostu Chat na ICQ i rozmawiali.

Kontakt taki był niezbędny, pisali bowiem razem jeden program. To znaczy, każdy z nich pisał inny jego kawałek. Ustalili na początku, jak złożą te dwa kawałki, żeby wszystko funkcjonowało.

Teraz tylko tak pisze się duże programy. Każdy robi jeden klocek i potem się to składa razem. Wcale nie potrzeba się widzieć ani nawet znać, aby zrobić dobre klocki i dobrze je potem złożyć. Internet wystarczył. Pamiętał, jak z zaciekawieniem czytał o wspólnym projekcie inżynierskim prowadzonym przez firmę Mercedes-Benz. Projekt był realizowany w Japonii, na zachodnim wybrzeżu USA i w Niemczech. Grupa w Japonii zaczynała programować. Gdy kończyła pracę, do swoich biur po śniadaniu przychodzili Niemcy, a gdy oni szli do domów, wszystko przejmowali programiści w Kalifornii. Każdy wysyłał wyniki swojego dnia pracy w całości Internetem następcom: Japończycy Niemcom, Niemcy Amerykanom, Amerykanie Japończykom. W ten sposób praca nad projektem w Mercedes-Benz trwała przez całą dobę.

On testował swoją część na firmowym dużym komputerze. Kilkaset metrów kabla łączyło komputer na jego biurku z dużym, szybkim komputerem znajdującym się w klimatyzowanej hali niedaleko ich instytutowej kuchni. Gdyby doktorant z Warszawy chciał uruchomić swój „kawałek" na ich monachijskim komputerze, potrzebowałby tylko bardzo długiego kabla. Na dobrą sprawę nic więcej. Takiego kabla jednak nie trzeba było nawet ciągnąć. On już istniał. Internet.

Doktorant w Warszawie nie musiał zresztą nic uruchamiać w Monachium. Testował swoją część w Warszawie i po prostu przysyłał gotową, używając jednej z kolejnych możliwości ICQ. To samo robił on po przetestowaniu swojej części. Ale tylko do czternastej. Potem budziło się wschodnie wybrzeże USA i Internet „zwalniał". Szczególnie było to widać, gdy porównywało się czas dostępu do stron internetowych WWW. Ameryka zaraz po przebudzeniu włączała swoje modemy, zaczynała czytać e-maile z nocy i poranną internetową prasę i otwierać swoje Chaty.

Dzięki Internetowi i ICQ miał wrażenie, że człowiek z Warszawy jest w sąsiednim biurze i nie odwiedzają się tylko z braku czasu lub lenistwa. Dzień pracy zaczynali razem na ICQ, ustalali plan kontaktów i pozostawali non stop w Sieci. To się nazywało być *online*. Tak na wszelki wypadek, gdyby jednemu z nich przyszło coś ważnego do głowy i zapragnął poinformować natychmiast partnera.

Dzisiejszego poranka chciał być jednak zupełnie sam w biurze. Zdał sobie nagle sprawę, że zupełnie sam oznaczało także wszystkich na jego liście ICQ. Nagle realni ludzie z pokojów obok byli tak samo niechętnie widziani jak i ci wirtualni. To, że byli w Warszawie, San Diego, Bazylei, Dublinie czy Hamburgu, nie grało większej roli. Mogli przecież w każdej chwili zapytać: „Jakub, jak się dzisiaj czujesz?".

Często zresztą pytali. On nie chciał odpowiadać dzisiaj na takie pytania. Głównie dlatego, że musiałby się zastanawiać nad odpowiedzią. Pracując, nie zastanawiał się nad niczym innym, tylko nad tym, co pisał. Przede wszystkim nie musiał zastanawiać się nad sobą.

Nie miał jednak wyboru. Nie mógł wyłączyć ICQ. Byli w ważnej fazie projektu i obiecał w Warszawie, że będzie bezwzględnie do dyspozycji. Wlogował się więc rano do ICQ – licząc, że nikt dzisiaj nie będzie na tyle miły, aby interesować się jego samopoczuciem. I prawie mu się udało. Do 16.30 zostawiono go w całkowitym spokoju. Dopiero wtedy w dolnym prawym rogu ekranu jego monitora zaczął mrugać symbol w postaci małej żółtej karteczki. Znak, że ktoś na ICQ przesłał mu wiadomość i najprawdopodobniej oczekuje odpowiedzi. Podniósł do ust puszkę z colą i kliknął w żółtą karteczkę.

Jestem jeszcze trochę zakochana resztkami bezsensownej miłości i jest mi tak cholernie smutno teraz, że chcę to komuś powiedzieć. To musi być ktoś zupełnie obcy, kto nie może mnie zranić. Nareszcie przyda się na coś ten cały Internet. Trafiło na Ciebie. Czy mogę Ci o tym opowiedzieć?

Przez chwilę czuł się jak ktoś, kto niechcący przeczytał list adresowany do kogoś zupełnie innego. Musiał się upewnić, czy to naprawdę do niego. Jeśli tak, to chciał także wiedzieć, dlaczego akurat do niego. Napisał:

Czy Pani jest pewna, że to mnie chce obdarzyć takim zaufaniem? Jeśli tak, jak to się stało, że trafiła Pani akurat do mnie?

W tym momencie ona otworzyła Chat.

ONA: Słuchaj, Ty jesteś Jakub, jesteś Polakiem i mieszkasz od kilkunastu lat w Monachium, prawda? Wybrałam Ciebie, bo jesteś wystarczająco anonimowy, wystarczająco daleko i jesteś wystarczająco długo w Niemczech. Gwarantuje mi to, że nie zrobisz mi żadnej niespodzianki. Czy chciałbyś, abym także zwracała się do Ciebie per Pan? Będzie mniej kameralnie i intymnie. Ale jeśli chcesz...

ON: Mogła to wiedzieć! Rejestrując się do ICQ, trzeba było podać kilka danych. To, co ona podała, zgadzało się dokładnie z tym, co on wpisał w formularze rejestracyjne. ICQ pozwalało z pewnością przeszukiwać bank danych swoich subskrybentów według najróżniejszych kryteriów. W ten sposób znalazła go sobie.

Była prowokująco bezpośrednia. Właśnie tak. Uśmiechnął się. Po raz pierwszy tego dnia. Odpisał:

W zasadzie najwięcej niespodzianek światu zgotowali Niemcy, ale nie zamierzam ich usprawiedliwiać. Oczywiście, że możesz mi mówić per ty. Nawet jeśli masz dopiero 13 lat.

ONA: Powiedz mi tylko, jakie masz wykształcenie. To nie arogancja. To tylko ciekawość. Chciałabym mieć z Tobą wspólną częstotliwość.

ON: To przestawało być prowokująco bezpośrednie. To zaczynało być bezczelne. Trudno mu było uwierzyć w szczerość tego jej „to nie arogancja". Jeśli miała na celu go sprowokować, to się jej udało. Nerwowo zaczął pisać:

Wykształcenie? Normalne. Jak każdy. Magister matematyki, magister filozofii, doktor matematyki i doktor habilitowany informatyki.

ONA: Boże! Ale trafiłam! Czy Ty jesteś przed siedemdziesiątką? Jeżeli tak, to wspaniale. Masz doświadczenie. Wysłuchasz mnie i doradzisz, prawda?

ON: Uśmiechnął się. Jak to się teraz nazywa – myślał – po angielsku *self-conscious*, po niemiecku *selbstbewusst*, a po polsku? Egocentryzm? Nie. To zbyt pejoratywne. Pewność siebie i skupienie się na swoich potrzebach? Tego chyba po polsku nie da się tak dobrze jak po niemiecku i angielsku określić jednym słowem.

Jeśli to jest smutne, to nie wysłucham. Podejrzewam, że jest. Jestem przed siedemdziesiątką. Ale mimo to nie opowiadaj mi, proszę, nic smutnego dzisiaj. Nawet nie próbuj. Napisz e-mail na adres Jakub@epost.de. Daję sobie radę ze smutkiem przeciętnie w 24 godziny. Dzisiaj doradziłbym Ci tylko wyjścia ostateczne, chemię lub alkohol. Jutro natomiast przeczytam z uwagą Twój e-mail i doradzę.

Zresztą Ty nie potrzebujesz rad. Ty po prostu musisz to komuś opowiedzieć, podzielić to na dwóch, a Twój psychoterapeuta nie ma dzisiaj czasu lub jest na urlopie.

ONA: Myślisz, że psychoterapeuta może przydać się Słowianom? Przecież oni i tak wszystko zawsze wiedzą lepiej. Poza tym mam wrażenie, że wszyscy psychoterapeuci w Polsce albo piszą książki, albo zakładają wydawnictwa, albo są na etatach w telewizji lub w radiu. Czy Ty ciągle jesteś jeszcze Słowianinem?

ON: Chyba już nie jestem. Nie piję wódki, jestem punktualny, dotrzymuję słowa i nie organizuję powstań. Ale psychoterapeutę miałem już nawet w Polsce. Jednak to było tak dawno, że nazywano go wtedy psychiatrą, a zakładanie wydawnictw było karane bardziej dotkliwie niż pędzenie bimbru.

ONA: I pomógł Ci ten psychiatra?

ON: Sam psychiatra nie. Ale to, co usłyszałem w jego poczekalni, pomogło mi ogromnie.

ONA: Miałeś chory rozum czy duszę?

ON: Chwileczkę! Tak nie będzie! Zapukała sobie panienka w monitor jego komputera jak obcy do drzwi i zaczyna przesłuchiwać go z biografii. Nie zdążył zareagować, ponieważ nadeszła kolejna jej wiadomość.

ONA: Wiem. Posuwam się za daleko. To przez tę wirtualność. Mam uczucie, że fakt, iż jesteśmy tak bardzo anonimowi, pozwala mi pytać o rzeczy, o które nie zapytałabym nigdy, gdybym poznała Cię w pociągu lub kawiarni. Wybacz.

ON: Miała rację. Internet był taki. Przypominał trochę konfesjonał, a rozmowy – rodzaj grupowej spowiedzi. Czasami było się spowiednikiem, czasami spowiadanym. To czyniła ta odległość i ta pewność, że zawsze można wyciągnąć wtyczkę z gniazdka.

Nic tutaj nie rozprasza. Ani zapach, ani wygląd, ani to, że piersi są zbyt małe. W Sieci obraz siebie kreuje się słowami. Własnymi słowami. Nigdy się nie wie, jak długo wtyczka będzie w gniazdku, więc nie traci się czasu i od razu przechodzi do rzeczy, i zadaje naprawdę istotne pytania. Zadając je, tak do końca chyba nie oczekuje się zupełnej szczerości. Tego ostatniego nie był jednak całkiem pewien. Dlatego zawsze odpowiadał szczerze. „Jeżeli nie wiesz, co odpowiedzieć, mów prawdę" – nie wie, który filozof to doradzał, ale na pewno miał rację. Poza tym on nie miał zbyt wiele doświadczenia. Oprócz tych z doktorantem z Warszawy nie prowadził dotychczas takich wirtualnych rozmów. Odpisał:

Myślisz, że chory rozum można odróżnić od chorej duszy? Pytam z ciekawości. Ja miałem chore wszystko. Każdą pojedynczą komórkę. Ale to już minęło. Może nie jestem całkiem zdrowy, ale z pewnością jestem uleczony.

ONA: Wiesz, że mnie wzruszasz? Nie wiem jeszcze dokładnie dlaczego, ale wzruszasz mnie. Muszę teraz iść do domu. Cieszę się, że mogę do Ciebie napisać. Napiszę. Do jutra.

ON: Uważaj na siebie. Masz ładne imię.

Bez ostrzeżenia zakończyła ten Chat. Odłączyła się od Internetu. Była *offline*. Zniknęła tak samo bez zapowiedzi, jak się pojawiła. Nie przeczytała już tej ostatniej wiadomości. Patrząc w ekran monitora, pomyślał, że nagle zrobiło się jakoś pusto i cicho bez niej. W dolnym prawym rogu znowu migotała żółta karteczka. Kliknął w nią, mając nadzieję, że jednak wróciła. W pewnym sensie tak było. Choć nie ona osobiście. Zostawiła jedynie na serwerze ICQ prośbę do niego:

Dopiszesz mnie, proszę, do listy Twoich przyjaciół? Na razie tylko do tych na liście ICQ.

Zamyślił się. Poczuł się, gdy ona tak nagle opuściła ten Chat, jak ktoś, komu przerwano w pół słowa. W większości rozmów – w realnym życiu – to on decydował, o czym się rozmawia i o tym, kiedy lub jak skończyć rozmowę. Tutaj miał wrażenie, że w trakcie tej internetowej zaczepki to ona miała kontrolę nad wszystkim. W ciągu kilku minut wydobyła z niego to, czego nie powiedziałby nikomu, kto nie jest jego przyjacielem. Dlatego dziwił się sobie. Z drugiej strony cieszył się na jutro.

Wrócił do swojego programu. Doktorant z Warszawy dał znać, że nowa wersja jego części czeka na niego, gotowa do testów. Testował ją i komentował do późnego wieczora, ale mimo to nie skończył wszystkiego. Otworzył po raz ostatni ICQ i wysłał do Warszawy wiadomość, że dostaną jego raport nie później niż jutro w południe. Gdy doktorant z Warszawy przyjdzie rano do biura i uruchomi swoje ICQ, zobaczy natychmiast tę wiadomość.

Przez chwilę patrzył na listę imion swoich przyjaciół na ICQ. Na samej górze, jako pierwsze, było jej imię. Myślał o niej i miał dziwne wrażenie, że dzisiaj po południu w jego życiu dokonała się jakaś zmiana.

Jego oczy łzawiły, gdy wyłączał komputer przed wyjściem do domu. Włożył kurtkę i zjechał windą na dół. Chciał jeszcze pójść pod wiadukt na autostradzie i przepchać do instytutu swój skuter. Stał tam, oszroniony, pod ścianą wiaduktu. Ciągle czuć było smród spalenizny. W świetle reflektorów nadjeżdżającego samochodu zauważył, że po drugiej stronie do krawędzi chodnika podbiega dziewczyna, rozpinając futro. Pod futrem była naga. Samochód przejechał, nie zwalniając.

Rozpoznał ją. Ta Rumunka! W jednej chwili poczuł obrzydzenie i nienawiść. Przyśpieszył kroku, ze złością pchając swój skuter. Prawie biegł.

ONA: Wcale nie musiała teraz iść do domu. Była umówiona ze swoim mężem dopiero na 17.00. Gdyby jednak została i rozmawiała z Jakubem dłużej, nie zdążyłaby zrobić tego, co spontanicznie przyszło jej do głowy. Nagle zapragnęła dowiedzieć się o nim jak najwięcej.

Otworzyła na swoim komputerze stronę umożliwiającą przeszukiwanie Internetu. W pole zapytania wpisała jego imię i nazwisko. Dokładnie tak, jak on je wpisał na karcie informacyjnej ICQ. Wyszukiwarka pokazała 28 adresów stron internetowych, które minimum raz zawierały jego imię i nazwisko. Zaczęła otwierać jedną po drugiej.

Większość była po prostu odnośnikami do jego publikacji lub referatów, które wygłosił w trakcie konferencji naukowych w najróżniejszych egzotycznych miejscach. Zawsze zastanawiała się – i teraz także – dlaczego o problemach naukowych najlepiej dyskutuje się akurat w Honolulu, na Riwierze Francuskiej, w Nowym Orleanie, na Maderze, w Singapurze lub w australijskim Cairns przy Wielkiej Rafie Koralowej. Widocznie nawet naukowcy muszą mieć coś ciekawego na popołudnie. A może chodzi o ich żony, które nie chcą już więcej obradować w tym nudnym Paryżu.

Trzy pierwsze publikacje były w języku polskim. Pochodziły z czasów, gdy jeszcze mieszkał w Polsce i pracował we Wrocławiu, na uniwersytecie. Reszta po angielsku i ukazała się głównie w USA. Nie umiałaby powiedzieć, czego dotyczyły. Jej wystarczyło wiedzieć, że zajmował się pisaniem programów do zastosowań w genetyce. Próbowała zrozumieć jeden z krótszych artykułów, ale dała sobie spokój, gdy tylko zauważyła, że w słowniku wyrazów obcych, który miała w biurze, nie ma większości użytych w tekście terminów.

Z krótkiej notki biograficznej wynikało wyraźnie, że naprawdę miał wszystkie te tytuły „jak każdy" i że można by nimi obdarować spokojnie cztery osoby. Poza tym na podstawie dat wydania tych trzech polskich publikacji bez trudu obliczyła, że nie może mieć jeszcze 40 lat.

Strona z listą jego publikacji, stanowiąca coś w rodzaju elektronicznego życiorysu naukowego, zawierała tylko jeden osobisty akcent. Po tytule pierwszej publikacji w języku polskim umieścił odnośnik do stopki. Wyświetlany małą niewyraźną czcionką tekst zawierał następującą informację:

Publikacja ta jest wynikiem badań w ramach mojej pracy magisterskiej. Żadna inna moja publikacja nie jest dla mnie tak ważna jak ta. W całości dedykuję ją Natalii.

Przeczytała ją kilkakrotnie. Ten mężczyzna, którego zaczepiła pół godziny temu w Internecie, zaczynał ją zdumiewać. Właśnie tak. Zdumiewać. Mało kto przyzna się, że jest pełen smutku. Prawie nikt, że był chory psychicznie. Przy tym był tak genialnie mądry. I potem to tutaj. Najpierw jakieś „sekwencje genów", jakaś „optymalizacja algorytmów nieliniowych", jakaś „rekursja drugiego rzędu", a na końcu to romantyczne „w całości dedykuję ją Natalii". Zna go 30 minut, a już przyłapała się na tym, że jest zazdrosna o jakąś kobietę.

Wyciągnęła kartkę z adresem e-mailowym, który jej podał. Jakub@epost.de. Zaczęła pisać. Kilka minut później zadzwonił telefon. Jej mąż czekał w samochodzie na dole.

– Słuchaj – powiedziała – idź na piętnaście minut do tej kawiarni po drugiej stronie ulicy. Muszę jeszcze coś bardzo ważnego skończyć.

Miała dziwne wrażenie, że ten e-mail do niego, właśnie teraz, jest bardzo ważny.

ON: Następnego dnia był w instytucie pierwszy. Christiane, asystentka w sekretariacie, spotkała go przy automacie do kawy w kuchni. Zawsze była przed wszystkimi, ale za to znikała też najwcześniej. Powiedziała do niego, śmiejąc się:

– Myślałam, że kluby nocne zamykają dopiero o ósmej rano.

– Chrissie – lubiła, gdy ją tak nazywał – jak ty to robisz, że o siódmej rano masz taki nastrój jak turyści na Seszelach o dziesiątej przed śniadaniem?

Przestała się śmiać. Spojrzała mu prosto w oczy i powiedziała:

– Spędź ze mną kiedyś noc, a się dowiesz.

Wyjęła filiżankę z kawą z automatu i wyszła z kuchni. Nigdy nie wiedział, kiedy Christiane mówiła poważnie, a kiedy żartowała.

Wybrał w automacie podwójne espresso i wrócił do biura. Program pocztowy na jego komputerze ściągnął w tym czasie wszystkie e-maile z ich komputerowego serwera. Oprócz codziennie nadsyłanych biuletynów naukowych lub informacyjnych, oprócz denerwujących go elektronicznych śmieci w postaci reklamówek tak idiotycznych, jak ta zachęcająca do kupna taniej działki budowlanej na Bahamach, a także oprócz normalnych korespondencji naukowych, dzisiaj był e-mail od niej.

Nawet go to specjalnie nie zaskoczyło. To znaczy, miał taki moment w czasie jazdy metrem do pracy, gdy musiał nagle odłożyć gazetę i myśleć o tym, czy i jak bardzo byłby rozczarowany, gdyby ona już nigdy więcej się nie odezwała do niego i zniknęła tak samo bez powodu, jak się pojawiła.

Już dawno nie musiał przerywać czytania gazety, aby myśleć o kobiecie.

Zauważył także, że to myślenie sprawia mu przyjemność. I to zupełnie inną niż myślenie o wektorowej reprezentacji trawersowanych węzłów w sieciach Petriego. Zupełnie inną. Była wyzywająca – myślał. Dokładnie tak. Tak jak kobietę, którą spotyka się w realnym życiu, można po jej wyglądzie, po tym, jak się porusza, sklasyfikować jako wyzywającą, tak i tutaj, w Internecie, w pewnym sensie funkcjonował ten sam mechanizm. Prowokujący wygląd, zbyt mocny, niepasujący do pory dnia makijaż, teatralne poruszanie biodrami lub zbyt głęboki dekolt zostały zastąpione w Sieci przez prowokujące pytania, przesadzoną bezpośredniość lub zbyt głęboko trafiające, zbyt osobiste pytania. Takie zachowanie bardzo często ma ukryć niepewność, nieśmiałość, lęk, kompleksy lub po prostu wrażliwość. Zastanawiał się w metrze, czy i u niej zadziałał ten sam mechanizm. Musiał się uśmiechnąć, gdy przypomniał sobie to jej „Powiedz mi tylko, jakie masz wykształcenie".

Potem pomyślał, że chciałby, aby była piękna. I w tym wypadku wirtualność nie zmieniała absolutnie niczego. Mężczyźni w swej próżności, także w Internecie, chcą być zaczepiani wyłącznie przez piękne kobiety. To nic, że w tym wypadku piękno nie gra żadnej roli. Jest przecież niewidoczne, nieistotne. Mężczyźni, nawet ci wybrani do zaczepki zupełnie przypadkowo, chcą wierzyć i przeważnie wierzą naiwnie, że są wyjątkowi na tyle, aby zwracać uwagę jedynie pięknych kobiet. Wyobrażał sobie, jak wielu z tych mężczyzn wciąga brzuchy lub zakrywa resztkami włosów zbyt wysokie czoła, siedząc przy swoich komputerach. Taka instynktowna reakcja prawdziwych samców, znana z plaż, przeniesiona do Internetu. Czy ewolucja się zatrzymała i tylko zmienia dekorację? A może to, co jest teraz, tak naprawdę nazywa się eWolucja?

Nie wiedział, co w tym wypadku znaczyło „piękna". Znowu pomyślał o Natalii. Czy piękna była tylko Natalia? Czy już zawsze tak będzie?

Byłby rozczarowany, gdyby więcej nie napisała. Bardzo rozczarowany. Był tego pewien, wychodząc rano z metra. Więc gdy teraz zobaczył ten e-mail, poczuł... nie wiedział, jak to nazwać... poczuł, że go nie zawiodła. Zaczął czytać.

Warszawa, 30 stycznia

Dowiedziałam się o Twoim istnieniu około 16.30. Teraz jest dopiero 17.15 w Warszawie, a zdążyłeś już wywołać we mnie podziw, zdumienie, ciekawość, zazdrość, wzruszenie, smutek i radość. Ja ostatnio mało przeżywam, więc zauważam ostrzej takie uczucia.

Miałeś rację, mówiąc, że nie potrzebuję żadnej rady. Potrzebowałam to tylko uwolnić z siebie i komuś po prostu powiedzieć. Teraz wiem nawet, że najmniej ze wszystkich chcę to powiedzieć Tobie. Poza tym to stało się nagle zbyt banalne, aby tracić na to Twój czas.

Miałam tyle wiadomości o Tobie, że chcę, abyś i Ty coś wiedział o mnie. Mam 29 lat, mieszkam w Warszawie, od 5 lat z mężczyzną, który jest moim mężem, mam długie czarne włosy i oczy, których kolor zależy od mojego nastroju.

Nawet nie wiesz, jak się cieszę, że mam ICQ tutaj w moim komputerze. I że Ty masz.

Od 16.30 dzisiaj tak się cieszę.

Do jutra.

Jeśli pozwolisz.

Przeczytał ten e-mail kilka razy. Za każdym razem, gdy dochodził do fragmentu o mężu, przeskakiwał wzrokiem kilka słów. Czytając po raz ostatni, po prostu go nie zauważył.

Startując swoje ICQ, spojrzał na zegarek. Może ona już tam jest – pomyślał.

ONA: Przyszła do biura znacznie wcześniej niż zwykle. Jej mąż wyjeżdżał porannym pociągiem do Łodzi, więc poprosiła go, aby zabrał ją i podwiózł do biura po drodze na dworzec. Zdziwił się, bo wiedział, jak bardzo lubi spać rano. Gdyby nie dwa budziki dzwoniące jeden po drugim, nigdy nie wstałaby na czas.

Uwielbiała spać. Szczególnie ostatnio. Miała niezwykłe sny. Wieczorem z łazienki szła do kuchni, piła kubek ciepłego mleka i cieszyła się na sny, które miały nadejść. Czasami budziła się w nocy, pamiętając ostatni sen, piła mleko i wracała do snu. W to samo miejsce, w ten sam wątek, przy którym się obudziła.

Sny były jak ucieczka. Miała bardzo trudny okres w małżeństwie.

Wszystko stało się jakieś takie powierzchowne. Mąż zachłysnął się bogactwem, które przynosiły mu te wszystkie projekty po godzinach. Wpadł w uzależnienie od pieniędzy i pracy. Nigdy wcześniej nie miał pieniędzy i teraz nie umiał sobie z tym radzić. Nagle wszystko, co można było kupić, znalazło się w jego zasięgu. Dzieliło go od tego tylko kilka projektów po godzinach. Samochód, który stał pod blokiem. Nowe mieszkanie w dobrej dzielnicy, gdzie ten samochód już nie był dysonansem. Sprzęty, które po pół roku stawały się przestarzałe.

Pracował od lub do świtu, niedzielę mylił z czwartkiem. Kupował nowe sprzęty, brał nowe projekty. Jeszcze tylko ten rok. Jeszcze tylko kupimy tobie auto i tę działkę pod lasem – mówił, gdy czasami pytała go, czy mogliby przedłużyć o jeden dzień weekend i pojechać do Zakopanego.

I tak zwyczajnie sobie pogadać jak dawniej – mówiła.

Nie „gadali jak dawniej" już bardzo, bardzo długo. Mieli coraz więcej sprzętów i coraz mniej kontaktu. Kiedyś przez nieuwagę pożaliła się matce. Dowiedziała się, że jest rozpuszczoną żoną, która nie ma zielonego pojęcia, na jakiego dobrego i pracowitego męża trafiła. Jej rodzice cieszyli się z każdego nowego sprzętu w ich domu, tak jak gdyby to oni go kupili. Miała wrażenie, że ojciec, gdyby tylko potrafił, przychodziłby do nich na noc, aby pomagać jej mężowi robić te wszystkie projekty po godzinach. Byli dumni z jej bogactwa i z dumą opowiadali o tym wszystkim, którzy chcieli, a często też i nie chcieli, słuchać.

Byli dumni z takiego zięcia, a ona durzyła się w Belgu. Spotkali się ponownie w niecałe dwa miesiące po tym berlińskim spędzie. W Warszawie. Gdy wszedł do ich biura z bukietem kwiatów, opalony, pachnący, jak zawsze nieskazitelnie elegancki i powiedział sekretarce, że zabiera „mademoiselle" – chociaż dobrze wiedział, że jest mężatką – na „business lunch do Bristolu", poczuła się wyróżniona.

Miał czas. Znowu jakiś mężczyzna miał czas dla niej! Słuchał, był dowcipny, delikatny, usłużny i zwracał uwagę wszystkich kobiet w restauracji. Później przysyłał e-maile i grube, kolorowe, pachnące jego wodą kolońską zaproszenia na wspólne wyjazdy do Paryża, Budapesztu lub Berlina. Zastanawiała się czasami, co zdarzyłoby się naprawdę, gdyby miała dość odwagi przyjąć kiedyś takie zaproszenie.

Dzwonił. Mówił spokojnym głosem. Słuchał. Szeptał. Czasami szeptał po francusku. To lubiła najbardziej. W biurowym nudnym i szarym życiu był jak kartka przysłana z wakacji, budząca marzenia o zmianie i egzotyce. Zaczęła uważać, że jest dla niego kimś wyjątkowym.

Niecały miesiąc temu, zaraz po Nowym Roku, jej firma organizowała w Szczyrku spotkanie z najważniejszymi klientami. On też miał tam być! Wiedziała, że przyjechał już wcześniej i że w Szczyrku spędzał sylwestra. Cieszyła się na ten wyjazd. Trochę bała się możliwych scenariuszy, które przychodziły jej do głowy w związku z nim, ale mimo to, a może właśnie dzięki temu, była szczęśliwa i podniecona.

Zorganizowała wszystko tak, aby być w Szczyrku dzień wcześniej. Chciała mu zrobić niespodziankę. Do pensjonatu przyjechała z dworca taksówką. Zmęczona, po całym dniu w pociągu i autobusie. Pierwszym, co zobaczyła, gdy weszła do holu, w którym znajdowała się recepcja, był „jej" Belg siedzący przy barze obok recepcji i całujący szyję drobnej szatynki nachylającej się skwapliwie do jego ust. Trzymali się za ręce. Nie zauważył jej, siedział odwrócony plecami do wejścia.

Oprócz grzecznościowych pozdrowień nie zamieniła z nim słowa w ciągu tych trzech dni pobytu w Szczyrku. W zasadzie nie miała prawa do żadnej lojalności czy czegokolwiek o wiele mniej istotnego w tym rodzaju. Oprócz jego adoracji, zainteresowania i jej zadurzenia nic ich nie łączyło. Ponadto o zadurzeniu Belg miał nawet prawo nie wiedzieć i mógł całować w szyje wszystkie szatynki w tym pensjonacie.

Mimo to czuła się urażona i zdradzona. Przypatrywała mu się dyskretnie w trakcie tego spotkania w Szczyrku. Już nie wydawał się jej taki nienaganny. Teraz był nawet bardzo niski i robił potworne błędy w angielskim. Ponadto któregoś wieczoru przyszedł do baru z włosami postawionymi na żel. Wydało jej się to śmieszne i żenująco pretensjonalne.

Mimo to potrzebowała czasu, aby wyleczyć się z Belga. Próbowała zbliżyć się do męża i u niego odnaleźć trochę czułości, której potrzebowała. Pragnęła zwykłej rozmowy. O książce, o filmie, o przeznaczeniu. O czymś, co nie dotyczyło codzienności, zakupów, pieniędzy i obiadów w niedzielę u mamy. Ale nie miał dla niej czasu w przerwach między projektami po godzinach. Na dobrą sprawę nie było nawet tych przerw.

I wtedy zaczęła śnić. Wypijała mleko, szła do łóżka i śniła. Budziła się rano jak oczyszczona. Jak gdyby wszystko, co ją dręczyło lub niepokoiło, przepchnęła przez filtr podświadomości, która oczyściła to w snach. Kiedyś, później poruszyła ten temat w rozmowach z Jakubem. Napisał coś, z czym zgadzała się w zupełności:

Sen, każdy sen, jest jak psychoza. Ze wszystkim, co do niej należy: pomieszaniem zmysłów, szaleństwem, absurdem. Taka krótkotrwała psychoza. Nieszkodliwa, wprowadzana za zgodą i kończona z własnej woli poprzez przebudzenie. Oczyszczająca. Tak przynajmniej twierdzi Freud. On się chyba na tym znał.

Poza tym od wczoraj wszystko było inaczej. Nagle Belg stał się nieistotny. Jak kolega z przedszkola, którego imię pamięta się jak przez mgłę. Dzisiaj też śniła, ale rano przerwała ten sen bez zwykłego niedowierzania, że to naprawdę koniec i że trzeba zaczynać myśleć. Dzisiaj chciała być jak najszybciej w biurze. Wczoraj otworzyła tylko kilkanaście z tych 28 stron internetowych z jego nazwiskiem i imieniem. Zanim dzisiaj wejdzie na ICQ, chciała przejrzeć pozostałe. Dlatego wstała rano i kazała się podwieźć pod biuro. Aby mieć czas, zanim wszyscy inni przyjdą do pracy.

Otwierała stronę po stronie. Traciła już nadzieję. Wszędzie informatyka, genetyka, jakieś bezsensowne raporty z posiedzeń, artykuły, których i tak nie rozumiała. To była chyba przedostatnia strona na liście 28 adresów. Kliknęła i pojawił się tekst: *Boże, pomóż mi być takim człowiekiem, za jakiego uważa mnie mój pies.* Uśmiechnęła się. Pomyślała, że to wyjątkowo mądra prośba. Potem uśmiechała się już prawie cały czas. To była jego własna, prywatna strona internetowa! Też genetyka, ale tym razem jego własne geny.

Opowiadał o sobie. Wiedziała, że niełatwo jest wybrać interesujące informacje o sobie i wystawić je publicznie na stronie WWW. Kiedyś myślała o przygotowaniu i opublikowaniu w Sieci własnej strony, ale zrezygnowała – głównie dlatego, że nie wiedziała, co mogłaby opowiedzieć o sobie i jak, aby to nie było kiczowate i banalne.

On zrobił to sprytnie: skupił się na innych i poprzez innych opowiadał o sobie. Opowiedział, jak ważny jest dla niego Mozart, Szopen, Morrison, które wiersze Rilkego zna na pamięć, a których zamierza się dopiero w najbliższym czasie nauczyć (a tak na marginesie: kto w tym wieku uczy się jeszcze wierszy? – myślała rozbawiona). Opowiedział, jakie książki czyta i co o nich sądzi, ale także jakich nigdy więcej nie dotknie. Przedstawił struktury chemiczne kilku substancji i interesująco opowiedział, jak się czuje, gdy mu ich brakuje, a jak, gdy ma ich w nadmiarze. Była zdumiona, czytając, co z człowiekiem może zrobić dopamina i na co trzeba uważać, aby poradzić sobie z brakiem lub nadmiarem testosteronu.

Pokazał nieprawdopodobnie piękne zdjęcia z Nowego Orleanu i przekonywał wszystkich, że jest to jedno z najważniejszych miejsc na ziemi. Oprócz Nowego Orleanu wymieniał Dublin, Boston, Wrocław, Princeton, wyspę Wight (nie miała zielonego pojęcia, gdzie może znajdować się taka wyspa), San Diego, Kuala Lumpur i Kraków – jak stacje na trasie tej samej linii kolejki podmiejskiej. Jego świat nie miał granic. Opowiadał o nauce, o wszechświecie, mądrości i mózgu. Mózg był jego pasją.

Gdy zastanowiła się głębiej nad tą stroną, doszła do wniosku, że chyba jest nieśmiały. Nie umiał na dobrą sprawę pisać o sobie wprost. Opowiadał o tym, co myśli, czuje, podziwia, a nawet pragnie, powołując się na wiersze, autorytety i naukę.

Nie dowiedziała się z tej strony niczego, co mogłoby ją zaniepokoić. Nie dowiedziała się bowiem niczego o żadnej kobiecie – pomijając kobiety z wierszy Rilkego – która miała lub mogła mieć obecnie znaczenie dla niego. To była dla niej cenna i poruszająca informacja!

Gdyby miała jednym słowem scharakteryzować go na podstawie jego własnej strony internetowej, to użyłaby tylko tego jednego: wrażliwość. Drugie, jakie nasuwało się zaraz po wrażliwości, to „smutek". Ta strona była pełna smutku. Smutku i tęsknoty. Nie wiedziała za czym, ale widziała to wszędzie: on za czymś lub za kimś tęsknił.

Poza tym ta strona była jedną wielką pochwałą mądrości. Zamyśliła się, czytając ostatnie zdanie: *Bądź mądrzejszy od innych i nie okazuj im tego... W* tym momencie w biurze pojawiła się sekretarka. Nie potrafiła ukryć zdumienia, widząc ją przed komputerem. Jak dotąd nie zdarzyło się – a dzieliły to biuro od pięciu lat – aby ona była w biurze przed sekretarką. Nie skomentowała tego ani słowem. Szukała jednak wszelkiego prawdopodobnego powodu, aby przejść do drukarki lub segregatorów przy oknie i móc, przechodząc, zerknąć na ekran jej monitora.

Ta sekretarka była najbardziej wścibskim organizmem, jaki znała. Odkąd przekonała się o tym, każda anorektycznie chuda kobieta – a takim typem była sekretarka – zaczęła kojarzyć się jej automatycznie z bezgranicznym wścibstwem. I ta jej chudość! Nieprzyzwoita, prowokacyjna, wyzywająca i nieosiągalna chudość! Odechciewało się pić nawet wodę mineralną, bo wydawało się, że ma zbyt wiele kalorii. Czasem miała wrażenie, że ta kobieta jest tak chuda, że można by ją wysłać faksem.

Zdanie o anorektycznie chudych kobietach zaczęła zmieniać powoli, ale nieuchronnie, dopiero gdy polska telewizja zaczęła wyświetlać serial *Ally McBeal*. Gdy zaczęła odnajdywać fragmenty siebie w neurotycznych dywagacjach lub zachowaniach nadwrażliwej głównej bohaterki, równie chudej jak ich sekretarka, zaczęła powoli wyzbywać się swoich uprzedzeń.

Skończyła czytać jego stronę internetową i poczuła niepokój.

Żeby był, żeby chciał być, żeby nie zniknął – pomyślała zatrwożona.

Włączyła swoje ICQ. On był *online*.

Napisała:

Jakub, tęskniłam za Tobą.

ON: Pracował. Kończył test programu dla Warszawy. To znaczy czekał, pracując. Nareszcie! ICQ dał znać, że ona jest *online*. Kliknął w migającą żółtą karteczkę w dolnym prawym rogu ekranu.

Żadnego „dzień dobry", żadnego „jak się masz". Od razu to: „Jakub, tęskniłam za Tobą". Zacisnął zęby. Jak zawsze, gdy zdarzało się coś, z czym nie umiał sobie poradzić, lub gdy nie wiedział, jak zareagować. Jego ojciec też tak robił.

Od dawna był przekonany, że za nim nie tęskni nikt, i to już od wielu lat. Tak wybrał. Nie ma nic bardziej niesprawiedliwego niż nieodwzajemniona tęsknota. To nawet gorsze niż nieodwzajemniona miłość. Znacznie gorsze. On po Natalii nie potrafił tęsknić za nikim i za niczym. Jakby się wszystko już w nim wypaliło. Może, czasami, tylko za swoimi rodzicami. W ich urodziny, rocznice śmierci lub w Zaduszki.

Wydawało mu się, ponieważ sam nie był zdolny do tęsknoty, że najbardziej godziwie jest żyć tak, aby nikt za nim nie tęsknił. Ale i to się nie sprawdzało. Od tego e-maila od Jennifer wiedział, że nie zawsze udaje się tak żyć. To był kwiecień lub maj ubiegłego roku. Nie zapomni tego paraliżującego poczucia winy, gdy przeczytał jej list w pociągu z Berlina do Warszawy. Nie czytał dotąd tak wstrząsającej opowieści o tęsknocie. Odpisał:

Dzień dobry. Cieszę się, że jesteś. Czekałem na Ciebie. Czekać. Czy to to samo, co tęsknić?

Otworzyła Chat.

ONA: Nie. Dla mnie nie. Przy czekaniu nie budzę się o 5 rano, rezygnując z najlepszych snów. Nie przychodzę także z tego powodu już przed 7 do biura. Przy czekaniu mleko nie traci dla mnie smaku. Przy tęsknocie tak.

ON: Będę pamiętał. Szczególnie o mleku. Pytam, bo wydawało mi się, że za mną nikt nie tęskni, od wielu lat. I gdy ktoś pisze mi coś takiego zamiast „dzień dobry", to... to w pierwszej chwili chciałem odwrócić głowę i sprawdzić, czy to było do kogoś, kto siedzi za mną. Ale za mną nikt nie siedzi.

ONA: To było do Ciebie. Tylko do Ciebie. Mam wrażenie, że się przyzwyczaisz. Zobaczysz.

ON: Opowiesz coś o sobie? Wiem już, że śnisz, że lubisz mleko i że tęskniłaś za mną. Czy mógłbym wiedzieć więcej?

Czy Twoje oczy są duże? Czy masz wysokie czoło? Małe stopy? Czy zasypiasz na boku? Czy Twoje włosy są puszyste? Czy masz opaloną skórę? Czy mówisz po angielsku? Czy lubisz chodzić po deszczu? Czy lubisz opery? Czy zwilżasz wargi językiem? Czy wierzysz w Boga? Czy lubisz jagody? Czy...

ONA: Pytania pojawiały się na ekranie jedno po drugim. Jak gdyby miał je przygotowane na jakiejś nieuporządkowanej liście i po prostu przepisywał. Była pewna, że nie miał żadnej listy. Niektórych z tych pytań nie zadał jej nikt przed nim. Nigdy. Mąż także. A jest z nim od pięciu lat. Odpisała:

Powiedz mi tylko jedno. Dlaczego chcesz to wszystko wiedzieć?

ON: Bo... także tęskniłem za Tobą.

ONA: Opowiem Ci wszystko. Mamy dużo czasu, prawda?

Już od pierwszego dnia rozmowy z nim były jak przeżycia, które się zapamiętywało. Nie potrafiła tego wytłumaczyć, ale nie uważała, że cokolwiek, co zdarza się między nimi, zdarza się zbyt szybko. Wczoraj o tej porze jeszcze go nie znała. Dzisiaj opowie mu za chwilę, na którym boku zasypia. Gdyby zapytał, czy zasypia nago na tym boku, to też odpowiedziałaby mu bez wahania, że nago. Czy to ten Internet, czy to ten jej brak przeżyć, czy to po prostu on indukuje w niej taką szczerość? A może ona chce wreszcie opowiedzieć komuś o sobie i wiedzieć, że ten ktoś ma czas i chce jej wysłuchać?

ON: Nagle chciał wiedzieć o niej wszystko. To przecież nieistotne, że jej nie widzi. Ona mu sama opowie to, co mógłby zobaczyć. Opowie własnymi słowami. I to będzie dokładnie takie, jakie ona chciałaby, żeby on dostrzegł. I on w to uwierzy i taką będzie zabierał – w myślach – do domu i w swoją wyobraźnię. Bo w Internecie najważniejsze są słowa i wyobraźnia.

Każda rozmowa i spotkanie z nią w Internecie miały atmosferę i nastrój randki. Były na swój sposób uroczyste, oczekiwane i nigdy nie było wiadomo, jak się zakończą. Poza tym to „Jakub, tęskniłam za Tobą", którym witała go każdego ranka, nieustannie go poruszało.

Witała go tak prawie każdego dnia. Tylko w soboty i niedziele nie. I dlatego w poniedziałek to „Jakub, tęskniłam za Tobą" było jak potwierdzenie, że wszystko nadal trwa. Dlatego też od 30 stycznia poniedziałek stał się jego ulubionym dniem tygodnia.

Między poniedziałkami i piątkami rozmawiali o wszystkim. O Bogu, o pieniądzach, o pogodzie w Warszawie, o najlepszych kremach na mieszaną cerę, o Internecie, o genach i chromosomach, o kolorze jej włosów, barwie jego głosu, o nieporonnych metodach zapobiegania ciąży, o muzyce, o upadku filozofii, o matematyce, o zapachu jej perfum wieczorem i rano. O wszystkim. Praktycznie każdy temat stawał się z nią pasjonujący. Każdy zdradzał coś o niej.

Zaszokował ją wiadomością, że nie ma samochodu i że gdy tylko zima się skończy, z radością wróci do swojego skutera. Nie zapomni jej humorystycznego komentarza.

Ty nie masz samochodu?! Tam w Niemczech?! – pisała zdziwiona. – To co Ty robisz w weekendy? Przecież Niemcy w weekendy zajmują się głównie myciem samochodów. Słyszałam, że w Niemczech jedynie chorzy psychicznie, studenci i komuniści nie myją samochodów w soboty.

Potem napisała, że gdyby jednak kupował coś do mycia na soboty, to niech kupi koniecznie terenowy *off-road*, najlepiej od Mitsubishi, taki z przełożeniem *low-range* i możliwością przejścia silnika w tryb sekwencyjny.

Ale Ty to wszystko pewnie dobrze wiesz – dodała na końcu.

Oczywiście, że nie wiedział! Zresztą nigdy nie chciałby wiedzieć.

To miał wiedzieć sprzedawca w Mitsubishi. Ale fakt, że ona wiedziała takie rzeczy, wydał mu się… sexy. To było późnym popołudniem, gdy mu doradziła to przełożenie *low-range*. Nie mógł po lunchu przestać pić tego nowego świetnego merlota z Chile, którego odkrył ostatnio. Wyobraził sobie, że są w terenie, bardzo, bardzo *off-road*, i mają możliwość przejścia w tryb sekwencyjny…

Oczywiście, że nie wiem – odpowiedział – ale zapamiętam: tryb sekwencyjny.

I dodał, żałując natychmiast:

Jaki kolor ma dzisiaj Twoja bielizna?

To było chyba zbyt wprost. Znali się wtedy dopiero dwa miesiące. Nie odpowiedziała. Zapytała tylko:

A jaki kolor powinna mieć bielizna, którą zdjąłbyś najchętniej?

Gdyby zapytała na przykład „A jaki kolor lubisz najbardziej?", nie miałoby to takiego działania.

Zielony. We wszystkich odcieniach – odpowiedział wtedy.

Zielony. Zapamiętam. A teraz muszę już iść, Jakubku. Nie pracuj zbyt dużo tego weekendu.

Zniknęła, nie czekając na odpowiedź, zostawiając po sobie tylko wiadomość od systemu ICQ:

User went offline.

Jak on nienawidził tej wiadomości! Szczególnie w piątki późnym popołudniem. Robiło się nagle tak pusto w jego biurze. Czuł coś, co stanowiło chyba mieszaninę rozgoryczenia, pretensji do niej, rozczarowania i samotności. Wszystko naraz.

Wiedział dobrze, że to trzeba po prostu przeczekać. Poza tym nie miał wyboru. Nie należała do niego. I dlatego w piątek miał zawsze w biurze lub w lodówce w kuchni więcej wina. Gdy wychodziła z ICQ i szła do swojego realnego świata tam w Warszawie, on wypijał kieliszek duszkiem i nalewał zaraz drugi.

Zaczął to robić już na początku marca. W połowie kwietnia zauważył, że weekend to takie dwa dni, w które znowu nie wypada iść do pracy. Od końca kwietnia tęsknił za nią naprawdę. Zdarzało się, że wsiadał w sobotę wieczorem na skuter i jechał przez całe Monachium do biura, aby sprawdzić, czy nie napisała. Może zapomniała czegoś i musiała przyjść to zabrać ze swojego biura, a że komputer tam stał, to po prostu napisała – myślał.

Ale tak się nie zdarzało. Nie. Ona nie zapominała niczego. W jego skrzynce pocztowej nie było e-maili od niej w soboty wieczorem. Był za każdym razem trochę rozczarowany, ale nigdy jej tego nie powiedział. Poza tym potem przychodził poniedziałek. Kawa smakowała tak cudownie. Włączał komputer. Mała żółta karteczka obiecywała koniec czekania. Klikał i czytał to jej „Jakub, tęskniłam za Tobą" i obietnica się spełniała. Na całych pięć długich dni. Do piątku.

Żeby tylko nie zapomniał kupić więcej wina w piątek rano, gdy będzie jechał do pracy.

ONA: Odkąd zaczęła spotykać go na ICQ, jej biuro było jak miejsce sekretnych schadzek. Wszystko nagle zaczęło się jej tutaj podobać. Komputer, dotąd szary, za duży i za głośny, kwiaty na parapetach, które zapominała podlewać, jej przestarzałe biurko, a nawet nowy zapach perfum sekretarki, której chudość nie była już jak wyrzut sumienia, gdy jadło się przy niej choćby jogurt. Nagle przestała być dla niej kobietą ze zdjęcia ilustrującego reportaż o głodującej Erytrei. Mogła teraz zjeść przy niej torbę krówek i nie pomyśleć przy tym o jednej jedynej kalorii! Obojętne stało się nagle to, że jej mąż wziął znowu kilkanaście projektów na następnych kilka miesięcy i że z pewnością nie pojadą ani do Zakopanego, ani nigdzie indziej przed końcem września. Mniej więcej od końca marca najważniejsze dla niej było przeczytać e-mail od niego rano, zrobić jak najwięcej z tego minimum, którego od niej wymagano, do przerwy obiadowej i spotkać się z nim na ICQ zaraz potem. Idealnie było rozmawiać z nim na ICQ do wyjścia. Rzadko to się im udawało, bo oboje musieli pracować. Ale czasami owszem. Zawsze jednak przed jej wyjściem z biura – on, jeśli przebywał w Monachium i nie podróżował, nigdy nie wychodził przed nią – spotykali się w Sieci, aby się pożegnać.

Rozmawiali prawie o wszystkim. Codziennie o wszystkim niecodziennym. Z każdym słowem, z każdym zdaniem stawał się jej bliższy. Nie mogła sobie przypomnieć, co robiła cały czas w tym biurze, zanim go sobie znalazła.

Nie rozmawiali jedynie o jej mężu i jego kobietach. Tych dwóch tematów nie udało się wprowadzić w żaden sposób do ich rozmów. To, że nie pojawiał się wątek jej męża, było jak niepisany układ między nimi. Odkąd zauważyła, że on ignoruje całkowicie informacje, w których ona używa liczby mnogiej, opisując swoje życie, postanowiła przejść na liczbę pojedynczą. Na początku nie rozumiała jego postawy. Później, gdy już stali się sobie niezbędni i ta przyjaźń, bez nazywania jej po imieniu, przeistaczała się powoli w coś pełnego czułości i intymności, zrozumiała, że tak było o wiele lepiej. Dla niej także.

Temat jego kobiet poruszała wprost lub przemycała w pytaniach lub prowokacjach do komentarzy. Bardzo często po prostu ignorował takie pytania. Czasami jednak reagował, odpowiadając:

Kiedyś opowiem Ci o tym. Dokładnie. Teraz jeszcze nie. Wybacz.

Wiedziała tylko, że jest sam i jedyną kobietą, z którą dyskutuje o miłości i *Eroice* Beethovena, jest ona. To ją uspokoiło, ale nie na długo. Niezaspokojona ciekawość jego przeszłości trwała w niej nieustannie.

Był taki delikatny. W zagadkowy sposób wyczuwał, prawie nieomylnie, jej nastroje. Nigdy nie próbował jej rozbawić dowcipem, gdy podejrzewał, że jej smutek nie jest akurat odwrotnością śmiechu. Kiedyś ni stąd, ni zowąd zapytał:

Czy zawsze masz bolesne okresy?

Skąd wiedział, że miała i że bolało ją strasznie?! W takie dni nie prowadził z nią żadnych dyskusji, doskonale wiedząc, że kobiety mogą być wtedy nieprzewidywalne. Raczej jej coś opowiadał, nie pytając o zdanie. Coś na zasadzie: „a teraz usiądź wygodnie w fotelu, odpręż się, słuchaj i nic nie mów". Właśnie jednego z takich dni zapytała go:

Jakubku, tutaj masowo opowiada się, pisze, a ostatnio nawet śpiewa o genach. Każdy czuje się zobowiązany mieć jakieś zdanie na ten temat. Wiem, że w Ameryce dekoduje się cały genom. To jest obowiązkowy temat nie tylko rozmów, ale także fascynacji. Poprawnie, a nawet *cool*, jest obecnie fascynować się genomem, i to nie tylko własnym. Opowiedz mi, proszę, jak dekoduje się ten genom. Tak, abym zrozumiała. Pamiętaj przy tym, że oprócz tego, iż mam geny i znam Ciebie, nie łączy mnie absolutnie nic z genetyką.

Spodziewając się dłuższej rozmowy, otworzyła Chat.

ON: Dlaczego chcesz to wiedzieć akurat dzisiaj?

ONA: Głównie dlatego, że dawno już mi nic ładnego nie opowiedziałeś, a wiesz, jak bardzo lubię Ciebie czytać, gdy opowiadasz. A poza tym na weekend zaprosiłam do siebie kilka osób. Wśród nich jest facet, którego nie znoszę, a którego toleruję jedynie dlatego, że jest jako mąż największym błędem życiowym mojej dobrej koleżanki. Facet przeczyta coś w encyklopedii i wymądrza się przez cały wieczór. Już dawno chciałam mu dać nauczkę. Zapytam go głośno przy stole, jak w praktyce dekoduje się genom. Jestem pewna, że on tego jeszcze nie przeczytał w encyklopedii, i ja go wtedy przy wszystkich „zdepczę" mądrością. Zresztą Twoją własną. Mam nadzieję, że po tym wieczorze będzie do mnie wysyłał tylko swoją żonę, a sam się już więcej nie pokaże.

ON: Świetny powód. Zachwycasz mnie swoimi pomysłami. Z tym genomem to jest raczej prosta sprawa.

ONA: Chwileczkę. Usiadłam teraz wygodnie w fotelu. Mniej mnie boli, gdy trzymam dłonie na brzuchu. A teraz opowiadaj, Jakubku!

ON: Za chwilkę, dobrze? Powiedz mi tylko coś o Twoim brzuchu. Jaki jest? Płaski, wypukły, opalony czy zupełnie biały?

ONA: To chyba od tego dnia i od tych pytań do ich rozmów na stałe weszła cielesność. Takie pytania były – jak się jej wydawało – testem, jak daleko może się posunąć, pytając o jej ciało.

Już dawno mogłeś posunąć się znacznie dalej – pomyślała, czytając trochę rozczulona te pytania.

Potem jej ciało było częstym tematem w ich rozmowach. Pytał delikatnie, ale systematycznie o wszystko. Najbardziej fascynowały go jej oczy, usta, jej dłonie i całe ręce. Któregoś dnia napisał:

Byłem wczoraj w perfumerii i widziałem, jak kobiety z upodobaniem spryskiwały sobie wewnętrzną stronę nadgarstków, testując nowe perfumy. Przypatrując się im, poczułem, że bardzo chciałbym pocałować Twoje nadgarstki.

I zaraz potem zadał to pytanie. Pierwszy raz odważył się na coś takiego. Jak dotychczas skrupulatnie przemilczał jakikolwiek temat, który mógł spowodować, że musiałaby opowiedzieć cokolwiek o innym mężczyźnie w jej życiu. Czy to z przeszłości, czy z teraźniejszości. Wtedy jednak zapytał:

Czy ktoś całuje Twoje nadgarstki?

Zrobiło się jej wtedy smutno. Dotknęła palcami ekranu monitora. Poczuła, że musi.

Nikt nigdy nie całował i nie całuje moich nadgarstków. Od żadnej strony. Nikt oprócz Ciebie dotychczas nie interesował się nawet przez sekundę moimi nadgarstkami – odpisała, dodając: – Kiedy się spotkamy, pocałujesz je, prawda?

Nie odpowiedział jej wtedy.

ON: Nie doczekam się chyba Twojej odpowiedzi. Opowiesz mi więc o Twoim brzuszku innym razem.

A teraz wracajmy do genomu. Odkąd są komputery, sekwencjonowanie ludzkiego DNA, które jest w całości w jądrze każdej komórki, stało się bardziej zadaniem informatyków niż genetyków. Zacznę od nich, bo tak naprawdę to oni robią całą pracę. Genetycy i biolodzy tylko wpadli na pomysł, jak im dostarczać danych do przetwarzania. A danych jest bardzo, bardzo dużo. Zaraz powiem Ci, jak dużo.

Jak wiesz, genom to nic innego, tylko całkowita sekwencja około 3,5 miliarda prostych organicznych zasad, które rozciągają się jak szczeble drabiny między dwiema nićmi z fosforu i cukru. Te cienkie nanometrowe nitki skręcają się w tę słynną podwójną spiralę, o której każdy ma ostatnio coś do powiedzenia.

Zasady tworzą w wyniku wiązań chemicznych pary i wszystkie one stanowią szczeble drabiny łączące obie nitki. Każda z zasad ma swoją nazwę: guanina, cytozyna, adenina i tymina. Bardziej zna się jednak ich inicjały G, C, A, T. Dekodowanie genomu to nic innego tylko ustalenie kolejności par AT oraz CG w tej drabinie. Nic innego.

Znaleźć kolejność około 3,5 miliarda par liter AT lub CG. Czy to dużo? Gdyby każda litera A, T, G lub C miała tylko jeden milimetr, to po złożeniu całego kodu w ludzkim genomie w jedno zdanie byłoby ono dłuższe niż cały modry Dunaj. A to przecież najdłuższa rzeka Europy. Żeby takie zdanie przeczytać, potrzeba ponad stu lat. To chyba sporo, prawda?

Aby przetworzyć tyle danych, trzeba mieć dużo komputerów i dobre programy. Jedna z głównych firm dekodujących genom już dawno ma w swoim laboratorium w Rockville znacznie więcej mocy obliczeniowej niż cały Pentagon. Na szczęście nikomu to nie przeszkadza. Bez tego jednak nie można nawet myśleć o dekodowaniu DNA. Ilość informacji generowana przez przeciętnej wielkości laboratorium genetyczne jest 20 tysięcy razy większa niż to, co genialny i wyjątkowo płodny twórczo Bach zawarł we wszystkim, co skomponował przez całe swoje życie.

Jak dostarczać danych o sekwencji zasad w DNA, wymyślili oczywiście biolodzy z genetykami. 15 ochotników w USA, którym zagwarantowano, że pozostaną anonimowi, wyraziło zgodę na wydobycie nitki DNA z jąder ich komórek krwi i spermy. Nitki te są wprowadzane do komórek ulubionej przez biologów laboratoryjnych jąder bakterii *E. coli*, która rozmnaża się, z ludzkim DNA w sobie, w rewelacyjnym tempie. Kolonie *E. coli* pompują DNA jak małe fabryki. Nad tymi koloniami poruszają się roboty, które testują powielone przez *E. coli* DNA i wynajdują najlepsze egzemplarze oraz tną nitkę na 60 milionów krótkich fragmentów. Każdy z takich fragmentów ma nie więcej niż 10 tysięcy par AT lub GC. Fragmenty te przesyłane są do kapilarnych rurek będących częścią wyrafinowanych technologicznie urządzeń do sekwencjonowania genów.

Mógłbym podać Ci oczywiście szczegółowe nazwy i parametry robotów i tych urządzeń, abyś mogła naprawdę przegonić tego mądralę od encyklopedii raz na zawsze. Tylko mi powiedz, czy chcesz.

Kapilarne rurki zasysają nitki DNA w kawałkach. Nitki przesuwają się po ściankach kapilar do góry i wydobywają się na zewnątrz szczebel po szczeblu. A T C G C G A T... i tak dalej. Każdy taki szczebel lub para zasad, która wydobyła się ponad krawędź kapilary, natychmiast oślepiana jest promieniami silnego światła laserowego. Ponieważ szczebel to zasada, związek chemiczny, więc fluoryzuje światłem o określonym widmie. Widmo fluorescencyjne pary zasad, która wydobyła się na zewnątrz, zamieniane jest natychmiast na dane cyfrowe i przesyłane do analizy przez programy komputerowe.

Światło lasera kierowane na kapilary jest w paśmie częstotliwości błękitu, więc zawsze trochę przyciemnione laboratoria sekwencjonujące DNA wyglądają, gdy patrzeć na nie przez szyby, jak tajemnicze błękitne hale z filmów science fiction. Kiedyś spędziłem kilka dni w jednym z takich laboratoriów w Bostonie. Czasami wieczorem podchodziłem do szyb, za którymi w błękitnej poświacie o odcieniu nieba roboty i sekwencjonery starały się zdekodować to, co być może zakodował Stwórca. Gdy zapomni się o tych wszystkich komputerach, laserach i kapilarach, to można pomyśleć, że jest się świadkiem gigantycznego przedsięwzięcia człowieka. Zawsze wtedy musiałem myśleć o mądrości, o Bogu i o tym, że mam ogromne szczęście brać udział w tym przedsięwzięciu.

Wiesz, że ten błękit w laboratorium może być tak samo piękny jak błękit morza?

Jesteś ciągle w swoim fotelu i czytasz ten tekst czy zasnęłaś znużona? Czy ból trochę ustąpił?

ONA: Gdy skończył pisać, siedziała dalej nieruchomo w fotelu i myślała o tym, że spotkała, zupełnie przypadkowo, niezwykłego człowieka. Że chciałaby, aby był zawsze. Na wieczność. Czuła się przy nim tak wyróżniona i tak jedyna jak przy nikim na świecie.

Po raz pierwszy, skulona na tym fotelu, zaczęła się bać, że on mógłby przestać być częścią jej życia. Nie wyobrażała już sobie tego. Zastanawiała się, dlaczego poczuła to akurat teraz, czytając o błękicie hali, w której maszyny sekwencjonują genom…

ON: Opowiadając Ci to wszystko, całkiem zapomniałem o zebraniu, które zapowiedziano nam już w zeszłym tygodniu. Ja ostatnio przy Tobie zapominam o wielu rzeczach. Właśnie dzwoniono, że czekają tylko na mnie. Muszę odejść od komputera. Teraz. Natychmiast. Wybacz. Do później. Uważaj na siebie.

ONA: Odszedł i zrobiło się tak pusto i przeraźliwie cicho. Napisała:

Nagle tak cicho zrobiło się w moim świecie bez Ciebie…

ROZDZIAŁ 3

ON: Zebranie przedłużyło się. Dopiero po ponad dwóch godzinach mógł wrócić do komputera w swoim biurze.

Spojrzał na zegarek. Było już bardzo późno.

Jej z pewnością nie ma już *online* – pomyślał rozczarowany, widząc w prawym dolnym rogu ekranu migoczącą żółtą karteczkę jej wiadomości.

Kliknął w nią i przeczytał. Poczuł duszności. Niepokój, lęk i ucisk w klatce piersiowej. Ręce mu drżały. Myślał, że to już minęło, przysypane grubą warstwą piachu zdarzeń jego życia, odkupione z nawiązką tym wszystkim, co przeżył od tamtych dni. Ale zapisu bólu w jednym obszarze pamięci nie można wymazać zapisami szczęścia w innych.

Przeczytał to jedno zdanie i wszystko wróciło. Z tą samą rozpaczą, bólem, łzami, niekontrolowanym drganiem powiek, zaciskaniem pięści i bezsilnością. Dokładnie tak jak wtedy poczuł słony smak krwi z pokaleczonych zębami warg. Krótki, płytki oddech. Wróciło absolutnie ze wszystkim. Nawet z tą nieodpartą chęcią zapalenia papierosa. A nie palił już od siedmiu lat.

Podparłszy lewą dłonią brodę, siedział jak sparaliżowany przed monitorem i ze łzami w oczach wpatrywał się w to zdanie. Po chwili zdał sobie sprawę, że nie chciałby, aby teraz ktoś wszedł do jego biura i zobaczył go w takim stanie. Podniósł się z krzesła i poszedł do łazienki. Po chwili odświeżony zimną wodą wrócił do komputera i napisał do niej e-mail.

Wielokrotnie pytałaś mnie o kobiety. Akceptowałaś fakt, że nie odpowiadałem albo odsuwałem tę odpowiedź na nieokreślone później. Teraz napisałaś to jedno zdanie i nadszedł czas, aby Ci o tym opowiedzieć. Robię to bardziej dla siebie niż dla Ciebie. To, co przeczytasz, jest czasami wstrząsające, a z pewnością zatopione w smutku. Dlatego nie czytaj tego teraz, jeśli nie chcesz smutku. Dlatego też piszę e-mail, zamiast opowiedzieć Ci o tym na ICQ. Głównie po to, abyś mogła wybrać moment, w którym zdecydujesz się to czytać.

Nie czytaj tego, jeśli jest Ci źle. Będzie Ci jeszcze gorzej. Przeczytaj, gdy będziesz poważna i refleksyjna. I nie płacz. To już zostało opłakane tyle razy.

Czy wiesz, że nawet nie mam pojęcia, jak mogą wyglądać Twoje oczy, gdy są w nich łzy?

W zasadzie w moim życiu liczyła się dotychczas tylko jedna kobieta. Miała na imię Natalia. Spotkała mnie przypadkiem. I też w styczniu. Dokładnie tak jak Ty mnie.

Kolejka do okienka z zupą w stołówce politechniki była tego dnia wyjątkowo długa. Siedziałem zaraz obok okienka, dokładnie na wprost misek z łyżkami i chlebem do zupy. Dziewczyna w brązowej obcisłej spódnicy w kwiaty i z czarnymi włosami związanymi jedwabną chustką w kok stała w kolejce ze starszą, elegancką kobietą. Nie rozmawiały, chociaż było widać, że są razem. Odebrała zupę. Właśnie podchodziła do miski z łyżkami, gdy ktoś przez nieuwagę potrącił ją gwałtownie. Poczułem wrzątek na dłoniach i twarzy. Zerwałem się z krzesła porażony bólem. Ona postawiła talerz z resztkami zupy na moim stole. Staliśmy naprzeciwko siebie. Już miałem powiedzieć coś brzydkiego, ale spojrzałem na nią. Patrzyła na mnie z przerażeniem. Musiałem wyglądać żałośnie z resztkami zupy we włosach, na twarzy i na koszuli. Złożyła ręce jak do modlitwy i patrzyła z takim lękiem w oczach. Zagryzła wargi, oczy zaszły jej łzami. Patrzyła na mnie i nic nie mówiła. W pewnym momencie wydała z siebie jakiś niezrozumiały dźwięk, odwróciła się i zaczęła uciekać. Zrobiło mi się przykro.

– Niech pani nie ucieka. Nic się nie stało. Wcale nie było gorące. Naprawdę. Nic się nie stało.

Starsza kobieta z kolejki pobiegła za nią.

W ten sposób po raz pierwszy zetknąłem się z Natalią.

Od tego dnia chciałem ją spotkać. Obraz jej zielonych, ogromnych oczu zalanych łzami i te złożone dłonie nie dawały mi spokoju. Przychodziłem do stołówki, siadałem na tym samym krześle na wprost okienka – kiedy było zajęte, czekałem, aż się zwolni – i wypatrywałem jej. Przychodziłem o wszystkich możliwych porach wydawania obiadów. Nie było jej. Ponad miesiąc jej nie było.

Którejś niedzieli jechałem tramwajem do biblioteki. Był tłok. Ludzie wracali z kościołów. Odwrócony twarzą do okna tramwaju na którymś zakręcie poczułem, że ktoś napiera na mnie i przyciska do szyby. Odwróciłem się. Nie miała wyboru. Stała przytulona na całej długości swojego ciała do mnie. Niewiele niższa ode mnie. Jej oczy wpatrywały się w moje. Czułem jej włosy na twarzy. Zdumiony wykrztusiłem:

– To pani.

Zamknęła oczy. Nic nie mówiła. Jechaliśmy tak, przytuleni. Chciałem, aby to się skończyło. Jak najprędzej. Miałem erekcję i ona to na pewno czuła.

Nie wysiadłem przy bibliotece. Wysiadłem na tym przystanku, na którym ona wysiadła. Ukrywając się, szedłem za nimi. Bo znowu była z tą elegancką kobietą. Skręciły w uliczkę niedaleko przystanku. Zapamiętałem, do którego domu weszły. Przychodziłem pod ten dom. Wypatrywałem jej. Po kilku tygodniach wiedziałem, o której wychodzi, o której wraca, jaki ma parasol, jakie buty, jak chodzi, w którym oknie pojawia się najczęściej, do których tramwajów wsiada. Gdziekolwiek szła, zawsze w towarzystwie tej eleganckiej kobiety.

Była piękna. Zadarty lekko nosek, wiśniowe usta, zielone oczy. Włosy spięte w kok lub rozpuszczone. Zawsze w spódnicy do ziemi. W ciemnych bluzkach lub sweterkach. Często z apaszką na szyi. Małe kolczyki. Duże piersi. Uwielbiałem patrzeć na jej pośladki, gdy szła w butach na obcasach. Głównie przecież widywałem ją z tyłu. Zastanawiałem się, jak pachnie i jaki ma głos.

Po miesiącu zdecydowałem się. To był czwartek. Wiedziałem dokładnie, że w czwartki nigdzie nie wychodzą. W kwiaciarni wykupiłem wszystkie konwalie, jakie były. Nacisnąłem dzwonek i nagle poczułem, że chcę uciec. Nie zdążyłem. Otworzyła ta elegancka kobieta.

– Czy mógłbym porozmawiać z... – zapomniałem wszystko, co chciałem powiedzieć – z...

– Z Natalią? – podpowiedziała, uśmiechając się.

– Chyba tak. Tak, z Natalią.

– Jestem jej matką. Nie może pan. Ale niech pan wejdzie. Natalia jest u siebie w pokoju.

Zignorowałem tę dziwną odpowiedź i wszedłem, chowając bukiecik konwalii za plecami. Matka Natalii wprowadziła mnie do dużego pokoju, w którym wisiało mnóstwo obrazów na ścianach. Przy biurku na wprost okna odwrócona plecami do drzwi siedziała ona. Natalia.

Nie zareagowała, gdy weszliśmy. Matka kobiety podeszła szybkim krokiem do niej i stanęła przed biurkiem, jak gdyby nie chciała jej przestraszyć. Wskazała palcem na mnie. Natalia odwróciła się i spojrzała. Sytuacja była niepokojąco dziwna. Nie wiedziałem, co mam zrobić. Natalia siedziała, wpatrując się we mnie. Nic nie mówiła. Matka nie wychodziła z pokoju.

– To dla ciebie. Lubisz konwalie? – zapytałem, wyciągając rękę z bukietem zza pleców i podając jej.

Natalia wstała. Podeszła do mnie. Wzięła konwalie i przycisnęła je do ust. W tym momencie jej matka podeszła do nas i powiedziała:

– Natalia bardzo lubi konwalie, ale nie może tego sama panu powiedzieć. Jest głuchoniema.

Natalia wpatrywała się we mnie z konwaliami przy ustach. Z pewnością wiedziała, co w tej chwili powiedziała jej matka. Przez chwilę analizowałem to.

Wiesz, co pomyślałem? Wiesz, co pomyślałem w tym niezwykłym momencie?

Pomyślałem: No i co? No i co z tego, że jest głuchoniema? I powiedziałem:

– Czy pani mimo to mogłaby na chwilę wyjść z tego pokoju i zostawić nas samych? Proszę.

Kobieta wyszła bez słowa. Pierwszy raz byliśmy sami. Tak naprawdę nie dotarło do mnie, że ona mnie nie może usłyszeć.

– Mam na imię Jakub. Nie mogę przestać o tobie myśleć, odkąd oblałaś mnie tą zupą. Czy mógłbym czasami się z tobą spotykać? Mogę?

To jest tak cholernie smutne, że szczerze mówiąc, płaczę, gdy Ci o tym piszę. To pewnie przez to wino i B.B. Kinga, którego słucham. *Three o'clock blues*. To na pewno przez to. Chyba nie ma nic smutniejszego u B.B. Kinga niż ten blues. Ale ja przecież chcę być teraz smutny. Blues komponuje się ze smutku. To powie Ci każdy Murzyn w Nowym Orleanie.

Natalia stała nieruchomo, wpatrując się we mnie. Nie pomagała mi. Ona nigdy mi nie pomagała w rozmowie. We wszystkim innym tak. Tylko w tym nie. Miałem czuć od pierwszej chwili i zawsze potem, że jest kaleką.

Podszedłem do jej biurka, znalazłem kartkę papieru i zacząłem pisać.

– Po co Ci to? – odpisała, patrząc mi wnikliwie w oczy. – Dlaczego chcesz się ze mną spotykać? Będziesz tutaj przychodził i będziemy sobie pisać? Zaprosisz mnie do kina i nie będę mogła Ci nawet opowiedzieć, czy film mi się podobał? Zaprosisz mnie do swoich przyjaciół i nie powiem ani słowa? Po co Ci to?

Płakała. W tym momencie do pokoju weszła jej matka.

– Wie pan co? Niech pan już sobie pójdzie. Natalia musi teraz wyjść. Dziękujemy za konwalie.

Natalia stała odwrócona plecami do drzwi, gdy wychodziłem.

Dwa dni później w stołówce politechniki Natalia siedziała na moim miejscu naprzeciwko okienka, w którym wydają zupy. Była sama. Usiadłem obok. Podsunęła mi kartkę. Przeczytałem:

„Mam na imię Natalia. Nie mogę przestać o Tobie myśleć, odkąd oblałam Cię tą zupą. Czy mogłabym się z Tobą czasami spotykać?".

Ja chyba byłem w niej zakochany już w tym momencie. Miesiąc później naprawdę ją kochałem. Była najdroższa, najpiękniejsza, najwrażliwsza. Jedyna. Zgadywała moje myśli. Wiedziała, kiedy mi zimno, kiedy zbyt gorąco. Czytała książki, które mi się podobały. Kupowała wszystko w zieleni. Gdy dowiedziała się, że lubię zieleń, wszystko było zielone. Sukienki, spódnice, jej paznokcie, jej makijaż. I papier, którym owijała prezenty dla mnie. Kupiła gramofon i płyty, abym mógł z nią słuchać muzyki.

Wyobrażasz to sobie? Kupowała mi płyty, których nigdy nie mogła wysłuchać, i prosiła mnie, abym jej opowiadał muzykę. Miało być tak samo jak z każdą słyszącą kobietą.

Stała pod uniwersytetem lub politechniką, aby pierwsza wiedzieć, jak zdałem egzaminy. Zawsze też pierwsza wiedziała. Była tak cholernie dumna ze mnie. Pisała mi o tym.

Moja matka już jej nie poznała. Za wcześnie umarła. Mój ojciec po miesiącu nie umiał nazywać jej inaczej niż „nasza Natalka".

Wszystko z nią było proste i naturalne. Któregoś dnia zaprosiła mnie na kolację. Kupiła rosyjski szampan. Jej matki nie było tej nocy w domu. Włączyła płytę. Wyszła na chwilę do łazienki i wróciła w przezroczystej bluzeczce. Nie miała stanika. Podeszła do mnie i na stole obok kieliszka z szampanem położyła kartkę z tekstem:

„Jakubku, doprowadzasz mnie do śmiechu, doprowadzasz mnie do łez. Zastanawiałam się dzisiaj cały wieczór, że prawdę mówiąc, najbardziej ostatnio chcę, abyś doprowadził mnie do orgazmu".

Majtek też nie miała. Była szalona. Dotyk działał na nią zupełnie inaczej. Swoje obie dłonie dawała mi do całowania i ssania. W tym czasie wszystko robiła ustami.

Potrafiła milimetr po milimetrze dotykać ustami lub delikatnie opuszkami palców mojej skóry. Potrafiła ssać palce moich stóp jeden po drugim. Doprowadzała mnie tym do szaleństwa. Chociaż to absurdalne – przecież nie słyszała – prosiła mnie zawsze, abym szeptał, nie mówił, ale właśnie szeptał, co czuję, gdy jest mi szczególnie dobrze. W zasadzie szeptałem cały czas.

Dla niej nauczyłem się stenografować. To było proste. Byłem najlepszy w grupie. Przydało mi się to w trakcie wykładów. Jedynie koledzy z roku nie byli zadowoleni. Odkąd stenografowałem, nie można było używać moich notatek.

Potem na specjalnym kursie uczyłem się języka migowego. Cały długi rok. Pamiętam, gdy któregoś wieczoru przyszedłem do niej do domu i gdy po kolacji zostaliśmy sami w jej pokoju. Stanąłem przed nią. Wskazującymi palcami obu dłoni dwa razy pod obojczyk. Potem dwa razy tymi samymi palcami w kierunku rozmówcy. Płakała. Uklękła przede mną i płakała. Klęczała. Dwa razy pod obojczyk. Dwa razy w kierunku rozmówcy. To takie proste. „Kocham Cię". Dwa razy pod obojczyk...

Nawet różniliśmy się pięknie. Nie zgadzała się z moim kultem wiedzy. Uważała, że można być mądrym bez przeczytania jednej książki. Jednocześnie, często w tajemnicy przede mną, czytała te same książki co ja, aby mieć swoje zdanie i móc ze mną dyskutować. Nie widziała rzekomo nic fascynującego w matematyce, ale prowokowała mnie, abym przekonywał ją, że nie ma racji. Głównie dlatego, że odkryła, jak bardzo lubię ją przekonywać i jej imponować. W jej pamiętniku, który potem trafił w moje ręce, każda zapisana przeze mnie kartka, notatka, skrawek papieru z matematycznymi wzorami lub twierdzeniami, które jej objaśniałem, były wklejone z pietyzmem pod datami, gdy to się zdarzyło. Na niektórych kartkach na tle całek, równań i wykresów były odciśnięte jej usta.

Gdy ją poznałem, mieszkała tylko z matką. Jej rodzice rozwiedli się, kiedy ona miała 9 lat. On, astronom z wykształcenia, z zawodu partyjny urzędnik w miejskim komitecie, gdzie przeniósł się, gdy nie udało mu się skończyć doktoratu w wymaganym przepisami czasie. Ona, konserwator zabytków na tyle wybitna, że pomimo „prowincjonalności" Wrocławia to ją właśnie Ministerstwo Kultury uczyniło swoim ekspertem i konsultantem.

Akurat zaczęli budować dom. Ich bogactwo i sukcesy nie wywoływały tej normalnej polskiej szczerej zawiści. Im wolno było mieć trochę więcej. Za tę głuchoniemą córkę.

Byli spokojnym, harmonijnym małżeństwem. Aż do dnia, kiedy on przyszedł do domu pijany, zamknął się w pokoju z matką Natalii i powiedział jej, że tak naprawdę to on chciałby mieć ten dom nie z nią, ale z Pawłem, kolegą z pracy, którego kocha i to przy nim chce zasypiać i budzić się rano. Natalia pamiętała tylko tyle, że jej matka wybiegła z pokoju, wymiotując po drodze. Tego samego wieczoru ojciec Natalii wyprowadził się z mieszkania.

Wyobrażasz sobie, jak on musiał kochać tego Pawła, żeby przyjść i powiedzieć to własnej żonie? W tamtych czasach? W takim kraju jak Polska? On, partyjny działacz? Partyjni działacze muszą być z definicji heteroseksualni. Chociaż tego nie ma w *Kapitale*, ale to jest oczywiste. Klasowo oczywiste. Sekretarz partii nie może być pedałem. Może być pedofilem, ale nie pedałem. Pedałami są jedynie księża i imperialiści.

Mogła go wykończyć. Jego samego wyskrobać jak żyletką z historii, a co gorsza jego numer telefonu usunąć z notesów wszystkich ważnych tego miasta. Wystarczył jeden telefon do Komitetu. Nigdy tego nie zrobiła. Mimo nienawiści, poniżenia, bólu porzucenia i z pewnością żądzy zemsty.

Wiesz co? Do dzisiaj podziwiam go za to. Niezależnie jak bardzo cierpiała z tego powodu Natalia, podziwiam go za tę wierność sobie.

Matka Natalii nigdy nie powiedziała jej tak naprawdę, co się stało, dlaczego nie mieszkają z ojcem. Dowiedziała się prawdy od niego. Powiedział jej to którejś Wigilii. Było już ciemno, gdy wyszła wynieść śmieci. Zobaczyła go, pijanego, trzęsącego się z zimna, na ławce przy śmietniku. Siedział z butelką wódki i wpatrywał się w okna ich mieszkania.

Matka wychowywała ją bez niczyjej pomocy. Nigdy nie powiedziała jej nic złego o ojcu. Nigdy też nie zrobiła nic, aby utrudniać Natalii spotkania z ojcem. Nigdy jednak także nie zgodziła się, aby przyszedł do ich domu.

Po klęsce jej małżeństwa Natalia stała się dla niej jedynym i ostatecznym celem życia. Gdyby była pewna, że oddychając, odbiera tlen Natalii, nauczyłaby się nie oddychać. I wszystkich innych namawiałaby, aby też nie oddychali. Trudno było kochać Natalię przy takiej matce. Akceptowała moje istnienie, tak jak akceptuje się gips na złamanej nodze. Musi być, minie, znowu będzie jak kiedyś, bez gipsu. Trzeba przeczekać i postarać się na krótko o kule.

Nie mijałem. Odbierałem jej Natkę, Natunię, Natalkę, Nataleńkę... Kawałek po kawałku. Tak jej się wydawało. To nie była prawda. Kiedyś wyjechała na dwa tygodnie konserwować zabytki Tallina. Natalia, mając mnie cały czas w pobliżu, popłakiwała z tęsknoty za nią.

Od pierwszego dnia Natalia opisywała mi swój świat. Dosłownie, ponieważ pisała lub stenografowała. Pisała wszędzie. Na kartkach papieru, które zawsze miała przy sobie, kredą na podłogach i ścianach, szminką na lustrach lub kafelkach łazienek albo patykiem na mokrym piasku plaży. Jej torebka i kieszenie wypełnione były wszystkim, czego można by użyć do pisania. Nie znam rzeczy, której nie potrafiła opisać.

Widziała znacznie więcej. Dotyk umiała opisać barwami, ich odcieniami lub natężeniem. Głucha wobec realnego świata, wyobrażała sobie, jak mogą wyrażać się dźwięk spadającej kropli z cieknącego kranu w kuchni, śmiechu lub płaczu dziecka, westchnienia, gdy mnie całowała. Swoim opisem kreowała zupełnie inny świat. Piękniejszy. Po pewnym czasie i ja zacząłem wyobrażać sobie dźwięki. Głównie na podstawie jej opisów i głównie po to, aby „słyszeć" podobnie jak ona. Uważałem – po pewnym czasie stało się to moją obsesją – że gdy tak się już stanie, to fakt, że ona nie słyszy, okaże się tylko mało znaczącą niedogodnością.

Prosiłem ją do znudzenia o opowieści o jej wyobrażeniach dźwięków. Po kilku miesiącach, któregoś wieczoru jednego z tych dni, w których ktoś z tak zwanych słyszących znowu jej boleśnie dokuczył, a ja po raz kolejny, nie zwracając uwagi na jej nastrój, poprosiłem o opisywanie dźwięków, odmówiła rozdrażniona, stenografując nerwowo mazakiem na lustrze w łazience:

„Po co ci te cholerne opisy chorej wyobraźni jakiejś kalekiej, głuchoniemej histeryczki na rencie, którą może poniżyć byle śmieć tylko dlatego, że mu się wydaje, że jest tak nieporównywalnie lepszy ode mnie, bo słyszy?".

W trakcie jej nerwowego pisania na lustrze litery stawały się coraz bardziej nieczytelne, tak jak coraz bardziej podniesiony staje się głos kogoś, kto wykrzykuje swoją złość i frustrację. Pamiętam, że podszedłem do niej i przytuliłem ją. Potem zmyłem gąbką jej napis na lustrze i tym samym mazakiem napisałem, po co mi są te opisy i jak bardzo mi na nich zależy. Płakała jak dziecko, tuląc się do mnie.

Wiesz, że głuchoniemi płaczą identycznie jak słyszący i mówiący? Wydają dokładnie te same dźwięki. Płacz przez cierpienie lub radość musiał być pierwszą umiejętnością ludzi. Zanim jeszcze nauczyli się mówić.

Od tego dnia zapisywała dla mnie w specjalnym zeszycie swoje wyobrażenia, a ja uczyłem się ich jak wierszy. Na pamięć. Nigdy się nie dowiem, czy mi się udało nauczyć chociaż tych najważniejszych.

Jeżdżąc autobusem, wyobrażałem sobie zgodnie z jej opisami dźwięk zatrzaskiwanych drzwi i porównywałem na najbliższym przystanku z rzeczywistością. Siedząc w stołówce, starałam się przewidzieć i opisać językiem Natalii eksplozję hałasu wrzucanych do metalowych misek noży, widelców i łyżek, zanim jeszcze spocona kucharka przydźwigała ze śmierdzącej myjni całe ich wiadra. Czy wiesz, że Natalia, jak wszyscy inni siedzący blisko, także marszczyła czoło i mrużyła oczy, gdy te noże i widelce z hukiem spadały do metalowej miski?

Wchodząc do parku, porównywałem moje wyobrażenia jego dźwięków z tym, co tam naprawdę słyszałem. Najbardziej czułem to właśnie w parku. Natalia, chociaż nikt, łącznie z jej rodzicami, tak naprawdę dokładnie nie wie, kiedy ogłuchła, musiała to kiedyś słyszeć! I zapamiętać. Jej opisy oddawały rzeczywistość z nieprawdopodobną dokładnością.

Dźwięki, głosy, fale dźwiękowe, fizyka ich powstawania, zasady ich odbioru, mechanizmy ich przetwarzania stały się obok matematyki i filozofii tematem moich prawdziwych studiów i badań. Chodziłem na wykłady z akustyki zarówno na politechnikę, jak i na uniwersytet. Zacząłem zauważać, że jesteśmy zanurzeni w eterze dźwięków i tak naprawdę cisza to tylko pojęcie poetów, pisarzy i głuchoniemych. Cisza nie istnieje. Gdzie nie ma próżni, czyli wszędzie tam, gdzie można oddychać i jest ruch, nie ma ciszy.

Przeczytałem wszystko o uchu ludzkim, znałem funkcje, budowę i możliwe schorzenia każdego nazwanego kawałka ucha. Byłem u dwunastu różnych laryngologów wyspecjalizowanych w audiologii we Wrocławiu i u trzech w Warszawie. U każdego meldowałem się jako osoba, która straciła nagle słuch. Czterech z nich było profesorami nauk medycznych. I wiesz, co stwierdziłem? Najszybciej poznawali się na mojej symulacji ci zaraz po studiach. Od nich też dowiadywałem się najwięcej.

Czy zauważyłaś, że uszy to, tak jak na przykład nerki, płuca i oczy, narządy parzyste?

Pamiętam, jak podczas wizyty u jednego z laryngologów w Warszawie, gdy wyszło już na jaw, że prymitywnie symuluję, zapytałem go o przeszczepy ucha. Wydawało mi się, że mógłbym oddać Natalii moje jedno ucho, bo i jednym można wszystko słyszeć. Wyśmiał mnie i potraktował jak chorego psychicznie. Wiesz, że ostatnio czytałem w „Laryngology Today" – fascynacja dźwiękami pozostała mi do dzisiaj – artykuł tego lekarza z Warszawy o możliwościach przeszczepów prawie wszystkich ważnych fragmentów ucha?

Wierzyłem, że Natalia będzie kiedyś znowu słyszeć, tak samo jak dzieci wierzą, że będą kiedyś dorosłe. To tylko kwestia czasu i cierpliwości.

Pewnego dnia ten czas po prostu nadszedł. Bez fanfar i zapowiedzi. Niepostrzeżenie, prozaicznie i przypadkowo. Organizowałem, poprzez uczelniany Almatur, głównie dla pieniędzy, zjazd Polskiego Towarzystwa Chirurgów. Hotele, sale obrad, wycieczki po mieście. Nic specjalnego.

Zwykły organizacyjny i turystyczny standard. Kilkaset dodatkowych złotych do stypendium.

Chirurdzy są dla mnie absolutną elitą medycyny. To artyści. Według mnie są bardziej niż inni lekarze właścicielami pomarszczonych mózgów i demonicznych rąk, które decydują o życiu i śmierci. Nic dziwnego, że to chirurdzy wśród wszystkich i tak zestresowanych w Polsce lekarzy najczęściej umierają na marskość zalanej alkoholem wątroby, uzależniają się od wszelkich opiatów lub po prostu skalpelem, gdy już nie mogą wydobyć się z depresji, podcinają sobie żyły. Tak było wtedy, w prehistorycznych dla Ciebie czasach stanu wojennego, i tak jest teraz. Wątrobę katują tym samym alkoholem, bo oni zawsze mieli dolary na Pewex lub Pewex przychodził do nich w torbach pacjentów, opiaty były i są pod ręką, a jak nie, to wiadomo, gdzie jest klucz do tej „przeszklonej szafy", a żyłom jest obojętne, czy tną je skalpele z enerdowskiego Drezna, czy z Frankfurtu nad Menem, gdzie przeniesiono po upadku muru tę drezdeńską fabrykę, zwalniając po drodze trzy czwarte załogi. „Bogaci" chirurdzy w wolnej Polsce mają dokładnie tę samą statystykę.

Wieczorem pierwszego dnia zjazdu chirurdzy mieli tak zwany bal chirurgów. Nazwanie tej libacji balem było prowokacyjną i raczej ekscentryczną przesadą. Tyle wódki na żadnym zjeździe nie widziałem. Ze względu na swoje przekonania polityczne nie bywałem na żadnych prawdziwych „zjazdach", ale i tak nie mogłem sobie wyobrazić, żeby partyjni mieli lepsze wątroby i żeby można było gdziekolwiek wypić jeszcze więcej.

Poza tym, mnie przynajmniej, bal kojarzy się z kobietami. Chirurgom nie. Wśród zameldowanych uczestników zjazdu było tylko 6 kobiet na prawie 800 uczestników. Na dodatek i tak przyjechały tylko dwie, a chirurdzy nie przywożą, tego uczą już na pierwszym roku medycyny, i to nawet dentystów, na zjazdy swoich żon, konkubin ani narzeczonych. Przy „przypisanych" kobietach nie można pić do rana i bez wyrzutów sumienia. Tego dowiedziałem się od, trzykrotnie rozwiedzionego notabene, chirurga, siedzącego obok mnie przy jednym ze stolików w trakcie tego „balu".

Ja reprezentowałem organizatorów. To znaczy dbałem głównie o to, aby wódka była zimna i na stole. Tak było w umowie. Gdy rozwiedziony chirurg upił się już przed podaniem kolacji i przestał być partnerem do jakiejkolwiek rozmowy, rozejrzałem się wokół. Zauważyłem, że przy moim stoliku siedział starszy mężczyzna, prawie starzec, o białosrebrzystych pofalowanych włosach i wodnistych szarych oczach za okularami w czarnych grubych oprawkach sklejonych w jednym miejscu brązową taśmą klejącą. W za ciasnym wytartym garniturze bez barwy i w zimowych butach, mimo że był wtedy wyjątkowo upalny lipiec, wyglądał jak ukraiński chłop, który włożył wszystko, co miał najlepszego, na wesele swojej jedynej córki. Obok staruszka siedziała jedna z tych dwóch kobiet, które faktycznie przyjechały na ten zjazd. Po chwili okazało się, że ona nie jest wcale chirurgiem. Przyjechała jako osobisty tłumacz i sekretarz tego starca. Zbyt ciasny garnitur był bardzo mylący. Starzec nie był ukraińskim chłopem, tylko wybitnym chirurgiem i neurochirurgiem ze Lwowa. Honorowym gościem tego zjazdu. Zanim tutaj przyszedł napić się z polskimi chirurgami, odebrał przed południem doktorat honoris causa najważniejszej uczelni medycznej kraju.

Co chwilę do starca podchodzili różni ludzie. Ze zdumieniem zauważyłem, że pijani koledzy s *Polszi* potrafią w minutę wytrzeźwieć i w skupieniu, z największą uwagą słuchać starca. Słuchali, ściskali mu dłoń i odchodzili. Przypominało mi to scenę z *Ojca chrzestnego*, gdy Don Corleone ściska ręce swoich mafiosów. Nawet głos miał podobny, tak samo zachrypnięty i słaby jak Brando.

W pewnym momencie usłyszałem, jak tłumaczka wyrecytowała jednym tchem:

– Większość, a może nawet wszystkie wrodzone głuchoty wiążą się z uszkodzeniem centralnego układu nerwowego, a konkretnie struktur odpowiedzialnych za przetwarzanie fali dźwiękowej na elektryczną.

I dodała z nonszalancją, jak gdyby mówiła o naprawie motocykla:

– Ale my we Lwowie radzimy sobie z tym bez problemu. Używamy, to znaczy profesor używa, wszczepu ślimakowego. To takie urządzenie do rejestracji fali dźwiękowej na poziomie centralnego układu nerwowego, przy założeniu, że aparat przewodzący dźwięki, to jest ucho zewnętrzne i środkowe, jest nieuszkodzony. Wtedy... – przerwała nagle, odwróciła twarz do mnie i wykrzyknęła z oburzeniem i przestrachem swoim piskliwym głosem: – Przepraszam, ale pan ściska mi rękę. Na co pan sobie w ogóle pozwala?

– Przepraszam panią. Powiedziała pani taką rzecz, że straciłem kontrolę nad sobą. Niech mi pani wybaczy. Czy mogłaby pani powtórzyć, co wy we Lwowie wszczepiacie? – zapytałem, starając się za wszelką cenę zachować spokój.

Odsunęła się ode mnie najdalej jak mogła i dodała:

– Panu już nic nie powiem. Niech pan sam zapyta profesora.

Była 4 nad ranem, gdy wybiegłem z auli uniwersyteckiej, w której odbywał się ten „bal". Matka Natalii otworzyła dopiero, gdy zacząłem kopać w drzwi. Na dzwonek nie reagowała. Natalia patrzyła na mnie przerażona, gdy wpadłem do jej pokoju i zapaliłem światło, budząc ją. Usiadłem na brzegu jej tapczanu.

Nigdy tego nie zrozumiesz, jak to jest, gdy chcesz komuś coś tak bardzo ważnego powiedzieć i nie możesz!

Tuliłem ją do siebie, całowałem jej dłonie i opowiadałem o wszczepie ślimakowym, o tym, że będzie słyszeć, że to największy specjalista, że Amerykanie też tam przyjeżdżają, że implanty są z Japonii, że potem tylko nauczy się mówić, że kocham ją bez granic, że usłyszy to już niedługo, że będziemy mieli dzieci, które też to usłyszą, gdy im powie, że je kocha, i że wcale nie jestem pijany.

Matka Natalii siedziała naprzeciwko mnie po drugiej stronie tapczanu i płakała. Natalia, nie wiedząc, o co chodzi, patrzyła przerażona to na matkę, to na mnie. W pewnym momencie matka Natalii wstała i zaczęła migami tłumaczyć, co się stało. Dotąd nigdy nie robiła tego tak szybko i agresywnie. To naprawdę wyglądało jak krzyk. Myślisz, że można krzyczeć na migi?

Ja wziąłem blok rysunkowy z biurka stojącego pod oknem, rozłożyłem kilka stron na dywanie i zacząłem pisać. Natalia chodziła po pokoju. Patrzyła na matkę i czytała mój tekst na podłodze. Była śliczna z tymi potarganymi włosami, prześwitującą, gdy zbliżała się do stolika, na którym stała lampka nocna, koszulką nocną, tak niesamowicie wysoko podniesioną przez jej nabrzmiałe piersi, i ogromnymi ze zdziwienia i błyszczącymi od łez oczami. Nawet wtedy, w takim momencie, myślałem o seksie z nią.

O 8 rano stałem przed gabinetem ojca Natalii. Prawie ze mną nie rozmawiał. Wysłuchał, o co chodzi, wskazał mi fotel, podał mi nieotwartą paczkę papierosów i zapalniczkę i zaczął dzwonić. Ręce mu się trzęsły. Miał kłopoty z wybieraniem numerów. Siedziałem w fotelu naprzeciwko niego, rozglądając się po gabinecie. Wszędzie były fotografie Natalii.

Załatwił wszystko. Skierowanie z MSZ z listem polecającym ministra zdrowia, paszport służbowy, przydział dewiz przekraczający dwudziestokrotnie wyznaczony wtedy roczny limit, a także „polecenie przyjęcia na oddział", podpisane przez jakiegoś ważnego partyjnego kacyka we Lwowie.

Dokładnie jedenaście dni później Natalia odjeżdżała pociągiem z Warszawy Wschodniej do Lwowa. Na dworcu byliśmy dwie godziny przed odjazdem pociągu. Ja paliłem papierosa za papierosem, ona była szczęśliwa. Tylko matka Natalii była wyjątkowo smutna i cały czas rozglądała się wokół siebie.

W pewnym momencie zabrakło mi papierosów. Pobiegłem do kiosku na sąsiednim peronie. Na ławce przy kiosku, ukryty za budynkiem kiosku, siedział ojciec Natalii. Nie zauważył mnie.

Gdy pociąg zniknął za zakrętem, matka Natalii wzięła mnie za rękę i milcząc, poszliśmy w kierunku schodów prowadzących z peronu do tunelu. W pewnym momencie, już w tunelu, zatrzymała się, podniosła moją dłoń do swoich ust i dotknęła wargami jej wewnętrznej strony. Nic nie mówiła, tylko patrzyła mi w oczy. Przez chwilę staliśmy tak w tym tunelu.

Operacja Natalii miała odbyć się za dwa tygodnie. Ojciec Natalii dzwonił do kliniki we Lwowie codziennie. Potem dzwonił do mnie i ja dzwoniłem do matki Natalii. Nigdy nie doszło do kontaktu między rodzicami Natalii.

To było dziwne uczucie wiedzieć, że Natalia może nawet stoi przy telefonie, ale i tak nie można z nią porozmawiać. To uczucie to bezsilność.

Natalia pisała listy. Każdego dnia trzy: do matki, do ojca i do mnie.

Pisała cudowne listy. Wiem to na pewno. Jej matka czytała mi każdy swój list. Dwa razy, raz przez telefon, zaraz gdy go otworzyła, i potem wieczorem przy kolacji jeszcze raz. Byłem u niej każdego wieczoru.

Ja przeczytałem jej tylko jeden list od Natalii. W zasadzie nie przeczytałem jej go. Wyrecytowałem go. I to też dopiero po trzech latach. Znam go na pamięć do dzisiaj. I zawsze będę go znał.

Zawsze.

Jakubku,

Tęsknię za Tobą tak, że aż mi szumi w uszach. Wyobrażasz to sobie? Mnie, głuchej, szumi w uszach z tęsknoty. Nie potrafię sobie z tym poradzić. Ty zawsze byłeś. Po prostu przyszedłeś z ulicy i tak już zostało. Odkąd Cię kocham, zawsze byłeś. I przedtem też. Bo tak naprawdę to nie było „przedtem" przed Tobą.

Wiesz, że ja zawsze tęskniłam za Tobą już troszeczkę, nawet gdy byłeś blisko mnie. Tęskniłam już tak sobie trochę na zapas. Żeby później tęsknić mniej, gdy już pójdziesz do domu. I tak nie pomagało.

Czy mówiłam Ci, że gdy już będę słyszeć, to jako pierwsze nauczę się wymawiać Twoje imię? We wszystkich językach? Ale najpierw po rosyjsku.

A gdy już wrócę, to usiądę Ci na kolanach, oprę moje dłonie na Twoich ramionach i będę całować Twoją twarz. Kawałek po kawałku. Obiecaj mi, że mnie nie rozbierzesz, zanim skończę.

Jeszcze tylko dwa dni do operacji. Czekam. To oczekiwanie jest takie uroczyste. Czuję się, jak gdybym zbliżała się do jakiegoś następnego wtajemniczenia.

Jakubku, Ty przecież wiesz, że ja nawet nie próbuję Ci opisać, jak wdzięczna Ci jestem. Bo tego nie można opisać. A przecież wiesz, że ja dotąd umiałam opisać wszystko.

Tutaj nie ma żadnego kościoła. A ja tak bardzo chciałabym się modlić. Modlę się i tak. Zabrałam od Mamy ten mały drewniany krzyżyk. Kładę go na poduszce i modlę się do niego, ale chciałabym chociaż raz przed operacją pomodlić się w prawdziwym kościele. Bóg na pewno wie, co robi. Przecież znalazł mi Ciebie.

Myślisz, że ja nie ogłuchnę od tego całego hałasu, który na mnie spadnie, gdy już zacznę słyszeć? Nie śmiej się, ja naprawdę się tym martwię.

Przenieśli mnie do innego pokoju. Nie wiem, dlaczego. Tam było bardzo dobrze. Było nas 16 kobiet i były piętrowe łóżka. Ja nigdy nie spałam na górze piętrowego łóżka.

Teraz mieszkam w pokoju dwuosobowym. To pewnie mój ojciec. Tutaj w pokojach dwuosobowych mieszkają tylko ci, co mają ważnych ojców lub sami są ważnymi ojcami.

Mieszkam teraz w pokoju z mężczyzną! Ma na imię Witia i ma 8 lat. Witia też nie słyszy od urodzenia. Przyjechał tutaj z Leningradu. Jest cudowny. Malutki blondynek o rozbieganych oczach. Trochę podobny jest do Ciebie na tej fotografii z Twoim bratem i rodzicami, gdy miałeś 9 lat.

Opowiadamy sobie z Witią różne historie. To znaczy migamy sobie. Wiesz, że Witia miga po rosyjsku? U nich niektóre migi są inne. Uczę się od niego także rosyjskiego.

Z Witią bawimy się często na podwórzu przed barakami tego szpitala. Tam jest taki duży dół wykopywany przez ogromne koparki.

Jeszcze nigdy nie widziałam czegoś takiego. Te koparki wyglądają jak zardzewiałe czołgi, którym lufy dział zamieniono na te łyżki do nabierania ziemi.

Ale tutaj wszystko jest jak na starych fotografiach mojego dziadka. Te koparki to po to, że oni tam mają postawić zupełnie nowy budynek kliniki. Tak opowiadał nam Profesor. Profesor wstydzi się tych baraków i nie może doczekać się nowej kliniki.

Witia uwielbia schodzić do tego dołu, a ja udaję, że nie wiem, gdzie on jest, i szukam go.

Jeszcze tylko 2 dni do operacji. To będzie piątek. Sprawdziłam właśnie, że Ty urodziłeś się w piątek. To będzie znowu szczęśliwy piątek, prawda, Jakubku?

Uwielbiam Cię.
Natalia

PS Nagle tak cicho zrobiło się w moim świecie bez Ciebie...

W piątek rano w drodze na uczelnię poszedłem do kościoła. Potem miałem zajęcia do późnego popołudnia. Wieczorem byłem umówiony z matką Natalii. Wybiegłem z instytutu, śpiesząc się na autobus. Przy wjeździe na parking instytutu stała czarna wołga. W otwartych drzwiach, na siedzeniu obok kierowcy, siedział ojciec Natalii i palił papierosa. Zauważył mnie. Wyrzucił niedopałek papierosa na ulicę, wstał, poprawił krawat i zaczął iść w moim kierunku. Zbliżył się do mnie, stanął bardzo blisko mnie i powiedział zupełnie obcym, nienaturalnym głosem, jak gdyby wypowiadał formułkę setki razy ćwiczonej roli:

– Natalia dzisiaj nad ranem umarła. Wczoraj zmiażdżyła ją koparka na podwórzu przed kliniką. Ten chłopiec, którego próbowała wypchnąć spod koparki, ma amputowane obie nogi. On nie zauważył koparki i nie mógł też jej usłyszeć. Operator koparki był zamroczony alkoholem, gdy to się stało. Od wczoraj go szukają.

Nie mogłem tego więcej słuchać. Od pewnego momentu każde słowo, które wypowiedział, było jak uderzenie kamieniem w głowę. Zatkałem mu dłońmi usta. On próbował mówić dalej, gryząc mi dłonie. Gdy uwolnił się z mojego uścisku, odwróciłem się i zacząłem uciekać. Słyszałem tylko, jak krzyczy za mną. To było jak skowyt.

– Jakub, zaczekaj... Jakub, nie uciekaj... Jakub, nie rób mi tego. Jakub, nie zostawiaj mnie teraz samego, proszę! Jakub, ją trzeba stamtąd przywieźć. Ja tego nie zrobię. Jakub, kurwa...

Pamiętam, że gdy byłem dzieckiem i ktoś mnie na podwórku bardzo skrzywdził, to biegłem do domu. Znowu było tak jak wtedy. Gdy mój ojciec otworzył drzwi, przytuliłem się do niego tak mocno, jak mogłem. Nie pytał o nic. Było tak jak wtedy. Już tak nie bolało.

– Natalia nie żyje – wyszeptałem w jego ramię po chwili.

– Synku...

Tej nocy zrozumiałem, dlaczego mój ojciec pił, gdy umarła mama. Wódka była tej nocy jak tlen. Znowu można było oddychać.

Rano stałem pod drzwiami mieszkania Natalii. Otworzyła młoda kobieta w czepku pielęgniarki.

– Tej pani nie ma w domu. Proszę przyjść za kilka dni – powiedziała. W tym momencie ukazała się za nią matka Natalii. Była zupełnie siwa. Posiwiała tej nocy.

Zatrzasnęła drzwi. Słyszałem straszny krzyk, zbiegając po schodach.

Mój ojciec czekał w taksówce na dole.

– Musisz jechać ją odebrać. Masz jeszcze dwie godziny, aby w banku wykupić przydział dewiz. Nie wjedziesz tam bez rubli. Dzwonił ojciec Natalii.

– Niech pan jedzie wreszcie do tego banku – polecił zniecierpliwiony taksówkarzowi.

To był mały bank na przedmieściach Wrocławia. Sala kasowa zadymiona do granic. Zawinięta kilka razy kolejka do jedynej czynnej kasy. Przy ścianie, na ciężkim stojaku, metalowa popielniczka wypełniona niedopałkami.

Za szybą siedział młody, otyły kasjer. Cały czas jadł kanapki wyjmowane z szarej, poplamionej tłuszczem torby leżącej przy kalkulatorze. Kawałki pomidora i sera wypadały mu z ust, osuwały mu się po brodzie i spadały na blat biurka, przy którym siedział. Po godzinie stałem przed kasą.

– Rubli nie ma – wymamrotał niewyraźnie, przełykając kęs bułki. – Ruble mamy w poniedziałki i środy. Niech pan przyjdzie w poniedziałek.

– Widzi pan, ja nie mogę przyjechać w poniedziałek. Pan musi mieć ruble. Ja muszę ją odebrać. Do niedzieli.

Odwrócił się zdziwiony w moją stronę i wycedził podniesionym głosem, wypluwając tłuste okruchy bułki na szybę oddzielającą go ode mnie:

– Ja nic nie muszę. Jak panu się śpieszy i chce pan mieć Ruską na niedzielę, to niech pan wymieni dolary. One robią to lepiej za dolary.

Śmiał się, plując resztkami bułki i rozglądając się triumfująco, czy kolejka też się śmieje. Kolejka nie śmiała się, jak gdyby przeczuwając, co się za chwilę stanie.

Wsunąłem się w szparę między szybą a ladą, próbując go chwycić. Cofnął się gwałtownie, zdziwiony. Potem to nie byłem już ja. Wydostałem się spod szyby. Spokojnie podszedłem do popielniczki. Chwyciłem ją za metalowy stojak i z całych sił uderzyłem ciężką podstawą w szybę, za którą siedział kasjer. Słyszałem wrzask za sobą. Kasjer dławił się bułką, gdy ściskałem z całych sił jego szyję. Tak bardzo chciałem go zabić.

Nie pamiętam, co działo się potem. Wiem tylko, że skuty kajdankami jechałem milicyjną nyską i krwawiłem na metalową podłogę, tłuczony białą pałką przez rudego, piegowatego milicjanta.

Wypuścili mnie po 48 godzinach. Oskarżono mnie o wszystko: próbę podpalenia budynku użyteczności publicznej, napad na urzędnika administracji państwowej, włamanie, a także próbę wyłudzenia dewiz. Wyrzucono mnie najpierw z uniwersytetu, a dwa tygodnie później z politechniki.

Natalia przyleciała tydzień później. Nikt po nią nie pojechał. Jej ojciec leżał nieprzytomny w szpitalu. Następnego dnia po tym, gdy powiedział mi o śmierci Natalii, szedł pijany torami tramwajowymi do domu. Przy zajezdni zza zakrętu wyjeżdżał pierwszy poranny tramwaj. Motorniczy nie mógł go zauważyć. Świadkowie mówili, że wcale nie uciekał, gdy tramwaj jechał wprost na niego.

Normalnie zwłoki przylatują w specjalnych ocynkowanych trumnach. To jest zapisane nawet w Konwencji Praw Człowieka ONZ. Natalia przyleciała w otłuczonej lodówce, której normalnie linie lotnicze używają do przechowywania plastikowych pojemników z porcjami żywności serwowanymi pasażerom jako kolacja w trakcie wieczornych lotów. Wyjęto dziurkowane metalowe półki i umieszczono tam ciało Natalii. Nie było we

Lwowie ocynkowanej trumny dla Natalii, a jej ojciec leżał nieprzytomny w szpitalu i nie mógł zadzwonić do kogoś ważnego, aby była.

Na cmentarz poszedłem kilka godzin po pogrzebie. Nie było już nikogo. Usypany z żółtego piasku grób przykryty był wieńcami i wiązankami kwiatów. Wpatrywałem się w białą tablicę z jej imieniem i nazwiskiem. Nie miałem już łez. Zastanawiałem się, jak wytrwać milczenie Boga. Byłem pusty w środku. Przyszedłem na ten cmentarz bez kwiatów. Było mi to obojętne. Oprócz agresji wobec Boga nie czułem nic. Ale tylko tak mi się wydawało. W pewnej chwili spojrzałem na grób i wieńce. Zaraz przy krzyżu leżał największy. Na czarnym tle szarf odczytałem złocisty napis: „Wiesz przecież, że nie odeszłaś. Kochający Cię Mama i Jakub".

Jest taki moment, kiedy ból jest tak duży, że nie możesz oddychać. To jest taki sprytny mechanizm. Myślę, że przećwiczony wielokrotnie przez naturę. Dusisz się, instynktownie ratujesz się i zapominasz na chwilę o bólu. Boisz się nawrotu bezdechu i dzięki temu możesz przeżyć. Tam, przy tym grobie, nie mogłem oddychać. Tam zdarzyło się to po raz pierwszy.

Brak powietrza to nie jedyny mechanizm. Inny to prawdziwy fizyczny ból. Ale trzeba go sobie samemu zadać. To nie ma być ten codzienny ból towarzyszący rozpaczy. Nie ten zaczynający się zaraz po przebudzeniu, od końca paznokcia dużego palca stopy do nasady włosów. To ma być inny ból. Ten kontrolowany i umiejscowiony. Zadany żyletką lub niedopałkiem papierosa. Zamieniasz przy tym swoje wewnętrzne cierpienie na dający się zlokalizować ból fizyczny. W ten sposób przejmujesz nad nim kontrolę.

Potem, przez następne miesiące, wydawało mi się, że żyję za karę. Nienawidziłem poranków. Przypominały, że noc ma swój koniec i trzeba znowu radzić sobie z myślami. Ze snami było jakoś łatwiej. Były tygodnie, że nie wychodziłem z łóżka. A jeśli już, to tylko po to, aby sprawdzić, czy ojciec naprawdę wyniósł całą wódkę z domu. Czasami było tak źle, że ojciec biegł w nocy do jakiejś meliny, przynosił butelki i piliśmy. Wtedy nie umiałem jeszcze tego nazwać. Teraz wiem, że wpadłem w straszną, gigantyczną depresję.

Z rozpaczy uczyniłem filozofię. Wszystko, co nie było tragiczne, beznadziejne, rozpaczliwe, było absurdalne. Absurdem na przykład było jeść, myć zęby lub wietrzyć pokój. Mój ojciec robił wszystko, aby mnie z tego dołu wykopać. Najpierw wziął zaległy urlop z dwóch lat. Potem odmówił brania nocnych dyżurów, aby cały czas być przy mnie. Robił rzeczy, które nie przyszłyby mi do głowy. Rozcieńczał w tajemnicy wódkę wodą, abym pił tyle samo, a nie był tak pijany, chodził do biblioteki i czytał mi godzinami książki, nie pytał o przyszłość.

Stany bezdechu zaczęły się powtarzać. Miałem astmę. Psychosomatyczną, wyhodowaną finezyjnie w mózgu astmę. Miałem także stany lękowe. Najpierw bałem się, że się uduszę. Potem bałem się, że duszę się zbyt rzadko i na pewno przyjdzie jakiś ostateczny atak duszności. Potem bałem się wszystkiego. Budziłem się w nocy i bałem się. Nie umiałem nawet nazwać, czego. Leżysz z ogromnymi oczyma i pocisz się ze strachu, drżysz ze strachu i nie wiesz, czego lub kogo się boisz. Od pewnego dnia w moim pokoju nigdy nie było ciemno. Czasami mogłem zasnąć tylko, gdy ojciec siedział przy moim łóżku.

Po mniej więcej pół roku, po jednej z kolejnych nocy, gdy leki antydepresyjne popijałem wódką zabarwioną, aby uspokoić ojca, oranżadą, obudziłem się pod respiratorem, przywiązany skórzanymi pasami do łóżka. Zawiózł mnie tam mój ojciec, widząc, jak więdnę, zatruwany wszystkim, co chociaż na chwilę tłumiło ból i smutek. Na swoim dyżurze zapakował nieprzytomnego do karetki i zawiózł do tego szpitala psychiatrycznego.

Wyobrażasz sobie, co on czuł, gdy to robił?

Oficjalnie przyjechałem na odtrucie. Mały obskurny barak z zardzewiałymi kratami w oknach na dalekich przedmieściach Wrocławia. Oprócz garści różnokolorowych tabletek rano i wieczorem najbardziej – chcę Ci to powiedzieć, chociaż mi wstyd – leczyły mnie tragedie i opis cierpienia innych ludzi. Dzięki temu nagle to, co mi się zdarzyło, znajdowało swój układ odniesienia. Nie wypełniało już tak szczelnie całej przestrzeni i mojego mózgu. Nagle znowu na zewnątrz wydostały się współczucie, litość i sensowność istnienia. W tym bagnie smutku, absurdu, nienawiści i żalu do świata były jak lina, za którą można się kawałek po kawałku podciągać do góry.

Najbardziej odczułem to tego dnia, gdy do poczekalni przy gabinecie, gdzie czekałem na kolejne badania, pielęgniarka wepchnęła wózek inwalidzki, na którym siedział ksiądz Andrzej. Tak nazywano tam wychudłego do granic mężczyznę siedzącego, odkąd tylko się tam zjawiłem, całymi dniami na wózku przy zakratowanym oknie w końcu korytarza, zaraz przy toaletach.

Tutaj, w poczekalni, metr ode mnie, wyglądał jak ucharakteryzowany aktor z filmów o obozach koncentracyjnych. Ogolony do skóry jak rekrut, z kilkucentymetrową głęboką blizną na pofałdowanej czaszce. Ziemista twarz pokryta czarnym zarostem, wystające kości żuchwy, ogromne oczy w oczodołach, które nawet przy tych oczach wydawały się o dwa numery za duże.

Lewa ręka opadła mu poza boczne oparcie wózka i wisiała swoją ciężkością w bezruchu. Na przedramieniu, które widać było spod zbyt krótkiego rękawa pocerowanej i poplamionej piżamy, można było odczytać wytatuowany kiedyś czarnym, a teraz wyblakłym atramentem napis: „Boga nie ma...". Pismo wyglądało jak niezgrabne linijki tekstu w zeszytach pierwszoklasistów. Było nierówne i rozwleczone. Skóra wokół napisu miała czerwone zgrubienia blizn po wielokrotnych okaleczeniach.

Mężczyzna siedział na wózku na wprost mnie i szeroko otwartymi oczyma patrzył na mnie. Uciekałem wzrokiem i gdy po chwili wracałem, on ciągle tak samo patrzył. Jego powieki zdawały się nigdy nie opadać.

– Niech pan nie zwraca na niego uwagi – powiedziała pielęgniarka, widząc moje zmieszanie. – On tak patrzy, odkąd go do nas przywieźli. W Wigilię będzie dwa lata. On nawet śpi z otwartymi oczami.

Denerwowało mnie to, że mówi o nim tak, jak gdyby go tam nie było. Zauważyła to i uprzedzając mój komentarz, powiedziała:

– On nie słyszy. Zrobili mu wszystkie testy. On na pewno nie słyszy.

Pielęgniarka wstała, przesunęła nieznacznie wózek. Mężczyzna wpatrywał się teraz w ścianę zaraz obok mojej głowy. Drzwi do gabinetu lekarskiego otworzyły się i młody człowiek w białym kitlu powiedział:

– Magda, możesz wepchnąć księdza.

Pielęgniarka poderwała się i wepchnęła wózek do wąskiego pokoju obstawionego białymi szafami. Zamknęła drzwi i przysiadła obok mnie na ławce. Zapaliła papierosa, z parapetu przyniosła doniczkę z resztkami pożółkłej paprotki i postawiła przed sobą na podłodze. Doniczka pełna była niedopałków.

– Dlaczego nazywacie go księdzem? – zapytałem.

– Bo on naprawdę jest księdzem. Jeszcze formalnie jest ciągle księdzem. Ale on jest teraz jak warzywo. I tak już zostanie. A gdy umrze, to żaden inny ksiądz go nie pochowa. – Zaciągnęła się głęboko papierosem i dodała: – Za bardzo zgrzeszył. Jeśli nawet Bóg mu przebaczył, to na pewno nie przebaczyła mu kuria.

To, co w tej zadymionej poczekalni szpitala wariatów opowiadała mi przez następne 20 minut ta pielęgniarka, jest najbardziej wstrząsającą historią miłosną, jaką znam. Wpleciona w tę historię tragedia ludzka podziałała na mnie stokroć lepiej niż wszystkie słoiki psychotropów, które połknąłem od śmierci Natalii. Przeczytasz teraz opowieść – nawet Cię nie pytam, czy chcesz – o bezgranicznym ludzkim fanatyzmie. Powinien ją, jak dekalog, znać każdy katolik.

Jak myślisz, ilu katolików w Polsce zna grzechy dekalogu? Bo ja nie wiem, ilu w Polsce, ale wiem, ilu w podobnie katolickiej Hiszpanii. Około 14 procent. Całych 14 ze stu wie, przeciw czemu grzeszy. W Polsce pewnie więcej zna i grzeszy. Ale to nie zasługa księży i katechetów. To zasługa Kieślowskiego.

Andrzej, odkąd zaczął mówić, okazał się inny. Poszedł od razu do trzeciej klasy. W szkole muzycznej, w której uczył się równolegle, grał na oboju. Oprócz tego, gdy miał 8 lat, zaczął grać na organach w pobliskim kościele. Wikary zauważył, że gdy na organach grał mały Andrzejek, ludzie przychodzili chętniej i zostawali dłużej.

Dla rodziców Andrzej stanowił powód nieustannej satysfakcji. Zresztą jedynej. Sami nie osiągnęli zbyt wiele. Inni jeździli na wczasy do Bułgarii, kupowali maluchy i meblościanki, a oni mieli tylko Andrzejka. Był ich dumą i jedynym usprawiedliwieniem własnego nieudacznictwa. Taki demonstracyjny akt przekazania genów. Nie udało nam się wiele w życiu, ale mamy syna prymusa. Przy takim ciśnieniu wymagań, gdyby był dziewczynką, Andrzej powinien mieć co najmniej anoreksję.

Dwa lata studiował architekturę we Wrocławiu. Nie dostał akademika i matka udzielająca się w kościelnym chórze i na plebanii załatwiła mu pokój u jezuitów. Tak miało być tylko na miesiąc. Zanim coś znajdą. Zostało na 2 lata. Andrzej studiował, grał do mszy, modlił się z zakonnikami i coraz bardziej oddalał od realnego świata.

Zaraz po Wielkanocy spakował małą torbę podróżną, wsiadł do pociągu i pojechał do Krakowa. Wstąpił do zakonu dominikanów i seminarium duchownego. Zamknął się w celi. Nareszcie był szczęśliwy. Pełen harmonii i wewnętrznego spokoju. Rodzice, gdy zrozumieli, co się stało, przez dwa tygodnie nie pokazywali się sąsiadom na klatce schodowej. Zakon w porównaniu z architekturą to przecież potworna degradacja. Matka przestała udzielać się w chórze i na plebanii.

Tymczasem Andrzej najdłużej ze wszystkich klęczał nocami przed krzyżem. Noc za nocą. Przestał dopiero wtedy, gdy z popękanych siniaków na kolanach zaczęła wypływać krew i plamić kamienną posadzkę. To on najczęściej leżał krzyżem w kaplicy. To on z samotności sprzyjającej rozmowie i jedności z Bogiem uczynił swoją filozofię życia.

Czy wiesz, że samotność to w przekonaniu ludzi najgorszy rodzaj cierpienia? To jest uniwersalne dla świata. W Nowym Jorku tak samo jak na Nowej Gwinei ludzie truchleją ze strachu przed samotnością i opuszczeniem. Czy wiesz, że według jednego z najstarszych hinduskich mitów stwórca powołał świat do istnienia tylko dlatego, że czuł się samotny? Czy wiesz, że amerykańskie podręczniki psychiatrii kwalifikują pustelnictwo jako formę obłędu?

Oprócz samotności także wiedzę traktował jako coś, czym można przypodobać się Bogu. Nauczył się sześciu języków, był wybitnym teologiem i filozofem. Spędził osiem miesięcy na misji w Nigerii. Uzyskał stypendium akademii papieskiej i wyjechał do Rzymu. Po trzech latach, w maju, wrócił z doktoratem do Krakowa. W sierpniu prowadził grupę oazową na pielgrzymce do Częstochowy.

Brata Andrzeja kochali wszyscy. Śpiewał z nimi bluesowe ballady o Bogu, pokazywał kasety wideo z koncertami gospel, grał na gitarze przy ognisku i na organach w przydrożnych kościołach. Poranne modlitwy z nim były jak prawdziwe rozmowy z Bogiem. Uzyskiwało się podczas nich odpowiedzi na pytania, które zawsze się chciało zadać, a nigdy nie umiało sformułować. Brata Andrzeja kochały także kobiety. Niektóre wcale nie za modlitwy, gitarę i obój.

Pewnego dnia – byli już bardzo blisko Częstochowy – przejeżdżająca obok kolumny pielgrzymów kosiarka zraniła poważnie dwóch uczestników. W małej wiejskiej przychodni w Poczesnej nie było nikogo. Lekarz na urlopie, do Myszkowa daleko. Sprowadzili więc weterynarza. Z weterynarzem przyszła siostra Anastazja. Zakonnica, karmelitanka z Lublina. Drugi ranny uczestnik był z jej grupy.

Zdenerwowana młoda dziewczyna w letnim szarym habicie, w sznurkowych mokasynach i drucianych okularach. Mówiła bardzo cicho. Prawie szeptem.

Weterynarz orzekł, że potrzebna jest transfuzja krwi dla jednego rannego, a drugiego trzeba odesłać do Myszkowa. Oboje zadeklarowali, że oddadzą swoją. Po kilku minutach weterynarz wyszedł z laboratorium na zapleczu i powiedział:

– Macie państwo identyczne grupy krwi. I identyczne odczynniki Rh.

Patrzył zafascynowany, gdy Anastazja rozpięła habit, odsłoniła lewe ramię i oddawała krew płynącą powoli do plastikowego pojemnika.

Do końca pielgrzymki, dotąd niewiedzący nawet o swoim istnieniu, znajdowali się nagle obok siebie. Przy porannych modlitwach Andrzeja Anastazja klęczała w tłumie przy ich obozowisku, modląc się z nim. Posiłki nagle przygotowywali razem. W trakcie wieczornych ognisk była na dystans, ale zawsze w pobliżu.

Następnego dnia mieli być w Częstochowie. To było ich ostatnie obozowisko. Wieczorem Andrzej poszedł pomodlić się do małego kościółka na skraju wsi, w której rozbili obozowisko. Przed ołtarzem na cementowym podwyższeniu klęczała i ze schyloną głową oraz prawą dłonią na lewej piersi modliła się Anastazja.

Podszedł cicho i przykląkł przy niej. To nie miało wcale być tak! Wcale nie chciał, aby ich ciała się dotknęły. Ale przykląkł zbyt blisko i dotknęły się. Ona się nie odsunęła.

Oboje modlili się o to samo. Później sobie to powiedzieli. Z jednej strony chcieli czuć tę bliskość. Z drugiej prosili Boga, aby wyzwolił ich z tego pragnienia. Wtedy też, tam, już tam, w pierwszym momencie, w tym wiejskim kościele po raz pierwszy odczuli zagrożenie świata. Nagle do kościoła wszedł pleban, aby zgasić świece. Odsunęli się gwałtownie od siebie w panice. Już tam, w zupełnie pierwszych minutach wiedzieli, że świat tego nie zaakceptuje.

Jeszcze w Częstochowie, tuż przed końcem pielgrzymki, dotknął jej dłoni. Aby to poczuć. I zapamiętać. Zaraz potem uciekł i spędził noc na modlitwach. Cierpiał z powodu niewiarygodnego rozdarcia.

Wyobrażasz sobie zdradę wobec wszechwiedzącego Boga? Tego nie można w żaden sposób ukryć. To nie chodzi o to, że nie można ukryć czynów. Nie można ukryć myśli! Pragnień, wzruszeń, marzeń.

Potem zabijali tę miłość, jak tylko się dało. On uciekł do Rzymu. Wybłagał trzymiesięczny pobyt naukowy. Ta ucieczka nie miała sensu. Każdego dnia budził się rano i czekał na list od niej.

Miał przecież nie czekać! Czekał.

Miała przecież nie pisać! Pisała.

Nie mógł tego wytrzymać, gdy tytułowała listy: „Bracie Andrzeju".

Z Rzymu wracał pociągiem. Nie wysiadł w Krakowie. Wysiadł dopiero w Lublinie. Chciał jej powiedzieć, że to nie tak miało być. Miał wszystko przygotowane. Już od Wiednia w pociągu ćwiczył, co jej powie. Każde słowo.

Stanął przed jej klasztorem. Wyszła do niego. Nawet nie zaczął. Nie powiedział ani słowa. Stali w bramie i nie patrzyli na siebie. Stali ze schylonymi głowami jak skazańcy i patrzyli w ziemię. Bali się swoich myśli. Grzechem było już to, że w ogóle tam byli. Grzechem było to, że myślał o niej prawie nieustannie od tego kościółka pod Częstochową. Grzechem było, że śniła mu się. Grzechem było, że wcale nie była siostrą Anastazją. Grzechem było, że we śnie miała usta, których dotykał palcami.

W pewnym momencie Anastazja cofnęła się do klasztoru. Po chwili wróciła. Wzięła go za rękę i zaczęli biec. Zatrzymali się w jakimś parku. Stanęła za drzewem i zbliżyła usta do jego ust. Rozsunęła jego wargi językiem i przepychała go przez jego zaciśnięte w zdumieniu i podnieceniu zęby. Zakonnica w habicie całowała pod drzewem zakonnika w habicie prawie w centrum Lublina!

Ten pocałunek był jak inicjacja. Potem był już tylko grzech. Spotykali się prawie wszędzie w Polsce. Im dalej od Lublina i Krakowa, tym lepiej. Trzymali się za ręce, tylko gdy byli sami. Publicznie jedynie ukradkiem przelotnie się dotykali. Dawali sobie znać, że się pragną. Nie rozmawiali o Bogu, chociaż cały czas czuli jego potępienie. Dopiero po pierwszej nocy, rok od pocałunku w parku, pierwszej prawdziwej nocy z nagością, rozkoszą i bezwstydem, on powiedział jej, że kocha ją bardziej, niż boi się kary. Jakiejkolwiek kary.

Przełożona karmelitanek w Lublinie dowiedziała się o romansie siostry Anastazji z anonimu wysłanego przez oficera SB, który od dawna inwigilował brata Andrzeja. Brat Andrzej był rewelacyjnym obiektem. Wyjazdy do Rzymu, wizyty ekumenicznych wycieczek ze Stanów, kontakty z młodzieżą oazową. To, że odmówił współpracy? Takie młodzieńcze i romantyczne.

Teraz już miał nie odmówić. Teraz już nie powtórzy się to, co stało się w trakcie tej prowokacji z obozem wojskowym. Skompromitował ich wtedy zupełnie. Poleciało przez niego kilka głów, i to nawet na Rakowieckiej w Warszawie.

Powołali go na ten obóz wbrew prawu. To był stan wojenny. Prawa można było ustanawiać wieczorem i zmieniać rano. Przysłali mu zawiadomienie o letnim obozie wojskowym dla słuchaczy seminarium duchownego. To była oczywista, szyta grubymi nićmi prowokacja. Jedna z kolejnych szykan, aby go złamać. Zakonników nie wolno przecież było powoływać na żadne wojskowe obozy szkoleniowe.

Takich jak on było więcej. Zebrali ich na poligonie w pobliżu Drawska. Cały pluton. Tak samo naiwnych lub niedoinformowanych zakonników jak on.

Spędził w tej jednostce koło Drawska dokładnie 11 godzin. Na wieczornym apelu pijany kapral kazał im się modlić. Zachrypłym głosem wykrzykiwał jak komendy musztry strofy *Ojcze nasz* i kazał im chórem powtarzać. On stał tam w szeregu z innymi i milczał, dusząc w sobie pogardę dla siebie, że jeszcze ciągle tam jest. W pewnym momencie kapral krzyknął:

– Amen. Powiedziałem amen, koty. Głośniej, kurwa, amen.

Wyszedł wtedy z szeregu, podszedł do kaprala i z całej siły go spoliczkował. Przewrócił się już po pierwszym uderzeniu w twarz. Skopanego, ze złamanym żebrem, rozciętą sprzączką wojskowego pasa głową i krwawiącego z nosa i uszu zanieśli na opatrunek do baraku przy ich namiotach. W nocy zemdlał od krwotoku. Musieli zawieźć go do szpitala. Wydało się. Interweniował episkopat. Jakiś ważny esbek na Rakowieckiej w Warszawie musiał na krótko iść na urlop, a brat Andrzej, trochę wbrew swojej woli, przeszedł do historii opozycji w Polsce.

Ale to wtedy była amatorszczyzna prowincjonalnych krakowskich detektywów, jak mawiało się w Warszawie. Teraz podpisze bez jednego ciosu i jednej kropli krwi. Nie będą musieli mu wybijać żadnych zębów. A episkopat? Episkopat nie kiwnie nawet palcem. Episkopat nie dopuści przecież do tego, aby wierni dowiedzieli się o tym, że „brat zakonnik z doktoratem z Watykanu bezkarnie bzyka zakonnicę z Lublina".

Przełożona karmelitanek wysłała siostrę Anastazję na pół roku do małej wioski w Bieszczady i list do przełożonego dominikanów w Krakowie. Przełożony dominikanów nie zrobił nic, bo listu nie przeczytał. SB przejęło go po drodze. Romans miał trwać. Niezakłócony. Głównie ze względów ideologicznych.

I trwał. W opustoszałych chatach pasterzy w Bieszczadach, w hotelu w Rzeszowie, w Krakowie, dokąd Anastazja nocą przyjechała na dwie godziny autostopem. Trwał też dzięki czytanej poczcie i dzięki podsłuchiwanym regularnie telefonom.

Przełożona karmelitanek, zaniepokojona brakiem reakcji z Krakowa, pojechała tam osobiście. Tydzień później brat Andrzej został przeniesiony do Świnoujścia. Miało być jak najdalej od Bieszczad i miało to być poniżające. Nie mógł odprawiać mszy. Dwa fakultety. Akademia papieska. Najlepsze kazania w Krakowie. Takiego plebana nie było dotąd w Polsce.

Gdy on trafił do Świnoujścia, ktoś, przez przypadek oczywiście, podrzucił kopię anonimu SB w refektarzu klasztoru w Lublinie. Świat miał dowiedzieć się o nich. I się dowiedział. Siostra Anastazja stała się balastem. Ideologicznym balastem. Zresztą to była najczystsza prawda. Nie można szantażować całego zakonu z powodu jednej nimfomanki w habicie, która nie potrafi tego załatwić inaczej.

Nagle nikt z nią nie rozmawiał. Nie wolno było jej wejść do kaplicy wieczorem, co dotychczas zawsze robiła. Dostawała upomnienia za wszystko. Dokuczano jej na każdym kroku. Któregoś dnia na stole w refektarzu leżał otwarty list od niego. Pełen czułości, miłości i wyznań. Gdy usiadła na swoim miejscu, miała wrażenie, że wszyscy patrzą na nią z obrzydzeniem.

Ten terror trwał ponad pół roku. Nie wyrzekła się go. Wręcz przeciwnie. Z każdym doznanym poniżeniem, z każdą przykrością od świata utwierdzała się, że warto go kochać.

Jego świat doświadczał jeszcze gorzej. Któregoś dnia podrzucono zużytą prezerwatywę do konfesjonału, w którym słuchał spowiedzi. Ktoś do skrzynki plebanii podrzucił otwartą kopertę z wycinkami z gazet ze zdjęciami kilkunastoletnich dziewczynek wykorzystywanych przez pedofilów. „Oburzone" parafianki pisały regularnie do biskupa. W ciągu 6 miesięcy przenoszono go kilkanaście razy z miejsca na miejsce. Mimo to kochał ją nieustannie tak samo. Czekał. Nie wiedział na co, ale wierzył, że to musi się skończyć. Jak czas w czyśćcu. Ten czas też się kiedyś kończy i potem jest zbawienie.

Pewnego dnia siostra Anastazja zniknęła. Tego samego dnia ktoś wyprowadził z garażu klasztoru samochód. Pojechała do Częstochowy. W drodze powrotnej, na prostej, suchej jezdni, dwa kilometry od przychodni w Poczesnej, jej samochód zjechał na lewą stronę. Prosto pod ogromną duńską chłodziarkę. Nie było śladów hamowania. Jej samochód wbił się dosłownie pod chłodnicę ciężarówki. Zginęła na miejscu. Zmasakrowana. Nikt z Lublina nie przyjechał nawet, aby ją zidentyfikować.

SB postarało się, aby wyniki sekcji zwłok stały się powszechnie znane w okolicy i w Lublinie. Siostra Anastazja miała alkohol i valium we krwi, a w macicy spiralę.

Miesiąc później była Wigilia. Po pasterce, gdy już wszyscy byli w domach i witali nowo narodzonego Jezusa, do małego kościoła w Białowieży przyszedł brat Andrzej. Z kamiennej misy u wejścia do kościoła nabrał do butelki po oranżadzie wody. Zbliżył się do ołtarza, postawił na nim butelkę ze święconą wodą, butelkę z wódką i mały plastikowy pojemnik z czarnym tuszem. Wysypał garść tabletek. Z marynarki wyjął igielnik do robienia tatuażu. Czarny tusz z plastikowego pojemnika zmieszał z wodą święconą. Oparł się o stół. Stanął dokładnie naprzeciwko krzyża. Zaczął tatuować.

Rano kobiety przyszły zapalić świece przed mszą. Poczuły zapach wódki przy ołtarzu i znalazły tam brata Andrzeja. Na okrwawionym przedramieniu jego lewej ręki można było odczytać niewyraźny napis: *Boga nie ma...*

Pielęgniarka przestała opowiadać. Drzwi gabinetu otworzyły się i sanitariusz w białym kitlu wypchnął wózek z mężczyzną. Przez krótką chwilę miałem wrażenie, że uśmiechnął się do mnie, przejeżdżając obok. Pielęgniarka zgasiła niedopałek w ziemi doniczki z pożółkłą paprotką. Podeszła do wózka i wypchnęła go w milczeniu z poczekalni.

Pielęgniarz spojrzał na mnie i stojąc w drzwiach gabinetu lekarskiego, czekał, aż wejdę. Nie wszedłem.

W tej poczekalni zrozumiałem, że jeśli nawet cierpię przez miłość do Natalii, to ta miłość była piękna, spełniona i nikt jej nie potępiał. Miłość jest zawsze taka. Tak naucza przecież Kościół. Chyba że nie odpowiada to kurii. Wtedy trzeba ją zniszczyć, podeptać, opluć, sponiewierać, napiętnować, splugawić i poniżyć. Najlepiej niszczy się taką miłość w imię miłości do Boga. To już się sprawdziło tyle razy w historii.

Tego samego wieczoru ojciec, poproszony przeze mnie, zabrał mnie karetką do domu. Mój pokój czekał na mnie. Moje biurko, moje książki, fotografia matki nad kontaktem, listy od Natalii, przewiązane zieloną wstążką, na półce nad biurkiem. Czysta, pachnąca pościel. Poczułem coś, co ludzie normalnie nazywają radością. Przez krótką chwilę tylko, ale wiem, że znowu była we mnie. Wróciłem. Z jednym postanowieniem: zapchać tę czarną dziurę w duszy. Zapchać, uszczelnić i tak żyć, aby się więcej nie otworzyła.

Byłem inny. Cichy. Małomówny. Zamyślony. Wylękniony. Nie piłem. Czytałem. Budziłem się i czytałem. Do wieczora.

Wiesz, że książki mogą być jak bandaż lub gips?

Ojciec przyzwyczaił się do mojego milczenia. Przychodził do mnie do pokoju i siedział ze mną. Nic nie mówił, tylko siedział. Cieszył się.

Pewnego dnia zadzwonił dzwonek u drzwi. Nikogo nie było za drzwiami. Na wycieraczce leżał pakunek w szarym papierze, przewiązany różową gumką. Ojciec przyniósł mi to do pokoju. Rozpakowałem. Moje dwa indeksy owinięte były białą kartką zapisanego na maszynie papieru. Decyzją dziekanów obu uczelni przywrócono mi prawa studenta. Tak po prostu. Ani słowa wytłumaczenia.

Podszedłem do okna. Ulicą szedł, podpierając się laską, ojciec Natalii. Nie odwrócił się. Na parkingu przy piekarni wsiadł do czarnej wołgi i odjechał.

W październiku było znowu jak dawniej. Tylko Natalii nie było. To znaczy była, tylko nie mogła przyjść. Tak sobie to ustaliłem. Ustaliłem sobie, że po prostu ona nie może być ze mną. Ale w ogóle jest. Zdarzało się, że zapominałem o tym i jej czasami wypatrywałem. Szczególnie po egzaminach. Wychodziłem z sali i rozglądałem się za nią. Taki nawyk. Chciałem, aby mnie przytuliła. Zawsze to przecież robiła.

Do stołówki nie chodziłem. Byłem tylko raz. Zaraz w październiku. Dwa tygodnie po rozpoczęciu roku akademickiego. Podali taką samą zupę. Dostałem ataku astmy.

Wiesz, że astmatycy muszą gdzieś wyjść, gdy mają swój atak? Nawet jeśli tam, gdzie wychodzą, jest mniej powietrza, oni i tak muszą wyjść. Taki syndrom pogoni za tlenem. Paradoksalny, sama ucieczka bowiem i bieg odbierają tlen.

Wiesz, że nawet w więzieniach pozwalają astmatycznym więźniom wyjść z celi w trakcie ataku? Czasami tylko do mniejszej celi i bez okien. Ale nawet to działa. Bo to tylko syndrom i tylko w mózgu, a nie w płucach i oskrzelach.

Wyszedłem tylko na chwilę. Wróciłem. Nie zjadłem nic, lecz przesiedziałem przed tym okienkiem, gdzie wydają zupę, do końca obiadu. Trzymałem się kurczowo blatu stołu, ale nie uciekłem. Kucharki podśmiewały się, patrząc na mnie. To było moje pierwsze prawdziwe zwycięstwo nad lękiem. Ten psychoterapeuta w szpitalu wariatów za Wrocławiem miał rację. Jedynie konfrontacja z fobią jest metodą na fobię. To działa. Dokładnie na zasadzie szczepionki. Szczepisz sobie podświadomość.

Formalnie na studiach straciłem jeden cały rok. Na obu uczelniach. Jeszcze niedawno było mi to zupełnie obojętne. Bezsensowne. Absurdalnie nieważne. Teraz jednak nie. Studia stały się całym moim życiem. Zagłuszały lub wyciszały demony. Wypełniały tak wspaniale czas! Nie mogło mnie spotkać nic bardziej terapeutycznego niż studia na dwóch kierunkach równocześnie.

Wydawało mi się, że gdy pozwolę „im" – nie wiedziałem tak naprawdę dokładnie, kto to ci „oni" – odebrać sobie ten rok, to tak jak gdybym dał się wyśmiać i opluć po raz drugi przy wszystkich resztkami bułki z pomidorem temu skarlałemu, obślinionemu i cuchnącemu na kilometry głupotą kasjerowi z banku.

Nie dałem. W grudniu zezwolono mi na obu uczelniach na indywidualny tok studiów. Pod koniec września następnego roku zdałem ostatni zaległy egzamin na politechnice.

Tego dnia na grobie Natalii leżały kasztany. Natalia uwielbiała kasztany. Musiała je tam położyć rano jej matka. Przyszedłem jej powiedzieć o egzaminie. Natalia byłaby ze mnie dumna. Ona zawsze była ze mnie dumna.

Palce wskazujące obu rąk dwa razy pod obojczyk, potem dwa razy w kierunku rozmówcy. „Kocham Cię".

To takie proste...

Jakub

PS Uważaj bardzo na siebie.

– Czy mógłby pan na chwilę wstać od biurka? Tylko na chwilę. Chciałabym tam szybko odkurzyć – usłyszał kobiecy głos za sobą.

Odwrócił się gwałtownie, przestraszony. Młoda sprzątaczka stała za krzesłem, na którym siedział, pisząc ten e-mail. Odwrócony tyłem do drzwi nie usłyszał, jak weszła. Turczynka z chustą na głowie, pracująca tutaj w zastępstwie od kilku dni. Stała z rurą odkurzacza w dłoni i uśmiechała się. Spojrzała na niego i odeszła natychmiast do drzwi wejściowych.

– Przepraszam pana. Bardzo przepraszam – mówiła szybko zatrwożonym głosem. – Myślałam, że nikogo nie ma o tej porze w biurze. Ja zawsze pukam. To ja odkurzę jutro. To nie jest przecież takie pilne. Niech pan sobie spokojnie pracuje.

I zamykając drzwi, dodała:

– I nie trzeba płakać. Wszystko będzie dobrze.

Podszedł do półki z książkami przy oknie. Otworzył lufcik okna. Do pokoju wdarł się uspokajający regularnością hałas autostrady. Wziął książkę, którą kupił przed miesiącem i która czekała na swoją kolej na górze wysokiej sterty innych książek „koniecznie do przeczytania".

Postanowił nie wracać do domu. Nie chciał dzisiaj pustki mieszkania. Tutaj ma przynajmniej Internet. Poczuł, że chce zostać dzisiaj blisko Internetu. Poczuł też, że tęskni za nią i że chciałby, aby już był ranek następnego dnia.

Czytanie zawsze pomaga przeczekać – pomyślał.

Pierwszy raz chciał przeczekać noc. Aby ją spotkać. Jak najprędzej.

ONA: Czekała na niego. Była dzisiaj dziwnie rozczulona. Bardziej niż zwykle. Gdy wyszedł tak nagle w połowie zdania na to zebranie, o którym przypomniał sobie w ostatniej chwili, zrobiło się pusto i cicho. To może zabrzmi patetycznie, ale jest prawdziwe: jej świat od jakiegoś czasu naprawdę robił się opustoszały i cichy bez niego.

Ten świat ICQ, Chatu i Internetu jest cichy tylko z pozoru. Dźwięki to także kwestia wyobraźni. Dźwięki i głosy można przecież przeżywać, nie słysząc ich. Internet z nim był pełen dźwięków. Śmiała się, czasami nawet wybuchała śmiechem. Szeptała do niego, gdy ją czymś rozczulił. Wykrzykiwała – gdy była sama w biurze oczywiście – kiedy ją czymś oburzył czy sprowokował. Stukała w blat biurka klawiaturą lub myszą, niecierpliwie czekając na jego odpowiedzi lub komentarze. Słuchała muzyki, gdy ją o to poprosił. Wypowiadała słowa, które czasami miały, według niego, znaczenie, dopiero gdy wypowiedziane zostały na głos lub wyszeptane, a nie tylko przeczytane. Z nim rzadko była cicho.

Dlatego gdy znikał lub – co zdarzało się przecież najczęściej – ona odchodziła od komputera, stawało się ostatnio w jej świecie cicho jak na opustoszałym stadionie. Ale wcale nie o tę ciszę chodziło. I nie o tę pustkę. Znała się przecież.

Gdy napisała mu to ostatnie, trochę zbyt czułe, jak zauważyła po chwili, zdanie o „ciszy w jej świecie", nagle zdała sobie sprawę, że tak naprawdę przychodziłaby tutaj, do tego biura, także w soboty i w niedziele. Nawet gdyby przestali jej za to płacić. A najchętniej przychodziłaby tutaj także w nocy. On często pracował w nocy. Często myślała, że chociaż raz chciałaby mieć go po drugiej stronie przez całą noc. Praca w tym biurze była czymś czwartorzędnym. Załatwić najszybciej to, co zapewnia na jakiś czas spokój od szefa, sekretarki i koleżanek z marketingu i natychmiast wrócić do Jakuba. On zawsze był pod ręką: ICQ, Chat, e-mail. To on nauczył ją, że w Internecie wszyscy „są na wyciągnięcie ręki". Trzeba tylko wiedzieć, jak tę rękę wyciągnąć. Ona już wiedziała i dowiadywała się coraz bardziej. Tylko okładka na tym opasłym tomie, który czyta od tygodnia, ma w tytule „analizę rynku". Pod nią, przełożoną z zupełnie innej książki, aby zmylić wścibską sekretarkę, jest coś tak fascynującego jak „Internet Unleashed", co w wolnym przekładzie oznacza tyle, co Internet uwolniony. I pomyśleć, że do niedawna nie potrafiła, bo nie chciało jej się czytać kilkustronicowej instrukcji, ustawić nagrywania w domowym magnetowidzie.

To stawało się niebezpieczne. Zaczynała niepokojąco zbliżać się do stanu, w którym mężczyzna znowu wypełni jej cały świat. Nie chciała tego. To ma być przyjaźń. Nie miłość! Użyła dzisiaj po raz pierwszy tego słowa, myśląc o Jakubie. Nie chciała żadnej miłości. Miłość ma wpisane w siebie cierpienie. Nieuniknione, chociażby przy rozstaniach. A oni przecież rozstawali się każdego dnia. Przyjaźń – nie. Miłość może istnieć i trwać nieodwzajemniona. Przyjaźń – nigdy. Miłość jest pełna pychy, egoizmu, zachłanności i niewdzięczności. Nie uznaje zasług i nie rozdaje dyplomów. Przyjaźń poza tym jest niezwykle rzadko końcem miłości. To nie ma być żadna miłość! Co najwyżej asymptotyczny związek. Ma ich zbliżać nieustannie, ale nigdy nagrodzić dotykiem.

Nie kocha go przecież! To tylko fascynacja zaniedbywanej mężatki. Poza tym on jest wirtualny. Nie można z nim ot tak, zgrzeszyć. Dzisiaj czuła, że chciałaby mimo to zejść z tej asymptoty i go dotknąć. Czy to byłby już grzech?

Czekała na niego, ale nie wrócił z tego zebrania. Musiała coś zrobić, aby poprawić sobie nastrój. Fryzjer zawsze pomagał. Zadzwoniła do pani Iwony. Miała jeszcze wolny termin. Ale dopiero po dwudziestej. Nigdzie nie musiała się śpieszyć. Jej męża od wczoraj nie ma. Wyjechał gdzieś służbowo. Powiedziała, że chętnie przyjdzie nawet później.

Pani Iwona była właścicielką jednego z najbardziej niezwykłych zakładów fryzjerskich czy – jak wolała je sama nazywać – „studia" w Warszawie. W centrum, blisko politechniki. Na pierwszym piętrze przedwojennej kamienicy. Nowoczesne grafiki na ścianach, skórzane fotele, hostessa przy wejściu, indywidualny zapis w komputerze o „preferowanych" zabiegach na włosach. Wyszukana muzyka w całym „studiu", łącznie z toaletami pachnącymi jaśminowym dezodorantem. Kawałek luksusu na pierwszym piętrze szarego budynku. Pani Iwona wiedziała, że wizyta u fryzjera to przeżycie bardziej intymne niż wizyta u ginekologa. U niej nie tylko układa się włosy. U niej często zaczyna się układać plany życiowe.

Gdy weszła, „studio" jeszcze tętniło życiem. Prawie wszystkie fotele były zajęte. Iwona przerwała układanie włosów klientki i podeszła do niej. Od dawna były na ty. Tylko jej dawała się czesać.

– Jeszcze chwila. Zanim wypijesz kawę, będę wolna.

Usiadła w wolnym fotelu w pobliżu stolika z gazetami. W tym samym momencie praktykantka podała jej na srebrnej tacy filiżankę z kawą.

Poczuła smak ulubionej whisky. Podniosła głowę i uśmiechając się z wdzięcznością, spojrzała na Iwonę.

Skąd wiedziała? – pomyślała.

Iwona była jedną z najbardziej atrakcyjnych kobiet, jakie znała. Około trzydziestu lat, długie blond włosy, zawsze nienaganny, delikatny makijaż. Na zmianę obcisłe spodnie, minispódniczki, długie spódnice z rozcięciem do pachwin. Prawie zawsze dekolty. Delikatne dłonie z paznokciami obiecującymi ból, gdyby wbić je w plecy. Piersi. Doskonałe piersi.

Iwona doskonale wiedziała, co myślą i czują ci wszyscy mężowie i narzeczeni czekający na swoje kobiety, spoglądający na nią łapczywie spoza gazet, którymi maskowali swoje prawdziwe zainteresowanie w tym momencie. Ona zresztą też to wiedziała. Kiedyś, to też było lato, przyszła tutaj zupełnie w ciemno, to znaczy bez umówionego wcześniej terminu. Musiała oczywiście czekać. Miała dwie godziny. Dokładnie przyjrzała się ze swojego fotela tym mężczyznom. Z osuniętymi bardzo w dół mózgami obserwowali każdy ruch Iwony, układającej włosy jakiejś starszej kobiecie. Miała tego popołudnia odsłaniający brzuch pasek oliwkowego materiału na piersiach i czarne, opięte tak, że bardziej się nie da, spodnie. Stała boso na podłodze. W tle śpiewał Bryan Adams. Nachylając się nad głową klientki, wypinała pośladki. Na środku pleców, ponad wąskim paskiem czarnych spodni, można było dojrzeć czerwono-granatowy tatuaż. Róża, przykryta w połowie spodniami, a w połowie odsłonięta.

Jak ona rozumiała tych mężczyzn! Ten tatuaż też ją fascynował. Ona, gdyby się już odważyła, zrobiłaby go sobie po drugiej stronie pośladka i byłby mniejszy. Ją samą to podniecało. Kiedyś zapytała męża, czy chciałby, aby miała taki mały delikatny tatuaż na pośladku. Widoczny jedynie dla niego. Wyśmiał ją.

– Takie rzeczy przychodzą do głowy tylko pijanym marynarzom – zakończył pogardliwie.

Było jej tak bardzo przykro. Chciała to przecież zrobić dla niego.

– Skąd wiedziałaś, że potrzebuję dzisiaj whisky w kawie? – zapytała, gdy Iwona zabrała się w końcu do jej włosów.

– Wyglądałaś na to. Kazałam małej wlać podwójną porcję. Wlała?

– Nie jestem pewna. Dzisiaj niczego nie jestem pewna. Ale chyba tak, bo działa genialnie.

Iwona schyliła się i zapytała cicho:

– Ktoś potarga ci włosy dzisiaj w nocy, czy mam robić na dłużej?

– Nie potarga, bo jest bardzo daleko i nawet nie wie, że tego chcę. Ale rób tak, jakby miał potargać.

Iwona nie skomentowała w pierwszej chwili tej odpowiedzi. Układała jej włosy, rozmawiały o modzie, zapchanej, mimo urlopów, samochodami Warszawie i o tym, jak dobrze byłoby gdzieś wyjechać, najlepiej na Majorkę.

W pewnym momencie Iwona ni stąd, ni zowąd powiedziała:

– Powiedz mu, że chcesz. I tak już grzeszysz, bo w ogóle chcesz.

Uśmiechnęła się do odbicia Iwony w lustrze.

Po co ludziom psychoterapeuci – pomyślała rozbawiona. – Powinni po prostu częściej chodzić do fryzjera. Nic dziwnego, że tu są zawsze tłumy.

Miała rację w biurze. Fryzjer zawsze pomaga. Wyszła od Iwony około dwudziestej drugiej. Było bardzo ciepło. Whisky, nowa fryzura, gwiazdy na niebie. Czuła błogość. Trudno opowiedzieć błogość w Internecie. To można byłoby mu tylko pokazać – pomyślała.

W drodze do postoju taksówek mijała któryś z wydziałów politechniki. Z oddali, z jednego z gmachów w głębi parku, spoza oklejonego plakatami parkanu, dochodziła głośna muzyka. Przeszła dalej. Muzyka ucichła. Postój taksówek mieścił się w małej zatoczce, dokładnie naprzeciwko szerokich, wysokich schodów prowadzących do głównego gmachu politechniki.

Miała właśnie przejść na drugą stronę ulicy, gdy nagle przystanęła. Chwileczkę – pomyślała – przecież ja już tutaj byłam kiedyś! I też był wieczór. Tak, to tutaj! Przecież stąd wysłałam swój pierwszy w życiu e-mail. Z takiego śmiesznego monitora z pokrętłami. Przy komputerze nie było nawet myszy.

– E-mail!!! – prawie wykrzyknęła.

Odwróciła się i biegiem pokonała wysokie schody. Odemknęła z wysiłkiem ciężkie drzwi. Gęsta mgła papierosowego dymu wypełniała szczelnie rozświetlony jarzeniówkami hol. Obłoki dymu w świetle jarzeniówek były momentami niebieskie, a czasami granatowe. Tak, to tutaj. Na pewno tutaj. Tylko tutaj było zawsze tyle dymu – ucieszyła się.

Pod ścianami na długich, wąskich stołach o metalowych nogach stały monitory komputerów, mrugające bielą, zielenią lub bursztynem tła swoich ekranów. Przed każdym siedziała jedna lub kilka osób. Słychać było miarowe uderzanie w klawiaturę i szmer przyciszonych rozmów.

To było zrządzenie losu. Opisze mu tę błogość. Teraz. Gdy ją czuje. Najlepiej, jak umie. Rozejrzała się. Wszystkie komputery były zajęte. Ale to nic. Poczeka. Ma czas. Wybrała monitor w końcu holu, zaraz przy szatni. Podeszła i stanęła za plecami młodego mężczyzny o długich włosach. Zapytała najsłodszym – to przeważnie działało – głosem, na jaki mogła się zdobyć:

– Czy gdyby pan tak bardzo, ale tak naprawdę bardzo bardzo chciał sprawdzić, czy jest e-mail do pana, i nie miał dostępu do Internetu, bo nie byłby pan studentem, to czy poprosiłby mnie pan, abym panu udostępniła mój dostęp?

Chłopak odwrócił głowę, popatrzył na nią przez chwilę, roześmiał się głośno i powiedział:

– Panią mógłbym nawet poprosić o rękę. Ale najpierw poprosiłbym oczywiście o dostęp. Do pani. I tak miałem już iść. Niech się pani czuje jak u siebie. Proszę tylko potem nie zapomnieć mnie wylogować.

Wstał z krzesła, robiąc jej miejsce. Był bardzo chudy i bardzo wysoki.

– Czy potrafi pani sama konfigurować serwery swojej poczty komputerowej? Jeśli nie, to chętnie pani pomogę, zanim pójdę.

Uśmiechnęła się i poważnym tonem odparła:

– Potrafię sama zrobić wiele rzeczy, ale tego nie. Z czasów, kiedy to umiałam, pamiętam, że to jest koszmarnie trudne i skomplikowane na tych komputerach, które nie mają Windows. To przecież UNIX, prawda?

– Tak. To stary, dobry UNIX. Nie dają nam tutaj w korytarzu nic lepszego. Można tu tylko IRC-ować i wysyłać e-maile. Ale dobre i to. Uniwersytet nie ma nawet takiego korytarza jak ten – odpowiedział. – Niech pani mi poda nazwę komputera poczty wychodzącej i przychodzącej. Skonfiguruję to pani.

Wyciągnęła z torebki mały czarny notes i przedyktowała mu nazwy obu tych komputerów. Jakub miał rację – pomyślała, gdy student wprowadzał dla niej te dane, używając tajemniczych komend. Nazwy serwerów poczty wychodzącej i przychodzącej są jak grupa krwi. Zawsze trzeba mieć to gdzieś zapisane i zawsze przy sobie.

– Już gotowe. Poda teraz tylko pani swoje hasło i odbierze pani swoją pocztę. Z pisaniem sprawa jest trochę bardziej skomplikowana.

Spojrzała mu w oczy z wdzięcznością.

– Nie wie pan nawet, co pan dla mnie zrobił. Dziękuję. Jakoś sobie poradzę z tym pisaniem. Z pewnością przypomni mi się.

Gdy tylko student się oddalił, szybko wystukała na klawiaturze swoje hasło dostępu do poczty komputerowej. Jest! Patrzyła, jak e-mail z jego imieniem i nazwiskiem pojawia się na ekranie.

I z czego ona się tak dzisiaj cieszy? Przecież e-maile od Jakuba przychodzą codziennie. Codziennie. Odkąd są w tej „przyjaźni", on pisze codziennie. Nieprzymuszany, nieproszony i nawet często nienagradzany za to jej odpowiedziami. To ją tak porusza. On chyba nawet nie wie, jak bardzo. Te e-maile codziennie rano. Nieraz tylko dwa zdania, a nieraz dwadzieścia stron. Ma już cały folder jego listów. On nazywa je „kartkami", nadaje im numery, datuje je i umiejscawia. Zawsze też poda jakieś słowo kluczowe, takie jak „o zamyśleniu" na przykład, „o genach", „o tęsknocie", „o Twoich włosach" i wiele, wiele innych. Taka słodka perwersja zorganizowanego matematyka. Ale to doskonały system. Jeśli chce na przykład przeczytać jego e-mail, a ostatnio bardzo chce, o słowie kluczowym „miłość", bardzo łatwo go znajduje. Jeśli chce wiedzieć, co pisał 18 czerwca, to też nic prostszego. Tak samo proste jak przeczytanie tego, co myślał, gdy pisał do niej, będąc w San Diego lub Bostonie.

Ten e-mail tutaj na ekranie – to ją nieco zaskoczyło – nie miał ani daty, ani miejsca, ani żadnego słowa kluczowego. To nie pasuje do Jakuba – pomyślała i zaczęła czytać.

Siedziała wyprostowana na krześle, z dłońmi położonymi na udach. Nie mogła się poruszyć. Stosy chusteczek higienicznych poplamionych rozmazanym makijażem przykrywały zawartość torebki, wysypaną na blat stolika, na którym stał monitor. Sama torebka leżała na podłodze, przygnieciona nogą krzesła, na którym siedziała. Czuła pieczenie oczu i słoność łez spływających na wargi. Słyszała siebie mówiącą:

– Zaraz się podniosę. Za chwilę. Podniosę się z tego krzesła, zbiorę te rzeczy do torebki. Odwrócę się i wyjdę.

Wstała. Przy drzwiach wyjściowych ktoś ją zatrzymał, chwytając za ramię.

– Pani zostawiła torebkę i bałagan przy monitorze. Tak się nie robi. Proszę to natychmiast posprzątać – usłyszała wzburzony głos portierki.

Bez słowa wróciła do monitora. Już było lepiej. Podniosła torebkę z podłogi. Otworzyła ją tak szeroko, jak się dało, podstawiła pod krawędź blatu i zgarnęła wszystko jednym ruchem ze stolika. Zasunęła suwak, przycinając skłębione chusteczki higieniczne. Gdy zmierzała do drzwi wyjściowych, portierka patrzyła na nią jak na naćpaną narkomankę.

Usiadła na schodach przed budynkiem. Przeszkodziła jakiejś parze, całującej się kilka stopni niżej. Spojrzeli na nią przelotnie; chłopak szepnął:

– Patrz, co ta wariatka robi?!

Palce wskazujące obu rąk dwa razy pod obojczyk, potem dwa razy w kierunku rozmówcy. To takie proste...

ON: Po dwóch godzinach czytania ogarnęło go poczucie winy; wydało mu się, że marnotrawi czas. Zdarzało mu się to ostatnio dość często, gdy przez dłuższy czas nie używał komputera. Niesłusznie oczywiście, trudno bowiem nazwać stratą czasu analizę publikacji, na które będzie się powoływało we własnych pracach lub z którymi będzie się polemizowało. Nie wiedział, skąd się to brało, ale miewał od pewnego czasu takie stany. Czyżby pierwsze oznaki uzależnienia od maszyny?

Postanowił wrócić do referatu, który przygotowywał na konferencję w Genewie. Cieszył się na ten wyjazd. Mieli rewelacyjne dane i chcieli zaprezentować je światu. Wiedział, że decyzja szefa, aby to właśnie on wygłosił wykład w Genewie, była wyróżnieniem.

Projekt był naprawdę wyjątkowy. Od siedmiu lat na jednej z wysepek u zachodniego wybrzeża Irlandii badano genetycznie wszystkich, absolutnie wszystkich jej mieszkańców. Ponieważ była niemal całkowicie odizolowana od świata i tak przybycia, jak i ucieczki zdarzały się nader rzadko, można było mówić o prawie niezaburzonej historii genów na zamkniętym obszarze dla całej populacji. Wyspa była interesująca także z innego powodu: w kryptach dwóch tamtejszych kościołów znaleziono sarkofagi z wyjątkowo dobrze zachowanymi zwłokami. Klimat wyspy oraz suchość krypt spowodowały, że trumny w sarkofagach były prawie nienaruszone, a zwłoki uległy samoczynnej mumifikacji. Najstarsze datowano na osiemset lat, najmłodsze – czterysta lat. Materiał genetyczny pobrany z mumii można było porównać z materiałem uzyskanym od żyjących mieszkańców wyspy. Żartował wprawdzie, że uogólnianie czegokolwiek na podstawie badań na Irlandczykach jest bardzo ryzykowne, ale wiedział, że ten projekt jest sensacją w genetyce. To jego program analizował te dane. W Genewie miał przedstawić wyniki pierwszego etapu.

Otworzył zapis ostatniej wersji referatu i zanim usiadł do pisania, poszedł do kuchni piętro niżej, aby przynieść z lodówki zaczętą butelkę kalifornijskiego chardonnay. Wyjął wino i sięgnął do zamrażalnika po kieliszek, który tam umieścił kilka godzin wcześniej. Od jakiegoś czasu pamiętał o tym, żeby trzymać pusty kieliszek w zamrażalniku lodówki. Już dawno odkrył, że mało co smakuje tak dobrze jak zimne chardonnay, najlepiej z Monterrey, w skutym lodem kieliszku. Poza tym – to też zastanawiająca ostatnio prawidłowość – naprawdę dobre teksty pisał po winie. A tekst do Genewy musi być wyjątkowo dobry...

Nic dziwnego, że Steinbeck pisał tak dobrze. Wszyscy wiedzą, że pił i do tego mieszkał w Monterrey – pomyślał.

Wrócił windą na swoje piętro i wszedł do biura. Instytut był o tej porze już całkowicie opustoszały. W jego biurze, oświetlonym jedynie przez lampę stojącą obok monitora oklejonego żółtymi karteczkami przypominającymi, co powinien, a czego zrobić i tak z pewnością zapomni, słychać było jedynie uspokajający szum wentylatora w jego komputerze. Było przytulnie i dobrze; miał wino, miał komputer i miał pomysł na referat.

Biuro, to też zauważył ostatnio, stawało się powoli czymś więcej niż tylko miejscem pracy. Znosił tutaj wszystko, co inni ludzie z reguły trzymają w domu: książki, radio z odtwarzaczem płyt kompaktowych, kieliszki, żelazko, przyprawy do potraw, komplet ręczników, pled, poduszkę, sportowe buty (na wszelki wypadek, gdyby zechciał biegać w pobliskim parku – jak dotąd nie zechciał), garnitur, dwa krawaty, obrazy, a także doniczki z kwiatami stojące wszędzie, gdzie było jeszcze miejsce niepokryte książkami, notatkami lub dyskietkami. To biuro stawało się jego domem.

Ona też tutaj była obecna, w tym „domu". Gdzie zresztą miała być? To tutaj „zapukała" przecież po raz pierwszy. Tutaj były nawet jej rzeczy! Przysyłała mu je. Co rusz znajdował małe paczuszki w swojej skrzynce pocztowej. Nie trzeba mieć szczoteczki do zębów w łazience, aby czuć obecność kobiety w swoim domu. Można mieć coś zupełnie innego.

Można mieć zielone świece, pachnące, rzeźbione, proste, wysokie i niskie, ale zawsze zielone. Bo przecież on lubi zieleń.

Można mieć książki. W całym biurze leżały książki od niej. Przeczytane przez nią. Z uwagami napisanymi długopisem na marginesie lub bezpośrednio w tekście. Kupowane w dwóch egzemplarzach. Ten przeczytany zawsze dla niego. Ten drugi dla niej. Aby mieć go pod ręką, gdy będą o tym rozmawiać.

Można mieć kartki pocztowe lub widokówki. Z każdego miasta, w którym bywała, a w którym nie miała dostępu do Internetu, wysyłała mu kartki pocztowe. Kiedyś przysłała osiemnaście pocztówek z Krakowa.

Dopiero na 18 zmieściłam to, co powiedziałabym Ci w pierwszej godzinie na ICQ. Brakowało mi tego. Tak bardzo. Niektóre pocztówki się powtarzają. Wybacz. Pani kioskarka miała tylko 12 różnych – pisała.

Można mieć jej stanik. Kiedyś zapytał ją o kolor bielizny, którą ma tego dnia na sobie. To był wieczór. Wypił zbyt dużo wina. Była muzyka. I tak jakoś wyszło. Najpierw zignorowała to pytanie. Po godzinie wróciła do niego. Też za dużo wina. I też muzyka. Jej też chyba tak jakoś wyszło, bo napisała:

Nie umiem opisać Ci tego koloru. Jest na pograniczu oliwkowej zieleni i turkusu. Właśnie zdjęłam stanik i włożyłam do koperty. Sam zobaczysz, jaki to kolor.

Cztery dni później znalazł małą paczuszkę w skrzynce pocztowej. Pamięta doskonale, że ciągle czuł zapach perfum, gdy dotknął jej oliwkowoturkusowego stanika ustami. Pamięta też, jak bardzo był podniecony.

Tak, to biuro już było jego drugim domem. Poza tym to tutaj najczęściej bywała ona. Chociaż nie tylko tutaj. Ale jedynie w biurze miał uczucie, gdy byli razem w Internecie, że zaprosił ją do siebie do domu. Przy czym „bywać" znaczy rozmawiać z nią na ICQ, otwierać z nią Chat, a także pisać do niej lub otrzymywać od niej e-maile. Jej obecność w jego życiu związana była z komputerem. Umiał połączyć konkretny komputer z konkretnymi wspomnieniami. Na tym laptopie z zapchanym do granic możliwości dyskiem, podłączonym do Internetu w pokoju hotelowym w Zurychu, napisała po raz pierwszy: *Tęskniłam za Tobą i nie mogłam doczekać się poniedziałku.* Z tego kolorowego Macintosha w Internet Café w Berlinie dowiedział się, że ona *najbardziej ostatnio boi się słów „nigdy" i „zawsze", a zaraz potem „nic" i „nikt"*, z kolei w tym ogromnym superkomputerze Cray na uniwersytecie w Stuttgarcie odebrał e-mail, w którym po raz pierwszy pisała: *Jeszcze raz dziękuję Ci za wszystko, przede wszystkim za to, że jesteś.*

Wspomnienia wirtualnych spotkań z nią to głównie wspomnienia emocji. Ale także zapisy w pamięci charakterystyk klawiatur, monitorów lub programów, za pomocą których wymieniał z nią informacje. Czasami uśmiechał się do siebie, zdając sobie sprawę, że ich wspomnienia to takie na przykład hipotetyczne pytanie:

– A pamiętasz, jak czule pisałaś do mnie wtedy pod wieczór, gdy byłem na tym szarym komputerze z poplamioną kawą klawiaturą, na której brakowało klawisza „z" w siedzibie IBM w Heidelbergu? Ten komputer miał taki stary monitor z nostalgicznym ekranem w bursztynowym kolorze i umówiliśmy się, że „z" będziemy zastępować cyfrą 8. Teraz już nie robią takich monitorów.

– Pamiętasz?

Czy takie będą zawsze ich wspomnienia? Klawiatur, monitorów, prędkości modemów, programów pocztowych czy nazw serwerów, które pozwalały im otwierać Chat?

W zasadzie dlaczego nie? Czy ławka pod rozłożystym kasztanem musi być bardziej romantyczna od komputera bez litery „z" w klawiaturze, za szklaną ścianą w zaciemnionym centrum komputerowym?

Zależy, co wydarzyło się na ławce i co wydarzyło się dzięki temu komputerowi.

Przewaga ławki nad komputerem dla większości ludzi jest oczywista i niekwestionowana. Głównie ze względu na bliskość, zapach i dotyk. Słowa na ławce schodzą na drugi plan. Nie kwestionował tego. Uważał jednak, że słowami można zastąpić zapach i dotyk. Słowami też można dotykać. Nawet czulej niż dłońmi. Zapach można tak opisać, że nabierze smaku i kolorów. Gdy już jest czule od słów i pachnie od słów, to wtedy... wtedy trzeba najczęściej wyłączyć modem. Na ławce wtedy przeważnie wyłącza się rozsądek.

Wolałby po stokroć być na tej ławce.

Chardonnay było wspaniałe. Referat do Genewy może trochę poczekać – pomyślał, napełniając drugi kieliszek. Usiadł wygodnie w swoim obrotowym krześle i założył nogi na biurko. Zamknął oczy. Zegar na wieży kościoła wybijał północ. Pomyślał, że właśnie minął, w pewnym sensie, przełomowy dzień. Od dzisiaj będzie inaczej. Nie wiedział jeszcze jak inaczej, ale wiedział, że coś się zmieni. Ten e-mail o Natalii...

Nigdy dotąd nikomu nie opisał tylu szczegółów tego cierpienia. Nie chciał. I nie potrzebował. Jego ojciec i tak wiedział bez słów, a inni? Inni byli nieistotni. Jej chciał opowiedzieć wszystko. Każdy szczegół. Każdą łzę. I zrobił to. Dlaczego? Bo jest daleko i nie zobaczy tych łez? Bo po prostu nie ma nikogo innego, aby to opowiedzieć, a bardzo chciał? A może to czysty egoizm? Podzielić się z kimś smutkiem przeszłości i zmniejszyć go w ten sposób? A może ona jest teraz tak istotna, tak ważna, tak odpowiednio wrażliwa, tak godna zaufania, że nie obawia się aż takiej bliskości? Też. Ale to chyba nie wszystko.

Wstał z krzesła i podszedł z kieliszkiem do okna. Oparł czoło o zimną powierzchnię szyby. Stał tam przez chwilę, przypatrując się poruszającym się aureolom samochodowych świateł rozproszonych na mgle zasnuwającej autostradę pod oknem.

– Opowiedziałem jej, bo chciałem dzielić z nią także swoją przeszłość – powiedział głośno do swojego odbicia w szybie. – Najważniejsze kobiety mojego życia zawsze znały moją przeszłość.

Tak! Ona przecież była ostatnio najważniejsza. W ciągu ostatnich kilku miesięcy nie umiał przeżyć niczego istotnego, aby nie pomyśleć, że chciałby jej o tym natychmiast opowiedzieć. To wkradło się w jego życie tak cicho i niepostrzeżenie. I zawładnęło nim. Zmieniało go. Wywoływało w nim zupełnie nowe uczucia. Jak na przykład to, jak gdyby motyle miał w brzuchu, gdy rano włączał komputer. Albo to pragnienie wzruszeń na tyle silne, aby wygonić go po północy z ciepłego łóżka do piwnicy i kazać ze starych kartonów wyciągać tomiki poezji Jasnorzewskiej.

Wiedział, że pragnienie wzruszeń nie jest trwałym stanem. Jak on to dobrze wiedział! Po śmierci Natalii, gdy już wrócił do świata, nie był zdolny do wzruszeń. Jego serce było jak zamrożony kawał mięsa. Kiedyś nawet widział je w przerażającym śnie. Pomarszczone i sine, jak kawałek wołowiny wyjęty z zamrażalnika. Ogromne, ledwie mieszczące się w ciemnej dziurze między kością miednicy a obojczykiem. Twarde, pokryte gdzieniegdzie lodem, owinięte foliowym workiem, poprzerywanym w kilku miejscach. Ten zamarznięty worek wypełniony jego sercem poruszał się. Regularnie kurczył się i rozszerzał. Przez dziury w folii wypychały się bąble sinoczerwonego mięsa. Obudził się z krzykiem, gdy worek pękł z hukiem. Ten sen wracał jeszcze wiele razy. To trwało około dwóch lat.

Kobiety różniły się dla niego w tym czasie od mężczyzn tylko tym, że miały piersi, nie musiały się golić i można było na nich bardziej polegać. Dopiero po paru latach zaczął ponownie odczuwać coś w rodzaju pociągu seksualnego. Ale to było, jak wtedy mówił, „prosta(t)ckie". Od prostaty. Ale i od prostaka. Obudzone hormony zdominowały jego postrzeganie kobiet. Chciał tylko rozładować napięcie, pozostawić gdzieś swoją spermę i wrócić do książek. Nic więcej. Robił to sobie głównie sam. Ale nie zawsze.

Kiedyś, jeszcze jako student ostatniego roku, pilotował wycieczkę Almaturu do Amsterdamu. Miejscowy przewodnik na prośbę uczestników zaprowadził ich nad słynne kanały w znanej, szczególnie marynarzom, dzielnicy Zeydak. Wieczorem, zupełnie sam, pod jakimś pretekstem wyszedł z hotelu. Wrócił nad te kanały. Kupił w małym sklepiku przy jednym z mostów marihuanę. To było i ciągle jest zupełnie legalne w Amsterdamie. Usiadł na ławce i palił. Spędził tak kilka godzin. Wracając już po północy wzdłuż kanału, mijał kamienice z przeszklonymi frontonami. Za szybami siedziały prostytutki i zachęcały do wejścia. W pewnym momencie zatrzymał się. Pamięta, że nawet nie myślał długo. Wszedł. Dziewczyna była z Węgier. Młoda brunetka w jedwabnym szlafroku, paląca cygaro.

Przy szampanie umówili się co do ceny. Zasłoniła żaluzje. Rozebrała go. Zapaliła wonne świece. Włączyła muzykę. Rozpoznał Locomotive GT. Podała mu rękę i podeszła z nim do marmurowej czarnej umywalki przy drzwiach. Zdjęła szlafrok. Stała przed nim zupełnie naga.

Przysunęła go biodrami do krawędzi umywalki, nachyliła się i zaczęła go myć. Był tak podniecony, że zejakulował do umywalki, gdy tylko dotknęła jego prącia. Nie wiedział, co zrobić. Było mu tak ogromnie wstyd. Zamknął oczy, aby nie patrzeć na nią. Przez chwilę nie mówiła nic. Potem zaczęła go delikatnie gładzić po włosach i po policzku, szepcząc coś po węgiersku. Przyniosła kieliszek z szampanem, zapaliła papierosa i wetknęła mu go do ust. Posadziła go na skórzanym krześle. Zaczęła delikatnie masować mu plecy i kark. Po godzinie wyszedł. Dziewczyna wzięła tylko połowę sumy, na którą się umówili. Podając jej rękę na pożegnanie, czuł, że ma znowu erekcję.

Ta węgierska prostytutka z Zeydaku była pierwszą kobietą, która dotykała go po śmierci Natalii.

Postrzeganie kobiet wyłącznie przez egoistyczny seks ustało tak naprawdę dopiero w Irlandii. Ponad rok po epizodzie w Amsterdamie. W Dublinie pewnej wiosny odkrył na nowo wzruszenia, które nie mają nic wspólnego z prostatą. Stało się tak dzięki Jennifer z wyspy Wight...

Z zamyślenia wyrwał go głośny pisk komputera stojącego na jego biurku. Nadszedł jakiś e-mail. Otworzył na oścież okno. Wstawił blokadę uniemożliwiającą jego zatrzaśnięcie się i wrócił do biurka. E-mail od niej! O drugiej nad ranem?

ONA: Taksówkarzowi kazała zatrzymać się przed nocnymi delikatesami dwie przecznice przed ulicą, na której mieściło się jej biuro.

– Czarny jack daniels, może być duży, i pięć puszek red bulla – powiedziała do zaspanego sprzedawcy.

Zlustrował ją od stóp do głów; butelkę i puszki podał dopiero wtedy, gdy położyła pieniądze na szklanej ladzie. Nie budziła zaufania. Wyglądała trochę jak arystokratyczny ćpun, który nie wytrzymał odwyku. Prawdziwe, niearystokratyczne ćpuny, gdy nie wytrzymują odwyku, kupują wodę brzozową lub denaturat, a nie whisky. Normalny ćpun dostaje zapomogę niewystarczającą na małego jacka danielsa, nie mówiąc o dużym.

Po kilku minutach wysiadła przed swoim biurowcem. Zapłaciła taksówkarzowi i weszła przez garaż do budynku. Jedyną czynną windą wjechała na szóste piętro, gdzie mieściły się biura jej firmy. Jeszcze nigdy nie była tutaj w nocy. Czuła niepokój, idąc ciemnym korytarzem, aby zapalić światło.

Stanęła przed drzwiami z krat. Po prawej stronie, na wysokości jej oczu, znajdowała się mała skrzyneczka z klawiszami jak na klawiaturze kalkulatora.

Boże, przecież trzeba wprowadzić kod, żeby otworzyć te drzwi – przypomniała sobie, przerażona.

Nie robiła tego dotychczas. Rano, gdy przychodziła do biura, drzwi były już „odbezpieczone" przez strażnika.

Co za problem… 1808… A może jednak nie? Może 0818…?

Jeżeli wprowadzę zły kod, to mam strażnika na karku, a po pięciu minutach policję. Alarm obudzi całą dzielnicę, a dyrektorka na pewno nie uwierzy, że musiałam coś ważnego zrobić akurat po północy.

Zatrzymała się. Myślała intensywnie, co zrobić. To było ryzykowne. Z drugiej strony tak bardzo chciała mu to opowiedzieć. Teraz! Tylko teraz to miało sens.

Zbliżyła się do klawiatury i bez zastanowienia wystukała: 1-8-0-8. Przymknęła oczy, skuliła się, jak gdyby czekała na cios.

Nie było ciosu.

Otworzyła energicznie drzwi i weszła do biura. Z kuchennej szafy wyjęła swoją kryształową szklankę do whisky. Do zielonego kubka, który przysłał jej Jakub kilka tygodni temu, wykruszyła parę kostek lodu z aluminiowej kratki wyjętej z zamrażalnika. Obok kratki postawiła cztery puszki red bulla kupione w delikatesach. Jedną pozostawiła w torbie. Wróciła do biura. Nalała whisky, mniej więcej do połowy szklanki. Resztę uzupełniła red bullem. Włączyła komputer. Wywołała program pocztowy. Podeszła do odtwarzacza płyt kompaktowych stojącego obok faksu. Włączyła muzykę. Marzyła o tym już od schodów przy politechnice. Whisky z lodem w szklance – na red bulla wpadła dopiero w taksówce – i ostatnia płyta Geppert. Dzisiaj mogła słuchać tylko Geppert. Chciała całkowicie zapaść się w smutek. Geppert była na to najlepsza. Wybrała *Zamiast*. Włączyła. Duszkiem wypiła pół szklanki, którą trzymała w dłoni. Podeszła do biurka. Rozciągnęła skręcony kabel, łączący klawiaturę z jej komputerem. Usiadła na podłodze. Klawiaturę położyła na kolanach. Oparła się plecami o boczną ścianę biurka i zaczęła pisać.

Warszawa, 28 sierpnia

Jakub,

Słuchaj teraz uważnie...

Wstała. Była niespokojna. Przeszła do kuchni. Wyjęła z zamrażalnika lodówki dwie srebrno-niebieskie puszki. Wróciła do biura. Ustawiła w odtwarzaczu CD funkcję „powtarzaj w nieskończoność", włączyła *Zamiast* i wróciła na podłogę pod biurko.

A więc słuchaj mnie teraz uważnie. Zrobiłeś ze mnie – Boże, jak ta Geppert na mnie wpływa – najsmutniejszą kobietę w tym kraju.

Przydeptałeś mnie. I zmniejszyłeś do rozmiarów wirusa. Dokładnie tak. Wirusa.

Opowiedziałeś mi historię miłości ostatecznej...

Mogłeś sobie darować te wszystkie szczegóły. Mogłeś, prawda???

Pisała. Mówiła do siebie i dalej pisała. Sięgała po szklankę stojącą obok niej na podłodze. Skończyła. Lód w zielonym kubku całkowicie się roztopił. Wzięła jeszcze raz na chwilę klawiaturę na kolana. Łzy płynęły jej po policzkach. Dopisała:

Nie mogę przestać o niej myśleć. O Natalii. Jeszcze nigdy żadna kobieta nie poruszyła mnie tak, jak poruszyła Natalia. Gdy przypomnę sobie jej list, gdy ona pisze: „To będzie piątek. Sprawdziłam właśnie, że Ty urodziłeś się w piątek. To będzie znowu szczęśliwy piątek, prawda, Jakubku?" – to po prostu łkam. Nie mogę tego opanować. Wyję. Na całe to biuro. I to nie od whisky na red bullu.

Dlaczego Cię to spotkało? Dlaczego ona Ci umarła?

Anioły przecież nie umierają...

Wyciągnęła rękę i nie wstając z podłogi, odstawiła klawiaturę na blat biurka. Z zielonego kubka stojącego przy butelce z whisky i pustej puszki po red bullu wylała wodę na prawą dłoń i przemyła powoli twarz. Poczuła się dobrze. Ta zimna woda zmywała nie tylko łzy. Podniosła kubek nad głowę i wylała resztę wody na czoło. Odgarniając do tyłu mokre włosy, przypomniała sobie to przewrotne i zaskakujące pytanie jej fryzjerki wczorajszego wieczoru:

„Ktoś potarga ci włosy dzisiaj w nocy, czy mam robić na dłużej?".

Pomyślała, że to wspaniały zbieg okoliczności, że akurat dzisiaj poszła do fryzjera. To była niezwykła, romantyczna i uroczysta noc z nim. W taką noc każda kobieta chce jak najlepiej wyglądać. Wcale nie szkodzi, że on nie wie jeszcze o tej nocy. U nich tak już jest. W ten ich związek, z założenia, wpisane jest opóźnienie. Poza tym potargał jej nie tylko włosy tej nocy. Tak bardzo chciałaby, aby był przy niej i naprawdę robił coś z jej włosami. Czuła, że on wiedziałby dokładnie, co ona by chciała najbardziej.

– Jak to dobrze, że upiłam Rozum – szepnęła do siebie, chichocząc.

Wstała z podłogi. Do worka włożyła butelkę z resztą whisky i wszystkie puszki. Nie muszą wiedzieć, że lubi pić whisky akurat w biurze, i to w sobotę zaraz po północy. Musi dokładnie zatrzeć ślady. Zielony kubek postawiła obok monitora. Wyłączyła komputer.

Zgasiła światło. W ciemności podeszła do półki z książkami przy drzwiach wyjściowych. Sięgnęła za czarny segregator. Poznała w dłoni znajomy kształt.

Kilka tygodni temu listonosz przyniósł dla niej paczuszkę. Wszyscy w biurze byli ciekawi, co dostała. I od kogo. Może tego nawet bardziej. Schowała przesyłkę głęboko w biurku i nie komentując tego ani słowem, wyszła z biura. Wiedziała, że to od niego. Poznała po piśmie. Nie chciała rozpakowywać przy wszystkich. Zauważyliby z pewnością, że trzęsą się jej ręce.

Nie mogła się doczekać, aż wszyscy pójdą do domu. Najpierw w ogóle nie wiedziała, co to może być. W małym kartoniku, wypełnionym dla zabezpieczenia przesyłki białymi kuleczkami ze styropianu, tkwiło coś, czego w pierwszej chwili nie umiała nazwać. Położyła przed sobą i patrzyła zdumiona. Po chwili zrozumiała: przysłał jej wykonany z pleksiglasu kolorowy model podwójnej spirali DNA. Czerwona nitka z małymi otworkami po lewej stronie łączyła się z biało-czerwonymi i żółto-niebieskimi parami płaskich patyczków z czarną nitką po prawej stronie, tworząc skręconą, unoszącą się w górę i zakręcającą drabinkę. Prawdziwa podwójna spirala. Na białych patyczkach wypisane były litery „A", na czerwonych „T". Zielone miały na górze literę „C", a niebieskie „G". Patrząc z góry, widziało się sekwencję par liter: AT CG CG AT AT AT CG AT CG AT CG AT… Do przesyłki dołączona była kartka:

Monachium, 10 lipca

Wiesz, że tylko jedna z nici w podwójnej helisie jest ważna i ma sens? Zresztą oficjalnie nazywa się „nić sensowna". To ona zawiera informację genetyczną. Druga nić, która służy jedynie jako wzorzec do replikacji, nazywa się nić bezsensowna. Mimo to jako całość wszystko ma sens wyłącznie z tą bezsensowną częścią. Ta po prawej, ta czarna, jest bezsensowna. Lubię je obie.

Chciałem, żebyś miała coś ode mnie. Taki ekwiwalent maskotki. Żebyś mogła po prostu dotknąć czegoś ode mnie.

Maskotka! To strasznie banalne i kiczowate, prawda? Ale mimo to chcę, abyś coś takiego miała. Kupiłem ten model kiedyś od pewnego studenta na trawniku przed Instytutem Chemii MIT w Bostonie. Widziałem oczywiście mnóstwo innych, ładniejszych modeli podwójnej spirali. Ale ten jest mi szczególnie bliski. Kupiłem go po swoim pierwszym wykładzie wygłoszonym w USA. Właśnie tam, w MIT. Dla mnie, Polaka, to było jak dostanie Oscara. Wykład w MIT to dla naukowca coś jakby audiencja u papieża. Chciałem mieć coś trwałego z tego miejsca. Wydałem na ten model ostatnie przydziałowe dolary. Potem już nie starczyło mi na autobus na lotnisko. Poszedłem pieszo. Ale miałem go. Teraz chcę, abyś Ty go miała.

Jakub

Można mieć pluszowego misia, zajączka lub pieska. Można też mieć podwójną spiralę DNA z pleksiglasu. Może nie jest miękka, pluszowa i do przytulania. Ale za to ma geny.

Pamięta, że po przeczytaniu kartki podniosła pleksiglas do ust.

Zdjęła model z półki i ścisnęła w dłoni. Znała tę sekwencję na pamięć. Nie musiała wcale patrzeć. Pomyślała, że musi go kiedyś zapytać, dlaczego jest więcej AT niż CG. Czy to tak wszędzie, czy tylko przez przypadek w tym fragmencie?

Wyszła z biura zmęczona, ale uspokojona. Odczuwała błogie odprężenie. Ze zdziwieniem stwierdziła, że jak na tyle whisky jest zastanawiająco trzeźwa. Miała właśnie wyłączyć alarm, gdy nagle odwróciła się i biegiem cofnęła do biura. Włączyła ponownie komputer.

– Przecież ja tylko napisałam ten e-mail, ale wcale go nie wysłałam – powiedziała głośno.

Dochodziła druga nad ranem, gdy program pocztowy potwierdził wysłanie jej listu.

Pomyślała – ostatnio ta myśl wracała tak często – że Internet powinien być czczony na równi z ogniem i winem. To po prostu genialna rzecz! Jaka poczta otwarta jest o drugiej nad ranem?

Zadzwoniła po taksówkę i wyszła z biura. Taksówkarz już czekał.

– Czy mogę usiąść obok pana? – zapytała cicho. – Nie chcę siedzieć dzisiaj tam z tyłu, w tej ciemności.

Spojrzał na nią uważniej, zaskoczony. Składając w pośpiechu gazetę, która leżała na przednim siedzeniu pasażera, odpowiedział:

– Oczywiście, że pani może. Będzie mi miło. Proszę siadać.

Ruszyli. W radiu Don McLean śpiewał *Starry, starry night*.

– Czy mógłby pan zrobić trochę głośniej? – zapytała, uśmiechając się do kierowcy.

– Proszę zrobić tak głośno, jak tylko pani chce. Ja też to bardzo lubię.

Przekręciła gałkę głośności. Zaczęła nucić. Po chwili kierowca dołączył do niej. Spojrzeli na siebie i roześmiali się głośno oboje.

Siedziała oparta wygodnie, z zamkniętymi oczami słuchając muzyki. Mogłaby tak jechać w nieskończoność. W taksówce nagle zrobiło się przytulnie i bezpiecznie. Pomyślała, że już dawno nie była tak szczęśliwa jak teraz. Palce powoli przesuwała po kawałku pleksiglasu, który zdążył się już rozgrzać od ciepła jej dłoni. AT, CG, potem znowu CG i potem trzy razy AT...

Starry, starry night, paint your palette blue and gray...

ON: Sięgnął do szuflady biurka po puszkę z colą. Usiadł po turecku na swoim krześle przed monitorem, rozciągnął skręcony spiralnie kabel klawiatury, położył ją na udach. Zaczął czytać.

Warszawa, 28 sierpnia

Jakub,

Słuchaj teraz uważnie...

A więc słuchaj mnie teraz uważnie. Zrobiłeś ze mnie – Boże, jak ta Geppert na mnie wpływa – najsmutniejszą kobietę w tym kraju.

Przydeptałeś mnie. I zmniejszyłeś do rozmiarów wirusa. Dokładnie tak. Wirusa. Opowiedziałeś mi historię miłości ostatecznej...

Mogłeś sobie darować te wszystkie szczegóły. Mogłeś, prawda???

Nie mów mi tylko, że Cię o to prosiłam. Nie mów mi tego! Bo to będzie niepasujące do Ciebie usprawiedliwienie.

Ja chciałam wiedzieć o tych Twoich kobietach z przeszłości tylko troszeczkę. Odrobinę. Tylko to, że były, miały takie oczy, takie włosy, takie biografie i że przeszły do historii. O tym, że przeszły bezpowrotnie do historii, chciałam wiedzieć przede wszystkim.

Miało być ich dużo i miały być różne. Miały zostawić różne ślady. Ich znaczenie miało się rozłożyć. Abyś nie preferował żadnej konkretnej. Taki miałam plan. Każda kobieta na moim miejscu miałaby podobny plan. „Każda kobieta na moim miejscu" – Boże, jak to strasznie brzmi, gdy powie się to na głos.

Ale Ciebie nie można tak zaplanować. Można na Tobie polegać. Jesteś spolegliwy – lubię to słowo – spolegliwy do bólu. Ale zaplanować Ciebie się po prostu nie da. Tak zresztą tylko przypuszczałam do dzisiaj. Od dzisiaj wiem to na pewno. Masz zbyt powikłany życiorys. Poza tym zmieniasz życiorysy innych ludzi.

W zasadzie to nie tak. To inni ludzie chcą zmieniać swoje życiorysy dla Ciebie. Tak jak Natalia.

Nigdy dotąd nie poznałam człowieka, którego dotknęła taka tragedia. I nigdy dotąd nie poznałam człowieka, który doznał takiej miłości. Czy w życiu musi wszystko wyrównywać się do zera? Czy i tutaj zadziałała ta cholerna koncepcja stanu równowagi, o której pisałeś mi kiedyś na trzech długich stronach?

Gdy czytałam o tym wszystkim, czym obdarowywałeś ją i co dla niej robiłeś, zastanawiałam się, jak nudne, przyziemne i nawet banalne dla Ciebie musi być to, czym obdarowałeś lub obdarujesz te następne kobiety.

Bo one muszą być. Każda, która Cię mija, a mogłaby się przy Tobie zatrzymać, popełnia błąd. Nawet nie wie, jaki.

One, te kobiety, nie powinny wiedzieć nic o Natalii. Nie mów im tego. Bo trudno będzie im się zmierzyć z kimś, kto jest dla Ciebie aniołem. Anioły nie mają przecież chandry, gorszego dnia, zmarszczek i okresu.

Ja zatrzymałam się przy Tobie. Może lepiej będzie pasować, gdy powiem, że to ja Ciebie zatrzymałam przy sobie. Ale to jest „egal", jak Ty to mówisz. Mnie jednak to opowiedziałeś. Ale to, czym mnie obdarowujesz każdego dnia, nie jest w ogóle przyziemne i banalne. Poza tym pewnie założyłeś, że ja to przetrzymam. Jestem przecież wirtualna. Jak anioł. Anioły też są wirtualne. Zawsze takie były. Nawet na tysiąc lat przed Internetem. Ale w moim przypadku to kłamstwo. Ja TYLKO jestem wirtualna. Nic nie mam wspólnego z aniołem. Jestem grzeszną, rozpustną kobietą. To, że Ty jesteś taki wyjątkowy i wart tych wszystkich grzechów, absolutnie mnie nie usprawiedliwia.

Na zdrowie! Ten daniels smakuje na bullu zupełnie inaczej. Spróbuj. Poczujesz ten smak grzechu.

A więc właśnie dzisiaj zdałam sobie sprawę, że mam plany wobec Ciebie. To on mi o tym powiedział, że mam. I że nie powinnam mieć. To też on. Bo to niemoralne. On nazwał to „perfidnym". Naprawdę użył tego słowa! Powiedział mi, że łamię minimum dwa przykazania. Numer 6 i numer 9, czyli 69. Tego mi nie powiedział. To ja sama tak sobie skojarzyłam.

Upiliśmy się we dwoje i pogadaliśmy sobie trochę. To znaczy ja upiłam się o wiele wcześniej. On mi mówił, że jeszcze nigdy nie mieszał jacka danielsa z red bullem i że to może być niebezpieczne dla serca. Powiedziałam mu, że nie musi się bać, bo on nawet nie przejeżdżał w pobliżu serca, więc jego to z pewnością nie dotyczy. A dla serca niebezpieczny jesteś Ty.

Ty go chyba jeszcze nie znasz, prawda? Pozwól, że Ci przedstawię. Pan dr M. Rozumek. Mój własny. „M" to od Mądry.

On nie zwraca się do mnie inaczej niż „Serce". Zupełnie ignoruje moje imię. Przyzwyczaiłam się już. Dla niego jestem „Serce". To nie jest chyba obraźliwe, prawda?

Trudno z nim dyskutować. On po prostu mało czuje. Pić też zaczął dopiero, gdy go zdenerwowałam. Zrobiłam sobie w pamięci notatki z tego, co mi mówił. Głównie dla Ciebie. Ty lubisz takie dyskusje.

Rozumek: Serce! Ty pijesz?!

Serce: Ja? Nie, skądże. To tylko whisky.

Rozum: Lubię takie odpowiedzi, Serce. Bardzo lubię. Chcesz o tym porozmawiać?

Serce: Dlaczego on mi to wszystko tak szczegółowo opisał? Mógł przecież wiedzieć, że będzie mi przykro.

Rozumek: A ty Serce co? Gazet nie czytasz? Odkąd zakładasz, że mężczyźni wiedzą, co powoduje smutek kobiet? Chciał po prostu dzielić to z kimś. Kleisz się do niego od kilku miesięcy, to pomyślał, że co mu tam.

Serce: Ty, Rozum, nie myśl, że jak jesteś wyżej, to wszystko lepiej widzisz i wszystko Ci wolno! A poza tym się nie „kleję" do niego, jak ty to nazywasz. Po prostu spędzamy razem więcej czasu. Lubimy z sobą rozmawiać.

Rozumek: Akurat! „Lubimy z sobą rozmawiać". Ty mnie, Serce, nie rozśmieszaj. Ja mam ze śmiechem problemy. Nie pasujemy do siebie, bo odbiera mi powagę.

Rozmawiać? Akurat. Przecież ty mogłabyś przy nim milczeć. To jest nawet ostatnio twoje marzenie. Spędzić przy nim cały dzień i milczeć. Słów od niego masz dosyć.

Serce: Tak. Ale to nic złego. Po prostu chciałabym zobaczyć, jak to jest, gdy nie rozmawiamy ze sobą. Czy też może być tak dobrze. To dla ogólnej wiedzy. Ty lubisz wiedzę, prawda?

Rozumek: Tobie nie ma być dobrze z nim. Tobie ma być dobrze z twoim mężem. Z nim przecież ostatnio też cały czas milczysz. Powinno ci wystarczyć.

Serce: No tak. Mogłam się tego spodziewać. Wciągniesz w to mojego męża. On jest dla mnie bardzo ważny i ty o tym wiesz. Teraz nawet lepiej niż ja. Spędza z tobą więcej czasu niż ze mną.

Rozumek: Tak przypuszczałem. Twój mąż jest tutaj ze mną cały czas. Nawet w nocy. Nie żeby chciał. Po prostu go tutaj wysłałaś. Musi ci być pusto tam u ciebie?

Serce: Czasami. Najczęściej, gdy wracam z pracy.

Rozumek: No tak. Wyłączysz komputer i jest ci pusto. Co takiego jest w tym facecie z Niemiec? Jako Rozum przyznaję, że jest mądry. Nawet bardzo. Ale mądrych mężczyzn jest mnóstwo. Co on ma takiego w sobie?

Serce: Ty, Rozum, tego nie pojmiesz. Może gdybyś się napił, byłoby ci łatwiej. Ile kostek lodu? Jeszcze nie teraz? To się zdecyduj, Rozum. Bo może zabraknąć.

To, co zdarza mi się z nim, jest mistyczne. Ty zatrzymałeś się w rozwoju na racjonalizmie. Racjonalizm wie o mistycyzmie tylko tyle, że jest absolutnie nieracjonalny.

Rozum, sprawdź u siebie w aktach, czy ja się nie mylę. Czy *ratio* znaczy „część całości"? Jestem prawie pewna, że to znaczy dokładnie to.

Ja przeskoczyłam tę wczesną fazę. Racjonalizm jest częściowy, jest (Rozum, sprawdziłeś?) zimny i nieprzytulny. Jak opuszczone igloo. Żyjącemu cały czas w igloo trudno zrozumieć, jak to jest na miękkim dywanie przy kominku w listopadzie, gdy za oknem pada. Przy Jakubie często jest tak jak przy kominku w listopadzie. W pewnym momencie jest ci tak dobrze, że zapominasz, że się zapominasz. U mnie jest jeszcze gorzej. Ja zapominam się wcale nie przez zapomnienie. Poza tym jest mi tak ciepło od tego płomienia, że najchętniej poleciłabym ciału, aby się rozebrało. Od tego można się uzależnić. Zastanawiałam się tyle razy, dlaczego tak jest. I wiesz, Rozum, co? Wyszło mi, że ja dla niego jestem cały czas najważniejsza. Przy nim jestem absolutnie jedyna. Takiego uczucia nie dał mi nikt od bardzo dawna.

Rozumek: Nie ma nic bardziej przykrego jak kominek w pustym pokoju nazajutrz. Masz tylko popiół do wyniesienia. Często nie ma już nikogo, aby to zrobił za ciebie. Pomyślałaś, Serce, o tym? W igloo jest zawsze tak samo. Nudno? Zimno? Może, ale nie ma popiołu. Do popiołu potrzebne są płomienie.

Serce: Nie pomyślałam. Bo ja nie myślę. Ja czuję. To ty wyłącznie myślisz, biedaku.

Rozum: Ty się, Serce, nie wywyższaj. Myślisz, że jak mnie zracjonalizujesz, to wyjdzie na to, że ty to wzniosłość i wyższe stadium rozwoju, a ja to Biskupin? Ty się, Serce, mylisz. My jesteśmy oboje, dokładnie tak, w trakcie reakcji chemicznej. Tak jest, Serce! My jesteśmy tylko chemią. Twoja reakcja jest po prostu tylko inna. Ja to neurony, dendryty, podwzgórze, śródmózgowie i ciało migdałowe. Ty to głównie neuroprzekaźniki: fenyloetyloamina, dopamina i katecholamina. Obojętnie, jak to się nazywa. Nas można będzie kiedyś zarejestrować w jakimś banku danych reakcji chemicznych. Zobaczysz.

Twoja reakcja się skończy znacznie prędzej niż moja. Moja potrwa do końca. Ty masz za duże ciepło reakcji. Za dużo potrzebujesz i za dużo pobierasz. Tego nie wytrzyma długo nawet piec hutniczy. Wypalisz się. Poza tym ty dokładasz do jednego tylko pieca. Ty, Serce, uważaj, bo ten drugi ci gaśnie. Ale jeszcze się żarzy. Jeszcze nie jest za późno. Ciągle jeszcze możesz rozdmuchać tam płomienie.

Serce: Rozum, ty nawet mówisz rozumnie. Ale ty się nie znasz. Są takie rzeczy, których ty nigdy nie pojmiesz.

Rozumek: Dobra, dobra. Ja wiem, Serce. Ja wiem, o co ci chodzi. Chodzi ci o miłość. Ale pamiętaj o jednym: ze wszystkich rzeczy wiecznych miłość trwa najkrócej. Więc ty się nie nastawiaj na wieczność. Ty, Serce, nie jesteś czasoprzestrzeń.

Serce: Mówisz tak, bo nienawidzisz miłości. Wiem, że tak jest. Nawet cię rozumiem. Bo gdy ona przychodzi, wyłączają cię. Oboje cię wyłączają. Przenoszą cię do piwnicy jak narty po zimie, która minęła. Masz tam przeczekać do następnego sezonu. Nie potrzebują cię teraz. Przeszkadzasz im. Zrozum to. Ty jesteś przecież Rozum, więc łatwo ci coś zrozumieć.

Po co im ty? Oni nie mają czasu na ciebie. Myślą o sobie bez przerwy. Zachwycają się wszystkim w sobie. Nawet swoimi wadami. Rozum dla nich to obawa przed odmową, to drążące pytanie, dlaczego akurat on lub ona. Oni nie chcą takich pytań. I dlatego cię wyłączają. Pogódź się z tym.

Rozumek: Nie mogę. Tylko ty, Serce, czujesz to, że nie mogę. Dobijam się czasami do nich z tej piwnicy. Ale mnie nie słyszą. Bo oni są wtedy głusi na wszystko.

Poza tym, to skąd ty to wszystko wiesz, Serce? Możesz mi teraz nalać. Rozczuliłaś mnie tą piwnicą. Muszę się napić. Trzy kostki lodu. Czysta whisky. Bez red bulla. I nalej od razu do połowy.

Serce: To rozumiem. Dobra ta whisky, prawda? Ja, jeśli mogę, piję tylko jacka danielsa. Chcesz, Rozum, jeszcze jedną szklaneczkę? To były trzy kostki, prawda?

Rozum, zrobisz coś dla mnie? To bardzo ważne. Nigdy ci tego nie zapomnę. Zrobisz? Mógłbyś mi wyłączyć na jakiś czas Sumienie? Dokucza mi. Strasznie mi dokucza.

Rozumek: Słuchaj, Serce. Nie rób mi tego. Proszę cię. Nie załatwiaj ze mną nic przy wódce. Bądź bezinteresowna, Serce. To, że pijemy razem i że ty się trochę racjonalizujesz, a ja trochę rozczulam, nie upoważnia cię, abyś załatwiała ze mną interesy. Miej Honor, Serce.

Poza tym Sumienia nie da się wyłączyć. Ja też tego nie potrafię. Parę razy próbowałem, bo i mnie dokucza czasami. Ale się nie da. Można je tylko na jakiś czas zagłuszyć. Najlepiej żyć z nim w zgodzie. Nawet pogadać z nim nie można. Poza tym trudno je napotkać. Siedzi ciągle gdzieś w Podświadomości. Najchętniej wyłazi w nocy. Wtedy ja już śpię i się regeneruję, a ty, Serce, masz ładny sinusoidalny rytm.

Serce: Ja nic z tobą przy wódce nie załatwiam. To miałeś, Rozum, zrobić dla mnie z dobrego serca. Masz rację, Rozum. Z Sumieniem nie da się negocjować.

Rozumek: Słuchaj, Serce. Jak już tutaj tak sobie w cztery oczy rozmawiamy, to powiedz mi, Serce, o co ci tak naprawdę chodzi.

Dlaczego to robisz? Ja to przecież wszystko widzę. Odkąd znasz tego Jakuba, przyśpieszasz, zwalniasz, tłuczesz się jak oszalałe, zalewasz mnie dopaminą, zatrzymujesz się, potykasz i kołaczesz. Budzisz mnie w nocy albo w ogóle nie dajesz mi spać. Tak jak dzisiaj na przykład. Dlaczego to robisz, Serce? Dla przeżyć i wspomnień?

Boisz się, że kiedyś będziesz biło nad urodzinowym tortem tragicznie pełnym świeczek i pomyślisz, że twój czas minął, a ty nic nie przeżyłaś? Żadnej prawdziwej arytmii, żadnej romantycznej długotrwałej tachykardii albo chociaż migotania przedsionków? Tego się lękasz, Serce? A może ograniczenie się do bicia tylko dla jednego mężczyzny budzi w tobie lęk przed zmarnowaną szansą?

Poza tym wyłącz już tę Geppert. Ile razy można słuchać tych samych smutków. „A gdy się zbudzę, westchnę cóż, to wszystko było chyba zamiast". Nawet ja już to znam na pamięć. I nie płacz więcej, Serce, bo gdy to widzę, to tracę Rozsądek.

Serce: Bo widzisz, Rozum, ten Jakub jest tak daleko, ma tak mało szans, aby konkurować z kimkolwiek, kto mógłby mnie przyśpieszyć, będąc tutaj na wyciągnięcie ręki, a i tak tylko przy nim biję tak naprawdę. Na początku martwiłam się tym, jak jakąś wadą nabytą. Tym bardziej że Sumienie nieustannie straszyło, że to okropnie niebezpieczne, że prowadzi do zawału i że prędzej czy później jakieś EKG to wykaże. Nawet się z nim zgadzałam na początku. Myślałam, że to przejdzie, że ty, Rozum, razem z Rozsądkiem pomożecie mi z tym sobie jakoś poradzić, że to tylko taka chwilowa nieregularność w reakcji na chłód, pustkę i obojętność dokoła. Ale teraz chcę, aby ta „nieregularność" trwała. Bardzo chcę.

Ale ty, Rozum, tego nigdy nie zrozumiesz. Nalać ci jeszcze jednego? Musisz wypić bez lodu. Roztopił się. Zupełnie. Tak jak ja.

Rozumek: Nalej, Serce. Nalej.

Jakubku! To nie jest zapis całej dyskusji. Reszta była już po piątej szklance i wolę ją przemilczeć. Głównie ze względu na moją reputację.

A Geppert ciągle śpiewa. Ja wcale nie uległam Rozumkowi, jak widzisz. Bo jak coś jest dla mnie ważne, to nie ulegam. Nawet Rozumowi.

Nie mogę przestać o niej myśleć. O Natalii. Jeszcze nigdy żadna kobieta nie poruszyła mnie tak, jak poruszyła Natalia. Gdy przypomnę sobie jej list, gdy ona, na dzień przed śmiercią, pisze: *To będzie piątek. Sprawdziłam właśnie, że Ty urodziłeś się w piątek. To będzie znowu szczęśliwy piątek, prawda, Jakubku?* – to po prostu łkam. Nie mogę tego opanować. Wyję. Na całe to biuro. I to wcale nie od whisky na red bullu.

Dlaczego Cię to spotkało? Dlaczego ona Ci umarła?
Anioły przecież nie umierają...

Opuścił głowę. Krótką chwilę siedział nieruchomo. Poczuł rosnące odrętwienie. Znał to u siebie. Wraz z nią wróciło to uczucie. Nie zdarzało się mu to latami. Szukał tego. Wypatrywał. Wywoływał w sobie. Wszystkim, czym się dało. Muzyką, winem, literaturą, tabletkami, religią, psychoterapią i substancjami. Zbyt dobrze pamiętał, jak ważne to było dla niego. Odeszło z Natalią. Wróciło na kilka miesięcy w Dublinie, z Jennifer, i potem znowu zniknęło. I nagle teraz, od kilku miesięcy, znowu było. Najpierw na krótko. Takie rozbłyski. I zaraz gasło. Ale w tej chwili to trwało. Tak jak wtedy. Będzie też jak wtedy! Wszystkie fazy po kolei. Rozprzestrzeniające się powoli, od środka, spoza lub z samego serca ciepło. Potem trochę smutku ściskającego za gardło. Potem zaraz radość. Taka dzika, że aż chce się płakać. Następnie rodzaj nienaturalnego natchnienia. Potem delikatne, trwające wzruszenie. A nad wszystkim dominuje pragnienie dotknięcia. Dotknąć jej. Tylko na chwilę i najlepiej ustami. Tak! To na pewno to.

To czułość.

Wybrał numer telefonu w jej biurze. Spóźnił się. Już jej tam nie było. Podszedł do okna. Uśmiechnął się. Jak ona to powiedziała? „Ty się, Serce, tak nie wywyższaj”... A może nie, może to było „Ty się, Rozum, tak nie wywyższaj”. Przy jej sercu i jej rozumie to i tak przecież było „egal”.

ROZDZIAŁ 4

ONA: To, co nastąpiło po tej nocy, było jak drugi tom książki, którą po pierwszym tomie i tak chciało się natychmiast zacząć czytać po raz drugi. Czasami przecierała oczy ze zdumienia. Jego e-maile stały się pełne czułości i autentycznej troski o nią. Był delikatny, wyrozumiały, cierpliwy, ciekawy, spontaniczny, spokojny i czasami aż neurotycznie wrażliwy.

Poza tym był sexy. Uważała od bardzo dawna, że nie ma nic, absolutnie nic bardziej sexy w mężczyźnie niż jego umiejętność słuchania. Potrafił jej słuchać – to znaczy potrafił czytać całe ekrany jej tekstów, gdy otwierali Chat – z fascynacją małego chłopca. Czytając, przerywał jej czasami w połowie zdania, zadając pytania wydobywające z jej pamięci szczegóły, które, wydawało się, dawno zapomniała albo których nigdy przedtem nie znała. Poza tym – zawstydzał ją tym trochę – pamiętał wszystko, co mu opowiadała, lepiej niż ona sama. Czasami wydawało się jej, że on ma to gdzieś zanotowane w grubym brulionie, który w tajemnicy przed nią otwiera i cytuje jej własne słowa.

Najbardziej sexy w nim całym była bez najmniejszych wątpliwości jego głowa. Zawsze była najbardziej zainteresowana głowami mężczyzn. Pamięta, jak jeszcze na studiach w którąś noc andrzejkową zrobiły sobie z koleżankami w akademiku listę mężczyzn, z którymi najchętniej poszłyby do łóżka. Taki żart po kilku piwach. Na jej liście na pierwszych czterech miejscach byli Dostojewski, Freud, Einstein i Bach. Żaden z nich przy najlepszej woli, nawet po czterech butelkach wina, nie przypominał Redforda (zajmował na jej liście dopiero ósme miejsce), a mimo to wywoływali w niej, poprzez swój geniusz, prawdziwie seksualne fantazje. Gdyby miała zrobić tę listę dzisiaj? No właśnie! Kto byłby dzisiaj na tej liście? Dostojewskiego wymieniłaby, tymczasowo, na Wojaczka, Freud i Einstein zostaliby na pewno, Bacha zastąpiłaby Santaną. A Jakub? Jakub jest po prostu nieustannie sexy i jest na zupełnie innej liście. A jakie było pytanie? Z kim poszłabym najchętniej do łóżka? To teraz nieważne. Teraz do łóżka chodzi z mężczyzną, który nigdy nie był na tamtej liście. I na tej też nie jest. Tak jakoś się złożyło. Zresztą nie znała go jeszcze wtedy, gdy układała tę pierwszą listę. To było tak dawno. Wtedy zdarzało się jej, w najgłębszej tajemnicy oczywiście, myśleć, że najchętniej i tak poszłaby do łóżka z Janis Joplin. Taka biografia. Tak. To było przerażająco dawno.

Próbowała zebrać wiedzę o nim w jedno słowo, którym można by go najtrafniej scharakteryzować. Z pewnym zdumieniem stwierdziła, że najbardziej odpowiednia byłaby „kobiecość". Tak. Jakub był bardzo kobiecy. Napisała mu to kiedyś, ciesząc się z góry na jego reakcję. Zakładała, że zaprotestuje i będzie przekonywał ją, argumentując, że nie ma racji. Uwielbiała, gdy protestował. Właśnie gdy protestował i argumentował, dowiadywała się o nim i o tym, co myśli, najwięcej. Starał się za wszelką cenę przekonać ją do swoich racji, ale zawsze robił to tak, aby jej nie zranić.

Czasami z przekory opracowywała z premedytacją interesujące ją „rozbieżności poglądów", konfrontowała go z nimi, czytała z zachwytem, co ma na ten temat do powiedzenia, aby na końcu, gdy już dowiedziała się tego, czego chciała, powiedzieć mu, że i tak się z nim od początku do końca zgadza.

Jesteś najbardziej kobiecym mężczyzną, jakiego znam – napisała prowokacyjnie któregoś dnia, gdy otworzyli Chat. Natychmiast, jak gdyby miał tę odpowiedź już dawno przygotowaną, odpisał:

Zawsze zastanawiałem się, czy dostrzegasz kobiecą stronę mojej osobowości. Ja jej nie tłumię, jak robi to większość mężczyzn. Ja jej w sobie poszukuję. Mam szczęście robić to właśnie z Tobą. Nawet nie wiesz, jak bardzo pomagasz mi żyć zgodnie z kobiecą stroną mojej psyche. Już dawno chciałem Ci za to podziękować.

I za chwilę dodał, aby nie miała wątpliwości, że kobieca strona psyche nie obejmuje w żadnym wypadku całej jego psyche:

Pomaga mi to nieporównywalnie lepiej zrozumieć, co czujesz, jak czujesz oraz kiedy i gdzie czujesz. Taka wiedza dla prawdziwego mężczyzny jest jak przewodnik do duszy kobiety. I do ciała, tym bardziej. À propos. Wiesz, że dzisiaj jeszcze nie opowiedziałaś mi nic o swoim ciele? A rozmawiamy już od ponad trzech minut.

Czy może być coś słodszego niż kobiecy prawdziwy mężczyzna, który sam przypomina ci, że jeszcze dzisiaj nie powiedział ci, jak bardzo atrakcyjna jesteś dla niego?

Jedyne, co ją niepokoiło, to to, że jak dotąd nigdy nie nazwał tego, co trwa od kilku miesięcy między nimi. Nie miała żadnych wątpliwości, jak ważna jest dla niego. Czuła to na każdym kroku. Każdego dnia rano czekał na nią e-mail od niego. W poniedziałek czekały zawsze trzy. Z piątku, z soboty i z niedzieli. Od „nocy z Natalią" nie zdarzyło się, aby było inaczej. Nigdy. Mimo jego nieustannych podróży e-mail na „rozpoczęcie n-tego dnia z Tobą" – jak on to nazywał – był regularny jak wschód słońca lub niemiecki pociąg. Liczył każdy dzień. „N" było każdego dnia o jeden większe.

Od bardzo dawna nie była dla nikogo tak ważna. Któregoś dnia, w południe, była tuż przed okresem, jadła lunch przy biurku, miała Vana Morrisona w słuchawkach walkmana i popłakała się, myśląc o tym. Tak po prostu zaczęły płynąć jej łzy. Taka niekontrolowana egzaltacja w trakcie PMS-u.

To było cudowne: zaczynać dzień od tych listów. W poniedziałki były zawsze czulsze od tych z pozostałych dni. Tęsknił za nią w weekendy. Czuła to. Z każdym weekendem wyraźniej. To, jak ją nazywał, co i w jaki sposób opisywał, co chciał wiedzieć, zdradzało tę tęsknotę. Poza tym o czułości pisał lub mówił najczęściej w poniedziałki. Nieraz tak niezwykle, że aż zapierało jej dech w piersiach, gdy to czytała. Jak wtedy w poniedziałek po weekendzie w Berlinie, gdy brał udział w jakimś szkoleniu:

Nawet nie wiesz, jak bardzo się cieszę, że znam Ciebie. I że mogę Ci o tym powiedzieć.

Nawet nie wiesz...

Albo wtedy z Uniwersytetu Amur w Belgii, gdy specjalnie pojechał na kilka godzin do Brukseli, aby z dworcowej kawiarni internetowej wysłać jej e-mail kończący się fragmentem, który czytała tamtego poniedziałku kilkanaście razy:

Bo ja lubię do Ciebie pisać. Z różnych powodów. Między innymi dlatego, że chcę, żebyś wiedziała, że myślę o Tobie. To dość egoistyczna pobudka, ale nie mam zamiaru jej się wypierać. A myślę dużo i często. Właściwie myśli o Tobie towarzyszą mi w każdej sytuacji. I nie masz pojęcia, jak bardzo jest mi z tym dobrze. A przy okazji wymyślam różne rzeczy. Z którymi też przeważnie jest mi dobrze. Bo bardzo wysoko cenię fakt, że zaistniałaś w moim życiu. Ostatnio zresztą trudno używać słów takich jak „cenię". Ostatnio czasami wydaje mi się, że słowa są za małe. Dlatego dziękuję Ci.

Dziękuję Ci z całą powagą i nieuchronnym lekkim wzruszeniem za to, że jesteś. I że ja mogę być.

A także wtedy, gdy wzruszył ją, pisząc w niedzielę w nocy ze swojego biura w Monachium:

Wczoraj pojechałem rowerem do lasu. Wiesz, o czym zawsze marzyłem, gdy wydawało mi się, że jestem zakochany? Marzyłem o tym, aby przy pocałunku poczuć smak jagód, które przedtem dla NIEJ zebrałem w lesie. Czy Ty też lubisz las?

A jagody?

Tak, poniedziałki z nim to trochę tak jak walentynki co tydzień.

I chociaż w poniedziałki jego e-maile były także pełne pytań, nigdy – ostatnio sprawdziła to dokładnie – nie pytał, co robiła w trakcie weekendu. Wiedziała, dlaczego. Dla niego jej mąż był jak PESEL w dowodzie osobistym. Ktoś go przydzielił i po prostu czasami trzeba go gdzieś podawać. A poza tym jest ważny tylko przez decyzję jakiegoś urzędnika. Takiego samego jak ten, który na przykład udziela ślubu. Nie, nigdy jej tego oczywiście nie powiedział wprost. Ale potrafiła to wyczytać w jego tekstach – tak właśnie było. Wiedziała.

Temat „mąż" otoczyli zmową absolutnego milczenia. Tak naprawdę nawet żadną zmową. Przy zmowie trzeba chociaż raz porozmawiać. Ona o swoim mężu nigdy z nim nie rozmawiała. Ona mu to po prostu oznajmiła. Jednym jedynym zdaniem: „Mam 29 lat, mieszkam w Warszawie, od 5 lat razem z mężczyzną, który jest moim mężem, mam długie czarne włosy i oczy, których kolor zależy od mojego nastroju".

To było tego samego dnia, gdy odnalazła go i zaczepiła na ICQ. Chciała, aby od początku było wszystko jasne. Jak dotąd potrafił do znudzenia wracać do koloru jej oczu, które „mogłyby być poprzez swoją relację do emocji genialnym materiałem do badania przez genetyków, jeśli już nie wszystkich, to z pewnością jednego". Wypytywać w najdrobniejszych szczegółach o „odcień, falistość, strukturę puszystości, zapach lub smak" jej włosów, opowiadać jej dokładnie o Warszawie, jaką on pamięta „z czasów, kiedy jeszcze ciągle największą atrakcją tego miasta była przejażdżka windą na 32. piętro Pałacu Kultury". Nigdy jednak nie wspomniał słowem o „5 latach razem z mężczyzną". Nie poświęcił temu tematowi jednej milisekundy ich czasu w Internecie.

Na początku nie zwracała na to uwagi. W opisie swojego życia często i bez zastanowienia używała liczby mnogiej. Potem, gdy intymność ich przyjaźni rosła, zaczynała czuć pewien wewnętrzny dyskomfort, mówiąc mu o swoim życiu w liczbie mnogiej. Ostatnio wyraźnie czuła, że może mu sprawiać swoistą przykrość, mówiąc mu o tym, co robiła ze swoim mężem, nawet jeśli to było kopanie grządek na działce. Nie chciała sprawiać mu przykrości! Ani swoistej, ani żadnej innej. Jemu miało być dobrze z nią.

Najlepiej tylko z nią!

Dlatego ostatnio zwracała szczególną uwagę, aby pisać w liczbie pojedynczej. Robiła wiele rzeczy oczywiście w liczbie mnogiej, ale opisywała mu je zawsze w liczbie pojedynczej. To wcale nie było takie trudne. Po mniej więcej dwóch tygodniach umiała prawie wszystko opisać w liczbie pojedynczej. Po następnych kilku tygodniach zaczęła zapominać, co naprawdę robiła ze swoim mężem, a co sama. Rzeczy, których nie dało się opisać liczbą pojedynczą, nie opisywała w ogóle.

To było jasne. Od pewnego momentu on nie dawał sobie rady z faktem, że należała do innego mężczyzny. A należała przecież. Ten chłód, który panował ostatnio między nią a jej mężem, wcale nie zmienił faktu, że mieli z sobą regularny seks. Nie romantyczny i niespecjalnie namiętny. Po prostu regularny. Mógł być lepszy.

O wiele lepszy. Gdyby ona tylko chciała. Nie chciała. Jej wystarczyło, że jest pożądana przez męża. Pożądał i w nagrodę dostawał regularnie do dyspozycji jej ciało. Robiła to chętnie, bowiem mąż był dobrym kochankiem. Nie dość, że wiedział, co ona lubi, to jeszcze starał się jej to dawać. Ostatnio nie udawało się mu to tak dobrze jak kiedyś. Ale to przecież nie była jego wina. To ona nie otwierała się na tyle, aby mogło być tak jak kiedyś. Nie mogło, bowiem ona ostatnio tak naprawdę pożądała tylko Jakuba.

Mimo to zależało jej, aby być pożądaną przez męża. To uspokajało. Dawało poczucie, że nic się nie zmieniło. Że ma go dla siebie na pewno. Że nic nie zauważył. Że może dalej zajmować się swoim pożądaniem. Taka perfidna konstrukcja. Miała swoje 100 procent „na pewno" i teraz chodziło o resztę. To z pewnością tymczasowe. Gdy się skończy, wróci do swoich 100 procent i będzie jak kiedyś. Bez bólu i blizn. Tak sobie obmyśliła kiedyś późnym wieczorem w niedzielę, w wannie pełnej piany pachnącej lawendą, po butelce bordeaux. Nie robi przecież nic złego. To tylko mózg. Nawet go nie dotknęła. I nie dotknie.

Ten ksiądz nie ma racji! Ostatnio przeczytała w Internecie notatkę kardynała, redaktora naczelnego jakiejś wpływowej watykańskiej gazety. Pisał, w odpowiedzi na zapytania zagubionej czytelniczki, młodej mężatki z Triestu, w artykule wstępnym, opublikowanym skwapliwie w internetowym wydaniu CNN i powtórzonym natychmiast przez wszystkie inne ważne serwisy internetowe, takie jak Yahoo!, AOL, MSN, a w Polsce przez Wirtualną Polskę:

Wirtualna rzeczywistość jest tak samo pełna pokus jak realna. Można popełnić grzech cudzołóstwa w Internecie, nie ruszając się z domu.

Ten ksiądz nie ma racji. Co zresztą ksiądz może wiedzieć tak naprawdę o pokusach? Wirtualna rzeczywistość nie jest tak samo „pełna pokus" jak realna. Ta wirtualna ma ich o wiele więcej. To najlepiej się wie w jej biurze w poniedziałki rano.

Ale dzisiaj był piątek. Wyjątkowy piątek. Rozmawiali praktycznie cały dzień. W Niemczech było akurat jakieś święto i on przyszedł do biura jedynie dla niej. Miała go w tle na ICQ praktycznie całe osiem godzin. Uważnego, cierpliwego, pełnego humoru. Takiego poniedziałkowego w piątek. Pisał e-maile, otwierali Chat. Opowiadał jej te swoje niezwykłe historie o genomie i o tym, co będzie, gdy tylko się go całkowicie zdekoduje, o czwartym wymiarze wszechświata, który wcale nie jest urojony, chociaż wyraża się go liczbą urojoną, o tym, że zastanawiał się, jaki kształt ma jej dłoń, o tym, że czytał w czasie weekendu Miłosza po niemiecku i wydawało mu się, że czyta instrukcję obsługi zmywarki do naczyń, o tym, że chciałby kiedyś cokolwiek przeczytać dla niej na głos, i o tym, że ma ostatnio jedno marzenie, które go „prześladuje". Chciałby ją zobaczyć.

Pod sam koniec dnia, gdy powiedziała mu, że wychodzi z biura – czuła, że nie może się na swój sposób pogodzić z faktem, że przerywa rozmowę z nim i „gdzieś" musi wyjść – poprosił ją o coś niesłychanego. Dotąd nigdy nie prosił jej o to. W pewnym sensie była tym rozczarowana, że dotąd tego nie zrobił. Ale teraz napisał:

Jeśli masz swoją fotografię i mogłabyś ją przetworzyć na jakiś elektroniczny format i potem przysłać do mnie, to... To mógłbym Cię zobaczyć, prawda? Teraz. I wieczorem też. I kiedykolwiek tylko bym tego zapragnął. Przyślesz?

Została w biurze. Odnalazła na dysku zdjęcie z jakiegoś przyjęcia w firmie męża. Wyglądała na tym zdjęciu wyjątkowo pięknie. W swój wygląd na takie okazje zawsze inwestowała dużo czasu. Głównie po to, aby panienki z marketingu i administracji nie miały nic do powiedzenia, gdy następnego dnia przy kawie będą skrupulatnie oplotkowywać „stare" kolegów z pracy.

Tak, na tym zdjęciu wyglądała okay. Opalona po pobycie nad Balatonem, wychudzona po zatruciu lodami w Sopocie i uczesana z fantazją przez Iwonę jak rzadko kiedy. Wszyscy jej mówili, że wygląda rewelacyjnie. Oczywiście oprócz sekretarki. I to był najlepszy dowód, że wygląda na tej fotografii naprawdę bardzo dobrze.

Przygotowała e-mail do niego. Przetworzyła fotografię na format „jpg", aby plik nie był zbyt duży – takich rzeczy uczyła się od niego – i dołączyła go do e-maila. Przed wyjściem z biura wysłała to wszystko.

W poniedziałek rano dowie się znowu bardzo dużo o „fascynującym kolorze jej oczu", „falistości" włosów, „niepowtarzalnej formie" ust. Jak go znała, dowie się z pewnością także, po raz pierwszy w ich biografii, bardzo wiele o kształcie swoich piersi. Na tym zdjęciu miała wyjątkowo głęboki dekolt. Chciała się tego wszystkiego od niego dowiedzieć. Najlepiej w poniedziałek. Dlatego wybrała to zdjęcie.

Zjeżdżając windą, myślała o tym, jak bardzo chciałaby, aby poniedziałek był już dzisiaj wieczorem.

ROZDZIAŁ 5

JACEK, Centrum Komputerowe, Instytut Maxa Plancka, Hamburg:

Właśnie wychodził, gdy zadzwonił telefon.

Była sobota, tuż przed północą, w pustym centrum komputerowym; mogła dzwonić tylko jego żona. Nie miał ochoty odbierać. Był potwornie zmęczony, łzawiły mu oczy od patrzenia w trzy monitory, czuł ten znany wewnętrzny niepokój, który go nachodził zawsze, gdy wypił więcej niż dziesięć kaw i spalił dwie paczki papierosów. Był w takim nastroju, że absolutnie nie miał ochoty wysłuchiwać jej pretensji dwa razy, teraz przez telefon i potem w domu, gdy tylko wejdzie do mieszkania. Po raz kolejny dowie się, że „nigdy go nie ma w domu", że „Ania zapomniała już dawno, jak wygląda", że „ma się ożenić z tymi cholernymi komputerami" oraz że „oni i tak nigdy tego nie docenią". On oczywiście jej nie powie, że musiał tu przyjść, bo to ważny projekt, bo obiecał szefowi, bo oni tam w Kalifornii czekają i nie muszą wiedzieć, że padł im tu w Hamburgu Internet na dwie doby, przez co on był odcięty od świata jak Eskimosi na dryfującej krze i nie mógł zrobić tego wczoraj.

Nagle poczuł ogromną wściekłość.

W zasadzie dlaczego nie miałbym jej tego w końcu raz powiedzieć? – pomyślał.

On sobie tu żyły, a ona... Wrócił gwałtownie do telefonu, chcąc jej to wszystko wykrzyczeć. Podniósł słuchawkę. To był Jakub.

– Jacek, zdejmij mi ten e-mail z serwera w Poznaniu, proszę. To dla mnie ważne – powiedział tym swoim cichym, zawsze trochę smutnym i zachrypłym głosem.

Jeśli dzwoni przed północą w sobotę, po pięciu latach i zaraz po „dobry wieczór" mówi takie zdanie, to musi to być dla niego bardzo ważne.

Nie pytał o nic, wziął tylko adres serwera, adresata tego e-maila i upewnił się, do kiedy ma czas na jego „zdołowanie".

– Do poniedziałku, do szóstej rano – usłyszał. – Możesz mi dać wiadomość na pager, gdy ci się uda lub nie uda?

– Jakub, nawet nie wątp w to, że się uda. Daj mi numer twojego pagera.

– Jak czuje się Ania? – zapytał.

Gdy tylko usłyszał, że doskonale i że często pyta o niego, odłożył słuchawkę.

Zawsze pojawiał się tylko na chwilę, burzył wszystko i znikał.

Przeważnie na lata.

Wszystko wróciło do niego jak dzienny sen, które mu się ostatnio często zdarzają po czerwonym winie.

Ale to nie sen.

Jakub był niezwykłym kawałkiem jego przeszłości.

Znali się z technikum. Podziwiał go od początku. Za ten jego mózg i tę wytrwałość. W zasadzie wszyscy go podziwiali, ale oczywiście nikt mu tego nigdy nie powiedział. Mózg nie był w tej szkole właściwym mięśniem do podziwiania, przynajmniej otwarcie, a on innych mięśni nie miał i na dodatek był najmniejszy w szkole. Zawsze jakiś taki zamyślony, trochę smutny. I wciąż dostawał te listy od matki. Codziennie.

Już choćby dlatego uwielbiali robić mu straszne świństwa. Czasami podkradali te listy, otwierali i czytali na głos.

Co może być w listach matki, która tęskni?

Stał wtedy bezradny, taki bezgranicznie cierpiący, nic nie mówił, tylko zaciskał pięści i patrzył na nich pełnym nienawiści i bezsilności wzrokiem.

Nie mógł im nic zrobić. Bo nie miał żadnych mięśni oprócz mózgu i oni to wiedzieli.

Ale po trzeciej klasie, po wakacjach, wrócił zupełnie zmieniony. Urósł ogromnie. Nagle był tak samo duży jak wszyscy inni.

Pamięta bardzo dokładnie to zdarzenie.

Ktoś w trakcie niedzielnego obiadu w internatowej stołówce głośno zakładał się, czy matka Jakubka wzięła pożyczkę od poczty na te wszystkie znaczki. Wszyscy zaczęli się śmiać. Jakub spokojnie wstał – miał iskierki w oczach i tak dziwnie się uśmiechał – podszedł do tego, który to powiedział, przeprosił wszystkich przy stole i walnął jego głową z całej siły w talerz z rosołem. Pamięta jak dzisiaj, jak ta resztka rosołu, co została w talerzu, robiła się powoli czerwona od krwi…

Wszyscy zamilkli i patrzyli, a on wyciągnął tę głowę z rosołu i poniżył nieszczęśnika jeszcze bardziej, wycierając mu pokrwawioną twarz serwetką, po czym wyszedł bez słowa.

To było piękne…

Nie pamięta, żeby ktokolwiek później komentował jeszcze te listy.

Po tym incydencie Jakub nagle zaczął istnieć. Gdy coś mówił, słuchali go jak wszystkich innych, gdy zapalali papierosy, on też był częstowany (co dotychczas nigdy się nie zdarzało), gdy szli na potańcówki do dziewczyn w liceum medycznym, zabierali go ze sobą.

Chodził z nimi, chociaż nigdy nie tańczył. Siedział zawsze w tym samym ciemnym kącie, nigdy nic nie mówił i tylko patrzył zamyślony.

Kiedyś jednak podczas jednej z potańcówek stało się coś niezwykłego.

Jedna z nawiedzonych polonistek z liceum medycznego, chcąc urozmaicić karnawałową zabawę (a tak naprawdę rozdzielić te pary, które zaczęły się do siebie za bardzo tulić w tańcu), zorganizowała festiwal poetycki. Na podwyższeniu przypominającym scenę recytowano wiersze. Miało to atmosferę konkursu, którego celem było wyłonienie osoby, która wyrecytuje z pamięci najdłuższy tekst.

Pomysł perfidny, bo dla nich, chłopców z technikum, poezja była tak obca jak lodówki Eskimosom. Nikt z nich nawet nie wyszedł na scenę. Już po kilku minutach było jasne, że ścigają się wyłącznie chłopcy z ogólniaka i głównie po to, aby zaimponować panienkom z liceum medycznego. Konkurs już zamykano, trwał aplauz panienek dla recytatora, który schodził triumfująco ze sceny po wygłoszeniu czternastominutowego fragmentu *Balladyny* Słowackiego, kiedy nagle pojawił się Jakub. Poprosił o mikrofon i gdy wszyscy umilkli, przekornie usprawiedliwił się, że nie będzie nawiązywał do lektur szkolnych i że skupi się wyłącznie na... erotykach. Nie czekając, aż ucichnie szmer zdziwienia, cichym głosem zaczął recytować.

Asnyk, Pawlikowska-Jasnorzewska, Jastrun, Przerwa-Tetmajer, Osiecka, Gałczyński, Iłłakowiczówna, Leśmian, Baczyński, Norwid, Staff, Czechowicz...

Bez przerwy, przez bite pół godziny, nie patrząc na widownię, skupiony na jednym punkcie podłogi, wymieniał nazwiska poetów, tytuły tomików i recytował wiersze!

Czasami gestykulował delikatnie dłońmi, czasami zamyślał się na kilka sekund, jakby dając słuchaczom czas na refleksję, zmianę nastroju lub po prostu odszukując w pamięci treść wiersza.

W pewnym momencie, w połowie wiersza Pawlikowskiej-Jasnorzewskiej, zszedł ze sceny i usiadł w swoim kącie. Kilkanaście sekund trwała cisza, dziewczyny z liceum spoglądały na niego pełnym uwielbienia wzrokiem, a ich, chłopców z technikum, rozpierała duma. Ich mały Jakubek...

Poza tym Jakub był normalny.

Pił z nimi wódkę, klął jak oni, i był jednym z nich. Oprócz tego, że miał ten mózg, codziennie te listy od matki i znał tyle wierszy na pamięć, był „z tej samej książki".

Wszyscy wiedzieli, że będzie studiował.

Nauczyciele się go trochę bali od momentu, kiedy przy całej klasie, i to podczas wizytacji, zrobił nauczycielowi fizyki wykład na temat ekspansji wszechświata, a gdy ten, wypuszczony przez niego, przyznał się, że nie wie, kto to Hubble, nazwał go „prowincjonalnym ignorantem" i „przyuczonym do zawodu delegatem kuratorium". Ponoć starsi wizytatorzy z tego województwa opowiadają sobie tę historię do dzisiaj.

Zawiesili go w prawach ucznia na cały tydzień, a gdy przyjechał wezwany przez dyrekcję ojciec, nie pytając nawet, o co chodzi, zrobił w gabinecie dyrektora taką awanturę, że musieli wołać milicję.

Ojciec Jakuba nie miał innych autorytetów, tylko ten jeden jedyny.

Swojego Jakubka.

Był z niego tak dumny, że niemal unosił się nad ziemią.

Nikt nie wie do dzisiaj, jak do tego doszło, ale następnego dnia dyrektor przeprosił oficjalnie Jakuba na apelu, a nauczyciel fizyki po dwóch tygodniach zmienił szkołę.

Ich drogi rozeszły się po szkole, on został w Gdańsku, a Jakub skończył studia matematyczne oraz, równolegle, filozofię we Wrocławiu.

Czasami docierały do niego skąpe informacje o nim: a to że wygrał ogólnopolską olimpiadę języka angielskiego, a to że studiuje dwa fakultety jednocześnie, a to że robi doktorat w USA.

Ktoś kiedyś powiedział mu, że usunięto go ze studiów. Ale on w to nie uwierzył.

Potem zachorowała ich córka i świat się zawalił.

Miała na imię Ania, dopiero osiem lat, była jego największą i jedyną miłością, miała białaczkę i za kilka miesięcy musiała umrzeć.

Zaczął pić, żeby to przetrwać.

Płakał i pił, im więcej pił, tym więcej płakał. Ale nigdy nie płakał przy Ani.

Przestał wierzyć w Boga.

Nie mogło być Boga. Bo jeśli był, to znaczy, że był bądź zły, bądź bezsilny, bądź zły i bezsilny jednocześnie. W to nie mógł jednak nawet teraz uwierzyć, więc wykluczył jego istnienie.

Wozili ją po wszystkich klinikach w Polsce. Ania miała aplazję, zanik szpiku kostnego. Jedynym ratunkiem był jego przeszczep, ale nikt tego w Polsce wtedy nie robił. Kiedyś, przez przypadek, gdy wyjątkowo był trzeźwy, dowiedział się, że robią to w USA. Wiedział, że operacja kosztuje niewyobrażalny majątek, mimo to zaczął szukać. Dowiedział się, że Jakub jest na studiach doktoranckich w Nowym Orleanie, i dotarł przez jego wrocławską uczelnię do jego numeru telefonu. Dwa tygodnie wahał się, czy zadzwonić.

Kiedyś, pijany i odważny, zamówił rozmowę. Połączenie dostał dopiero następnego dnia, gdy był już trzeźwy i nie pamiętał w ogóle, że poprzedniej nocy był odważny.

Przypomniał sobie jednak, że chciał powiedzieć Jakubowi o Ani.

Jakub słuchał uważnie. Nagle poprosił go o wszystkie dane Ani, informacje o szpiku, o zaawansowaniu chemoterapii, o stanie węzłów chłonnych. Wydawał się wiedzieć o białaczkach i przeszczepach szpiku wszystko.

Zdziwiło go to. Ale tylko na chwilę. Przypomniał sobie, że Jakub zawsze wiedział prawie wszystko.

Pytał bez żadnych emocji. Nawet nie powiedział, że mu przykro z powodu Ani. Poprosił o jego numer telefonu, powiedział, że zadzwoni za dwa tygodnie, i bez pożegnania odłożył słuchawkę.

Nawet nie czekał na ten telefon.

W masie fałszywych obietnic, o które się potykali, i tanich nadziei, które im robiono, ta jedna więcej nie miała żadnego znaczenia. Jakub po prostu był wówczas jedynym adresem w USA, który znał, i wydawało mu się, że przez sam fakt zwrócenia się do niego załatwił sobie spokojniejsze sumienie.

Było wczesne niedzielne popołudnie, gdy zadzwonił telefon.

Jakub.

Nigdy nie zapomni tej rozmowy.

– Piłeś już? – zapytał.

– Jeszcze nie… bo mam dzisiaj jechać do szpitala do Ani – odparł.

– To dobrze. Słuchaj teraz uważnie. Wsiądziesz teraz w samochód i pojedziesz do Warszawy na lotnisko. O 20.30 ląduje samolot LOT-u z Nowego Jorku, jest w nim człowiek, który ma dla ciebie pisemne gwarancje przyjęcia Ani do Tulane University Clinic w Nowym Orleanie na operację przeszczepu szpiku, przyrzeczenie wydania wizy dla Ani przez ambasadę USA w Warszawie oraz numer rezerwacji na lot Ani do Nowego Jorku w piątek. Zarezerwowałem jej dwa miejsca w business class. Masz odebrać to wszystko od niego i bilet w Locie w Warszawie w poniedziałek rano. We wtorek sprzedasz samochód, dasz łapówkę w biurze paszportów i załatwisz, żeby ona miała paszport na środę. W czwartek odbierzesz wizę w ambasadzie, a w piątek wsadzisz Anię do samolotu. Ja ją przejmę w Nowym Jorku i zabiorę do siebie, do Nowego Orleanu. Jest dawca szpiku. Załatwiłem sfinansowanie tej operacji, więc proszę, nie nawal. Zadzwonię we wtorek wieczorem – powiedział i odłożył słuchawkę.

A on stał jak osłupiały i trzymał tę słuchawkę jeszcze bardzo długo i upewniał się, czy wszystko pamięta, a łzy płynęły mu po policzkach, chociaż wcale nie był jeszcze pijany…

Wszystko było tak, jak Jakub mówił. Tylko paszport żona wypłakała bez łapówki.

Musieli jednak i tak sprzedać samochód. Na inną łapówkę: żeby załatwić transport Ani helikopterem ze szpitala na lotnisko w Warszawie. W piątek rano stali na tarasie Okęcia, trzymali się za ręce i patrzyli, jak startuje ten samolot.

Jakub zadzwonił z Nowego Jorku z wiadomością, że Ania dotarła szczęśliwie i że jest bardzo dzielna. Potem dzwonił już codziennie.

Żona zupełnie zwariowała. Wzięła urlop, żeby być blisko telefonu przez cały czas. Zakazała wszystkim do nich dzwonić, „bo blokują linię". A gdy telefon milczał zbyt długo, co jakiś czas podnosiła słuchawkę, żeby się upewnić, że nie jest zepsuty. Praktycznie nie wychodziła z domu i nie spała, bo bała się, że nie usłyszy, gdy zadzwoni.

On pił bez przerwy.

Po pięciu tygodniach pojechali po Anię do Warszawy. Wiedzieli już, że będzie żyła.

Gdy wrócili tego dnia wieczorem zmęczeni podróżą i Ania spała znowu w swoim pokoju, poszli do niej, przyklękli przy jej łóżeczku i objęci, patrząc na nią, płakali.

Wiedział doskonale, że oboje czują w tej chwili dokładnie to samo: najczystszą, ogromną wdzięczność bez granic. Wdzięczność dla innego człowieka.

Nagle pomyślał, że Bóg jednak istnieje. Tylko nie było go przez jakiś czas.

Nie wyobrażał sobie, jak ogromnym ciężarem może być niewyrażalna wdzięczność. Czekali tego wieczoru na telefon od niego, chcieli mu coś powiedzieć. Cokolwiek, co zawiera w sobie podziękowanie.

Ale nie zadzwonił.

Nie zadzwonił ani tego wieczoru, ani przez następne dwa lata. Taki był.

I wtedy, tego wieczoru, on próbował zadzwonić do niego. Zamówił rozmowę i powiedział, że zapłaci każdą sumę za natychmiastowe połączenie. Powiedzieli, że to USA, że powinien zrozumieć i że połączą go, ale najprędzej za osiemnaście godzin.

Tego wieczoru postanowili wyjechać z tego kraju.

I gdy go teraz pytają, dlaczego wyjechał z Polski, to mówi, że wyjechał, bo nie mógł wyrazić wdzięczności, a oni się śmieją i mu nie wierzą.

A to jest prawda, cała prawda.

Z zamyślenia wyrwał go telefon. Tym razem to była żona.

– Czy ty wiesz, do cholery, że w mojej dzielnicy Hamburga jest już niedziela? – zaczęła.

Nie dał jej skończyć.

– Dzwonił Jakub, potrzebuje mojej pomocy – powiedział.

– Jakub...?

Minęło kilka sekund, zanim zapytała:

– Mam przyjechać ci pomóc?

Uśmiechnął się, zdziwiony nagle tym pytaniem.

– Nie, nie możesz mi pomóc. Proszę, nie zamykaj drzwi na klucz, żebym nie obudził Ani, gdy będę wracał.

– Oczywiście. Poza tym i tak nie zasnę, zanim wrócisz. Jacek, proszę cię, pomóż mu.

Oczywiście, że pomoże! Załatwi ten serwer tak, że się nie podniesie! Nawet gdyby miał pojechać teraz do Poznania i rozwalić go siekierą lub wyskrobać ten jego e-mail żyletką z ich dysków.

Wiedział, że nie będzie musiał nigdzie jechać. Poczuł nagle to wyzwanie. Tak jak wtedy, gdy zaraz po przyjeździe do Niemiec, jeszcze w trakcie studiów we Frankfurcie nad Menem, załatwiali z takimi jak on hakerami komputery IBM w Heidelbergu lub próbowali się włamać do centrali Commerzbanku. Chichotał z dumą, gdy następnego dnia czytał w prasie o „kolejnej nieudanej próbie włamania do centralnego komputera do..." i tu wymieniano nazwę jakiejś poważnej instytucji. Wiedział, że wieczorem będzie musiał tłumaczyć swojej narzeczonej, że nieudana próba oznacza, że komputer jeszcze ciągle jest, a udana próba oznaczałaby, że się spalił.

To było *cool* i działało jak narkotyk. Z tamtych czasów pozostało bardzo niewiele: kilka odświeżanych kartkami na święta przyjaźni, parę pożółkłych wycinków z gazet, wspomnienia.

Ale także notes z hasłami, które otwierały mu dostęp praktycznie do wszystkich komputerów w Niemczech.

Zrobił kolejną kawę i włączył swój komputer.

Najpierw zapoznał się z serwerem w Poznaniu.

Natychmiast zauważył, że jest chroniony przed atakami z zewnątrz poprzez *firewall*, rodzaj wyrafinowanego ochronnego programu, który pełni rolę swoistego elektronicznego strażnika, i... ucieszył się. Nie czułby tego sukcesu, gdyby to było łatwe.

Potem wyszukał w notesie hasła, które dali mu kiedyś koledzy, otwierające dostęp do craya na uniwersytecie w Monachium, Berlinie i Stuttgarcie. Nie ma szybszych komputerów niż cray. W tym bogatym kraju były tylko cztery takie komputery łącznie z tym, na którym pracował on tutaj, w Hamburgu.

Zalogował się jednocześnie na trzech z nich.

Uruchomił na wszystkich jednocześnie swoją perełkę, program, który sam napisał, a który robił jedną wspaniałą rzecz: pisał anonimy. Po prostu zamieniał adres jego sesji w Berlinie, Monachium i tutaj w Hamburgu na nieistniejący. Nawet jeśli ich mądry *firewall* w Poznaniu zanotuje, skąd był atak, to i tak dostaną adres z nieistniejącą ulicą w nieistniejącym mieście i nieistniejącym kraju.

Minęło pół godziny, a on już był gotowy.

Zapalił papierosa, poszedł po piwo do lodówki w kuchni, spojrzał na zegarek i w zasadzie już chciał „odpalić" jednocześnie trzy programy: tutaj w Hamburgu, w Berlinie i Monachium. Wiedział, że takiego ataku nie wytrzymałby nawet serwer Pentagonu. Plan był prosty. Zaatakuje stąd, z Hamburga, wykończy go z craya w Monachium, a poprawi z Berlina.

Bo jest najbliżej Poznania – zaśmiał się w duchu.

W tej sekundzie zdał sobie sprawę, że załatwia cały komputer tylko po to, żeby zniszczyć jeden jedyny e-mail. Nagle poczuł nieodpartą chęć dowiedzenia się, co może w nim być. Musi to być pewnie coś niesamowitego.

Postanowił, razem ze swoim sumieniem, że dla dobra sprawy i dla dobra nauki ma prawo zapoznać się z tym e-mailem przed zniszczeniem.

Wstrzymał atak, uruchomił program, którym złamał hasło programu pocztowego, i mail był jego.

Łyknął piwa i zaczął czytać.

Czytał i czuł, że cały drży.

Nie przeczuwał, że przeczyta kiedykolwiek tak piękny tekst o miłości, tęsknocie, zagubieniu, zazdrości, niewierności i karze za to...

Jakim niezwykłym, niepowtarzalnym zjawiskiem musi być ona, skoro Jakub napisał taki tekst.

Zazdrościł mu.

Przypomniała mu się znowu szkoła. Zdarzenie z czasów, gdy Jakub ciągle był jeszcze „mały".

Mieli napisać wypracowanie na temat *Pożegnania z Marią* Borowskiego. Zostało piętnaście minut do końca lekcji, gdy nagle polonistce przypomniało się, że nie sprawdzała jeszcze tych wypracowań. Wywołała Jakuba. Wszyscy odetchnęli z ulgą, a on zaczął czytać. Napisał tak pięknie, tak wzruszająco o śmierci, o cierpieniu, o trwaniu, o przemijaniu, o godności człowieka, że polonistka płakała. Nie mogąc się powstrzymać, wyszła z klasy, zanim skończył, ale on, nie zwracając na to uwagi, czytał dalej. Wszyscy słuchali w osłupieniu i takiej ciszy jak tamta nie było w tej klasie jeszcze nigdy przedtem.

I już nigdy potem.

Nagle zadzwonił dzwonek na przerwę, ale nikt się nie podniósł. Jakub skończył czytać i usiadł cicho, podczas gdy wszyscy inni wychodzili z klasy na kończącą się przerwę i nikt nie chciał spojrzeć mu w oczy, bo każdy wstydził się tej słabości, którą przed chwilą okazał.

Bo on ciągle był tym najmniejszym w szkole Jakubkiem.

Tylko on, Jacek, przysiadł się na chwilę do niego, poklepał po ramieniu i powiedział:

– Nie martw się, Jakub. To nie tylko ona. Ja też płakałem.

Czas nadszedł.

Uruchomił najpierw program u siebie, potem w Monachium i na końcu w Berlinie.

Odczekał kilka minut i spróbował połączyć się z serwerem w Poznaniu. Uśmiechnął się zadowolony.

Serwera w Poznaniu już nie było.

To znaczy był, ale tylko kupą krzemowego gruzu.

Wybrał numer pagera Jakuba na stronie www, która pozwalała przesyłać wiadomość na pager wprost z Internetu, i napisał:

Poznania już nie ma. Ona z pewnością tego nigdy nie przeczyta. Jacek

Wysłał to i pomyślał, że Jakub jednak nie jest z tej samej książki. Wyłączył komputer, dopił piwo i poszedł powoli do windy.

ON: Siedział od kilkunastu godzin w swoim biurze w Monachium. Ciszę zakłócał tylko odgłos uderzanej klawiatury jego komputera. Zaczynała się niedziela.

Czekał.

Próbował skupić się na artykule, który właśnie odszukał w Internecie. Wydawało mu się, że to zdejmie z niego niepokój.

Niepokój jednak nie mijał. Przeradzał się w strach.

Bał się, że utraci ją bezpowrotnie, gdy ona przeczyta ten e-mail, który do niej wysłał. Napisał go w samym centrum eksplozji zazdrości, zwątpienia i tęsknoty.

Dotychczas świetnie udawał brak zazdrości lub maskował jej obecność. Uczył się tego długo, a fakt, że się nie widywali, pomagał mu. Coś takiego jak wyraz twarzy, spojrzenie, nastrój, ton głosu, nerwowość lub zniecierpliwienie nie przez nią odbierane. Emocje wyrażane jedynie tekstem, a tak było w ich przypadku, dawały się łatwiej kontrolować.

Zastanawiał się czasami, czy właśnie ta możliwość posługiwania się jedynie tekstem nie jest tym, co fascynuje w takich internetowych związkach. Niektórzy wymyślają niezwykle przekonujące kłamstwa, ale wiedzą, że nigdy ich nie wypowiedzą, bowiem i tak przez drżenie głosu lub zaczerwienienie twarzy pozostaną niewiarygodni. Najpewniej wiedzą o tym także autorzy anonimów.

Ona mogła odebrać tylko to, co napisał, i najwyżej mogła to wzmocnić swoją wyobraźnią. Nawet gdy czuła więcej, niż sobie życzył, nie mogła odczuć w jego słowach zazdrości.

To, że nie mogła, było jego sukcesem i kosztowało go bardzo wiele. Bo fakt, że nie należała tylko do niego, doprowadzał go ostatnio do obłędu. A myślał jeszcze do niedawna, iż nie boli go myśl, że ona co wieczór idzie do łóżka z innym mężczyzną. Wydawało mu się, że ten facet biorący ją jak swoją, gdy tylko ma na to ochotę, jest jak fragment życiorysu, który jej się przytrafił, gdy jego, Jakuba, jeszcze nie było w jej życiu. Ten mężczyzna przydarzył się jej po prostu przed wielkim meteorytem, którym był oczywiście on, Jakub.

Wierzył, że mężczyzna ten niebawem zniknie. Jak dinozaur.

Dinozaury też wyginęły dopiero w jakiś czas po uderzeniu takiego meteorytu lub komety, a nie od razu. Głównie na skutek ciemności, jaka zapadła nad Ziemią. Uderzenie spowodowało, że Ziemia spowita została chmurą nieprzeniknionego dla promieni słonecznych pyłu. Pył zatrzymał wegetację roślin, co spowodowało wymarcie dinozaurów roślinożernych. Po nich wyginęły te wszystkie dinozaury, które zżerały inne dinozaury.

Tak właśnie sobie tłumaczył po drugiej butelce chianti, że ten jej mąż dinozaur wymrze, nawet gdyby się zdrowo odżywiał i jadł tylko warzywa. I oprócz tego, że go po prostu nie będzie, jeszcze przyczyni się tym do ogólnego postępu.

Dinozaury też były zbędnym balastem cywilizacji. Ich program genetyczny – jest prawie pewne, że mutacje genowe u dinozaurów już więcej nie występowały – spełnił się do końca, co groziło, że na tej planecie nigdy nie będzie ludzi.

I Internetu też nie będzie.

Ale tak się na szczęście nie stało. Meteoryt uderzył i dinozaury wyginęły, ustępując miejsca szczurom. Te superinteligentne stworzenia żyjące w norach i przyzwyczajone do ciemności, która tak skutecznie wyniszczyła dinozaury, wyszły na zewnątrz i zaczęły szybko ewoluować.

Czy on też był takim szczurem? Nie. On na pewno nie!

Zresztą teoria z meteorytem jest tylko jedną z wielu. Bywało, że się z nią nie zgadzał. Wszystko zależało od tego, ile wina wypił.

Poza tym chciał mieć przywilej znacznie ważniejszej wyłączności.

Wyłączności na jej myśli.

Chciał, aby tylko o nim myślała, gdy przeżywa radość, podejmuje decyzje, jest wzruszona lub rozmarzona. Żeby tylko o nim myślała, gdy słucha muzyki, która ją fascynuje, gdy śmieje się do łez z dowcipu lub płacze rozczulona w kinie. Chciał, aby o nim myślała, gdy wybiera bieliznę, szminkę, perfumy lub odcień farby do włosów. Żeby tylko o nim myślała na ulicy, gdy odwraca onieśmielona głowę na widok całującej się pary. Chciał być jej jedyną myślą rano, gdy się budzi, i wieczorem, gdy zasypia.

Chociaż nie odważył się jej o to zapytać, był pewien, że się masturbuje.

Była zbyt inteligentna, aby tego nie robić.

Tylko kobiety, które się masturbują, dobrze wiedzą, co je podnieca, i umieją o to poprosić. Ponadto akt masturbacji jest jedynie dodatkiem do prawdziwego aktu, który ma miejsce w mózgu. Podbrzusze jest tylko sceną, na której się to rozgrywa. Był pewien, że ona masturbuje się, myśląc o nim. Tak, to była właśnie ta wyłączność: być w jej mózgu – i w jej palcach – w takim momencie.

Czy można być w ogóle bliżej kobiety niż wtedy, gdy ona rozładowuje napięcie swoich fantazji, wiedząc, że nic, absolutnie nic i przed nikim nie musi udawać?

Nawet jeśli to nie on całuje to podbrzusze, to i tak jest to jego scena.

Mimo to coraz częściej czuł, że to mu nie wystarcza. Zauważył ostatnio w rozmowach z nią na ICQ, a także w jej e-mailach, że znalazła swój *modus vivendi* i nauczyła się żyć, według niego przytulnie i wygodnie, między dwoma mężczyznami: swoim mężem i nim. Każdy z nich dostarczał jej innego rodzaju doznań, ale w efekcie, rozzuchwalona tym faktem, że on pokonał zazdrość lub jej nie okazuje, przestawała kryć, że ta sytuacja jej nie przeszkadza, nie niepokoi, nie denerwuje lub nie frustruje.

Mógł ją zapytać, czy tak jest w istocie. Nie robił jednak tego, bojąc się, że to potwierdzi wprost. Wpadł we własną pułapkę: męska duma w połączeniu z wrażliwością zaczynała być jak rana na stopie, która się zaognia na skutek chodzenia. A chodzić musiał.

Jednak gdy w piątek przysłała mu fotografię z ostatniego przyjęcia zorganizowanego przez firmę męża i zobaczył ją w jego objęciach, cały ten model wyłączności rozsypał się jak domek z kart. Nagle zdał sobie sprawę, że to mężczyzna z fotografii bywa w niej palcami, językiem i penisem, że to przy facecie z fotografii ona szepcze, jest wilgotna i może nawet krzyczy z rozkoszy. Uderzył się tą myślą w sam środek rany i w bólu po tym uderzeniu napisał list i wysłał.

Gdy ból minął, kipiał ze wstydu. To, co zrobił, kłóciło się przecież z całą jego filozofią, którą tak gorliwie jej wykładał i z którą ona tak gorliwie i tak bezskutecznie dyskutowała. Przecież to nikt inny jak on przekonywał ją cały czas, że śmieszy go na przykład powszechne skojarzenie miłości z banalnym i w gruncie rzeczy dość komicznym aktem, że ktoś komuś coś gdzieś wkłada, że gdy zastanowić się nad tym głębiej, to trudno nie zauważyć, że banalność tego aktu wręcz obezwładnia. Przecież nikt inny jak on przekonywał ją cały czas, że odnajduje znacznie więcej miłości w tym nagłym przepływie energii między źrenicami.

I po tym wszystkim miałaby przeczytać ten łzawy e-mail o jeszcze jednym samcu, który ma psychosomatyczne bóle serca i prostaty z zazdrości?!

Nagle poczuł wibrację. To był pager w jego kieszeni. Wyjął go i przeczytał wiadomość z Hamburga.

Udało się!

Ona nie przeczyta tego tekstu.

Przynajmniej dzisiaj go nie przeczyta.

Wiadomość, że Jacek wie o niej, nie zmartwiła go specjalnie. Po pierwsze, był pewien jego absolutnej dyskrecji, a po drugie, dobrze wiedział, że Jacek dotrze do tego tekstu w Poznaniu. I przeczyta przed zniszczeniem.

Jacek miał zawsze specyficzne i przewrotne poczucie uczciwości i lojalności. Mógł mu przecież nie mówić, że zna treść tego listu. Dla Jacka przeczytać cudzy list było okay, ale nie powiedzieć o tym było perfidne i zdradzieckie.

Więc powiedział.

Jacek…

Ich życia splótł na zawsze i nierozerwalnie niezwykły dramat. Ostatnio myślał często o tamtych zdarzeniach. Niektóre wzruszenia, które ona ostatnio w nim wywoływała, były jak *déjà vu* tego, co przeżył wiele lat temu w Nowym Orleanie. Pamięta ten nocny telefon, jakby to było wczoraj, a minęło przecież kilkanaście lat.

Dobiegał końca ósmy miesiąc jego stażu naukowego w Tulane University w Nowym Orleanie. Od kilku tygodni znajdował się w stanie nieustannego umysłowego i emocjonalnego rauszu. Projekt, nad którym pracował i który stanowił materiał jego doktoratu, wszedł w decydującą fazę. Dwudziestu ludzi na kilku uniwersytetach w całych Stanach pisało oddzielne moduły jednego unikatowego programu do sekwencjonowania DNA, co w efekcie miało umożliwić skonstruowanie swoistej genetycznej mapy bakterii wywołującej tyfus. Projekt był brawurowy i skupił egzotycznych ludzi. Stanowili zespół maniaków napędzanych ciekawością, ambicją i chęcią przeżycia naukowej przygody, jakie zdarzają się bardzo rzadko. Projekt, gdyby się powiódł, otworzyłby drogę do rozpoczęcia prac nad opracowaniem mapy genomu człowieka. Tego swoistego wzoru człowieka zapisanego na znanej wszystkim skręconej w podwójną spiralę drabinie DNA.

On był jednym z tych, którzy ten wzór próbowali stworzyć.

Drobny doktorant z Polski, z wyrobionym przez socjalistyczną rzeczywistość i skrywanym troskliwie i głęboko przed światem kompleksem naukowca z drugiej ligi, nagle znalazł się w zespole, który zabierał go na absolutnie finałowy mecz superligi światowej. Trener był noblistą z Harvardu, pieniędzy mieli jak Eskimosi śniegu i wszyscy chcieli zagrać mecz swojego życia.

Dopiero co przyjechał z kraju, który ludzie z zespołu znali głównie z dobrej wódki i trudnego do wymówienia nazwiska niezwykle wygadanego elektryka.

Dali mu, nie mówiąc o tym ani słowa, trzy miesiące, aby pokazał, co umie. Obserwowali go.

Po tych trzech miesiącach pewnego dnia zadzwonił w jego biurze telefon i Janet, sekretarka, tym swoim seksownym głosem, którego melodię pamięta do dzisiaj, zapowiedziała rozmowę z kierującym projektem profesorem z Harvardu. Bezwiednie wstał z krzesła, gdy rozpoczęli rozmowę. Profesor przewrotnie zapytał go, czy „znalazłby czas" i czy „tematyka pokrywa się z jego zainteresowaniami", bo jeśli tak, to „im zależy". Pamięta tylko, że tulił, roztrzęsiony w swej radości, słuchawkę telefonu do ust, gdy skończyli rozmawiać, i wiedział już, że „za kwadrans w Internecie prześlą mu hasło otwierające dostęp do programów sekwencjonowania DNA" i że „pojutrze ma być w Nowym Jorku na posiedzeniu całej naszej grupy".

Dzisiaj wie, że tamta kilkuminutowa rozmowa zmieniła jego życie.

Po tej rozmowie także po raz pierwszy zarejestrował u siebie pewną niezwykłą prawidłowość. Radość i zadowolenie z siebie o pewnym, przekraczającym wartość progową nasileniu – a tak było wtedy po tej rozmowie – wywoływały u niego ogromne podniecenie seksualne. Gdy skończył rozmowę z tym profesorem, był nie tylko ekstremalnie szczęśliwy i ekstremalnie dumny z siebie, ale miał także ekstremalną erekcję. Nie miało to nic wspólnego z tym, że od kilku miesięcy nie dotykał żadnej kobiety. Wprawdzie pamięta, że po tych kilku miesiącach totalnego celibatu odwracał na ulicy głowę za wszystkim, co chodziło i miało piersi, ale w tym wypadku wykluczył taką przyczynę. Wie to na pewno, później bowiem zdarzało mu się to nawet wtedy, gdy radość i duma z siebie powyżej wartości progowej przytrafiały mu się w kilka godzin po satysfakcjonującym i wyczerpującym seksie.

Przeczytał wszystko o mechanizmach erekcji u mężczyzn, wiedział o inicjacji tego zjawiska przez zwiększone stężenie tlenku azotu we krwi, czytał o inhibitorach enzymu PDE5, o wypełnianych i opróżnianych ciałach jamistych, o cyklicznych cGMP i tym podobnych szalenie poważnych, mądrych i naukowych uzasadnieniach. Mógł doskonale zrozumieć, że zdarza mu się dzienna erekcja, gdy dłużej idzie po wyjątkowo stromych schodach za Janet do ich instytutowej stołówki w Bruff Commons na lunch i obserwuje jej nigdy nie skrępowane żadnymi majtkami pośladki w skórzanych spodniach opiętych do granic. Nie pomogło mu to jednak zrozumieć, dlaczego zdarza mu się także wtedy, gdy – mimo że nie było, oprócz ukrytych głęboko w szufladzie pod papierami kilku egzemplarzy „Playboya", absolutnie nic erogennego w jego pustym, dusznym biurze – gdy czyta publikacje bardzo ważnych ludzi powołujących się na jego publikacje. Widocznie pragnienie podziwu i pragnienie kobiety wywołują u niego identyczne reakcje. Gdy zastanowił się nad tym, dziwił się mniej. Historia tragedii wywołanych przez mężczyzn zdobywających upragnione kobiety była równie długa i okrutna jak lista nieszczęść wywołanych przez tych zdobywających podziw za wszelką cenę.

Zauważył także, że erekcja po napatrzeniu się pośladkom Janet i erekcja z próżności były prawie takie same pod względem intensywności i siły wewnętrznego napięcia, które wywoływały. Jedyna różnica polegała na tym, że Janet mogła tę swoją jeszcze nasilić, mówiąc cokolwiek w czasie lunchu. Bo Janet miała głos, który mógł podnieść stężenie tlenku azotu we krwi tak, że w żyłach robiły się bąble. Nie mówiła prawie nigdy mądrych ani interesujących rzeczy. Zresztą to nie było istotne. Janet miała po prostu wprawiać w drgania swoje struny głosowe i wzmacniać je ruchem języka i warg, a najlepiej, aby przy tym jej wargi były pogryzione na skutek wydarzeń minionej nocy lub intensywnie czerwone od szminki; Janet dbała o to, aby choć jeden z tych warunków był zawsze spełniony. Drgania nie musiały układać się w żadne sensowne słowa lub zdania. I chociaż Janet należała do tej grupy kobiet, które silnik samochodowy z wtryskiem myliły z silnikiem z wytryskiem, on i tak uwielbiał jej słuchać.

Szczególnie gdy mówiła o wytrysku tym swoim wilgotnym głosem.

Pamięta, że wtedy, po tej rozmowie z profesorem, jego erekcja osiągnęła taką intensywność, że odczuwał autentyczny fizyczny ból. Pamięta też, że zamknął swoje biuro na klucz od środka, zadzwonił do Janet pod byle pretekstem, aby tylko usłyszeć jej głos, i zaczął się onanizować. Janet opowiadała mu jakąś idiotyczną historię przez telefon, on lewą dłonią zakrył mikrofon słuchawki, aby nie mogła słyszeć, co się z nim dzieje, a prawą robił to sobie. Gdy skończył, Janet ciągle jeszcze mówiła, a on zdał sobie z przerażeniem sprawę, że ejakulował, fantazjując o mapie genomu pewnej bakterii powodującej tyfus.

Czasami zastanawiał się, czy i ta perwersja była uwarunkowana jakąś sekwencją genów w podwójnej spirali.

Jeśli tak, to jego sekwencja i tak ułożyła się nieźle. Znał znacznie gorsze perwersje z tejże tematyki.

Kiedyś, zafascynowany powieścią Prousta, postanowił dowiedzieć się czegoś więcej o nim samym. To, co przeczytał, było dość szokujące. Ten drobny, cherlawy, zawsze chory, kaszlący, egzaltowany, chorobliwie wrażliwy i wymagający zawsze kobiecej opieki syn arystokraty mimo niezwykłego wrażenia, jakie wywierał na kobietach, sam wyznał, że onanizował się dość regularnie. Głównie podpatrując młodych chłopców, rozbierających się przed pójściem do łóżka. Czasami gdy i to nie dostarczało mu satysfakcji, kazał służącemu wnosić do sypialni osłoniętą jedwabną czarną apaszką klatkę z dwoma szczurami. Jeden był ogromny i wygłodzony, drugi mały i leniwy z przejedzenia. Proust, onanizując się, zdejmował apaszkę przykrywającą klatkę i gdy duży głodny szczur pożerał małego… on ejakulował. W pierwszym odruchu poczuł obrzydzenie. Potem, po głębszym zastanowieniu, postanowił przeczytać wszystko, co Proust napisał. Odraza zniknęła.

Jeszcze inną sekwencję musiał nosić w sobie przystojny, kochany przez kobiety John Fitzgerald Kennedy, prezydent USA, który, umierając tak spektakularnie w Dallas, stał się nieśmiertelny. Z publikowanych wspomnień o nim wyłania się obraz seksoholika o wyrafinowanych preferencjach seksualnych. Kennedy szczególnie upodobał sobie akty miłosne w wannie, głównie ze względu na nieustanne bóle kręgosłupa. Kobiety, które kochały się z nim, zazwyczaj stały nachylone poza wanną i całując go, pieściły jego ciało. Gdy zbliżał się finalny moment – dla Kennedy'ego oczywiście – do łazienki wpadał ochroniarz i chwytając kobietę za kark, przytapiał ją w wannie. W momencie gdy ta resztkami sił, w konwulsjach, usiłowała się uwolnić, Kennedy rzekomo z rozkoszą ejakulował.

Sekwencja genów odpowiedzialna za tę perwersję wydała mu się zdecydowanie gorsza niż ta u Prousta.

Wtedy jednak nie interesował go ani Proust, ani Kennedy, wtedy myślał tylko o tym, co się zdarzyło i co będzie dalej. Nagle stał się częścią „naszej" grupy i od tego dnia sekwencjonowanie genów pewnej bakterii stało się najważniejszą sprawą jego życia.

Mając taką mapę, można by „przetłumaczyć" ją na białka sterujące procesami życiowymi, znając biochemię tych białek, można by wiedzieć na przykład, jaki gen odpowiedzialny jest za wytwarzanie przez organizm ludzki dopaminy, której niedomiar prowadzi do choroby Parkinsona, a jej nadmiar jest rejestrowany (zazwyczaj przez bardzo krótki okres) w przypadku stanu powszechnie opisywanego w literaturze nienaukowej jako stan zakochania. Nie dość, że wyleczyliby tą wiedzą tysiące nieuleczalnie chorych i poniżanych przez tę chorobę ludzi, to na dodatek mogliby się genetycznie zakochiwać.

Czasami, najczęściej dobrze po północy, zamawiali taksówkę, zostawiali na godzinę tego swojego „tyfusa" i przenosili się na patio z barem w hotelu Dauphine New Orleans w Dzielnicy Francuskiej, gdzie pijąc piwo i słuchając bluesa, snuli takie fantastyczne scenariusze, wierząc, że to właśnie oni są tymi, którzy rozpoczynają składać te gigantyczne puzzle z genów. Na dodatek w swej bezczelności byli przekonani, że je złożą w całość. Im więcej mieli piwa we krwi i im więcej było bluesa w powietrzu, tym głębiej w to wierzyli.

Z jego obecnej perspektywy, w czasach, kiedy o genetyce rozmawia się już prawie przy każdej budce z piwem, odkąd obdarzyła świat spektakularnym aktem sklonowania pewnej owcy, po tylu latach, które minęły od tamtych dni, patrzy na tamten projekt i tamte badania z odrobiną drwiny i wyższości, ale także z zadumą i podziwem dla entuzjazmu, jaki wtedy w sobie nosił. To, co robili kilkanaście lat temu w Nowym Orleanie, było ważne, ale to była, w porównaniu z tym, co dzieje się teraz, taka infantylna genetyka.

Ale taka jest już chyba kolej rzeczy w nauce.

Teraz wie przecież, że to wcale nie jest jedna układanka.

Ktoś rozsypał na stole więcej niż sto tysięcy puzzli.

Tak jak wtedy, tak i teraz czasami zastanawiał się, czy to Bóg. To trochę wiedzy wtedy oddaliło go od Boga. Zauważył jednak, że obecnie, wiedząc i rozumiejąc tak wiele więcej, jest znacznie bardziej pokorny i bardziej skłonny uwierzyć, że to jednak Bóg był tym Wielkim Programistą.

Tylko wersja Kennedy'ego i Prousta mu trochę nie wyszła.

Wiedział też teraz doskonale, że tych puzzli nie mogło złożyć w całość kilku napalonych informatyków, genetyków i biologów molekularnych marzących o sławie. Nawet gdyby, aby nie tracić czasu, postanowili przestać oddychać, zatracając się w pracy. Ale wtedy w Nowym Orleanie tego jeszcze nie wiedział.

Nikt tego jeszcze nie wiedział.

Wtedy pracował jak w amoku, do upadłego... dosłownie.

Kiedyś zasnął przy komputerze i spadł z krzesła na porozrzucane na podłodze książki. Ponieważ żaluzje w oknach jego biura były cały czas opuszczone, nie rejestrował pory dnia. U niego było zawsze jasno od burczących jarzeniówek podczepionych do sufitu w pokoju numer 4018 na trzecim piętrze budynku Percival Stern, gdzie mieściło się ich laboratorium. Kiedyś w niedzielę, gdy w jego lodówce zostały tylko przybrudzone paski pochłaniacza zapachów i nic więcej, umówił się z Jimem na wielkie zakupy w dużym supermarkecie na końcu ulicy.

Umówił się na szesnastą i… zaspał.

A położył się do łóżka w sobotę przed północą.

Nawet nie zastanawiał się, czy może być inaczej. Podświadomie czuł, że nie. Ten projekt był jego życiem. Wszystko musiał mu podporządkować.

„Nie przyjdziesz do laboratorium tylko wtedy, gdy jesteś naprawdę bardzo chory. Chory naprawdę jesteś dopiero wtedy, gdy dłużej niż kilkanaście godzin plujesz krwią".

Tak zdefiniował to krótko i obrazowo hinduski programista, który dołączył do nich mniej więcej w tym samym czasie co on.

Zastanawiał się, czy tylko on tak pracuje. Czasami pytał o to kolegów z grupy. Pamięta, jak jeden z nich, Janusz, drugi Polak w tym zespole, stypendysta Fundacji Kościuszkowskiej, informatyk z Uniwersytetu Toruńskiego pracujący w Queens College w Nowym Jorku, powiedział mu:

„Stary, ja dopiero dzisiaj zauważyłem, że moja mała Joasia jest już w trzeciej klasie. A jutro odbiera świadectwo i zaczyna wakacje".

Od kilku tygodni wstawał o wpół do piątej, zapalał papierosa, zbierał porozrzucaną po całym pokoju odzież, nastawiał kawę i cucił się lodowatym prysznicem w łazience na parterze. Często zdarzało mu się dopiero pod prysznicem zauważyć, że wszedł tam z papierosem. Ubierając się, łykał kawę, wrzucał do plecaka kartki z notatkami, które zrobił ostatniej nocy, i wybiegał, aby wsiąść do samochodu Jima, który czekał na niego już od kilku minut.

Jim, odkąd rozpoczął pracę na budowie nieopodal jego uniwersytetu, podwoził go do Tulane. Codziennie czekał na niego, zawsze w najlepszym nastroju, zawsze uśmiechnięty i świeży jak wiosenna łąka. Wywoływał w nim tym swoim stanem i nastrojem rodzaj rozdrażnienia i niechęci. Jak można być tak radosnym o piątej rano, po tak krótkiej nocy i siedząc w takim samochodzie?

Jim miał buicka z lat sześćdziesiątych, bez klimatyzacji, co w Nowym Orleanie uchodziło za dowód albo wyjątkowej biedy, albo przynależności do jakiejś wyjątkowo masochistycznej sekty religijnej. Ponadto tylne drzwi po stronie pasażera były albo przywiązane grubym sznurem do zagłówka siedzenia kierowcy, albo musiały być trzymane w trakcie jazdy przez pasażera.

Wsiadał do samochodu Jima z zamkniętymi oczami, brał z popielniczki papierosa, który czekał na niego zapalony, i ruszali. Rozmawiać zaczynali dopiero po pierwszych kilku milach, gdy Jakub się budził. Jim znał ten ceremoniał i zachowywał się jak wierny i lojalny prywatny kierowca brytyjskiej rodziny królewskiej.

Rychło zaczęło zdarzać się coraz częściej, że nie nocował w domu, zostając w biurze i pracując z krótkimi przerwami przez całą noc.

Tamtej nocy, gdy zadzwonił Jacek, tak właśnie było.

Dochodziła czwarta w nocy z soboty na niedzielę.

Jim był akurat u niego w biurze. W milczeniu nachylał się nad elektroniczną aptekarską wagą, którą ustawił obok jego komputera. Odważał w największym skupieniu porcje kokainy, pakując je we wcześniej przygotowane woreczki. Na biurku obok komputera leżały rzędy foliowych paczuszek z białym proszkiem. Każdy woreczek zawierał cztery „kreski".

Gdy skończył, na biurku leżała kokaina za 50 tysięcy dolarów.

Obszedł je dookoła, bez słowa zgarniając pakunki do obtłuczonej i pogiętej walizeczki. Skończył, zakodował zamek walizki, przeciągnął jedną z bransolet policyjnych kajdanek przez swoją lewą dłoń i zamknął specjalnym kluczem na przegubie. Druga bransoleta była przyspawana do walizki. Podszedł do Jakuba i bez słowa położył klucz od kajdanek na klawiaturze jego komputera. Wychodząc, spojrzał mu w oczy i powiedział:

– To naprawdę ostatni raz. Nie gardź mną. Przepraszam.

Jakub był wściekły i rozgoryczony. Wściekły na siebie, że zgodził się na to. I nie chodziło mu nawet o to, że ryzykował absolutnie wszystko, co osiągnął w swoim życiu, że stał się po raz drugi świadomie – bo przecież nieprzymuszony wyraził na to zgodę – pomocnikiem faceta, który zaopatruje ćpunów; najbardziej bolało go to, że Jim tak go rozczarował. Że tak perfidnie wykorzystuje ich przyjaźń.

Czuł się zdradzony.

Obiecał mu przecież, że tamten raz sprzed trzech miesięcy był „naprawdę pierwszy i ostatni", „że teraz tylko spłaci długi i wyjdzie z tego kanału" i że „może to zrobić tylko tutaj, bo przecież nikt nie wpadnie na to, że w Tulane na genetyce kroją miał", jak nazywał to swoje porcjowanie.

Dzisiaj, gdy Jim przed godziną zapukał do drzwi jego biura, nie przyszło mu do głowy, że znowu ma „towar". Stanął z tą walizką przykutą do lewego przegubu i z trudem ukrywając drżenie głosu, powiedział:

– Jak tego nie pokroję dzisiejszej nocy u ciebie, to już nigdy nie będę mógł cię przywieźć do szkoły rano. Pozwól... błagam.

Pozwolił.

Przez cały czas stał odwrócony do niego plecami, kipiał z wściekłości i milczał. Nie chciał na to patrzeć.

Taka naiwna wiara dziecka, że gdy się zamknie oczy, to wcale nie jest ciemno.

Wrócił do biurka, dopiero gdy Jim zatrzasnął za sobą drzwi.

Na klawiaturze jego komputera leżał klucz do kajdanek, którymi Jim przykuwał się dla pewności do walizki z koksem, i dwa małe foliowe woreczki z białym proszkiem.

Dla niego.

Ostatnim razem, gdy Jim pakował u niego towar, też spróbował kokainy.

W pewnym momencie, gdy jego biurko było w połowie pokryte foliowymi woreczkami, Jim odszedł od wagi, zdjął ze ściany starą fotografię w drewnianej ramie, zdmuchnął kurz ze szkła i zaczął je podgrzewać płomieniem zapalniczki. Wysypał zawartość jednego woreczka na wysuszoną szklaną powierzchnię i podzielił biały proszek na trzy równe paski o długości około 8 cm. Następnie zapalił papierosa, wyjął z portfela oprawioną w drewienko połowę żyletki i zaczął po kolei szatkować proszek w paskach. Trwało to około pięciu minut. Potem wydobył z kieszeni zmięty zielony banknot, zwinął go w rurkę i wepchnął jej koniec w nos. Nachylił się nad jednym z pasków proszku i wciągnął cały. Drobne resztki, które zostały na szkle, zebrał zmoczonym śliną kciukiem i rozprowadził na dziąsłach. Potem odwrócił się do Jakuba, wyciągnął rękę ze zwiniętą jednodolarówką i uśmiechając się do niego, powiedział:

– Spróbuj. Będzie ci dobrze. Ja stawiam.

Choć obserwował cały ten ceremoniał Jima z nieukrywanym zdumieniem, nie wahał się ani chwili. Podszedł do biurka, wetknął koniec rurki w nozdrze i jednym wdechem wciągnął całą kreskę. Poczuł natychmiast lekkie zimno i wyraźne odrętwienie w nosie. Wrócił na swoje krzesło przy monitorze, usiadł wygodnie i czekał. Ciekawość mieszała się z niepokojem.

Po kilku minutach poczuł wyraźnie, że zmęczenie, spowodowane szesnastoma godzinami intensywnej pracy, mija. Miał uczucie świeżości, siły, energii. Mógł zaczynać następnych szesnaście godzin. A jeszcze niedawno, zanim przyszedł Jim, padał ze zmęczenia i cucił się smolistą kawą i papierosami. Nagle był rześki jak po porannym zimnym prysznicu po długiej, spokojnie przespanej nocy.

To było coś.

Odrobiną proszku zawierającą 25 połączonych ze sobą atomów oszukał swoje ciało i mózg. Nagle poczuł się także silny, błyskotliwy i wyjątkowo bystry. Wydawało mu się, że gdyby teraz zaczął programować, napisałby najlepszy program swojego życia.

I wcale nie miał uczucia, że nie jest sobą. Jak najbardziej czuł, że to właśnie on, ten sam Jakub, tyle tylko że nabrał niezwykłego znaczenia. Już nie miał lęków i obaw, żadnych wątpliwości i rozterek.

Miał za to zawsze rację.

Przez krótką chwilę delektował się tym uczuciem. Zaczynał rozumieć, że ludzie mogą chcieć fundować sobie takie stany częściej.

Szczególnie słabi ludzie lub muszący poczuć siłę albo przynajmniej zagrać silnych. Wystarczy kilka gramów związku chemicznego, sprawna błona śluzowa i jest się bardzo ważną, mądrą, silną, dowcipną, uroczą, elokwentną, czarującą, świadomą swojej siły osobą, którą zawsze chciało się być. Trwa to zazwyczaj góra kilkanaście minut, kosztuje kilkadziesiąt dolarów, jest nielegalne, uzależnia, uszkadza serce i mózg. Ponadto później ma się gigantycznego kaca, którego nie miałoby się nawet po hektolitrze żywego zacieru.

Kokaina nie wywołuje żadnych halucynacji, kolorowych snów i wrażenia unoszenia się nad zroszoną letnią rosą łąką pełną motyli i nagich nimf.

To nie ten związek chemiczny.

Ten jest zbyt drogi, aby marnować go na takie banalne stany, które na dobrą sprawę może załatwić dobra muzyka, butelka wina lub zakochanie.

Z kokainą przeżywa się sny o potędze. Po kokainie ma się lepsze geny. I jest się dzieckiem znacznie lepszego Boga. Tego nie załatwi człowiekowi żadne wino, żadna muzyka i żadna kobieta. Poza tym nic tak nie przekształca normalnego, spokojnego seksu w „wodorową eksplozję", jak mówił Jim. To było najbardziej niebezpieczne. Normalny seks w porównaniu z pokokainowym to jak „kochać się z manekinem z domu towarowego w Moskwie albo w Berlinie Wschodnim". Po czymś takim mogą pozostać zbyt dobre wspomnienia i zbyt szara teraźniejszość. Według Jima tylko po LSD mogło być lepiej. „Bo wtedy – mówił – uprawiasz seks wszystkimi komórkami, a samych neuronów masz miliardy".

Z niebezpieczeństwa tego wszystkiego zdał sobie sprawę tego wieczoru, gdy Jim wyznał, że „seks bez substancji napawa go panicznym lękiem". Przestawał być dla niego realizacją pragnienia, a stawał się testem, „czy on jeszcze w ogóle może".

„Bo widzisz, bez substancji to jest jak wpychanie ślimaka w szczelinę automatu telefonicznego, który stał kilkanaście godzin na mrozie" – mówił.

Pamięta, że gdy jeszcze trwał w tym stanie, Jim, który obserwował go uważnie przez cały czas, tym swoim tonem absolutnego znawcy powiedział: „Mówiłem, że będzie ci dobrze".

Było dobrze.

Zaczęli rozmawiać.

Chociaż znali się już i przyjaźnili przeszło pół roku, nigdy dotąd nie rozmawiali tak otwarcie i szczerze jak wtedy, po kokainie. Zawsze chciał go o to zapytać, ale nigdy dotąd się nie ośmielił. Teraz nieśmiałość nie istniała, więc zapytał o Kimberley, o której Jim nigdy nie powiedział „moja dziewczyna", „moja kobieta", „moja narzeczona", ale z którą bywał, sypiał i robił zakupy.

Kimberley, którą tylko Jim tak nazywał, bo wszyscy inni zwracali się do niej po prostu Kim, była studentką Tulane University. Studiowała na ostatnim roku prawa; ostatnio czytał w uniwersyteckiej gazetce, że była absolutnie najlepszą studentką w historii tego wydziału, a na wydziale było około 6 tysięcy studentów. Wszyscy, którzy ją znali, wiedzieli, że to nie efekt pomocy ojca, znanego chirurga i jednocześnie rektora Akademii Medycznej przy Tulane.

Ojciec Kim kochał ją bardzo, ale na swój sposób, w pośpiechu, w tych nielicznych wolnych chwilach między dyżurami w klinice, wykładami, kongresami, podróżami służbowymi i projektami, w których uczestniczył. Kochał ją na tyle, aby jedynie dla niej trwać w białym małżeństwie z kobietą, która zdradziła go już w trakcie podróży poślubnej i najbardziej przywiązana była do jego kart kredytowych oraz jego kolegów chirurgów plastycznych. Odkąd jego brat, też znany chirurg, popełnił samobójstwo, gdy wyszło na jaw, że handluje organami do transplantacji, została mu tylko Kim. Jego genialna Kim, z której był dumny i dla której szczegółowo zaplanował już całą przyszłość. W teraźniejszości, tymczasem nie mając dla niej czasu, uspokajał swoje sumienie, kupując jej drogie samochody.

Kim była niezwykle inteligentna, zdolna, pracowita i wszystko zawdzięczała sobie. Ojcu – poza samochodami – zawdzięczała co najwyżej swoje geny, i to tylko ich część. Dlatego ci sami, którzy ją znali, z niedowierzaniem przyjmowali do wiadomości, że Kim jest „kobietą Jima". Tego Jima, który jest wprawdzie po czterech semestrach Harvardu, ale także po czterech latach więzienia w Baton Rouge, gdzie odsiedział właśnie dwie trzecie swojej kary za handel narkotykami i wyszedł przedterminowo, i to pod wieloma warunkami, za dobre sprawowanie.

Facet ze zniszczoną przeszłością i teraźniejszością niszczejącą każdego roboczego dnia w wykopach wielkich budów za 6 dolarów za godzinę. Przeszłość była tak druzgocząca, że napominanie o czterech semestrach architektury w Harvardzie nie robiło wrażenia na potencjalnych pracodawcach Jima. Skutkiem tego zdołał ich przekonać do siebie niewielu, i to tylko tych, którzy mieli do zaoferowania kopanie dołów pod wielkie budowy w Nowym Orleanie i okolicy.

Oczywiście frustrowało go to, dręczyło i wpędzało w depresje. Czasami było mu tak źle i beznadziejnie, że każdy poranek – poranki są najgorsze dla ludzi dotkniętych depresją – jawił mu się kontynuacją egzekucji z poprzedniego dnia. Te depresje osiągały taki poziom, że musiał wydobywać się z nich, chociaż wiedział, co ryzykuje, także za pomocą kokainy.

Z takim właśnie mężczyzną sypiała dziewczyna z jednego z najlepszych domów w Nowym Orleanie, jedyna córka rektora Akademii Medycznej Tulane, nieprzeciętnie inteligentna, przeciętnie atrakcyjna przyszła adwokatka, która chciała się specjalizować, co dodawało specyficznego smaczku temu romansowi, w prawie dotyczącym handlu narkotykami. Wielu, którzy ją znali, nie mieściło się w głowie, że genialna Kim mogła zafascynować się takim skończonym już we wstępnych eliminacjach ćpunem, jakim w opinii większości był Jim.

Ale ci, którzy nie mogli tego pojąć, nie mieli po prostu wszystkich danych.

Nie wiedzieli na przykład, że Kim zamiast tych wszystkich zasranych, idiotycznych, kosztujących majątek samochodów od ojca wolałaby jeden pocałunek na dobranoc.

Chociaż raz w tygodniu i chociaż we śnie.

Bo choć on tego nie wiedział, ona nigdy nie zasypiała, póki nie wrócił do domu. Leżąc w łóżku, przytulona do ukochanego małego pluszowego misia koala, którego kupił jej, gdy kiedyś zabrał ją z sobą do Sydney, czekała, aż zaparkuje samochód, przejrzy pocztę leżącą na stoliku w salonie, weźmie prysznic w łazience dla gości na parterze, aby nie budzić żony, i cicho pójdzie do sypialni. Gdy przechodził koło drzwi jej pokoju, martwiała w nadziei, że wejdzie do niej. Od dawna już tego nie robił. Co wieczór czekała, ale on nie przychodził, i co wieczór ten miś koala z uchem mokrym od jej łez stawał się coraz bardziej obcy.

Którejś nocy – znała już wtedy Jima – gdy znowu czekała, a on znowu nie przyszedł, wstała z łóżka, zeszła do kuchni i elektrycznym nożem do krojenia chleba odcięła głowę misiowi z Sydney.

Nawet nie płakała przy tym. Musiała tylko zwymiotować.

Rano, gdy ojciec wstał i zszedł do kuchni, żeby przygotować sobie poranną kawę, dwie części misia koala ciągle jeszcze leżały przy ostrzu elektrycznego noża do krojenia chleba.

Jim nie dałby jej nawet pluszowego misia, bo nie robił prezentów nikomu, ale też nie pozwoliłby jej nigdy zasnąć, nie pocałowawszy na dobranoc. Poza tym potrafił przyjść do niej nocą lub nad ranem i przynieść jej białe róże, bo nagle poczuł, „że dawno nie dał jej kwiatów". Były zawsze białe i zawsze dostawała je nocą. Zostawał wtedy u niej do świtu i robił z nią wszystkie te cudowne rzeczy, które tylko on potrafił.

Dlatego odkąd pokochała Jima, nie budzi się już w nocy z tego przerażającego snu, w którym miś koala z Sydney ma głowę jej ojca.

Związek Jima z Kimberley krył jeszcze jedną tajemnicę. Wtedy, podczas tej niezwykłej rozmowy „przy dwóch kreskach", Jakub poznał całą prawdę.

Jim i Kim zabierali go czasem na obiad do dobrych restauracji, ciesząc się widokiem „komunistycznego młodego naukowca" zachwycającego się dekadencją kolacji z homara i uczącego się rozróżniać francuskie wina. Pewnego razu zauważył, że po każdej takiej nastrojowej kolacji Kim zostawiała ich samych przy stoliku na krócej lub dłużej i wracała potem bardzo zmieniona. Miała rozmazany makijaż, czasami było widać, że płakała, zawsze była rozmarzona i bardzo milcząca. Przytulała się do Jima tak erotycznie, że nawet jemu robiło się ciepło. Czasem trzeba było czekać na jej powrót nawet pół godziny. Jim kupował wtedy jego ulubione meksykańskie piwo Corona lub palili dobre cygara, a czasami wychodzili na parking za budynkiem i palili marihuanę. Mimo że to nie było normalne, Jim nigdy nie mówił, dlaczego Kim wychodzi.

Teraz powiedział.

Kim miała bulimię.

Wtedy, w połowie lat osiemdziesiątych, dla przybysza z Polski słowo „bulimia" kojarzyło się z nazwą egzotycznego kwiatu i Jim musiał mu długo tłumaczyć, co oznacza naprawdę. Kim po każdej dobrej kolacji musiała wyjść i tej kolacji po prostu się pozbyć. Szła do toalety, sprawdzała jej wygląd i gdy stwierdziła, że jest czysta i przytulna, robiła to tam. Bo Kim mogła wymiotować tylko w estetycznych, ekskluzywnych toaletach. Ponadto robiła to z największą przyjemnością po wystawnych i dystyngowanych kolacjach z winem i świecami. Jeśli toaleta nie spełniała jej oczekiwań, brała taksówkę lub samochód z parkingu i jechała do siebie, do wykwintnej willi w Garden District przy St. Charles Avenue i robiła to u siebie, we własnej łazience, po czym wracała do Jima.

Jim opowiadał mu, że dla Kim to bardzo erotyczne przeżycie. Wymiotując, doznawała seksualnej satysfakcji. Kim reagowała na spełnienie seksualne płaczem – ze szczęścia – i skutkiem tego właśnie wracała do stolika z rozmazanym makijażem i rozmarzona. To, co działo się przy stoliku po tym, jak ona to zrobiła, było więc niczym innym, jak przytulaniem się kobiety do kochanka zaraz po miłosnym akcie. Jim to wiedział i odwzajemniał się jej czułością, której nigdy nie okazywał jej w innych okolicznościach. W takim momencie był dla niej najczulszym facetem na „zaraz po". Dawał jej to, o czym marzy większość kobiet, a czego niewiele tylko doznaje. Ponadto prawie zawsze dawał jej to przy dobrym winie, przy świecach i z muzyką w tle. Nie miało znaczenia, że przeważnie ona płaciła rachunki, chociaż to Jim ją zapraszał. Jim ją tą teatralnie egzaltowaną i przesadzoną czułością zniewalał, o czym doskonale wiedział, był bowiem inteligentnym manipulantem od momentu, gdy zauważył, że kobiety najbardziej przywiązują się do mężczyzn, którzy potrafią ich słuchać, okazywać im czułość i doprowadzać je do śmiechu.

To zniewolenie było dość wyrafinowanym fragmentem układu, który skonstruowali sobie w trakcie tego związku, ale tak naprawdę Jim uzależniał od siebie Kim czymś zupełnie innym. Wiedział, jak zdobyć dobrą kokainę, i wiedział doskonale, jak działa i co zrobić, żeby działała jeszcze lepiej. Małe molekuły jej chemicznej struktury najszybciej dostają się do krwi przez błonę śluzową, dlatego większość ludzi aplikuje ją sobie przez nos.

Ale najwięcej błony śluzowej u kobiet jest oczywiście w pochwie.

Są tam kilometry kwadratowe błony śluzowej, przez którą może wniknąć wszystko o masie cząsteczkowej zbliżonej do kokainy. Jim wiedział o tym doskonale. Czasami, gdy był w łóżku z Kim, celowo opóźniał wejście w nią do momentu, gdy ona, sycząc ze zniecierpliwienia, gryzła jego ucho i sama go o to prosiła. Wtedy Jim, gdy miał akurat dosyć kokainy w kieszeni spodni lub w szufladzie nocnego stolika, otwierał mały plastikowy woreczek z proszkiem i tuż przed wejściem w nią pieczołowicie rozprowadzał kokainę na swoim członku. Wiedział, że kokaina działa znieczulająco. Dlatego też podczas czekania w niej rejestrował o wiele mniej sygnałów od swojego prącia i potrafił czekać, nie obawiając się, że mimo ogromnego podniecenia utraci kontrolę i minie punkt, spoza którego nie ma już powrotu dla mężczyzny.

Poruszając się w niej cały czas, musiał odczekać około dwóch minut, co dla większości mężczyzn, jak pokazują statystyki, jest problemem. Kim tymczasem przeżywała te swoje niezwykłe pierwsze dwie minuty, które dla większości kobiet są jednocześnie ostatnie, po czym dostawała prawdziwy *kick* i, według Jima, który uwielbiał poetycko i kiczowato przesadzać, „przenosiła się nagle na inną planetę, w zupełnie inny wymiar absolutnie niezmierzalnej rozkoszy".

I chociaż prawda jest taka, że Kim zapewniała to sobie głównie dzięki swojej błonie śluzowej, chemicznym właściwościom oraz małym rozmiarom molekuły kokainy, to i tak była święcie przekonana, że zawdzięcza to wyłącznie miłości Jima.

Gdy Jim mu to opowiedział, zaczął zastanawiać się, czy on też kiedyś będzie miał tyle odwagi.

I tyle kokainy.

Ale to było trzy miesiące temu.

Teraz nienawidził Jima. Za tę niewierność.

Usiadł za swoim biurkiem i z wściekłością wyrwał z komputera klawiaturę, na której Jim pozostawił te dwa woreczki z białym proszkiem dla niego oraz klucz do kajdanek, i rzucił wszystko na stertę kartonów i segregatorów pod oknem.

Po piętnastu minutach wściekłość mu minęła i chciał wrócić do pracy, ale nie mógł. Wstał, podszedł do okna i zabrał się do wyciągania klawiatury ze sterty. W pewnym momencie kątem oka zauważył woreczek z proszkiem w samym rogu, przy obtłuczonej kamiennej doniczce z wyschniętą palmą, którą regularnie zapominał podlewać. Sięgnął po niego, potem zdjął ze ściany starą fotografię, tę samą, której ostatnim razem użył Jim, usiadł na podłodze, wysuszył szkło płomieniem zapalniczki, położył fotografię na podłodze i wysypał zawartość woreczka na ciepłą jeszcze powierzchnię. Wstał i z szuflady biurka wyjął maszynkę do golenia, którą trzymał tam, odkąd zdarzało mu się spędzać tutaj całe noce. Odkręcił śrubki mocujące żyletkę w maszynce i wydobył ją na zewnątrz. Wrócił pod okno i zaczął nieudolnie uderzać jej ostrzem w kupkę białego proszku na szybce. Nie minęła nawet minuta, gdy poczuł, że drętwieje mu ręka.

Jak Jim mógł tłuc w ten proszek piętnaście minut bez przerwy? – pomyślał.

Był pewien, że i tego Jim nie nauczył się w Harvardzie, tylko w więzieniu w Baton Rouge.

Nagle żyletka przesunęła się w jego palcach, poczuł ból i duża kropla krwi spadła na biały proszek rozsypany na szkle.

Czerwona kropla powoli i majestatycznie wsiąkała w śnieżnobiałą kokainę na szybie. Przez kilka sekund patrzył na to oczarowany.

Nagle zdał sobie sprawę, że popełnia błąd. Przecież to nie krew ma być w kokainie, tylko kokaina we krwi!

Szybkim ruchem oddzielił tę część proszku, która nie zetknęła się jeszcze z krwią, uformował dwie podłużne kreski, wyciągnął banknot z portfela, zwinął go w rurkę, wsunął jej koniec w nos i wciągnął gwałtownie jedną kreskę proszku. Przez chwilę nachylał się nad fotografią i widząc odbicie swojej twarzy ze sterczącym z nosa banknotem, zaśmiał się, rozbawiony. Po krótkim wahaniu wciągnął także drugą kreskę białego proszku. Następnie oparł się wygodnie plecami o stertę kartonów i śledził leniwie, jak mijają zmęczenie i wyczerpanie pracą, nerwowość i rozczarowanie ostatniej godziny. Wracała świeżość.

Mózg znowu dał się oszukać. I ciało też.

Jim, gdyby tutaj był, miałby znowu rację.

Było mu dobrze.

Teraz był już najzwyczajniejszym w świecie ćpunem.

Nikt nie zaprosił go tym razem do stołu. Sam sobie wysypał, sam sobie pokroił i sam sobie to przepuścił przez błonę śluzową. Tego już nie można tłumaczyć tym, że się „chciało raz spróbować, aby wiedzieć, jak to jest". On już wiedział, jak to jest. Właśnie dlatego to robi.

Zaczynał rozumieć szympansa ze spektakularnego eksperymentu, o którym czytał ostatnio w prasie naukowej.

Przywiązany do fotela, podłączony kablami do elektrokardiografu, elektroencefalografu oraz miernika ciśnienia tętniczego szympans mógł, uderzając łapą w żółty guzik będący końcówką dozownika, wstrzykiwać sobie roztwory różnych narkotyków: LSD, heroiny, morfiny, amfetaminy, cracku i wielu innych, łącznie z kokainą. Po pewnej liczbie uderzeń szympans osiągał swoisty stan nasycenia i przestawał uderzać, popadając w rodzaj narkotycznego snu, letargu, narkozy lub euforii.

Poza jednym jedynym wyjątkiem.

Przy dozowniku z kokainą walił w żółty guzik tak długo, aż puls rósł mu do ponad czterystu uderzeń na minutę, dostawał migotania komór serca i zdychał.

Z łapą na żółtym guziku.

Skąd on to znał?

Jak to skąd?!

Z Mazowsza, Podkarpacia, Pomorza i Kujaw na przykład.

Tylko że to nie były szympansy, nikt nie podłączał ich do elektrokardiografu, a związek chemiczny nie był kokainą i oficjalnie nazywał się roztworem wodnym etanolu, nieoficjalnie zaś gorzałą. Ponieważ ten związek chemiczny nie był aż tak szkodliwy, tracili przytomność bez migotania komór, ale „łapę na żółtym guziku" też trzymali do samego końca.

Myślał o tym szympansie bez większego lęku czy niepokoju. Nie miał najmniejszego powodu. Oceniał, że uzależnienie od narkotyku tak czystego jak kokaina nie następuje po kilku wzięciach. Wiedział wprawdzie, że kokaina zabija mózg o wiele subtelniej niż młot pneumatyczny, ale mimo to nie miał żadnych obaw. Jego mózgowi na razie było z kokainą wyjątkowo po drodze. Teraz tak jakoś się po prostu zdarza, że zamiast kofeiną czasami cuci się kokainą. Niedługo wróci do Polski i pozostanie mu roztwór wodny etanolu. Poza tym, o czym wszyscy wiedzą, szympansy odpadły z peletonu w tym wyścigu ewolucji i może tłuką w ten guzik, bo brakuje im paru ważnych genów.

Czuł znowu świeżość, miał jasny umysł; zmęczenie minęło. Uwielbiał pracować w tym stanie świeżości, entuzjazmu i przy tych szalonych pomysłach kłębiących się w jego głowie. Podniósł się szybko z podłogi, zabrał klawiaturę, wrócił do biurka i połączył z komputerem.

Nagle zadzwonił telefon.

Jacek. Poznał jego głos natychmiast.

Nawet nie próbował przypomnieć sobie, kiedy ostatni raz rozmawiali z sobą.

To nie miało absolutnie żadnego znaczenia.

Zawstydzony swoją bezradnością, bezsilny i zdesperowany, Jacek opowiadał mu o Ani.

Zadzwonił do niego o czwartej nad ranem z Polski po kilku latach od ich ostatniej rozmowy i opowiedział, że jego ośmioletnia córka Ania ma białaczkę i umiera. Tak po prostu mu opowiedział.

Nawet nie prosił o pomoc. Bo Jacek, odkąd go znał, zawsze miał kłopoty z proszeniem.

Opowiedział mu to w taki sposób, jak gdyby chciał to mieć po prostu za sobą.

Nie wie do dzisiaj, dlaczego, ale słuchając go i wypytując o szczegóły, nabierał przekonania, że uda mu się pomóc. To pewnie przez tę kokainę. Był przecież ważny i miał zawsze rację.

A od czasów Natalii wiedział o białaczce wszystko.

Jak mógł nie wiedzieć? Jego Natalia, gdyby miała więcej szczęścia, umarłaby na białaczkę.

Gdyby nie umarła wcześniej.

Odłożył słuchawkę. Był wstrząśnięty tym, co usłyszał. Wyłączył komputer i postanowił wrócić pieszo do domu. Idąc pustą o tej porze St. Charles Avenue, myślał o przeznaczeniu. Był prawie pewny, że przeznaczenie to wymysł i przesąd. Bóg ma za dużo ważnych spraw na głowie, aby ustalać przeznaczenie całego tego mrowiska ludzi. Poza tym nie ma takiego przeznaczenia, które uśmierca ośmioletnie dziecko. Gdy wchodził do domu, w pokoju Jima świeciło się światło. Ucieszył się. Potrzebował teraz rozmowy jak niczego innego na świecie.

Delikatnie zapukał, wszedł, nie czekając na zaproszenie, i bez żadnych wstępów zapytał:

– Jim, jak myślisz, ile może kosztować przeszczep szpiku kostnego tutaj, w Tulane? Ona ma osiem lat, jest w Polsce i może przeżyć jeszcze ze trzy miesiące. To córka mojego przyjaciela.

Jim zareagował tak, jak zawsze reagował na ważne i istotne pytania: zatopił się na chwilę w swoich myślach. Tym razem trwało to znacznie dłużej niż zazwyczaj. Nagle wstał z łóżka, podszedł bardzo blisko do niego i powiedział:

– Słuchaj, ja mało wiem o tym szpiku. Podejrzewam, że szpik kostny jest w kościach. Poza tym nie wiem nic na ten temat. Jeśli się na to umiera, to znaczy, że to jest drogie. W Ameryce wszystko, na co się umiera, a można nie umrzeć, jest drogie. Popatrz, jakimi autami jeździ i gdzie mieszka ojciec Kim i jak każdego roku rosną i podnoszą się piersi matki Kim. Nie ma żadnego znaczenia, czy to kosztuje 100, czy 300 tysięcy. Za dużo, aby mieć. Ty nawet nie widziałeś takich pieniędzy. Ja widziałem, ale nigdy nie były moje. Nie pozwolimy jednak, aby ta mała umarła tylko dlatego, że urodziła się nie w tym kraju, co trzeba. W poniedziałek ty staniesz przed rektoratem w Tulane z plakatem. Ja z takim samym plakatem usiądę na samym środku Bourbone Street. Dzisiaj jeszcze zadzwonimy do radia tutaj, w Nowym Orleanie. Przy zbiórce pieniędzy reklamy są zawsze najdroższe. Oni na pewno pomogą. Przed i po spotach o tamponach wsadzą nowe, o umierającej na białaczkę niewinnej dziewczynce z komunistycznej Polski. Ta firma od tamponów na pewno z wdzięczności się dołoży. Jutro, a w zasadzie to już dzisiaj, jest niedziela. Pójdziesz do kościoła, opowiesz księdzu o wszystkim. Idź do tego, gdzie przychodzi wielu turystów. Oni, gdy się wzruszą, dają więcej na tacę. Miejscowi w tym kościele to głównie czarni. Oni nie mają pieniędzy, a poza tym białaczka im się rasistowsko kojarzy. W poniedziałek Kim pójdzie do Student Union i wyjdzie dopiero, gdy obiecają jej, że zorganizują kwestę na campusie. I napisz do wszystkich, którzy są w twoim zespole. Zadzwoń do tego geniusza z Harvardu. Białaczka to też geny. On ma na to pieniądze. Musi tylko to dobrze zaksięgować. Służysz im mózgiem. Mózg dobrze funkcjonuje, gdy dusza jest spokojna. Za spokój duszy trzeba płacić. On to wie. Jest stąd. Tutaj prawo do spokoju duszy wpisane jest w poprawki do konstytucji. Poza tym zadzwoń do polskiej ambasady. Niech skontaktują się z Tulane. Lekarze zawsze lubią, gdy proszą ich o coś ważni, ale zdrowi ludzie, szczególnie z ambasad. I nawet nie myśl, że nie zbierzemy tej kasy.

Słuchając Jima, przejmował stopniowo tę jego pewność, entuzjazm i wiarę w siebie. To „zbierzemy" było jak wyznanie przyjaźni.

Pomyślał, że przeznaczenie jednak istnieje. Inaczej nie spotkałby Jima w swoim życiu.

Gdy wrócił do swojego pokoju, miał gotowy plan. Położył się w ubraniu na wytartej skórzanej kanapie przed telewizorem i czekał na świt. Był podniecony. Nie mógł doczekać się poranka, aby zacząć działać. Nagle usłyszał szmer przy drzwiach pokoju. Ktoś wsunął białą kopertę w szparę przy podłodze. Wstał, podniósł ją i otworzył. Pomiędzy banknotami tkwiła mała, wyrwana z zeszytu kartka.

Dla Ani – Jim.

Ze wszystkiego, co działo się w trakcie następnych dwóch niesamowitych tygodni, zarejestrował na całe życie tylko kilka zdarzeń. Pamięta, że zupełnie przestał bywać w wynajmowanym pokoju i przeniósł się na stałe do swojego biura, pisał setki listów, odwiedził prawie wszystkie większe firmy w Nowym Orleanie, kwestował w kościołach, autobusach, restauracjach, sklepach i klubach nocnych. Zetknął się zarówno ze wzruszającą solidarnością, jak i odrażającą obojętnością.

Wiedział na pewno, że Ania może przyjechać, gdy pewnego wieczoru, mniej więcej tydzień od rozpoczęcia akcji, zadzwonił do niego ojciec Kim i powiedział:

– Wszyscy moi lekarze i wszystkie pielęgniarki przeprowadzą tę operację bez honorarium. Ponadto skontaktowałem się z moim przyjacielem w Biurze Imigracyjnym w Waszyngtonie i załatwiłem dla tej małej obietnicę wizy. Jutro zaczniemy poszukiwania dawcy szpiku. Bazą danych dawców w Minneapolis – a tylko tam można coś znaleźć, jak pan wie – opiekuje się mój doktorant. Podałem mu już dokładną charakterystykę antygenu tkankowego Ani. Powinniśmy mieć dawcę w ciągu trzech dni. – Umilkł, a po chwili dodał: – Moja córka podziwia pana. Nawet pan nie wie, jak panu zazdroszczę.

Trzy tygodnie później stał na lotnisku i patrzył, jak pracownica LOT-u pcha wózek inwalidzki, na którym siedziała zupełnie łysa, przerażona dziewczynka w spranym bawełnianym dresie. Miała ogromne zielone oczy, była przeraźliwie chuda i przytulała do siebie małego pajacyka w czerwonym kubraczku i kapeluszu.

To była Ania.

Podszedł do niej i przedstawił się.

– Mam na imię Ania. A to jest Kacper – powiedziała, wskazując na pajaca. – Mama powiedziała, że pan może coś zrobić, abym nie umarła.

Stanął jak wryty. Nie wiedział, co powiedzieć. Zebrał wszystkie siły, aby nie pokazać, że połyka łzy.

Nie rozstawała się z Kacprem nigdy. Spała z nim, rozmawiała. Tuliła go czule do siebie, gdy płakała z tęsknoty. Ten szmaciany pajac nagle stał się dla niej symbolem wszystkiego, co łączyło ją z przeszłością, rodzicami i z tym, co rozumiała, a co kojarzyło się jej z bezpieczeństwem i domem w Polsce. Pielęgniarki z Tulane opowiadały mu, że nawet zamroczona narkozą, tuż przed operacją, przytulała go z całej siły do siebie i tylko z trudem wyciągnęły go z jej zaciśniętych, sinych od ukłuć igły i niewyobrażalnie chudych rączek.

Z tamtego okresu pamięta też przykład odrażającej obłudy. Pewnego dnia, już po telefonie ojca Kim, odwiedził go w biurze krępy mężczyzna o rozbieganych oczach, przypominający lisa. Przedstawił się jako pracownik polskiej ambasady w Nowym Jorku i poprosił o okazanie paszportu. Na szczęście przyszło mu do głowy, aby zapytać, po co. Wywołało to atak niewiarygodnej złości. Dowiedział się wtedy, że „rujnuje obraz Polski w oczach amerykańskich imperialistów", że „żebrze jak ostatni obdarty i opluwany Cygan pod kościołem", że „kompromituje Polskę jako naukowiec i obywatel". Słuchał go ze zdumieniem i obrzydzeniem. Do dzisiaj zastanawia się, dlaczego nie wyrzucił go wtedy z biura.

Spotkał tego mężczyznę jeszcze raz. Tulane University, gdy akcja pomocy Ani skończyła się szczęśliwie, zorganizował konferencję prasową. Obecna była też lokalna telewizja. Pamięta, że i on przyjmował gratulacje od wszystkich. W pewnym momencie, gdy kamery skierowane były właśnie na niego, podszedł ten mężczyzna z ambasady i wyciągnął rękę z gratulacjami. Wtedy on spojrzał mu w oczy i powiedział:

– Wie pan co? Śniło mi się, że pan się powiesił. Obudziłem się wyraźnie uspokojony.

Nie podał mu ręki.

Pamięta też moment pożegnania z Anią, gdy odprowadzał ją na samolot Delty z Nowego Orleanu do Chicago, gdzie miała połączenie LOT-u do Warszawy. Nie musiał z nią lecieć. Delta w ramach swojego udziału w akcji zapewniła jej pełną opiekę. Gdy zniknęła na tym swoim wózku za drzwiami samolotu, poczuł nagłą pustkę, smutek i samotność.

Czy tak za każdym razem czuła się jego matka, gdy on jako kilkunastoletni chłopiec zostawiał ją i wyjeżdżał na drugi kraniec Polski?

Przepychając się przez tłum na lotnisku, nagle zaczął zastanawiać się, czy te jego wszystkie bakterie powodujące tyfus, wszystkie stany uniesienia w spełnionym podziwie i cały ten zgiełk jego życia nie są przypadkiem tylko formą ucieczki przed pustką i samotnością. Ania wypełniła na kilka tygodni tę pustkę radością, wzruszeniem i czymś naprawdę ważnym.

Z zamyślenia wyrwało go jego własne nazwisko, wypowiadane przez lotniskowe megafony. Miał pilnie zgłosić się do stanowiska informacyjnego Delty.

– Zostawiono tutaj coś dla pana – poinformowała go z uśmiechem praktykantka w granatowym uniformie i podała mu plastikowy worek.

Na miejscu rozpakował worek. Wyjął małego pajacyka w czerwonym kapeluszu, położył na ladzie i stał nieruchomo, patrząc na niego.

*

To było tak dawno – pomyślał.

Wyłączył komputer, dopił colę z puszki i spakował wydruki i czasopisma do przeczytania przez niedzielę. Przechodząc do drzwi wyjściowych obok sosnowego regału, zatrzymał się na chwilę i poprawił czerwony kapelusz małego szmacianego pajacyka, siedzącego między książkami na najwyższej półce.

ONA: Obudziła się znowu przed budzikiem. Już nawet się nie dziwiła. Kiedyś nigdy jej się to nie zdarzało, teraz stało się codziennością.

Poniedziałek! Uśmiechnęła się do siebie.

Tak bardzo tęskniła w czasie tego weekendu…

Już niedługo będzie znowu w biurze, włączy komputer, przeczyta e-mail od niego i zrobi się jej tak dobrze.

Cichutko wysunęła się z łóżka i poszła do łazienki.

Stała pod prysznicem i zastanawiała się, czy chciałaby, żeby on tutaj teraz był i widział ją nagą.

Wiedziała, że spojrzałby tylko raz na nią swoimi zamyślonymi oczami i zapamiętałby wszystko. Nie, teraz nie powiedziałby zupełnie nic, ale za kilka dni napisałby jej, że ma trzymilimetrowy pieprzyk pod prawą piersią i że on jest słodki, że jej lewa kość biodrowa bardziej wystaje niż prawa i on chciałby kiedyś uderzyć o nią czołem, i że sutki jej piersi są bardziej brązowe, niż sobie wyobrażał, i gdy już jej robiłoby się ciepło i dobrze od tych niesamowitych komentarzy, to on sprowadziłby ją na ziemię, pisząc, że nie powinna w żadnym wypadku myć się tym mydłem, bo ma za wysokie pH.

Dlatego nie była jeszcze całkiem pewna, czy chciałaby, żeby on ją widział. Postanowiła, że nie będzie teraz „analizować tego pożądania" i że zrobi to w biurze, znacznie później, gdy już przeczyta e-mail od niego, porozmawia z nim na ICQ, wypije piwo i będzie jej robiło się – lub będzie już – „błogo".

Uwielbiała myśleć o takich rozterkach właśnie w takim stanie.

Nie powie mu oczywiście o tym.

Jest pewna, że gdyby mu powiedziała, to byłby jeszcze czulszy, niż jest, czym prowokowałby ją do pisania „miłosnych listów", a i tak na końcu napisałby jej, że nie wolno „wstrzymywać się z takimi analizami", nawet jeśli bowiem jej jest teraz błogo w tym biurze, to z pewnością nie jest naga, a to dramatycznie zmienia postać rzeczy.

Z zamyślenia wyrwał ją mąż, który wszedł właśnie do łazienki. Przypomniał jej, że jeśli dłużej będzie zajmować prysznic, to z pewnością spóźnią się do pracy.

Miał rację. Zupełną. Jak zawsze, nawet gdy nie miał.

Wytarła się szybko i naga pobiegła do szafy w sypialni.

Od momentu, kiedy już na samym początku z tą rozbrajającą bezczelnością zapytał ją, jakiego koloru bieliznę ma na sobie, zaczęła myśleć o tym każdego ranka, kiedy się ubierała.

Oczywiście nie powiedziała mu, bo było to dla niej zbyt intymne. Kiedy jednak okazało się, że jego ulubionym kolorem jest zielony, jakoś tak „przypadkowo" kupiła trzy komplety w różnych odcieniach zieleni.

Postanowiła, że dzisiaj włoży ten ciemnozielony, najbardziej sexy, z zapinką stanika z przodu i z koronkowymi majteczkami o nieprzyzwoicie wysokim wycięciu.

Czuła, że to byłby jego ulubiony.

I wcale nie dlatego, że jej mąż patrzył na nią tak dziwnie, gdy czasami siedziała w sypialni tylko w tej bieliźnie, robiąc makijaż.

Lubiła moment wchodzenia do biura. Od dawna już rzadko nie była pierwsza. Było cicho i była sama. Uwielbiała tę samotność w biurze, odkąd go sobie znalazła. Zaparzała kawę i kiedy już jej zapach rozchodził się po całym biurze, włączała komputer i gdy modem wybierał numer modemu ich warszawskiego providera Internetu, siadała pełna oczekiwań, jak zadurzona nastolatka, z filiżanką kawy przed monitorem. Uruchamiała program pocztowy i czekała, aż wszystkie e-maile ściągną się z ich firmowego poznańskiego serwera na jej komputer. Potem otwierała po kolei e-maile od niego i czytała.

I stawało się tak cudownie i romantycznie.

I tak było nieustannie od kilku miesięcy, ale ona wiedziała, że tak wcale nie musi być. Wiedziała, że wszystko jest ulotne, nietrwałe i trzeba to przeżywać „tutaj i teraz", nawet gdy to jest tak wirtualne jak ich znajomość.

Serwer w Poznaniu nie odpowiadał.

Próbowała co najmniej osiem razy. Nie mogła się doczekać, aż przyjdzie sekretarka, i natychmiast zmusiła ją pod jakimś pretekstem do sprawdzenia poczty. Z jej komputera też nie można było połączyć się z Poznaniem.

Była wściekła i rozczarowana. Zepsuli jej ten cały poranek, a dla niej poniedziałek rano był od kilku już miesięcy tym, czym dla wielu piątkowy lub sobotni wieczór.

Zadzwoniła do Poznania.

Powiedzieli jej, że ktoś zaatakował ich serwer i że pracują nad tym, ale że to jest poważne i że dzisiaj nie naprawią tego z pewnością, bo nie wiedzą nawet dokładnie, co zostało zniszczone.

Palanty! On na pewno by wiedział, co zostało zniszczone, już po paru minutach – pomyślała wściekle.

Zadzwoniła do niego.

– Jakubku, dzień dobry. Tęskniłam za tobą – wyszeptała. – Nasz serwer w Poznaniu nie działa, więc nie mogłam przeczytać twoich e-maili, a wiesz, jakie to dla mnie ważne. Wpadłam więc na pomysł, że mógłbyś mi je teraz przez telefon przeczytać. Jeszcze nigdy tego nie robiłeś. Wiesz, że będzie mi dobrze, gdy to zrobisz. Zrobisz to, prawda? – zapytała.

Przez kilka sekund nie odpowiadał, a potem powiedział coś, co ją zaniepokoiło:

– Nie przeczytam ci ich, bo nie mogę.

– Jakubku, ale przecież napisałeś je do mnie i wysłałeś, prawda?

– Oczywiście, że napisałem i wysłałem, ale… potem… potem zmieniłem zdanie – powiedział.

Przez chwilę analizowała to zdanie i nagle wiedziała.

– Jakub! Czy ty, przepraszam, gdy już zmieniłeś zdanie, jak ty to delikatnie i sprytnie nazywasz, wykończyłeś serwer w Poznaniu, żeby i on „zmienił" zdanie i mi ich nie doręczył? – zapytała zdenerwowana.

– Nie, nie wykończyłem… Ale tylko dlatego, że nie umiałem. Wykończył go mój kolega Jacek z Hamburga. Wybacz mi, proszę. Kiedyś ci to wytłumaczę.

Było jej przykro, czuła się zraniona przez niego, w zasadzie po raz pierwszy, od kiedy zaistniał w jej życiu.

– Co było w tych e-mailach? – zapytała podniesionym głosem.

Od razu wiedziała, że było to najgłupsze pytanie, jakie mogła zadać.

– Nie odpowiadaj – powiedziała szybko. – To było idiotyczne pytanie. Zadzwonię do ciebie później. Teraz muszę się uspokoić.

Odłożyła słuchawkę.

Nic już nie było tak jak kiedyś, „przed nim".

Jak ona w ogóle żyła „przed nim"?

Facet wysyła e-mail do niej i potem rozkłada cały komputer, żeby ona go nie mogła przeczytać. Kto robi takie rzeczy, kto zadaje sobie tyle trudu, kto wpada w ogóle na takie pomysły?

ON: Budził się rano i myślał o niej. Nie pamięta dokładnie, kiedy to się zaczęło, ale od kilku tygodni niezmiennie tak było. Niepokoił go trochę nastrój, w jaki wprawiały go te myśli. Wyczekiwanie i taki dziwny smutek. Nagły ucisk w piersiach lub nagłe niekontrolowane wzruszenia, gdy w radiu ktoś śpiewa o miłości, a on akurat wypił już trochę wina. To było nowe. Kiedyś zauważał w radiu tylko wiadomości.

Wkradła się niepostrzeżenie w jego życie. Od pierwszej chwili, gdy zaistniała, była niezwykła. Nigdy nie zapomni tego popołudnia, kiedy pracując nad swoim programem, nagle kątem oka zauważył na monitorze swojego komputera, że ktoś przesłał mu wiadomość, używając ICQ. Otworzył ją i przeczytał:

Jestem jeszcze trochę zakochana resztkami bezsensownej miłości i jest mi tak cholernie smutno teraz, że chcę to komuś powiedzieć. To musi być ktoś zupełnie obcy, kto nie może mnie zranić. Nareszcie przyda się na coś ten cały Internet. Trafiło na Ciebie. Czy mogę Ci o tym opowiedzieć?

Poraziła go tą szczerością. Pozwolił. Nie opowiedziała mu w końcu i tak to się zaczęło.

Dzisiaj też obudził się z myślą o niej i uśmiechnął się do siebie.

Był poniedziałek! Będzie z nim przez całych pięć dni.

Zaczynał się wrześniowy słoneczny dzień w Monachium. Postanowił, że przy tej pogodzie pojedzie do biura skuterem.

Kiedyś, „przed nią", nigdy nie zauważyłby tego zdarzenia, zatopiony w swoich myślach o algorytmach, genetyce i ostatnim dokuczliwym błędzie w programie. Dzisiaj jednak zauważył i był tym w dziwny sposób podniecony.

Jeszcze na przedmieściu, na jednym ze skrzyżowań stanął obok srebrzystego mercedesa z odkrytym dachem. Już to było trochę dziwne o tej porze dnia i przy tym chłodzie. Kierowcą była kobieta. Mogła mieć trzydzieści lat. Ubrana w granatową, plisowaną, bardzo krótką spódniczkę i obcisłe kremowobiałe body, trzymała w lewej dłoni puszkę coli light, którą sączyła przez długą zieloną słomkę. Miała duże owalne okulary słoneczne ze złoceniami na oprawkach. Na siedzeniu pasażera leżała rakieta tenisowa przykryta częściowo katalogami mody. Na wąskim skórzanym siedzeniu za nią leżały porozrzucane w nieładzie plastikowe opakowania od płyt kompaktowych. Zatrzymał się tuż obok niej. Na skuterze był zawsze pierwszy w kolejce przy światłach na skrzyżowaniu. Czekając na zielone światło, nagle przechyliła się do tyłu, aby podnieść płytę z tylnego siedzenia. Spódnica uniosła się przy tym i nie można było nie zauważyć, że jej body przy zapinkach między udami ma kolor spódnicy! Ona trwała w tym wychyleniu i przebierała płyty CD na tylnym siedzeniu tak, jakby znała ich tytuły poprzez dotyk, a on wpatrywał się w te zapinki i starał się ze wszystkich sił skupić na myśli, że takie zapinki to bardzo praktyczne rozwiązanie. Nagle odwróciła głowę w jego stronę, ich okulary spotkały się. Uśmiechnęła się do niego, rozchylając wargi. Zaskoczony, odchylił gwałtownie głowę w zawstydzeniu, czując się jak mały chłopiec przyłapany na podpatrywaniu przez dziurkę od klucza kąpiącej się starszej siostry. Na twarzach innych kierowców wokół jej kabrioletu widać było poruszenie.

Światło zmieniło się na zielone, ale zanim ruszyła, zdążył to zauważyć pierwszy raz. Nie był jeszcze jednak pewien. Zaczął się wyścig o najlepsze miejsce przy niej na następnych światłach. Cieszył się, że zdecydował się dzisiaj na skuter. Nawet jeśli przyjedzie ostatni, i tak będzie miał miejsce zaraz „przy scenie". Nie, nie mylił się! Na każdych kolejnych światłach sutki jej piersi pod obcisłym kremowym body coraz bardziej się odciskały. Oczarowany, wpatrywał się w te piersi zza swoich ciemnych okularów i zastanawiał się, czy to chłód tego poranka, czy to jej głód, czy to może oni, kierowcy.

Otwierając drzwi swojego biura, usłyszał telefon. To była ona. Musiało się coś stać. Przedtem dzwoniła do niego tylko jeden raz. Kiedy jednak wyszeptała to „tęskniłam za tobą", niepokój minął i wrócił mu erotyczny nastrój. Zastanawiał się właśnie, jak dowiedzieć się od niej, czy też ma takie body, z zapinkami między udami, niekoniecznie kremowe, gdy ona nagle zapytała go o e-mail z soboty.

Nie spodziewał się tego. Nie przyszło mu do głowy, że Jacek, poproszony o zdjęcie jednego jedynego e-maila, „zdołuje" cały komputer. Jak zna Jacka, na pewno „zrobił to dla pewności".

I chociaż jeszcze nigdy nie widział jej źrenic, wyobrażał sobie, że muszą być ogromne i szczególnie piękne, gdy mówi to wyjątkowe zdanie:

„Wiesz, że będzie mi dobrze, gdy to zrobisz. Zrobisz to, prawda?".

Nie zrobi. Nie przeczyta jej tego tekstu.

Dla tych źrenic właśnie. Chciałby przecież chociaż raz je zobaczyć.

ONA: Nie umiała jeszcze nazwać tego, co się z nim działo. To nie było „zakochanie". Wiedziała, że przy zakochaniu nie ma aż tak silnych objawów. Chociaż nagle zdała sobie sprawę, że mogła się mylić w jego przypadku.

Kiedyś próbował jej wyjaśniać wszystko, co dzieje się w mózgu osób dotkniętych „gwałtownym uczuciowym powikłaniem" ogólnie znanym jako miłość, za pomocą swojej chemicznej teorii miłości. Według niego nie miało to nic wspólnego z szaleństwem, namiętnością i zauroczeniem. Brzmiało raczej jak raport laboranta. Sprowadzał wszystko do hormonów, dopaminy i odpowiedniego garnituru genów. Starał się ją przekonać, że można być szczęśliwym dzięki jakimś czarodziejskim „inhibitorom wychwytu zwrotnego serotoniny". I chociaż brzmiało to jak fragment tytułu jakiejś okropnie nudnej pracy doktorskiej, wiedziała, że cokolwiek to było, ona dowie się dokładnie, co to znaczy. Chociażby po to, żeby się upewnić, że on nie ma racji. Gdy pisał to wszystko do niej, czuła się szczęśliwa i wiedziała na pewno, że żadne inhibitory nie mają z tym absolutnie nic wspólnego.

Słuchała tych tekstów – a w zasadzie czytała je – zgadzała się z naukową możliwością ich prawdziwości, ale nigdy nie uwierzyła w nie do końca.

Nie mogła. Byłoby to równoważne z wiarą, że muzyka Szopena to tylko perfekcyjnie zaprogramowana sekwencja uderzeń w klawisze.

W to nie mogłaby nigdy uwierzyć.

Poza tym od kilku tygodni wiedziała na pewno, że Jakub jest i tak najbardziej romantycznym mężczyzną, jakiego spotkała w swoim życiu.

Jeśli naprawdę Bóg stworzył ludzi, to przy nim spędził trochę więcej czasu.

Nagle poczuła, że go uwielbia bardziej niż kiedykolwiek.

Zadzwoniła jeszcze raz.

– Jakubku, czy nie mogłeś zniszczyć tego e-maila bez niszczenia całego serwera? Teraz nie będę cię miała cały poniedziałek, a tak się cieszyłam i czekałam. Czy ten twój kolega może im teraz pomóc szybko to naprawić w tym Poznaniu?

Odłożyła słuchawkę i nagle wiedziała dokładnie, co zrobi.

Wzięła dyskietkę z ICQ, zamówiła taksówkę, powiedziała sekretarce, że się źle czuje i musi iść do lekarza oraz że jeśli nie wróci przed siedemnastą, to żeby wyłączyła jej komputer.

Taksówkarzowi kazała się zawieźć do tego nowo otwartego hotelu, o którym wszyscy ostatnio opowiadali. W recepcji zapytała, gdzie jest opisywana we wszystkich warszawskich gazetach Internet Café. Kawiarnia okazała się kilkoma komputerami w rogu klubu nocnego na pierwszej kondygnacji podziemia hotelu.

Gdy tam weszła, dochodziła dziesiąta rano.

Był to ekskluzywny klub nocny z barem, małym parkietem do tańca i stolikami otoczonymi wysokimi, ciężkimi krzesłami wykładanymi zielonym pluszem. Światła były przyciemnione, klub zupełnie pusty; tylko za barem stał młody barman z przekrwionymi od kaca oczami, wycierający kieliszki. Był mniej więcej w jej wieku. Typ latynoskiego kochanka, z przylizanymi do tyłu czarnymi błyszczącymi włosami. Był ubrany w czarny, bardzo obcisły podkoszulek z napisem „możesz mnie mieć" w języku angielskim i wyglądał, jakby zatrzasnęło się nad nim solarium na co najmniej cztery godziny. Było widać po jego reakcji, że nie spodziewał się nikogo w poniedziałek o tej porze i że mu wyraźnie przeszkodziła „wylizywać rany" po wczorajszej nocy. Gdy podeszła do baru, zmierzył ją od stóp do głów, zatrzymując jedynie, przez ułamek sekundy, spojrzenie na jej ustach.

Zapytała o Internet.

Zaprowadził ją bez słowa do komputerów, ustawionych na małych ciężkich stolikach z drewna, z takimi samymi ogromnymi zielonymi krzesłami. Przy niektórych stały jeszcze pełne popielniczki, niektóre miały klawiaturę poplamioną czerwonym winem, i nagle z pewnym rozbawieniem zauważyła też na jednym z monitorów wyraźny ślad krwistoczerwonych ust.

Genialne! Czy ona też czasami nie chciała czegoś takiego zrobić?

Na przykład wtedy, gdy Jakub nagle w trakcie jednej z opowieści na temat Internetu ni stąd, ni zowąd, zupełnie bez kontekstu, napisał: „Pragnę Cię tak bardzo teraz...". Zrobiło się wtedy tak czule. Ale tylko na chwilę. Zaraz potem poczuła, chociaż wtedy długo nie chciała przyznać się do tego nawet przed samą sobą, że tak naprawdę chciałaby, aby właśnie wtedy dotknął ustami jej piersi.

Barman zauważył jej nagłe zamyślenie, chrząknął głośno i włączył komputer stojący dokładnie naprzeciwko baru. Gdy zaczął tłumaczyć jej, jak posługiwać się myszą, zmierzyła go tylko wzrokiem i powiedziała, że ma się nie trudzić, że doskonale da sobie radę bez jego kursu dla początkujących.

Wrócił za bar obrażony, patrząc na nią podejrzliwie.

– Macie ICQ na tych komputerach? – zapytała.

Po jego wzroku poznała, że nie ma zielonego pojęcia, o czym mówi. Zaczął kręcić, opowiadając, że czekają właśnie na nową wersję, a ona zastanawiała się, dlaczego mężczyznom tak trudno przychodzi przyznać się, że jest coś, czego nie wiedzą, gdy wie o tym kobieta.

Postanowiła nie pytać go, czy może zainstalować ICQ sama.

Wsunęła dyskietkę, którą przyniosła ze sobą, i zaczęła instalować.

Przez cały czas patrzył na nią podejrzliwie spoza baru.

I wtedy przyszła jej do głowy niesamowita myśl.

Tak, to jest ta niezwykła konstelacja!

Ten klub, to, co stało się z tym serwerem w Poznaniu, jej nastrój i dzisiejszy stan wyobraźni.

Podeszła do baru i powiedziała:

– Czy mógłby mi pan przynieść do stolika przy komputerze litrową butelkę gazowanej wody mineralnej, cztery plasterki cytryny, dwie słomki do picia, cappuccino z podwójną porcją amaretto w środku oraz butelkę czerwonego wytrawnego wina i dwa kieliszki?

Widziała to jego zdziwienie, ale skinął tylko głową i zapytał:

– Przepraszam, do której płaci pani za komputer?

– Do wpół do piątej. I proszę mi zamówić taksówkę na szesnastą czterdzieści pięć.

Wróciła do komputera i bezpośrednio na jego pager wysłała e-mail:

Jakubku, przyjdź na ICQ najprędzej, jak możesz. Powiem Ci o sobie wszystko, co będziesz chciał.

Ta niezwykłość tego, że to w ogóle technicznie jest możliwe, już jej nawet nie dziwiła. Ale wdzięczność za tę mądrość ludzi nie przemijała w niej. Dzięki tej mądrości miała przecież jego.

Za chwilę komputer dał jej znać, że on już jest.

Kochanie, skąd się wzięłaś??? Nie mów mi, że Poznań już się „podniósł"?

Uśmiechnęła się, zadowolona.

Nie podniósł się. To ja się podniosłam. Za bardzo tęskniłam za Tobą i za bardzo się cieszyłam na ten poniedziałek, żeby dać to sobie odebrać jakiemuś padniętemu serwerowi w Poznaniu. Jestem w Internet Café w klubie nocnym w nowym hotelu w Warszawie i będę tu z tobą do 16.30. Siedzę w pobliżu baru, za którym stoi oszołomiony ze zdziwienia barman, piję wodę mineralną z cytryną i zamówiłam butelkę czerwonego wina, którą zaraz otworzę. Oprócz barmana, który się zupełnie nie liczy, jesteśmy sami, tylko ty i ja.

I nie czekając na jego reakcję, napisała to nieprawdopodobne zdanie:

Jakubku, ja Ci podrzucę za chwilę wszystkie dane o sobie, a Ty mnie proszę uwiedź.

UWIEDZIESZ MNIE DZISIAJ W TYM KLUBIE????????????

Zrób to, proszę. Jeszcze nigdy nie byliśmy razem w klubie nocnym, sami i z alkoholem w mojej krwi. I możemy długo nie być po raz drugi. Otwórz butelkę czerwonego wina, które na pewno masz, zamknij na klucz drzwi biura i przypomnij sobie, że jest poniedziałek rano. Przecież poniedziałek rano to nasz najlepszy czas. Czekamy na niego zawsze bardzo długo i stęsknieni.

Przerwała pisanie i krzyknęła do barmana:

– Czy mógłby pan włączyć w końcu jakąś muzykę?! Najlepiej B.B. Kinga... proszę – dodała.

On już pewnie się niczemu nie dziwi, ten barman – pomyślała.

Za chwilę dookoła niej w całym tym mrocznym i nagle tak przytulnym klubie był blues.

Jakubku, więc żeby Ci było łatwiej i żebyś miał te same szanse, co wszyscy, to Ci podam wszystkie najważniejsze dane o sobie. Mam dzisiaj ciemnozielony koronkowy stanik rozpinany z przodu, czarną obcisłą bluzkę z trzema guziczkami ściąganą przez głowę, jestem wyjątkowo piękna, bo okres mi się skończył dwa dni temu, mam ciemnoczerwoną pomadkę na ustach i gdy dotykam warg palcami, to już mnie mrowi. Poza tym w powietrzu jest blues Twojego ulubionego B.B. Kinga i ja mam takie niesamowite myśli na myśli, że nawet moja własna podświadomość się rumieni. Masz przecież wszystko, czego potrzebujesz. Klawiaturę, Internet i te swoje pragnienia. I moje pragnienia też masz. ZACZYNAJ wreszcie!

W klubie rozbrzmiewał jej ulubiony kawałek, *Dangerous mood*, śpiewany przez Kinga z Joe Cockerem, a ona rozpięła wszystkie guziczki bluzki, nalała wina do pełna, usiadła wygodniej na pluszowym krześle, położyła dłonie na klawiaturze i spojrzała w monitor. On już pisał jej te wszystkie czułości, na które tak czekała, a ona zastanawiała się, jak to się stało, że akurat dzisiaj włożyła właśnie tę bieliznę. Podnosząc kieliszek z winem, przez sekundę spojrzała poza monitor. Barman stał nieruchomo, wpatrując się w nią z otwartymi ustami, i wydawało się jej, że nie oddycha, aby nie zakłócać tego, co się tutaj właśnie zaczynało dziać.

ROZDZIAŁ 6

ON: Cieszył się, że udało mu się zarezerwować pokój właśnie w tym hotelu. To był jego hotel w Nowym Orleanie.

Wczoraj, kiedy wysiadł z taksówki, która przywiozła go tutaj z lotniska, i po tylu latach stanął ponownie ze swoją walizką przed dobrze mu znanymi śnieżnobiałymi rozsuwanymi drzwiami z błyszczącymi mosiężnymi klamkami, serce zabiło mu szybciej. Ten hotel w pewnym sensie symbolizował wszystko, co tak bardzo zmieniło jego życie i jego samego.

To tutaj kilkanaście lat temu, robiąc doktorat na uniwersytecie Tulane, urywał się, najczęściej dopiero w nocy, od swoich komputerów, książek, naukowych czasopism i tych drążących myśli, pomysłów, planów, które nieustannie kłębiły się w jego głowie. Wraz z innymi, tak jak on bezgranicznie nawiedzonymi młodymi naukowcami z jego grupy, przywoływali w nocy taksówki i jechali do tego hotelu, aby przy marmurowych białych stolikach stojących na patio napić się piwa lub wina i słuchając porywającego murzyńskiego bluesa, dyskutować w podnieceniu na temat wszystkiego, co dotyczy sekwencjonowania genów, lub fantazjować na temat tego, co zrobią, gdy przełożą te geny na odpowiadające im białka, a te z kolei na ludzkie emocje, zachowania lub myśli. Nazywali to fantazyjnie, odpowiednio do miejsca i sytuacji, „DNA *breaks*", co jedni z nich tłumaczyli jako „nocne przerwy alkoholowe w Dauphine", a inni „przerywaniem DNA".

Byli wtedy rozkrzyczaną, hałaśliwą grupą młodych ludzi przekonanych o swojej nieomylności, o niezwykłości i wyjątkowości tego, co robią, i absolutnie pewnych, że to oni właśnie wyznaczają nowe horyzonty w nauce. Jednakże najlepiej pamięta z tamtych dni w Nowym Orleanie entuzjazm graniczący z drapieżnością. Gdyby mógł cofnąć czas i być tutaj znowu, to wiedząc to, co wie teraz, najpilniej uczyłby się na pamięć, jak wiersza, właśnie tego entuzjazmu. Byli wtedy jak młode lwy. Przekonani, że świat będzie ich, byli wtedy tak blisko gwiazd na tym kawałku nocnego nieba nad tarasem hotelu Dauphine New Orleans. Więc wczoraj, gdy stanął znowu przed tym hotelem, mimo że było wczesne popołudnie i jasno świeciło słońce, nagle poczuł, że znowu jest bliżej tych gwiazd. To nic, że teraz nie świeciły już tak jasno jak przed laty.

Gwiazdy się przecież wypalają.

Zanim wszedł do recepcji przez dobrze mu znaną bramę, zatrzymał się na chwilę. Pomyślał, że gdyby miał jej opowiedzieć, co czuł, gdy tutaj wchodził – a wiedział przecież, że ona na pewno go o to zapyta – odpowie jej, że odczuwał na przemian smutek i dumę. Dumę, bo przyjechał do tego miasta, gdzie kiedyś zaczynał jako zupełnie nieznany młody stypendysta z Polski o nazwisku, które mało kto potrafił wymówić, zaproszony jako niekwestionowany autorytet na najważniejszy światowy kongres z jego dziedziny, aby wygłosić wykład, którego chcą posłuchać wszyscy inni ważni w jego dziedzinie. A smutek, bo zdał sobie nagle sprawę, że przy tym wszystkim, co osiągnął, przy tym całym uznaniu i podziwie nigdy już nie będzie tak podniecony, tak dumny z siebie i tak spełniony jak wtedy, kilkanaście lat temu, gdy badając sekwencję genów pewnej bakterii powodującej tyfus, wierzył, że zagląda w karty samemu Stwórcy.

Ten Dauphine New Orleans, ze swoją prostotą i przytulnością, w samym centrum starego Nowego Orleanu, miał atmosferę, której nigdy nie miał i mieć nie będzie wyniosły Hilton, do którego chcieli go wsadzić organizatorzy kongresu. Wczoraj, gdy po przyjeździe odbierał klucz do swojego pokoju od uśmiechniętej i wyjątkowo miłej recepcjonistki, zastanawiał się, jak mogą wyglądać pokoje w tym hotelu. Nigdy przecież tutaj nie nocował. Co najwyżej spędzał noce i tylko na tarasie. Więc gdy otworzył swoje drzwi z numerem 409 na trzecim piętrze, zaniemówił. Apartament był większy niż jego całe mieszkanie w Monachium, miał sypialnię, pokój gościnny i część biurową z telefonem, komputerem i faksem. W części gościnnej, na półce obok telewizora stał srebrny pojemnik, z którego wystawała butelka szampana owinięta białym ręcznikiem, a obok stały dwa kieliszki. Wchodząc do sypialni, natychmiast zauważył, że pod oknem na czarnym marmurowym stoliku stoi okrągła szklana waza z liliami. Pamiętał dobrze te lilie. Zadzwonił do recepcji, aby zapytać, czy nie nastąpiła jakaś pomyłka, bo przecież on jeszcze z Monachium w Internecie rezerwował zwykły jednoosobowy pokój. Recepcjonistka, która wydawała mu klucze, uśmiechnęła się tylko i powiedziała:

– Poznałam pana natychmiast, gdy pan wszedł. To pan kilkanaście lat temu zbierał na operację tej małej z Poland lub Holland. Już nie pamiętam dokładnie, skąd. Ale to pan ją uratował, prawda? Moja mała miała wtedy też osiem lat, dokładnie tak jak ona. Gdy wtedy czytałam o tym w gazecie, to dostawałam gęsiej skórki, myśląc o tym, jak matka tej małej musi pana uwielbiać. Tak sobie pomyślałam, że spodoba się panu ten apartament. To nasz najlepszy. Tam mieszkał zawsze sam John Lee Hooker, gdy przyjeżdżał tu grać w Preservation Hall. Zna go pan?

Odkładając słuchawkę, zastanawiał się, jak to możliwe, że ktoś jeszcze pamięta, co czuł, gdy czytał coś w gazetach kilkanaście lat temu. Może gdy on będzie kiedyś miał córkę, zrozumie, że to jednak jest możliwe.

Ale to było wczoraj. Dzisiaj już nie miał żadnych wątpliwości, że ta recepcjonistka nie była wyjątkiem.

Pamięć to funkcja emocji.

Emocje, i to absolutnie niezwykłe, zaczęły się już rano. Zszedł na śniadanie na taras przy basenie, przerabiany każdego poranka na małą salę restauracyjną. Przy muzyce Mozarta płynącej z głośników pił niesmaczną amerykańską kawę, czekał na swoje tosty i jednocześnie sprawdzał pocztę komputerową na serwerze w Monachium. Pomysłowy właściciel hotelu, idąc z duchem czasu, każdy stolik w sali śniadaniowej wyposażył w podwójne gniazdko telefoniczne. Jednocześnie dwie osoby, korzystając ze swoich laptopów, mogły połączyć się z Internetem. Wspaniały, prosty w swojej istocie pomysł. Czy może być coś bardziej miłego niż poranny e-mail obok porannej gazety? Tej papierowej, leżącej obok filiżanki na kawę, i tej ulubionej elektronicznej gdzieś w Japonii, Australii, Niemczech lub Polsce.

Otworzył e-mail od niej i nagle wykrzyknął z radości. Wszyscy jedzący śniadanie przy sąsiednich stolikach spojrzeli na niego zdziwieni, ale po chwili wrócili do swoich gazet lub do poczty komputerowej.

Czytał ten fragment kolejny raz, aby się upewnić.

Gdy będziesz tamtędy przechodził, zwolnij trochę. Będę tam stała i czekała na Ciebie.

Ta wiadomość była oszałamiająca. Piękna. Nieprawdopodobna. Podniecająca. Ona przyjeżdża do Paryża! Będzie czekała na niego na lotnisku! Musi natychmiast skontaktować się z TWA i przesunąć swój odlot z Paryża do Monachium. Tosty były gotowe. Posmarował je dżemem malinowym i wywołał przeglądarkę stron www. Wszedł na stronę internetową linii lotniczej TWA. Podał swoje hasło i numer rezerwacji lotu z Nowego Jorku do Monachium przez Paryż. Bez kłopotów przesunął swój lot do Monachium z Paryża o jeden dzień. Przyleci do Paryża około ósmej rano 18 lipca w czwartek i wyleci do Monachium wieczorem w piątek. Będą mieli dla siebie cały dzień. I całą noc. Ona i tak wracała do Warszawy autobusem w piątek wieczorem, więc przedłużanie pobytu w Paryżu o następne dni nie miało sensu. Miał szczelnie wypełniony plan tego, co musi zrobić w Monachium w ten pierwszy weekend po powrocie z Nowego Orleanu.

Napisał do niej e-mail i jeszcze przed końcem śniadania wysłał. Pisał, że jest nieprawdopodobnie szczęśliwy, że nie może uwierzyć, że już czeka, i że będzie mu trudno wytrzymać ze swoją niecierpliwością tu i w Nowym Jorku. Poza tym żegnał ją z czułością przed tą podróżą do Paryża. Po raz pierwszy od czasu, gdy się znali, wyjeżdżała. Nigdy przedtem nie miał okazji jej żegnać.

Żegnał ją tak, jak gdyby naprawdę mieli się od siebie oddalić. Po raz kolejny zastanawiał się, jak dalece przenieśli się w ten wirtualny świat i jak dalece umieli już w nim żyć tak samo jak w tym realnym. Ludzie pragną czasami się rozstawać, żeby móc tęsknić, czekać i cieszyć się powrotem. Ich związek, którego nie zdefiniowali, a nawet jeszcze nie nazwali, nie był inny. Też chcieli tego samego. Nie zauważali lub udawali, że nie zauważają, że cały czas żyją w takim rozstaniu i nie ma to wiele wspólnego z fizycznym, mierzonym odległością oddaleniem. To, czy są od siebie 1000 czy 10 000 kilometrów, nie grało w ich wypadku absolutnie żadnej roli. Oni nie oddalali się w tym normalnym sensie. Oni zmieniali co najwyżej współrzędne geograficzne komputera, który ma ich połączyć, lub zmieniali program, który wyśle ich e-maile, ale nie oddalali się w tym sensie, jak oddalają się rozstający się ludzie. Ich oddalenie było tylko dwustanowe, tak jak zresztą wszystko w informatycznym świecie. Albo byli przy sobie na wyciągnięcie ręki, albo byli w Internecie. Na „wyciągnięcie ręki" byli tylko raz w życiu: wtedy w pociągu z Berlina do Poznania, gdy jeszcze nie znali nawet swoich imion, nie zamienili ze sobą ani słowa i tylko czasami spotykały się źrenice ich zaciekawionych oczu. A w Internecie? W Internecie wszystko jest równie daleko lub równie blisko, co w efekcie na jedno wychodzi.

A oni tak jak wszyscy też potrzebowali rozstań, ale w odróżnieniu od wszystkich wcale nie cieszyli się na powrót. Rozstawali się, aby się wreszcie spotkać. W czwartek, 18 lipca, rano. Na lotnisku w Paryżu. Jak pisała, znał ten e-mail już na pamięć:

Obok tej małej kwiaciarni przylegającej do kiosku z gazetami.

Dni w Nowym Orleanie stały się nagle strasznie długie. W dniu, w którym ona jechała autobusem do Paryża, on wygłaszał referat w trakcie tego kongresu tutaj, w Nowym Orleanie. Jego wykład był pierwszym w porannej sesji. Przyszedł pół godziny wcześniej, aby zainstalować laptop i połączyć go z rzutnikiem obrazów z komputera na ogromny ekran na środkowej ścianie. Zanim zainstalował wszystko, wielkie audytorium było już prawie pełne. Przysuwając do siebie puszkę z amerykańską colą light, którą przyniósł ze sobą, nagle spostrzegł, że na pokrytym zielonym suknem stole przylegającym do pulpitu prelegenta znajduje się wtyczka telefonu oznakowana fosforyzującym tekstem na plastikowej etykiecie jako „dostęp" do Internetu. Do rozpoczęcia jego wykładu nie pozostało więcej niż pięć minut, a on czuł, że nie myśli już wcale o tym wykładzie. Ona przecież powinna być dzisiaj już w Paryżu! Biorąc pod uwagę różnicę czasu pomiędzy Paryżem i Nowym Orleanem, na pewno napisała do niego. Chciałby to wiedzieć na pewno. Właśnie teraz! Tylko wiedzieć, czy napisała. Potem przeczytałby, co. Nie patrząc na przyglądających mu się uważnie zebranych, szybko połączył kartę modemu swojego laptopa z wtyczką na stole i już zaczynał uruchamiać swój program pocztowy, gdy nagle podszedł do niego prowadzący sesję profesor z Berkeley.

Jednak nie zdążył…

Profesor poprosił go o dokładną transkrypcję jego nazwiska. Wielokrotnie powtórzył je w jego obecności. Brzmiało to wprawdzie jak zniekształcony głos automatycznej sekretarki, ale mógł poznać, że chodzi o niego. Gdy kilka minut później ten sam profesor przedstawiał go wypełnionej sali jako pierwszego mówcę, i tak pomylił jego imię z nazwiskiem, wywołując burzę śmiechu. To było jak komplement. Odróżniali jego imię od nazwiska! To rzadkie na tym poletku próżności, jakim był naukowy światek.

Przedłużył swój wykład o kwadrans. Ten przywilej przysługiwał tylko nielicznym. W normalnych sytuacjach prowadzący sesję bez skrupułów przerywał w połowie zdania referentowi po upływie ustalonego czasu i wywoływał następnego. Kiedyś dziwił się tym manierom, ale kiedy sam w Monachium organizował kongres i zgłosiło się ponad dwa tysiące referentów, zrozumiał, że to jedyna metoda.

W zasadzie prezentację zakończył w czasie. Nie mogło być inaczej. Ćwiczył to wielokrotnie ze stoperem w hotelu. Dokładnie czterdzieści minut, łącznie z tymi kilkoma anegdotami, które zawsze wplatał w swoje wykłady. Zauważył, że ze wszystkich wykładów, których słuchał, najlepiej zapamiętywał te, które wyróżniały się dobrymi anegdotami. Był pewien, że inni reagują podobnie. Resztę czasu, dokładnie pięć minut, które mu pozostały, przeznaczył na pytania z sali. Nie pamięta już dzisiaj dokładnie, jak do tego doszło, ale bezsensownie wplątał się w ostrą wymianę zdań z pewnym arogantem z uniwersytetu w Tybindze. Sala obserwowała tę polemikę z rosnącym napięciem. W pewnym momencie, aby udowodnić swoją rację, potrzebował arkusza z danymi statystycznymi. Był pewien, że ma go na dysku swojego laptopa i że tym argumentem zakończy bezsensowny spór.

Arkusza nie było!

Musiał zapomnieć skopiować go z komputera w biurze w Monachium na laptop, który zabierał do Nowego Orleanu. Niemiec zauważył to natychmiast i widać było, że triumfuje.

I wtedy przyszedł mu do głowy ten niesamowity pomysł. Przecież jego komputer w Monachium jest cały czas włączony. Jeśli jest włączony, to jest także *online* w Internecie. Jeśli jest w Internecie, to jego program ICQ w Monachium jest aktywny. A na tym laptopie przed nim też ma przecież ICQ i też może być aktywne, bo przecież podłączony jest do Internetu. Podłączył się dzięki temu, że jest już prawie uzależniony od coli light, dzięki tej wtyczce na stole i jego tęsknocie za nią.

Sala zareagowała szmerem podniecenia, gdy powiedział, że przez „nieuwagę" pozostawił ten arkusz w swoim biurze w Niemczech, ale za chwilę odzyska go ze swojego dysku w komputerze na biurku w Monachium. Na oczach wszystkich obecnych – mogli obserwować, co robi, na ogromnym ekranie za jego plecami – wystartował ICQ i uruchomił opcję pozwalającą na dostęp, po wprowadzeniu zabezpieczającego hasła, do wybranych fragmentów dysku na komputerze w jego biurze. Arkusz musiał tam być, gdyż na tydzień przed kongresem w Nowym Orleanie udostępnił go w ten sam sposób koledze na uniwersytecie w Warszawie. Po kilku minutach arkusz „ściągnął się" na jego laptop i mógł go wyświetlić na ekranie tutaj, w audytorium centrum kongresowego w Nowym Orleanie.

W pewnym momencie odniósł wrażenie, że dla większości na tej sali ten niefortunny arkusz, genetyka i cały ten naukowy spór są teraz zupełnie nieistotne. Ważne było to, że mogli być świadkiem czegoś absolutnie niezwykłego, czegoś, co można nazwać gwałtownym „skurczeniem się" świata. Nagle odległość geograficzna przestała mieć jakiekolwiek znaczenie.

The small planet, mała planeta…

Dla wielu na tej sali zupełnie nieoczekiwanie ten reklamowy slogan nabrał innego, prawdziwego znaczenia.

Dla niego świat skurczył się już dawno, dlatego nie zrobiło to na nim specjalnego wrażenia. Jedyne, co go w tym wszystkim podnieciło, a czego z pewnością absolutnie nikt na tej ogromnej, pełnej sali w ogóle nie zauważył, to malutki, żółty, mrugający prostokącik na dole okna z programem ICQ, który musiał wystartować, aby ściągnąć ten nieszczęsny arkusz z danymi. Ten mrugający znaczek mógł oznaczać tylko jedno: ona jest już w Paryżu i próbowała się z nim skontaktować, wysyłając wiadomość! Bez „skurczenia się" tego świata nigdy by tego nie wiedział. Uśmiechnął się, i mylili się ci wszyscy, którzy obserwując go, myśleli, że uśmiecha się do siebie w uczuciu „naukowego triumfu". Uśmiechał się do „aroganta z Tybingi". Był mu wdzięczny.

Zaraz po wykładzie zignorował wszystkie zaproszenia na lunch, wymknął się z centrum kongresowego w Hiltonie i taksówką pojechał na Layola Street. Jadąc St. Charles Avenue, zastanawiał się, jak opisać ten stan „powrotu do przeszłości". Czy inni czują to samo? Rodzaj żalu, że to już tak dawno, że już się nigdy nie powtórzy, ale także niezwykła ciekawość. Jak powrót do książki, którą się kiedyś czytało z zapartym tchem i wypiekami na twarzy.

Pod numerem 18 stała jedna ściana, podparta resztkami drewnianych pali utrzymujących kiedyś całą konstrukcję tego domu. Reszta leżała na czarnym gruzowisku. Rumowisko otaczał drut kolczasty, ukryty w ogromnych, kwitnących biało pokrzywach, które porastały to, co kiedyś mogło być ogrodem. Obszedł kwadrat wyznaczony przez drut przybity do zmurszałych palików, nie znajdując wejścia. Dopiero na krańcu południowej strony dostrzegł w połowie przykrytą pokrzywami tablicę informującą, że „posiadłość" jest na sprzedaż. Data na tablicy wskazywała styczeń. Teraz był lipiec.

Kilkanaście lat temu właścicielem tego domu była stewardesa

PanAmu, która przeniosła się tutaj z Bostonu po tym, jak jej mąż podciął sobie żyły, dowiedziawszy się, że prawdziwym ojcem jego jedenastoletniego syna jest mąż jego siostry. Za polisę na życie męża stewardesa kupiła ten dom i w ciągu jednej nocy przeniosła się tutaj z synem, nie pozostawiając nikomu adresu. Gdy nie mogła już latać, bo wyrzucono ją z PanAmu za kradzieże alkoholu z kontyngentów wolnocłowych dla pasażerów, zaczęła wynajmować pokoje. Wynajmowała je wyłącznie mężczyznom. I wyłącznie białym.

Znalazł jej adres w Student Union zaraz po przyjeździe z Polski na staż w Tulane University. Ponieważ był to jedyny adres, pod który można było dojechać taksówką za mniej niż 6 dolarów, a tylko tyle mu zostało, zaczął szukać od niego. Drzwi otworzyła mu anorektycznie chuda kobieta o porysowanej bruzdami zmarszczek twarzy i długich, rzadkich, białosiwych włosach sięgających ramion. Na szyi miała brudnożółtą, poplamioną krwią opaskę ortopedyczną. Była ubrana w fioletowy wytarty szlafrok przewiązany splecionym sznurem, jakiego normalnie używa się do podwiązywania ciężkich zasłon okiennych. Szlafrok miał ogromne naszyte kieszenie z brezentu. Z jednej z nich wystawała butelka johnnie walkera.

Miała na imię Robin. Mówiła cichym, spokojnym głosem. Wynajęła mu pokój, bo był biały, obiecał, że będzie uczył fizyki jej syna, kopał od czasu do czasu jej ogród i wywoził kontenery ze śmieciami w poniedziałki przed siódmą rano oraz dlatego, że na pytanie, czy pali, nie skłamał i powiedział, że pali. Ona paliła nieustannie i wszyscy mężczyźni w jej domu palili. Potem zauważył, że gdy nie miała papierosa w ustach, to mówiła głośno do siebie, głównie ubliżając sobie samej.

Jego pokój był tuż obok pokoju Jima.

Dzisiaj przyszedł go odszukać.

Stracił z nim kontakt mniej więcej trzy lata po powrocie do Polski. Po prostu listy wysyłane do niego zaczęły wracać.

Właśnie wychylał się, aby zeskrobać zielony mech przykrywający numer telefonu agencji nieruchomości na tablicy informacyjnej leżącej w pokrzywach, gdy usłyszał za sobą piskliwy kobiecy głos:

– W tym domu nawet szczury nie chciały mieszkać. Niech pan tego nie kupuje. Poza tym ten numer telefonu i tak jest nieaktualny. Ta agencja przeniosła się do Dallas. Już dwa lata temu.

Odwrócił się i zobaczył elegancko ubraną staruszkę, osłaniającą się żółtym parasolem od słońca. Wokół niej nerwowo biegał miniaturowy biały pudel z czerwoną wstążeczką przypiętą do czubka łba, w szerokiej skórzanej obroży ze złoceniami. Pudel warczał cały czas, ale bał się zbliżyć.

– Skąd pani to wie? – zapytał.

– Mieszkam niedaleko stąd, w Garden District, i przychodzę tutaj codziennie z moją Maggie – wskazała na białego pudla – na spacery. Poza tym Robin, ostatnia właścicielka tej ruiny, była moją przyjaciółką. To ja znalazłam jej ten dom tutaj.

– Znała pani może Jima McManusa? Wysokiego, bardzo chudego mężczyznę, z ogromną blizną na policzku. Wynajmował pokój u Robin kilkanaście lat temu.

– On wcale nie nazywał się McManus. Przynajmniej nie cały czas. Na jego grobie jest nazwisko jego matki, Alvarez-Vargas – odpowiedziała, patrząc mu prosto w oczy.

Nie starając się ukryć drżenia głosu, zapytał:

– Na jego grobie? Jest pani pewna? To znaczy czy... on... Od kiedy nie żyje?

– Tak, jestem pewna. Byłam z Robin na jego pogrzebie. Ma piękny grób. Zaraz przy wejściu do City of Dead na cmentarzu St. Louis. Po prawej stronie, za kaplicą. Mało kto ma taki. I kwiaty też ma świeże. Codziennie. Ale na pogrzebie nikogo nie było. Tylko Robin, grabarz i ja. Nie wiedział pan?! Przecież pan był jego najlepszym przyjacielem – powiedziała.

– Nie. Nie wiedziałem. Pani mnie zna?

– Oczywiście. To pan uczył fizyki P.J., syna Robin. To mój chrześniak.

– Dlaczego... To znaczy, jak umarł Jim?

– Znaleźli go na śmietniku w Dzielnicy Francuskiej. Miał trzydzieści trzy rany kłute nożem. Dokładnie tyle, ile miał lat. I nie miał lewej dłoni. Ktoś mu ją odciął. Zaraz nad nadgarstkiem. Ale zegarka mu nie ukradli.

Mówiła jednostajnym, spokojnym głosem, cały czas uśmiechając się do niego i co chwilę przerywając, aby uspokoić pudla, który wciąż warczał, chowając się za jej nogami.

– Ale teraz muszę już iść. Maggie się pana boi. Do widzenia.

Przyciągnęła smycz z psem do siebie i zaczęła odchodzić. Nagle odwróciła się i dodała:

– P.J. bardzo, bardzo pana lubił. Mieszka teraz w Bostonie ze swoim wujkiem... to znaczy ze swoim ojcem. Przeniósł się tam pięć lat temu, gdy Robin zamknęli w klinice. Przyjeżdża tutaj ją czasami odwiedzić. Powiem mu, że pan tutaj był. Na pewno się ucieszy.

Stał tam oniemiały i patrzył, jak powoli oddala się, ciągnięta przez białego pudla poszczekującego z radości.

Ile smutku i bólu można opowiedzieć w ciągu niespełna dwóch minut? – myślał.

Nagle poczuł się bardzo zmęczony. Położył na trawie notatki, których używał w trakcie wykładu, i usiadł na nich, opierając się o pochylony słupek, do którego przybity był drut otaczający posiadłość.

Jim nie żyje.

Umarł tak samo niezwykle, jak się urodził. Tylko żył jeszcze bardziej niezwykle.

Staruszka z pudlem nie miała powodu, aby mówić mu nieprawdę. Poza tym Jim miał faktycznie dwa nazwiska. I to drugie rzeczywiście brzmiało Alvarez-Vargas. Wie to na pewno, bo Jim sam mu to kiedyś powiedział. Tego pamiętnego wieczoru. Wtedy, na parowcu na Missisipi…

Zbierali jeszcze ciągle pieniądze na operację dla Ani. W niedzielę rano on tradycyjnie kwestował na Jackson Square pod katedrą, a Jim na nabrzeżu Missisipi, skąd tłumy turystów ruszały na przejażdżki parowcami po rzece lub dalej, na bagniska przy Zatoce, aby oglądać aligatory. Pamięta, jak sam był zaskoczony, kiedy Kim powiedziała mu, że nigdzie na świecie nie ma tak wielu aligatorów w jednym skupisku jak na bagniskach u ujścia Missisipi do Zatoki Meksykańskiej. Tej niedzieli Kim zaprosiła ich na krótką popołudniową przejażdżkę parowcem na bagniska. Po powrocie, późnym wieczorem, mieli iść razem do nowej restauracji, odkrytej przez nią w Dzielnicy Francuskiej. Zapowiadał się miły wieczór.

Jim był już lekko pijany, gdy wchodzili na statek. Poznał to natychmiast po czułości, z jaką witał się z Kim, oraz po jego krzykliwym głosie i rozbieganych oczach. Gdy tylko znaleźli się na pokładzie, wyciągnął ich natychmiast na rufę, za szalupy ratunkowe, oddzielone łańcuchami od reszty pokładu. Gdy usiedli na rozgrzanych metalowych płytach pokładu, ukryci bezpiecznie za brudnozielonym brezentem przykrywającym szalupy, Jim wyciągnął z kieszeni swojej koszuli trzy skręty z marihuany. Nie pytając ich nawet, czy chcą, wsadził je wszystkie do ust i podpalił.

– Zebrałem dzisiaj ogromną kasę dla małej na nabrzeżu. Chciałem to jakoś uczcić, więc „skosiłem trochę trawy" dla nas – zaczął i podając mu skręta, kontynuował: – Jakub, pamiętaj, abyś to inhalował, a nie palił jak marlboro pod prysznicem. Masz ten dym trzymać w płucach i w żołądku najdłużej, jak możesz. To ma cię spenetrować do kości.

Marihuana działała na niego niezwykle. Już po kilku minutach zapadał w stan radosnego i przyjemnego odrętwienia. Nabierał dystansu do wszystkiego. Był całkowicie odprężony, jak po udanej sesji autogennego treningu, i umiał śmiać się praktycznie ze wszystkiego. Z przelatującego ptaka, dzwonka u drzwi lub gwiżdżącego czajnika w kuchni. Kiedyś, paląc w swoim biurze, wyjątkowo w zupełnej samotności – marihuana jest jak alkohol, człowiek woli zatruwać się nią w towarzystwie – przeżył stan, w którym wydawało mu się, że nie musi oddychać. Trudne do opisania, niezwykłe uczucie! Rodzaj euforycznej lekkości. Jak gdyby ktoś zdjął mu nagle plecak wypełniony po brzegi ołowiem, który niósł od Krakowa do Gdańska, a był już pod Toruniem. Po tym zdarzeniu zaczął podejrzewać, że to może być niebezpieczna roślina. Ponadto po raz pierwszy w życiu zdał sobie sprawę, jakim wysiłkiem może być najzwyklejsze oddychanie. Drugi raz zrozumiał to, gdy umierała jego matka.

On i Jim siedzieli oparci o szalupę, Kim leżała z głową na udach Jima. Rozpięła bluzkę i wystawiła dekolt do słońca. Miała żółty, koronkowy stanik, dokładnie takiego samego koloru jak ogromne słoneczniki na brązowej spódnicy do ziemi, z rozcięciem z lewej strony. Przesunęła ją wzdłuż swoich bioder tak, aby rozcięcie było z przodu, i podciągnęła ją wysoko do góry. Jim miał zamknięte oczy i ssał powoli swojego jointa, przyklejonego do dolnej wargi. Prawą dłonią gładził rozpuszczone włosy Kim i jej usta, podczas gdy lewą wepchnął pomiędzy odsłonięte i rozsunięte szeroko uda Kim, delikatnie przesuwając palce z góry na dół wzdłuż satynowych majteczek w kolorze spódnicy. Czasami, gdy jego mały palec dotykał jej ust, Kim rozchylała wargi i ssała go delikatnie.

Wsłuchując się w drgania wywołane czerpakami ogromnego koła napędzającego parowiec, w milczeniu patrzył na przesuwający się powoli lesisty brzeg Missisipi i myślał o seksie z Kim. W tym momencie Jim zbliżył twarz do niego i podał nowego jointa, który tym razem wędrował z ust do ust. Spojrzał mu w oczy i nagle powiedział:

– Wiesz, Jim, gdyby moja matka żyła, miałaby dzisiaj urodziny. Kiedy ma urodziny twoja matka?

– Nie wiem dokładnie – odpowiedział zaskoczony, odwracając gwałtownie głowę.

– Jak to nie wiesz? Nie wiesz, kiedy urodziła się twoja matka?

– Ona sama tego dokładnie nie wie – odpowiedział zniecierpliwionym i podniesionym głosem.

Kim otworzyła szeroko oczy. Wzięła lewą dłoń Jima ze swojego podbrzusza, przysunęła ją do ust, pocałowała czule i wyszeptała:

– Opowiedz mu o swojej matce.

Jim wyszarpnął dłoń. Wyciągnął papierosa, zapalił i zaciągnął się głęboko. Nagle wstał i nie mówiąc nic, odszedł.

– Nie chciałem go urazić – powiedział do Kim.

– Nie uraziłeś go. Zapytałeś po prostu o coś, o czym on chce zapomnieć. Udaje, że zapomniał. Przede mną też udaje. A ja przed nim udaję, że też zapomniałam. Ale ty jesteś nowy i nie znasz reguł tej gry. Nie martw się, on zaraz wróci. Na pewno wsysa w siebie teraz kokainę w toalecie na dziobie.

Kilka minut siedzieli w milczeniu, patrząc na mętną, zieloną wodę Missisipi. W pewnym momencie usłyszeli głos Jima. Stanął nad nimi i oparł się o reling. W prawej dłoni trzymał do połowy opróżnioną butelkę czerwonego wina.

– Chciałem kupić whisky, ale barman na tym kajaku ma licencję tylko na piwo i wino – zaczął. – Jakubku, wróciłem, aby opowiedzieć ci krótką intymną historię Stanów Zjednoczonych. Słuchaj tego uważnie, bo tego nie ma w żadnych książkach w tym zakłamanym kraju.

W czerwcu tysiąc dziewięćset trzydziestego czwartego właściciel największej drukarni w ekskluzywnej dzielnicy Georgetown w Waszyngtonie zapytał swojego jedynego, wówczas czterdziestopięcioletniego syna, dlaczego nie ma jeszcze dzieci. Właściciel miał prawdziwe imperium i martwił się o swoich spadkobierców, szczególnie dlatego, że własnego syna traktował jako największe niepowodzenie swojego życia. Zresztą słusznie. Syn nie ukończył żadnej szkoły, którą zaczął. A zaczął dokładnie czternaście różnych szkół, nie licząc krótkiego pobytu w internacie w Szwajcarii, z którego został wydalony już po trzech tygodniach.

Od kilkunastu lat nie robił nic, co można by nazwać pożytecznym, i jedyną jego pasją były gra w golfa oraz kobiety. W tej kolejności. Wychodził zresztą z założenia, że golf i seks mają bardzo dużo wspólnego. Nie potrzeba być w tym szczególnie dobrym, aby czerpać przyjemność.

W wieku trzydziestu dziewięciu lat ożenił się w akcie absolutnego posłuszeństwa woli ojca z córką wysokiego urzędnika Departamentu Stanu, urzędującego w pobliskim Białym Domu. Urzędnik ten, zaniepokojony staropanieństwem swojej jedynaczki, zagwarantował „honorem" i odpowiednią umową, dla pewności, że w przypadku dojścia do skutku tego małżeństwa wszystko, co można drukować w Białym Domu, będzie drukowane w drukarni jego przyszłego zięcia.

Oczywiście wiesz, Jakubku, ile papierów trzeba drukować w Białym Domu i jakie pieniądze to mogło oznaczać, prawda? Tym bardziej że w tym czasie prezydentem był niejaki Franklin Delano Roosevelt. Prawdziwy amerykański prezydent: powiązany z politykami spędzającymi urlop z rodziną na Sycylii, konsultujący się z astrologami przed każdą ważniejszą decyzją, najważniejszy mężczyzna w życiu co najmniej trzech kobiet – dwóch prowadzonych równolegle kochanek i jednej prowadzącej się nienagannie żony. Cały czas na rauszu od tych ośmiu do dziesięciu martini, które wypijał przez cały dzień. Mimo że palił jednego papierosa za drugim, Roosevelt słynął z tego, że miał bardzo erotyczny głos, który zjednał mu nawet nic nierozumiejące po angielsku meksykańskie służące w południowych stanach. Był to poza tym prezydent, który chciał mieć wszystko pod kontrolą, co doprowadziło do niespotykanej dotąd biurokracji.

Oczywiście wiesz, Jakubku, że dla właściciela drukarni nie ma nic piękniejszego niż dobrze funkcjonująca biurokracja.

Córka zapobiegliwego i skorumpowanego urzędnika Departamentu Stanu była wyjątkowo posłuszną ojcu, mądrą, pełną ciepła, wrażliwą i inteligentną kobietą. Umiała recytować z pamięci wiersze Edgara Poe, czytała rozprawy francuskich i niemieckich filozofów i grała na fortepianie. Była jednakże bardzo przeciętnej urody.

Poza tym była kulawa. Od urodzenia.

Syn właściciela drukarni nigdy jej nie pożądał i spał z nią tylko jeden jedyny raz.

Zdarzyło się to trzy lata po ślubie. Był wtedy całkowicie zamroczony alkoholem po urodzinowym przyjęciu swojego teścia. Dla niej był to zupełnie pierwszy raz, z którego zapamiętała przeraźliwy ból w okolicach rozrywanego odbytu, uderzenia głową o metalową nogę łóżka, pod które nie udało jej się skryć, oraz ohydny smród jego moczu, który przedostał się także do skórzanej protezy jej nogi i miesiącami przypominał jej o tym nieopisanym bólu i poniżeniu, którego doznała tamtego wieczoru.

Poza tym, oprócz tego, że pozostała dziewicą, przynajmniej biologicznie, wtedy właśnie zaraził ją kiłą.

Od tego dnia nie jeździli już nigdy razem na przyjęcia i od tego czasu było wiadomo, że nie będą mieć dzieci. A musisz wiedzieć, że Florey i Chain pomogli penicyliną wszystkim wenerykom dopiero od tysiąc dziewięćset czterdziestego trzeciego roku. Ty to przecież wiesz, Jakub, prawda? – zapytał, patrząc mu w oczy, i nie czekając na odpowiedź, opowiadał dalej:

– Pragnienie wnuka ze strony dziadka było równie duże, jak wielki był lęk wydziedziczenia i pójścia w niełaskę syna. Obiecał więc ojcu, że zrobi wszystko, aby zapewnić sobie potomka. Odwołał wszystkie zaplanowane na wakacje turnieje golfowe i eleganckim parowcem wraz ze swoją kulawą małżonką popłynął z Filadelfii na Grenadę.

Grenadę wybrał nie dlatego, że różniła się specjalnie od innych wysp karaibskich, na których grywał w golfa, ale dlatego, że zarządcą regionu wokół Grenville – drugiego największego miasta na tej wyspie – był syn angielskiego dostawcy papieru do ich drukarni. Grenada, poza niepowtarzalnie pięknymi plażami, tanim rumem i wyjątkową biedą, słynęła także z niezwykle liberalnego prawa adopcyjnego. We wsiach wokół Grenville można było adoptować dziecko bez zbędnych formalności. Wystarczyło mówić po angielsku, być białym i zapłacić od trzystu do ośmiuset dolarów, w zależności od tego, jak bardzo biedni byli miejscowi oferujący dzieci do adopcji lub jak bardzo białe było dziecko. Im bielsze, tym droższe oczywiście.

Dziewczynki jednakże były zawsze tak samo tanie, niezależnie od karnacji skóry, i kosztowały trzysta dolarów.

Jedyny problem wiązał się z uzyskaniem oficjalnego prawa wywozu dziecka poza wyspę. Właśnie ten problem rozwiązał syn dostawcy papieru, uzyskując przy okazji zlecenia na papier dla ojca na co najmniej pięć lat.

Kim, kochanie, czy mogłabyś iść do baru na dziób? Ty znasz przecież to opowiadanie. Widzisz, że wino się skończyło – zwrócił się do Kim, pokazując pustą butelkę. – Zanim wrócisz, będę już przy epilogu.

Kim podniosła się, spojrzała smutno na niego, poprawiła potargane włosy i bez słowa odeszła. Jim opowiadał dalej:

– Do adopcji były wystawione bliźniaki, Juan i Juanita Alvarez-Vargas. Siódme i ósme dziecko służącej zarządcy regionu Grenville. Adopcja była niezwykłą okazją, bowiem, chociaż nikt tego nie mówił oficjalnie, wszyscy wiedzieli, że ojcem bliźniaków nie jest wcale ojciec pozostałej szóstki. Nie mógł być ich ojcem, gdyż od dwóch lat siedział w więzieniu w St. George's, stolicy tej wyspy. Ojcem był pewien bardzo biały Szkot, który na zaproszenie rodziny zarządcy spędzał krótki urlop w Grenville. Szkot o imperialnych manierach – Grenada do tysiąc dziewięćset siedemdziesiątego czwartego roku była kolonią brytyjską – uważał, że może nie tylko wypijać rum z piwnic gospodarza, ale również swobodnie używać jego personelu. I stąd ta niezwykła okazja. Dzieci były wyjątkowo białe i miały jedynie słuszne, imperialne geny.

Mimo wyjątkowo niskiej ceny oraz błagań matki bliźniaków, jak również próśb kulawej żony, zaadoptowali oczywiście tylko chłopca. W akcie adopcyjnym obok jego prawdziwego nazwiska i imienia znalazło się ich nazwisko oraz imię zmienione na William. Dokładnie tak miał na imię jego dziadek. W końcu dla niego to robili. Jedynym, czego brakowało w akcie, była data urodzenia. Roztargniony urzędnik magistratu w Grenville po prostu zapomniał wypełnić tę rubrykę.

Zauważyli to dopiero w drodze powrotnej na parowcu wiozącym ich do Filadelfii. Aby uniknąć kłopotów w urzędzie imigracyjnym, ojciec Williama, nie mówiąc nic nikomu, sam wpisał datę urodzenia. Wybrał dzień i miesiąc urodzin swojego ojca.

Czy może być coś bardziej wzruszającego dla dziadka niż wnuk o jego imieniu, obchodzący z nim w tym samym dniu urodziny?

Urzędnik zapomniał o dacie urodzenia, ale nie zapomniał podpiąć jako załącznika rachunku za adoptowane dziecko na sumę czterystu osiemdziesięciu dolarów.

Do rozliczenia przy podatkach.

Prawie dokładnie osiemnaście lat później William szukał w starych dokumentach rodzinnych swojego aktu urodzenia, aby dołączyć go do podania o przyjęcie na wydział pedagogiczny Columbia University w Nowym Jorku. Aktu urodzenia nie znalazł, ale znalazł pożółkły akt adopcyjny z dołączonym do niego rachunkiem z pieczątką „rozliczono" urzędu finansowego Dystryktu Kolumbii.

William był zamkniętym w sobie, milczącym chłopcem, marzącym o tym, aby zostać nauczycielem. Poza tym od szesnastego roku życia trenował futbol amerykański i – w tajemnicy przed ojcem – boks. Jego największym pragnieniem było stać się tak silnym, aby móc przeciwstawić się ojcu, gdy w wybuchach chamskiej agresji wyżywał się na matce. Nienawidził go równie mocno, jak mocno i bezgranicznie ubóstwiał swoją matkę.

Tego wieczoru, w dniu, gdy znalazł dokumenty, matka opowiedziała mu o wszystkim.

Klęczał przed nią i płakał, słuchając, ale na końcu uśmiechnął się i powiedział: „Nie wyobrażasz sobie nawet, jaka to ulga wiedzieć, że taki kawał ostatniego gówna, jakim jest ten facet, który mnie kupił za czterysta osiemdziesiąt dolarów, nie jest moim prawdziwym ojcem. Ktokolwiek nim jest, nie może być gorszy od niego".

Jak myślisz, Jakubku, skąd ja to wszystko wiem w takich szczegółach?

Poza tym Kim mogłaby już wreszcie wrócić z tym winem, bo trzeźwieję i robi mi się cholernie smutno. A naprawdę smutno dopiero będzie.

Ano, wiem to dokładnie od mojej matki, Juanity Alvarez-Vargas, której nie adoptowano, bo była dziewczynką.

Sześć miesięcy później William odbierał siostrę z liniowca, który przypłynął z Grenady do Nowego Jorku. Chociaż nigdy przedtem jej nie widział, nie miał wątpliwości, że to ona, gdy zobaczył wystraszoną drobną dziewczynę o ciemnogranatowych źrenicach, dokładnie takich jak jego, schodzącą niepewnie z trapu. Była przecież jego młodszą bliźniaczką. Młodszą o dziesięć minut. To wiedzieli oboje na pewno. Natomiast ich daty urodzenia oficjalnie różniły się o miesiące. Dlatego żadne z nich nie było do końca pewne, kiedy się urodziło.

Kupił jej bilet za wszystkie oszczędności, jakie miał, a ubłagany przez niego dziadek, emerytowany pracownik Departamentu Stanu, załatwił jej pracę sprzątaczki w swojej dawnej firmie. Brali tam chętnie do sprzątania wszystkich, którzy byli tani, nie znali angielskiego, więc nie mogli niczego ważnego podsłuchać, i poza tym byli „gwarantowani”. W czasach Trumana, zimnej wojny i polowań na czerwone czarownice urządzonych przez McCarthy'ego było to szczególnie ważne. Oszczędzało drogiego i długotrwałego „prześwietlania”. Poleconej przez zasłużonego „kolegę” Juanity oczywiście nie sprawdzano i w ten sposób, mimo braku zgody na pracę i wizy w paszporcie, w lutym pięćdziesiątego drugiego zaczęła sprzątać sekretariat zastępcy rzecznika prasowego szefa Departamentu Stanu. Jednej z najbardziej chronionych instytucji w USA.

Przerwał, bo w tym momencie pojawiła się Kim. Przyniosła bawełnianą torbę, z której wyjęła butelkę whisky, i nic nie mówiąc, podała Jimowi. Nie komentując tego w pierwszym momencie, odkręcił pośpiesznie metalową zakrętkę i zaczął pić łapczywie prosto z butelki.

– Opowiesz mi potem, maleńka, jak to zrobiłaś, że ten barman aż tak zaryzykował i sprzedał ci to? – zapytał, odejmując butelkę od ust.

– Nie sprzedał, tylko dał. I nie opowiem. Musiałabym mówić bardzo źle o mojej matce. Wystarczy, że ty mówisz źle o swojej.

– Jeszcze nic złego nie powiedziałem! Poza tym tak mi się właśnie wydawało, że ten barman jest podobny do masażysty twojej mamusi – zaśmiał się zgryźliwie.

Odstawił butelkę i wrócił do opowieści.

– Zastępca rzecznika był zgorzkniałym pracowitym urzędnikiem, który doszedł do swojego stanowiska głównie dlatego, że nigdy nie protestował, zawsze miał czas, aby zostać po godzinach w biurze, i był gotowy na każdą podłość, aby tylko nie zarzucono mu braku lojalności. Takiej też lojalności wymagał od swoich podwładnych. Dlatego pierwszą rzeczą, którą sprawdził, była lojalność Juanity Alvarez-Vargas, nowej młodej sprzątaczki. Będąc z Grenady, nie ma się istotnej dla Amerykanina przeszłości, więc jedyne, co odkrył, to że Juanita nie ma jeszcze osiemnastu lat i że pracuje nielegalnie.

W swoim przestępczym spisku wyciera szmatami obsikaną deskę klozetową jego wykwintnej osobistej toalety i z premedytacją, nie mając na to pozwolenia, klęczy codziennie na kolanach, skrobiąc z dywanu cierpliwie wszystkie tłuste plamy po musztardzie, która mu codziennie kapie na podłogę z jego ulubionych hot dogów.

W akcie ogromnej łaski postanowił dać jej ostatnią szansę „odkupienia".

Przyszło mu to do głowy pewnego środowego wieczoru.

Regularnie od trzech lat w środy wieczorami jadał kolacje ze swoim szefem i jego żoną. Ponieważ powszechnie znana ekskluzywna waszyngtońska restauracja Old Ebbitt Grill znajdowała się blisko jego firmy, nie jechał taksówką od razu do domu, tylko wracał do biura, aby napić się martini z oliwką. Zaczął to robić po trzeciej kolacji, kiedy zauważył, że myśląc o ustach młodej – trzeciej – żony swojego szefa, poci się i jest podniecony.

Właśnie w tym podnieceniu wrócił kiedyś do opustoszałego biura, przygotował sobie kieliszek ulubionego martini extra dry z oliwką, postawił go na stoliku na listy przy oknie od strony ulicy, nastawił płytę z ulubionym trzecim koncertem fortepianowym C-dur Haydna, otworzył ogromną okiennicę, opuścił spodnie oraz poplamione żółtym moczem majtki i stał w uniesieniu ekshibicjonisty, wierząc, że świat patrzy w podziwie i zachwycie na jego molekularnie mały członek w półerekcji. Kiedy mu półerekcja, wbrew woli, znikała, przywoływał ją, myśląc o tym, jak bardzo szczerze i głęboko nienawidzi swojego szefa, który miał wszystko, czego on nie miał: większe biuro, uścisk ręki samego prezydenta i trzecią już żonę. Każda była młodsza od poprzedniej.

On, biedak, miał jedną jedyną żonę, która była sześć lat starsza od niego i odkąd przestał z nią sypiać, utyła tak, że nie pokazałby się z nią – ze wstydu – nawet u piekarza na rogu. W swojej nienawiści do szefa mścił się na nim, wyobrażając sobie, że ta jego nowa młoda żona w uniesieniu wywołanym widokiem jego męskości i muzyką Haydna klęczy przed nim i bierze do ust to, co on z taką dumą pokazywał światu przez okno od ulicy.

Jego żona nigdy nie wzięłaby tego do ust. Kiedyś dał jej do zrozumienia, że tego pragnie. Zareagowała takim obrzydzeniem, jak gdyby zaproponował jej połknięcie karalucha.

Pewnego razu w środę, gdy podniecony jak zwykle wrócił do biura, zastał tam jeszcze swoją nową, „nielojalną" sprzątaczkę, skrobiącą cierpliwie na kolanach plamy z dywanu po jego musztardzie.

Jim przerwał opowiadanie. Odwrócił się nerwowo. Znalazł butelkę z whisky i łapczywie się napił. Zapalił papierosa i cofnął się nieco. Teraz nie było widać jego twarzy, zasłoniętej cieniem wysięgnika szalupy. Jego głos, kiedy podjął opowieść, był zmieniony.

– I wtedy przyszło mu do głowy, że może zrobić coś dla uratowania godności Juanity Alvarez-Vargas.

Przygotował sobie martini. Włączył Haydna. Otworzył okno od ulicy. Wrócił do maszyny do pisania, wyciągnął wystający z niej arkusz papieru i napisał na nim drukowanymi literami: „VISA – GRENADA". Wrócił do klęczącej sprzątaczki, położył przed nią ten arkusz papieru i nic nie mówiąc, odszedł do okna.

Po minucie wyłącznikiem nad stolikiem na listy wyłączył światło w całym biurze. Opuścił spodnie i czekał, czując, że dzisiaj ma znacznie lepszą półerekcję.

Odwrócił się plecami do okna. Dzisiaj świat, który miał zaniemówić z zachwytu, mieścił się cały w jego biurze.

Doskonale zrozumiała, o co mu chodzi. Wiedziała, że kiedyś to i tak wyjdzie na jaw. Nie miała wątpliwości, że nie wolno jej wrócić na Grenadę. Już raz przegrała, bo była kobietą. Teraz może coś wygrać, bo jest kobietą. Zresztą co za różnica. Kiedyś i tak musiałaby to zrobić jakiemuś turyście.

Nie podnosząc się z kolan, zamoczyła dłoń głęboko w wiadrze z płynem do prania dywanów. Lubiła ten zapach. Przetarła tym płynem usta i nos i nie wstając z kolan, podpełzła do niego. Wzięła to do ust. Zamknęła oczy. Skupiła się na muzyce. Nie myślała o tym, co robi.

Myślała o tym, że przed tygodniem William zabrał ją na sushi do japońskiej restauracji. To było wstrętne. To sushi. Teraz wrażenie miała podobne: jakby zlizywała resztki po sushi z brudnego, zapchanego włosami odpływu wanny w czyjejś śmierdzącej moczem łazience.

Po mniej niż minucie było po wszystkim. Zerwała się z kolan i pobiegła do jego toalety. Najpierw pluła, potem wymiotowała; myślała przy tym, że to nie jest aż taka znów wysoka cena za przyszłość. Na statku z Grenady też cały czas wymiotowała. I toaleta tam nie była taka ładna jak ta tutaj.

Sześć tygodni później, także w środę, Truman ogłosił, że nie będzie kandydował na następną kadencję.

To był jeden z najszczęśliwszych dni w życiu zastępcy rzecznika prasowego Departamentu Stanu. Następne wybory mógł wygrać tylko Eisenhower. Po tym wszystkim, co dziennikarzom na republikańskiego Eisenhowera powiedział jego szef, było oczywiste, że w Departamencie Stanu zmieni się rzecznik. Tej środy, wracając taksówką z kolacji, triumfował. Nowym rzecznikiem mógł być tylko on: Fitzgerald Douglas McManus Jr.

Gdy wszedł rozpromieniony do biura, Juanita jak co dzień skrobała plamy po jego musztardzie na dywanie. Nie nastawił tego dnia Haydna. Nie przygotował także martini extra dry z oliwką. I nie podszedł do okna, aby po raz kolejny oczarować świat widokiem swojego prącia. Był zbyt podniecony, aby pamiętać o tym wszystkim. Tej wyjątkowej środy podszedł wprost do niej. Podniósł ją z kolan i zawlókł do swojego biurka. Odsunąwszy maszynę do pisania, odwrócił ją plecami do siebie i dysząc, ośliniony, podniósł jej spódnicę i zdarł bieliznę.

Po raz pierwszy od ośmiu lat miał pełną erekcję. Dzięki Eisenhowerowi.

Dokładnie dwieście siedemdziesiąt osiem dni później, czternastego września tysiąc dziewięćset pięćdziesiątego trzeciego roku w ekskluzywnej klinice przy Uniwersytecie Georgetown urodziłem się ja, James Fitzgerald McManus, z domu Alvarez-Vargas.

W tej samej klinice z godnością poroniła swoje pierwsze dziecko Jacqueline Bouvier, powszechnie znana jako Kennedy, aby później urodzić tamże Kennedy'ego Juniora. Tego jeszcze ładniejszego niż tatuś.

Zamilkł na chwilę i sięgnął po butelkę.

– To był bardzo niefortunny dzień na urodzenie nieślubnego dziecka – opowiadał dalej. – Tego dnia Ameryką wstrząsnął drugi raport Kinseya.

Nie wiem, Jakubku, czy u was w Polsce encyklopedie opisują całą tę amerykańską inkwizycję nad pewnym skromnym i dociekliwym badaczem owadów o nazwisku Alfred Charles Kinsey. Dobrze, że pieprzenie to nie praca nad bombą wodorową, bo McCarthy już by go ugotował, tak jak zrobił to z Oppenheimerem.

Kinsey, zamiast badać bzykanie pewnego gatunku os z rodziny *Cynipidae*, co lubił najbardziej, na zlecenie rektora Indiana University zaczął badać życie seksualne Amerykanów. Napisał o tym dwa tłuste raporty. Ja urodziłem się w dniu opublikowania tego drugiego. O życiu seksualnym kobiet.

Wszystkie gazety w Waszyngtonie od samego rana w kobylastych nagłówkach lamentowały nad upadkiem moralnym i zepsuciem obywatelek, cytując jednocześnie faryzejskie oburzenie polityków, pedagogów i księży, zgodnym chórem potępiających Kinseya. Purytańska Ameryka, która dopiero co zlizała rany po szoku pierwszego raportu, musiała się znowu dowiedzieć, że ponad połowa amerykańskich religijnych kobiet powyżej trzydziestego roku życia masturbuje się regularnie i z upodobaniem, co trzecia Amerykanka wyobraża sobie z przyjemnością pozamałżeńskie kontakty seksualne, a co czwarta marzy przynajmniej raz o seksie z więcej niż jednym mężczyzną jednocześnie, a także tego, że od raportu sprzed pięciu lat liczba dzieci urodzonych z kontaktów pozamałżeńskich wzrosła dwudziestokrotnie.

Prawdziwi Amerykanie byli wstrząśnięci i przeklinali wolność słowa, która pozwoliła Kinseyowi opublikować takie kalumnie. Ci najprawdziwsi, przeważnie bardzo katoliccy, Amerykanie nie mogli pozostać bezczynni. Ponieważ trudno przyłapać na gorącym uczynku masturbującą się Amerykankę, a jeszcze trudniej myślącą o seksie z hydraulikiem i listonoszem naraz, kilku z nich tego samego dnia postanowiło w nocy włamać się do kliniki położniczej w Georgetown. Wyrażając swoje oburzenie i solidarność z wszystkimi uczciwymi kobietami tego kraju, na drzwiach sal, w których leżały matki nieślubnych dzieci, krwią przyniesioną w wiadrze z rzeźni napisali wołami słowo „kurwa". Ale nie ten, w gruncie rzeczy groteskowy, gest był najgorszy. W swoim akcie nienawiści do Kinseya i prawdy, którą śmiał objawić, wdarli się do sali, w której leżały noworodki, i po zerwaniu opasek z imionami z przegubów rączek wszystkich urodzonych tego dnia dzieci poprzenosili poczęte w grzechu niemowlęta z łóżka do łóżka.

Wyobrażasz sobie, Jakubku, co się działo w tej klinice następnego dnia rano?

Ja jednak miałem dużo szczęścia. Moja matka, nie mogąc pogodzić się z faktem, że odebrano mnie jej po urodzeniu, wkradła się wieczorem do sali noworodków i wzięła mnie do siebie. Niecałe pół godziny później do kliniki wpadli oburzeni na Kinseya katolicy z wiadrami krwi.

Czek za szpital wystawił ojciec, ale pod warunkiem, że dziecko będzie nosiło jego nazwisko. Dlatego nazywam się jeszcze ciągle McManus. To był ostatni czek i ostatnia rzecz, którą dla mnie zrobił. Dokładnie sześć dni po opuszczeniu kliniki moja matka wyjechała do swojego brata do Nowego Jorku.

Nigdy nie poznałem ojca. Nigdy też nie chciałem.

Wyszedł z cienia przy relingu. Miał oczy czerwone od pocierania dłońmi. Usiadł obok Kim, wziął jej dłoń, zbliżył do swoich ust i zaczął delikatnie całować. Nawet nie próbował wycierać łez, które zbierały się w zagłębieniu tej ogromnej blizny na jego policzku. Nagle powiedział cichym głosem:

– Dlatego nie wiem dokładnie, Jakubku, kiedy ma urodziny moja matka.

Chociaż siedział wtedy milczący, a raczej oniemiały, jakiś wewnętrzny głos krzyczał w nim z całych sił: „Jak to, kurwa, jest, że niektórzy mają takiego pecha, że są poniżani już przed urodzeniem?".

To było tak dawno, a pamięta każdy szczegół, każde słowo, a najbardziej tę wściekłość Jima na końcu.

Otworzył oczy, podniósł się i zebrał pogniecione kartki, na których siedział. Włożył je do skórzanej aktówki z wytłoczonym logo kongresu, którą dostał od organizatorów. Szkoda, że tak jak wtedy na Missisipi nie miał teraz jointa albo chociaż tej butelki z whisky. Zaraz rozgoniłby ten cholerny smutek.

Rozejrzał się i poszedł w kierunku St. Charles Avenue. Po kilku minutach siedział w taksówce, która wiozła go na jedyny w swoim rodzaju cmentarz na świecie: do City of Dead, czyli Miasta Umarłych w Nowym Orleanie.

ONA: Autobus do Paryża ruszał z parkingu przy Dworcu Zachodnim. Alicja i Asia już były, gdy wysiadała z samochodu, którym przywiózł ją mąż. Zatrzymał się raptem przy wjeździe na parking i po prostu wysadził ją. Jak taksówkarz. Szczerze mówiąc, było jej to obojętne. Po tym, co zrobił jej ostatniej nocy, nie chciała absolutnie żadnej czułości przy pożegnaniu. Ale mógłby pomóc jej wydobyć tę ciężką walizkę z bagażnika. Nie odwróciła nawet głowy, gdy odjeżdżał z piskiem opon. Zresztą on zawsze odjeżdżał z piskiem opon. On z piskiem opon odjechałby zaprzęgiem reniferów. Ten model tak po prostu miał. Ale to było teraz zupełnie nieważne.

Jechała do Jakuba! Do Paryża!

W zasadzie najmniej istotne było, dokąd jedzie. Pojechałaby nawet do Ułan Bator. Asia zauważyła ją i natychmiast ruszyła w jej kierunku, aby pomóc przeciągnąć walizkę do kierowcy, który ładował bagaże do luków. Alicja zdążyła już „odciąć się od świata": rozmawiała z młodym mężczyzną ze słuchawkami na uszach.

– Ostatnim razem, gdy jechałyśmy do Francji, on też przywiózł cię pod Zachodni. Pamiętasz? – powiedziała Asia, kiedy ciągnęły razem walizkę przez wyboje rozmiękłego od upału asfaltu. I dodała zgryźliwie: – Ale wtedy był jeszcze gotów nosić cię na rękach. Teraz nie chce nosić nawet twojej walizki. Ala ma rację. Faceci są jak niektóre radioaktywne pierwiastki: mają bardzo krótki czas połowicznego rozpadu. Potem już promieniują śladowo. I przeważnie tylko w innych laboratoriach. Chociaż niekoniecznie. Wystarczy, że laborantka jest obca i młodsza.

Puściła walizkę i wyprostowała się z westchnieniem.

– Powiesz mi, co się stało, że jesteś taka wściekła na niego? – zapytała nagle, patrząc jej w oczy.

– Nie chcę o tym mówić. A dzisiaj szczególnie nie – odparła.

Asia nachyliła się i wyszeptała:

– Mam plan na każdą minutę. Wiesz, że w tym czasie, gdy my tam jesteśmy, w d'Orsay jest wystawa prawie wszystkiego, co namalował Renoir? Nie mogłaś wybrać lepszego terminu. Jestem prawie tak podniecona jak wtedy, gdy jechałyśmy do Nîmes. Miałaś olśnienie z tym Paryżem.

Faktycznie, nie mogła wybrać lepszego terminu. Chociaż to nie Renoir, którego notabene mogła oglądać w nieskończoność, ale zupełnie inny mężczyzna zdecydował o tym, kiedy będzie w Paryżu. Asia o tym – jak dotąd – nie wiedziała.

A jeszcze dziesięć dni temu nie pomyślałaby, że to jest w ogóle możliwe. Pewnego dnia napisał do niej e-mail:

Monachium, 28 czerwca

Lecę na kongres do Nowego Orleanu. Do mojego Nowego Orleanu. Wracam przez Nowy Jork i linia lotnicza TWA chce mnie wysłać stamtąd do Monachium albo przez Londyn, albo przez Paryż.

Przez co Ty dałabyś się wysłać?

Jakub

Zaskakiwał ją tymi nagłymi informacjami o swoich podróżach. Świat przy nim wydawał się jej o wiele mniejszy. Boston, San Francisco, Londyn, Genewa, Berlin, znowu San Francisco. A teraz Nowy Orlean. Wiedziała, co oznacza dla niego to miasto.

Kilka dni później, wracając Krakowskim Przedmieściem do domu, na wystawie jednego z biur podróży zauważyła plakat reklamujący kilkudniową wycieczkę do Paryża. Normalnie zignorowałaby to, ale akurat tamtego dnia Paryż natychmiast skojarzył się jej z Jakubem. Sprawdziwszy, że data pobytu w Paryżu obejmuje dokładnie dzień, w którym on mógł tam wylądować, weszła, trochę już podniecona, do opustoszałego, przyjemnie w tym upale klimatyzowanego biura. Młody chłopak, najprawdopodobniej praktykant, wstał gwałtownie od biurka, gdy weszła, i usiadł dopiero, kiedy podał jej szklankę zimnej wody mineralnej. Gdy przekornie i bez większej nadziei poprosiła o plasterek cytryny – piła wodę mineralną prawie zawsze z cytryną – uśmiechnął się i podając jej kolorowy prospekt ich biura, poszedł na zaplecze. Po chwili wrócił z porcelanowym talerzykiem, na którym leżały plasterki obranej cytryny przekłute miniaturkami francuskich i polskich flag naciągniętych na plastikowe szpikulce. Uśmiechnął się do niej. Miał ogromne brązowe oczy, wyjątkowo długie, delikatne dłonie i pachniał drogą wodą po goleniu. Ze zdumieniem zauważyła, że odkąd zna Jakuba, mężczyźni, z którymi się styka, znowu mają kolor oczu, pachną w odróżnialny sposób i, co najbardziej ją ostatnio poruszało, mają interesujące lub absolutnie niegodne uwagi pośladki.

Biorąc plasterek cytryny, wskazała na francuską flagę na szpikulcu i zapytała cicho:

– Skąd pan wiedział, że chciałabym pojechać do Paryża?

Po sprawdzeniu w komputerze upewnił ją, że mają jeszcze kilka wolnych miejsc w autokarze, ale tylko dwa w hotelu w Paryżu. Zapytała go, czy może zadzwonić. Wybrała numer telefonu komórkowego Alicji.

– Ala, nie planuj nic na niedzielę czternastego lipca. Jedziesz ze mną do Paryża. Sama mówiłaś, że od dzieciństwa marzyłaś o tym, aby zobaczyć Paryż.

Przez krótką chwilę panowało milczenie. Słyszała w tle, że Alicja z kimś rozmawia.

– Genialnie, że mówisz mi to już dzisiaj. Niedziela jest przecież dopiero za trzy dni. Oczywiście, że pojadę, ale pod jednym warunkiem: Asia pojedzie z nami. Jest tutaj ze mną.

Uśmiechnęła się. Tylko Ala i Asia mogły tak zareagować. Szczerze mówiąc, wyobrażała sobie czasami świat bez mężczyzn, ale świata bez tych dwóch przyjaciółek nie mogła sobie w żaden sposób wyobrazić. Były w jej życiu „od zawsze". I chociaż, a może dlatego, że aż tak się różniły od siebie i od niej, czuła, że jej życie bez nich byłoby jak świat pozbawiony jednego wymiaru. Płaskie.

Alicja...

Zabłąkana połowa serca poszukująca nieustannie drugiej części. Atrakcyjna szatynka o oczach, których kolor zmieniał się ostatnio z kolorem kupowanych szkieł kontaktowych. Właścicielka świetnych piersi, eksponowanych lub skrywanych w zależności od wskazań elektronicznej wagi w jej łazience. Gdy była bezgranicznie nieszczęśliwa z powodu swojej samotności, jej spódniczki stawały się krótsze, makijaże wyraźniejsze, a ona sama chudła w zastraszającym tempie – zawsze jej tego zazdrościła – ale mimo to jej piersi sterczały kusząco spod coraz bardziej obcisłych bluzek i sweterków. Gdy była akurat z kimś, tyła z uśmiechem na ustach i przykrywała swoje coraz bardziej obszerne, ale szczęśliwe, bo dotykane przez mężczyznę ciało, obszernymi ciemnymi swetrami, które sama robiła na drutach.

Marzyła o wielkiej miłości, jak dziecko marzy o prezentach pod choinką. Szukała jej wszędzie i zachłannie. Już na pierwszej randce myślała, w jakiej sukni pójdzie do ślubu, a na drugiej, gdy on myślał głównie, czy pójdą do niej, czy do niego po tej kolacji, ona zastanawiała się, czy on na pewno będzie dobrym ojcem ich dziecka. Prawie wszyscy jej mężczyźni wprowadzali się już w drugim tygodniu znajomości, ale tylko jeden wytrzymał dłużej niż dwa miesiące. Na swoim kolorowym wyobrażeniu „tego jedynego" konsekwentnie zapominała zostawić trochę miejsca na szarość. Mężczyźni, oprócz tej ogromnej zalety, że zdecydowali się być z nią, miewali jeszcze zwykłe ludzkie słabości: chrapali w nocy, ejakulowali o wiele za wcześnie, siusiali na stojąco, opryskując moczem jej sterylnie czystą łazienkę, zostawiali zabrudzony zlew po goleniu lub myciu zębów i na ogół wcale nie mieli ochoty na wyrafinowany seks tylko dlatego, że ona spędziła całe popołudnie w kuchni, przygotowując kolację przy świecach.

Gdyby ona była mężczyzną, ożeniłaby się z Alicją natychmiast. Dwa razy. Ten drugi raz nawet w kościele. Alicja była bowiem, według niej, absolutnie główną nagrodą w loterii dla heteroseksualnych kawalerów, rozwiedzionych lub chcących się rozwieść. Była przygotowana do małżeństwa jak niemieccy alpiniści do wejścia na Mount Everest. Oni mają nawet spisany testament potwierdzony przez notariusza. Alicja nie miała jeszcze testamentu, w którym wszystko oczywiście przekazywałaby „swojemu ukochanemu mężowi", ale połowa jej szafki w łazience stała cały czas pusta, czekając na jego pędzle do golenia, nożyki do golarki, wody kolońskie i prezerwatywy.

Poza tym, że była absolwentką najlepszego kursu gotowania w Warszawie, jeszcze na dodatek kiedyś spontanicznie przez tydzień uczyła się od zaprzyjaźnionego barmana mieszać najlepsze drinki.

Wszystko dla „niego". Ale szczerze mówiąc, Alicja nie do końca wierzyła, że droga do serca mężczyzny prowadzi przez żołądek. Uważała, że można pójść na skróty. I dlatego wydała majątek, aby kupić ostatnie, „koniecznie oryginalne", dwutomowe wydanie *Kamasutry*, czytała angielski „Cosmopolitan", bo polskiego jeszcze wtedy nie było, dzięki czemu wiedziała na przykład, jak to jest „po grecku", a także dlaczego on „będzie jęczał" z rozkoszy, gdy zanim weźmie się „go" do ust, najpierw „possie się kostki lodu razem z cukierkami miętowymi". Ponadto ostatnio z prawdziwie żołnierską dyscypliną ćwiczyła mięśnie pochwy.

Ale nawet to niespecjalnie pomagało. Wiedziała dokładnie, bo Alicja jej o tym w najdrobniejszych szczegółach opowiadała, rozczarowana swoimi mężczyznami, przeważnie już po pierwszym tygodniu. Stwierdzała po raz kolejny, że faceci to w ogóle dziwne stworzenia. Boją się dentysty, wypadania włosów i tego, że ich telefon komórkowy nie będzie miał zasięgu. Uważała, nie bez racji, że w tym całym lęku „haczy" im się prostata. Czasami, przeważnie tak po trzecim tygodniu wspólnego zamieszkiwania, bała się, że nagle ten jej „jedyny i wymarzony", gdy ona przytuli się do niego gorącymi piersiami spod zdjętej właśnie koszulki nocnej, powie: „Kochanie, daj mi dzisiaj spokój. Nie widzisz, że mam okres?". Bo Alicja chciała mieć płomienie co noc. Zapominała, że płomienie co noc mają tylko strażacy.

W takich momentach właśnie Alicja przyłapywała się na mrożącej krew w żyłach myśli, że tak naprawdę to ten facet leżący obok w łóżku zakłóca jej to, co ona lubi najbardziej: harmonijną, wypielęgnowaną i ustabilizowaną samotność. Tę samotność z zawsze czystą łazienką, naczyniami zawsze prawidłowo ustawionymi w zmywarce, termoforem kładzionym bez skrępowania na podbrzuszu w pierwszym dniu okresu i jej ulubionymi sobotami przed telewizorem lub z książką i muzyką Kenny'ego G w tle zamiast tych makabrycznie nudnych, zadymionych papierosami do granic brydżowych wieczorów albo idiotycznych, pełnych wulgarności spotkań przy wódce z jego kolegami z wojska, technikum lub biura.

Ale tak myślała tylko krótką chwilę i z poczuciem ogromnej winy. Przecież samotność to najgorszy rodzaj cierpienia! Czyż Stwórca nie powołał świata do istnienia dlatego właśnie, że czuł się samotny? Niech już chrapie, zostawia brudne skarpety na środku pokoju i pali w sypialni. Niech tylko będzie.

Wszyscy ci „jej mężczyźni" nie umieli – albo nie chcieli – z nią rozmawiać. Mieszkali z nią, jedli z nią kolacje i śniadania, mieli z nią superseks – bo ona robiła bez wahania wszystko, czego oni sobie życzyli i o czym przeczytała w nowoczesnych gazetach dla panienek poszukujących wielokrotnego orgazmu z Mr. Ten Właściwy – ale to nie znaczyło, że chcą akurat z nią się zestarzeć. A ona głównie o tym chciała rozmawiać i oczekiwała z ich strony zdecydowanych deklaracji. Tych, których dotychczas spotykała, nie interesowały za bardzo rozmowy o ślubach, kupnie „na spółkę" większego mieszkania i kolorze tapet w dziecięcym pokoju, gdyby „to była dziewczynka". Dlatego wyprowadzali się od niej przeważnie przed upływem drugiego miesiąca.

Tak robili jednak tylko ci, którzy w ogóle mogli się do niej wprowadzić. Byli też liczni tacy, którzy wprowadzić się nie mogli. Ci, chociaż częściej niż tamci mówili jej wszystkie romantyczne rzeczy, o których marzyła, byli najgorsi. Mieli żony, często dzieci, którym „nie wolno zrobić krzywdy", a także biografie pełne kryzysów wewnętrznych. Ich na tapety do dziecięcego nie można było namówić w ogóle, a przy tym Alicja miała trudności z dostrzeżeniem różnicy między mężczyznami, którzy mają dopiero zamiar opuścić swoją żonę, a tymi, którzy już to zrobili. Gdy w końcu tę różnicę dostrzegała, było już za późno, aby zrobić unik i nie przyjąć kolejnego ciosu.

Każde rozstanie z kolejnym „mężczyzną życia" było dla Alicji jak zderzenie z ciężarówką. Gdy już poskładała się na tyle, aby móc myśleć o przyszłości, zaczynała znowu się rozglądać. Znowu chudła i jej piersi wysuwały się znowu do przodu. Tego też jej zazdrościła. Gdy ona chudła, to właśnie jej piersi zmniejszały się najbardziej. Czasami miała wrażenie, że wyłącznie piersi jej się zmniejszają.

Obecnie piersi Alicji, ledwie przykryte obcisłymi wydekoltowanymi bluzkami, dobrymi na ten lipcowy upał, znowu komunikowały światu, że ona szuka. Pewnie dlatego tak szybko zdecydowała się na Paryż. To był bardzo szczęśliwy zbieg okoliczności. Gdyby Alicja była akurat z kimś, nigdy nie wyjechałaby z Warszawy. Ale na szczęście, także dla siebie, była sama. Więc zdecydowała się pojechać. I na dodatek wyciągnęła jeszcze Asię.

Asia...

Absolwentka matematyki, zachwycająca się analizą matematyczną na równi z poezją Wojaczka. Brunetka o długich włosach i niezwykle zgrabnych nogach, pokazywanych ostatnio z niebywałą odwagą spod coraz krótszych spódniczek.

Zdyscyplinowana żona faceta z niezliczonymi kompleksami i mentalnością kaprala w kompanii karnej. Faceta, który częściej i z większym uczuciem dotykał karoserii i opon trzyletniego malucha niż ciała własnej żony. Wychodząc za mąż, była pewna, że kocha tego mężczyznę. Zresztą była wtedy taka młoda. Nie miała jeszcze osiemnastu lat, gdy pojawił się w ich miasteczku i w jej życiu. Spokojny, czysto ubrany, nie klął i nie pił. To, że nie pił, ujęło ją w nim najbardziej. Kiedy była dorastającą dziewczyną, nie wstydziła się przeraźliwie chudych i krzywych nóg lub biednych, wyśmiewanych przez koleżanki z klasy sukienek, które ich matka nieustannie przerabiała i farbowała. Wstydziła się tylko pijanego ojca, leżącego często na ławce przy wejściu do ich bloku. Tak było zawsze. Ojciec zawsze pił, matka zawsze płakała, ona zawsze się wstydziła. Jej przyszły mąż wyzwolił ją z tego wstydu. Nie pił i zabrał ją do Warszawy. Jak mogła go za to nie kochać?

Cicha, trochę wylękniona, zamknięta w sobie poszukiwaczka wzruszeń i uniesień. Martwił ją każdy dzień bez „przeżyć". Gdy udało się jej w końcu „wyrwać chwilę dla siebie" w zagonionym życiu przepełnionym pracą i o wiele za wcześnie urodzoną ukochaną córeczką Dominiką, odwiedzała galerie, muzea i filharmonię, a także słuchała wykładów z kosmologii, genetyki i psychologii. Wracała z tych „chwil dla siebie" podniecona tym, co przeżyła, ale także wystraszona i z poczuciem winy wobec męża, który tylko w akcie niezwykłej łaski i tylko raz w miesiącu godził się samodzielnie „przez maksimum dwie godziny" zaopiekować córeczką i który nie mógł zrozumieć, o co „tak naprawdę" chodzi jego „nawiedzonej" żonie.

Zawiodła go. Zawiodła go całkowicie. Miała tylko go kochać, wychować mu córkę i nauczyć się robić dżemy na zimę. Ona tymczasem skończyła matematykę i kupowała dżemy w spożywczym na rogu. Ale nie to było najgorsze. Ona nie kochała już swojego męża. Jak mogła, niewdzięczna?! Wziął ją do Warszawy „z tego zadupia, gdzie nie było nawet tramwajów", niemalże nauczył „jeść nożem i widelcem", a ona teraz „odgrywa wrażliwą panią magister".

Zupełnie niedawno, w trakcie jej przyjęcia urodzinowego, zamknęły się w łazience i Asia opowiedziała jej to, czego nigdy przedtem nie mówiła przy Alicji.

Nie wiedziała dokładnie, kiedy przestała kochać swojego męża. Może wtedy, gdy mimo jej próśb, wyjechał na narty do Szczyrku i zostawił ją na tydzień samą w siódmym miesiącu ciąży, gdy miała plamienia. Wstydziła się zadzwonić do swoich rodziców. Sama pojechała w koszuli nocnej ich samochodem do szpitala. Pamiętała do dzisiaj – drżała, opowiadając o tym – jak ciepła strużka krwi płynęła po jej udach i wsiąkała w świeżo wypraną przez jej męża tapicerkę malucha. A ona nie wiedziała, czego boi się bardziej: tego, że utraci swoje dziecko, czy tego, co on powie, gdy zobaczy te plamy z krwi na siedzeniu.

A może wtedy, gdy wróciła skonana z pracy, po nieprzespanej nocy, i na korytarzu, zaraz przy wejściu do windy, znalazła leżącego na zimnym lastryko, w kałuży moczu i drżącego w konwulsjach ich czarnego labradora.

Ktoś z sąsiadów, nie godząc się z tym, że mieli psa w domu, podał mu zatrute jedzenie. Postanowiła go uratować. Opiekowała się nim. Leczyła. Kochała tego psa. Zresztą od powrotu z Nîmes kilka lat wcześniej kochała absolutnie wszystkie psy. Podawała mu leki kupione za własne, oszczędzone w tajemnicy przed mężem, pieniądze. A ostatnie dni nie spała, aby sprzątać jego wymiociny, zmieniać pled wilgotny od moczu i podawać antybiotyki, które przepisał weterynarz. Mąż uważał, że to był wyłącznie jej pies, i po prostu, gdy któregoś dnia wrócił przed nią z pracy, wyrzucił go na klatkę schodową, bo „nie mógł już więcej wytrzymać tego cholernego smrodu". Po raz pierwszy dostała ataku histerii. Słuchała swoich przekleństw, wykrzykiwanych nienaturalnie piskliwym głosem, dziwiąc się, że w ogóle zna takie słowa. Wtedy też, po tym wydarzeniu, jej mąż zauważył, że istnieje granica, poza którą jego z reguły spokojna i podporządkowana żona staje się nieobliczalna i gotowa na wszystko.

Pies zdechł dwa dni później. W nocy. Przestał nagle charczeć. Wiedziała, że to koniec. Płakała, siedząc na podłodze oparta o lodówkę w kuchni. Postanowiła nie mówić nic mężowi. Rano zadzwoniła po ojca. Pojechali na działkę rodziców w Aninie i zakopali go na końcu alei. Zaraz przy klombie, na którym wiosną wyrastają stokrotki. Czasami, gdy teraz przyjeżdża na działkę do dziadków ze swoją córeczką, idzie tam w tajemnicy przed wszystkimi i siada na trawie. Myśli o nim, patrząc na to miejsce, gdzie go zakopali. Kiedyś jej córeczka podeszła bezszelestnie do klombu i przyłapała ją, gdy płakała. Nie powiedziała jej wtedy o psie. Byłoby jej smutno.

A może wtedy, gdy pewnego dnia on wrócił wcześniej z pracy i przyłapał ją płaczącą nad książką w sypialni, podczas gdy ich córeczka w kuchni rozsypała mąkę i wylała na nią zawartość nocnika. W zasadzie nic takiego się nie stało. Po prostu zapomniała o świecie, zatopiona w lekturze. Patrzyła na niego, przerażona, przez łzy, gdy wyzywał ją z pianą na ustach od najgorszych, i zastanawiała się, gdzie jest ten mężczyzna, który przed laty potrafił ją wzruszyć tak jak ta książka.

Po tym zdarzeniu postanowił ją ukarać. Przestał z nią sypiać. Nie dlatego, że tego nie potrzebował. Potrzebował. Czasami, ładując pralkę, znajdowała ręczniki ze stwardniałymi plamami jego wyschniętej spermy lub białe plamy na jego bieliźnie.

On z nią nie sypiał za karę.

Za to, że była mądrzejsza, wrażliwsza, czytała książki i potrafiła nad nimi płakać.

Tak naprawdę to już nie była żadna kara. To też powiedziała wtedy, gdy zamknęły się w łazience. Seks z mężem przestał być fascynujący, gdy zauważyła, że w zasadzie nie jest mu potrzebna. Do tego, że kocha się z nią, milcząc, przyzwyczaiła się po roku. Chciała go słyszeć. Chciała, by szeptał jej imię, mówił jej do ucha czułości albo był choćby tylko wulgarny. Tego też czasami chciała. Ale on nie mówił nic. Nigdy. Kiedyś ona zaczęła szeptać czule do niego. Wyszedł z niej, odepchnął na drugą stronę łóżka i powiedział, że ma „być cicho, bo on nie może się skupić".

To jego milczenie, gdy przesuwał się nad nią z zagryzionymi wargami jak czeladnik stolarski na egzaminie na majstra nachylony nad deską, którą musiał dokładnie przepiłować! To trwało zawsze tak krótko, że ona nawet nie zaczynała być wilgotna. Kończył zadowolony z siebie, zsuwał się z niej i szedł do łazienki, skąd potem już do niej nie wracał. Brał piwo z lodówki, włączał telewizor i oglądał do późna, najczęściej ten idiotyczny boks w Eurosport, podczas gdy ona leżała twarzą odwrócona do odrapanego żeliwnego kaloryfera i zastanawiała się, czy on czułby to samo, gdyby wkładał swój penis w otwór ich nowego odkurzacza. Ale tak myślała dopiero od niedawna. Jeszcze kilka miesięcy wcześniej płakała cicho, tłumiąc odgłos łkania – aby on nie usłyszał – poduszką wilgotną od jego potu.

Gdy Asia jej o tym opowiadała, ona natychmiast skojarzyła to z tym, co stało się kilka miesięcy wcześniej podczas jednego ze spotkań w pubie, na którym był, wyjątkowo, także mąż Asi. Rzadko z nią przychodził, bo na tle inteligentnej żony wypadał zawsze jak miernota niemająca nic do powiedzenia. Zresztą nie musiał nawet „wypadać" – był absolutnym miernotą i naprawdę nigdy nic nie mówił.

Tego wieczoru Asia, po kilku drinkach, z błyszczącymi oczyma i rozrzuconymi w nieładzie długimi czarnymi włosami, bez skrępowania adorowana przez młodego aktora, którego przyprowadził aktualny narzeczony Alicji, zaczęła opowiadać dowcipy. Wszyscy wysłuchiwali jej z uwagą. Asia zawsze opowiadała najlepsze dowcipy. W pewnym momencie zapytała:

– Czy ktoś wie, jak długo przeciętnie trwa seks między małżonkami w Warszawie?

Nikt oczywiście nie wiedział tak dokładnie jak Asia.

– Około dwudziestu trzech minut. Obejmuje to oczywiście rozbieranie się, grę wstępną, samo pożycie, a także wiadomości *Panoramy* o północy.

Gdy już wszyscy skończyli się śmiać, dodała:

– W niektórych domach zamiast *Panoramy* jest podsumowanie dnia na Eurosport. To trwa dokładnie dwadzieścia minut, o pięć minut dłużej niż *Panorama*.

Zapadła cisza. Wszyscy przy stoliku w tym klubie, oprócz tego młodego aktora, wiedzieli, że mąż Asi ogląda prawie wyłącznie Eurosport. Zerkali ukradkiem na niego. Miał nienawiść w oczach i zaciśnięte usta. Po chwili wstał i odszedł bez słowa, nie żegnając się z nikim. Asia nie ruszyła się z miejsca. Została z nimi do końca wieczoru. Młody aktor nie tracił czasu. Natychmiast przysunął swoje krzesło do niej i wszystkie następne dowcipy Asia opowiadała już tylko jemu.

Tej samej nocy po powrocie z pubu, nie mogąc zasnąć, pokonała lęk i pod jakimś pretekstem zadzwoniła do Asi, aby upewnić się, że wszystko jest w porządku. Bała się o nią. Wiedziała, że jej mąż potrafi być nieobliczalny. Asi jeszcze nie było.

Dwa miesiące później Asia przysłała jej e-mail i przyznała się, że jeszcze tej nocy, gdy ten aktor odprowadzał ją do taksówki przez opustoszały park, „na skróty", nagle przytuliła się do niego i zaczęła go całować. Chciała go tylko całować. Nic więcej. Tylko to.

Pamięta, że czuła rodzaj podniecenia i zazdrości, gdy czytała dalej ten e-mail:

Wziął mnie za rękę. Zniknęliśmy z głównej alei tego i tak opustoszałego parku za ogromnym drzewem przy stawie. Zdjął marynarkę, położył na mokrej od rosy trawie. Uniósł mnie lekko i postawił na marynarce. Zdjął mi spódnicę i rajstopy. Gdy już stałam od połowy w dół naga, ukląkł przede mną i zaczął całować moje stopy. Całował moje stopy tak, jak nikt nigdy dotąd nie całował moich ust. Wyobrażasz to sobie?!?!?!?

W pewnym momencie odnalazł po omacku moje buty. Podniósł mnie delikatnie i wepchnął w nie. Byłam znowu o 8 cm wyższa. Bardzo to nam się później przydało...

Ale to było później. Przedtem był we mnie dwoma palcami. Obydwoma i w obu miejscach naraz. No, wiesz...

Było cudownie. Mówił do mnie cały czas. Nawet nie pamiętam, co. Zresztą nieważne.

Mówił.

Nigdy więcej się z nim nie spotkałam.

Ale do tego parku przychodzę. Najczęściej gdy jest mi smutno albo gdy przeczytam jakąś ważną książkę.

Gdy wróciłam wtedy nad ranem do domu, mój mąż uderzył mnie tylko jeden raz. Kiedy mała zaczęła płakać, obudzona jego krzykiem, wyjęłam walizkę z komórki i zaczęłam pakować.

Nie wiem, dlaczego najpierw spakowałam rzeczy małej, a potem moje książki. Gdy wychodziłam z mieszkania, on klęczał przed drzwiami i łkał. Zostałam. W gruncie rzeczy to dobry człowiek. Zmienił się. Nie ogląda już Eurosportu.

Asia

Pamięta, że skończyła czytać ten e-mail i wiedziała, że to „nie ogląda już Eurosportu" to akt kapitulacji. Cały smutek i rozpacz tego aktu mogła wyrazić takim jednym krótkim zdaniem tylko Asia. Mimo wszystko ta kapitulacja to i tak zwycięstwo Asi. Nie jest już szeregowcem w kompanii karnej swojego męża.

Szeregowcy nie jeżdżą przecież na przepustki do Paryża!

Z zamyślenia wyrwał ją ten młody praktykant, pytając z uśmiechem:

– To mam zarezerwować te dwa miejsca?

– Nie – odpowiedziała stanowczym głosem. – Pojadę, gdy będzie pan miał trzy miejsca.

Nic nie mówiąc, odwrócił się do ogromnego regału z segregatorami. Sięgnął po jeden i patrząc jej w oczy, powiedział:

– Oni, to znaczy ten hotel, mają stronę na www. Mogę sprawdzić, czy coś się zmieniło. Ma pani czas, aby zaczekać? – zapytał, napełniając jej szklankę wodą mineralną i wkładając bez pytania następny plasterek cytryny.

– Oczywiście, że mam. Czy mogę przysiąść się do pana? Chciałabym widzieć, jak pan to robi.

Odkąd znała Jakuba, wszystko wiążące się z Internetem kojarzyło się jej automatycznie z czymś absolutnie godnym uwagi, interesującym i bardzo tajemniczym.

Nie czekając na jego zgodę, przysunęła swoje krzesło tak, aby widzieć monitor komputera. Dotykała ramieniem poręczy jego krzesła i zastanawiała się, co pomyślałby o niej, gdyby nagle zapytała, jakiej wody kolońskiej używa.

Wystukał adres strony internetowej hotelu: www.relais-bosquet.com.

– Wie pani, że ten hotel jest na Polach Marsowych i że mogłaby pani zamieszkać prawie przy wieży Eiffla?

– Teraz wiem. Ale to jest mi zupełnie obojętne. Bardzo chcę być w Paryżu siedemnastego lipca. Ja mogę spać nawet na trawniku pod wieżą Eiffla. Jeśli wszystko się uda, nie będę w ogóle spać. Głównie chodzi o to, aby moje przyjaciółki miały łóżka w tym hotelu. Jeśli dostaną i łazienkę, będzie pan prawdziwym skarbem.

Patrzyła na monitor jego komputera, podczas gdy on nawigował po stronach www hotelu pokazujących wystrój pokoi, oferowane przez hotel usługi, a także mapy z jego położeniem. Faktycznie. Trudno było sobie wyobrazić hotel, który mógłby być bliżej wieży Eiffla. Na ekranie ukazał się grafik wolnych pokoi.

– Zależy pani na pokoju jednoosobowym czy może pani ewentualnie spać z koleżankami? – zapytał, patrząc na jej prawą dłoń z obrączką na palcu.

Nagle, gdy on tak wprost ją o to zapytał, zdała sobie sprawę, że oczywiście zależy jej, aby mieć pokój jednoosobowy. Niezależnie jak bardzo niemoralnie może się to komuś kojarzyć, jej zdecydowanie na tym bardzo zależy! Oczywiście, że chciałaby być z nim sama, gdy tylko on pokona swoją nieśmiałość i odważy się przyjść z nią do jej hotelu. Nie wiedziała jeszcze dokładnie, co mogłoby oznaczać być z nim „sam na sam" w hotelu w Paryżu, bardzo blisko wieży Eiffla, ale czuła, że musiałoby to być bardzo przyjemne. Dlatego gdy tylko praktykant poruszył ten temat, natychmiast pomyślała, że właśnie zaczął się jej okres i w związku z tym z absolutną pewnością nie będzie miała okresu między 16 i 20 lipca.

Nie będę miała okresu i pokój będzie jednoosobowy – pomyślała.

Wyciągnęła dłoń po szklankę z wodą, zgarnęła włosy znad czoła i nie podnosząc oczu, powiedziała:

– Skoro już wiemy, że nie muszę spać na trawniku pod tą wieżą, zależy mi na tym, aby nie zakłócać snu moich najlepszych koleżanek, gdybym postanowiła, na przykład, naprawdę nie spać, aby nie tracić czasu w tym cudownym mieście, albo…

Nie dokończyła, bo on wpadł jej w słowo, mówiąc:

– Zarezerwowałem pani pokój od strony ogrodu. Strona od tarasu jest zaraz nad restauracją w podwórzu. Francuzi są bardzo hałaśliwi, gdy wypiją za dużo wina. Tego nie chciałaby pani z pewnością, prawda? Będzie pani mogła „nie zakłócać snu" nikomu, kto nie będzie sobie tego akurat życzył.

Popatrzył na nią z uśmiechem.

– Czy może pani zostawić zaliczkę także w imieniu koleżanek? Wyjazd jest za kilka dni i wolałbym mieć odrobinę pewności, że nie zmienią panie zdania. Tym bardziej że hotel zdążył już potwierdzić rezerwację pokoi dla pań. Niech pani sama zobaczy. – Odwrócił ekran monitora w jej stronę i palcem wskazał na tekst e-maila faktycznie potwierdzający ich rezerwację.

Zdziwiła się trochę, że potwierdzenie nadeszło tak szybko i po polsku, ale zignorowała to i powiedziała:

– Ja nie zmienię zdania, nawet gdyby wieżę Eiffla przeniesiono w inne miejsce. Ważne, żeby hotelu nie ruszali. Głównie ze względu na ten ogród. Za koleżanki też ręczę. Czy wystarczy panu poręczenie moją kartą kredytową Visa?

Wychodząc z tego biura, czuła, że fala gorąca, która ogarnęła całe jej ciało, wcale nie jest skutkiem wyjątkowego upału tego lata. Było jej tak gorąco, bo zdała sobie sprawę, że decyzją sprzed chwili zmieniła radykalnie, na razie tylko wobec siebie, status znajomości z Jakubem. Wirtualność, bezpieczne oddalenie, niefrasobliwa kokieteria, te niespodziewane, ale w gruncie rzeczy niezobowiązujące wyznania oraz intymności wtrącane w teksty wystukiwane na klawiaturze ich komputerów mogą niebawem stać się wspomnieniem niebanalnego flirtu z początku autentycznego związku.

Niebezpiecznego związku.

I chociaż zabrzmiało to patetycznie i groźnie, jak tytuł jakiegoś telewizyjnego reportażu, wiedziała, że to właściwa nazwa. Ten związek niebezpiecznie dryfował w jednym kierunku. Mimo to chwilę później, czekając obok biura na taksówkę, szepnęła rozpromieniona do siebie:

– A co tam…

Postanowiła koniecznie zapytać Alicję i Asię, czy ich dotychczasowe decyzje typu „A co tam…" były zawsze właściwymi decyzjami. Jej były. Jak dotąd wszystkie. Bez wyjątku.

Siedziała w taksówce i myśli kłębiły się w jej głowie. Co powinna przeczytać o Paryżu przed wyjazdem? Pewnie i tak nic nie przeczyta. Ale Asia jak zwykle będzie wiedziała wszystko. Co powinna zabrać z sobą? Czy zdąży pójść do kosmetyczki i fryzjera? Czy powinna kupić nową bieliznę? À propos bielizny… Kiedy ostatnio woskowała nogi? Jak będzie pachniał na jego skórze ten zapach, który tak wiele razy wąchała w perfumerii? À propos jego skóry. Ile można by schudnąć przez tych kilka dni do jego przylotu, gdyby się jadło wyłącznie szparagi? Ostatnio czytała, że nie dość, że nie mają żadnych kalorii, to jeszcze do tego genialnie odwadniają. Z drugiej strony lepiej nie przesadzać z tymi szparagami. I tak przy wszelkich dietach najbardziej zmniejszają się jej piersi. Wiedziała na pewno, że nie chciałaby mieć mniejszych piersi w Paryżu, niż ma teraz. Wręcz przeciwnie. Chciałaby, aby jej piersi w Paryżu były tak duże jak nigdy dotąd.

Przez chwilę zastanawiała się także, jak o tej podróży powie mężowi. Tymczasem jednak jechała taksówką z powrotem do swojego biura, aby przede wszystkim powiedzieć o tym jemu, Jakubowi.

Dochodzi siedemnasta w Warszawie – myślała. – W Nowym Orleanie jest około siódmej rano. On wchodzi do Internetu po śniadaniu. Jeśli ten taksówkarz przedrze się z Krakowskiego Przedmieścia pod moją firmę w pół godziny, to powinnam zdążyć! Jakub przeczyta e-mail z informacją o moim przyjeździe, zanim opuści hotel, aby pojechać do centrum kongresowego. Będzie miał cały dzień, aby o tym pomyśleć.

Uśmiechnęła się. Ale to znowu ja – pomyślała. – Ja go sobie znalazłam, ja wciągnęłam go w moje życie, ja teraz jadę do niego.

Jednak nie czuła się ani trochę niezręcznie. Jakub w tym wszystkim, co pisał do niej lub robił dla niej, choć potrafił bardzo często przekraczać – trzeba przyznać, że z niespotykaną gracją – granice intymności, zawsze udowadniał, czasami nawet z przesadą, jak bardzo ją szanuje. Dlatego fakt, że to ona jedzie do niego, a nie on do niej, w żaden sposób nie mógłby być przez niego niewłaściwie zinterpretowany. Poza tym nie spotkali się dotychczas tylko dlatego, że to on nie chciał komplikować jej życia.

Poza tym – myślała – ten cały plan z Paryżem, przypadkowość jego tam pobytu, przypadkowość tej jej spontanicznej, „z biegu" organizacji, wszystko to powodowało, że spotkanie – jeśli dojdzie do skutku – będzie po prostu rezultatem niebywałej konstelacji wydarzeń, których dynamice oni się tylko poddają.

Wyjęła lusterko i poprawiając makijaż, zastanawiała się nad tym. W momencie gdy przyszła jej do głowy ta „konstelacja wydarzeń", musiała, po prostu musiała zaśmiać się głośno do odbicia swojej twarzy.

Od kiedy to potrafię wymyślać takie bzdury, używając tak bardzo naukowego języka? – pomyślała.

Taksówkarz akurat zatrzymał samochód przed wejściem do budynku jej firmy i najwidoczniej źle interpretując ten śmiech, postanowił spróbować szczęścia. Odwracając twarz do niej, zapytał:

– Maleńka, chciałabyś, abym cię zawiózł na koniec świata? Wyłączyłbym licznik. Chciałabyś?

Patrzył na nią, uśmiechając się obleśnie i odgarniając resztki tłustych włosów z czoła. Zdążyła zauważyć, gdy mrużył oczy w uśmiechu, że ma dwie duże kropki wytatuowane na środku powiek. Postanowiła nie komentować pytania, zanim wysiądzie z taksówki. Nic nie mówiąc, odliczyła sumę wskazywaną przez taksometr. Podała pieniądze i stojąc już bezpiecznie na ulicy, powiedziała:

– Nie. Nie chciałabym. Dla mnie koniec świata jest trochę dalej niż pana domek na działce w kierunku na Płock, Pułtusk albo Skierniewice.

Zatrzasnęła drzwi i szybko odeszła, aby nie słyszeć jego komentarzy.

W takich sytuacjach jak ta zastanawiała się, jak to możliwe, by Jakub i na przykład taki taksówkarz należeli do tego samego gatunku.

Który jest mutantem: Jakub czy ten taksówkarz? Postanowiła zapytać kiedyś o to Jakuba. Jest w końcu znanym genetykiem. Powinien to wiedzieć.

Wbiegła do biura. Słyszała odkurzacz sprzątaczki w pokoju na końcu korytarza. Rzuciła torebkę na krzesło pod oknem, zdjęła buty, przycisnęła fioletowy guzik włączający jej komputer, wyjęła słuchawkę telefonu z muszli ładowarki akumulatorów i idąc do kuchni, wystukała numer Alicji.

– Ala, możesz się pakować. Jedziemy w niedzielę rano. Spotkamy się jutro tam gdzie zawsze, podam wam wszystkie szczegóły. Boże, jak się cieszę. Ala, wiesz, że on tam będzie? Jeden cały dzień. I jedną całą noc. Teraz muszę kończyć. Zadzwoń do Asi.

Wyjęła wodę mineralną z lodówki, rozerwała srebrzysty woreczek z kwaskiem cytrynowym i wlała zawartość do szklanki. Wróciła do swojego biurka. Połączyła się przez modem z Internetem. Uruchomiła przeglądarkę stron www. Znalazła adres strony lotniska Charles'a de

Gaulle'a w Paryżu. Po krótkich poszukiwaniach wyświetliła na ekranie kolorowy szkic, wyjątkowo dokładny, fragmentu terminalu, na który przylatywały samoloty linii TWA. On miał przecież przylecieć TWA z Nowego Jorku. Przez chwilę analizowała go w skupieniu. W pewnym momencie uśmiechnęła się szeroko.

Drukarka na biurku pod oknem wysuwała jeszcze ciągle arkusze wydruku schematu lotniska, podczas gdy ona uruchomiła program pocztowy. Zaczęła pisać podniecona:

Warszawa, 11 lipca

Jakubku, chociaż to prawie niemożliwe w naszym przypadku, po raz pierwszy czuję w jakiś niewytłumaczalny i magiczny sposób, że jesteś bardzo daleko. Przeczytałam prawie wszystko o Nowym Orleanie i nawet byłam na stronie www tego Twojego Dauphine New Orleans. Nic nie pomogło. Tęsknię za Tobą bardziej i inaczej. Tak jakby to, że jesteś w Nowym Orleanie, różniło się od tego, gdy jesteś w Monachium. Ale już niedługo wrócisz. Jeszcze tylko tydzień.

W czwartek 18 lipca rano wylądujesz na lotnisku w Paryżu. Wyjdziesz bramą obok tej wielkiej świetlnej reklamy Air France i skręcisz w lewo, przechodząc obok stanowisk TWA, a potem obok małej kwiaciarni przylegającej do kiosku z gazetami. Gdy będziesz tamtędy przechodził, zwolnij trochę.

Będę tam stała i czekała na Ciebie.

Będę w zielonej sukience i będę miała z pewnością zielone oczy. Zawsze są tego koloru, gdy jestem szczęśliwa.

Wystukała jego adres i wysłała. Telefonicznie zamówiła taksówkę. Wyłączyła komputer. Sprzątaczka ciągle jeszcze była w biurze, gdy wychodziła. Tak dziwnie wzruszona. Trochę smutna.

Dlaczego on się tak cholernie spóźnił. Zjawił się w moim życiu za późno – myślała. – O jedną obietnicę za późno.

Mąż przyjął wiadomość o wyjeździe do Paryża z zupełnie nieoczekiwanym przez nią spokojem. Miała nawet wrażenie, że się ucieszył, że przez tydzień zostanie sam. To było jak ukłucie igłą. Powinien jednak, chociaż przez chwilę, protestować. A potem dać się przekonać, że „jej się to należy", że „od trzech lat nigdzie nie wyjeżdżali" i że to przecież „niebywała okazja, ta oferta z biura podróży", i że w ogóle one zawsze z Asią i Alicją chciały mieć taki „babski" wyjazd. Nic takiego nie miało miejsca. Nie protestował. Wysłuchał jej w milczeniu, siedząc wpatrzony w ekran komputera, gdzie zmieniały się schematy projektu, nad którym ostatnio pracował, powiedział krótko: „okay", i wrócił do swojej pracy.

Wiedziała, że ten chłód, tak wyraźny ostatnio między nimi, istniał już „przed Jakubem". Bardzo długo przed. I wtedy był nawet bardziej dotkliwy niż teraz. Może dlatego to ciepło, które przyniósł ze sobą Jakub, działało na nią tak, że była gotowa do takich szaleństw jak ta eskapada do Paryża. Mimo to obojętność męża, chociaż tak wygodna w tej sytuacji, zabolała ją.

Może to tak jest – myślała – że kobieta, jeśli ma taką szansę, chciałaby być najważniejsza w życiu jak największej liczby mężczyzn. Ale do czasu. Kobieta może kochać jednocześnie dwóch mężczyzn dopóty, dopóki jeden z nich się nie zorientuje. To wiedziała z całą pewnością.

Nie miała natomiast pewności, czy jeszcze ciągle kocha swojego męża.

O tym, co czuje do Jakuba, wolała nie myśleć. To wszystko może się zmienić, gdy on zaistnieje naprawdę. Gdy będzie można go zobaczyć, dotknąć, usłyszeć jego głos. W rozprawach ze swoim sumieniem to „zmienić się" miało oznaczać, że ona w jakiś sposób opamięta się, stykając się z prawdziwym Jakubem. Spotka go, uzna, że jest normalny, i może nawet uroczy, ale na pewno nie będzie to jak ten „szał" na obrazie Podkowińskiego, który ostatnio przypomniała sobie, gdy Asia wyciągnęła ją w niedzielę rano do galerii.

Wolała nie myśleć teraz, co by było, gdyby to „zmienić się" miało oznaczać coś wręcz przeciwnego.

Wtajemniczę we wszystko Asię – pomyślała. Będą miały mnóstwo czasu, aby to omówić w drodze do Paryża.

Teraz jednak, już w tym autobusie, patrząc na siedzącą naprzeciwko Asię zatopioną w lekturze najnowszej książki Gretkowskiej, zastanawiała się, czy ten pomysł z wtajemniczeniem ma sens. Co może jej powiedzieć kochająca poezję matematyczka, pogodzona z losem żona biologicznego ojca swojej córki? Albo udowodni, że to równanie nie ma absolutnie żadnych rozwiązań i trzeba je zignorować jako nieistotne, albo powie, że Jakub to jedyne możliwe rozwiązanie. Do obydwu odpowiedzi nie była – jeszcze – przygotowana.

Przez chwilę patrzyła na Asię. Czytała tę książkę całą sobą! Wzdychała, uśmiechała się, kręciła głową, zamykała oczy i przez chwilę myślała, aby zaraz wrócić do czytania. Ona zawsze i wszystko tak przeżywała. Taki syndrom postępującej nadwrażliwości. Pierwszy raz zauważyła to wtedy, gdy spędziły razem miesiąc w Nîmes.

To było kilka lat temu. Obie jeszcze wtedy studiowały. Kończył się sierpień. Świętowały jej urodziny. Asia podeszła do niej w kuchni, gdy tak jakoś zostały same, i powiedziała:

– Koło Nîmes na południu Francji są ogromne winnice. Mój kolega z roku zbiera tam winogrona od kilku lat. Piękne miejsce i nieźle płacą. Pojechałabyś ze mną? Tylko musisz się dzisiaj zdecydować. On czeka na odpowiedź.

Tydzień później jechały pociągiem do Berlina. Z Berlina do Nîmes postanowiły przejechać autostopem. Oczywiście nie powiedziała tego rodzicom. Nigdy by jej nie puścili. Ale nie wahała się ani sekundy, gdy Asia jej to zaproponowała. Były we dwie. Co mogło się im stać?! Nigdy tej decyzji nie żałowała. To była wyjątkowa przygoda. Wszystko układało się znakomicie. Aż do Lyonu. Tam opuściło je szczęście.

Z Berlina na autostradę w kierunku na południe wywiózł je kolejarz, którego zaczepiła Asia, pytając o drogę. Mówił tylko po niemiecku, francuskiego nie znał nawet z widzenia i rozumiał jedynie strzępy angielskiego. Mimo to uśmiechał się do Asi, tłumacząc jej cierpliwie po raz n-ty, jak przejechać przez cały Berlin z dworca ZOO na autostradę Berliner Ring. Za każdym razem mówił wolniej, wierząc, że gdy mówi powoli, łatwiej im zrozumieć. Nie umiał ukryć, że Asia mu się podoba. W pewnym momencie wyciągnął z kieszeni walkie-talkie i powiedział coś szybko po niemiecku. Chwycił Asię za rękę i poprowadził szybko tunelem w kierunku miasta. Ona biegła za nimi. Godzinę później wysadził je na stacji benzynowej przy autostradzie do Frankfurtu nad Menem. Zaczekał, aż znajdą godną zaufania okazję do Frankfurtu, a żegnając się, ukradkiem wcisnął Asi kartkę z adresem i numerem telefonu.

Do Frankfurtu jechały z Amerykaninem, żołnierzem stacjonującym w jednostce specjalnej wojsk amerykańskich w pobliżu Frankfurtu, który – rzadki wyjątek – doskonale mówił po francusku. Ku jego ogromnemu rozbawieniu Asia rozmawiała z nim po francusku, a ona po angielsku. Nie widziała mężczyzny, który miałby taki śliczny uśmiech.

Znał Nîmes. Zawsze się tam zatrzymywał w drodze na Côte d'Azur, gdzie co roku spędzał wakacje ze swoimi dziećmi. Uderzyło ją bardzo, gdy powiedział, że ma czworo dzieci i że wychowuje je sam, bo jego żona, która też była żołnierzem, zginęła w zamachu na amerykańską ambasadę w Tel Awiwie. Zrobiło się wtedy tak cicho w tym samochodzie.

Ciszę przerwała Asia, prosząc żołnierza, aby zatrzymał się na następnym parkingu. Wysiadła i poszła do budki telefonicznej. Gdy wróciła do samochodu, powiedziała po polsku:

– Słuchaj, ten kolejarz z Berlina zdążył nauczyć się po polsku! Gdy zrobiło się tak smutno, poczułam, że muszę do niego zadzwonić i jeszcze raz podziękować. Zrobił dla nas genialną rzecz, wywożąc na autostradę. Wyobraź sobie, że prawie zaniemówił, gdy mnie usłyszał. A na końcu powiedział tak śmiesznie, jak dziecko: „Dziękuję pani".

We Frankfurcie żołnierz wysadził je przy biurze studenckim, które koordynowało tanie wyjazdy prywatnymi samochodami do większych miast w Europie. Za niewielkie pieniądze można było zostać pasażerem w samochodzie jadącym na przykład do Lyonu. W pewnym momencie Amerykanin przeładował ich plecaki do czarnego bmw stojącego przed biurem, powiedział coś do kierowcy po niemiecku i polecił im się przesiąść do bmw. Nie zdążyły się z nim nawet pożegnać, gdy kierowca bmw ruszył gwałtownie. Patrzyła na tego amerykańskiego żołnierza i myślała o jego żonie, która zginęła w Tel Awiwie.

Do Lyonu dotarli nad ranem, ale utkwili w gigantycznym korku, który rozładował się dopiero po południu. Upał dochodził do 35 stopni. Kierowca klął bez przerwy. One mu wtórowały. Potem, z nudów, nauczyły go kląć po polsku. Gdy wysiadały na rogatkach Lyonu, były z siebie dumne. Kierowca, młody niemiecki blondynek w eleganckim garniturze od najlepszych krawców, klął w skupieniu w swoim klimatyzowanym i dekadencko wyposażonym bmw jak najprawdziwszy żul spod budki z piwem na Woli. I na dodatek w przerwach, gdy w ogóle nic nie ruszało się na autostradzie, robił notatki transkrypcji wszystkiego, czego go nauczyły. Taki pilny! A może Niemcy już tak mają, że do wszystkiego robią notatki.

Zaczęło się robić późno. Następnego dnia rano miały się zameldować na farmie w pobliżu Nîmes, aby podjąć pracę. Za Lyonem późnym popołudniem ciężarówka hiszpańska zabrała je dalej. Kierowca miał postój w Nîmes!

Gdy Asia zobaczyła drogowskazy na Avignon, zapytała kierowcy, czy to ten „Avignon z mostem". Gdy ten potwierdził, nie uzgadniając nawet z nią tego, zaczęła go prosić, aby zjechał z autostrady do tego miasta i je wysadził.

– Nie wybaczyłabym sobie, gdybym przejeżdżając tuż obok, nie zobaczyła tego mostu. Ty też nie wybaczyłabyś sobie, prawda? – powiedziała. – Zobaczymy tylko ten most, zjemy coś i pojedziemy pociągiem dalej. Zgódź się – mówiła w ten swój nieznoszący sprzeciwu sposób.

Oczywiście, chciała zobaczyć ten most. Poza tym już dawno nie była tak głodna jak wtedy. Od Frankfurtu nic nie jadły.

Most był normalny. Zupełnie nie pasował do swojej sławy. Dramatyczne było w nim jedynie to, że kończył się niespodziewanie i nie docierał na drugą stronę rzeki. To mogło pobudzać fantazję. Ale tylko tych, którzy nie znali prawdziwej historii jego zniszczenia. Asia znała ją w szczegółach i na fantazje nie zostało już miejsca.

Przeszły na sam koniec, tak daleko, jak się tylko dało, i dołączyły do turystów, którzy już tam byli. Usiadły na swoich plecakach, rozpięły bluzki i zaczęły się opalać.

Gdy wróciły jakiś czas później na dworzec, okazało się, że nie ma już żadnych połączeń do odległego o 100 kilometrów Nîmes. Wróciły pod most i rozbiły namiot, który Asia „dla pewności" dźwigała ze sobą. Chociaż było to nielegalne, spędziły noc pod mostem w Avignon – ukryły się z namiotem za ciężarówką stojącą na parkingu.

Do farmy dotarły o pół dnia za późno. Praca przy zbiorze winogron została już rozdzielona. Młody Algierczyk pełniący rolę personalnego rozkładał tylko ręce i udawał zmartwienie. Pamięta, że miała łzy w oczach, przeklinała Avignon, Asię, Demarczyk, która śpiewała o tym idiotycznym moście, i tego Algierczyka, który nic nie mógł zrobić. W pewnym momencie do probierni wina, w której urzędował Algierczyk, wszedł ogromny mężczyzna. Był ubrany w biały podkoszulek poplamiony krwią i skórzany fartuch wiszący na jego szyi na postrzępionych rzemieniach i przewiązany na biodrach szerokim pasem. Mimo upału miał na nogach kalosze. Też czerwone od krwi. Wyglądał makabrycznie. Algierczyk powitał go jak dobrego znajomego, nie zwracając najmniejszej uwagi na jego wygląd. Gdy olbrzym podszedł do chłodziarki i odwrócił się do nich plecami, aby wyciągnąć skrzynkę z wodą mineralną, zobaczyły, że podkoszulek ma na plecach wyblakły czarny napis Uniwersytet Warszawski. W pewnym momencie Algierczyk zaczął mu coś opowiadać, wskazując na nie. Po chwili olbrzym podszedł do nich i czerwieniąc się jak mały chłopiec, powiedział po polsku:

– Obok jest jeszcze jedna farma. Oni tam uprawiają kalafiory. Potrzebują akurat ludzi do pracy. Nie płacą tak dużo jak przy zbiorze winogron, ale można tam pracować dłużej niż dwa tygodnie. Jeśli chcecie, on zadzwoni i zapyta, czy was przyjmą.

Chciały. Nawet bardzo.

Od następnego dnia wstawały o piątej rano i jechały z rodziną właściciela farmy na pole. Praca polegała na osłanianiu kalafiorów od słońca. Zakłada się kilkaset różnokolorowych cieniutkich gumek na lewą rękę od nadgarstka do ramienia i podchodzi się do wegetującego kalafiora – nie wyobrażała sobie, że mogą być aż tak duże – zbiera się jego liście razem i owija nimi kwiat, a na koniec ściska gumką. Osłania to kalafior od słońca, dzięki czemu nie brunatnieje i można go korzystnie sprzedać.

O piątej rano kalafiory są mokre od przeraźliwie zimnej rosy. Pole, które się im trafiło, miało 6 kilometrów długości. Idzie się więc 6 kilometrów, nachyla nad każdym kalafiorem po drodze, obejmuje się go jak dziecko i zakłada tę gumkę. Po objęciu kilku kalafiorów jest się dokumentnie mokrym i drży z zimna. W południe zresztą też jest się mokrym. Tym razem od potu; przed upałem nie ma się gdzie ukryć, bo na polach kalafiorowych nie ma drzew. Gdy dojdzie się do końca pola, trzeba zawrócić. Z powrotem jest też 6 kilometrów. Wie się o tym najlepiej, gdy obejmuje się pierwszy kalafior pierwszego kilometra.

Po pierwszym dniu nienawidziła wszystkie kalafiory we wszechświecie i tego, kto je przywiózł do Europy. Po drugim miała granatową od siniaków całą lewą rękę, ściskaną przez dziesięć godzin ciasnymi gumkami. W trzecim dniu dostały wypłatę za pierwsze trzy i nienawiść do kalafiorów wyraźnie opadła, a i ręka już nie była taka granatowa.

Tego dnia postanowiły odwiedzić olbrzyma w podkoszulku Uniwersytetu Warszawskiego. Wiedziały tylko tyle, że miał na imię Andrzej, ale mimo to nie miały wątpliwości, że go odnajdą. Przypuszczały, że raczej rzadko we francuskich winnicach pracują tak olbrzymi ludzie jak ich Andrzej i jeszcze rzadziej są przy tym z Polski.

Za zarobione pieniądze kupiły kilka puszek piwa i na skróty, przez pola kalafiorowe, poszły do znanej sobie probierni wina. Były w doskonałych humorach. W połowie drogi otworzyły piwo i popijając, żartowały i śmiały się rozbawione. Pole kalafiorowe skończyło się i z bocznej drogi wyjechał nagle ktoś na rowerze. Zapytały o Andrzeja. Wyglądało na to, że każdy go tutaj znał. Dowiedziały się, że pracuje przy budynkach gospodarczych, kilkaset metrów za probiernią. Gdy zbliżały się do nich, słyszały głośne ryczenie krów.

Po chwili przechodziły, wstrzymując oddech z powodu strasznego smrodu, wzdłuż długiej, otynkowanej na biało obory. Minąwszy ją, z puszkami piwa w dłoniach, uśmiechnięte i rozbawione wyszły na coś w rodzaju podwórza gospodarczego.

Tego, co zobaczyły, nie zapomni do końca życia.

Od wrót obory w kierunku pola prowadził rodzaj wąskiego korytarza, wyznaczonego przez konstrukcję z brązowych od rdzy stalowych prętów. W wielu miejscach pręty oderwały się od spawów i wygięły do wnętrza korytarza. Tuż przy wrotach stał na ułożonym z belek podwyższeniu młody mężczyzna z butelką piwa w jednej dłoni i długą elektrodą, podobną do tych, jakich używają spawacze, w drugiej. Wpychając elektrodę pomiędzy prętami ogrodzenia, wbijał ją w karki krów, wyganianych przez kogoś z obory. Przerażone i rażone prądem krowy zrywały się do panicznej ucieczki, raniąc się dotkliwie o wystające pręty. Na końcu korytarz skręcał gwałtownie, zwężając się przy tym wydatnie. Krowy, aby przecisnąć się przez to zwężenie, musiały zwolnić. Mijały to zwężenie i wychodziły na wybetonowany okrągły placyk. W jego centrum stał Andrzej, ubrany w znany już im skórzany fartuch. Na rękach miał długie do łokci czarne rękawice. W prawej ręce trzymał duży młot, z tych, których używa się do wbijania pali w ziemię lub do rozbijania gruzu. Gdy krowa wydostawała się na betonowy placyk za przewężeniem, Andrzej jednym potężnym uderzeniem młota między oczy rozbijał jej czaszkę. Krowa wydawała wtedy charczący odgłos i przewracała się na beton. Z uszu, a czasami, gdy Andrzej nie trafił dokładnie, także z rozbitych pustych oczodołów, wypływała krew zmieszana z płynem i żelatyną ze zmiażdżonych gałek ocznych. Na placyk wyjeżdżał wózek akumulatorowy, podobny do tych, których używa się do przewożenia palet, wysuwał ogromne stalowe widły pokryte resztkami przyklejonej krwią sierści, podnosił jeszcze drgającą w konwulsjach krowę i wiózł do pobliskiego budynku. Na plac wchodziła następna krowa.

Pamięta, że gwałtownie odwróciła głowę, oszołomiona ohydą tego okrucieństwa, i zaczęła uciekać. Asi nie było już przy niej; biegnąc, kątem oka zauważyła, że klęczy w wysokiej trawie i wymiotuje. W tamtej chwili było jej to zupełnie obojętne. Chciała tylko jak najszybciej znaleźć się jak najdalej od tego miejsca. Zatrzymała się dopiero na polu z kalafiorami. Usiadła w bruździe między dwoma rzędami kalafiorów i z obrzydzeniem myślała o nieskończonym okrucieństwie ludzi.

Z zamyślenia wyrwał ją dopiero krzyk Asi, która przestraszyła się, gdy wracając, zobaczyła ją siedzącą pośród kalafiorów.

Podeszła i usiadła obok. Milczały razem przez jakiś czas. W pewnym momencie podniosła się i otrzepując piach ze spodni, powiedziała z nienawiścią:

– Jeżeli to z reinkarnacją jest prawdą, to życzę temu skurwielowi z młotkiem, żeby w następnym życiu był krową. I żeby przyszedł na świat w okolicy Nîmes.

Po tygodniu przyzwyczaiły się do kalafiorów. Spędzały na polu praktycznie całe dnie. Potem wracały razem do małego domku gospodarczego, który farmer przerobił na pokoje dla pracowników. I znowu były razem. Przygotowywały kolację i dalej rozmawiały. Były jak małżeństwo pracujące w jednym biurze. Nie było tematu, którego nie omówiły. Obie czuły, że ich przyjaźń pogłębia się z każdym dniem. Mimo że w wielu kwestiach różniły się, szanowały swoją odrębność i wysłuchiwały z ciekawością, co druga ma do powiedzenia.

Czas szybko mijał. Chodziły po polu i przez osiem, a czasami nawet więcej godzin przytulały do siebie te kalafiory. Opowiadały sobie przy tym niezwykłe historie, śpiewały i liczyły pieniądze, które zarobiły.

To zdarzyło się dokładnie na tydzień przed planowanym powrotem do Polski.

Była wyjątkowo upalna sobota i tego dnia na polu stawiła się cała rodzina farmera. Kiedy wszyscy dorośli pracowali, czteroletni François, radosny blondynek o twarzy dziewczynki, i jego ośmioletni brat Théodore – ulubieniec ojca – odpoczywali w cieniu drzewa przy drodze. Dzieci pilnowała Brownie, golden retriever o złocistej sierści. Nie odstępowała chłopców na krok. Asia patrzyła na nią jak oczarowana. Asia, która kochała wszystkie zwierzęta, od pająków do koni, uważała, że pies to jedyny przyjaciel, którego można sobie kupić, a Brownie była psem, którego kupiłaby za „wszystkie pieniądze, które ma i jeszcze mieć będzie".

Dzień pracy dobiegał końca. Ustawili skrzynki z kalafiorami na przyczepie starego ciężarowego chevroleta i przygotowywali się, aby ruszyć do domu. Mały Théodore błagał rodziców, by pozwolili mu jechać przed nimi na dziecięcym rowerku.

Ziemia była wyschnięta, popękana i pokryta jasnobrązowym pyłem. Gdy ruszyli, chmura kurzu uniosła się spod kół i nie było nic widać dalej niż na metr. W pewnym momencie pojawiła się Brownie. Zachowywała się dziwacznie. Szczekała przeraźliwie głośno, próbowała gryźć przednie opony chevroleta. Nagle dosłownie rzuciła się pod prawe przednie koło samochodu.

Chevrolet przejechał ją i zatrzymał się.

Kurz opadł. Niecałe dwa metry przed samochodem w głębokim dołku leżał Théodore i płakał rozpaczliwie, przygnieciony swoim rowerem. Dwie sekundy później chevrolet przejechałby po nim.

Asia siedziała z przodu między skrzynkami kalafiorów i widziała wszystko dokładnie. Zeskoczyła z naczepy, wczołgała się pod chevroleta i wyciągnęła Brownie spod samochodu.

Brownie nie żyła.

Théodore wstał i pojechał rowerem dalej, jak gdyby nic się nie stało. Asia klęczała przy Brownie i głaskała jej pysk. Drżała na myśl, co stałoby się, gdyby nie ona. W ciszy, która zapadła, wszyscy musieli o tym myśleć. Ojciec Théodore'a także. To on prowadził chevroleta. Gdyby nie pies, przejechałby własnego syna. Spojrzała na niego. Był blady jak ściana, próbował trzęsącymi się palcami wyciągnąć papierosa z pudełka. Jego żona, siedząca przy nim na miejscu pasażera, dotykała cały czas rękami swojej twarzy i coś szeptała do siebie.

W pewnym momencie ojciec Théodore'a wysiadł z samochodu. Podszedł do Brownie, podniósł ją z ziemi, dotknął ustami jej karku, przytulił mocno do siebie i niosąc na rękach, poszedł przez pole w kierunku domu. Nikt go nie zatrzymywał.

Nawet teraz, w autobusie do Paryża tyle lat później, gdy przypominała sobie to zdarzenie, zastanawiała się, czy Asia wtedy też czuła ten wstyd.

Wstyd bycia człowiekiem.

Ona miała to uczucie. Bohaterstwo zwierzęcia i okrucieństwo człowieka spotkały się na polu w Nîmes niemal oko w oko. Z tego miejsca, w którym Brownie rzuciła się pod koła chevroleta, widać było wyraźnie zabudowania z krowami.

Kiedyś rozmawiała na ten temat na ICQ z Jakubem. On najpierw oczywiście wszystko sprowadził jak zawsze do genetyki. Mapa genetyczna psa różni się od mapy człowieka w bardzo niewielkim, statystycy powiedzieliby, że w zaniedbywalnym, stopniu. Po prostu pewnej grupie ssaków dwunożnych znanych jako ludzie udało się załapać w cyklu rozwoju na trochę więcej mutacji. U Darwina też, na jego słynnym drzewie, gałąź, na której siedzą psy, jest niewiele poniżej tej, na której z taką pychą rozłożyli się obozem ludzie. Patrzą z tej swojej najwyższej gałęzi z pogardą na wszystko tam w dole. Są tacy cholernie dumni z siebie. Przecież to oni, a nie jakiś inny naczelny gatunek, wyewoluowali tak spektakularnie daleko, że jako jedyni potrafią mówić.

Wtedy w Nîmes – i teraz zresztą też – jednego była absolutnie pewna: gdyby świat wybrał inny scenariusz rozwoju, dając na przykład wszystkim tę samą liczbę mutacji, i gdyby także psy mogły mówić, to i tak nigdy nie zniżyłyby się do tego, aby odezwać się do ludzi.

W tej rozmowie o ludziach i psach opowiedziała oczywiście Jakubowi historię o Brownie. Ku jej dotkliwemu rozczarowaniu nie podzielał ani jej podziwu, ani wzruszenia, które w niej to wspomnienie wywołuje do teraz. Uważał, że Brownie zrobiła, co zrobiła, nie z miłości ani z przywiązania do małego Théodore'a, ale z „poczucia obowiązku", na dodatek niemającego nic wspólnego z poczuciem obowiązku odpowiedzialnych, zdolnych do przewidywania przyszłości ludzi. „Poczucie obowiązku Brownie" było wytresowane, tak jak czasami wytresowane jest „poczucie obowiązku" panicznie bojących się swojego szefa wylęknionych podwładnych, gotowych zrobić wszystko, aby tylko ich nie zwolniono. Brownie w wyniku tresury bała się „kary" za pozostawienie Théodore'a bez opieki, a jako pies pozbawiona kognitywnego przewidywania nie mogła wiedzieć, co się stanie, gdy przejedzie ją ciężarówka. Dlatego gdy wszystko inne zawiodło, po prostu rzuciła się pod nią.

Pamięta, że czytała to jego wyprute z emocji logiczne wyjaśnienie i czuła, jak to zdarzenie z Brownie odzierane jest na jej oczach z legendy. Pomyślała, że nawet jeśli ma rację, to mógł sobie darować ten wywód. Naukowiec się znalazł! Co on może wiedzieć o Brownie oprócz tego, że miała geny jak wszystkie inne psy? Tego, jak Brownie patrzyła na Théodore'a, nie odda żaden program sekwencjonujący geny. Nigdy.

Kilka tygodni później zupełnie przypadkowo wrócili do zdarzeń z Nîmes. Jakub potrafił tak poprowadzić ich rozmowy na ICQ, że często pojawiał się w nich temat Boga. Ona nie wierzyła w Boga; jej kontakt z Kościołem skończył się zaraz po chrzcie, który jej rodzice zainscenizowali głównie po to, aby sąsiedzi dali im spokój.

Na początku ich znajomości to, że Jakub przy swoim tak bardzo naukowym i bezwzględnie racjonalnym podejściu do świata tak często powoływał się na Boga, drażniło ją trochę. W przypadku człowieka, który, jak Jakub, podawał w wątpliwość praktycznie wszystkie aksjomaty i powszechnie uznawane prawdy, ciążenie ku czemuś tak bardzo opartemu na wierze i w swej istocie na nieracjonalnym idealizmie było jak dysonans. Potem, wczytując się z uwagą w to, co pisał o religii, teologii i swojej wierze, zaczęła ów dysonans minimalizować. Zniknął zupełnie, gdy któregoś dnia przeczytała w e-mailu od niego:

Mimo że wiem mniej więcej, co działo się przez pierwszych kilkadziesiąt sekund po Wielkim Początku, i wiem, jak z plazmy kwarków i gluonów zaczął tworzyć się ten nieożywiony wszechświat, ciągle nie mogę oprzeć się wrażeniu, że cały ten projekt mógł powstać tylko w nieskończonym umyśle jakiegoś Konstruktora. Nigdy nie słyszałem też o żadnej konferencji naukowej, na której prezentowano by referaty o istnieniu lub nieistnieniu Boga. Takich konferencji nie organizował nawet Stalin, a on nie wzdragał się przecież przed poprawianiem genetyki – na pewno słyszałaś o nadwornym genetyku Stalina, Łysence – aby marksiści broń Boże nie dziedziczyli po arystokratycznych przodkach. Nie ma absolutnie żadnych powodów, poza psychologicznymi, które mogłyby mi uniemożliwić wiarę w Boga tylko dlatego, że są czarne dziury i obowiązuje strasznie mądra teoria strun. Idea Stworzyciela jest jeszcze bardziej kusząca, gdy od kwarków przejdziesz do życia. Fakt, że na tym odprysku materii, jakim jest Ziemia, powstało życie, jest dowodem na to, że zdarzenia nieprawdopodobne się zdarzają. Jeszcze bardziej nieprawdopodobne, z punktu widzenia modeli probabilistycznych, jest istnienie człowieka, który, pomijając nawet umysł, ma ciało będące systemem o takiej złożoności, że istnienie Wielkiego Programisty nasuwa się samoistnie. Niektórzy uważają, że Bóg uruchomił program i na tym skończyła się jego rola. Program wykonuje się sam, bez jego udziału i jego interwencji. Tak myślą deiści. Czasami myślę, że mają rację, kiedy patrzę na całe to zło dookoła.

À propos ciała. Opowiesz mi dzisiaj coś o Twoim ciele? Możesz pominąć śledzionę i trzustkę. Skup się na piersiach, a potem przejdź do ust. Nie mów mi nic o podbrzuszu. Nie jestem jeszcze na to przygotowany...

Taki także był Jakub! Potrafił od kwarków, gluonów i idei Stworzyciela przejść bez najmniejszego wahania do trywialnej erotyki.

I na dodatek było to tak naturalne, że nie umiała się nawet oburzać w przekonujący sposób.

Pamięta, że wtedy nie była to „prowokacja walczącej ateistki". Zapytała z czystej ciekawości. Przypomniała jej się pewnego dnia ta scena okrucieństwa przy zabijaniu krów w Nîmes. To zawsze budziło w niej agresję. Opowiedziała mu ją w szczegółach. Była znowu rozjuszona swoimi wspomnieniami. Wprowadziła się przy tym w stan cynicznego sarkazmu i napisała nagle do niego:

ONA: Jak to jest, że Kościół chrześcijański, bo nie tylko katolicki, akceptuje zabijanie zwierząt? Czy ich cierpienie nie ma żadnego znaczenia dla Boga?

Przecież wszystkie zwierzęta stworzył On sam. Poza tym zwierzęta nie muszą cierpieć z powodu grzechu pierworodnego, bo go nie popełniły. To nie ich prapramatka zerwała owoc z drzewa wiedzy, aby dostąpić wiedzy i zaznać odrobiny rozkoszy. Nie było żadnego konia i żadnej klaczy, które trzeba by przeganiać z raju. Zwierząt nie dotyczy, o czym wiesz lepiej niż ja, żadna zbiorowa odpowiedzialność – to najbardziej odpycha mnie od religii, ta bezsensowna zbiorowa odpowiedzialność – za zachowanie grzesznej kobiety, która namówiła na jabłko słabego mężczyznę, który natychmiast poskarżył się Bogu. Zwierzęta nie muszą ubiegać się o odkupienie.

Tak na marginesie. Jakubku, mógłbyś chociaż raz pochwalić moją teologiczną erudycję. Jestem pewna, że choć nie święcę pisanek na Wielkanoc, wiem więcej o zmartwychwstaniu Chrystusa niż wielu ministrantów w kościele na moim osiedlu. Pochwalisz?

A może to cierpienie zwierząt jednak ma znaczenie? Może tylko Bóg jest tak zajęty wymyślaniem nowych form cierpienia grzesznych ludzi, że na zaradzenie cierpieniu bezgrzesznych zwierząt nie ma już po prostu czasu i odkłada to na później?

Nie pisz mi tylko, że taka jest logika świata. O tym, że to nieprawda, wie nawet moja głęboko i naprawdę wierząca sąsiadka po podstawówce i dlatego zapisała się do Ligi Ochrony Zwierząt.

Pytam, bo ostatnio widziałam w telewizji reportaż z pewnej rzeźni na południu Polski. Kamera w szerokim ujęciu i ze wszelkimi szczegółami pokazała wiszące za nogi w dół krowy z podciętymi gardłami, wykrwawiające się do wiader. W tle trudno było nie zauważyć krzyża wiszącego na ścianie nad bramą prowadzącą do chłodni. Trochę byłam zdziwiona tym krzyżem. Ale wytłumaczyłam sobie, że to musiała być rzeźnia wyznaniowa.

Jak znam Kościół, to oni pewnie mają i na te zwierzęta jakieś zgrabne wytłumaczenie. Jakubku, jeśli je znasz, to mi wytłumacz. Proszę.

ON: Nie, nie mają. Wytłumaczenie jest wyjątkowo niezgrabne i mało kogo przekonuje. Jeśli już zdążyłaś się uspokoić po tym ataku dumy i triumfu, że „tak właśnie myślałaś", i obiecasz mi, że postarasz się przeczytać to bez uczucia wyższości, napiszę Ci wszystko, co wiem na ten temat.

ONA: Nie miałam uczucia triumfu. Zwierzęta są dla mnie o wiele ważniejsze niż chwilowa przewaga bezdusznego ateizmu nad miłosiernym chrześcijaństwem. Dlatego nie mam żadnych trudności z obiecaniem Ci tego, o co prosisz. Jak więc chrześcijanie tłumaczą przyzwolenie Boga na cierpienie zwierząt?

ON: Pokrętnie i różnie, w zależności od nasilenia wiary. Niektórzy uważają, że doznania, a więc także ból i cierpienie, odbywają się w duszy. Ponieważ zwierzęta według nich nie mają duszy, nie mogą cierpieć. Jest to wyjątkowo nieprawdopodobna teoria, więc nawet Kościół chce o niej zapomnieć. Niektórzy genetycy natomiast przychylają się ku takiemu podejściu. Wiwisekcje szczurów, dla celów naukowych oczywiście, są w ramach tej teorii całkowicie usprawiedliwione.

Inne wytłumaczenie jest zdecydowanie bardziej logiczne. Cierpienie jest cierpieniem poprzez fakt jego trwania. Nawet jeżeli Brownie miała doznania, to, według tej teorii, nie miała świadomości. A tylko dzięki świadomości można przewidzieć, że cierpiąc w danym momencie, prawdopodobnie będzie się cierpiało za chwilę. Nieuświadomione trwanie cierpienia powoduje, że zwierzęta cierpią znacznie mniej. Obmyślił to pewien angielski filozof o nazwisku Lewis. Nigdy nikomu nie powiedział, jak zdobył te informacje, tym bardziej że z jego biografii wynika, że ani na koniach nie jeździł, ani nawet psa nie miał.

Lewis też nie wiedział do końca, dlaczego zwierzęta w ogóle muszą cierpieć, chociaż nigdy nie zgrzeszyły. Zwalił więc wszystko na diabła, który rzekomo podburzył zwierzęta do wzajemnego pożerania się. Czyli jednym słowem wszystko przez diabła. Bóg tego nie chciał.

Inny Anglik o nazwisku Geach zrobił faktycznie z Boga Wielkiego Konstruktora bez sumienia. Uważał bowiem, że Bóg, planując cały ten żyjący świat, który miał podlegać ewolucji, wcale nie martwił się o zminimalizowanie cierpienia ani ludzi, ani tym bardziej zwierząt. Geacha nikt nie brał poważnie, bo jak tu pogodzić wizerunek nieskończenie dobrego ojca podzielającego cierpienie ze wszystkim, co stworzył, z proponowanym przez Geacha obrazem Boga jako bezwzględnego kierownika projektu pod nazwą „Ewolucja". To już lepiej zostać przy diabełku Lewisa.

ONA: Tak uważają dwaj Anglicy, o których pierwszy raz słyszę. A co Ty o tym myślisz?

ON: Niepokoję się tym. Nie umiem tego wyjaśnić. Każde cierpienie, które nie jest rytuałem jakiegoś odkupienia, nie stanowi kary za jakieś przewinienia, jest dla katolika niepokojące. A Brownie... Brownie jest dowodem, że niepokoję się słusznie. Zaparło mi dech ze wzruszenia, gdy przeczytałem to, co napisałaś o Brownie.

Nagle poczuła, że ktoś delikatnie dotyka jej ramienia. Asia. Śmiejąc się, powiedziała:

– Obudź się. Mówisz przez sen. Ten facet z rzędu za nami aż się wychylił, żeby zrozumieć, co mówisz.

Musiała się zdrzemnąć. Często jej się to ostatnio zdarzało. Potrafiła przechodzić z myśli w sny, nie zauważając różnicy.

– Gdzie jesteśmy? – zapytała, przecierając oczy.

– Mijamy Berlin – odpowiedziała Asia, podając jej plastikowy kubek z gorącą kawą z termosu. – Alicja z pewnością planuje już przyszłość z tym młodym ze słuchawkami na uszach. Od Warszawy siedzą razem. Zdążyła położyć głowę na jego ramieniu. Przystojny facet. À propos facetów. Kto to jest Jakub? Co najmniej dwa razy wymówiłaś to imię przez sen.

ON: Cmentarz City of Dead St. Louis, bo tak się oficjalnie nazywa – chociaż wszyscy nazywają go po prostu Dead City – jest jednym z najbardziej ponurych przykładów amerykańskiego kiczu. Chociaż w informatorach o Nowym Orleanie wymieniany jest jako jedna z ważniejszych atrakcji tego miasta, on uważał, że cmentarz „tętniący życiem", jak napisał o nim jakiś nawiedzony grafoman w jednym z przewodników, mógł powstać tylko w Ameryce.

Cmentarz przypomina miniaturowe miasto. Groby, a w zasadzie grobowce, wznoszą się nad powierzchnią ziemi i nieodparcie kojarzą z miniaturowymi domami. Niektóre mają fasady z drzwiami, niektóre małe ogródki z płotami i bramami, niektóre okazałe fontanny, a jeszcze inne mają nawet małe skrzynki pocztowe zawieszone na wejściu do domu-grobu lub przy bramie. Przed większością grobowców stoją wysokie maszty, na których powiewają flagi amerykańskie. Chociaż nie tylko amerykańskie. Przy wielu widział, obok amerykańskiej lub kanadyjskiej, włoską, gdzie indziej irlandzką, a także polską.

Zaobserwował też ze zdziwieniem, że prawie przy żadnym grobowcu nie było świec ani zniczy. Były za to halogenowe reflektory włączane i wyłączane w zależności od pory dnia przez fotokomórki i skierowane na frontony grobowców.

To, co oglądał, przechodząc obok tych grobowców, nie było wcale aż takie oryginalne. Egipcjanie wpadli na ten pomysł już kilka tysięcy lat temu i budowali piramidy, a dopiero bardzo niedawno Amerykanie zrobili z tego piramidalny Disneyland. Idąc powoli aleją tego cmentarza, zastanawiał się, czy za chwilę zobaczy charakterystyczny budynek McDonalda lub automaty z coca-colą.

Mijając kaplicę, zwolnił. W cieniu drzewa pomarańczowego, kilkanaście metrów za kaplicą, pomiędzy dwoma ogromnymi grobowcami znajdowała się mała płyta z czarnego marmuru, do której przymocowany był, także marmurowy, wazon.

W wazonie stało kilkanaście białych róż.

Na płycie odbijał się w słońcu pozłacany napis:

Juan („Jim") Alvarez-Vargas

Oprócz nazwiska Jima na marmurowej płycie nie było żadnych innych informacji.

Nic. Absolutnie nic. Skromność tego grobu wśród ostentacyjnego przepychu nieodparcie przyciągała uwagę. Chociaż płyta była bardzo mała, wokół niej rozciągał się nieproporcjonalnie duży, świeżo przystrzyżony trawnik.

Podszedł do grobu Jima, uklęknął i najpierw dotknął dłonią płatków róż w wazonie. Zaraz potem przeniósł dłoń na rozgrzaną słońcem czarną płytę. Odkąd zmarli jego rodzice, bywał na cmentarzach bardzo często. Nie umiał tego wyjaśnić, ale wydawało mu się, że dotykając grobu, nawiązuje z nimi kontakt. Gdy rozmawiał, a często to robił, ze zmarłymi ojcem lub matką, zawsze klęczał i dotykał płyty ich grobów. Tutaj było tak samo.

Jim. Odnalazł go wreszcie.

Jim był jednym z jego niewielu przyjaciół. Zmienił go, zmienił jego świat, nauczył przyjaźni, próbował nauczyć, że najważniejsze to niczego nie udawać. Nigdy nie nauczył go tego do końca. Głównie dlatego, że on inaczej niż Jim pojmował życie. Życie według Jima składało się jedynie z tych dni, które zawierały w sobie wzruszenia. Inne się nie liczyły i były jak czas tracony w poczekalni dentysty, w której nie ma nawet gazet, choćby z przedwczoraj.

Szukał tych wzruszeń wszędzie i za wszelką cenę: w kobietach, które potrafił najpierw czcić i ubóstwiać, a potem bez skrupułów porzucać, gdy wzruszenia mijały, w książkach, które potrafił kupować za ostatnie pieniądze nawet wtedy, gdy wiedział, że na papierosy już mu potem nie wystarczy, w alkoholu, którym przeganiał swoje lęki, i w narkotykach, które miały „wydobyć jego podświadomość na powierzchnię".

Podświadomość była jego hobby. Wiedział chyba o niej więcej niż sam Freud. Podobnie zresztą jak Freud eksperymentował z nią w najróżniejszy sposób. Miał fazę, gdy medytował, pomagając sobie opium. Miał fazę, gdy zadawał sobie z premedytacją ból – podczas fizycznego bólu, paradoksalnie, w elektroencefalogramie mózgu pojawiają się takie same fale jak podczas orgazmu – kalecząc się lub tatuażami pokrywając swoje ciało. Do bólu jako narkotyku posuwał się wtedy, gdy nie miał pieniędzy na nic, co można wdychać, połykać lub wstrzykiwać. Głównie jednak „wydobywał" swoją podświadomość na powierzchnię za pomocą przeróżnych substancji chemicznych. Magicznymi, psychodelicznymi grzybami „uwalniał swój umysł", gdy szedł oglądać wystawy w galeriach i chciał dojrzeć więcej niż inni. LSD, gdy naczytał się artykułów o psychoanalizie i chciał koniecznie sam się „zanalizować", bez udziału psychoterapeuty. Amfetaminą, gdy „penetrował swój wewnętrzny kosmos, nastrajał się i odłączał". Kokainą, gdy nie mógł sobie poradzić z porażkami i musiał wydobywać się z depresji, aby poczuć, że „ciągle jeszcze warto zmuszać się do oddychania". Tej substancji potrzebował najczęściej.

W pewnym momencie, mimo że zawsze się tego wypierał, uzależnił się całkowicie od tych swoich „substancji". Głównie psychicznie. Kiedyś rozmawiali o kosmologii. Jim był zafascynowany wszystkim związanym z drążącym pytaniem, co było na początku. Potrafił godzinami dyskutować o czarnych dziurach, teorii strun, kurczeniu lub ekspansji wszechświata, dylatacji czasu i książkach Hawkinga, który był dla niego kultowym pisarzem. Właśnie tak. Pisarzem. Jak Faulkner, Camus i Miller, a nie naukowcem i fizykiem jak Einstein czy Planck. Pomimo – według Jima – swojego kalectwa i swojej deformacji przy „niezmierzalnej wprost mądrości i inteligencji" był „największym zwycięstwem Harvardu nad Hollywood".

– Słuchaj – mówił – niektórzy nie umieją napisać porządnie instrukcji obsługi odkurzacza bez użycia „przetwornika przepięć wtórnych", a ten facet umie opisać, jak powstał wszechświat, bez użycia jednego równania matematycznego. Czasami zastanawiam się, czy Hawking aby nie był „na chemii", pisząc te kawałki o wszechświatach niemowlęcych. Jeśli był, to ja bym bardzo chciał wiedzieć, na jakich strukturach.

Sam potrafił wymyślać swoje teorie i zmieniać je po następnych kilku butelkach piwa. Kiedyś, gdy doszli w jednej z rozmów do tego „punktu osobliwego" w czasoprzestrzeni, który tak w zasadzie, nie tylko według Hawkinga, pozwala wykluczyć konieczność początku wszechświata – po prostu nie musi być początku, aby był środek, bo w końcu trudno cokolwiek zakładać – starał się mu mozolnie i obrazowo wyjaśniać istotę tego punktu, nie wchodząc w żadne matematyczne zawiłości. W pewnym momencie Jim powiedział:

– Nie tłumacz mi tego, czuję dokładnie, o co ci chodzi. Czasami umiem się wstrzelić w taki „punkt osobliwy". Jesteś w szpagacie między przyszłością i przeszłością. Jedna noga jest w przeszłości, a druga w przyszłości. Jesteś jednocześnie w kilku przestrzeniach lub w jednej przestrzeni o więcej niż ośmiu lub osiemnastu wymiarach. Nie masz uczucia, że między przeszłością a przyszłością jest jakaś teraźniejszość. Teraźniejszość jest zbędna. Możesz równie dobrze stanąć na lewej nodze w przeszłości lub prawej w przyszłości. Rozglądasz się po prostu po wszechświecie. Twoja linijka na biurku jest w latach świetlnych, a nie w centymetrach. Cały ten wszechświat, ale to dopiero na końcu tego „odlotu" i też nie zawsze, jest wypełniony muzyką Morrisona, którą gra orkiestra symfoniczna, i masz wrażenie, że widzisz każde zmarszczenie na mózgu Hawkinga. Takie punkty osobliwe mam przeważnie po czymś z ziół lub po grzybach. Żadna ciężka chemia.

Po czym dodał, śmiejąc się tak szczerze, jak tylko on potrafił:

– Nie wiedziałem tylko, że Bóg też był na grzybach, gdy majstrował przy wszechświecie.

Jim narkotykami katalizował swoją świadomość i podświadomość i robił to po to, żeby cały czas „czuć". Gdy mu się to nie udawało, wpadał w fazę. Znikając, oddalał się od bliskich mu ludzi i nie dając sobie rady z samotnością, wpadał w tę swoją czarną dziurę depresji. Potrafił całymi dniami leżeć w łóżku, nie otwierać oczu, nic nie mówić i reagować tylko na ból.

Mimo to wolał być nieobecny całkowicie niż być tylko w części i brakującą resztę udawać. Dlatego był tak niezwykły dla ludzi, którzy go znali. Jeśli znalazł się w ich pobliżu, był dla nich całym sobą. Albo nie było go w ogóle. Ale tylko dla wybranych. Pozostałych nie zauważał. Stanowili obojętną szarą masę zużywającą jedynie tlen i wodę. Wybranym był ten, kto był „dobry". A „dobry" był ten, kto umiał czasami aż tak zaryzykować, aby zatrzymać się w wyścigu szczurów i rozejrzeć dookoła.

Następnego dnia po tym, gdy on wprowadził się do Robin, zaraz po przyjeździe do Nowego Orleanu, wieczorem ktoś zapukał do drzwi jego pokoju. Jim. Nerwowym głosem zapytał:

– Słuchaj, mam na imię Jim, mieszkam w pokoju obok i teraz

bardzo potrzebuję dokładnie dolara sześćdziesiąt pięć, żeby kupić piwo w Seven-Eleven. Mógłbyś mi pożyczyć na dwa dni?

Stypendium miało wpłynąć na jego konto dopiero za dwa dni, miał w kieszeni około dwóch dolarów za puszki po coli i piwie, które wyszperał w koszu na śmieci w kuchni Robin i sprzedał. Zamierzał kupić za nie rano chleb na śniadanie i opłacić przejazd autobusem do uniwersytetu. Pamięta, że nie zastanawiał się ani chwili. Wyciągnął portfel, wysypał wszystko, co miał, i podał mu. Kwadrans później Jim zapukał ponownie i zapytał, czy mogliby to piwo wypić razem.

Tak zaczęła się ich znajomość. Już po krótkim czasie niemożliwe się stało pozostawać tylko znajomym Jima. Bo trudno być tylko znajomym kogoś, o kim się wie, że oddałby bez wahania własną nerkę, gdyby zaszła taka potrzeba.

Ich przyjaźń nie miała jednego początku. Nigdy się nie kończąc, rozpoczynała się wielokrotnie. I zawsze inaczej. Od momentu jednak, gdy ratowali życie Ani, Jim stał się po prostu fragmentem jego biografii. Jak data urodzenia, pierwsza szkoła i imiona rodziców.

– Przepraszam pana, czy mógłby mi pan powiedzieć, co ten Alvarez-Vargas miał takiego w sobie, że wszyscy pielgrzymują do jego grobu? – usłyszał nagle za sobą.

Poderwał się gwałtownie, zawstydzony trochę, że ktoś przyłapał go na tym, że klęczy. Odwrócił się i zobaczył grubego starszego mężczyznę siedzącego za kierownicą elektrycznego wózka przypominającego akumulatorowe pojazdy używane na polach golfowych. Miał skórzany kowbojski kapelusz na głowie, telefon komórkowy przypięty do paska spodni i pager zapięty za kieszenią na piersiach brązowej koszuli. Był opalony i nosił okulary przeciwsłoneczne. Na przedniej płycie wózka widniał kolorowy napis z nazwą cmentarza. Zauważył, że oprócz numeru telefonu i faksu napis zawiera także adres strony www cmentarza.

Teraz już nawet cmentarze są *online* – pomyślał, trochę zaskoczony.

Mężczyzna musiał być pracownikiem cmentarza.

– Mógłbym panu oczywiście opowiedzieć, ale musiałby pan wziąć kilka dni wolnego, aby wysłuchać całej historii – odpowiedział zniecierpliwionym głosem. – Dlaczego to pana interesuje?

– Z różnych powodów. Przepraszam, nie przedstawiłem się panu. Jestem administratorem tego cmentarza – powiedział i przedstawił się imieniem i nazwiskiem. – Z tym grobem, chociaż najmniejszy na tym cmentarzu, mamy same kłopoty. Od początku. Najpierw trzy razy przekładali pogrzeb, bo FBI nie chciało wydać ciała. Potem na pogrzebie nie było prawie nikogo, chociaż zarezerwowałem standardowo kilka limuzyn. Miałem straszne koszty, bo nikt nie chciał mi za nie zapłacić. Przyszły tylko jakieś dwie babcie. Jedna wyglądała, jakby wstała z jednego z moich grobów, tyle że miała mniej makijażu, niż kładzie normalnie na zwłoki mój pracownik. Cały czas paliła. Nawet wtedy, gdy uklękła, aby się pomodlić. Druga uparła się, żeby pozwolić jej iść za trumną z jej psem. Ten pies to był mały pudel i miał czarną wstążkę na czubku głowy. Panie, ludziom naprawdę już odbija.

Westchnął ciężko i podjął opowieść:

– Pogrzeb organizowała jakaś kancelaria adwokacka. Nigdy nie dowiedziałem się tak do końca, kto za to płacił. Wykupili taki kawał działki jak normalnie bierze się na bardzo porządny obiekt z fontanną i wieloma *extras*. Już się cieszyłem, że zarobię parę groszy, a oni tutaj kazali położyć tę marmurową płytkę wielkości wizytówki i posiać trawę dookoła. Wyobraża sobie to pan? Panie, to jest marnotrawienie wspólnego dobra. Gdyby tak każdy robił i kupował prawie ar parceli i siał trawę zamiast inwestować w obiekty, to ten cmentarz można by zamknąć, bo byłoby tu tak smutno jak na pogrzebie i żywa dusza by tutaj nie zajrzała. Ten cmentarz, panie, to jest zaraz po jazzie najlepsze, co mogło się zdarzyć temu miastu.

Zdjął okulary słoneczne i wyłączył telefon komórkowy.

– Nie przeczytałem wszystkiego pisanego małymi literami w tym kontrakcie. Panie, to był mój błąd. Co za różnica, czy marmur jest z Włoch, czy z Meksyku? Zamówiłem w Meksyku, bo bliżej. Po dwóch tygodniach nasłali jakiegoś eksperta i musiałem wymieniać płytę. Wazon też. Straszne koszty. Ale to był dopiero początek. On był tutaj pochowany jako McManus. Po trzech miesiącach kazali mi zmienić nazwisko na Alvarez-Vargas. Panie, słyszał pan kiedyś, żeby nieboszczykowi zmieniać nazwisko po pogrzebie??? Nie chciałem zmieniać, ale okazało się, że oni to zapisali w kontrakcie. Zostały ślady po literach z poprzedniego nazwiska. Szlifowanie nic nie pomogło. Znowu musiałem sprowadzać marmur z Włoch. Dobrze, że chociaż wazon mogłem zostawić. Ten wazon, panie, jest prawie tak samo drogi jak ta płyta.

Zamilkł na chwilę.

– Mogę zapalić? – zapytał, wyciągając metalowe pudełko z cygarami. Wrócił do wózka i specjalną gilotynką odciął ustnik grubego cygara. – Pytam, panie, bo niektórzy nie chcą, żeby palić przy ich grobach. Nawet cygara im przeszkadzają. Tak jakby to przeszkadzało tym nieboszczykom. Poza tym, panie, ja nie palę cygar poniżej dziesięciu dolarów sztuka. Panie, to nie koniec. Potem był o tym grobie cały artykuł w „The Times-Picayune". Rodzina tego klienta, co leży obok – ten po lewej – nie zauważyła albo po prostu rzecz zignorowała i wylała betonową podstawkę pod reflektor trzydzieści centymetrów w głąb trawnika przy grobie Alvareza. Trzydzieści centymetrów! Panie, co tu się działo. Ta kancelaria adwokacka wystąpiła do sądu w trzy dni po tym, jak ich goryl, co to tutaj przychodzi z aparatem fotograficznym co trzy tygodnie, im to doniósł. Zaskarżyli ich o wszystko, o co się dało. Także o koszty za „cierpienie rodziny ich klienta". Klient to niby Alvarez, ten, co tu leży. Panie, on przecież nie ma żadnej rodziny! Mówili mi kiedyś o jakiejś siostrze, ale nikt jej tutaj nie widział. Gdy tylko wygrali ten proces, zaraz następnego dnia rano była tutaj mała koparka. Ich własna. Nie wierzyli mi. Sami wywalili ten beton i posiali nową trawę. Ci, co przegrali proces, musieli za wszystko płacić.

Dobrze im tak, szczerze mówiąc. Widziałem już dużo w tym miasteczku, ale oni zrobili z tego grobu plac zabaw.

Słuchał go z uwagą. W pewnym momencie zapytał:

– Kto zlecił panu dostarczanie tych róż do wazonu?

– Kancelaria. Mam z nimi kontrakt. Codziennie ma być jedenaście białych róż. Wyobrażasz pan sobie, jaką kasę ktoś utopił w tych kwiatach? Od kilkunastu lat są świeże róże na tym obiekcie. Najpierw sam przyjeżdżałem tutaj codziennie. Taniej, niż zlecić kwiaciarni. Ale potem żona zaczęła mi robić problemy, gdy w soboty, w niedziele i nawet w Święto Dziękczynienia musiałem jechać, kupić i postawić te przeklęte róże. Żona od początku mówiła, że za tym stoi jakaś kobieta. Odkąd jej opowiedziałem o tych różach i tym grobie, ona tu zawsze przychodzi. Przedtem czasami, od święta, gdy przyjechała autem mnie odebrać z cmentarza, to tylko do kaplicy zachodziła, a teraz za każdym razem przychodzi zobaczyć ten grób. Panie, mnie to wszystko bardzo dziwi – ściszył głos i rozejrzał się dokoła, jakby upewniając się, że nikt ich nie słyszy – bo to był, panie, ćpun. Zwykły ćpun. Wiem od mojego bratanka. On pracuje w dziale zabójstw w FBI. Jak go znaleźli podczas Mardi Gras – wie pan, to ten szalony tydzień u nas do tłustego wtorku, gdy cały świat zjeżdża się do Nowego Orleanu – na śmietniku, to nie dość, że był podziurkowany sztyletem jak szwajcarski ser i nie miał prawej dłoni, to jeszcze ktoś tym sztyletem, najpewniej przez przypadek, w żołądku otworzył mu prezerwatywy wypełnione kokainą. Musiał to połknąć przed śmiercią. Miał tego prawie kilo w żołądku. Umarł na gigantycznym haju. Bratanek mi mówił, że w śledztwie musieli przesłuchać jakąś kobietę. Ponoć jest jakimś ważnym prokuratorem w Luizjanie. On twierdzi, że to ona zleca to wszystko tej kancelarii. Widziałem tutaj raz, jeden jedyny raz, pewną kobietę. Obserwowałem ją dokładnie, bo zachowywała się bardzo dziwnie. Stała na dróżce i nie podeszła do grobu. Patrzyła na płytę Alvareza. Stała ponad godzinę i patrzyła na jego grób. Ale to było tylko ten jeden jedyny raz. Tak mniej więcej w rok po tym, jak wymieniałem mu nazwisko. A pan, przepraszam, kim jest dla niego, jeśli można spytać?

Schylił się wtedy, przykląkł, dotknął palcami swoich warg i opuścił dłoń na płytę grobu Jima. Wstał i patrząc w oczy temu grabarzowi, powiedział:

– Ja? Nikim specjalnym. Ćpaliśmy razem. Tylko to.

Odwrócił się i poszedł w kierunku bramy wyjściowej cmentarza.

ONA: Dokładnie w południe autobus stanął przed szklanymi przesuwnymi drzwiami hotelu Relais Bosquet, całkowicie blokując wąską, jednokierunkową Champ de Mars. Ignorując wściekłe trąbienie kierowców stojących w korku, który utworzył się za autobusem i rósł z każdą chwilą, kierowca wyłączył silnik, otworzył luki bagażowe, polecił wszystkim jak najszybciej przetransportować bagaż do holu, a sam pośpiesznie zniknął w hotelu.

Wyciągając swoją ciężką walizę, zdążyła się spocić. W Paryżu tego dnia było 36 stopni Celsjusza i powietrze trwało w bezruchu.

– Praktykant z biura podróży miał rację, ten hotel jest naprawdę w epicentrum Paryża – pomyślała, wchodząc do klimatyzowanego holu. Wiedziała to, ponieważ kierowca, szukając tego hotelu, krążył kilkanaście minut po jego okolicy. Pola Marsowe z wieżą Eiffla były widoczne gołym okiem, do stacji metra przy École Militaire było nie więcej niż pięć minut pieszo.

Tymczasem nie zamierzała nawet zbliżać się do recepcji. Niech najpierw ten cały tłum rozpierzchnie się po pokojach.

Znalazła skórzaną sofę naprzeciwko drzwi wejściowych. Usiadła wygodnie i oparła nogi na walizie, którą postawiła przed sofą. Obok przysiadła Alicja. Asia stała z innymi w kolejce do recepcji.

– Słuchaj. On jest cudowny. Przyjechał tutaj studiować. Nie ma żony ani nawet narzeczonej. Mówił mi po drodze wiersze po francusku. Poza tym jest taki opiekuńczy. Zobacz, nawet stoi w kolejce za mnie. Wcale nie jestem pewna, czy ja będę nocować w tym hotelu. Zaprosił mnie na kolację. Obiecał, że powie mi jeszcze więcej wierszy. Nie liczcie więc na mnie dziś wieczorem.

To ostatnie zdanie Alicja wypowiedziała z odrobiną dumy. Od tego momentu było oczywiste, że Alicja znowu utyje. I to wcale nie przez tę kolację.

Po kilkunastu minutach, gdy przy recepcji nie było już nikogo, wzięła swoją torebkę z dokumentami, podniosła się z wygodnej sofy i podeszła do młodego recepcjonisty.

– Mam zarezerwowany pokój jednoosobowy nad ogrodem – zaczęła po angielsku.

Recepcjonista podniósł głowę znad księgi meldunkowej.

– Tak, wiem. To ja pani to rezerwowałem na zlecenie kogoś z Warszawy – odpowiedział po polsku bez najmniejszego akcentu, uśmiechając się do niej.

Zaskoczona, przyjrzała się mu uważniej. Miał duże brązowe oczy i ciemne włosy, spięte gumką w kitkę z tyłu głowy. Miał także wyjątkowo piękne, długie, szczupłe i zadbane dłonie. Zwracała uwagę na dłonie mężczyzn, odkąd w ogóle zaczęła zwracać na nich uwagę. U mężczyzn najpierw zauważała dłonie, potem ich buty, a dopiero później całą resztę. Zauważyła te dłonie, gdy spisywał dane z jej paszportu.

Gdy skończył, odwrócił się do szafki na klucze za swoimi plecami i z przegródki z numerem jej pokoju wyjął klucz i oliwkowozieloną kopertę. Podając ją, powiedział:

– Jest już e-mail dla pani.

Zarumieniła się, próbując ukryć radość i podniecenie.

– Gdyby chciała pani coś wysłać przez Internet, to proszę tekst zostawić w recepcji. Moja koleżanka lub ja chętnie wyślemy to dla pani. To jest usługa bezpłatna. Nasz adres e-mailowy znajdzie pani w materiałach informacyjnych w pokoju.

I jak gdyby zgadując jej myśli, podniósł się z krzesła za ladą recepcji, podszedł do planu Paryża wiszącego na ścianie obok tablicy ogłoszeniowej, założył okulary i odwracając się do mapy, powiedział:

– Gdyby to panią interesowało, to w okolicy są dwie kawiarnie internetowe. Jedna otwarta całą dobę na okrągło sto metrów od hotelu, obok apteki, zaraz przy wjeździe na naszą ulicę. Ta jest bardzo droga. Musi pani liczyć się z wydatkiem około siedmiu dolarów za godzinę w dzień i pięciu w nocy. Druga jest w podziemiach stacji metra École Militaire i jest o połowę tańsza, ale czynna tylko w dzień i jest tam tylko kilka komputerów, i same macintoshe firmy Apple.

Słuchała go i zastanawiała się, skąd wiedział, że chciała właśnie o to zapytać. Schowała pośpiesznie oliwkową kopertę do torebki, podziękowała i poszła w kierunku windy. Gdy tylko drzwi zamknęły się i była pewna, że recepcjonista nie może jej widzieć, natychmiast wyciągnęła kopertę i nerwowo ją rozerwała. Oczywiście, e-mail od niego!

Nowy Orlean, 14 lipca

Nie mogłem sobie dzisiaj przypomnieć dokładnie czasu, gdy Ciebie nie było. Masz magiczny wpływ na mnie i w związku z tym wpływaj na mnie najlepiej, jak umiesz. Odkąd nagle – przez Paryż – stało się to możliwe, rozpaczliwie pragnę się z Tobą zobaczyć. Na razie nie mogę się z tym uporać. Z tym oczekiwaniem. I z tym napięciem. A najbardziej z tymi atakami czułości. Czy można mieć ataki czułości? Pewnie odbieram temu całe piękno, nazywając to w ten sposób. Powinienem być bardziej poetycki. Ale wtedy nie byłbym prawdziwy. To są naprawdę ataki, jak astmy lub migotania przedsionków serca. Gdy atak przyjdzie, głównie słucham muzyki, piję lub czytam Twoje e-maile. Doszło do tego, że robię wszystko jednocześnie: słucham Vana Morrisona, którego tak lubisz, piję meksykańskie piwo Desperado z cytryną i dodatkową wkładką z tequili oraz czytam jeden „mega" e-mail od Ciebie. Połączyłem sobie elektronicznie wszystkie listy z ostatnich 6 miesięcy i czytam je razem jako jeden ogromny list.

Czy wiesz, że w ciągu tych 180 dni napisałaś do mnie ponad 200 razy?!

To oznacza statystycznie więcej niż jeden e-mail dziennie. Użyłaś w nich dokładnie 116 razy słowa „całuję" – chociaż tak naprawdę nie wiem nawet, jak w rzeczywistości wyglądają Twoje usta. Tak bardzo się cieszę, że nie muszę Cię prosić o kolejną opowieść o nich. Niedługo je zobaczę.

Użyłaś 32 razy „dotykać" oraz 81 razy „pragnę", ale tylko 8 razy „boję się". Sprawdziłem to, używając programu Word, więc pomyłka nie wchodzi w rachubę. Policzyłem właśnie te słowa, o nich myślę bowiem ostatnio częściej. Wyszło mi, że ponad 10 razy częściej pragniesz, niż się boisz. Chociaż to tylko statystyka, poczułem się uspokojony. Statystyka nie kłamie. Kłamią jedynie statystycy.

CZY WIESZ MOŻE, CO BĘDZIE Z NAMI DALEJ????

To pewnie przez ten Paryż mam takie myśli i stawiam aż tak dramatyczne pytanie. Mam nieodpartą potrzebę zdefiniowania tego związku. Nazwania go, nadania mu pewnych ram i granic. Chcę nagle wiedzieć, od którego punktu mój smutek ma sens, a radość ma swój powód. Chcę także wiedzieć, do którego punktu wolno mi dojść w moich nadziejach. W wyobraźni i tak byłem już we wszystkich punktach, nawet w tych najbardziej osobliwych.

Teraz już jednak nie odwiedzę na jawie żadnego punktu. Idę spać. Cieszę się, że już za kilka snów będziesz znów bliżej.

Nawet na jawie jesteś przecież już bliżej. Witaj w Paryżu! Tak bardzo chciałbym już lecieć do Ciebie.

Uważaj na siebie uważnie. Szczególnie teraz.

Jakub

Boże, co on pisze, przecież to właśnie ta statystyka kłamie! – pomyślała. – Tak bardzo się boję. Ale głównie tego, że pragnę go za bardzo.

W tym momencie otworzyły się drzwi windy. Ona stała tam ciągle z oliwkową kartką w dłoni i przyciskała ją do piersi, recepcjonista wpatrywał się w drzwi windy, śmiejąc się na jej widok, rozbawiony komicznością sytuacji, podczas gdy wchodzący gość hotelowy pytał ją, na które piętro chce jechać. Nie była pewna tak do końca, na które. Zapomniała. Spojrzała na klucz, aby się upewnić. Czuła takie dziwne ciepło w okolicach podbrzusza.

Wysiadła z windy naprzeciwko pokoju 1214. Wsunęła kartę magnetyczną w szczelinę zamka i otworzyła drzwi. Wepchnęła nogą walizkę przez próg. Poza wąskim snopem światła, które padało przez niedokładnie zasunięte zasłony na ogromne łóżko, zajmujące centralną część pokoju, pokój był zaciemniony. Podeszła do okna i odsłoniła ciężkie welurowe zasłony. Ciepło nie odchodziło. Wzmagało się. Otworzyła okno.

Pokój, tak jak obiecywano jej jeszcze w Warszawie, był rzeczywiście nad ogrodem. Oddzielony od kamiennego podwórza hotelu gęstym żywopłotem ponaddwumetrowej wysokości, był jak plama zieleni, którą zrobił nieopatrznie jakiś roztargniony malarz na piaskowym tle swojego płótna. Patrzyła na ten ogród, zwilżając językiem wargi. W lewej części, oddzielonej od prawej wygrabioną pedantycznie alejką, znajdowały się grządki z truskawkami, porzeczki pod ścianą i okrągły klomb z różami. Większość z nich była purpurowego koloru. Uwielbiała purpurowe róże. Między klombem a aleją ciągnęły się grządki fasoli, ziemniaków i pas krzaków pomidorów chylących się do ziemi pod ciężarem owoców. Grządki fasoli w centrum Paryża! Prawa część była porośnięta trawą. Przypominał jej działkę babci nad Bugiem. Tyle tylko, że ta tutaj jest w samym centrum Paryża, kilkaset metrów od wieży Eiffla.

Uniosła stopy jedną po drugiej i zrzuciła buty. Poczuła ulgę. Rozsunęła zamek spódnicy, odpięła guzik i pozwoliła jej spłynąć powoli na podłogę. Cofnęła się krok od okna i opadła na łóżko przykryte ciężką narzutą w kwiaty. Pokój pachniał fiołkami, był przyjemnie chłodny dzięki szemrzącej cicho i dyskretnie w tle klimatyzacji.

Z zamkniętymi oczami leżała na łóżku, które w świetle od okna wyglądało jak mała scena na środku pokoju. Dłońmi tuliła do piersi oliwkowy arkusz z listem od niego. Odłożyła go na chwilę obok. Usiadła i zdjęła przez głowę kawowy pulower, w którym przyjechała. Odpięła powoli zapinki stanika i obiema dłońmi zsunęła go sobie na brzuch. Potem przełożyła go do lewej dłoni, a prawą wsunęła w majtki i podnosząc nieznacznie pośladki, zsunęła je poniżej ud. Podniosła nogi do góry i zdjęła majtki, po czym położyła je wraz zc stanikiem na oliwkowym arkuszu. Wsunęła małą poduszeczkę, która leżała obok jej głowy, pod pośladki. Szeroko rozłożyła nogi. Trzy palce prawej dłoni włożyła do ust i zwilżyła śliną, po czym przeniosła do granicy włosów łonowych. Po chwili oddychała bardzo szybko i głośno.

ROZDZIAŁ 7

ON: Kończył się ostatni dzień jego pobytu w Nowym Orleanie. Jutro miał lecieć do Nowego Jorku.

Tam jeszcze tylko jedna noc i półtora dnia. Poza tym w Nowym Jorku czas biegnie znacznie szybciej – myślał, czekając w znakomitym nastroju na poranną kawę przy stoliku ustawionym na tarasie hotelu przy basenie.

Po Nowym Jorku był Paryż, a w Paryżu ona. To, co czuł, myśląc teraz o niej, to była taka delikatna melancholia tęsknoty połączona z napięciem i niecierpliwością dziecka czekającego na koniec wigilijnej kolacji, aby wreszcie rozpakować te prezenty pod choinką. Trzeba jeszcze tylko przetrzymać jakoś tę kolację i potem już…

Dzisiaj zrobił bez wyrzutów sumienia, a właściwie nawet z prawdziwą satysfakcją, dwie rzeczy, które w żadnym razie nie przystoją odpowiedzialnemu „pracownikowi nauki".

Po pierwsze, około południa, jeszcze przed lunchem, wymknął się niepostrzeżenie z zaciemnionej sali, w której odbywała się jego sesja, aby pobiec do sąsiedniego budynku centrum kongresowego. Koniecznie chciał wysłuchać wykładu młodego biochemika z instytutu badawczego w La Jolla koło San Diego. Natknął się na streszczenie jego wykładu przypadkowo, studiując podczas śniadania materiały z konferencji. Natychmiast zwrócił jego uwagę. To, co twierdził ten młody człowiek o bardzo filmowo brzmiącym nazwisku Janda, było rewelacją. Ogłaszał bowiem, że on i jego instytut są na najlepszej drodze do opracowania szczepionki zapobiegającej uzależnieniu się ludzi od kokainy!

Nie mógł sobie Janda wybrać lepszego miejsca, aby poinformować świat o swoim odkryciu – pomyślał.

Poza tym to, co powiedział ten młody naukowiec, było tak genialnie piękne w swojej prostocie, że dostawał gęsiej skórki, słuchając go w tej wypełnionej po brzegi sali. Ludzie czuli, że tak naprawdę jest to najważniejszy wykład tego kongresu.

Nie mógł się doczekać, aby to jej opowiedzieć lub opisać. Ona dzieliła jego entuzjazm i fascynację mądrością jak nikt nigdy dotąd. Poza tym nie wstydziła się swojej niewiedzy, co przy jej ciekawości i upartym dążeniu, aby wszystko zrozumieć, powodowało, że i on – zmuszony do wyjaśnień – na wiele rzeczy patrzył z innej perspektywy.

Kokaina jest zbyt małą molekułą, aby detektory układu immunologicznego człowieka mogły ją zarejestrować i przechwycić jako intruza. Niezarejestrowana dostaje się bez przeszkód do komórek układu nerwowego. Układ immunologiczny, „niepoinformowany" o ataku, nie wysyła żadnych antyciał, które mogłyby z nią walczyć. Gdyby jednak „podwiesić" kokainę do wystarczająco dużych protein – i to było tym genialnym pomysłem Jandy i jego grupy – układ immunologiczny rozpoznałby tę hybrydę jako wroga i zniszczył antyciałami, zanim kokaina dostałaby się do mózgu. Janda twierdził, że udało mu się, na razie tylko u szczurów, dokonać tego i zmusić ich system immunologiczny do wytworzenia przeciwciał, które niszczyły przyklejoną do dużych protein kokainę, zanim dotarła do receptorów na neuronach w mózgu. Takie antyciała wytwarzane są jako reakcja organizmu na przykład na obecność szczepionki. Janda wstrzykiwał opracowane przez jego instytut szczepionki szczurom – oczywiście nie powiedział, co było substancją czynną takiej szczepionki – aby potem podać im kokainę. Kokaina nie docierała do receptorów na neuronach w mózgu szczurów w eksperymencie, w efekcie czego nie zagryzały się nawzajem. To był najlepszy dowód, że szczepionka działa, bowiem szczury na kokainie przeistaczają się w bestie. Nie tylko szczury zresztą. Psy do walki często także podnieca się kokainą.

Janda twierdził, że opracowanie takiej szczepionki dla ludzi to kwestia krótkiego czasu.

Nie mógł w tym momencie nie myśleć o Jimie. A także o sobie i własnej przygodzie z kokainą. Wtedy, kilkanaście lat temu, w innej dzielnicy tego miasta, gdy miał już kokainę w sobie, czasami zastanawiał się nad mechanizmem jej działania. To, co wymyślił ten młody chemik, szczególnie receptory na komórkach nerwowych – neuronach – w mózgu, też przychodziło mu czasami do głowy. Te receptory na neuronach – to jak dziurka od klucza do mózgu. Gdy klucz nie pasuje, nic nie przedostanie się do środka. Chyba że jest tak małe jak molekuła kokainy, która przepchnie się bez kłopotu przez każdą dziurkę. Już wtedy w Tulane poznał dokładnie ten mechanizm. Ale nigdy nie przyszłoby mu do głowy, aby zwiększyć rozmiary klucza na tyle, aby nie pasował do tej dziurki. Sprytny Janda pomyślał o tym.

Poza tym, gdy na tej sali padło sformułowanie „receptory na neuronach", przypomniała mu się wyjątkowo smutna historia młodej doktorantki, Candace Pert, z Georgetown University w Waszyngtonie. Jim także znał tę historię. Od dnia, w którym mu ją opowiedział, Jim zawsze pił jedną kolejkę za „Candace Pert, kobietę, która dokładnie wiedziała, co się dzieje za błoną śluzową".

To Candace Pert, badając w latach siedemdziesiątych mechanizm działania morfiny, tak bardzo zasłużonej w walce z cierpieniem, jeszcze na studiach odkryła, że na powierzchni neuronów są miejsca, które kształtem i wielkością pasują do molekuły morfiny. Jak klucz do zamka. To przez te miejsca morfina przedostaje się do komórek. I właśnie w ten sposób uśmierza ból.

Skąd niby neuron miałby mieć na sobie klucz do jakiejś morfiny? Dlaczego organizm przygotował sobie dziurkę od klucza, którego istnienia jednak nie mógł przewidzieć? A może istnieją substancje podobne pod względem struktury i działania do morfiny, wytwarzane wewnątrz organizmu? Są. Oczywiście, że są. Tak jak morfina łagodzą ból, wpływają na nastrój, wywołują uczucie przyjemności, a czasami nawet euforię. Nazywają się endorfiny, „wewnętrzne morfiny". Ujmując to obrazowo, można powiedzieć, że orgazm to nic innego jak zatapianie mózgu endorfinami. Tak samo zresztą jak lęk skazańca tuż przed egzekucją na krześle elektrycznym. Wbrew pozorom w obu przypadkach skład chemiczny substancji w mózgu jest identyczny.

Mało kto wie, że to od odkrycia Candace Pert rozpoczęła się fascynująca i trwająca nieprzerwanie do dziś historia molekuł emocji. Właśnie jej odkrycie pozwoliło zacząć myśleć o tym, że ludzie to mieszanina nukleotydów, pamięci, pragnień i protein. Gdyby nie receptory na neuronach, z pewnością nie byłoby poezji.

Na pomysł takich receptorów na neuronach Candace Pert, atrakcyjna brunetka z uniwersytetu w Waszyngtonie, wpadła jeszcze w 1972 roku. Dalsza historia jej odkrycia to najlepszy dowód, jak próżny, zawistny, okrutny i pełen intryg może być świat nauki. Znał to z własnego doświadczenia, więc historia Candace nie była dla niego szokiem.

Gdy Pert była tuż przed swoim odkryciem, szef projektu, utytułowany profesor, informowany regularnie o postępach prac, polecił jej bezwarunkowo zakończyć badania, twierdząc, że są „bezcelowe i prowadzą w ślepą uliczkę". Ten sam profesor jednak wkrótce z dwoma nie mniej utytułowanymi kolegami został nominowany do prestiżowej amerykańskiej Nagrody Laskera – prowadzącej prostą drogą do Nobla – właśnie za badania nad receptorami neuronów. Jej badania! Komitet Nagrody Laskera całkowicie pominął jej wkład, nie wymieniając nawet nazwiska.

Jak wspomina sama Pert, mogła przejść nad tym do porządku i żyć z tym poniżeniem w milczeniu, „wiedząc i tak swoje", albo protestować. Nie przeszła nad tym do porządku. Zbyt dobrze pamiętała przypadek innej kobiety, którą obrabowano z jej wiedzy, uznania i zasług. I zbyt dobrze pamiętała, czym się to skończyło.

On też znał w szczegółach tragiczny przypadek Rosalind Franklin. Jak mógł nie znać. Przecież to jego genetyczno-biochemiczne poletko.

Rosalind Franklin, absolwentka słynnego Cambridge, używając wtedy, na początku lat pięćdziesiątych, bardzo nowej techniki krystalografii rentgenowskiej, odkryła, że DNA to podwójna spirala przypominająca drabinę i że ramiona tej drabiny to fosforany. Dyrektor jej instytutu, John Randall, zaprezentował wyniki badań, a także nieopublikowane jeszcze przemyślenia swojej młodej współpracowniczki na małym koleżeńskim seminarium, w którym uczestniczyły trzy osoby, w tym James Watson i Francis Crick. Krótko po tym, w marcu 1953 roku, Watson i Crick opublikowali słynny artykuł, opisujący poprawnie strukturę podwójnej helisy DNA.

Tamtego marca rozpoczęła się współczesna genetyka. Świat oniemiał z zachwytu. Ale nie cały. Gdy Watson i Crick udzielali wywiadów, przechodzili z dumą do historii i rezerwowali sobie miejsce w encyklopediach, Rosalind Franklin cierpiała w milczeniu. Nigdy nie zaprotestowała i nigdy też nikomu publicznie nie opowiedziała o tym, co czuje.

W 1958 roku, zawsze zdrowa, bez żadnych genetycznych predyspozycji, Franklin zachorowała na raka i po kilku tygodniach umarła.

Miała trzydzieści siedem lat.

W 1962 roku Watson i Crick odebrali w Sztokholmie Nagrodę Nobla.

Molekuły emocji? Peptydowe receptory smutku otworzyły drogę do mutacji komórek rakowych? Według Pert, a teraz już także i według większości immunologów, smutek i ból mogą zabić tak samo jak wirusy.

Candace Pert nie przeszła więc nad rabunkiem jej dorobku do porządku dziennego. Zaprotestowała. Utytułowany profesor nie dostał Nagrody Nobla i popadł w zapomnienie. Ona zaś stała się autorytetem.

Myślał o tym, słuchając wykładu Jandy, i zastanawiał się, czy Janda wie, że bez Candace Pert nie byłoby go tutaj, przed tą wypełnioną po brzegi salą.

Oprócz ucieczki na wykład o szczepionce przeciwko kokainie zrobił rzecz znacznie gorszą w tym ostatnim dniu kongresu w Nowym Orleanie: zrezygnował, wykręcając się chorobą, z oficjalnego rautu kończącego kongres. Nie miał ochoty po raz kolejny słuchać wszystkich tych samych od lat przemówień o tym, kto się zasłużył i kto to docenia lub jak „owocne było to spotkanie" i „jakie nowe wyzwania stoją przed nami". Światowy kongres genetyków w Nowym Orleanie nie różnił się pod tym względem od gminnego zjazdu kółek rolniczych w Nowej Wsi.

Nie chciał też spędzić wieczoru, dotrzymując towarzystwa szacownym i bezgranicznie znudzonym żonom profesorów, którzy podobnie jak ich żony już dawno nie mają nic do powiedzenia i jedynie jeżdżą z kongresu na kongres, obcinając w ten sposób kupony od swojej dawno już pożółkłej świetności i sławy.

Chciał pożegnać Nowy Orlean na swój sposób. Kolację zjadł w małej restauracji o nazwie Evelyn's Place na rogu Chartres Street i Press Street. Dla bywalców w tym mieście prawdziwy rarytas miejscowej lokalnej kuchni. Znany tylko wtajemniczonym. Poza tym jest tam cały czas *Happy Hour*. Zamawiając jedną tequilę, dostaje się trzy, nie płacąc za dwie pozostałe. Doskonale wpływa to na atmosferę tego raczej obskurnego wnętrza. Po pierwszej kolejce przestaje się to zauważać. Po drugiej zaczyna być pięknie. Czasami w Evelyn's

Place zdarzało się coś, co nie zdarzało się nigdzie indziej w Nowym Orleanie. Evelyn ściągała – przeważnie przed Mardi Gras – swoją młodszą siostrę, która jako jedyna, jak mówi Evelyn, „wyrwała się z getta, bo ma mózg i nie lubi kuchni". Studentka konserwatorium muzycznego w Detroit, studiująca w klasie skrzypiec, niezwykle zdolna, nagradzana w różnych konkursach w obu Amerykach. Gdy przyjeżdżała do zadymionego klubu swojej siostry, zapominała o salach koncertowych i Detroit. Plotła warkocze jak rastamanka i grała jazz i bluesa. Na skrzypcach! Słuchając, miało się wrażenie, jak gdyby Marvin Gaye śpiewał bluesa.

Evelyn zresztą, do której należy to miejsce, to też zjawisko. Potężna Murzynka o uśmiechu anioła, grająca „po godzinach" na perkusji w jazzowym zespole dixielandowym. „W godzinach" musiała gotować dla swoich gości. „Musiała" to złe słowo. Evelyn uważała bowiem – wie to, gdyż przysłuchiwał się rozmowom Jima i Evelyn, gdy przychodzili tu razem przed laty – że od sztuki gotowania lepszy jest tylko „dobry jazz i długi seks". Poza tym Evelyn za każdym razem powtarzała, że świat nabrał sensu, odkąd zaistniał jazz, i przeżył trzy rewolucje: kopernikowską, einsteinowską oraz wynalezienie *gumbos*, pikantnej kreolskiej zupy roślinnej z egzotycznego warzywa o nazwie *okra*, serwowanej do czerwonej fasoli z przyprawami *cajun*. Nigdzie nie przyrządzają w Nowym Orleanie takich *gumbos* i takiej czerwonej fasoli jak w Evelyn's Place właśnie. Pod wieczór, gdy restauracja pulsuje życiem i wibruje śmiechem, można czasami namówić Evelyn na solo na bębnach. Zakłada wtedy białe rękawiczki do łokci, poprawia makijaż, siada na obrotowym krześle przy wejściu do kuchni i gra. Tak długo, aż ktoś zacznie ją błagać, aby przestała. Często, gdy Evelyn grała, Jim wychodził na podwórze za restauracją. Nie przepadał za jazzem. Pamięta, jak go kiedyś rozbawił, mówiąc, że „jazz to zemsta Murzynów na białych za niewolnictwo". Mimo to regularnie przychodzili w to miejsce.

Od tamtych dni nic specjalnie się tutaj nie zmieniło poza tym, że Evelyn jest teraz jakieś 15 kilogramów grubsza.

ONA: Obudził ją szmer w okolicach drzwi. Przez otwarte okno dochodziły głosy dzieci bawiących się w ogrodzie. Był słoneczny dzień. Drżała z zimna. Zauważyła, że spała nago, niczym nieprzykryta, podczas gdy klimatyzacja pracowała całą noc. Kołdra leżała na podłodze przy oknie. Wstała i podeszła do drzwi. W szczelinie pod nimi tkwiła oliwkowa koperta. Schyliła się i podniosła. Uśmiechnęła się, przytuliła kopertę do siebie i szybko wróciła do łóżka. Wydobywała kartkę z wydrukowanym e-mailem od niego, gdy zadzwonił telefon. Asia.

– Jak cię znam, to leżysz jeszcze w łóżku. Oczywiście nie zapomniałaś, że dzisiaj jest dzień Renoira, prawda? – zapytała dziwnie zmienionym głosem.

Oczywiście, że zapomniała. Ale nie zdradziła się i słuchała Asi w milczeniu.

– Teraz wstań, idź do stacji École Militaire i pojedź do Solférino; przesiadkę masz na Concorde. Gdy wysiądziesz i wyjdziesz na górę, zobaczysz przed sobą halę starego dworca. Tam jest Muzeum d'Orsay. Zapamiętałaś? Stacja Solférino. Stoję tutaj w kolejce po bilety od piątej rano. Poznałam w tym czasie faceta z Wenezueli, dziewczynę z Birmy i czterech Czechów, którzy stoją zaraz za mną. Czesi przyszli ze skrzynką piwa. Zaczęli otwierać butelki około siódmej rano. Najpierw nie mogłam na to patrzeć. Brr... Piwo przed śniadaniem. Ale tak od około ósmej, bez śniadania, piję razem z nimi. Pewnie poznałaś to po moim głosie? O Boże, jak cudownie. Renoir w całej hali dworca w Paryżu, a ja po pięciu piwach o dziewiątej rano. Chciałabym utrwalić ten stan. Ale nie bierz aparatu. I tak nie wolno fotografować. Tylko przyjedź koniecznie, chciałabym to widzieć także twoimi oczami. Będziemy miały co wspominać do końca wieku. Próbowałam złapać Alicję. Kilka razy dzwoniłam do jej pokoju. Dopiero ten recepcjonista Polak zdradził mi, że jej nie ma. Od wczoraj po kolacji. Przystanek Solférino, pamiętaj. Musisz natychmiast przyjechać. Teraz wracam do Czechów. – Zanim odłożyła słuchawkę, powiedziała jeszcze: – I proszę cię. Nie zatrzymuj się pod żadnym pozorem w tej Internet Café przy Militaire. Ostatnio pobiegłaś tam na pięć minut, a zostałaś dwie godziny. Napiszesz do niego, ktokolwiek to jest, później, gdy wrócimy z tej wystawy. Obiecujesz? Proszę!

Pomyślała, po raz kolejny, że Asia jest wyjątkowa. W zasadzie nie chciałaby, aby Jakub poznał Asię. W jakimś stopniu niebezpiecznie pasowali do siebie.

Pobiegła do łazienki. Szybko wzięła prysznic. Włożyła krótkie, białe, obcisłe spodnie i czerwony podkoszulek odkrywający brzuch. Nie włożyła stanika. Zapowiadał się upał nie mniejszy niż poprzedniego dnia. Do torebki wrzuciła po prostu zawartość kosmetyczki.

Makijaż zrobię, jadąc metrem – pomyślała.

Recepcjonista nie mógł oderwać wzroku od jej piersi, gdy zbiegała, z mokrymi jeszcze włosami, po schodach do restauracji na śniadanie. Opuścił recepcję i przyszedł za nią do sali restauracyjnej. W takim małym hotelu jak ten recepcjonista był także kelnerem. Przynajmniej w trakcie śniadań.

Stał z ołówkiem i papierowym bloczkiem w ręku i przyjmował od niej zamówienie. Zamówiła kawę i croissainta z miodem. Gdy odszedł, zostawiła wszystko i pobiegła na górę do pokoju. Zabrała ze stolika nocnego swój przenośny odtwarzacz płyt kompaktowych, znalazła w walizce ostatnią płytę Vana Morrisona i wróciła do stolika w restauracji. Kawa czekała już na nią. Obok filiżanki z kawą leżało najświeższe wydanie „International Herald Tribune".

Recepcjonisty nie było. Odsunęła pośpiesznie gazetę, aby nie widzieć nawet nagłówków.

Nie zepsuję sobie nastroju informacjami o świecie – pomyślała.

Założyła słuchawki. Wybrała *Have I told lately that I love You*, swój ulubiony kawałek Morrisona.

Nie tylko Asia może być przygotowana wewnętrznie do Renoira – pomyślała.

Ona też. Muzykę już ma. Teraz zadba o chemię.

Zjawił się recepcjonista z ciepłym croissaintem na tacy. Wyłączyła muzykę i zdjęła słuchawki. Zauważyła, że on nadal zerka na jej piersi.

– Czy mógłby pan przynieść jeszcze jedną kawę? A jeśli tak, to czy mógłby pan wlać do tej kawy kieliszek irlandzkiej whisky?

Uśmiechnął się i zapytał:

– Dwadzieścia pięć, pięćdziesiąt czy sto mililitrów? Przy stu będzie miała pani kawę w whisky, a nie odwrotnie.

– A jak pan myśli, po jakiej ilości będzie mi jeszcze lepiej?

– Po dwudziestu pięciu mililitrach whisky w kawie i stu szampana w kieliszku z truskawką. Szampan na mój rachunek. Renoir też pił szampana. I często do śniadania. Niech pani dzisiaj w d'Orsay zwróci uwagę, ile butelek stoi na stołach na jego słynnym obrazie *Śniadanie wioślarzy*.

– No tak. Wie pan o mnie wszystko. Czyta pan i pisze moje e-maile, wie pan, że potrzebuję Internetu, a teraz jeszcze pan wie, że za chwilę idę spotkać Renoira. Skąd, jeśli można wiedzieć?

– E-maile mam od pani lub dla pani, Internetu potrzebuję od kilku miesięcy jak tlenu, więc uogólniłem to także na panią, bo pasuje pani do modelu, a Renoir? Wiem od pani koleżanki. Zanim połączyłem jej rozmowę z pani pokojem, opowiedziała mi prawie wszystko o tej wystawie w d'Orsay, a potem straszyła mnie, że jeśli pani nie podniesie słuchawki, to może pani zasłabła w pokoju i powinienem natychmiast tam pójść. Ona jest taka słodka, gdy kłamie. Może jej to pani powiedzieć.

To rzekłszy, odszedł do baru. Za chwilę przyniósł filiżankę kawy, kieliszek z pływającą w musującym szampanie truskawką i kryształową miseczkę truskawek posypanych wiórkami kokosowymi. Postawił to przed nią i powiedział:

– Ma pani przed sobą cudowny dzień. Widziałem tę wystawę przed dwoma dniami. Renoir to jedyny impresjonista, który malował wyłącznie dla przyjemności, więc będzie pani wyjątkowo przyjemnie w d'Orsay. Gdybym nie musiał dzisiaj pracować, zapytałbym panią, czy mógłbym jej towarzyszyć. Ale dzisiaj nie patrzyłbym wcale na obrazy.

Zanim odszedł, zbliżył się do krzesła, na którym siedziała, i poprawiając stokrotki w małym porcelanowym wazoniku stojącym przy kieliszku z szampanem na jej stoliku, powiedział:

– Poza tym wygląda pani prześlicznie w tych mokrych włosach i bez makijażu.

Jak to dobrze, że on to mówi – pomyślała z wdzięcznością.

Chciała przecież „prześlicznie wyglądać" i chciała, aby świat to widział. Szczególnie teraz, tutaj, w Paryżu, przez najbliższe dni. To będzie kosztować majątek, ale zamówiła sobie jeszcze w Warszawie, oczywiście przez Internet, termin u fryzjera w Paryżu. Tylko kilka ulic od ich hotelu. Na dzień przed jego przylotem.

Zjadła croissainta. Kawa przyjemnie smakowała goryczką whisky. Po wypiciu szampana palcami wyjęła truskawkę i włożyła powoli do ust. Czuła, że dzięki tej drugiej kawie i szampanowi jej postrzeganie świata zaczyna zbliżać się do postrzegania Asi. To doskonale – pomyślała. Mają przecież mieć wspólne wspomnienia z tej wystawy na resztę kończącego się wieku.

O Boże, jak bardzo chciałaby teraz dotknąć jego ust. Tylko dotknąć – pomyślała. – Znowu się zaczyna. Po co ja piłam ten alkohol?!

Wstała szybko od stolika, założyła słuchawki i przesunęła suwak głośności odtwarzacza. Potrzebowała teraz głośnej muzyki, i to koniecznie Van Morrisona. Przechodząc przez restaurację w kierunku wyjścia, podniosła rękę i nie odwracając głowy, kiwnęła palcami na pożegnanie. Przypuszczała, że recepcjonista obserwuje ją. W drzwiach wyjściowych niespodziewanie odwróciła się. Miała rację! Patrzył za nią.

ON: Po kolacji rozpoczął wędrówkę po klubach, pubach i restauracjach Dzielnicy Francuskiej Nowego Orleanu. Tak jak wtedy. Ale nie było tak jak przed laty. Teraz musiał doszukiwać się tej radości i beztroski. Wtedy czuł ją nieustannie.

Mijając tak jak wtedy neon przy wejściu do jednego z klubów nocnych, przystanął i otworzył butelkę piwa, które grzało się od rozgrzanego ciała w tylnej kieszeni spodni.

Życie to pożądanie. Cała reszta to tylko szczegół – migotało z krzykliwego neonu.

Pomyślał, że to miasto można by dokładnie zdefiniować tym tekstem z neonu. Tutaj faktycznie ludzie przyjeżdżają, aby chociaż przez kilka dni zająć się swoim pożądaniem. Nawet gdy tego sobie wprost tak do końca nie uświadamiają.

Cała reszta to szczegół – pomyślał, uśmiechając się do siebie.

Do hotelu wracał radosny i podniecony. Wyszedł około pierwszej z klimatyzowanego bluesowego klubu Razoo na rogu Bourbone i Vanessa i wpadł prosto w parną, duszącą noc w Nowym Orleanie. Było, mimo nocy, około 30 stopni ciepła przy wilgotności powietrza sięgającej 93 procent. Ulica tętniła życiem. Kolorowy tłum turystów przekrzykujących się we wszystkich możliwych językach sunął jak procesja Bourbone Street, zatrzymując się przy wejściach do klubów i restauracji, przez których drzwi wydobywała się muzyka.

Świat się zmienia, ale na szczęście nie Bourbone Street. Niezmiennie tak samo zwariowana – pomyślał. Pewnie dlatego zawsze tylu tu ludzi.

Przeszedł dwie przecznice, skręcił w Conti Street i znalazł się na Dauphine Street. Wkrótce stał przed hotelem, dwukondygnacyjnym budynkiem w kolonialnym stylu porośniętym winoroślą i ozdobionym kilkoma wielkimi amerykańskimi flagami, które oświetlał reflektor ustawiony na tarasie domu po drugiej stronie ulicy. Gwiazdy na flagach migotały niebieskimi żaróweczkami. Uśmiechnął się do siebie, myśląc po raz kolejny, że Amerykanie są czasami tak zabawni i rozbrajająco kiczowaci w swoim patriotyzmie.

Minął recepcję w klimatyzowanym holu, wziął klucz od zaspanego portiera i już chciał iść do pokoju, gdy nagle usłyszał muzykę dobiegającą z patio w południowej części hotelu. Przez chwilę wahał się, czy tam pójść. Wcześnie rano leciał do Nowego Jorku. Wyobrażał sobie to cierpienie, gdy zadzwoni budzik. Mimo to pomyślał, że pójdzie na najbardziej już dzisiaj ostatniego drinka i wysłucha tego bluesa. Tylko na chwilę. Zawrócił w połowie piętra i poszedł na patio.

Było to typowe podwórze bogatszych kolonialnych domów w Dzielnicy Francuskiej, z małą kamienną fontanną pośrodku eliptycznego basenu pokrytego gęsto białymi liliami, które mogły wyrosnąć tak ogromne tylko w tym klimacie. Pod ścianą budynku stał niewielki bar, oświetlony tylko lampami imitującymi świece, a wokół niego kilka stolików z okrągłymi blatami z białego marmuru i niewielkie metalowe krzesełka z fantazyjnie wygiętymi oparciami. Rozłożysta palma swoją koroną zasłaniała lampę mającą oświetlić mały parkiet taneczny znajdujący się za fontanną. Po stronie baru stał biały fortepian. Młody Murzyn w czarnym smokingu i białej koszuli ozdobionej czarną muchą akompaniował starszej grubej Murzynce ubranej w błyszczącą suknię do ziemi. Mimo ciemności miała ogromne słoneczne okulary. Śpiewała bluesa.

Obok fortepianu znajdowały się bębny perkusji, przy których nikt nie siedział, ale tuż obok na fotelu z nieskazitelnie białej skóry siedział młody biały mężczyzna, który trzymał gitarę na kolanach i popijał drinka.

Nad patio kończył się bluesowy standard *Bring it home to me*. Na chwilę zapadła cisza. Jakub podszedł do baru, zamówił whisky z wodą sodową i lodem i usiadł przy stoliku stojącym najbliżej fortepianu. Nagle gitarzysta wstał, dał znak wokalistce, która wyjęła mikrofon ze stojaka. Zaczął grać. Jakub od razu poznał, co to jest.

Zdał sobie nagle sprawę, że dotąd słyszał to wyłącznie w wykonaniu wokalistów, a teraz, w wykonaniu tej Murzynki, było to niesamowite. Zupełnie inne, porywające.

Sączył powoli whisky, słuchał i mimowolnie zaczął poruszać się w rytm muzyki. Nagle na ten mały parkiet wyszła biała dziewczyna w brązowej spódnicy do ziemi i czarnej bluzce niezakrywającej brzucha. Miała czarne buty na wysokim obcasie, czarne włosy do ramion. W lewej dłoni trzymała dużą kryształową szklankę wypełnioną do połowy.

Zauważył ją już wcześniej, kiedy zamawiał drinka przy barze. Zwróciła jego uwagę alabastrową bielą zupełnie nieopalonej skóry na brzuchu i twarzy oraz ogromnymi wargami, odcinającymi się czerwienią od twarzy. Siedziała zamyślona, nic nie mówiąc, przy sąsiednim stoliku w towarzystwie ubranego mimo upału w szary garnitur młodego mężczyzny z telefonem komórkowym w dłoni. Zajmowali stolik razem z inną parą. Ta druga dziewczyna miała spadające na ramiona blond włosy z kosmykami splecionymi kolorowymi włóczkami. Była ubrana w krótkie spodnie, które odsłaniały niesamowicie długie, opalone nogi. Czarny podkoszulek na wąskich tasiemkach, napięty przez jej duże piersi, kończył się wysoko nad pępkiem. Jej partner był wysokim, szczupłym szatynem ubranym w sportowy biały podkoszulek odsłaniający imponujące mięśnie i niebiesko-czerwony tatuaż na prawym ramieniu. Trzymali się za ręce, szeptali coś sobie do ucha i co rusz wybuchali śmiechem. Wyglądali na Europejczyków; widać było, że ta czwórka jest razem.

Dziewczyna na parkiecie zaczęła powoli się poruszać. Miała zamknięte oczy i cały czas trzymała szklankę.

Rock me baby, rock me all night long...

Blues stawał się coraz bardziej rytmiczny. Nagle podeszła do Jakuba, spojrzała mu w oczy, uśmiechnęła się i nie pytając o przyzwolenie, postawiła swoją szklankę obok jego szklanki, lekko przy tym dotykając palcami nadgarstka jego lewej ręki. Wróciła na parkiet.

Rock me baby, and I want you to rock me slow, I want you to rock me baby till I want no more...

Jej biodra unosiły się, opadały, krążyły i falowały. Czasami wzmacniała ich ruchy, opuszczając na nie dłonie i wypychając do przodu. Otwierała przy tym lekko usta i wysuwała delikatnie język.

Rock me baby, like you roll the wagon wheel, I want you to rock me, baby, you don't know how it makes me feel...

Znów zbliżyła się do jego stolika, stanęła dokładnie naprzeciwko. Nie ruszając się z miejsca, rytmicznie poruszała tylko biodrami. Prawą dłoń położyła na swojej lewej piersi, tak jak amerykańscy marines, gdy słuchają hymnu, a palce lewej podniosła do warg. Widział wyraźnie, jak serdeczny palec powoli wsuwa się i wysuwa z ust.

Nagle poczuł się zawstydzony i odruchowo uciekł wzrokiem w bok. Zauważył, że blondynka przesiadła się na kolana wytatuowanego partnera; oboje poruszali się w takt muzyki. Ona rozłożyła długie nogi, opuściła je wzdłuż niego i tarła go pośladkami, tańcząc z nim na siedząco bluesa. On obejmował ją na wysokości, gdzie kończył się krótki podkoszulek, dotykając krawędziami dłoni jej nagich piersi, wystających wyraźnie spod podkoszulka. Tylko mężczyzna w szarym garniturze nie zwracał na nikogo innego uwagi, zajęty rozmową.

Want you to rock me baby till I want no more...

Patrzył na tę tańczącą dziewczynę zafascynowany. Nie przypuszczał, że można tak pięknie zatańczyć bluesa. Rozejrzał się dookoła. Wszyscy patrzyli na nią. Z równą ciekawością i podziwem kobiety i mężczyźni.

Kobiety z reguły nienawidzą tych, które tanią i prostacką seksualnością przyciągają uwagę mężczyzn. Sądzą, że ta taniość i prostactwo prowadzą do inflacji tego wspólnego dla wszystkich kobiet argumentu w relacjach z mężczyznami. Z drugiej strony są niezwykle zgodne w podziwie, gdy ta seksualność osiąga prawdziwy kunszt. Tej tańczącej z taką fantazją dziewczynie nie można było tego kunsztu odmówić. Nawet gdy się jej zazdrościło tej uwagi i tych fantazji, które wzbudzała, można ją było tylko podziwiać.

Przypuszczał, że mężczyźni obecni na patio nie myśleli o tym, czy ją podziwiać, czy nie. Przypuszczał, że nie myśleli w ogóle. Co najwyżej fantazjowali. I to głównie na jeden temat.

Nagle i on zaczął myśleć o seksie.

Z jednym jedynym wyjątkiem – gdy „uwodził" ją wirtualnie w nocnym barze tego hotelu w Warszawie – rozmowy z nią nigdy nie dotyczyły bezpośrednio seksu. Była mężatką – dlatego nie potrafił poruszyć tego tematu bez poczucia winy i wewnętrznego niepokoju. Nie chciał wpaść w pułapkę banalnego małżeńskiego trójkąta. W Internecie, gdzie nie doświadczał takich pokus bliskości, jak zapach perfum, ciepło dłoni czy wibracja głosu, było to o wiele łatwiejsze do zrealizowania. Łatwiej było utrzymać znajomość na poziomie przepełnionej sympatią przyjaźni z elementami dwuznacznego flirtu. Ona nie musiała nic deklarować, zachowując, przynajmniej formalnie, status wirtualnej przyjaciółki, „nierobiącej przecież nic złego". On nie miał formalnie powodu być rozczarowanym brakiem wyłączności, gdy opowiadając o zdarzeniach ze swojego życia, używała liczby mnogiej. Trwali w układzie skonstruowanym tak, aby móc demonstrować gotowość do deklaracji, ale żadnych nie czynić. Dla spokoju sumienia.

Jednak fizyczność ich związku przejawiała się w prawie każdej rozmowie na ICQ i w prawie każdym e-mailu. W dwuznacznych opisach zdarzeń lub sytuacji przemycali swoje bardzo jednoznaczne pragnienia i tęsknoty. Był pewien, że w trakcie ich spotkań w Internecie było więcej czułych dotknięć niż podczas spotkań wielu tak zwanych normalnych par w majowe wieczory na ławce w parku. Opowiadali o seksie, nie nazywając go nigdy po imieniu.

Teraz w Paryżu miało to wszystko przejść – wreszcie – do historii. Z jednej strony myśl o spotkaniu, do którego miało dojść, była elektryzująca jak początek erotycznego snu, z drugiej rodziła u niego uczucie napięcia i niepokoju. W Paryżu za bramą lotniska fantazja mogła minąć się z rzeczywistością. To, co było między nimi, wyrosło na gruncie fascynacji słowem i wyrażoną tekstem myślą. Dlatego było pewnie tak silne, intensywne i cały czas: przez brak szansy prawdziwego spełnienia.

Odczuwał jej atrakcyjność, nie widząc jej. Był niejednokrotnie podniecony do erekcji, czytając jej teksty. Erotyka to zawsze twór wyobraźni, jednak dla większości ludzi wyobraźni zainspirowanej jakąś cielesnością. W jego wypadku jej zmysłowość była trochę jak erotyczne wiersze z tomiku poezji. Na dodatek ten tomik ciągle jeszcze ktoś pisał.

Zawsze lubił erotyki. Lubił je także umieć na pamięć. Do kilkudziesięciu polskich, które umiał recytować od czasów szkoły średniej, dołożył kilka Rilkego. Po niemiecku! Ale to dopiero ostatnio, gdy zaczął „czuć" niemiecki, a nawet śnić po niemiecku. Przedtem wydawało mu się, że niemiecki o wiele bardziej nadaje się do koszar niż do poezji. To pewnie taki polski historyczny balast.

Myślał o tym, pijąc kolejne szklaneczki whisky i patrząc na tę tańczącą dziewczynę na patio w Dauphine Hotel w Nowym Orleanie. Trochę myliła mu się erotyka z seksem. To pewnie przez ten alkohol, tę dziewczynę i muzykę.

Tak, to głównie przez tę muzykę! – pomyślał.

Od kilkunastu lat muzyka, niekoniecznie blues, kojarzyła mu się z seksem. Nauczyła go tego pewna kobieta bardzo dawno temu.

*

To było jeszcze nawet przed Nowym Orleanem. Dostał stypendium ministerialne na badania w ramach wspólnego projektu jego wrocławskiej uczelni z uniwersytetem w Dublinie w Irlandii.

Była szara, deszczowa i zimna wiosna w Dublinie, gdy przyjechał. Pracował w laboratorium komputerowym Wydziału Genetyki we wschodniej części campusu, rozlokowanego prawie w samym centrum Dublina. Mieszkał w gościnnym pokoju na terenie campusu, który przypominał mu monstrualny labirynt połączonych z sobą budynków z czerwonej cegły. Mówiono mu, że z jego pokoju można przejść korytarzami do laboratorium komputerowego, nie wychodząc na zewnątrz. Kiedyś wieczorem próbował to zrobić, ale gdy wylądował w śmierdzącym wilgocią i naftaliną, zastawionym metalowymi stołami z nagimi zwłokami prosektorium wydziału medycznego, postanowił dać sobie spokój.

Przez pierwszy miesiąc pracował bez wytchnienia. Wpadł w euforyczny trans. Na trzy miesiące dzięki pieniądzom ONZ zostawił to swoje „muzeum" w Polsce, gdzie o dostęp do kserografu trzeba było pisać podanie do dziekana, i dostał się do świata, w którym kserografy stały w holu uniwersyteckiej stołówki. Czy można było nie wpaść w euforię?

Przemieszczał się w zasadzie ustaloną trasą, prowadzącą od jego biura w centrum komputerowym, przez stołówkę, w której w pośpiechu zjadał lunch, do jego pokoju, gdzie około 2 w nocy kładł się, wyczerpany i podniecony minionym dniem, aby wstać już przed 7 rano. Dopiero po miesiącu zauważył, że zdarzają mu się coraz częściej chwile, gdy odczuwa dokuczliwą samotność. Potrzebował wyjść z tego zamkniętego i totalnie zdominowanego pracą cyklu życia w Dublinie.

Któregoś przedłużonego weekendu wybrał się pociągiem na południowo-zachodnie wybrzeże wyspy, do niewielkiego miasta

Limerick, leżącego nad wrzynającą się głęboko w ląd zatoką przypominającą szeroki norweski fiord. Spędził cały dzień, wędrując wybrzeżem, zatrzymywał się tylko w małych irlandzkich pubach, wypijał guinnessa i przysłuchiwał się rozmowom miejscowych, próbując coś zrozumieć. Z reguły nie rozumiał nic i nawet kolejne szklanki guinnessa nie mogły tego zmienić. Irlandczycy nie tylko mówią inaczej. Irlandczycy są po prostu inni. Gościnni, uparci, skrywający swoją wrażliwość pod maską uśmiechu. W swym sposobie postrzegania świata bardzo polscy.

Podróż zaplanował tak, aby zachód słońca obserwować, siedząc na najdalej wysuniętym punkcie u podnóża słynnych Cliffs of Moher. Postrzępionej, pokrytej plamami zielonej trawy ponaddwustumetrowej ściany skalnej, opadającej pionowo w dół. Słońce zachodziło w takt rozbijających się na skałach fal oceanu. Pamięta, że nagle zrobiło się mu wtedy tam, na tej skale, bardzo smutno. Patrzył na tulące się pary zapatrzone w klif, na rodziców trzymających za ręce swoje dzieci, na grupy przyjaciół popijających piwo i głośno wymieniających wrażenia i nagle poczuł, że tak naprawdę jest bardzo opuszczony i nikomu niepotrzebny.

Późnym wieczorem wracał pociągiem do Dublina. Oprócz niego w przedziale siedziała elegancko ubrana stara kobieta. Zajmowała siedzenie pod oknem. W czarnej sukni do ziemi, sznurowanych czarnych butach i okularach opuszczonych nisko na nos i kapeluszu przykrywającym spięty srebrnymi szpikulcami kok z siwych włosów wyglądała jak pasażerka pociągu z XIX wieku. Była dostojna, niedostępna i na swój sposób piękna. Uśmiechnęła się, gdy spytał, czy może zająć miejsce w jej przedziale. Po kilkunastu minutach wyjął z plecaka „Playboya", którego kupił w dworcowym kiosku w Limerick. Po chwili poczuł się zmęczony czytaniem i odłożył pismo. Zamierzał spać. W tym momencie staruszka zapytała, czy mogłaby przejrzeć „ten żurnal". Zdziwił się tym pytaniem. Mimo że cenił „Playboya" – miał niezłą kolekcję we wszystkich językach, w jakich się ukazywał – jako interesujące, robione z klasą czasopismo, ta staruszka nie pasowała mu jakoś do niego. Podał jej bez komentarza. Staruszka kartkowała egzemplarz nieśpiesznie, zatrzymując się od czasu do czasu i czytając fragmenty.

Zapadła cisza. Spoglądał przez okno. Czuł, jak zmęczenie tego pełnego wrażeń dnia mija. Pomyślał, że po przyjeździe do Dublina z przyjemnością usiądzie przed komputerem. Po półgodzinie dojeżdżali do Port Laoise, małej miejscowości mniej więcej w połowie drogi między Limerick i Dublinem. Staruszka wstała i zaczęła przygotowywać się do wyjścia. Gdy pociąg zatrzymywał się, powiedziała spokojnie, oddając mu egzemplarz „Playboya":

– Wie pan, nawet *fuck* nie znaczy już dzisiaj tego, co kiedyś. Szkoda w zasadzie.

Zamykając drzwi przedziału, uśmiechnęła się do niego.

Zaśmiał się do siebie zaskoczony i rozbawiony tym komentarzem.

Miała zupełną rację z tym *fuck* – pomyślał po chwili.

Dopiero co w Dublinie jakiś idiota krytyk teatralny zachwycał się inscenizacją *Fausta* Goethego, w której Faust spółkuje, szprycuje się heroiną i ma seks oralny i analny z Gretchen, a na końcu tańczy z jej trupem.

Jakim cudem *fuck* może dzisiaj znaczyć to co kiedyś, jeśli na film, w którym główna, szesnastoletnia na dodatek, bohaterka układa sobie fryzurę spermą wyejakulowaną przez jej niewiele starszego kolegę, wpuszcza się w Londynie dwunastolatków.

Tak, staruszka miała absolutną rację, stare, poczciwe *fuck* nie znaczy już tego, co kiedyś...

Poza tym, gdy wysiadła, do niego wróciło uczucie swoistego żalu... Już nigdy nie spotka tej staruszki. Zaistniała w jego życiu na kilka chwil i już nigdy nie powróci. A przecież chciałby spotkać ją jeszcze raz. Ludzie poruszają się po wytyczonych przez los albo przeznaczenie – obojętne, jak to nazwać – trasach. Na mgnienie oka krzyżują się one z naszymi i idą dalej. Bardziej niż rzadko i tylko nieliczni zostają na dłużej i chcą iść naszymi trasami. Zdarzają się jednak i tacy, którzy zaistnieją wystarczająco długo, aby chciało się ich zatrzymać. Ale oni idą dalej. Jak ta staruszka, która przed chwilą wysiadła, albo jak ostatnio ta śliczna dziewczyna, której zachwycony przypatrywał się, stojąc w kolejce w banku. Jemu jest zawsze smutno, gdy coś takiego się zdarza. Ciekaw był, czy inni też odczuwają taki smutek.

W Port Laoise do jego przedziału wszedł dobrze zbudowany, uśmiechnięty mężczyzna mniej więcej w jego wieku. Od razu zauważył, że mówi z akcentem, i po kilku minutach rozmowy przyjrzał mu się uważniej. Coś go tknęło i zaryzykował nagle to pytanie:

– Czy mówi pan po polsku?

Ten uśmiechnął się tylko i natychmiast odpowiedział:

– Oczywiście… jasne… to przecież pan! Widziałem kiedyś pana w stołówce uniwersyteckiej.

Okazało się, że ma na imię Zbyszek, jest tutaj od roku na studiach doktoranckich i przyjechał z Warszawy. Natychmiast przeszli na ty. Okazało się, że jest informatykiem i zajmuje się pisaniem software'u do projektowania tranzystorów dużej mocy. Zatopili się w rozmowie o komputerach, elektronice i swoich planach, gdy nagle trzeba było wysiadać w Dublinie.

Tak zaczęła się ich przyjaźń, która tak nagle i tak bezsensownie dwa miesiące później się skończyła.

Od tego spotkania w pociągu zaczął często bywać u niego. Praktycznie spotykali się każdego dnia. Polubili się i z przyjemnością spędzali czas razem. Któregoś wieczoru wybrali się do pubu nieopodal jego laboratorium. W pewnym momencie Zbyszek wstał od baru i pocałunkiem powitał uśmiechniętą dziewczynę. Wymienili kilka zdań po angielsku i zwracając się do niego, Zbyszek przedstawił ją:

– Pozwól, że przedstawię ci moją przyjaciółkę Jennifer. Jennifer jest Angielką i studiuje tutaj ekonomię. – Uśmiechnął się i dodał: – Mnie lubi pewnie tylko dlatego, że Szopen też był Polakiem.

Nigdy dotąd nie spotkał kobiety, która miałaby tak długie rzęsy. Musiały być prawdziwe. Żaden makijaż nie wydłużyłby ich aż tak bardzo. Czasami wydawało mu się, że słychać, gdy zamyka oczy. Na początku, zanim się przyzwyczaił do ich widoku, trudno było, nie koncentrując się, patrzyć jej w oczy. Przy tych rzęsach, ciemnych, niemalże czarnych włosach do ramion, wyraźnie błękitne oczy zupełnie nie pasowały do twarzy. Poza tym wyglądały zawsze jak lekko załzawione. Komuś, kto jej nie znał, mogło się wydawać, że płacze. Ślicznie wyglądała, gdy śmiała się serdecznie i te łzy ciągle błyszczały w oczach.

Była ubrana w czarne obcisłe spodnie i takiż kaszmirowy sweterek z głębokim dekoltem w szpic. Jej szyję obejmowały ogromne, oczywiście także czarne, pokryte skórą słuchawki walkmana, przymocowanego do paska spodni opiętych na szerokich biodrach. Była szczupła, co przy jej niskim wzroście sprawiało wrażenie, że jest bardzo delikatna. Niemal krucha. Dlatego te szerokie biodra i nieproporcjonalnie duże, ciężkie piersi wypychające sweterek przykuwały uwagę. Jennifer wiedziała o tym, że jej piersi muszą „niepokoić" mężczyzn. Prawie zawsze nosiła obcisłe rzeczy.

Podała mu dłoń, podsuwając pod usta. Patrząc mu w oczy, powiedziała szeptem:

– Pocałuj. Uwielbiam, jak wy, Polacy, całujecie dłonie kobiet na powitanie.

Jej dłoń pachniała jaśminem z odrobiną wanilii. To było elektryzujące: ten szept, ten zapach. I te biodra. Poza tym uwielbiał duże i ciężkie piersi kruchych kobiet.

Przedstawił się. Zapytała go, jaki jest inicjał jego drugiego imienia, i gdy dowiedziała się, że „L", powiedziała coś, czego wtedy zupełnie nie zrozumiał:

– JL, jak Joni i Lingam. Masz inicjały tantry. To obiecuje rozkosz.

I gdy on zastanawiał się, co ona mogła mieć na myśli z tą tantrą, zapytała go, czy może odwrócić i połączyć inicjały i nazywać go Eljot. Uśmiechnął się zdziwiony, ale przystał na to, sądząc, że to oryginalne.

Tak poznał Jennifer z wyspy Wight.

Odtąd spotykał ją bardzo często. Prawie zawsze ubrana na czarno i prawie zawsze z ogromnymi słuchawkami walkmana na szyi. Bo Jennifer ponad wszystko, może z wyjątkiem seksu, kochała muzykę i w każdej wolnej chwili jej słuchała. Jak się później okazało, muzyki słuchała także w chwilach, których normalnie nie sposób określić jako „wolne".

Ponadto Jennifer słuchała wyłącznie muzyki poważnej. Wiedziała wszystko o Bachu, potrafiła opowiedzieć miesiąc po miesiącu życie Mozarta, nucąc przy tym fragmenty jego menuetów, koncertów lub oper, znała libretta prawie wszystkich oper, których on nawet nie znał z tytułów. Była jedyną znaną mu cudzoziemką, która potrafiła wypowiedzieć i napisać nazwisko Szopena tak, jak robią to Polacy, przez „Sz". Pytała go o Szopena i gdy zorientowała się, że nie może jej powiedzieć nic ponad to, co sama wiedziała, była rozczarowana. Po pewnym czasie nie mógł nie zauważyć, że coraz częściej Jennifer jest wszędzie tam, gdzie on bywał.

Było coś elektryzującego w jej osobie. Była niezwykle – sama twierdziła, że „odpychająco" – inteligentna. To odsuwało od niej wielu mężczyzn, których przyciągnęła swoim wyglądem i prowokacyjną seksualnością, a którzy po kilku minutach rozmowy wiedzieli, że niespecjalnie mają chęć na „aż taki" intelektualny wysiłek, aby zaciągnąć ją do łóżka. Większość i tak nie miałaby żadnych szans, a ci, którzy je mieli, robili duży błąd, rezygnując, bowiem Jennifer stanowiła najlepszą nagrodę za ten wysiłek.

Była zagadkowa. Frapowała go. Od pierwszej chwili. Umiała słuchać, była bezpośrednia, miała fotograficzną pamięć. Bywała sentymentalna, nieśmiała i zawstydzona, aby za chwilę być wyuzdana do granic wulgarności. W ciągu paru sekund mogła przejść od analitycznej rozmowy o zasadach funkcjonowania giełdy w Londynie – jako gościa z „represjonowanej i komunistycznej" Polski zawsze go to interesowało – do prowadzonej szeptem rozmowy o tym, dlaczego płacze, słuchając *Aidy* Verdiego. Potrafiła także prawdziwie płakać przy stoliku w restauracji, gdy już mu to opowiedziała. Pamięta, jak kelnerzy patrzyli na niego z nienawiścią, podejrzewając, że zrobił jej jakąś potworną krzywdę.

Była niedostępna. Podobała mu się, ale nie na tyle, by chciał zaniedbać swoją genetykę i „zainwestować" czas, aby zdobywać ją i sprawdzać, jak bardzo niedostępna była naprawdę. Pogodził się z tym, że Jennifer będzie wywoływała w nim wibracje i chowaną głęboko pokusę, aby jednak spróbować, a on po prostu oprze się temu. Dla nauki i Polski – śmiał się w duchu.

Tego dnia miał imieniny. Chociaż nie wszystkie kalendarze wymieniają imię Jakub tego dnia, obchodził swoje imieniny właśnie 30 kwietnia. Tak jak chciała jego matka. Ponieważ był środek tygodnia, zaprosił wszystkich na przyjęcie do siebie w najbliższą sobotę. Zbliżała się północ, a on ciągle jeszcze pracował w swoim biurze. Nagle usłyszał cichutkie pukanie.

Jennifer.

Zupełnie inna. Bez słuchawek na szyi i ubrana nie na czarno!

Miała na sobie obcisłe jasnofioletowe spodnie zwężane do dołu i jasnoróżową rozpinaną koszulową bluzkę wpuszczoną w spodnie. Nie włożyła stanika, co przy jej piersiach wyraźnie było widać przez materiał bluzki. Włosy miała upięte w kok związany fantazyjnie jedwabną chusteczką w kolorze spodni. Załzawione, błyszczące oczy zaznaczyła lekko fioletowym kolorem i podkreśliła wargi szminką w tym samym kolorze. Kontury warg obrysowała innym ciemniejszym odcieniem fioletu, co dawało wrażenie, że jej usta są wyjątkowo duże. Patrzył na nią jak oczarowany, nie mogąc ukryć zdziwienia.

– Myślisz, że Szopen też obchodził swoje imieniny? Nigdzie nie mogłam się tego dowiedzieć. Chciałam zdążyć przed północą z życzeniami. Zdążyłam. Jest dopiero za osiem dwunasta.

Zbliżyła się do niego, podniosła na palce i musnęła jego usta swoimi wargami. Przytuliła się do niego. Postanowił, że zapyta ją, jaka to firma tak genialnie miesza jaśmin z wanilią w jej perfumach. Pachniała dokładnie tak samo jak pierwszego dnia, gdy ją poznał.

Widząc, że stoi, nie wiedząc, co zrobić z rękami, odsunęła się i patrząc mu w oczy, podała małego żółtego pluszowego tygrysa, który miał na brzuchu wyszyty czarną nicią napis po angielsku *Get physical*. Powiedziała:

– To imieninowy prezent dla ciebie. A teraz przestań już wreszcie pracować. Zapraszam na drinka do mnie. Obiecuję, że nie będę ci robić egzaminu z Szopena.

Uśmiechnął się, zaskoczony, myśląc cały czas, czy *Get physical* na pewno znaczy, że ma ją zacząć dotykać. Chciał, aby to właśnie znaczyło. Wyglądała dziś niezwykle. Kobieco, tajemniczo, tak bardzo inaczej niż zwykle. Ten zapach, ten głos, te biodra. I ten tygrysek. Postanowił, że zacznie się od teraz uczyć angielskich idiomów.

Chciał iść z nią natychmiast, ale przypomniał sobie, że musi zamknąć program, który uruchomił, gdy ona zapukała do drzwi jego biura, i wyłączyć komputer. Pocałował wewnętrzną stronę jej prawej dłoni i wrócił do swojego biurka. Gdy wprowadzał komendy z klawiatury, nagle poczuł, że stanęła za nim, dotknęła jego głowy swoimi piersiami, nachyliła się nad nim i zaczęła delikatnie oddychać za jego uszami. Zatrzymał dłonie na klawiaturze. Nie wiedział, co zrobić. To znaczy wiedział, ale nie mógł się zdecydować, jak zacząć. Sytuacja była dziwna. On siedział nieruchomo, jak sparaliżowany, z dłońmi na klawiaturze, a ona stała za nim i całowała jego włosy. W pewnym momencie odsunęła się na chwilę. Nie poruszył się. Usłyszał szelest tkaniny i za chwilę różowa koszula przykryła jego dłonie znieruchomiałe na klawiaturze komputera. Odwrócił powoli krzesło obrotowe, na którym siedział. Odsunęła się, aby zrobić mu miejsce. Jej piersi znalazły się dokładnie na wysokości jego oczu. Weszła między jego rozsunięte kolana i powoli podsunęła piersi do ust. Były większe, niż sobie wyobrażał. Zaczął je delikatnie ssać.

W pewnym momencie wstał i przytulił ją do siebie. Drżał. Zawsze drżał w takich momentach. Tak jak inni ludzie drżą z zimna. Nieraz aż szczękał zębami. Wstydził się trochę tego, ale nie umiał się opanować. Wepchnął swój język w jej szeroko otwarte usta. Całował ją przez chwilę. Nagle odsunęła się od niego, uśmiechnęła się, podniosła swoją bluzkę, narzuciła na siebie, nie zapinając guzików, wzięła go za rękę i wyprowadziła na korytarz.

– Chodźmy już do mnie – wyszeptała.

Prawie biegła, ciągnąc go poprzez oświetlone tylko zielonymi lampami oznakowań wyjść awaryjnych korytarze jego instytutu. Musiała czuć, że on drży cały czas. W pewnym momencie zwolniła, wzięła go za obie ręce i wciągnęła do ciemnej sali wykładowej. Całując cały czas, pchała go tak długo, aż oparła o ścianę przy drzwiach wejściowych. Uklękła przed nim. Trzymał obie dłonie na jej głowie, gdy ona to robiła. Oparty o ścianę poddawał się jej ruchom, przyciskając i zwalniając plecami znajdujący się za nim wyłącznik światła. Kolumny jarzeniówek podwieszonych do sufitu ogromnej sali z hałasem zapalały się i gasły na przemian. W momentach, gdy rozbłyskało światło, widział ją klęczącą przed nim. Ten widok potęgował jeszcze bardziej jego podniecenie. Ale już nie drżał. Było mu cudownie.

To nie mogło jednak trwać długo. Nie był na to w ogóle przygotowany. Poza tym niepokoiły go – nie umiał nie myśleć o tym – dwie rzeczy. To, że za chwilę, tak bardzo przedwcześnie, bo chciał, aby to trwało znacznie dłużej, będzie ejakulował, a także to, że nie wie, czy wolno mu przekroczyć aż tak odległą granicę intymności i ejakulować w jej ustach. Nie uzgodnili przecież tego!

Jennifer wiedziała, że to nadchodzi. Złapała go obiema dłońmi za biodra i nie pozwoliła się wycofać. Krzyknął. Podniósł jej dłoń do swoich ust i zaczął delikatnie gryźć i całować. Ona ciągle klęczała przed nim. Trwali tak przez jakiś czas. Nic nie mówiąc. W pewnym momencie ona wstała, objęła go, położyła głowę na jego ramieniu i wyszeptała:

– Eljot, już nie masz imienin. Ale to nic. Ciągle chcę, żebyś przyszedł do mnie. Teraz nawet bardziej niż wczoraj przed kilkoma minutami. Chcę, abyśmy teraz zrobili coś dla mnie. Zrobimy, prawda?

Odsunęła się, zapięła jeden guzik swojej bluzki, wzięła go za rękę i ciągnąc za sobą, wybiegła z sali. Biegł za nią z zamkniętymi oczyma przez ciemny labirynt korytarzy i myślał, że pierwsze, co zrobi, to zapali papierosa. Wciągnie głęboko dym, zamknie oczy i pomyśli, jak było cudownie. Bez papierosa „zaraz po" seks jest jak „niedokończony". Poza tym ten papieros będzie szczególny, ponieważ będzie to także papieros na „zaraz przed". Po chwili stanęli przed drzwiami jej pokoju we wschodniej części campusu. Nie zapalili światła. Nie miał już ochoty na papierosa. Chciał jak najszybciej być w niej.

Zasnęli, wyczerpani, gdy zaczynało świtać.

W laboratorium pojawił się tego dnia dopiero około południa. Sekretarka wykrzyknęła z radości, gdy go zobaczyła.

– Szukamy pana od kilku godzin – powiedziała. – Chcieliśmy nawet zawiadomić policję. Odkąd pan przyjechał z Polski, był pan tutaj zawsze przed siódmą rano. Zaraz zadzwonię do profesora, że się pan odnalazł. Tak bardzo martwiliśmy się o pana. Jak to dobrze, że nic się panu nie stało – dodała z wyraźną ulgą.

Było mu trochę nieswojo, że narobił aż takiego zamieszania. Nie mógł jednak przewidzieć scenariusza tej nocy. Poza tym – pomyślał, uśmiechając się do siebie – stało się przecież. I to aż sześć niezapomnianych razy, nie licząc zdarzenia w sali wykładowej.

Nad zdarzeniem w sali wykładowej nie przeszedł tak zupełnie do porządku dziennego. Nad ranem, gdy leżąc w jej łóżku, przytuleni do siebie, palili papierosy, pili zieloną herbatę z sokiem grejpfrutowym i lodem – Jennifer uważała, że zielona herbata „oczyszcza nie tylko ciało, ale i duszę" – i słuchali nokturnów Szopena, zapytał ją wprost o zdarzenie w sali wykładowej. Jej odpowiedzi nigdy nie zapomni. Wydostała się z jego objęć, usiadła po turecku na pościeli przed nim – na wprost jego oczu było dokładnie rozwarcie jej ud – zmieniła szept na normalny głos i powiedziała:

– Martwisz się, co się stało z twoją spermą? Eljot, popatrz na to tak. Sperma składa się z leukocytów, fruktozy, elektrolitów, kwasu cytrynowego, węglowodanów i aminokwasów. Ma tylko od pięciu do czterdziestu kalorii i nie powoduje próchnicy. Ma zawsze stałą temperaturę twojego ciała. Poza tym jest zawsze świeża, bo stara obumiera. Jest w zasadzie bez smaku... Gdybyś pił sok ananasowy i nie palił tyle, byłaby słodka. Poza tym z powodu tych pięćdziesięciu do trzystu milionów plemników, które zawiera, uważana jest za eliksir życia. Przynajmniej w kulturach Wschodu. To wyszło od Hindusów. Wiem to nie tylko z książek. Mój ostatni nauczyciel muzyki, jeszcze na Wyspie, zanim przyjechałam tutaj, do Dublina, był Hindusem. Oni z seksu zrobili sztukę. Ta sztuka to tantra. Dla tantry miłość fizyczna to sakrament. W tantrze nie kopuluje się. W tantrze Lingam, czyli świetliste berło albo po angielsku penis, wypełnia Joni, czyli świętą przestrzeń kobiety, czyli po angielsku waginę. Twoje inicjały, „JL", to inicjały tantry. Już przez samo to obiecywałeś od początku rozkosz.

Uśmiechnęła się, pochyliła nad nim i zaczęła całować jego oczy. Po chwili opowiadała dalej:

– Czy wiesz, że symbolem hinduskiego boga Śiwy jest śliczny, żylasty, pulsujący penis i że na większości obrazów Śiwa medytuje z piękną ostrokątną erekcją? Poza tym tak cenił swoją spermę jako źródło nieśmiertelności, że według wierzeń Hindusów potrafił przez setki lat doprowadzać do bezgranicznej ekstazy swoją żonę Parvati, nigdy, ani razu, przy tym nie ejakulując. To głównie dlatego mniej boscy hinduscy jogini po akcie płciowym natychmiast wysysają swoją spermę z pochwy partnerki. Uważają, że w ten sposób ratują swoją witalność.

I przekornie chichocząc cicho, dodała:

– Szkoda, że nie jesteś hinduskim joginem. Mam takie przeczucie, że to wysysanie zaraz po, jeśli dobrze zrobione, jest pełne wrażeń i poprawia także witalność hinduskich kobiet. Czytałam także, że prawdziwi nauczyciele sztuki kochania starochińskiej dynastii Tang też czcili spermę jako substancję boską. Niektórzy z nich potrafili rzekomo pod koniec życia, po latach cierpliwych ćwiczeń, mieć tak zwaną ejakulację wsteczną, to znaczy wydzielać spermę do wnętrza swego ciała. To pisał jakiś francuski historyk. Trochę mu nie wierzę.

Powiedziawszy to, dotknęła palcami jego warg i dodała:

– Widzisz więc, Eljot, jaki kultowy twór połknęłam w tej sali wykładowej. Ale nie wszyscy są zdania, że trzeba czcić spermę. Zupełnie inaczej traktują swoją spermę prawdziwi artyści. Toulouse-Lautrec – musisz go przecież znać – o którym uczą dzieci w szkołach nawet katolickich, gdy był za mało pijany, aby nie wpaść w *delirium tremens*, sprzedawał swoją spermę prostytutkom, wśród których się schronił pod koniec swojego krótkiego życia. Radził im, aby zapładniały się nią same, aby urodzić takiego geniusza, za jakiego on sam się uważał. Ponieważ prostytutki z natury są wrażliwe na ludzką biedę, a także ponieważ zachwycił je swoim malarskim talentem – bo sobą nie zdołałby zachwycić nikogo, był bowiem zdeformowanym chorobą syfilitykiem o odrażającym wyglądzie – kupowały od niego tę spermę. Aby się długo nie męczył i miał na wódkę. Ekscentryczny Salvador Dali z kolei nie ukrywał, że w czasie swoich natchnień, szczególnie gdy wydawało mu się, że znowu jest zakochany, często onanizował się, kierując swój wytrysk do naczyń z farbami, którymi malował. Uważał, że kolory nabierają w ten sposób miękkości i wyjątkowego nasycenia. A poza tym obraz pachnie wtedy zupełnie inaczej. Tak mówił Dali. Ale obdarzony genialnym talentem Dali to także genialny kłamca. Kłamał tak, jak o świecie kłamią jego obrazy.

Ten nieoczekiwany wykład wydawał się skończony. Znowu się położyła, odwrócona do niego plecami, przysunęła tak blisko, jak tylko mogła, i biorąc jego prawą dłoń, położyła ją na swoich piersiach. Przez minutę leżeli w milczeniu. Nie mogła nie zauważyć, że znowu on ma erekcję. Zamruczała cicho z zadowolenia i powiedziała:

– Poza tym wy, mężczyźni, uwielbiacie, gdy wam się to robi, prawda?

I nie czekając na jego odpowiedź, dodała, chichocząc:

– Jestem pewna, że gdybyście byli wystarczająco wygimnastykowani, bralibyście go sobie sami do ust codziennie. Prawda?

Roześmiał się głośno po tej ostatniej uwadze, odwrócił ją twarzą do siebie i zanim zaczął całować, wyszeptał:

– Od dzisiaj mniej palę i będę jadł głównie ananasy.

Od tej pamiętnej nocy wracał ze swojego laboratorium do pokoju Jennifer prawie codziennie. Część pokoi studenckich, podobnie jak jego tak zwany gościnny, była małymi kawalerkami z własną kuchnią i własną łazienką.

„Małe" były według Jennifer. Jego pokój gościnny był o wiele większy niż całe mieszkanie jego rodziców w Polsce.

Oczywiście pokoje takie jak ten, w którym mieszkała Jennifer, były zdecydowanie droższe niż te normalne. Nie miało to jednak dla niej żadnego znaczenia. Chociaż nigdy nie rozmawiali na ten temat, Jennifer miała wszystko, tylko nie problemy finansowe. Kiedyś mimochodem zagadnął Zbyszka na temat finansów Jennifer. Wiedział tylko tyle, że jej ojciec jest właścicielem sieci promów łączących wyspę

Wight z Portsmouth i Southampton. Kiedyś odważył się i zagadnął ją o rodziców. Odpowiedziała ze smutkiem w głosie:

– Mój ojciec jest Amerykaninem, pochodzi z tej części Connecticut, gdzie mężczyźni nawet idąc pracować do ogrodu, wkładają krawat, a matka, Angielka, pochodzi z takiej rodziny, w której matki przed nocą poślubną radzą córkom, aby zamknęły oczy i myślały o Anglii. To, że dali mi, jeżeli to naprawdę oni, życie, graniczy z cudem. Nigdy nie widziałam, aby mój ojciec pocałował lub dotknął matkę. Ojciec miał być bogaty, a matka miała być damą. Jestem prawdopodobnie na świecie dlatego, że trzeba mieć dziedziczkę. Nie jest to romantyczny powód, ale ma swoje zalety. Jeżeli już nie mogę mieć ich miłości, to niech chociaż będzie przyjemnie.

Zakończyła stanowczo:

– Nie pytaj więcej o nich. Proszę.

Nigdy nie rozmawiała z nim o pieniądzach. Po prostu je miała. Sam zestaw hi-fi był droższy niż jej mały srebrzysty kabriolet suzuki, który parkował przed budynkiem akademika i którym zabierała go czasami na przejażdżki. Nic dziwnego: kilkumetrowe kable do kolumn głośnikowych jej zestawu były stopem złota. Z przewagą złota.

Pokój Jennifer można było znaleźć po omacku. Zastanawiał się często, jak to znosili jej sąsiedzi. Z pokoju nieustannie wydobywała się głośna muzyka. Nawet jeśli był to Bach, Mozart, Czajkowski czy Brahms, on nie wytrzymałby tego długo. Oni jakoś tolerowali. Może do tego trzeba być Anglikiem. Jak się okazało, w pokojach obok mieszkali sami Anglicy.

Czasami był u niej w pokoju na tyle wcześnie, że jedli razem kolację i rozmawiali. Jego angielski poprawiał się nieustannie. Podobnie zresztą jak znajomość muzyki klasycznej. Po kilku tygodniach był na tyle dobry, że odróżniał muzykę Bacha od muzyki Beethovena, a nawet opery Rossiniego od oper Prokofiewa.

Poza tym świat muzyki klasycznej i muzyków, który odkrywała przed nim Jennifer, był jak pełna napięcia opowieść o wszystkich grzechach tego świata. Jemu wydawało się wcześniej, że naprawdę grzeszyć w muzyce mogli tylko Mick Jagger lub nieustannie odurzony wszystkim, co dało się wessać, połknąć lub wstrzyknąć, gitarzysta Keith Richards. Nic bardziej mylnego! To wcale nie zaczęło się od rock'n'rolla. Historia grzechu w muzyce okazała się starsza niż opery Monteverdiego, a ten komponował prawie 400 lat temu. Głównymi grzechami były pijaństwo i cudzołóstwo. Od zawsze. A jeśli nie od zawsze, to przynajmniej odkąd opera z pałaców przeniosła się do teatrów i zaczęto sprzedawać na nią bilety, i trzeba było czymś zainteresować motłoch. Większość wielkich kompozytorów tamtych czasów była uzależniona nie tylko od muzyki, ale także od wódki, swojej bezgranicznej próżności i nie swoich kobiet.

Beethoven na przykład zmarł na marskość wątroby. Pił, bo był zbyt wrażliwy, nieustannie biedny i na dodatek głuchł. W 1818 – w tym samym roku ośmioletni Szopen zagrał swój pierwszy publiczny koncert – ogłuchł zupełnie, a mimo to komponował nadal. Gdy dowiedział się, że ma marskość wątroby, przestał pić koniaki i przeszedł na wino reńskie, uważając, że ma ono niezwykłe właściwości lecznicze. U Beethovena było to jednak genetyczne. Alkoholizm, za co odpowiada najmniejszy z chromosomów, chromosom 21, jest przecież bardzo dziedziczny. Matka urodziła go jako ósme dziecko – troje z nich było głuchych, dwoje niewidomych, a jedno psychicznie chore. Gdy zaszła w ciążę po raz ósmy, miała już syfilis i była alkoholiczką. Piła ze smutku, tak jak Ludwig zresztą. Jennifer opowiadała mu to z takim przejęciem, jak gdyby mówiła o alkoholizmie własnego ojca. Jak to dobrze, że wtedy nie było jeszcze feministek walczących o prawa kobiet do aborcji! Z pewnością doradziłyby matce Beethovena aborcję i ludzkość nie miałaby *VII Symfonii*!!!

– Wyobrażasz sobie świat bez *VII Symfonii*??? – pytała go podniecona.

On sobie to doskonale wyobrażał. Świat bez pierwszej, a także od drugiej po szóstą, nie mówiąc już o ósmej, też sobie bez kłopotów wyobrażał. Ale wolał jej nie prowokować. Ona tymczasem kontynuowała:

– A ta symfonia jest przecież tak monumentalnie ważna dla ludzkości jak piramidy, mur chiński, mózg Einsteina, pierwszy tranzystor czy odkrycie tego twojego DNA. Jest na tyle genialna, że jako cyfrowy zapis, obok fotografii człowieka i rysunku systemu słonecznego, poleciała w kosmos jedną z amerykańskich sond, która ma opuścić za kilka lat nasz układ planetarny i potencjalnie być przejęta przez obce cywilizacje. A przede wszystkim jest po prostu piękna. Wiesz, że dla tej jednej symfonii w Paryżu i Wiedniu wybudowano większe sale koncertowe?!

Jennifer znała jeszcze inne pikantne historie z zepsutego świata prominentnych kompozytorów ubiegłego wieku. Jak na przykład tę o Brahmsie, obok Beethovena najczęstszym bywalcu list przebojów w tamtych czasach.

Brahms, podobnie jak Beethoven, pił o wiele za dużo. Nigdy jednak nie pił koniaku, tylko zawsze wino. Ale za to nieustannie cudzołożył. Między innymi z żoną swojego dobrego przyjaciela i muzycznego promotora. Jego cudzołóstwo przeszło do historii głównie przez fakt, że sypiał z Clarą Wieck, żoną Roberta Schumanna, innego wielkiego kompozytora XIX wieku. Świat mu nigdy tego nie przebaczył. Nie przez to, że sypiał. To było nawet uroczo pasujące do artysty. Głównie przez okoliczności, w jakich do tego doszło. Gdy w 1854 roku Schumann został zabrany do szpitala psychiatrycznego po nieudanej próbie samobójstwa, Brahms przeniósł się na stałe do Düsseldorfu, gdzie mieli dom Schumannowie, aby „pocieszać" żonę niedoszłego samobójcy, piękną Clarę. Z pocieszyciela stał się kochankiem i mieszkał z nią nawet przez dwa lata. To wtedy skomponował swój prawdziwy przebój, *I Koncert fortepianowy d-moll*. Był na liście przebojów sal koncertowych Europy przez cały długi rok. Gdy Schumann zmarł w domu wariatów, w 1856, Brahms opuścił Clarę i wyjechał z Düsseldorfu. Zaraz potem zaczął pić. Czasami pił także z Wagnerem, innym znanym kompozytorem, którego nienawidził, a który cały czas mu zazdrościł nie sławy, ale powodzenia u kobiet.

A tak w ogóle to światek kompozytorów pokroju Brahmsa i Liszta to świat zawiści, zazdrości, próżności i intryg. Tylko jednego spośród siebie wielbili i bezwarunkowo podziwiali wszyscy. Grał go Mozart i Beethoven. Na nim muzyki uczył się Szopen.

Ten kompozytor zawsze był *en vogue* – tak przedtem, jak i teraz. To Bach. Totalny *evergreen*. Gdyby wtedy było MTV, to puszczaliby klipy z muzyką Bacha tak, jak teraz puszczają Pink Floyd lub Genesis.

– Eljot, ty powinieneś go w zasadzie lubić najbardziej ze wszystkich – mówiła z przejęciem Jennifer. – Jego muzyka to matematyczna precyzja. Tak jak te twoje programy. A mimo to podziwiali go i chłodni racjonaliści, i sentymentalni romantycy. Poza tym nikogo tak jak Bacha nie kochają jazzmani. W Bachu jest drive i swing. Nawet w *Pasji wg św. Jana* i *Mszy h-moll* jest swing. Poza tym Bach jest jak Bóg. Bacha nie można lubić lub nie. W Bacha się wierzy albo nie. Bach był z pewnością zaplanowany w momencie tworzenia wszechświata. Bacha można zagrać na każdym instrumencie i to zawsze będzie brzmiało jak Bach. Nawet na gitarze elektrycznej lub na organkach.

Wszystkiego tego dowiadywał się w trakcie kolacji u Jennifer. Otwierała butelkę wina, którą przynosił, recytowała libretta oper lub opowiadała fascynujące historie ze świata muzyki, kładła płytę na talerzu gramofonu, siadała mu na kolanach w wygodnym fotelu i słuchali w milczeniu. On czasami zapalał papierosa, a czasami, gdy

Jennifer go o to poprosiła, cygaro, które kupowała dla niego w specjalnym sklepie w Dublinie. Czasami palili razem. Jennifer lubiła cygara. Polubiła jeszcze bardziej, gdy zauważyła, jak działa na niego widok cygara w jej ustach, szczególnie po kilku kieliszkach wina.

Było im dobrze. Gdyby dzisiaj miał jakoś nazwać ten czas w Dublinie z Jennifer, to powiedziałby, że byli jak szczęśliwa para zaraz po ślubie. Nigdy jednak nie nazywali się parą i nigdy też nie rozmawiali o swojej przyszłości. Po prostu spędzali czas razem. Nie kochał jej. Tylko ją bardzo lubił. I bardzo pożądał. Może dlatego było im ze sobą tak dobrze.

Małżeństwa nie powinny być zawierane w tym stanie chorobowym, jakim jest tak zwane zakochanie. To powinno być prawnie zakazane. Jeśli nie przez cały rok, to przynajmniej od marca do maja, kiedy ten stan staje się z powodu zakłócenia mechanizmu wydzielania hormonów powszechny i objawy szczególnie nasilone. Powinno się najpierw iść na odwyk, porządnie się odtruć i potem dopiero powrócić do myśli o małżeństwie. W stanie, w jakim są zakochani ludzie, dopamina przelewa się im przez kanały rozsądnego myślenia i zatapia mózg. Szczególnie lewą półkulę. To udowodniono najpierw na szczurach, potem na szympansach, a ostatnio na ludziach. Gdyby zakochanie trwało zbyt długo, ludzie umieraliby z wyczerpania, arytmii lub tachykardii serca, głodu albo syndromu odstawienia snu. Ci, co by jednak nie umarli, w najlepszym wypadku skończyliby w szpitalu wariatów.

Z Jennifer miał swoją dopaminę całkowicie pod kontrolą, a mimo to mieli mnóstwo niezapomnianych przeżyć. Ich związek, którego nigdy potem, z żadną inną kobietą nie udało mu się skopiować, był dowodem zwycięstwa czystej, spirytualnie przenoszonej myśli nad tą wyrażaną w chemii jakichś hormonów lub neuroprzekaźników.

Ponieważ muzyka była aż taką pasją Jennifer, z poczucia przyjaźni zmuszał się, przynajmniej na początku, aby uczestniczyć we wspólnym słuchaniu i wykrzesać w sobie choć odrobinę entuzjazmu. Tak było przez pierwsze dwa tygodnie. Potem sam zaczął zauważać, że po całym dniu analizowania programów do transkrypcji genów, zajmowania się nukleosomami i histonami dobre nagrania muzyki Bizeta, Ravela czy Wagnera uspokajają go i przyjemnie wyciszają. Zupełnie odwrotnie było z Jennifer. Ona każdy koncert przeżywała jak swój własny ślub. Była wzruszona i zawsze bardzo podniecona. To była wspaniała konstelacja dla nich obojga. Szli wtedy do łóżka albo kochali się na fotelu lub na podłodze. Przy jej podnieceniu i jego spokoju nic nie zdarzało się przedwcześnie. Dzięki muzyce szczytowali niemal jednocześnie.

Ponadto zauważył, że najlepiej było im po operach Pucciniego. Dlatego *Turandot*, *Tosca*, *Madame Butterfly* to dla niego nie tylko tytuły oper, ale także zapisy w intymnej historii jego życia. Dwie opery Pucciniego szczególnie utkwiły mu w pamięci.

Tosca była dla Jennifer spektaklem, który można nazwać politycznym horrorem lub, jak ją sama nazywała, „operową relacją z celi tortur". Uważała, że gdyby była komponowana dzisiaj, to na pewno w Hollywood i na pewno nazywałaby się jak film ze Schwarzeneggerem – *Umieraj powoli*. Jennifer miała kilka płyt z nagraniami *Toski*, każdą z inną wykonawczynią roli tytułowej. Chociaż on znał jedynie nazwisko Marii Callas, ona tłumaczyła mu, że naprawdę bosko śpiewa niejaka Renata Tebaldi. Nie widział żadnej różnicy, natomiast Jennifer była Tebaldi zachwycona.

– Ona tak śpiewa, jakby była tutaj, w tym pokoju, i patrzyła nam w oczy. Nie czujesz tego? – pytała.

Nie czuł. Zresztą nie chciał czuć obecności nikogo innego w tym pokoju oprócz Jennifer. Gdyby ta Tebaldi teraz tu weszła, natychmiast by ją wyprosił.

Zawsze gdy dochodzili do momentu, kiedy Tosca widzi, że jej kochanek Cavaradossi został naprawdę rozstrzelany przez pluton egzekucyjny, Jennifer zaczynała drżeć. W chwilę później, gdy Tosca z rozpaczy rzuca się w przepaść, Jennifer tuliła się do niego jak dziecko, które przestraszyło się burzy. Kilka minut później w łóżku była wyjątkowo czuła, delikatna i milcząca. To milczenie było niecodzienne. Normalnie, co bardzo lubił, Jennifer była wyjątkowo głośna.

Z kolei *Cyganeria* Pucciniego wprowadzała Jennifer w stan prawie ekstatyczny. Słuchała tej płyty szczególnie często. Do kolacji ubierała się wówczas wyjątkowo uroczyście, wyciągała szampana, rezygnując z jego wina, obok talerzyka z deserem kładła najlepsze kubańskie cygaro i potem, już po kolacji, na fotel do niego przychodziła już bez bielizny. Po *Cyganerii* nigdy nie zdążyli dobrnąć do łóżka. Potem, już po wszystkim, uwielbiała mówić o tej operze. Kiedyś powiedziała mu, że marzy tym, aby dopisać drugą część *Cyganerii*. Taką *Cyganerię II*. To mogła wymyślić tylko Jennifer. Poza tym uważała, że gdy mężczyzna spotyka kobietę, może zdarzyć się wszystko. I *Cyganeria* jest najlepszym dowodem, że to prawda.

W te dni, w które pracował do późna i nie spędzali z sobą wieczoru, Jennifer zostawiała otwarte drzwi do pokoju. Szedł prosto pod prysznic do łazienki i nagi wchodził do jej łóżka. Uwielbiała, gdy budził ją, chowając się pod kołdrę i całując powoli ciało, lądował głową i ustami między jej udami.

Czas z Jennifer był jak telenowela, którą ogląda się chętnie codziennie wieczorem i w której nie ma smutku i nudy, dominują seks i dobra muzyka. Poza tym dbał o nią jak o swoją kobietę. Kupował kwiaty, masował opuchnięte stopy, gdy wracała z aerobiku, znosił jej wybuchy złości bez powodu, gdy miała swoje ciężkie dni przed okresem, uszczelniał cieknące krany, całował dłonie na pożegnanie, gdy wychodził rano do biura, jeździł z nią do Dublina i godzinami chodził bez słowa protestu za nią po sklepach, pił z nią zieloną herbatę i rozmawiał o muzyce, uczył się z nią do jej egzaminów, dzwonił do niej i pytał, czy zjadła lunch. Poza tym, chociaż nie udało mu się ograniczyć palenia, regularnie jadł ananasy lub pił sok ananasowy.

I chociaż nie obiecywali ani nie wymagali od siebie wierności, nie wyobrażali sobie, że mogłoby być inaczej. Pamięta, że tylko raz Jennifer nawiązała do tego. I to nie wprost. Któregoś weekendu poleciała przez Londyn do domu na wyspę Wight.

Tęsknił za nią. Odczuwał autentyczny, pełen melancholii smutek związany z jej nieobecnością i oddaleniem. Dwa dni później znalazł kartkę pocztową w swojej skrzynce. Oprócz pięciolinii z kilkunastoma nutami, które zawsze, i zawsze inne, dołączała do swoich wszystkich listów lub kartek, było na niej napisane:

Eljot, chcę, żebyś wiedział (choć naprawdę nie wiem, do czego może Ci się przydać ta wiedza), że jesteś jedynym mężczyzną, który mnie dotyka.

Także w moich myślach.

Może nie tyle chcę, żebyś to wiedział, ile po prostu chcę Ci to powiedzieć.

Jennifer

Wtedy po raz pierwszy zrozumiał, że to, co jest między nimi, to nie jest żadna telenowela dla Jennifer. Po powrocie nigdy więcej nie wróciła do tego wyznania i nigdy nie skomentowała tej kartki pocztowej.

Przy Jennifer poznawał nowe opery najróżniejszych kompozytorów, odróżniał coraz więcej symfonii, palił coraz lepsze cygara, mówił coraz lepiej po angielsku i przeżywał coraz to bardziej wyszukane fantazje seksualne. Przestawał być przy niej czymkolwiek zdziwiony. Aż do tego poranka na trzy tygodnie przed jego powrotem do Polski.

Zbliżał się koniec jego pobytu w Dublinie. Był tak zapracowany, że bardzo rzadko udawało mu się zjeść kolację z Jennifer. Nieraz było tak późno, że w ogóle nie szedł do jej pokoju. Wracał do siebie i wyczerpany zasypiał w ubraniu. Tej nocy jednak poszedł do niej. Tym razem nie musiał, chociaż lubił to bardzo, budzić jej pocałunkami. Nie spała, gdy wśliznął się pod jej kołdrę. Była naga. Czekała na niego.

Oboje czuli, że to się kończy. Kochali się teraz inaczej. Bez tej dzikości, powoli, tak trochę z namysłem. Tak jakby chcieli wszystko dokładnie i świadomie przeżyć, zapamiętać jak najwięcej i na jak najdłużej. Tych wspomnień miało wystarczyć na długo. Może nawet na całe życie. Jennifer przeżywała też inaczej swoje orgazmy. Zdarzało się, że płakała w chwilę po tym. Gdy pytał ją, dlaczego, nie odpowiadała, tylko tuliła się do niego z całych sił.

Nazajutrz obudził się, mając uczucie ciężaru przygniatającego jego ciało. W pierwszej chwili myślał, że to sen. Otworzył powoli oczy. Jennifer, zupełnie naga, siedziała w rozkroku na nim, dłońmi pocierała i szczypała brodawki swoich piersi, głowę miała odchyloną do tyłu i unosiła się rytmicznie. Oddychała ciężko i głośno wzdychała. Był w niej!

Gdy na chwilę wyprostowała głowę, zobaczył, że ma założone na uszy swoje ogromne czarne słuchawki. Słuchała muzyki. Przez chwilę nie zdradzał się, że ją widzi. Przymknął oczy i obserwował ją. Unosząc się, przyśpieszała lub zwalniała, oddychała wolniej lub szybciej, czasami wydawała z siebie jęki. Był to niezwykły widok. Jej ciężkie piersi podnosiły się i opadały. Miała lekko rozsunięte wargi, które od czasu do czasu zwilżała językiem. W pewnej chwili musiała poczuć, że jego erekcja stała się bardziej intensywna. Otworzyła oczy i spojrzała na niego. Uśmiechnęła się. Przyłożyła palec do ust, nakazując mu milczenie. Wychyliła się – cały czas unosząc się w górę i opadając – aby ze swojej poduszki podnieść drugą parę słuchawek. Wzięła jego dłonie ze swoich piersi i objęła nimi słuchawki. Podniósł głowę i założył je.

Filozof Colline śpiewał właśnie słynną arię *Vecchia zimarra*. Rudolfowi wydaje się, że Mimi usypia, odchodzi więc, aby zasłonić okno. Jennifer nie tylko podnosi się i opada. Teraz także intensywnie przesuwa swoje pośladki w poziomie, zataczając biodrami nieduże kółka. Bierze palce Jakuba do ust i gryzie. Gdy Rudolf odwraca się do Schaunarda, Colline'a i Mussety, widzi z ich spojrzeń, że Mimi nie żyje. Jennifer głośno płacze. Zaciska uda. Rudolf podchodzi do Mimi. Jennifer odwraca się nagle plecami do Jakuba, cały czas podnosząc się i opadając. Jakub opiera dłonie na biodrach Jennifer, dociskając ją regularnie do siebie. Rudolf klęczy przed łóżkiem Mimi. Jennifer, krzycząc, zrzuca słuchawki.

Cyganeria Pucciniego skończyła się. Jennifer wychyliła się gwałtownie do przodu i wbiła paznokcie obu rąk w jego uda. Gdy podniosła się, zobaczył na swoich nogach po trzy około dziesięciocentymetrowej długości głębokie linie zaczynające wypełniać się krwią.

Blizny, które pozostały po *Cyganerii* „nad ranem", były na tyle głębokie, że zawiózł je potem do Polski. Poza tym, jeszcze w Dublinie, wprowadzały go w zakłopotanie, gdy rozbierał się na cotygodniowy trening squasha ze Zbyszkiem. Od momentu, gdy zaczął bywać u Jennifer, Zbyszek unikał go. Pod koniec jego pobytu w Dublinie spotykali się wyłącznie na squashu.

To, że chodzi o Jennifer, okazało się dopiero na dzień przed wyjazdem, podczas przyjęcia pożegnalnego, które zorganizował. Zaprosił kilku znajomych z instytutu, Zbyszka i oczywiście Jennifer, która przyprowadziła swoją koleżankę, Madelaine z Francji, studiującą z nią na roku.

Nastrój tego wieczoru był trudny do uchwycenia. Smutek rozstania mieszał się z radością, że w końcu wraca do Polski. Poza tym był niezwykle podniecony tym, co zrobi z materiałami naukowymi, które tutaj zebrał. Jedno wiedział na pewno: będzie bardzo tęsknił za Jennifer.

Jennifer kupiła na ten wieczór białą sukienkę w duże ciemnozielone kwiaty. Zaskoczyła wszystkich. To był pierwszy raz, gdy ktokolwiek widział Jennifer w sukience, a studiowała w Dublinie już cztery lata. Wyglądała niezwykle. Bardzo lubił, gdy miała włosy upięte w kok odsłaniający szyję. Weszła trochę spóźniona, paląc ogromne cygaro, i wszyscy oczywiście zauważyli, że pod sukienką, lekko przezroczystą, nie ma stanika, ale ma czarne, wysoko wycięte majtki. Była już lekko pijana. Pod pachą przyniosła kilka płyt gramofonowych. Gdy ktoś żartobliwie zagadnął ją o te niepasujące do sukienki majtki, odpowiedziała:

– Dzisiaj jest pierwszy dzień żałoby po Jakubie. Jutro włożę czarny stanik i zdejmę majtki.

Przyjęcie nabierało tempa. Francuzka wyraźnie zainteresowała się Zbyszkiem, który demonstracyjnie całował ją w tańcu, szczególnie gdy patrzyła na to Jennifer. Gdy nie tańczyli, siedzieli przy stole pełnym butelek, w których odbijały się płomyki świec. Udało mu się przekonać Jennifer, aby zrezygnowała z „katowania" wszystkich operami, które przyniosła. Siedzieli i rozmawiali przy stole. Jennifer dotykała go od czasu do czasu, milcząco przysłuchiwała się rozmowie i wybierała ciepły wosk, który spływał do świeczników stojących na stole.

W pewnym momencie rozległ się głośny chichot. Jennifer przy swoim kieliszku z martini postawiła ugnieciony z wosku, który cały czas zbierała ze wszystkich świeczników na stole, normalnych rozmiarów penis w erekcji.

Gdy śmiech ucichł, wzięła woskowy penis do prawej dłoni i wkładając go we wgłębienie między piersiami, powiedziała rozmarzonym głosem:

– Tak zupełnie nieświadomie ulepiło mi się w dłoniach to cudo. Jeśli nie świadomość, to pewnie odpowiada za to podświadomość. Teraz już wiecie, czym się moja podświadomość zajmuje.

Przytuliła się przy tym do niego. Zbyszek gwałtownie i demonstracyjnie odszedł od stołu. Widać było, że jest wściekły. Na dodatek Francuzka całkowicie go zignorowała i pozostała przy stole. Jennifer wydawała się nie zauważać tego wszystkiego. Milczała. W pewnym momencie wzięła go za rękę pod stołem i powiedziała:

– Chodź. Wrócimy do naszego pierwszego dnia w ten nasz ostatni dzień.

Wyprowadziła go z pokoju i zaczęła biec korytarzami w kierunku jego instytutu. Gdy byli przed drzwiami tej sali wykładowej, którą tak dobrze pamiętał od dnia swoich imienin, zatrzymała się i tak jak wtedy wciągnęła go do sali. Gdy tak jak wtedy klęczała przed nim i tak jak wtedy zapalali z hukiem i gasili baterię jarzeniówek, pomyślał, że to jednak nie *déjà vu*. To była teraz jego Jennifer. Gdy później stali przytuleni do siebie, płacząc oboje w tej ciemnej sali wykładowej, wyszeptała:

– Jakub, kocham cię tak bardzo, że nie mogę sobie wyobrazić jutra.

Z zamyślenia wyrwało go potrząsanie za ramię. Blues się skończył. Tańcząca dziewczyna siedziała przed nim.

– Pan pije mojego drinka, i to z tego miejsca, w którym na kieliszku odcisnęłam swoją szminkę.

To nie była Jennifer.

– Przepraszam. Zamyśliłem się. Bardzo mi przykro. Zaraz odkupię pani tego drinka. To przez nieuwagę. Jestem taki roztargniony. Niech pani mi wybaczy.

– Nic się nie stało. Nie musi mnie pan przepraszać. To było niezwykłe, móc obserwować pana. Siedział pan z zamkniętymi oczami i ssał ten kieliszek.

Wyjęła mu go z dłoni i odeszła w kierunku baru, przy którym orkiestra pakowała instrumenty.

– Ślicznie pani tańczyła. Czy pani może jest z wyspy Wight? – krzyknął za nią.

– Nie! – odpowiedziała, znikając w drzwiach prowadzących do hotelu. Wstał i podążył za nią.

ONA:

Paryż, 16 lipca 1996

Lubię Cię. Bardzo. A jeszcze bardziej się cieszę, że mogę Cię lubić. Chociaż to tylko prawie cała prawda (nie chcę na razie posunąć się zbyt daleko). Nie bierz mnie dzisiaj zbyt poważnie.

Odbywa się we mnie z pewnością jakaś reakcja biochemiczna. Przyjęłam do krwiobiegu cudowny płyn pod nazwą brandy „Ani", koniak ormiański, podobno jedyny trunek, który spożywał Churchill. Wiem już, dlaczego wybrał akurat ten. Nie rozumiem tylko, dlaczego ciągle miał taką depresję. To pewnie wina tej ciągłej mgły w Londynie.

Jestem teraz generalnie wdzięczna światu za to, że jest i że ja jestem. Lubię ten stan. Tym bardziej że za 52 godziny i 36 minut powinieneś lądować w Paryżu. Poza tym jestem dzisiaj trochę wyuzdana. I to na pewno nie przez Renoira. Głównie przez Asię. To ona namówiła mnie, żeby z d'Orsay pojechać prosto do Muzeum Erotyki w pobliżu placu Pigalle. Najpierw nastroił mnie impresjonista, potem podniecono mnie wszystkimi gatunkami sztuki. Takiego muzeum nie ma nigdzie. Zgadnij, co pamiętam bardziej: Renoira czy erotykę?

Czy to źle, że erotykę? Asia mówi, że nie, bo czasami trzeba się czuć sexy. Zapytałam ją, co robi, aby czuć się sexy, gdy nie jest akurat w Paryżu. Wiesz, co mi odpowiedziała intelektualnie nadwrażliwa Joanna Magdalena? Odpowiedziała mi dokładnie tak:

„Wkładam obcisłą sukienkę i nie wkładam majtek".

Kto by pomyślał, że to takie proste.

Wiesz, co zauważyłam u Asi, zwiedzając z nią to muzeum? Była zafascynowana kobiecością we wszelakim wydaniu. Według mnie Asię ostatnio pociągają kobiety. Z tego, co czasami opowiada, wynika, że żaden mężczyzna tak naprawdę nie dorasta do jej wyobrażeń. Wiem od niej samej, że potrafi rozkoszować się seksem, ale wiem także, że nie potrzebuje do tego mężczyzn.

Gdy wyszłyśmy z tego muzeum, chciałam być sama. Bardzo chciałam.

Najlepiej w moim pokoju w hotelu. Może Ci kiedyś opowiem, dlaczego akurat właśnie tam. Miałam zbyt wysoki poziom oksytocyny, aby znieść kogokolwiek, oprócz Ciebie, w pobliżu. Jako wielbiciela teorii hormonów informuję Cię o tym tylko tak przy okazji. I to tylko „do akt", jak Ty to nazywasz. Może Ci się przyda do badań.

Asię poprosiłam, aby zostawiła mnie samą. W ogóle nie protestowała. Jak ją znam, też chciała zostać sama. Poszłam do Café de Flore. Głównie po to, aby napisać e-mail do Ciebie. Jeszcze nigdy nie pisałam do Ciebie nic na papierze. Pomyślałam, że w Café de Flore mogłabym spróbować. Tu pisali Camus, Sartre i Prévert. Spróbowałam. Niezwykłe uczucie. Normalny list, który mógłby mieć zapach i plamę z rozlanego wina albo odcisk warg na drugiej stronie. Internet tego nie zastąpi. Trudno ssać e-mail, a miałam ochotę ssać tę serwetkę, na której pisałam do Ciebie tam w Café de Flore. Poza tym niebezpiecznie jest pisać e-maile do Ciebie, leżąc nago w wannie. Ostatnio jest to moje największe marzenie. Pisać do Ciebie e-mail w wannie. Mieć wino we krwi, być przykrytą pianą o zapachu bergamoty, cyprysu i mandarynki i słuchając, czuć wibracje głosu Morrisona. To można robić tylko pod napięciem. Ale na pewno nie prądu. Dlatego nie można wziąć Internetu do wanny, ale mimo to i tak go uwielbiam.

Połowa tego tekstu powstała tam. W Café de Flore. Druga zupełnie niedaleko. W innej, jeszcze bardziej kultowej kawiarni Paryża, w Les Deux Magots. Nie wiem, co ci wszyscy intelektualiści widzieli w tej kawiarni. Kawa jest okropna. Gorąca czekolada smakuje jak żurek w barze w Płocku. To dobry żurek, ale okropny jako czekolada. Jedynie wnętrze śliczne i wino działa. Ale wino działa na mnie od kilku dni wszędzie. Tam dopisałam kilka linijek tego tekstu, który teraz przepisuję w małym pokoiku za recepcją tego hotelu w Paryżu. Jest prawie północ. Recepcjonista zabawia Asię i Alicję, a mnie pozwolił rozgościć się na dysku swojego komputera. Jestem w związku z tym trochę rozwiązła i myślę, czy ten recepcjonista zauważy, że Asia naprawdę nie ma dzisiaj majtek pod tą obcisłą sukienką. Mnie pokazała, że nie ma. Poza tym czuję się bezpieczna, bo wiem, że nikt, oprócz

Ciebie, tego nie przeczyta. Wyślę to i zniszczę. Głównie dlatego, że chcę być wyuzdana i rozwiązła tylko dla Ciebie.

Tęsknię za Tobą.

Czuję się, jak by to nazwać, „łatwopalna". Dzisiaj w tym muzeum erotyki zauważyłam bardzo charakterystyczną prawidłowość. Było tam mnóstwo obrazów i rzeźb czarownic. To było dziwne i charakterystyczne w tym muzeum. Koniecznie tam idź, gdy będziesz miał minimum 90 wolnych minut następnym razem w Paryżu. A więc zauważyłam tam mnóstwo nagich czarownic. One właśnie były „łatwopalne". Na przykład wtedy, gdy palono je żywcem na stosach. I chociaż to było dawno, wydawało mi się, że czarownice to, szczerze mówiąc, tylko bezlitośnie karane niewinne kobiety. Karane przez mężczyzn, którzy nie mogli wybaczyć zdrady swoim żonom, więc, odreagowując, skazywali na stos obce kobiety, z którymi często sami zdradzali swoje żony, nazywając je czarownicami. Wiesz, co zauważyłam na tych obrazach i na tych rzeźbach? Te czarownice uśmiechały się, płonąc.

Zdradliwe, potępione kobiety często najpierw kamienowane, a potem palone, śmiały się radośnie, płonąc...

Zrobiło mi się teraz smutno, bo pomyślałam o tych czarownicach w kontekście. Gdybyś mógł słyszeć mój głos w Internecie, usłyszałbyś teraz wiersz, który wzrusza mnie nieustannie od kilku tygodni. Przeczytałam go kiedyś, nie wiem gdzie dokładnie, w Warszawie. Przypomniał mi się, gdy oglądałam płonące roześmiane czarownice w muzeum w pobliżu placu Pigalle w Paryżu:

Śnisz nas Boże razem
na brzegach talerzy gdy nakładam obiad
I na rąbku wystygłej małżeńskiej pościeli
We wgłębieniach zmarszczek wokół oczu
A ty śnisz nas uparcie razem
I splatasz nam dłonie
Tak że nie możemy uciec od siebie

A jeśli nie
To nie wódź nas na pokuszenie
Niech oplącze mnie
Domowy makaron na niedzielę
Daj zasnąć
I zbaw nas –
Każde osobno
*Amen**

Napisała go pewnie jakaś współczesna czarownica. Nie mogę przypomnieć sobie nawet jej nazwiska. Podziwiam ją, nawet taką bezimienną. Ten wiersz mnie wzrusza i zasmuca. Wiem, że Ciebie też. Nie wiem, dlaczego go zapamiętałam. Wcale nie uważam, że Dekalog to najlepszy przewodnik w życiu. Powiem Ci, jakie jest moje 11. przykazanie, gdy już tu będziesz.

PS Myślisz, że proces czekania wydłuża samo czekanie. Ja nie myślę. Ja już jestem pewna.

Przyleć wreszcie.

---

* Autorką wiersza jest Dorota Kiersztejn Pakulska.

ROZDZIAŁ 8

ON: Dochodziła trzecia, gdy znalazł się wreszcie w swoim pokoju. O dziewiątej rano startował jego samolot do Nowego Jorku.

Mam nadzieję, że przynajmniej jeden pilot tego samolotu do Nowego Jorku wypił mniej niż ja tej nocy – pomyślał, myjąc zęby w łazience. Odwrotnie niż większość ludzi, lubił wchodzić pod prysznic już z umytymi zębami.

Stał pod prysznicem i myślał o niej. Jak smakuje jej skóra? Jak będzie brzmiało jego imię, gdy ona je wypowie? Co powiedzą sobie w pierwszych zdaniach na lotnisku? Jak powinien ją przytulić na powitanie? Nagle wydawało mu się, że poprzez szum płynącej wody słyszy dzwoniący telefon. Opuścił dźwignię prysznica. To był telefon. Przesunął szklane drzwi kabiny prysznica i nie wycierając się, poszedł do sypialni. Christiane. Sekretarka instytutu w Monachium.

– Jakub, gdzie ty chodzisz po nocy? Dzwonię do ciebie od dwóch godzin! Możesz rejestrować, co mówię? Okay, możesz. Więc słuchaj uważnie. Nie lecisz dzisiaj do Nowego Jorku. Lecisz do Filadelfii. Tam weźmiesz taksówkę do Princeton. To tylko czterdzieści pięć minut, jeśli nie ma korków. Ten profesor biologii molekularnej w Princeton czeka na ciebie. Elektroniczny bilet na lot do Filadelfii będzie czekał przy odprawie pasażerów. Numer biletu przefaksowałam do recepcji hotelu. Twój samolot z Nowego Orleanu do Filadelfii startuje o jedenastej rano twojego czasu. Wszystkie loty załatwiłam tak, jak lubisz, w Delcie. Cieszysz się, prawda? Masz dwie godziny więcej spania! W Princeton zainstalujesz im program. Pamiętaj, tylko demo. Żadnej pełnej wersji. Tak jak jest w kontrakcie. Demo ma ich podniecić na tyle, aby kupili od nas pełną wersję. Zainstaluj im to tylko w komputerach kliniki. Opowiedz im ładnie, tak jak ty to umiesz. Muszą poczuć, że bardzo tego potrzebują. Załatwiłam ci tam w Princeton pokój w hotelu Hyatt. To zaraz przy klinice. Numer rezerwacji też jest w faksie. Jakub, nawet nie myśl o zostawieniu mnie tu w Monachium i przeniesieniu się do Princeton. Ja wiem, że chodzą ci po głowie takie pomysły, żeby przenieść się do Stanów, ale nie rób mi tego. Nie zostawiaj mnie, proszę, samej z tymi Niemcami!

Uśmiechnął się. I chociaż to był żart, wiedział, że było w nim wiele prawdy. Christiane była absolutnie nietypową Niemką. Spontaniczną, nieuporządkowaną, niezorganizowaną, wrażliwą, porywczą i okazującą uczucia. Zawsze wyrzucała mu, że to ona uczy się od niego niemieckości, podczas gdy on jej mówił, że jest tak słowiańsko „rozmemłana" i czas przecieka jej przez palce. Wiedział, że jest jej najlepszym przyjacielem. Rozczulał ją miseczką truskawek w lutym, kwiatami na biurku 8 marca, chociaż nikt w Niemczech nie obchodzi Dnia Kobiet, e-mailem w dniu jej imienin, a najbardziej noszeniem ciężkich kartonów z papierem do drukarek. On, profesor, nosił papier do drukarek sekretarce. Niektórzy koledzy naukowcy byli zbulwersowani takim demonstracyjnym aktem „brutalnego łamania struktury zależności". „No tak. To Polak. Oni zawsze muszą coś burzyć i łamać jakieś reguły" – myśleli pewnie. Christiane tylko na początku czuła się niezręcznie. Potem cieszyła się na dzień, w którym dostarczano im papier do drukarek. Uwielbiała demonstracyjnie pokazywać „tym Niemcom, jak naprawdę powinno traktować się kobiety". A on? On, chociaż wcale nie przepadał za „łamaniem reguł", po prostu nie potrafił inaczej.

Zwracał uwagę, aby w relacjach z Christiane nie posunąć się poza ramy przyjaźni. Wiedział, że mógł o wiele dalej. Ale nie chciał. Najpierw dlatego, że Christiane była już w stałym związku, gdy on pojawił się w instytucie. Pociągała go. Była na początku jedyną bliską mu osobą w Niemczech. W wielu momentach swoim sposobem bycia, reakcjami nawet przypominała mu Natalię. Może właśnie dlatego nie chciał przekroczyć tej granicy. Nie chciał burzyć czegoś i nie móc zbudować na tym miejscu niczego innego. Pobyt w Niemczech traktował od początku jako coś przejściowego. Taką „poczekalnię" w drodze do celu. Jego celem była Ameryka. Uważał, że w poczekalni – Christiane naśmiewała się z patosu tego stwierdzenia – nie powinno zasadzać się żadnych drzew. Był w tej poczekalni już kilka ładnych lat i miał czasami wrażenie, że Christiane czeka tam na coś razem z nim.

W pierwszej chwili, gdy usłyszał o tym planie z Princeton, chciał protestować. Pomyślał jednak o tych dwóch godzinach snu i powiedział:

– Chrissie – lubiła, gdy spieszczał jej imię właśnie tak – nie zostawię cię samej z tymi Niemcami. Teraz, gdy już nauczyłem cię pić wódkę jak prawdziwy Polak, byłoby mi szkoda. Rozumiem. Lecę do Filadelfii dzisiaj o jedenastej. Wystaw mi na serwer FTP tę dokumentację dla Princeton. Nie mam jej w moim laptopie, bo zupełnie nie spodziewałem się tej wycieczki. Znajdziesz ją w komputerze w moim biurze. On jest cały czas włączony. Chrissie, jak już będziesz w moim biurze, to proszę, podlej moje kwiaty. Nie zapomnisz? Postarasz się nie wchodzić na moje ICQ, gdy już będziesz w tym komputerze? To, co tam znajdziesz, i tak będzie po polsku. I proszę cię, nie ucz się polskiego tylko po to.

Zaśmiał się w słuchawkę. Chociaż Christiane obiecała mu, że „się postara", wiedział, że i tak nic z tych starań nie będzie. Z pewnością przejrzy całą historię jego korespondencji na ICQ. Christiane uwielbiała wiedzieć wszystko o wszystkich. On interesował ją zawsze najbardziej. Był w najlepszym wieku rozrodczym, był najmłodszym profesorem w ich instytucie, całował kobiety w rękę, a ona nawet nie mogła ustalić, z którymi lub z którą sypia. Nie mogła tego ustalić, bo nie sypiał z żadną. Chociaż Christiane trudno byłoby w to uwierzyć, od dawna już nie.

Gdy odłożył słuchawkę, na łóżku, w miejscu gdzie siedział, rozmawiając z Christiane, ciemniała wielka mokra plama. No tak, przybiegł do telefonu prosto spod prysznica. Teraz już był suchy. Poszedł do łazienki, by wyłączyć światło. Wracając, zauważył, że na podłodze przy drzwiach leży biały arkusz papieru. Schylił się i podniósł go. Faks od Christiane. Zadzwonił do recepcji i przesunął budzenie o dwie godziny.

Jadąc taksówką z hotelu na lotnisko w Nowym Orleanie, obiecywał sobie, że już nigdy nie będzie pił. Miał gigantycznego kaca, nie zdążył przełknąć nawet łyka kawy, bo zaspał, a radio w taksówce groziło tornadem nad Karoliną Północną. Do Filadelfii zawsze lata się nad Karoliną Północną!

Było gorzej, niż myślał. Turbulencje rozpoczęły się zaraz za Nowym Orleanem. Trzymał się kurczowo poręczy fotela, tak jakby to mogło mu w czymś pomóc. A to był dopiero początek. Po godzinie lotu, gdy wpadli w gasnące wiry po tornadzie nad Karoliną Północną, obiecywał sobie głośno absolutną abstynencję. Niechby tylko wylądowali bezpiecznie, a on nie weźmie już nigdy alkoholu do ust. Przypomniały mu się czasy rejsów w technikum. Tam też tak do bólu wyrywało wnętrzności. Nigdy nie zapomni sceny, kiedy blady i zielony, wraz z wieloma innymi przewieszony przez burtę w Zatoce Biskajskiej, przerwał wymioty, aby w tej agonii śmiać się z bosmana, który wrzeszczał, przekrzykując uderzenia fal:

– Marynarze wiedzą, co jest najlepsze na taką pogodę? Marynarze oczywiście, kurwa, nie wiedzą! Najlepszy na taką pogodę jest kompot z czereśni, bo w obie strony tak samo smakuje. Niech marynarze to zapamiętają. Poza tym rzyganie to nie jebanie. To trzeba umieć. Który to do cholery rzyga na nawietrznej???

Musiał być chyba tak zielony jak wtedy na statku, ponieważ stewardesa co kilkanaście minut podchodziła do niego i pytała, jak może mu pomóc. Wykorzystywał to jego sąsiad z fotela obok, ogromny Teksańczyk w kowbojskim kapeluszu, którego nie zdjął ani na chwilę. Podczas gdy on umierał, jego sąsiad, jak gdyby nic się nie działo, przy każdej wizycie stewardesy zamawiał alkohol. Czasami próbował go nim częstować. Z przerażeniem i odrazą w oczach odmawiał. Nie mógł wyobrazić sobie większej tortury niż smak whisky w tej sytuacji.

Turbulencje trwały do samego końca, a i lądowanie było okropne. Uderzyli kołami w płytę lotniska tak mocno, że nawet obojętny na wszystko jego mocno już pijany sąsiad zapytał, lekko bełkocząc:

– Wylądowaliśmy czy nas zestrzelili?

Za bramą czekał na niego kierowca wysłany na lotnisko przez uniwersytet w Princeton. Jechali ponad godzinę. Gdy znalazł się w swoim pokoju, zadzwonił natychmiast do profesora i przesunął spotkanie o trzy godziny. Nastawił budzik, zamówił budzenie w recepcji i zaprogramował budzenie w telewizorze. Głośność ustawił na maksymalną. Nie miał siły się rozebrać.

Budził się trzy razy, ale dopiero telewizor wymusił na nim pójście pod prysznic. W gabinecie profesora był kilka minut przed czasem. Znał go dobrze z wcześniejszych spotkań i kongresów. Zdziwaczały starzec o białych włosach. Absolwent uniwersytetu w Zurychu – co z dumą podkreślał, namiętnie nawiązując do Einsteina, który także kończył uniwersytet w Zurychu – tolerujący wszystko oprócz niepunktualności, palenia papierosów i kobiet naukowców. Dokładnie w tej kolejności.

Z nim zawsze mówił po niemiecku, całkowicie ignorując fakt, że jego współpracownicy i asystenci nic z tego nie rozumieli. Podczas każdego spotkania upewniał się, że ich instytut na pewno nie współpracuje „z tymi metabiologami w Harvardzie, którzy ciągle jeszcze nie wiedzą, że wieloryby to ssaki". Za każdym razem – niestety, zgodnie z prawdą – zapewniał go, że na pewno nie współpracują z Uniwersytetem Harvarda. Nie dodawał jednak, że jest to ich cel od kilku lat.

Szefem biologii molekularnej w Harvardzie, o czym dowiedział się podczas rautu w trakcie któregoś z kongresów, była ekszona profesora z Princeton. Ponieważ środowisko naukowców to jedno z najbardziej plotkarskich środowisk w ogóle, powiedziano mu szeptem na ucho, że profesor i eks byli małżeństwem dokładnie przez czterdzieści siedem godzin. Od jedenastej rano w sobotę do dziesiątej rano w poniedziałek, bowiem dopiero o tej godzinie otwierają sądy w stanie Massachusetts. Rzekomo dokładnie czterdzieści siedem godzin po ślubie żona profesora, doktor nauk biologicznych, absolwentka paryskiej Sorbony, złożyła pozew o rozwód. On sam nigdy nie spędził z profesorem więcej niż jedną godzinę, ale i to wystarczyło, aby rozumieć jego eks.

Prezentacja w gabinecie profesora – oczywiście po niemiecku – trwała trochę ponad godzinę. Około siedemnastej przewieziono go do centrum komputerowego kliniki Uniwersytetu w Princeton, gdzie miał zainstalować i przetestować demonstracyjną wersję ich programu. Po trzech godzinach pracy, gdy już był bliski zakończenia, wyszedł z sali komputerowej, aby poszukać automatu sprzedającego puszki z colą. Musiał być gdzieś w pobliżu. Na amerykańskim uniwersytecie mogło nie być biblioteki, ale musiał być automat z colą. Z oświetlonego jarzeniówkami centrum komputerowego wyszedł na ciemny korytarz.

– O Boże, ale mnie pan przestraszył! Myślałam, że to jakiś duch. Chodzi pan dokładnie jak Thommy. Przestraszył mnie pan strasznie. On też mnie ciągle straszył.

Odwrócił głowę w kierunku, z którego dochodził ten głos. Czarna sprzątaczka majaczyła w oddali w ciemnym korytarzu. Wyglądała jak niewolnica z obrazów Theodore'a Davisa, zbierająca bawełnę na plantacjach w pobliżu Nowego Orleanu. Te same na pół centymetra głębokie zmarszczki pod oczami. Te same ogromne białe gałki oczne, pocięte czerwonymi liniami naczyń krwionośnych.

– Nie chciałem pani przestraszyć. Szukam automatu z colą. Kto to był Thommy?

– Thommy też ciągle szukał coli. Pracował tutaj wiele lat i nigdy nie pamiętał, gdzie jest automat – odpowiedziała.

– Ja dzisiaj z pewnością też nie zapamiętam. Zaprowadzi mnie pani do automatu i po drodze opowie mi, kto to był Thommy?

– Nie wie pan, kto to był Thommy?! Thommy pracował cztery korytarze dalej. Każdy go znał po tym, jak ukradł mózg Einsteinowi. Zna pan Einsteina, tego amerykańskiego Żyda ze Szwajcarii?

W tym momencie przyjrzał się jej dokładniej. Jeszcze nikt nie nazwał Einsteina „amerykańskim Żydem ze Szwajcarii". Nie umiał określić jej wieku. Zastanawiał się czasami, czy Murzyni też nie mogą określić wieku białych, bo wydają im się zawsze tacy sami. Przypominała mu Evelyn z restauracji w Nowym Orleanie. Ogromna, prostokątna od ramion do ziemi, zwalista, z piersiami jak poduszki, przykrywającymi całą klatkę piersiową od obojczyków po brzuch.

– Jak to ukradł mózg Einsteina? Kto to był Thommy? – dopytywał się zaintrygowany.

Murzynka odstawiła wiadro, z którego przelewała się piana, i usiadła na ławce przy wejściu do toalety.

– Thommy był lekarzem. Ale nikogo nie leczył. Dlatego też nikt go nie szanował. Poza tym nie witał nikogo rano. Witałby pan kogoś radośnie rano, gdyby miał pan dwa trupy do pokrojenia przed i cztery po śniadaniu? Ja go szanowałam. I Marilyn też. Thommy kochał się w Marilyn. Ale wtedy tutaj prawie każdy kochał się w Marilyn. W tamtych czasach kobiety i mężczyźni jeszcze ciągle kochali się w sobie. Marilyn była lekarką na trzecim piętrze. Ja tam nie sprzątałam. Marilyn była bardzo piękna. Czy mogę zapalić przy panu?

Wyjęła puszkę z tytoniem i zaczęła skręcać papierosa.

– Oczywiście, że pani może. A mogłaby pani skręcić jednego dla mnie? Czy w tym automacie na colę jest także piwo?

Znowu zapomniał o przyrzeczeniu z samolotu. Uśmiechnęła się.

– Piwo? Nie. Nigdy. Tutaj na campusie łatwiej kupić kokainę niż piwo.

– Kto to był Thommy i kto to była Marilyn? – zapytał, siadając obok niej na ławce.

Ponieważ była tak duża, że zajmowała prawie całą ławkę, musiał siedzieć przytulony do niej. Podała mu skręconego papierosa. Siedzieli w ciemnym korytarzu, paląc papierosy. Dwa żarzące się punkty. Było cicho, tylko jej niski głos brzmiał niesamowicie w tej ciemności i przy akustyce tego korytarza.

– Marilyn w zasadzie pracowała na pediatrii. Dzieci kochały ją, bo śmiała się cały czas. Tylko gdy umierało jakieś dziecko, miała łzy w oczach. Płakała zawsze w toalecie. Żeby dzieci tego nie widziały. Thommy był patologiem. Kroił trupy, żeby znaleźć w nich coś ważnego. Dzięki temu, co znajdował, można było ratować życie innych. Chociaż był bardzo potrzebny, nikt go nie podziwiał. Oprócz Marilyn. On to chyba jakoś czuł. To było tak dawno temu, a ja pamiętam każdy szczegół. Einsteina przywieźli przed północą. Był nieprzytomny. Umarł krótko po północy. To był poniedziałek, osiemnastego kwietnia pięćdziesiątego piątego roku. Byłam wtedy tutaj najmłodszą praktykantką. Wydaje mi się, jakby to było wczoraj. Sprzątałam wtedy pierwsze, parter i piwnicę. Patologia jest w piwnicy. Thommy oczywiście znał i podziwiał Einsteina. Był dla niego niedoścignioną mądrością. Każdy w Princeton znał Einsteina.

Chociażby z powodu tych wszystkich dziennikarzy, którzy tutaj na campusie za Einsteinem gonili jak stado wilków.

Gdy Thommy przyszedł na dyżur, Einstein leżał już na stole. Thommy najpierw nie chciał robić tej sekcji. Przyszedł na górę do Marilyn i powiedział jej o tym, bardzo zdenerwowany. Po kilku minutach dał się przekonać i wrócił do piwnicy. To, co tam dalej się działo, znam w szczegółach od Marilyn. Ja myślę, że Thommy to zrobił dla niej. Żeby go podziwiała i była dumna z niego. Wszyscy mówią, że to niemożliwe, ale ja wiem swoje. Widziałam, jak on patrzył na Marilyn. Thommy zrobił straszną rzecz. Najpierw wykonał normalną autopsję i potem nagle naszło go to uczucie. Ta jedna jedyna, niepowtarzalna szansa w jego życiu. Wziął piłę, przeciął czaszkę Einsteina i wydobył z niej jego mózg. Podzielił go skalpelem na dwieście czterdzieści równych kostek i wsadził do dwóch trzylitrowych słoików z napisem *Costa Cider* i zalał formaliną. Jeden ze słoików przykrył szczelnie drewnianym, a drugi szklanym wiekiem. Oba słoiki wyniósł z piwnicy. Postanowił, że nikomu ich nie odda. Pustą czaszkę Einsteina wypchał gazetami zawiniętymi w folię i zamknął tak, aby nikt tego nie zauważył. Wyobraża pan to sobie? Stare pomięte gazety zamiast mózgu w czaszce Einsteina??? Gdy Marilyn mi to opowiedziała, nie chciałam uwierzyć. Jak on mógł to zrobić?

Na chwilę zamilkła, oddychając ciężko.

Obraz czaszki Einsteina wypchanej gazetami był jak scena z makabrycznego filmu. Porażał grozą i nonsensem. Einstein był dotąd dla niego jak pomnik. Kwintesencja inteligencji. Einstein bez mózgu, z czaszką wypchaną papierem, nagle wydawał się nieistotny i poniżony. Nie, to nie był film! Tego nie wymyśliłby żaden reżyser. Poczuł się nieswojo w tym ciemnym korytarzu jedno piętro nad piwnicą, gdzie odbył się ten satanistyczny rytuał wycinania mózgu Einsteina. Cieszył się, że ta ławka była taka mała, a Murzynka duża. Dzięki temu mógł siedzieć przytulony do niej.

– Na czym to skończyłam? Już wiem. Thommy wiedział o ostatniej woli Einsteina, który życzył sobie, aby jego ciało po śmierci spalić, a prochy rozrzucić w znanym tylko najbliższej rodzinie miejscu. Einstein nie chciał mieć żadnego grobu… Wie pan co? Skręcę sobie jeszcze jednego. Ostatnio dużo palę. To nie jest dobrze tutaj, w Ameryce.

Zapadła cisza. Wyciągnęła puszkę z tytoniem z przepastnej kieszeni fartucha i już po chwili sklejała śliną papierosa. W świetle płomienia zapalniczki jej białe gałki oczne na tle smolistoczarnej twarzy wydawały się monstrualnie duże.

To, co opowiadała ta Murzynka, było sensacyjne. Ani przez chwilę nie wątpił, że mówi prawdę. Miał, dawno temu, jeszcze w trakcie studiów, taką fazę w życiu, że Einstein go fascynował. Prawdą jest, że nie ma grobu. To akurat doskonale pasowało do Einsteina. Bogowie nie mają grobów. Faktem jest także, że mózg Einsteina nie spłonął z resztą jego ciała, dzięki czemu mógł być wielokrotnie badany przez neurologów. Badania neuroanatomiczne potwierdziły jego wyjątkowość. To wszystko wiedział od dawna. Natomiast nie miał absolutnie pojęcia, że kryje się za tym taka niesamowita historia. Murzynka tymczasem opowiadała:

– Tego, co zrobił Thommy, nikt mu nie polecił ani mu na to nie zezwolił. On uważał, że nie musiał mieć na to pozwolenia, bo, jak mówił, „Einstein należał do wszystkich". Nawet gdy wszystko się wydało, nie chciał oddać tego mózgu. Marilyn mówiła mi, że Thommy zrobił to dla ludzi, a nie dla sławy. Wierzył, że mając to, co najważniejsze w Einsteinie, jego mózg, uda się kiedyś odtworzyć całego Einsteina. On był takim nawiedzonym dziwakiem. Kroił codziennie trupy, ale mimo to był największym romantykiem w całym tym budynku. Dlatego Marilyn tak go lubiła. Ale tego, co zrobił Einsteinowi, nigdy mu nie wybaczyła. Thommy bardzo cierpiał z tego powodu.

Murzynka zaciągnęła się głęboko i przestała mówić. Tajemniczy Thommy miał wiele racji. Ale wtedy, w 1955 roku, ani on, ani nikt inny nie mógł wiedzieć, że do sklonowania człowieka nie potrzeba nikomu wyjmować mózgu z czaszki. Odpowiednio przechowana odrobina krwi, włos lub tkanka skóry w zupełności wystarczą. Kompletny materiał genetyczny człowieka jest w jądrze każdej pojedynczej komórki. Neurony z mózgu nie różnią się pod tym względem od innych, bardziej „prozaicznych" komórek. Thommy prawdopodobnie chciał być po prostu pewien i dla pewności właśnie zabezpieczył w formalinie ponad kilogram materiału do klonowania. I wiedział też, że ze wszystkich komórek najważniejsze u Einsteina były te w mózgu.

– Thommy musiał odejść z Princeton – podjęła swoją opowieść Murzynka. – Ale i tak nie oddał tych słoików z mózgiem Einsteina w formalinie. Pół roku po tym, jak odszedł, Marilyn wyszła za mąż i przeniosła się do Kanady. Nie wiem dokładnie, co stało się z Thommym. Ktoś mi mówił, że spotkał go ostatnio na jakimś uniwersytecie w Kansas.

W tym momencie ktoś z hukiem otworzył drzwi w końcu korytarza. Snop światła z latarki zaczął przesuwać się powoli po ścianach. To musiał być strażnik. Murzynka zerwała się gwałtownie i zniknęła za drzwiami toalety. Za chwilę światło latarki strażnika dotarło do ławki, na której siedział Jakub. Strażnik stanął na wprost niego i zaświecił latarką prosto w oczy.

– Czy pan wie, że palenie tutaj jest poważnym wykroczeniem? Mógłbym pana ukarać mandatem od tysiąca dolarów w górę – powiedział głos za światłem latarki. I dodał ze śmiechem: – Ale nie ukarzę, ponieważ doskonale wiem, że do palenia namówiła pana Virginia. Tylko jej tytoń może tak okropnie śmierdzieć. Gdy wyjdzie już z toalety, gdzie się teraz ukrywa, niech pan jej powie, że przedostatni raz jej to uchodzi na sucho. – Zaśmiał się tubalnie i odszedł w kierunku schodów prowadzących do piwnicy.

On cały czas milczał, trochę oszołomiony opowieścią Virginii, która długo nie wychodziła ze swojej kryjówki w toalecie. W pewnym momencie uchyliła drzwi i zapytała szeptem:

– Już sobie poszedł?

Gdy potwierdził, wyszła energicznym krokiem z toalety i złapała swoje wiadro:

– Teraz muszę już iść. On będzie wracał za kwadrans i zamknie cały budynek, a ja zapomniałam dzisiaj swoich kluczy. Wie pan co? Pan nie tylko chodzi jak Thommy. Ma pan także podobny do niego głos – powiedziała, znikając za zakrętem korytarza.

Gdy już jej nie było, przypomniał sobie, że miała mu pokazać, gdzie jest automat z colą. Zawołał ją. Nie odpowiedziała. Wszedł do toalety, znalazł małą fontannę z wodą pitną i schylił głowę tak, aby strumień obmył mu twarz. Trwał tak schylony jakiś czas. Po chwili, nie wycierając twarzy, wrócił do centrum komputerowego. Zakończył instalację programu, przygotował krótki opis procedury uruchamiania programu, wysłał e-mail z informacją o tym, co zrobił, do profesora i w Internecie zamówił taksówkę. Wyłączył komputer i wyszedł na korytarz. Przechodząc obok ławki przy toalecie, poczuł niepokój. Nie mógł usunąć z pamięci obrazu zwłok Einsteina z otwartą czaszką wypełnioną gazetami. Ruszył biegiem do wyjścia. Taksówka już czekała.

– Niech mnie pan zawiezie gdzieś, gdzie można napić się piwa – polecił taksówkarzowi.

W hotelu znalazł się około północy. Tej nocy śnił o Thommym, Virginii, tajemniczej Marilyn i teorii względności. Gdy następnego dnia, jadąc po śniadaniu hotelową limuzyną na stację kolejową, mijał campus, przypomniał sobie zdarzenia z ostatniego wieczoru i postanowił, że dowie się wszystkiego, co tylko możliwe, o człowieku, który uratował mózg Einsteina przed spaleniem. Zacznie już dzisiaj, w Nowym Jorku, gdzie będzie za godzinę. Jego pociąg do Penn Station na Manhattanie potrzebuje chyba dokładnie tyle.

Poza tym nie mógł się doczekać, aby tę historię o mózgu Einsteina jak najszybciej opowiedzieć jej. Odkąd ją znał, zauważył, że zdarzenia, uczucia i myśli nabierają prawdziwego znaczenia dopiero, gdy podzieli się informacją o nich właśnie z nią. Z Natalią było dokładnie tak samo.

Nie napisze jej o tym. Opowie. Właśnie tak. Usiądzie przed nią i patrząc jej w oczy, opowie. Jeszcze tylko jedna noc i jeden dzień. To szybko minie. Poza tym w Nowym Jorku czas biegnie szybciej. To oczywiście nie była prawda absolutna, tylko względna. Tak relatywistyczna i einsteinowska. Wiedział o tym od czasu Nowego Orleanu, identycznie leniwego i powolnego jak Teksas. Gdy w Nowym Jorku wiadomości zbliżały się już do prognozy pogody, w Teksasie nie zdążyła się skończyć pierwsza reklama po przywitaniu spikera.

Skyline Manhattanu majaczył w oddali, gdy jego pociąg wjeżdżał do tunelu pod Hudson River. Jutro wieczorem leci do Paryża, aby ją spotkać. J-U-T-R-O – przeliterował sobie powoli to słowo w myślach, kontemplując je i ciesząc się jak dziecko.

ONA: Jakubku, czy ja kiedyś mówiłam Ci, jak bardzo lubię myśleć o Tobie? Pewnie mówiłam, ale lubię także myśleć, że jeszcze nie mówiłam. Dzisiaj myślałam o Tobie wiele razy.

Muszę Ci coś koniecznie opowiedzieć. Asia mnie chyba zabije, bo powiedziałam jej, że idę tylko do pokoju poprawić makijaż, a tak naprawdę uciekłam do tej Internet Café na stacji metra i piszę do Ciebie. Asia, odkąd się znamy, zabijała mnie już wiele razy, więc z pewnością jakoś to przeżyję.

Ty uwielbiasz takie historie, bo Ty lubisz wyłapywać zdziwienia. Oraz wzruszenia. Dzisiaj byłam bardzo zdziwiona. I wzruszona także. Nieprawdopodobnie. Ale od początku.

Ten śliczny student od Alicji (tak na marginesie, Alicja jak zwykle uważa, że jest bardzo i „ostatecznie", cokolwiek to znaczy, zakochana w studencie) pracował kiedyś w czasie wakacji dla pewnej niemieckiej wdowy po francuskim przemysłowcu, który wywiózł ją z Niemiec i zamknął w złotej klatce ogromnego domu w południowo-zachodniej części Paryża. Jak myślisz, co mógł robić śliczny student z Polski dla wtedy już ponadczterdziestoletniej wrażliwej wdowy, która ma 3 kucharki, tabun sprzątaczek, 2 ogrodników, szofera i weterynarza „pod telefonem"? Alicja, gdy jest zakochana, nigdy nie zadaje takich bezsensownych pytań.

Studenta zaprosiła wdowa, student zaprosił Alicję (bo co mógł zrobić, gdy Alicja nie odstępowała go na krok), a Alicja zaprosiła nas. Wdowie było to obojętne, bo zależało jej bardzo na zobaczeniu po latach swojego studenta.

Wdowa podesłała pod hotel dwie limuzyny, bo zrozumiała, że student ma kilkunastu przyjaciół, a nie trzy przyjaciółki. Mimo że student recytuje Alicji wiersze po francusku, jego francuski nie jest wcale najlepszy. Przynajmniej ten w mowie. Dom, w którym rezyduje wdowa – bo ona sama twierdzi, że mieszka na Mauritiusie, a w Paryżu tylko rezyduje – jest podobny do Belwederu, tyle że większy. Wdowa jest blondynką o smutnych oczach, które mają, głównie na skutek wielu operacji, niedefiniowalny kształt. Wdowa ma dwie przypadłości, z których druga jest po prostu wzruszająca. Pierwsza to chorobliwe uczucie konieczności „współżycia ze światem". Sama mówiła, ale dopiero po trzeciej butelce wina, że jest to rodzaj natręctwa, i to w psychiatrycznym znaczeniu. Wdowa ma w każdym pomieszczeniu (łącznie ze stajnią dla koni) odbiorniki telewizyjne. Uważa bowiem, że w świecie dzieje się tyle tak istotnych rzeczy, że ona musi być o nich informowana. Dlatego wstaje o 5 rano i ogląda wiadomości na wszelkich możliwych kanałach i we wszystkich możliwych językach. Jak przyjechaliśmy, też oglądała jakieś wiadomości i zaszczyciła nas swoją obecnością dopiero 30 minut później. Wdowa po prostu martwi się o świat i chce dokładnie znać powód swoich zmartwień.

Ponadto uważa, że najbardziej w świecie cierpią i tak zwierzęta. Dlatego ma kilka psów, kilka kotów, kilkanaście kanarków, kilka chomików i tylko jedną czarną wietnamską świnię. Świnia jest naprawdę bardzo czarna, ogromna jak znany powszechnie bokser mieszkający w USA, tyle że ładniejsza. Gdy siedzieliśmy w wielkim ogrodzie, świnia biegała jak oszalała, czasami podbiegając do wdowy i trącając ją ryjem, który wdowa z czułością i z rozsuniętymi wargami całowała. Niezapomniany widok. Głośno kwicząca wietnamska świnia biegająca jak oszalała, ryjąca wypielęgnowane trawniki, tratująca klomby przepięknych róż, podbiegająca do wdowy, jak dziecko do matki, po swoją porcję czułości i pieszczot.

Ślicznego studenta świnia wyjątkowo dobrze znała i też go dotykała swoim wilgotnym ryjem. Alicja patrzyła na te czułości wietnamskiej świni z odrazą i bardzo przerażona.

Asia z kolei głaskała przeciskającą się między nami świnię z uwielbieniem, a historii wdowy o zwierzętach, które „są prześladowane przez ludzi", słuchała jak zapowiedzi nadejścia lepszego, dla zwierząt głównie, świata. Widziałam w jej oczach, że gdyby mogła, to przytuliłaby wdowę do siebie.

Po kilku takich oszalałych biegach świnia zniknęła w domu wdowy i więcej się nie pokazała. Wdowa wydawała się tym faktem zaniepokojona, ale nie ruszała się z miejsca.

Wdowa okazała się wyjątkową kobietą. Wszystko, co mówiliśmy, traktowała jak wiadomości kolejnego serwisu informacyjnego i reagowała na nie autentycznym oburzeniem, śmiechem lub współczuciem. Wypiliśmy kilka butelek bordeaux, które donosił kucharz, ponaglany regularnie przez telefon leżący na stoliku w ogrodzie. Gdy wstawaliśmy od stolika, byłam w bardzo erotycznym nastroju. To przez to bordeaux, francuski, który działa na mnie jak afrodyzjak (miej skojarzenia, jakie tylko chcesz), i przez fakt, że jutro wylatujesz z Nowego Jorku do Paryża.

Gdy w ogrodzie zrobiło się zbyt chłodno, przeszliśmy do rezydencji wdowy. Alicja z niepokojem i rozdrażnieniem obserwowała, jak student pomaga wstać wdowie z krzesła w ogrodzie i opartą o jego ramię i przytuloną, obejmującą go w pasie prowadzi do rezydencji.

Po wejściu do ogromnego salonu ukazał się nam niesamowity widok. Wietnamska świnia leżała rozwalona na białej (ze świńskiej skóry z pewnością) kanapie, ustawionej przy ścianie zakrytej prawie w całości szaro-czarną akwarelą o monstrualnych rozmiarach. Marmurowa posadzka salonu była pokryta strzępami gazet, częściowo zanurzonymi w cuchnących amoniakiem kałużach jakiegoś płynu. Chodząc po posadzce, rozgniataliśmy brązowo-czarne ziarna rozsypane w nieładzie. Pod kanapą z białej skóry stała otwarta mała klatka, wokół której leżało szczególnie dużo ziaren. To musiała być klatka chomika, o którym mówiła wdowa. Była całkowicie zdeformowana i nie było w niej chomika. Wdowa, nie zwracając zupełnie uwagi na cały ten chaos w salonie, podeszła do telefonu i spokojnym głosem zaczęła zamawiać limuzynę, która miała odwieźć nas do hotelu w Paryżu. My staliśmy tam jak osłupiali i patrzyliśmy na świnię leżącą na kanapie. Charczała i miała konwulsje, z jej pyska sączył się żółtawy płyn i spływał na marmurową posadzkę, co było wyraźnie widać, strużką po białej skórze kanapy. Nagle wdowa zauważyła, co się dzieje. Opuściła z krzykiem słuchawkę i rzuciła się na ratunek świni. Ja cofnęłam się pod ścianę. Student uciekł z salonu, a Asia podbiegła z wdową do kanapy.

Jakubku! Gdybym tego nie widziała, nigdy bym w to nie uwierzyła. Ale widziałam to tak samo jak Alicja, która podczas tego wszystkiego wpiła mi się paznokciami w skórę dłoni i przez cały czas trzęsła się jak galareta. Wdowa podbiegła do kanapy i zaczęła robić świni sztuczne oddychanie metodą usta-ryj. Masowała i uciskała okolice jej serca, otwierała siłą pysk i ustami pompowała jej powietrze do płuc. Świnia nie przestawała charczeć. Po chwili wypluła czerwone od krwi resztki brązowej sierści zmieszane z bezkształtną masą gazetowego papieru. Alicja wybiegła z salonu. Asia odwróciła się plecami do kanapy, na której leżała świnia. Wdowa nie przestawała pompować powietrza ustami przez ryj świni. Nie mogłam na to patrzeć. Zamknęłam oczy. Po chwili charczenie ustało. Świnia zsunęła się z kanapy i uciekła z salonu. Wdowa siedziała wyczerpana na marmurowej posadzce, opierając głowę na żółtej od wymiocin i czerwonej od krwi chomika, którego resztki wypluła świnia, kanapie. Asia podeszła do mnie. Wzięła mnie za rękę i wyszłyśmy bez słowa na zewnątrz. Limuzyna już czekała. Alicja siedziała obok kierowcy, student na tylnym siedzeniu. Wsiadałyśmy z Asią bez słowa. Taksówka ruszyła. Nikt nie odezwał się przez całą drogę. Gdy limuzyna stanęła przed hotelem, wysiadłyśmy w milczeniu. Alicja także. Nie pożegnała nawet swojego studenta. Po raz pierwszy od przyjazdu do Paryża nocowała z Asią.

Będąc już sama w moim pokoju, otworzyłam butelkę wina, usiadłam przy oknie i patrząc na ogród przed moim pokojem, myślałam o tym, że podziwiam tę wdowę. Za wierność swoim przekonaniom. Bo jakoś nie mogłam uwierzyć, że ona naprawdę mogła kochać tę wietnamską świnię. Szczególnie po tym, jak zżarła jej chomika.

Po chwili nowe wino wzmocniło bordeaux sprzed godzin. Oddaliłam się od Paryża. Wróciłam do sedna rzeczy. Myślałam o Tobie. Tęskniłam za Tobą.

Kiedyś pytałeś, co to znaczy „tęsknić za Tobą".

W przybliżeniu to taka hybryda zamyślenia, marzenia, muzyki, wdzięczności za to, że to czuję, radości z tego, że jesteś, i fal ciepła w okolicach serca.

Dotknę Cię. Już jutro. Dotknę...

ROZDZIAŁ 9

ON: W Nowym Jorku mieszkał w Marriott Marquis, na rogu Broadway i 45. Ulicy. Obliczył, że jeśli zamówi taksówkę na wpół do szóstej, to spokojnie zdąży. Po pierwszym kilometrze wiedział, że popełnił ogromny błąd. Start zaplanowano dopiero na dwudziestą trzydzieści, ale już teraz wiedział, że ma niewiele czasu.

Minęły trzy kwadranse, a oni tkwili ciągle w przerażającym korku na Manhattanie i do Queens Midtown Tunnel, łączącego Manhattan z Queens, gdzie znajdowało się lotnisko Kennedy'ego, z którego miał odlecieć, było jeszcze nieskończenie daleko. Hinduski kierowca (miał wrażenie, że taksówkami w Nowym Jorku kierują wyłącznie Hindusi) nie przestawał mówić, uśmiechał się, nieustannie uspokajał go, że na pewno zdążą, ale on wiedział, że nawet gdyby siedzieli w tej taksówce pół dnia i samolot już dawno odleciał bez niego, ten Hindus ciągle by mu wmawiał, że zdążą.

Hinduscy taksówkarze w Nowym Orleanie byli tacy sami.

Ten jednak tutaj uosabiał najgorsze, co mogło mu się zdarzyć: był młody i wylękniony.

Taksówkarz w Nowym Jorku może być niewidomy, ale nie może być wylękniony!

Na Manhattanie o tej porze dnia nie można wyprzedzać, patrząc przedtem w nieskończoność w lusterko wsteczne. Tutaj trzeba mignąć migaczem, przyśpieszyć, nacisnąć klakson i zmienić pas ruchu.

To wiedział nawet on, chociaż nigdy nie był taksówkarzem.

Gdy dotarli do lotniska, Hindus ciągle się uśmiechał, a on miał dokładnie 18 minut do odlotu.

Był wściekły na siebie, na swoją głupotę, na Nowy Jork, na wszystkich Hindusów i na swoją bezsilność.

Biegł jak szalony do swojego terminalu, modląc się w duchu, aby nie wyrzucili go z listy pasażerów, uszczęśliwiając kogoś z listy oczekujących.

Nie mogli mu tego zrobić!

Ona przecież ma odebrać go w Paryżu i na pewno będzie na niego czekać.

Nie, tego mu nie zrobią...

Gdy dobiegł, TWA800 był już odprawiony.

Pierwsza i business class siedziały w samolocie i sączyły szampana, jak przypuszczał, ostatnie rzędy economy wołano właśnie do bramy.

Wiedział, że przegrał z czasem. Tak idiotycznie i bez sensu przegrał.

Zebrał wszystkie siły, przykleił do twarzy najpiękniejszy uśmiech, na jaki mógł się zdobyć w tej chwili, i podszedł do młodej, tęgiej blondynki w uniformie TWA, stojącej z telefonem przy bramie, nad którą świecił się numer jego lotu.

– Pani oczywiście wie, że ja muszę polecieć tym samolotem. Delta mnie tu przeniosła wbrew mojej woli, wy to potwierdziliście faksem i telefonem, i ja ten faks mogę pani zaraz pokazać. Czy mój rząd był już wywoływany do wyjścia? – zapytał najbardziej spokojnym głosem, jaki mógł teraz z siebie wydobyć. Sądził, że bezczelnością zmusi ją do defensywy.

Zrozumiała tę grę natychmiast. Uśmiechnęła się i zapytała o nazwisko.

Gdy je przeliterował, sprawdziła w komputerze i powiedziała spokojnie:

– Ma pan ogromne szczęście. Gdy pana wyrzuciliśmy z tego lotu, bo się pan spóźnił, Delta przyjęła pana na lot o dwudziestej trzydzieści pięć. Tylko dlatego, że był pan tam pierwszy na liście oczekujących, że ktoś odwołał swój lot w ostatnim momencie i że przez awarię ich komputera nie zdjęli pana z listy po rezerwacji u nas. Ma pan względy u komputerów. Oni są w tym samym terminalu. Radzę jak najszybciej przejść do nich. W Paryżu będzie pan tylko pół godziny później, niż byłby pan z nami.

Zanim zdążył cokolwiek powiedzieć, odwróciła głowę i zajęła się innym pasażerem.

Zarejestrował w biegu tutaj, że Delta ma swoje stanowiska we wschodniej części tego terminalu, więc teraz, nie mówiąc słowa, odwrócił się i pobiegł w tamtym kierunku.

Gdy dotarł do stanowiska Delty, ciągle jeszcze kłębił się tam tłum. Odetchnął.

Delta zawsze miała czas. Wiedział to od kilku lat, gdy zaczął z nimi latać.

Dopiero gdy odbierał kartę pokładową, zdał sobie sprawę, że ona nie wie o tej nagłej zmianie lotu, a oni wywołują już pasażerów do samolotu i telefonu też nie ma w pobliżu.

Wyślę jej e-mail z pokładu samolotu i zadzwonię do hotelu – pomyślał.

Podniósł walizkę i torbę z laptopem i wszedł do rękawa prowadzącego do samolotu.

Gdy odnalazł i zajął swoje miejsce przy oknie, poczuł się nagle ogromnie zmęczony.

Siedział nieruchomo. Gdy samolot podnosił się ociężale, patrzył zupełnie spokojnie na fantastyczną iluminację Nowego Jorku rozciągającą się za oknem i myślał, że po raz pierwszy od długiego czasu może na to patrzeć i się nie boi.

Gdy światła Nowego Jorku stały się bezkształtną mgławicą, zamknął oczy i tak naprawdę teraz dopiero zaczął podróż.

Leciał do Paryża tylko dla niej i tylko do niej.

Jeszcze tylko kilka godzin i ją zobaczy.

Nie chciał po raz kolejny powtarzać sobie, co jej powie, o co zapyta, jak dotknie jej dłoni.

Nie chciał, bo wiedział, że i tak nie będzie tak jak w tym słodkim planie, który sobie ułożył. Nie będzie, bo ona jest nieprzewidywalna i wystarczy, że powie jedno słowo i wszystko ułoży się inaczej.

Tak było nawet z ich rozmowami na ICQ. Mimo że on mówił więcej, i tak ona ustalała i zmieniała tematy. Ale plan wolał mieć, głównie ze względu na radość planowania.

Nagle poczuł, że bardzo chciałby napić się wina.

Rozejrzał się. Panowało typowe rozluźnienie po napięciu związanym ze startem. Niektórzy gotowali się do snu, przykrywając się kocami, inni wstawali, aby w drodze do kolejki przed toaletą odreagować mijający strach, jeszcze inni wyciągali z podręcznych toreb książki lub gazety, niektórzy odchylali fotele i zamykali oczy. Nie brakowało i takich, którzy, jak on, wypatrywali stewardesy, aby uspokoić się alkoholem, który tutaj, wysoko nad ziemią, działał zupełnie inaczej.

Ale on dzisiaj wyjątkowo wcale nie chciał uspokoić się alkoholem.

On chciał podlać czerwonym chianti swoje marzenia.

Chciał pomarzyć trochę o tym ich wspólnym Paryżu i o tym, jak ona ten Paryż udekoruje mu tak bardzo odświętnie swoją obecnością. Przypomniał sobie fragment jednego z jej ostatnich listów, gdy pisała:

Jesteś dla mnie bardzo ważny. Wiele Tobie zawdzięczam i nie tylko to, co czuję. Dzięki Tobie jestem pełniejsza, lepsza, czuję się wyjątkowa i nieprzeciętna. Może trochę mniej mądra (wszystko jest takie względne), ale z całą pewnością cudownie wyróżniona. Tak, czuję, że teraz żyję pełniej i bardziej świadomie. Uwielbiam te wszystkie przemyślenia i zamyślenia, które mi fundujesz. Bardzo mnie one cieszą.

Oczywiście, że ciągle mam w głowie okropny bałagan, dotąd nie było powodu, bodźca, dla którego chciałabym układać swoje myśli. I jeśli się plączę w tym, co mówię, to właśnie dlatego. Ty mnie zmuszasz do myślenia, chociażby bardzo niezdarnego (Nie przestawaj! Za kilka lat będziesz miał we mnie partnera do rozmów, jakiego nigdy nie miałeś), do poukładania moich skłębionych myśli.

Uśmiechnął się, myśląc, jak ważny jest w jej skłębionych myślach.

A potem miał w planie tym samym chianti wywołać sen, bo sen zawsze, pamiętał to z dzieciństwa, szczególnie przed urodzinami i Bożym Narodzeniem, ogromnie skracał czekanie.

Więc wypatrywał stewardesy.

Nagle pojawiła się w końcu korytarza; wyszła z kabiny pilotów.

Wydawało mu się, że płakała.

Gdy podeszła bliżej, przekonał się, że rzeczywiście płakała. Miała rozmazany makijaż, z trudem panowała nad łzami i drżały jej ręce. Postarał się nie dać jej do zrozumienia, że to zauważył. Uśmiechnął się do niej, poprosił o wino, a ona odpowiedziała wymuszonym grymasem, który miał imitować uśmiech, i odeszła.

Gdy wróciła po chwili z winem, miała świeży makijaż, była opanowana i wyjątkowo smutna. Podała mu bez słowa wino i odeszła.

Wziął pierwszy łyk i wyciągnął słuchawkę telefonu z oparcia siedzenia przed nim. Przeciągnął kartę kredytową przez szczelinę czytnika i wybrał numer jej hotelu w Paryżu.

Numer był zajęty.

Za chwilę powtórzył. To samo.

Wina już dawno nie było, a on ciągle wybierał ten numer w Paryżu i ciągle, gdy był zajęty, obiecywał sobie, że spróbuje jeszcze tylko jeden jedyny, ostatni raz.

Po godzinie zrezygnował.

Zamówił kolejne wino, wydobył swój laptop spod siedzenia i włączył go.

Przygotował e-mail do recepcji hotelu, w którym mieszkała.

Prosił o poinformowanie jej jak najpilniej, że nie przyleci TWA800, ale DL278. Podał godzinę i numer wyjścia terminalu na lotnisku Charles'a de Gaulle'a, którym wyjdzie. Prosił o potwierdzenie odbioru. Planował jeszcze raz, tuż przed lądowaniem w Paryżu, połączyć się z Internetem i sprawdzić, że takie potwierdzenie nadeszło.

Kabel modemu podłączył do wtyczki w telefonie, który zdążył się zrobić ciepły od jego dłoni w trakcie prób dodzwonienia się do jej paryskiego hotelu w ciągu ostatniej godziny.

Wybrał numer CompuServe i po chwili był w sieci.

Wysłał e-mail. Mieliśmy lądować około dziewiątej rano, więc na pewno zdążą ją powiadomić – pomyślał.

Ten czwartek, 18 lipca, w Paryżu będzie ich dniem. I to wcale nie wirtualnym.

Miał się rozłączyć, ale przed tym postanowił wejść na chwileczkę na stronę CNN i sprawdzić prognozę pogody dla Paryża. Miał nadzieję, że nie będzie deszczu. Na lotnisku w Paryżu miał odebrać w Avis auto, które sobie zarezerwował jeszcze w Nowym Jorku, i to miał być kabriolet. Wystukał adres CNN w Netscape i czekając, aż strona pojawi się na ekranie jego laptopa, podniósł kieliszek do ust.

Recepcjonista, recepcja hotelu Bousquett, noc z 16 na 17 lipca 1996, Paryż: Objął zmianę o północy. Zawsze brał nocne zmiany. Nie dlatego, że to lubił. Nie miał specjalnego wyboru. Studiował na École de Paris informatykę i aby utrzymać się na powierzchni w tym perwersyjnie drogim mieście, musiał pracować. A pracować mógł tylko w nocy. Ten hotelik w Dzielnicy Łacińskiej był jak szczęśliwy los na loterii. Oddalony tylko dziesięć minut spacerkiem od mieszkania, które dzielił z dwoma takimi jak on, a poza tym właściciel hotelu był Polakiem i nigdy nie zadawał głupich pytań. Pensję dostawał gotówką, nigdy w kopercie, i zawsze na czas.

Lubił tę ciszę, gdy już wszyscy zasnęli, a on włączał radio, otwierał butelkę swojego ulubionego, schłodzonego rose i siedząc za ladą recepcji, sączył wino i pogrążał się w półśnie. Miał przymknięte oczy, ale słyszał spóźnionych gości wracających do hotelu, oszołomionych miastem lub alkoholem i dobijających się do zamkniętych drzwi, słyszał telefony od tych spóźnionych, którym dopiero teraz przypomniało się, że nie mają budzika, a mają niezmiernie ważne spotkanie rano i trzeba ich obudzić.

Umiał natychmiast wyjść z tego stanu i natychmiast do niego wrócić.

W ten sposób przetrwał już dwa lata, studiując w dzień i pracując w nocy.

Ostatnio wszystko to uległo jednak totalnemu zaburzeniu.

Właściciel hotelu zainstalował Internet.

Mieli swoją stronę www, swój adres i przyjmowali rezerwacje bezpośrednio z sieci.

Nie mogło być nic piękniejszego!

Dwie godziny po północy włączał modem, wchodził do sieci i pozostawał tam z krótkimi przerwami do szóstej rano.

Wędrował, korespondował, a przede wszystkim „chatował".

Miał rozmówców na całym świecie. Niektórzy wchodzili do Internetu tylko po to, aby spotkać się właśnie z nim.

Powoli, ale nieubłaganie uzależniał się od Internetu.

Nie miał już tych swoich stanów półsnu. Zasypiał rano na zajęciach, spóźniał się do pracy, bo zasypiał w domu już około dwudziestej i nie można było się go dobudzić przed północą.

Wmówił sobie, że to tylko chwilowa fascynacja; tak było od siedmiu miesięcy.

Oczywiście wiedział, że gdy on jest w Internecie, nikt nie może dodzwonić się do tego hotelu. Zakładał, że między drugą a szóstą i tak nie może być żadnych istotnych rozmów, i przeszedł nad tym do porządku dziennego. Dzisiaj też się tym nie będzie martwił.

Jak zwykle włączył modem i komputer. Najpierw sprawdził wszystkie rezerwacje, które nadeszły *online*. To, co mógł, potwierdzi e-mailami.

Potem sprawdził pocztę nadchodzącą dla gości. Był to serwis oferowany od niedawna przez ich hotel i ze zdumieniem stwierdzał, jak ważny, coraz ważniejszy się stawał.

E-maile nadchodziły z całego świata i we wszystkich możliwych językach.

Drukował te listy, wkładał w oliwkowe koperty z adresem internetowym ich hotelu i nad ranem cichutko wsuwał pod drzwi pokoi adresatów. Po kilku miesiącach okazało się, że mają już stałych gości tylko ze względu na ten Internet i te oliwkowe koperty rano, zaraz po przebudzeniu.

Wysyłał też listy zostawiane na dyskietkach przez gości.

Dzisiaj miał do wysłania trzy. Dwa były od tej ślicznej Polki spod osiemnastki na pierwszym piętrze. Dwa dni temu oderwała go od komputera, gdy wracała z koleżankami nad ranem z dyskoteki. Były rozbawione i kokietowały go. Weszły do hotelu tanecznym krokiem, rozsiadły się frywolnie w fotelach przed recepcją, a po chwili jedna z nich pobiegła po szampana do pokoju.

Ona miała rozrzucone w nieładzie włosy, obcisłą zieloną bluzkę z dekoltem odsłaniającym cienką tasiemkę zielonego stanika. Nie mógł określić koloru jej oczu. Miał wrażenie, że zmieniają się od zielonego do ciemnobrązowego.

Gdy już pili słodkiego włoskiego szampana, ona nagle wstała

i weszła do niego za ladę recepcji, chcąc podgłośnić radio, gdy akurat śpiewał Bryan Ferry. Wtedy zobaczyła w pokoju za recepcją monitor jego komputera ze stroną ich hotelu i bez ogródek zapytała, czy może wysłać e-mail.

Gdy powiedział, że oczywiście może, bez słowa zostawiła go i usiadła przed komputerem. Sama znalazła sobie program pocztowy na dysku ich hotelowego komputera i zaczęła pisać.

Miał wrażenie, że świat przestał dla niej istnieć...

Zdążył wypić z jej koleżankami szampana, gdy ona wreszcie dołączyła do nich. Była milcząca. Nie powiedziała już ani słowa.

Miał wrażenie, że nic dla niej nie istnieje. Nagle wstała, życzyła im dobrej nocy i odeszła. Jej koleżanki spojrzały na siebie wymownie, ale nie skomentowały tego.

Stawała się tajemnicza.

Dzisiaj miał za chwilę wysłać dwa listy, które zostawiła na dyskietce w swojej przegródce.

Zbliżała się szósta.

Wywołał program pocztowy, przeniósł listy z dyskietki do kolejki listów do wysłania i wmawiając sobie, że to tylko mimowolnie, że to tak jakoś się tylko niefortunnie złożyło, zaczął czytać pierwszy:

Paryż, 16 lipca

Bardzo mi Ciebie brak, Jakubku...

Od 3 dni nagle czuję do bólu, jak bardzo wkroczyłeś w moje życie i co się dzieje ze mną, gdy z niego emigrujesz.

Czuję się opuszczona w samym centrum tego tłumu obok mnie w tym czarno-białym Paryżu bez duszy, który powinien być kolorowy, jak obiecywano w katalogu, który studiowałam nieustannie w Warszawie.

Bądź już, proszę, bądź...

Wysłał ten list i „mimowolnie" otworzył, zafascynowany, ten drugi:

Paryż, 16 lipca

Bardzo, bardzo, bardzo dziękuję Ci, Ty mój mądry i cudny.

Dziękuję Ci za wszystko, za to, że pomyślałeś, że moglibyśmy się zobaczyć, za to, że przylecisz dzisiaj tutaj TYLKO dla mnie i że będziesz tylko ze mną. Wiem, że przeczytasz to w samolocie (nie wyobrażam sobie, że kto jak kto, ale Ty mógłbyś nie zauważyć, że jest wtyczka modemu przed Twoimi oczami!), a gdy Ty będziesz to czytać, ja będę spała jeszcze niespokojnym snem zakochanej nastolatki.

Jaki kolor mają mieć na lotnisku moje wargi jutro rano? Jaki lubisz najbardziej?

Czy pewne kolory smakują inaczej niż inne?

Ty pewnie i to wiesz...

Uśmiechnął się i pomyślał, że dzisiaj chciałby bardzo, bardzo być Jakubkiem...

Nadszedł czas „listów w szczelinę".

Jeszcze raz uruchomił program pocztowy i ściągnął wszystkie e-maile z ich serwera.

Były tylko dwa. Jeden do niego, od brata z Warszawy, i jeden do niej, od tego Jakubka.

W nagłówku napisanym po angielsku prosił odbiorcę tego listu w hotelu o niezwłoczne, natychmiastowe i absolutnie priorytetowe poinformowanie adresatki o zmianie terminu jego przylotu z Nowego Jorku do Paryża, a w części prywatnej, napisanej po polsku i adresowanej do niej, informował, że nie przyleci TWA800, tylko DL278, i że ma czekać na niego o pół godziny później przy innym wyjściu. Zakładając, że odbiorca e-maila nie zrozumie polskiego, kończył go tekstem, który go rozbawił:

Kochanie, tam na lotnisku w Paryżu, gdy już się zobaczymy, nie pozwól mi się zapomnieć. Przypominaj mi nieustannie, że jesteśmy tylko przyjaciółmi. Chyba że i Ty się zapomnisz. Jeśli tak, to mi nie przypominaj. Takie zapomnienie może zdarzyć się nawet najlepszym przyjaciołom.

Jakub

Nagle ze zdumieniem uświadomił sobie, że ona nosi obrączkę na palcu prawej dłoni. Pomyślał, że ta obrączka nie jest od tego Jakubka. Teraz także zrozumiał, dlaczego zamówiła budzenie i taksówkę na tak wcześnie rano. Wydrukował ten e-mail i postanowił dać jej go osobiście, gdy będzie rano schodzić do taksówki.

ONA: Zamówiła budzenie, nastawiła swój budzik i wzięła drugi od Alicji. Tak dla bezpieczeństwa.

Obudziła się i tak sama pół godziny przed budzikami. Zadzwoniły oba o wpół do siódmej i zaraz potem telefon. Naga i ociekająca wodą wyskoczyła spod prysznica, aby uciszyć to wielokrotne budzenie. Wydawało się jej, że cały hotel słyszy, że ona właśnie wstaje.

Teraz stała pod prysznicem i cieszyła się, że to już tuż-tuż...

Spotykali się, spotykali się naprawdę!

Wkładała nową zieloną bieliznę, spryskiwała się jego ulubionymi perfumami, wkładała nową sukienkę, którą kupiła przed wyjazdem w Warszawie. Nakładała makijaż. Chciała być dzisiaj od rana wyjątkowa i śliczna.

Czy była w nim naprawdę zakochana?

Cieszyła się, że przylatuje tak rano. Nie musiała walczyć z uczuciem niecierpliwości, które miała od momentu, gdy tutaj przyjechały. Wieczorami dokuczało jej to najbardziej. Otwierała wtedy wino i „rozmiękczała" to uczucie, wpadając w romantyczno-rozpustny nastrój. Jeśli nie udało się tego opanować alkoholem, zostawiała wszystko i szła do Internet Café w pobliżu ich hotelu i pisała mu o wszystkim, co czuje.

Dzisiaj też na pewno wpadnie w ten romantyczno-rozpustny nastrój, ale dzisiaj nigdzie nie pójdzie. Nawet nie chciała odpowiedzieć sobie samej, co zrobi dzisiaj, gdy ten nastrój nadejdzie.

Nadejdzie...?!

On już jest. Czuła go dokładnie. A nie było jeszcze nawet ósmej rano. Gdy już zaakceptowała swój widok w lustrze, wyszła z pokoju.

O ósmej taksówka miała czekać na nią przed hotelem.

Hotel był jeszcze ciągle cichy i pusty. Przechodząc koło recepcji, poczuła zapach świeżo parzonej kawy, ale nie było tam tego sympatycznego polskiego recepcjonisty.

Taksówka już czekała. Upewniła się, że właściwa. Arabski kierowca wysiadł w pośpiechu i kłaniając się, otwierał drzwi...

Zawracali, gdy nagle wydało się jej, że z hotelu wybiegł recepcjonista. Powiedziała po angielsku do taksówkarza, żeby zatrzymał się na chwilę, ale nie zrozumiał. Skręcili nagle w boczną ulicę i już nie była pewna, czy jej się to tylko nie wydawało.

Usiadła wygodnie.

Uśmiechnęła się do siebie. Był przepiękny słoneczny dzień w Paryżu, a ona jechała do niego.

To już naprawdę tuż-tuż – pomyślała.

Recepcjonista: O wpół do siódmej zadzwonił, aby ją obudzić. Nie wydawało mu się, aby miała zaspany głos.

Potem wysłał potwierdzający e-mail na adres Jakubka i tuż przed siódmą odłączył modem. Pół godziny później przywieźli codzienne gazety. Musiał je roznieść po hotelu. Ale przedtem postanowił napić się kawy. Poszedł do małej kuchenki obok recepcji i włączył automat do kawy.

Potem zapakował gazety do specjalnej torby, przewiesił ją przez ramię i wjechał windą na ostatnie piętro. Schodząc na dół piętro po piętrze, kładł gazety przed drzwiami wszystkich zajętych pokoi.

Gdy wysiadał z windy na pierwszym piętrze, zauważył ją schodzącą po schodach.

Chwilę później, kładąc jedną z gazet, zobaczył ten nagłówek.

Rzucił torbę i zaczął biec na oślep po schodach w dół. Widział ją, jak wsiada do taksówki. Krzyczał jej imię jak oszalały, ale taksówka nagle skręciła w boczną ulicę i stracił ją z oczu.

ON: Sączył powoli chianti, czekając, aż strona CNN ukaże się na jego monitorze.

Było mu dobrze i przytulnie. Światła w samolocie były przyciemnione, na ekranie telewizora w oddali zmieniały się obrazy filmu, którego tytułu nawet nie znał, dookoła szumiały uspokajająco miarowo pracujące silniki.

Cały ten zgiełk ostatniego tygodnia, najpierw w trakcie kongresu w Nowym Orleanie, potem w Princeton i Nowym Jorku, cały ten idiotyczny stres dzisiaj w drodze i na lotnisku wydawały mu się teraz czymś, co się zdarzyło przed laty. Czymś nieważnym.

Zamknął na chwilę oczy. Wino w jego organizmie i to „nastrojowe wyczerpanie" sprawiły, że poczuł się, jak ona by to ujęła, błogo.

Sprawdzi jeszcze tylko tę prognozę pogody dla Paryża na jutro, wyłączy laptop i postara się zasnąć.

Otworzył oczy. Strona CNN była już w całości na ekranie monitora.

Zaczynała się wiadomością z ostatniej chwili, wyświetloną na ekranie wytłuszczoną czcionką. Zaczął czytać:

On July 17, 1996, at 2031 EDT, a Boeing 747-131 crashed into the Atlantic Ocean, about 8 miles south of East Moriches, New York, after taking off from John F. Kennedy International Airport (JFK). The airplane was being operated on a regularly scheduled flight to Charles de Gaulle International Airport (CDG), Paris, France, as Trans World Airlines Flight TWA800. The airplane was destroyed by explosion, fire, and impact forces with the ocean. All 230 people aboard were killed.

W miarę jak czytał, zaczął drżeć na całym ciele. Nie mógł utrzymać w dłoni kieliszka i wiedział, że jeśli zaraz nie wstanie, dostanie ataku astmy. Zaczynał się dusić. Wiedział, co będzie. Pamiętał to od czasów Natalii.

Wyrwał kabel modemu z telefonu, laptop upadł mu na podłogę, a on przepychał się do przejścia między fotelami. Było mu zupełnie obojętne, że depcze wszystko i wszystkich po drodze.

Nagle obok zjawiła się stewardesa.

Złapał ją gwałtownie za rękę i wyszeptał:

– Pani płakała, bo… bo oni wszyscy zginęli, prawda?

Z niedowierzaniem i przerażeniem spojrzała mu w oczy i zapytała:

– Skąd pan wie?

– Z CNN, byłem przed chwilą na ich stronie…

– Ach tak – powiedziała i spojrzała na jego laptop, leżący na podłodze pod oknem. – Tak, płakałam… bo oni zginęli. Ale proszę, niech pan nie mówi o tym nikomu. Dowiedzą się sami w Paryżu. Proszę!

– Czy pani wie, że ja… ja jestem w tym samolocie tylko przypadkowo? Czy pani wie, że gdyby nie było korków w Nowym Jorku, to ja bym razem z nimi… ja bym tam… tam zginął???

Patrzyła mu w oczy, słuchała i nagle objęła go. Zawstydziła się zaraz potem tej słabości i odeszła w pośpiechu. A on stał i wpatrywał się w okno niewidzącym wzrokiem i zastanawiał się, czy żyje dlatego, że ma na tym świecie jeszcze coś ważnego do zrobienia, czy tylko przez swoją nieuwagę i niedokładność, czy przez tego hinduskiego lękliwego kierowcę taksówki w Nowym Jorku.

Śmierć minęła go o milimetr, szczerząc zęby w rechocie z tego dowcipu, który mu zrobiła na Manhattanie.

Śmierć…

Znowu przypomniała mu o sobie…

Śmierć wtedy, gdy umierała jego matka.

Umierała powoli, ale bezustannie. Tak dzień po dniu.

Przez 18 miesięcy.

Któregoś dnia powiedzieli, że nie mogą jej już w żaden sposób pomóc, i odesłali karetką do domu. I od tego czasu zaczęła powoli odchodzić.

Wracał z zajęć na uniwersytecie z tych dwóch fakultetów, z których była taka dumna, a ona leżała w tym łóżku, czekała na niego i musiał jej opowiadać.

O wszystkim. O egzaminach, kolokwiach, śmierdzącej stołówce i studentkach, które mu się podobają. Słuchała go z zapartym tchem, trzymając go za rękę. Po tym uścisku wiedział, że powoli słabnie.

Każdego dnia przychodził do nich człowiek robić jej zastrzyki, bez których się dusiła. Na początku przychodził raz dziennie. Pod sam koniec zdarzało się, że był u nich w domu pięć razy w ciągu dnia.

Jego ojciec, mimo że sam był przeszkolonym sanitariuszem i pracował od dwudziestu lat jako kierowca w pogotowiu ratunkowym, nigdy nie mógł zrobić jej zastrzyku. Kiedyś próbował, gdy ona się dusiła i nie mogli dodzwonić się do tego człowieka. Nawet udało mu się znaleźć tę wątłą żyłę pod siniakami, które od miesięcy przestały już znikać. Ale gdy już wbił tę igłę, to nie mógł wycisnąć leku do żyły. On musiał to zrobić.

Patrzyła mu w oczy i śmiała się, chociaż wiedział, jak ją to musi boleć.

Któregoś wieczoru w grudniu, na tydzień przed Wigilią, nie czekała już na niego, gdy wrócił z zajęć. Spała, oddychając ciężej niż zwykle. Ale on usiadł przy niej jak zawsze, trzymał ją za rękę i opowiadał o wszystkim, co mu się zdarzyło tego dnia. Wierzył, że go słyszy.

Tej nocy umarła.

Nie płakał. Nie mógł. Łzy przyszły dopiero kilka dni później, po pogrzebie, gdy wrócił z cmentarza i zobaczył jej szlafrok w łazience, szczoteczkę do zębów i zakładkę w niedoczytanej książce, leżącej na nocnym stoliku przy łóżku.

W Wigilię poszli z ojcem na cmentarz i wkopali choinkę przy grobie. Zapalili świece, powiesili bombki. Tak jak w domu, gdy jeszcze żyła.

I w tę Wigilię stali z ojcem kilka godzin, palili papierosy i płakali na tym cmentarzu przy grobie okrytym zmarzniętymi kwiatami i oszronionymi wieńcami, a on zastanawiał się, czy ktoś miał taką matkę, co pisała do niego listy przez pięć lat.

Codziennie.

Potem przypomniał mu się ojciec.

W zasadzie przestał żyć po śmierci matki. To znaczy budził się rano jak każdy, wstawał i był, ale tak naprawdę umarł razem z nią. Na jej grobie kazał na dole czarnej marmurowej płyty wygrawerować to jedno niedokończone zdanie: *I przyjdzie dzień radosny…*

Mieszkali razem i widział, jak bardzo jest samotny i jak bardzo tęskni za nią. Czasami, gdy wracał wieczorami do domu, zastawał go siedzącego w zadymionym do granic pokoju z opróżnioną butelką wódki na stole pokrytym zdjęciami jego matki.

Ojciec zapalał świece, kładł jej zdjęcia, oglądał je, tęsknił i pił do nieprzytomności. Aż zapomniał.

On przychodził do domu późno i kładł go do łóżka, a potem skrobał nożem zaschnięty wosk ze stołu i zbierając te czarno-białe zdjęcia do albumu, patrzył na nie i zastanawiał się, czy on też spotka taką śliczną i dobrą kobietę, jaką spotkał ojciec.

Potem ojciec zaczął chorować. Było widać, że poddaje się losowi i nie broni.

Gdy on był na stypendium w Nowym Orleanie, zabrali go do szpitala.

Brat napisał, że z ojcem jest bardzo źle.

Postanowił polecieć do Polski.

Wylądował którejś niedzieli w marcu w Warszawie i po przyjeździe pociągiem do Wrocławia prosto z dworca pojechał do szpitala.

Z pomarańczami, które dla niego kupił, z ciepłym swetrem na zimę, z wydrukowanymi dwoma rozdziałami doktoratu i stu dolarami dla lekarzy w tym szpitalu. Za „lepszą opiekę".

Ojciec czekał na niego i był taki szczęśliwy. Cieszył się strasznie i był dumny z tego syna „prawie doktora" z Ameryki.

Następnego dnia rano obudził go brat i powiedział, że ojciec umarł tej nocy.

A on wiedział, że ojciec czekał na niego z tą śmiercią.

Bo od śmierci matki zawsze na niego czekał.

Tylko czasami nie. Kiedy zapalał świece, wyciągał ten album i pił.

Pojechali z bratem do szpitala. Leżał zupełnie nagi na zlanej wodą cementowej posadzce mrocznej i cuchnącej wilgocią przyszpitalnej kostnicy pośród innych zwłok.

Nie mógł znieść takiego poniżenia. Zdjął kurtkę, przykrył ciało i rozjuszony złapał za brudny fartuch sanitariusza, który ich tutaj przyprowadził. Ten, czerwony na twarzy i cuchnący wódką od rana, nie wiedział, co się stało. Przyciągnął go do siebie i powiedział, że ma dziesięć minut, żeby przygotować ciało jego ojca do wywiezienia. Godzinę później, po awanturze z ordynatorem oddziału, jechał do swojego mieszkania w pogrzebowej nysce, opłaconej dolarami, które załatwiały w tym kraju wszystko, z ciałem ojca w trumnie.

Pierwszy raz mieszkańcy jego bloku widzieli, żeby ktoś wnosił trumnę z ciałem z samochodu do mieszkania, a nie odwrotnie.

W szpitalu powiedzieli, że ojciec miał raka żołądka, ale z przerzutami na wszystkie inne narządy. Nie zapomni nigdy, jak młody lekarz spokojnie, z uśmiechem dodał:

– Ale miał szczęście, umarł na zawał serca.

Miał szczęście.

Szczęście... Jakie to pojemne słowo... – pomyślał, patrząc z obrzydzeniem na tego lekarza.

Potem poszli zabrać rzeczy ojca z pokoju szpitalnego, w którym umarł. Na łóżku leżał ten nowy sweter od niego, pod poduszką zgniecione stronice jego doktoratu, a na poobijanym stalowym stoliku napoczęta pomarańcza. Wysunął szufladę stolika. Oprócz otwartej paczki papierosów, które palił do końca, nawet tutaj, na godziny przed śmiercią, zobaczył te same zdjęcia, które tak często zbierał z zalanego woskiem stołu w mieszkaniu.

Dopiero wtedy, mimo że chciał to zrobić już znacznie wcześniej, usiadł na szpitalnym łóżku i zaczął płakać jak dziecko.

I przyszedł dzień radosny...

Te czarno-białe, wyblakłe, niewyraźne, poplamione i połamane zdjęcia do dzisiaj są dla niego tym, co najbardziej przypomina mu rodziców. Często, gdy idzie na cmentarz na ich groby, zabiera je z sobą. Kiedyś ich zapomniał, więc wrócił taksówką do domu, zabrał je i pojechał drugi raz.

Natalia... Nie, o tej śmierci nie może myśleć. Nie teraz, nie!

Śmierć. Czy to teraz to był znak, czy banalny przypadek?

Nie wrócił na miejsce. Musiał się uspokoić. Zaczął chodzić wzdłuż samolotu. Światła były lekko przyciemnione, więc nikt nie mógł widzieć wyraźnie jego twarzy i zaczerwienionych oczu. W pewnym momencie podeszła do niego ta sama stewardesa; przyniosła valium i szklankę z wodą.

Nagle zdał sobie sprawę, że wcale nie ma pewności, że ona wie o tym, że jego NIE BYŁO w tym samolocie. Musi być tego pewien.

Nie mogę jej tego zrobić... po prostu nie mogę – myślał w panice.

Natychmiast wrócił na miejsce i wybrał numer jej hotelu.

Zajęty.

Wysłał kolejno trzy e-maile teraz już z dramatyczną prośbą i żądaniem, aby natychmiast i bezzwłocznie ją zawiadomili o zmianie terminu jego przylotu.

Uruchomił program testujący łączność internetową z serwerem hotelu. Wszystko funkcjonowało, jego e-maile nie wracały, strona www hotelu też była dostępna, więc uznał, że jego e-maile muszą docierać.

Nie przyniosło mu to jednak ani odrobiny uspokojenia.

Dałby wszystko, żeby ten cholerny paryski numer był wreszcie wolny!

Zaczął szukać hoteli w pobliżu z postanowieniem, że poprosi o zawiadomienie jej hotelu. Dodzwonił się nawet do jednego, ale nie mógł się porozumieć. Recepcjonistka mówiła wyłącznie po francusku.

Zapytał pasażera obok, czy mówi po francusku, ale nie mówił.

Był wściekły, valium w ogóle nie działało, a on czuł, że jego oddech staje się coraz krótszy i zaczyna mu brakować tchu.

Wstał i zaczął chodzić po samolocie. To zawsze pomagało.

Po godzinie wrócił na miejsce i zaczął znowu dzwonić.

Było już bardzo późno. W Paryżu dochodziła ósma i zaczynał obawiać się, że może być za późno.

Nagle dostał wolny sygnał. Ścisnął słuchawkę i gdy tylko po drugiej stronie ktoś odebrał, zaczął krzyczeć po angielsku, że mają połączyć go natychmiast z jej pokojem.

Nie było jej. Spóźnił się. Spóźnił się z wkroczeniem do jej biografii i teraz spóźnił się znowu. Poczuł się strasznie winny.

Zebrał wszystkie siły i spokojnie zapytał, czy odebrano jego e-maile i czy je przekazano adresatce. Potem opowiedział o katastrofie TWA i o tym, że miał być na pokładzie tego samolotu i że ona może jeszcze tego nie wie.

Recepcjonistka wiedziała już z gazet o tragedii, mimo to, gdy usłyszała to, co on miał do powiedzenia, zamilkła z osłupienia. Oprzytomniawszy, powiedziała, że dopiero co przejęła dyżur i nie może nic potwierdzić ani zaprzeczyć, bowiem jej poprzednik, który zawsze odbiera e-maile, zniknął tuż przed jej przyjściem i wszyscy go szukają. Obiecała, że natychmiast jak go znajdą, wyjaśni całą sprawę. Mogła jedynie potwierdzić, sprawdziwszy zawartość plików z pocztą elektroniczną w komputerze, że jego e-maile zostały odczytane przez jej poprzednika. Radziła mu, żeby zadzwonił za pół godziny.

Gdy skończył rozmawiać, zauważył, że pasażerowie z kilku rzędów obok, za nim i przed nim przyglądają mu się dziwnie. Musieli słyszeć tę rozmowę, bo połączenie nie było najlepsze i musiał mówić głośno. Zdał sobie sprawę, że prawdopodobnie był dotychczas jedynym pasażerem na pokładzie, który wiedział o katastrofie TWA.

Dotychczas...

Złamał słowo dane stewardesie, ale przecież nie miał wyboru.

Za chwilę szeptał cały samolot, a wkrótce przyszła do niego dziewczyna, po akcencie poznał, że jest Amerykanką, i tak ni stąd, ni zowąd powiedziała, że chciałaby wiedzieć, jak się czuje człowiek, który w takich okolicznościach uniknął śmierci. Odpowiedział jej sarkastycznie, że nie udziela wywiadów, chyba że jest z „Time'a" i ma książeczkę czekową przy sobie. Zrozumiała jego sarkazm, ale odeszła zdziwiona.

Te pół godziny wydawało mu się wiecznością.

Siedział ze słuchawką w ręku i patrzył na ekran monitora, na którym wyświetlana była mapa z trasą lotu, aktualną pozycją samolotu oraz czasem. Byli bardzo blisko Paryża, a każdy centymetr przesunięcia na tej mapie oddalał go od pewności, że ona wie.

Minęło pół godziny i wybrał ponownie numer hotelu w Paryżu. Recepcjonistka od razu zaczęła się usprawiedliwiać, że jeszcze nie udało się im odszukać jej poprzednika.

Po prostu zniknął. Nagle powiedziała mu rzecz niesłychaną:

– Wysłaliśmy kierowcę naszym hotelowym samochodem na lotnisko Roissy. Jeśli nie utknie w korku, to powinien dotrzeć na lotnisko przed… no, wie pan… przed tym TWA. Pana przyjaciółka nie odebrała swojego paszportu z recepcji, więc kierowca ma nawet jej fotografię i postara się ją odszukać. To wszystko, co mogę dla niej zrobić…

Był jej tak ogromnie wdzięczny.

ONA: Z zaciekawieniem obserwowała przez okno taksówki krzątaninę na ulicach Paryża. Lotnisko Roissy-Charles de Gaulle jest oddalone około 23 kilometrów na północny wschód od centrum Paryża i kierowca, zanim dotarł do autostrady prowadzącej na lotnisko, musiał przejechać przez zatłoczone porannym ruchem miasto.

Miała dużo czasu, więc nie denerwowały jej częste przestoje na światłach oraz stanie w korkach.

Arabski kierowca przyglądał się jej od czasu do czasu w lusterku i uśmiechał się.

Na początku próbował nawiązać rozmowę, ale gdy zorientował się, że ona odpowiada mu po angielsku, przestał i tylko się uśmiechał.

Poza tym często wykrzykiwał coś po francusku, gwałtownie hamował lub przyśpieszał, a czasami otwierał okno i wymachiwał rękami, wykrzykując coś wzburzonym głosem do innych kierowców.

Bawiło to ją. Była w doskonałym nastroju i wszystko ją dzisiaj bawiło i cieszyło.

W taksówce rozbrzmiewała poranna muzyka, głównie francuska, przerywana wiadomościami i komunikatami. W pewnym momencie, podczas kolejnych wiadomości, kierowca podgłośnił radio i słuchał w skupieniu. Potem zaczął coś mówić do niej po francusku, ale nie widząc żadnej reakcji, zamilkł.

Wkrótce wjechali na autostradę. Teraz mijali ogromne, podobne jeden do drugiego jak krople wody, bloki przedmieść Paryża.

Przestało być tak ładnie; uznała, że w zasadzie w Warszawie jest zupełnie podobnie.

Po dwudziestu minutach byli w Roissy i podjeżdżali do terminalu, na którym lądowały samoloty TWA. Zapłaciła taksówkarzowi, który błyskawicznie wysiadł z taksówki, gdy się zatrzymali, i podbiegł otworzyć jej drzwi. Pomyślała, że w Warszawie jednak tak nie jest. Jak dotąd żaden taksówkarz nigdy jeszcze nie wyszedł, aby otworzyć jej drzwi.

Po wejściu do holu terminalu rozejrzała się i pierwsze, co zauważyła, to nieprawdopodobna cisza. Wokół było w zasadzie mnóstwo ludzi, ale miała wrażenie, że jest niezwykle cicho. Wyciągnęła wydruk jednego z maili, w którym informował ją o szczegółach swojego lotu. Postanowiła, że zanim pójdzie do wyjścia TWA800, poinformuje się, czy nie nastąpiła jakaś zmiana.

Zaczęła szukać stanowisk obsługi TWA.

Dostrzegła duży, czerwony napis z nazwą tej linii. Gdy podeszła, zauważyła nagle tłumy ludzi, ekipy telewizyjne z kamerami i dziennikarzy z mikrofonami. Na marmurowej posadzce stały obok siebie trzy komplety noszy, używanych zwykle przez karetki pogotowia; leżały na nich trzy zapłakane kobiety. Nad noszami nachylali się sanitariusze w żółtych odblaskowych kamizelkach. Przy jednych ze zdumieniem ujrzała księdza trzymającego za rękę milczącą starszą kobietę.

Poczuła się nieswojo.

Przecisnęła się do znajdującego się najbardziej na uboczu stanowiska obsługi pasażerów. Stał tam starszy siwy mężczyzna w granatowym mundurze z odznaką TWA.

Zapytała o lot TWA800.

Nagle stało się coś dziwnego. Mężczyzna wyszedł zza ciężkiej lady oddzielającej obsługę od pasażerów, podszedł do niej bardzo blisko i zapytał, czy przyszła odebrać kogoś przybywającego tym lotem.

Gdy potwierdziła, skinął głową do kogoś stojącego przy następnym stanowisku, złapał ją za obie dłonie, popatrzył jej w oczy i powiedział spokojnym, wyraźnym głosem po angielsku:

– TWA800 nie przyleci. Samolot wpadł do morza jedenaście minut po starcie i wszyscy pasażerowie oraz załoga zginęli. Jest nam ogromnie przykro.

Stała spokojnie i dziwiła się, dlaczego ten obcy mężczyzna trzyma ją za ręce.

Wysłuchała tego zdania... i odwróciła się, sądząc, że on mówi do kogoś innego.

Nie było nikogo... Nagle dotarło do niej to „Jest nam ogromnie przykro..." i wtedy zrozumiała wszystko: nosze, telewizję, ciszę.

Znów usłyszała głos tego mężczyzny:

– Kim był dla pani ten pasażer, którego chciała pani powitać?

– Był??? Jak to był... To jest Jakub... On jest, a nie był...

Łzy popłynęły w niekontrolowany sposób. Próbowała coś powiedzieć, ale nie mogła. Nagle podbiegła jakaś kobieta w takim samym mundurze jak ten mężczyzna, z którym rozmawiała przed chwilą, i nie pytając o przyzwolenie, razem odprowadzili ją do fotela stojącego za ladą.

Straciła głos. Słyszała wszystko, co się wokół niej dzieje, ale nie mogła nic powiedzieć.

Jakub nie żyje...

Leciał do niej, a teraz już go nie ma.

Przecież on zawsze był, zawsze, gdy potrzebowała. Nigdy nie chciał nic w zamian. Po prostu był.

Przypomniała sobie ich pierwszą rozmowę w Internecie, jego nieśmiałość i wszystkie te rzeczy, które jej opowiadał. Zmienił jej świat, zaczął zmieniać ją... A teraz go nie ma.

Płakała, nie wydając głosu. Ogarnął ją nieskończony smutek i żal.

Zauważyli, że straciła głos, i przywołali sanitariusza.

Przyszedł, wziął jej lewą rękę i wstrzyknął coś do żyły. Podniosła wzrok, patrząc na tego sanitariusza jak na przybysza z obcej planety.

Nagle obok sanitariusza pojawił się recepcjonista z hotelu. Odepchnął sanitariusza, wyciągnął z kieszeni jakiś pomięty papier i pokazując palcem, zaczął coś wykrzykiwać do niej po polsku. Ta substancja, którą wstrzyknął jej sanitariusz, zaczęła działać, wzmocniona tym szokiem, w którym była.

Musiała się najmocniej skupić, aby zrozumieć, co mówił ten Polak.

Ten krzyczał po raz kolejny:

– Jakub spóźnił się na ten lot i przyleci za pół godziny Deltą. Rozumiesz? On żyje! Jego nie było w tym samolocie... On leci ciągle do ciebie! Powiedz, że rozumiesz!!!

Nagle zrozumiała...

Podniosła rękę, wyrwała mu ten papier i zaczęła czytać.

Czytała kilkakrotnie. W pewnym momencie odtrąciła wszystkich, podniosła się z fotela i po prostu odeszła bez słowa.

Recepcjonista, nie mówiąc ani słowa, szedł obok niej, kierując się ku wyjściu z hali przylotów Delty.

Posadził ją na ławce naprzeciwko wyjścia, powiedział, że samolot już wylądował, i nagle ukląkł przed nią i przeprosił, że tak późno dotarł na lotnisko. Potem gwałtownie wstał i odszedł.

Siedziała zupełnie sama na tej ławce naprzeciwko wyjścia i wpatrywała się w nie.

Wyobrażała sobie, jak teraz wygląda: z rozmazanym makijażem, z siniakiem tworzącym się wokół miejsca, gdzie dostała ten zastrzyk.

Jak jakiś ćpun – pomyślała z uśmiechem.

Znowu może się śmiać.

Nagle zaczęła płakać, złożyła ręce jak do modlitwy i choć nigdy nie wierzyła w Boga, wyszeptała:

– Boże! Dziękuję ci za to.

*

ON: Nie mógł znieść tego, co się działo po wylądowaniu. Czekali na otwarcie włazu całą wieczność. On był już gotowy do wyjścia, gdy przelatywali jeszcze nad Dover w Anglii! Teraz, gdy stał z laptopem przewieszonym przez ramię w dusznym samolocie zaraz za pasażerami pierwszej klasy, dusił się z niecierpliwości.

Tak bardzo chciał być pewien, że ona wie.

Nareszcie otworzyli właz. Przy wyjściu stała ta stewardesa.

Zatrzymał się, a ona podała mu dwa arkusze szarego papieru spięte spinaczem.

– Zdobyłam to dla pana, to jest jak relikwia, niech pan tego nie zgubi – powiedziała.

Stanął i całując jej rękę na pożegnanie, powiedział:

– Na pewno spotkamy się jeszcze, bo ja zawsze latam Deltą. Tylko teraz chcieli mnie wepchnąć do TWA, ale nawet Bóg nie chciał tego. Dziękuję za wszystko.

Gdy wyszedł, zobaczył ją płaczącą na tej ławce i wiedział, że powiedzieli jej za późno.

Ale wiedział też, że w ogóle jej powiedzieli.

Szedł wolno w jej kierunku, widząc, że go zauważyła. Podszedł bliżej, a ona, nie podnosząc się z tej ławki, położyła palec na ustach, dając mu znak, żeby nic nie mówił.

Widział, co przeszła, zanim się tutaj znalazła. Przysiadł się do niej i nic nie mówiąc, patrzył jej w oczy. Nagle wzięła jego dłonie, przyłożyła do swoich ust i zaczęła całować.

Chciał się jakoś usprawiedliwić, przeprosić, ale mu nie pozwoliła.

Szeptała tylko jego imię i dotykała go od czasu do czasu, jak gdyby upewniając się, że to on. Nie mógł powstrzymać wzruszenia, gdy nieustannie dziękowała mu, że tu jest z nią i że żyje.

Minęła godzina, nim ochłonęli. Ani razu nie wspomnieli tej katastrofy.

Powoli zaczynali cieszyć się swoją obecnością.

Postanowili wreszcie opuścić lotnisko. Ona poszła do toalety poprawić makijaż, w tym czasie on odszukał przedstawicielstwo Avisa i odebrał zarezerwowany samochód. Po krótkich formalnościach stali przed lśniącym saabem 9000 convertible ze skórzanymi siedzeniami w kolorze szampana.

Poprosiła, aby pojechali do jego hotelu, gdzie chciała wziąć prysznic i odświeżyć się po tych wszystkich przeżyciach. Nie chciała wracać do swojego hotelu, wiedząc, jaką sensację wzbudziłaby tam teraz, gdy rozniosła się ta historia.

On zatrzymał się w hotelu La Louisiane na Saint Germain. Stary, wygodny hotel z atmosferą, z doskonałą przytulną restauracyjką, mieszczącą się w przybudówce przylegającej do podwórza porośniętego winoroślą.

Według niego najbardziej romantyczny hotel w Paryżu.

Jazda kabrioletem odświeżyła ich oboje.

Nie mówili dużo, tylko od czasu do czasu spoglądali sobie w oczy, a ona czasami wysuwała rękę, aby go tak mimochodem dotknąć, gdy zmieniał biegi.

Było pełno świątecznej czułości w tym samochodzie w drodze na Saint Germain.

Zaparkował auto w garażu pod hotelem, odebrał klucze do pokoju i po chwili cieszyli się chłodem wysokich murów.

Zamówił szampana. Kiedy już stali z kieliszkami w dłoniach, ona powiedziała:

– Jakubku, ja jeszcze nigdy tak bardzo za nikim nie tęskniłam.

On nie mógł nic powiedzieć. Dotknął tylko lewą ręką jej policzka.

Postanowili, że od dzisiaj zawsze będą pili zdrowie taksówkarzy z Manhattanu, szczególnie hinduskich.

Potem ona poszła do łazienki wziąć prysznic.

Został sam w pokoju, z łazienki dochodził szum prysznica, a on wiedział, że mimo ogromnej fascynacji i emocji, które w nim budziła, nie pójdzie do tej łazienki. Chciał tego bardzo, ale lęk przed tym, że mógłby coś zepsuć lub naruszyć w tym opartym na całkowitym zaufaniu związku, był większy. Szczególnie dzisiaj, po tym, co przeżyli.

Wyciągnął z walizki prezent, który dla niej przywiózł. Położył go na łóżku i usiadł z gazetą na pluszowej wykładzinie między łóżkiem i ścianą i czekając na nią, próbował czytać.

Po chwili zasnął.

ONA: Stała pod prysznicem i czuła, jak przychodzi do niej ta błogość. Czuła, że spłukuje przeżycia tego poranka, który był jak historia z książki, którą ktoś jej przeczytał. Ona nigdy nie czytała takich książek. Szkoda jej było czasu.

Zdecydowała, że teraz od czasu do czasu będzie czytać.

Myślała, że on wejdzie do tej łazienki. Czekała. To uprościłoby tak wiele.

Była pewna, że nikt nikomu nie może ufać bardziej, niż ona jemu ufała.

Pragnęła go straszliwie. Czuła, że dzisiaj jest ten dzień.

Czekała, ale on nie przyszedł.

Okryta tylko białym ogromnym ręcznikiem wyszła z łazienki.

Pomyślała, że przy nim puszczają wszelkie bariery. Dotychczas tylko przy mężu mogłaby wyjść z łazienki owinięta jedynie ręcznikiem.

Na łóżku zobaczyła zapakowane w kolorowy papier i przewiązane czerwoną wstążką pudło.

Jakub leżał między łóżkiem i ścianą i spał.

Musiał być strasznie zmęczony po locie i tych przeżyciach.

Pewnie dlatego nie przyszedł do łazienki…

Uśmiechnęła się.

Jeśli on już teraz zasypia przy mnie nagiej w łazience, to co będzie później… – pomyślała z przewrotnym uśmiechem.

Zdjęła koc z łóżka i przykryła go.

Sama położyła się na łóżku; nie będąc pewna, że to prezent dla niej, nie odpakowała pudła.

Wsłuchiwała się w jego równomierny oddech i zastanawiała, czy go kocha…

Kiedy się obudziła, nie otworzyła od razu oczu, czując, że coś się dzieje.

Nagle ręcznik, którym była przykryta, zsunął się z niej. Poczuła ciepło na podbrzuszu. Leciutko przymrużyła powieki.

On stał przy łóżku i dotykał wargami jej brzucha.

Udawała, że śpi, obserwując go przez przymrużone powieki.

Patrzył na nią zafascynowany, ale po chwili delikatnie, starając się jej nie zbudzić, przykrył ją ręcznikiem i odszedł.

Gdy wrócił z łazienki, zastał ją ubraną.

Zrobiło się późno i postanowili zjeść kolację w restauracji na dole.

Zadzwonił do recepcji i zarezerwował stolik.

Potem z uśmiechem wręczył jej prezent, ale ona zapytała, czy mogłaby najpierw cieszyć się kolacją z nim, a dopiero potem prezentem.

Powiedział jej, że wygląda prześlicznie.

Zeszli na dół. W restauracji rozbrzmiewała cicha muzyka fortepianowa, gdy kelner prowadził ich do stolika przy oknie.

Paryż, on, świece, muzyka… Czuła się taka szczęśliwa.

Kartę dań mieli tylko po francusku, więc powiedziała, że dzisiejszego wieczoru będzie polegać wyłącznie na jego guście.

Zaczął zamawiać najróżniejsze dania, których nazw nie znała, a które brzmiały po francusku jak nazwy kwiatów. Ona tylko przypominała mu, że jej kieliszek znowu jest pusty. Uśmiechał się i udawał, że poucza kelnera.

Żartowali, śmiali się, zastanawiali nad fenomenem ich przyjaźni. Opowiadali, co dzieje się z nimi, gdy tęsknią za sobą.

W pewnym momencie on wstał i poprosiwszy o pozwolenie, wyszedł.

Zastanawiała się, jak mu dać znać, że chce wrócić po kolacji z nim do jego pokoju.

Wiedziała, że bez zachęty nigdy jej tego nie zaproponuje.

Z zamyślenia wyrwał ją pocałunek w szyję. Stał za nią; uniósł jej włosy znad szyi i całował ją. Chciała, żeby to trwało jak najdłużej.

Odwróciła głowę, prowokując spotkanie ust. Lecz on zdążył odsunąć głowę. Usiadł naprzeciwko niej.

Zastanawiała się, dlaczego to robi: czy jest taki nieśmiały, czy tak boi się odrzucenia?

Po kolacji zaproponował, że odwiezie ją do hotelu.

Była rozczarowana, choć spodziewała się tego. Uśmiechnęła się tylko i przystała na to. Zaproponował, że po drodze pokaże jej Champs-Elysées w nocy.

Ruch samochodów był ogromny. Posuwali się w ślimaczym tempie, pozdrawiani przez turystów takich jak oni. Wszyscy wiedzieli, łącznie z policją, że większość kierowców ma alkohol we krwi, ale w Paryżu o północy nikogo to nie interesowało. Cieszyła się, że może to przeżyć. Była podniecona.

Nagle wpadła na genialny pomysł. Zapytała go, czy mogłaby poprowadzić.

Chciała poczuć, jak jedzie się nocą na Champs-Elysées w pobliżu Łuku Triumfalnego, w rzece innych aut.

Zgodził się natychmiast. Stanęli na chwilkę i zamienili się miejscami.

Objechała Łuk Triumfalny i skręciła w ulicę prowadzącą do jego hotelu.

Popatrzył na nią zaciekawiony. Uśmiechnęła się i powiedziała, że zostawiła coś bardzo ważnego w jego pokoju, mianowicie prezent od niego. Dodała gazu.

Wiedziała, że on już wie, że właśnie dała mu przyzwolenie.

Dotknął jej ust i powiedział:

– Jedź szybciej.

Już w windzie zdjęła apaszkę z szyi, obrączkę z palca, złoty łańcuszek, który miała pod apaszką. Przy wychodzeniu zdjęła buty.

Gdy tylko znaleźli się w pokoju, rozpięła mu koszulę.

Rozebrał ją, wziął na ręce i zaniósł na łóżko.

Całował ją wszędzie. Robił z nią cudowne rzeczy.

Nareszcie o nic nie pytał.

Cały czas szeptał, jak piękna jest dla niego, jak bardzo jej potrzebuje i jak bardzo tęsknił. Ale doprowadzał ją do prawdziwej ekstazy w tych momentach, gdy szeptem opowiadał, co za chwilę zrobi. Gdzie ją pocałuje, gdzie dotknie i co czuje, gdy to robi.

Potem, nad ranem, gdy zasypiała, uśmiechając się do siebie, czuła jego dłoń na swojej piersi i nawet nie próbowała zastanawiać się nad tym, co się stało.

Wiedziała, że to się jeszcze dzieje i że teraz ta muzyka w pokoju i ta cisza to tylko tak dla uspokojenia. Dotknęła palcami jego warg. Nie spał i odwrócił się do niej.

Czekała, aż to zrobi.

ROZDZIAŁ 10

Sześć tygodni później…

ONA: Ubierała się za niskim parawanem z materiału w orientalne kwiaty. W pokoju było okropnie duszno. Jej ginekolog, starszy, siwy mężczyzna w okularach, siedział za biurkiem ustawionym na środku pokoju, w połowie drogi między parawanem a fotelem, na którym przeprowadzał badania. Notował coś w grubym skoroszycie.

Zastanawiała się, dlaczego nie czuła wstydu, gdy leżała na tym okropnym fotelu z rozwartymi nogami, ale gdy tylko badanie się skończyło i musiała przejść od połowy w dół naga z fotela za parawan obok jego biurka, poczuła autentyczne zawstydzenie i skrępowanie.

– Jest pani w szóstym tygodniu ciąży – powiedział, wstając od biurka i przychodząc do niej za parawan. – Musi pani radykalnie zmienić tryb życia, jeżeli chce pani urodzić to dziecko. Po ostatnim poronieniu wie to pani tak samo dobrze jak ja, prawda?

Jej mąż zdecydowanie nie chciał dzieci.

„Ja chcę trochę pożyć. Popatrz na Aśkę, jak jest udupiona przez tego dzieciaka. Nie. Absolutnie nie! Nie teraz. Poczekamy jeszcze kilka lat" – mówił i wracał do swoich projektów, które trzymały go w pokoju, gdzie stał komputer, jak kraty w celi.

Kiedyś odstawiła tabletki, nie mówiąc mu o tym. Skończyła trzydzieści lat i czuła, że czas jej ucieka. Taka reakcja wylęknionej, „starzejącej się" kobiety, która poczuła się nagle biologicznie bezużyteczna.

Kiedy już będzie, on je zaakceptuje – myślała.

Poroniła. Mąż nawet się nie dowiedział. Wysyłała go do apteki po torby podpasek. Zakrwawiła potwornie kilka prześcieradeł. Wmówiła mu, że ma „wyjątkowo ciężki okres". Dziwił się, że musi całe pięć dni przeleżeć w łóżku. Gdy płakała, myślał, że z bólu. Miał rację. Ale mylił ból podbrzusza z zupełnie innym bólem.

Z zamyślenia wyrwał ją głos ginekologa.

– Niech się pani nie martwi. Tym razem zadbamy o panią i wszystko będzie dobrze.

– Tak. Oczywiście – odpowiedziała zmieszana, zapinając guziczki spódnicy. – Czy mógłby mi pan dokładnie powiedzieć, kiedy... kiedy zaszłam w ciążę?

– Mówiłem już pani. To, według moich szacunków, szósty tydzień. Plus minus cztery doby.

Spojrzał w kalendarz na biurku.

– Niech pani przyjdzie za tydzień. O tej samej porze. Trzeba ustalić szczegółowy plan utrzymania tej ciąży. Musi się pani liczyć z tym, że ostatnie miesiące spędzi pani na podtrzymaniu w klinice.

Wstał zza biurka, podał jej rękę i powiedział:

– Niech pani teraz unika stresu i dobrze się odżywia.

Wyszła z jego gabinetu prosto na ciemną klatkę schodową, pełną papierosowego dymu.

Oparła się plecami o ścianę obok drzwi prowadzących do gabinetu i oddychała ciężko, z trudem łapiąc powietrze. Po chwili, po omacku, dotykając ścian, zaczęła przesuwać się w stronę windy.

„Plus minus cztery doby" – słowa ginekologa odchodziły i powracały jak echo.

ON: To już sześć tygodni – pomyślał, patrząc w kalendarz. Sam dyrektor instytutu zadzwonił i polecił ustalić termin urlopu. W zasadzie wydał mu polecenie służbowe.

– Pan nie bierze urlopów od czterech lat. Właśnie przysłali mi oficjalne upomnienie z administracji. Tak dalej być nie może. Będę miał problemy ze związkami zawodowymi. Jeszcze tylko pojedzie pan do Princeton i potem przez sześć tygodni nie chcę pana tutaj oglądać. Proszę jutro do południa podać mi termin swego urlopu.

Dokładnie sześć tygodni temu przytulił ją do siebie na lotnisku w Paryżu. A potem całował jej nadgarstki, siedząc na tej ławce na lotnisku i patrząc w jej załzawione oczy. A potem wieczorem była naga. Zupełnie naga. I mimo że całował ją całą, wszędzie, wielokrotnie, to i tak jej nadgarstki pamięta najbardziej.

Jest piękna. Oszałamiająco piękna. Jest też wrażliwa, delikatna, romantyczna i mądra. Zachwycająca. Pamięta, jak tej nocy, tuż nad ranem, gdy wtuliła się, wyczerpana, w niego plecami i pośladkami, powiedziała szeptem:

– Wiesz, że przy tobie przypominają mi się wszystkie wiersze, które mnie wzruszały?

Przytulił ją. Usta zanurzył w jej włosach. Tak cudownie pachniała.

– Po tym, co się zdarzyło z tym samolotem, wydaje mi się, że podarowano mi dzisiaj nowe życie – szepnął.

Przyciągnął jej prawą dłoń do swoich ust. Zaczął ssać delikatnie jej palce. Jeden po drugim. Delikatnie ssał i dotykał językiem.

– I ty jesteś w nim od pierwszego dnia.

Jego ślina mieszała się ze łzami. Odkąd odeszła Natalia, płakał ogromnymi łzami.

– I będziesz zawsze, prawda?

Nie odpowiedziała. Oddychała spokojnie. Spała.

*

ONA: Wyszła przed blok, w którym znajdował się gabinet ginekologa. Usiadła na metalowej ławce naprzeciwko piaskownicy dla dzieci. Wyciągnęła telefon komórkowy. Wybrała numer Asi.

– Spotkaj się ze mną – powiedziała, nie przedstawiając się nawet. – Teraz!

Asia nie pytała o nic. Słyszała tylko, jak z kimś rozmawia w tle. Po chwili powiedziała:

– Za dwadzieścia minut będę przy Freta@Porter na Starym Mieście. Tam gdzie byłyśmy ostatnio z Alicją. Pamiętasz?

Pamiętała. To tam piły wino i oglądały przez cały wieczór zdjęcia z Paryża. Śmiały się i wspominały. Była taka szczęśliwa. W pewnym momencie wszystko stało się mniej ważne. Musiała wyjść na zewnątrz. Wybrała numer jego telefonu w biurze w Monachium i nagrała się na automatyczną sekretarkę:

„Jakubku, jestem pijana. Od wina tylko trochę. Najbardziej od wspomnień. Dziękuję ci, że jesteś. I że ja mogę być".

Asia już była. Zajęła miejsce w ogródku na zewnątrz.

Usiadła. Skulona, tuląc torebkę do piersi.

– Ten Jakub cię skrzywdził – rozpoczęła Asia. Spojrzała na nią przerażona.

– Skąd wiesz o Jakubie?

– Gdy ja wymawiałam przez sen imię jakiegoś mężczyzny, to ten skurwiel następnego dnia żenił się z inną. Ale to było bardzo dawno – odpowiedziała Asia bez śladu emocji w głosie.

Asia zdumiewała ją nieustannie. Wbrew pozorom znała ją bardzo mało.

– Nie. Jakub nie potrafi nikogo skrzywdzić. Ten model tak ma. Dlatego on jest tak często smutny.

Asia przerwała jej:

– Opowiedz. Wszystko. Powiedziałam mężowi, że mogę wrócić

dopiero po północy. Ostatnio na wszystko się zgadza bez mrugnięcia okiem.

Opowiadała. O wszystkim. Jak go poznała. Jaki jest. Dlaczego taki jest. O tym, co czuje, gdy jest, i czego nie czuje, gdy go nie ma. O piątkach po południu i poniedziałkach rano. Gdy skończyła o Natalii, Asia trzymała ją za rękę i prosiła, aby przez chwilę nic nie mówiła.

Zatrzymała kelnera:

– Podwójny jack daniels i puszka red bulla. Dobrze schłodzona.

Asia spojrzała na kelnera i powiedziała:

– Dla mnie to samo. I niech się pan pośpieszy.

Dopiero gdy kelner wrócił ze szklankami, opowiedziała o locie TWA i o tym, co przeżyła na lotnisku w Paryżu. W tym momencie Asia przysunęła się do niej i dotknęła jej twarzy.

– Pamiętasz, gdy spotkałyśmy się na dworcu w Warszawie, przed wyjazdem do Paryża? Przywiózł mnie samochodem mój mąż. Byłam na niego wściekła. Pytałaś, co się stało. Powiedziałam ci, że nie chcę o tym mówić.

Przerwała na chwilę. Wzięła szklankę do ręki.

– Wrócił tej nocy z jakiejś firmowej imprezy. Już spałam. Obudził mnie. Chciał się ze mną kochać. Nie miałam absolutnie ochoty. Od tygodni nie miałam ochoty. On też nie. To tylko alkohol. Poza tym miałam końcówkę okresu. Przysunął się niespodziewanie. Pociągnął za tasiemkę i jednym ruchem wyrwał mi tampon. Złapał mnie za ręce jak policjant, który zamierza założyć kajdanki. Nie miałam szans. Wszedł we mnie. Po kilkunastu ruchach było po wszystkim. Odwrócił się i zasnął. Zostawił we mnie swoją spermę jak węgorz mlecz na ikrze i zasnął.

Wzięła potężny łyk ze szklanki.

– Cztery noce później zawiozłam Jakuba do jego hotelu i rozebrana położyłam się na jego łóżku, czekając, aż we mnie wejdzie.

Założył prezerwatywę. Zdjęłam ją ustami. Nie chciałam go czuć przez kauczuk. Chciałam go czuć takim, jakim jest. Tej nocy był we mnie jeszcze kilka razy.

Zaczęła łkać.

– Asiu, wracam od ginekologa. Jestem od sześciu tygodni w ciąży. Nie wiem, czyje to dziecko.

Asia wpatrywała się w nią, milcząc. Ona opowiadała dalej.

– Wtedy w Paryżu dwa razy nie wzięłam pigułki. Pierwszy raz, gdy wróciłyśmy z tego przyjęcia z wietnamską świnią, drugi raz w dniu, kiedy on przyleciał do Paryża.

Asia podniosła rękę. Przerwała jej. Wyjęła telefon komórkowy. Wybrała numer.

– Przyjmiesz ją teraz? Nie, to nie może czekać do jutra. Nie. Nie wytłumaczę ci tego. Będziemy za pół godziny – mówiła. – Jedziemy do Mariusza. To mój kuzyn. Robił doktorat z ginekologii. Przyjmie cię zaraz. Musisz się upewnić.

Przywołała kelnera, zapłaciła i poprosiła o zamówienie taksówki.

Asia czekała na nią w kawiarni naprzeciwko gabinetu Mariusza.

– Miał częste przypadki poczęć w trakcie miesiączki. Miał też równie częste przypadki poczęć u kobiet, które na dwa dni zapomniały o pigułkach. Szczególnie u takich, które przeżyły taki szok jak ja tam na lotnisku w Paryżu. Mimo to uważa, sądząc po wielkości płodu, że to dziecko mojego męża. Powiedział mi, że jest prawie absolutnie pewien, że płód jest starszy o te cztery dni.

Asia wysłuchała jej bez słowa. Po chwili powiedziała:

– To wiemy chociaż na pewno, że jesteś w ciąży. Nie wierz mu tak do końca. On jest bardzo katolickim ginekologiem. Jeśli opowiedziałaś mu całą historię ze szczegółami, to nie zaśnie dzisiejszej nocy. Zadzwoni do mnie i będzie mnie „ostrzegał" przed kobietami takimi jak ty. Jego żona waży ponad sto kilo, on jest ginekologiem, ma trzydzieści dwa lata i jak dotąd pięcioro dzieci. Ale jest bardzo dobrym specjalistą.

Zrobiła przerwę i zapytała szeptem:

– Usuniesz?

Czasami podziwiała u Asi ten jej chłodny pragmatyzm. Ale to była maska. Wiedziała to od czasu wspólnego pobytu w Nîmes.

– Nigdy! Gdybym to zrobiła, musiałabym zapomnieć o dzieciach w ogóle i na zawsze. Twój Mariusz też to potwierdził. Niepytany.

W tym momencie zadzwonił telefon komórkowy Asi.

– Nie – powiedziała szybko. – Siedzimy w tej kawiarni naprzeciwko twojego gabinetu i rozmawiamy. Proszę, nie dzwoń później. Doskonale wiem, co chcesz mi powiedzieć. Nie interesuje mnie to. Zupełnie nie. Jutro też nie będzie mnie to interesować. Do widzenia.

Schowała telefon do torebki, wyłączając go przedtem. Zamyśliła się.

– Nawet nie wiesz, jak ci zazdroszczę – powiedziała po chwili cichym głosem. – Gdybym była na twoim miejscu, pojechałabym teraz do domu, spakowała największą walizkę, wyjęła paszport z szuflady i zamówiła taksówkę na lotnisko. Usiadłabym tam na ławce i czekała na samolot do Monachium. Nawet gdyby następny był dopiero za tydzień.

Przywołała kelnera.

– Jeszcze raz to samo. I niech pan dołoży więcej lodu. Dla tej pani niech pan przyniesie samego red bulla. Bez whisky.

Wyjęła telefon. Włączyła go i podając jej, powiedziała:

– Zadzwoń do niego.

– Do kogo?

– Do Jakuba!

ON: Napisała, że nie będzie jej kilka dni. Zupełnie nieoczekiwanie. Z reguły wiedział o jej urlopach lub wyjazdach służbowych znacznie wcześniej. Na dodatek nie przysłała mu normalnego e-maila, tylko wysłała tę informację jako SMS z telefonu komórkowego. Oznaczało to, że nie miała dostępu do Internetu.

Czuł się opuszczony. Przychodził później do biura. Wychodził po północy. Wydawało mu się, że tydzień składa się tylko z sobót i niedziel. Codziennie pisał do niej i ta kartka była jak wieczorna modlitwa. Pamiętał z dzieciństwa, jak matka, dwukrotnie rozwiedziona, wielokrotnie ekskomunikowana katoliczka, uczyła ich, że modlitwa wieczorem jest podziękowaniem Bogu za przeżyty dzień. Klękali z bratem na swoich tapczanikach twarzą do krzyżyków przybitych zbyt dużymi gwoździami do ściany. Krzyżyki przybił ich ojciec, który Boga z listy swoich przyjaciół wykreślił bardzo dawno temu, w Stutthofie. Składali ręce, wpatrywali się w małe krzyżyki i powtarzali za matką:

„Aniele Boży, Stróżu mój, Ty zawsze przy mnie stój…".

Matka modliła się z nimi. Każdego wieczoru. Patrzył czasami na jej złożone dłonie, naznaczone węzłami żył. Wydawało mu się, że nie potrzebują żadnego anioła. Ona im w zupełności wystarczała…

ONA: Powiedziała mężowi następnego dnia po spotkaniu z Asią. Przygotowała kolację. Upiekła ciasto. Kupiła świece. Otworzyła wino, by pooddychało. Czekała na niego od popołudnia. Nie poszła tego dnia do pracy.

Wszedł. Włączył komputer i poszedł do łazienki. Tak było od kilkunastu miesięcy. Przechodząc obok nakrytego uroczyście stołu, zapytał:

– Przeoczyłem coś? Nasza rocznica ślubu?

– Tak, przeoczyłeś. Mnóstwo zdarzeń. Ale to teraz nieważne. Usiądź.

Usiadł naprzeciwko niej. Już dawno nie siadał, tak jak kiedyś, obok niej. Zawsze siadał naprzeciwko. Podniosła się i podała mu kieliszek z czerwonym winem.

– Będziemy mieli dziecko – powiedziała cicho, patrząc mu w oczy.

Na chwilę zapadło milczenie.

– Żartujesz, prawda? Umówiliśmy się przecież! Nie możesz mi tego zrobić! Nie jestem przygotowany. Przecież obiecałaś. Słuchaj! Ja mam projekty zaplanowane na cały rok. Nie zrobisz mi tego!!!

Wstała. Spokojnie, bez słowa przeszła do sypialni. Uklękła na dywanie i spod łóżka wyciągnęła walizkę. Postawiła ją na podłodze przed lustrem i zaczęła powoli pakować. Najpierw ze stolika zgarnęła do foliowego worka wszystkie kosmetyki. Worek wrzuciła do walizki. Podeszła do biblioteczki. Wybierała książki i wrzucała do walizki. W pewnym momencie podeszła do stołu i nalała wina do kieliszka. Kieliszek postawiła na stoliku nocnym przy łóżku i wróciła do pakowania książek. Słyszała, jak jej mąż wykrzykuje do telefonu:

– Niech mama tutaj natychmiast przyjedzie! Ona naprawdę się pakuje. Nie mam pojęcia, o co jej chodzi!

Zaczął krążyć wokół stołu. Im pełniejsza robiła się walizka, tym szybciej chodził. W pewnym momencie zaczął krzyczeć:

– Nie zrobisz tego, prawda? Przecież masz wszystko. Ja haruję od rana do nocy, żebyś miała wszystko. Czy ty to w ogóle widzisz?! Nigdy tego nie doceniałaś! Nigdy nie byłaś ze mnie dumna. Ja przecież robię to dla nas. Żeby ci było dobrze. Jesteś jedyną kobietą, którą kocham. Ja nie potrafię żyć bez ciebie. Proszę, zostań. Nie odchodź. Przecież będziemy mieli dziecko. To przez to zmęczenie tak zareagowałem. Zostań. Proszę!

Podszedł do niej. Objął ją.

– Proszę, zostań. Kocham cię. Jesteś moją żoną. Będę o ciebie dbał. Zobaczysz!

W tym momencie zadzwonił dzwonek u drzwi. Umilkł, a potem pogasił wszystkie światła. Przyłożył palec do ust, nakazując milczenie.

– Nie potrzebujemy ich – wyszeptał jej do ucha.

Kiedy się poznali, często szeptał jej coś do ucha. Uwielbiała to wibrujące ciepło jego oddechu na swoim uchu. Teraz było tak samo. Przewrócił ją na łóżko i zaczął rozbierać. Po kilku minutach dzwonek ucichł.

Tak. Jest jego żoną. Składała przysięgi! To jej dom. On tak się stara. Mają takie plany. Rodzice go uwielbiają. Jest pracowity. Dba o dom. Nigdy jej nie zdradził. Wiedzie się im najlepiej ze wszystkich. Teraz będą mieli dziecko. On zrobiłby dla niej dosłownie wszystko. Wie to na pewno. To dobry człowiek.

– Jutro zacznę szukać dla nas czegoś większego – powiedział, zapalając papierosa, gdy skończyli się kochać.

Składa obietnice. Będą mieli dziecko. Rodzice go tak lubią. To tylko Internet. On zrobiłby dla mnie wszystko.

Zasnęła.

ON: Otworzył wino. Już druga butelka dzisiaj, pomyślał. Ale było tak przytulnie i dobrze. Piątek wieczór. Puste, ciche korytarze. Puste całe piętra. Włączył Grechutę.

Czy Niemcy mogliby zrozumieć, co się czuje, gdy Grechuta śpiewa „bo ważne są tylko te dni, których jeszcze nie znamy"? On ostatnio dostaje gęsiej skórki, gdy tego słucha.

Myślał o tym, jak daleko można posunąć się w udawaniu, że coś nie istnieje. On posunął się chyba jednak zbyt daleko. Ale ona na to przystała. Pewnie z lęku przed tym, że to mogłoby coś zniszczyć. Teraz, po Paryżu, nie może przestać o tym myśleć. Ona nie należy do niego. Należy do innego. Nigdy dotąd żadna kobieta, na której mu zależało, nie należała do innego. Nigdy!

To, co jest między nimi, musi być nazwane. Koniecznie! To nie jest przecież jakiś tam romans! To jest sto pięter ponad. Romans? Jak to brzmi! Nazwać romansem to, co jest między nimi, to tak jakby cement na budowę wozić rolls-royce'em. Niby można, ale to nieporozumienie.

Tęsknił za nią. Za dwa dni znów przyjdzie poniedziałek...

*

ONA: W niedzielę powiedzieli jej rodzicom. Mąż był przy tym taki dumny. Będzie miał syna! W jego rodzinie pierwsze dziecko zawsze było synem. Patrzyła, jak podnoszą z jej ojcem kieliszki z wódką do ust. Zastanawiała się, ile czasu upłynie, zanim zapomni, że jeszcze w piątek po południu powiedział: „Nie możesz mi tego zrobić".

Ustalili, że ona weźmie urlop bezpłatny. Mają dość pieniędzy. Nie musi pracować. Jutro pojedzie do biura i załatwi wszystkie formalności. On znajdzie większe mieszkanie i przestanie palić.

Matka siedziała na krześle obok niej i dotykała dłonią jej brzucha. Widać było, jak bardzo jest szczęśliwa. W pewnym momencie powiedziała:

– Gdy ja rodziłam ciebie, mieszkaliśmy z ojcem kątem u jego rodziców, toaleta była na korytarzu i kąpałam się w miednicy raz w tygodniu. Nawet nie wiesz, dziecko, jak masz dobrze.

Nigdy, ani tego dnia, ani nigdy potem, nie zapytała, dlaczego nie otworzyli im w piątek. Jej matka była mądrą i doświadczoną kobietą.

W poniedziałek około południa pojechała do biura. Sekretarka zaniemówiła. Wszyscy wiedzieli, że od kilku lat mówiła o dziecku, którego nie mogła mieć. Sekretarka poszła z jej podaniem o urlop do administracji. Została sama. Usiadła w swoim fotelu naprzeciwko monitora. Dotknęła delikatnie klawiatury.

Dzisiaj jest poniedziałek – pomyślała i zaczęła płakać.

ON: Przed ósmą wysłał e-mail z planem swojego urlopu. Weźmie tydzień na przełomie października i listopada. Będzie na grobach rodziców i Natalii. Boże Narodzenie spędzi z bratem i jego rodziną we Wrocławiu, a przed Nowym Rokiem poleci z Warszawy do Austrii na narty.

Minęła niedziela i wciąż nie miał e-maila od niej. Nie pojawiła się także na ICQ. Po południu, zaniepokojony, zadzwonił do niej do biura w Warszawie. Nikt nie odpowiadał. Nie zostawił żadnej wiadomości.

Z pewnością coś jej ważnego wypadło – pomyślał, wracając do pracy.

ONA: – Zawieziesz mnie na chwilę do biura? – zapytała męża, słysząc, jak umawia się przez telefon z klientem. Słyszała, że wybiera się do miasta, aby oddać gotowy projekt. – Zapomniałam zabrać książki i osobiste rzeczy z biurka. I chciałabym usunąć prywatne e-maile z komputera. Nie chciałabym, aby ktoś je czytał.

Spojrzał na nią zdziwiony.

– Dostajesz prywatne e-maile? – zapytał rozbawiony. – Pewnie Asia opisuje ci swoje orgazmy po przeczytaniu jakiegoś wiersza albo inne takie bzdury.

Spojrzała na niego z niesmakiem.

– Asia niestety od dawna już nie ma orgazmów. I nie tylko po przeczytaniu wiersza. Bardziej już „inne takie bzdury". – Wiedziała, że nie lubił Asi. Z wzajemnością. – Zawieziesz mnie? Możesz mnie odebrać, wracając ze spotkania z klientem. Nie będę potrzebowała wiele czasu.

Tak jak tamtej nocy, kiedy dowiedziała się o Natalii, czuła niepokój, gdy wystukiwała cyfry kodu i czekała na zgrzyt elektromagnesu w zamku okratowanych drzwi prowadzących do biura. Jej biurko było puste. Kubek do kawy – od niego, czarny, przysłany z Monachium, ze srebrzystym @ – odstawiony do suszarki, segregatory przeniesione na biurko sekretarki, plastikowe tace na listy przychodzące i wychodzące przestawione na szafy. Higieniczna, błyszcząca gładkością blatu biurka pustka.

Ale najbardziej pusto wyglądał monitor jej komputera. Stał jak obcy, nieznany jej sprzęt, odarty ze wszystkich tych żółtych przylepnych karteczek, na których pisała kolorowymi długopisami nie tylko to, co miała pilnie do załatwienia, ale także to, co chciała mu koniecznie powiedzieć, albo to, co on jej powiedział, a ona chciała koniecznie zapamiętać. Nawet ślady jej palców na ekranie ktoś dokładnie wyczyścił. Ktoś pomaga wymazywać go z jej pamięci…

Biurko było zamknięte na klucz, nie mogła go znaleźć w umówionym miejscu.

Będę musiała przyjechać jutro – pomyślała i zrobiło jej się nagle smutno. – Po mnie też zacierają ślady.

– Ale teraz żadnych sentymentów – powiedziała głośno, włączając komputer.

Była przygotowana. Nie słuchała cały dzień muzyki. Czytała książkę o macierzyństwie. Potem zadzwoniła do swojej matki. Rozmawiały prawie dwie godziny. To znaczy, głównie matka mówiła. Potrzebowała tego. Aby się utwierdzić. Nie dzwoniła ani nie odbierała telefonów od Asi. Asia zawsze dzwoniła na jej telefon komórkowy. Głównie po to, aby uniknąć kontaktu z jej mężem.

Alicja przyszła osobiście.

– Boże, jak ci zazdroszczę – zaczęła już od progu. – Kiedy idziecie kupować łóżeczko? Ale, ale… pamiętaj, żebyś pisała pamiętnik. Właśnie teraz. To ważne. Opisuj każdy dzień ciąży. Potem, gdy skończy osiemnaście lat, dasz to jej przeczytać. Wyglądasz absolutnie na córkę.

Patrzyła na Alicję i myślała, że nie chciałaby, aby jej córka przeczytała, co myślała w siódmym tygodniu ciąży jej matka. Byłaby przerażona.

Późnym popołudniem zadzwonił mąż. Umówił się na środę na oglądanie tego większego mieszkania. Prawie dokładnie na granicy miasta. Pod lasem. Podpisał umowę przedwstępną. Jest słoneczne i śliczne.

Była gotowa do tego e-maila.

Warszawa, 2 września

Jakubku,

Odkąd Cię znam, pisałeś lub opowiadałeś mi o prawdzie. O prawdzie w nauce, w życiu, wszędzie. Wszystko w Tobie jest prawdziwe. Dlatego wierzę, że mnie zrozumiesz. Zrozumiesz, że ja nie mogę dalej tak żyć. Jestem w ciąży. Teraz oszukiwałabym już dwie osoby. Nie mogę tego robić.

Podarowałeś mi coś, co nawet trudno nazwać. Poruszyłeś we mnie coś, o istnieniu czego nawet nie wiedziałam. Jesteś i zawsze będziesz częścią mojego życia. Zawsze.

Jakubku, mówiłeś mi, że bardzo chcesz, abym była szczęśliwa, prawda? Zrób coś teraz dla mnie, proszę. Coś bardzo ważnego. Coś najważniejszego. Zrób to dla mnie. Proszę Cię. Będę szczęśliwa, gdy mi wybaczysz.

Wybaczysz?

Nie będzie mnie przez następne miesiące. Nie pracuję już tutaj. Aby utrzymać ciążę, muszę być w domu, a później spędzę kilka miesięcy w klinice.

Dziękuję Ci za wszystko.

Uważaj na siebie.

Gryzła palce do bólu i płakała. Gryzła wargi do krwi. Podeszła do butelki z wodą do podlewania kwiatów stojącej na parapecie. Podniosła do ust i napiła się.

Była znowu spokojna. Wywołała program poczty elektronicznej. Czekały na nią kartki z całego poprzedniego tygodnia i ta z dzisiejszego poranka. Przeniosła je do „poczty usuniętej" bez czytania.

– Nie mogę teraz tego czytać. Już postanowiłam – powiedziała na głos, jak gdyby sobie wydając polecenie.

Wpisała jego adres: Jakub@epost.de. Po raz ostatni – pomyślała, wysyłając e-mail. Poczuła ulgę. To przecież tylko Internet…

Otworzyła folder, w którym przechowywała wszystkie e-maile od niego. Zaznaczyła wszystkie do usunięcia. Program pytał:

Jesteś pewny, że chcesz usunąć te wiadomości? (Tak/Nie)

Siedziała chwilę nieruchomo, wpatrując się w ekran.

Idiotyczne pytanie! – pomyślała z wściekłością.

Nagle poczuła się tak, jakby od jej odpowiedzi na to idiotyczne pytanie zależało czyjeś życie.

Czerwony czy niebieski przewód?! Jeśli przetnie niewłaściwy, wszystko wyleci w powietrze. Jak w tych idiotycznych filmach, w których przystojny i opalony półidiota przecina zawsze właściwe przewody. Przypomniała sobie, że w żadnym filmie nie przecinał czerwonego przewodu…

Zadzwonił telefon. Mąż czekał już w samochodzie na dole. Kliknęła na „Tak". Nic się nie wydarzyło. Świat istniał dalej. Widownia odetchnęła z ulgą.

Wyłączyła komputer. Wstała. Dotknęła prawą dłonią ekranu monitora. Był jeszcze ciepły. Do widzenia, Jakub…

Zgasiła światło i wyszła.

ON: Na kilka godzin przed południem odłączyli ich od Internetu. Straszne. Wszyscy kręcili się po instytucie, nie wiedząc, co ze sobą zrobić. Nagle w kuchni przy automacie do kawy zakłębił się tłum. Ale cel usprawiedliwiał tę tolerowaną spokojnie szykanę: mieli dostać dwudziestokrotnie szybsze łącze.

Po południu odebrał kilka e-maili. Nie było nic od niej. Niepokoił się.

Na dwudziestą był umówiony na wideokonferencję z uniwersytetem w Princeton. U nich na Wschodnim Wybrzeżu dochodziła czternasta. Zastanawiał się, dlaczego Amerykanie zakładają, że można zrobić wideokonferencję o dwudziestej w Europie i wszyscy będą jeszcze o tej porze w biurach. To pewnie ta ich mocarstwowość, jeszcze im nie przeszła – pomyślał.

Po wideokonferencji wrócił na chwilę do swojego biura. Było już dobrze po dwudziestej drugiej. Chciał tylko wyłączyć komputer i pójść do domu. Ta konferencja z Amerykanami zmęczyła go.

Był e-mail od niej! Nareszcie! Zaczął czytać.

ONA: Umówiła się z sekretarką kwadrans po dwunastej. Otworzyła jej kluczem obie strony biurka.

– Niech pani zabierze wszystkie swoje osobiste rzeczy, a resztę zostawi. Ja to przejrzę i uporządkuję – powiedziała. – Proszę nie siadać na podłodze! – wykrzyknęła. – Pani musi teraz uważać, ja zaraz przyniosę to małe krzesełko z sekretariatu.

Sekretarka wpatrywała się w jej brzuch, po którym nic jeszcze nie było widać, jak oczarowana. Ona tymczasem przyniosła kosz na śmieci spod okna. Otworzyła torbę. Siedziała okrakiem na małym krzesełku z sekretariatu, po prawej stronie miała kosz, a po lewej dużą sportową torbę Nike. Zaczęła opróżniać szuflady. Jedna po drugiej. Gdy sekretarka wyszła na lunch, otworzyła drugą szufladę od dołu po prawej stronie. Tę najważniejszą. Jego szufladę.

Najpierw wyjęła wypaloną zieloną świecę, którą przysłał jej kiedyś, aby mogli „zjeść kolację przy świecach". Otworzyli Chat na ICQ, otworzyli wina, zamówili pizzę, on w Monachium, ona w Warszawie, zapalili świece i zaczęli jeść. To podczas tej kolacji zapytała go, jak wygląda jego matka. Powiedział, że jest piękna. Mówił o niej niezwykłe rzeczy. W czasie teraźniejszym. Dopiero miesiąc później dowiedziała się, że umarła, gdy on był jeszcze studentem. Do kosza.

Potem natrafiła na kserokopię jego świadectwa maturalnego. Chciał – żartując – jej udowodnić, że naprawdę ma maturę. Do kosza.

Poplamiona winem pocztówka z Nowego Orleanu. Odwróciła ją i przeczytała:

Dziękuję za to, że jesteś. Zbyt dawno tego nie robiłem. Tutaj, w tym mieście, jest to odświętne. Jakub.

Do kosza.

Książka o genetyce. Pełna jego uwag, pisanych ołówkiem na marginesach. Na 304 stronie, w rozdziale o genetycznym dziedziczeniu, ten tekst, który ją sparaliżował, gdy odkryła go po kilku miesiącach. Wymazany gumką, ale widoczny pod światło: *Chciałbym mieć z Tobą dziecko. Tak bardzo chciałbym.*

Do kosza.

Nie! Ona nie może tak robić. Nie wytrzyma tego. Jednym ruchem wyszarpnęła szufladę i wytrząsnęła całą jej zawartość do kosza. Wsunęła pustą szufladę na miejsce i włożyła resztę swoich osobistych rzeczy do torby. Czekała, aż wróci sekretarka, siedząc z pochyloną głową na krzesełku.

W pewnym momencie spojrzała na kosz. Na samej górze leżał model podwójnej spirali z pleksiglasu. Jego maskotka dla niej.

Jestem złą, okrutną, wstrętną kobietą – pomyślała. – Jak mogę mu coś takiego robić?! Właśnie jemu?

Sięgnęła do kosza. Zamknęła oczy. AT, CG, potem znowu CG i potem trzy razy AT... Do pokoju weszła sekretarka.

– Niech pani nie płacze. Wróci pani do nas. Urodzi pani dzidziusia, trochę podchowa i wróci do nas.

Nie. Nie wrócę tutaj. Już nigdy tutaj nie wrócę – pomyślała. Wstała. Podniosła torbę.

Pożegnała się z sekretarką i wyszła z biura.

Mąż czekał na dole w samochodzie. Palił papierosa i czytał gazetę. Gdy ją zauważył, natychmiast wysiadł z samochodu, aby pomóc wstawić torbę z rzeczami do bagażnika. Ruszyli.

– Mówiłam ci tyle razy, abyś nie zawracał tutaj w ten sposób! Blokujesz cały ruch. Mają rację, że trąbią na ciebie.

– Co oni mnie obchodzą? – odpowiedział, nie wyjmując papierosa z ust.

Stali w poprzek ulicy, blokując oba pasy ruchu. Nacisnął pedał gazu i z piskiem opon ruszyli.

– Proszę, zatrzymaj się na chwilę. Zatrzymaj natychmiast!

– Nie mogę tutaj.

Jednak zwolnił.

Nie. To nie mógł być on. To tylko ktoś podobny. To niemożliwe – pomyślała i powiedziała:

– Jedź dalej. Przepraszam. Wydawało mi się, że zobaczyłam znajomego.

Przyśpieszył, mrucząc coś pod nosem. Skręcili w małą uliczkę za kioskiem z gazetami.

ON: Żaden samolot nie odlatuje z żadnego niemieckiego lotniska do Warszawy po dwudziestej drugiej. Z Zurychu, Wiednia i Amsterdamu także nie. Zadzwonił do Avis i kazał im podstawić auto o północy przed budynek instytutu. O wpół do siódmej leci samolot LOT-u z Frankfurtu nad Menem.

Około piątej zaparkował wypożyczonego golfa na parkingu terminalu II lotniska we Frankfurcie.

Żeby odchodziła ode mnie powoli, krok po kroku, żeby mi łamała serce po kawałku, stopniowo, byłoby łatwiej – myślał, jadąc autostradą z Monachium do Frankfurtu. – Wybaczę jej. Ale niech mi powie wprost, że mam odejść. Nie w Internecie ani w e-mailu. Niech mi powie, stojąc przede mną. Już raz dostałem list i potem był piątek i wszystko się skończyło.

Samolot wystartował zgodnie z planem mimo mgły na lotnisku.

– Co panu podać do śniadania? Kawę czy herbatę? – pytała uśmiechnięta stewardesa.

– Niech pani mi nie przynosi żadnego śniadania. Ale czy mogłaby mi pani podać bloody mary? Podwójna wódka, mało soku. Tabasco i pieprz.

Spojrzała na niego, tracąc ten przyklejony służbowy uśmiech, po czym zaśmiała się i powiedziała:

– Nareszcie jakaś odmiana po tym nudnym „kawa czy herbata"! Podwójna wódka, mało soku. Zamiast śniadania.

Na ławce przed budynkiem jej biura usiadł około dziesiątej. Często wyobrażał sobie, jak może wyglądać to miejsce. Był trochę pijany. Zanim wylądowali, stewardesa przyniosła mu jeszcze jedną bloody mary. „Podwójna wódka, mało soku. Tabasco i pieprz". Na tacy stały dwie szklanki. Gdy zdjął swoją, ona wzięła do ręki tę drugą i powiedziała:

– Wypiję z panem. Zamiast śniadania. Żeby poczuć, jak to jest. Zaraz i tak kończę pracę.

Stuknęli się szklankami.

Czuł się trochę jak znieczulony. To dobrze – myślał – nie poczuję tak mocno tych skaleczeń.

Do budynku jej firmy prowadziła szeroka brama upstrzona różnokolorowymi szyldami. Szyld jej firmy był wśród nich. Upewnił się zaraz rano. Około południa bramę zasłonił duży terenowy samochód z przyciemnionymi szybami. Ktoś wysiadł z niego po tamtej stronie i wszedł do budynku. Kierowca zaparkował dokładnie na wprost bramy, ignorując zakaz parkowania w tym miejscu. Otworzył okno, zapalił papierosa i czytał spokojnie gazetę. Czasami spoglądał na zegarek. Widać było, że czeka na kogoś.

W pewnym momencie wysiadł i zaczął obchodzić samochód, oglądając z uwagą opony. Jedną po drugiej. Gdy skończył, przeszedł przez ulicę, kierując się w stronę kiosku z gazetami. Przechodząc obok ławki, na której on siedział, uśmiechnął się. W kiosku kupił papierosy i wrócił do samochodu.

Po chwili pośpiesznie wysiadł i obiegł samochód, żeby odebrać torbę od osoby wychodzącej z bramy. Ruszyli. Ignorując inne auta na ruchliwej ulicy, zaczął zawracać, blokując całkowicie ruch. Zrobił się nagle straszny tumult.

W pewnej chwili samochód znalazł się dokładnie na wprost ławki. Spojrzał na kierowcę. Obok siedziała ona! W tym momencie samochód przyśpieszył. Po chwili zniknął w uliczce za kioskiem.

Tego samego wieczoru wrócił do Frankfurtu. Wysiadł z samolotu zbyt pijany, aby jechać samochodem. Oddał go w Avis na lotnisku we Frankfurcie i wrócił do Monachium pociągiem. Trwał w półśnie wymuszonym przez zmęczenie i alkohol. Kierowca tamtego samochodu cały czas uśmiechał się do niego.

ROZDZIAŁ 11

Sześć miesięcy później

ONA: Tydzień spędzała w klinice, tylko na weekendy wracała do domu. Ordynator był dobrym znajomym jej ojca i załatwił wszystko tak, aby miała pokój praktycznie tylko dla siebie.

Mieszkali już w nowym mieszkaniu. Od wschodniej strony, tam gdzie był balkon, okna wychodziły na las. Na pokój dziecięcy przeznaczyli ten najbardziej nasłoneczniony. Był już praktycznie urządzony. Dla chłopca. Wiedziała, że będzie miała syna. Widziała to u ginekologa na ekranie i potem na wydruku USG.

Wszyscy tak niewiarygodnie o nią dbali. Matka obiecała, że wprowadzi się do nich na kilka pierwszych tygodni po urodzeniu. Była taka dobra dla niej. Tylko czasami pytała:

– Dlaczego ty się tak mało uśmiechasz?

Tego czwartku w klinice odwiedziła ją Asia. Wiedziała, że dzisiaj nie będzie jej męża, więc przyszła. Wyglądała świetnie. Schudła. Skróciła i rozjaśniła włosy. Uśmiechała się cały czas.

Zaczęły wspominać Paryż. Śmiały się. Było jak dawniej.

– A pamiętasz tego recepcjonistę z hotelu? – zapytała w pewnym momencie Asia. – Widać było, że tylko ty mu się podobasz. Alicja nie mogła tego przeżyć. A pamiętasz…

Przerwała jej i zapytała szeptem, rozglądając się dokoła:

– Asiu, zrobisz coś dla mnie?

Asia spojrzała na nią z uwagą.

– Mogłabyś pójść do mojego biura i odczytać pocztę elektroniczną, która do mnie przyszła? Ja wiem, że to już pół roku, ale jestem pewna, że Jakub coś napisał. – Spuściła głowę na dół i wyszeptała: – Chciałabym wiedzieć, że mi przebaczył.

Podała Asi kartkę z kodem i hasłem do jej skrzynki pocztowej.

– Jestem prawie pewna, że nie zmienili kodu w bramie prowadzącej do naszych biur. Idź tam późno, kiedy już nikogo nie będzie. Pójdziesz?

– Jesteś pewna, że to dobry pomysł? – zapytała Asia poważnym głosem.

– Tak. Od kilku tygodni zasypiam, myśląc tylko o tym. I budzę się z tą samą myślą. Chcę wiedzieć, czy mi przebaczył. Rozumiesz?! Tylko to.

– Nie płacz, do cholery! Oczywiście, że pójdę. Jutro jest piątek. Położę małą i pójdę. Zadzwonię do ciebie w sobotę rano.

Objęły się mocno na pożegnanie. Było tak jak dawniej.

– Zadzwoń. Nie zapomnij. Będę czekać.

Joanna: A co będzie, jeśli jednak zmienili kod? – myślała, czując się jak włamywacz. Gdy stanęła przed drzwiami biura, chciała uciekać. Podniosła do oczu kartkę i w mdłym świetle żarówki awaryjnej odczytała kod. Podeszła do kraty, powtarzając na głos cyfry kodu. Wystukała wszystkie. Drzwi puściły.

Drugie po prawej. Pierwsze biurko. Naprzeciwko okna.

Kartkę z hasłem dostępu do skrzynki pocztowej położyła obok klawiatury. Biurko było całkowicie puste. Nikt przy nim nie pracował.

Uruchomiła program pocztowy. Podała hasło. W skrzynce nieprzeczytanych e-maili było ponad 150 wiadomości! Prawie wszystkie od Jakuba. Każda miała w temacie słowo „Kartka", potem następował kolejny numer, data, miejsce wysłania i w większości, w nawiasach, jakieś słowo opisujące treść. Zaczęła czytać.

– Co pani tutaj robi o tej porze?! – zapytał młody mężczyzna w granatowym mundurze i z latarką w dłoni.

Zaczytana, nie słyszała, gdy wszedł.

– Nie widzi pan?! – odpowiedziała, podnosząc głowę. – Płaczę.

– Ma pani upoważnienie?!

– Nie. Płaczę bez upoważnienia.

Oboje jak na komendę roześmiali się.

– Proszę wygasić wszystkie światła, gdy pani będzie wychodzić, i wyłączyć komputer.

Nie pytał o nic więcej i wrócił na korytarz.

Jeszcze nigdy nie czytała czegoś takiego. I nigdy już pewnie nie przeczyta. Rozmowa z kobietą, która odeszła. Zostawiła go. Poprosiła o przebaczenie. Przebaczył, ale nie mógł jej zapomnieć. Więc pisał do niej e-maile. Każdego dnia. Tak jak gdyby była. Ani słowa żalu. Ani słowa pretensji. Pytania bez odpowiedzi. Odpowiedzi na pytania, których ona nie postawiła, ale on zrobił to za nią. E-maile wysyłane z komputerów we Wrocławiu, Nowym Jorku, Bostonie, Londynie, Dublinie. Ale najczęściej z Monachium.

Listy do kobiety, która ich nie czyta. Pełne czułości i troski. Wspaniałe historie opowiadane komuś, kto jest najważniejszy. Żadnej pretensji czy skargi. Tylko czasami jakieś prośby lub błagania o coś dla niego. Tak jak wtedy, gdy z Wrocławia pisał, tuż przed Wigilią, z komputera jego brata:

Zapakowałem prezent dla Ciebie. Położę z innymi pod choinką. Tak bardzo chciałbym, żebyś go mogła rozpakować, a ja żebym mógł widzieć, jak się cieszysz.

Ostatnia kartka miała numer 294. Wysłana 30 stycznia z komputera w Monachium. Była jak wołanie o pomoc. Pisał:

Dlaczego wszyscy mnie zostawiają? Dlaczego?!

Znajdź mnie dzisiaj.

Tak jak przed rokiem.

Proszę, znajdź mnie. Uratuj!

Zostawiła na ekranie otwarty ten ostatni e-mail. Siedziała oparta łokciami o blat biurka i wpatrywała się w to zdanie. Zastanawiała się, kogo jej bardziej żal.

Wstała. Znalazła dyskietkę na sąsiednim biurku. Sprawdziła, że jest pusta. Skopiowała wszystkie kartki od niego na dyskietkę, a oryginały usunęła z komputera.

Było bardzo późno. Z telefonu na biurku zamówiła taksówkę. Zamknęła biuro i zjechała windą na dół. Po chwili nadjechała taksówka. W radiu Geppert śpiewała *Landrynki*. Taksówkarz pozwolił zapalić światło. Zmyła czarne plamy od łez i poprawiła makijaż.

Gdyby nie było tak późno i gdybym nie bała się tak ciemności, pojechałabym teraz pod moje drzewo – pomyślała, dotykając delikatnie palcami dyskietki w torebce.

Rano zadzwoni, jak obiecała. Powie, że Jakub przebaczył. Tak będzie najlepiej. I taka jest przecież prawda. Prawda to bardzo ogólne pojęcie.

ON: Do Polski poleciał jeszcze dwa razy.

Zaduszki. Było potwornie zimno i padał deszcz. Na grób Natalii poszedł bardzo późnym wieczorem. Prawie nocą. Nie miał ochoty kogokolwiek spotkać. Chciał jej wszystko opowiedzieć. Był na jej grobie co wieczór. Niektóre znicze nie gasły przez całe trzy dni.

Na grób rodziców poszedł z rodziną brata. Potem w domu pili herbatę z rumem, który on przywiózł, i wspominali. Listy od matki. Każdego dnia. Przez pięć lat…

Potem wrócił do Monachium i po kilku dniach poleciał do Princeton. Kończył projekt z Warszawą.

Drugi raz przyleciał na święta Bożego Narodzenia. Polska Wigilia w domu brata. Było przepięknie. Spadł śnieg. Poszli na pasterkę. Modlił się, aby minął mu ten smutek. I ten lęk. Bał się.

Pisał do niej. Nic się nie zmieniło. Pisał każdego dnia. E-mail jak wieczorna modlitwa.

Uważaj na siebie uważnie. Jakub

ONA: Otworzyła oczy. Jej włosy były mokre od potu i łez, które spływały jej po policzkach, zatrzymując się na szyi.

– Niech pani patrzy, jaki wielki! – powiedział młody lekarz, podnosząc jej syna i zasłaniając rażące ją światło lampy.

Widziała tylko pomazane czerwono-granatową mazią ciałko z ogromną głową bez włosów. Lekarz położył noworodka na jej odsłoniętych piersiach.

Prawie nic nie czuła, kiedy ją zszywał. Przytuliła niemowlę do siebie. Zaczęła płakać. Już dawno tak nie płakała. Położna ścierała pot z jej czoła.

– Niech pani nie płacze. Już po wszystkim. Ma pani zdrowego synka. Ma dużą głowę, to porozrywał panią trochę, ale za to będzie mądry!

Młody lekarz, cały czas zakładając jej szwy, powiedział do pielęgniarki:

– Niech pani zanotuje. Godzina narodzin czwarta zero osiem rano. Po szyciu da pani coś mocnego na spanie i przepchnie do czternastki. Do karmienia dopiero jutro późnym popołudniem.

Obudziła się, słysząc głosy. W pierwszej chwili nie wiedziała, gdzie jest. Podniosła głowę. Przy łóżku siedzieli rodzice i mąż. Czuła potworny ból w kroczu. Uśmiechali się do niej. Podniosła się na łóżku, poprawiła włosy.

– Gdzie on jest? – zapytała.

– Później przyniosą ci go do karmienia – odpowiedziała matka.

Mąż podniósł się i podał jej bukiet czerwonych goździków. Pocałował ją w policzek.

– Marcin waży ponad cztery i pół kilo. Ja też byłem taki duży przy urodzeniu.

Wyprostowała się. Szpitalna koszula rozsunęła się, ukazując nabrzmiałe od pokarmu piersi.

– On będzie miał na imię Jakub – powiedziała cicho.

Mąż spojrzał na jej rodziców, jak gdyby szukając poparcia.

– Rozmawialiśmy o tym i wydawało mi się, że uzgodniliśmy, że on będzie miał na imię Marcin.

– Tak, rozmawialiśmy o tym, ale nic nie ustaliliśmy. Marcin to tylko jedno z imion, które rozważaliśmy.

– Ja sądziłem, że to już ustalone. Dałem dzisiaj rano zawiadomienia do wydrukowania. To kosztuje tysiąc złotych. Nie będę nic teraz zmieniał. Już za późno.

– O co ci chodzi? – zdziwiła się matka. – Marcin to teraz bardzo modne imię.

Nie mogła tego słuchać. Zsunęła nogi i usiadła na łóżku. Wsunęła stopy w kapcie. Mimo potwornego bólu podeszła powoli do szafki z ubraniami przy umywalce. Z płaszcza wyjęła portmonetkę z pieniędzmi. Zaczęła odliczać banknoty. Brakujące do tysiąca uzupełniła bilonem. Wróciła do łóżka. W nogach, tam gdzie siedział mąż, położyła pieniądze i powiedziała:

– Tutaj jest twój tysiąc złotych. Mój syn będzie miał na imię Jakub. Słyszałeś?! Jakub!

– O co ci chodzi, nie histeryzuj – włączyła się matka.

– Czy moglibyście teraz wyjść i zostawić mnie samą? Wszyscy.

Wstali. Słyszała, jak jej matka mówi do męża coś o szoku poporodowym.

Nie płakała już więcej. Położyła się. Była bardzo spokojna. Niemal radosna. Patrzyła na goździki leżące na pościeli. Przecież nie znosi goździków! Dlaczego on tego nie wie?!

Z półsnu wyrwała ją pielęgniarka.

– Chce pani karmić? – zapytała, trzymając w dłoniach becik, z którego wystawała główka jej synka.

– Tak. Chcę. Bardzo.

Podniosła się i usiadła na łóżku. Odsłoniła pierś. Wzięła z namaszczeniem becik z dzieckiem. Otworzyło szeroko oczy. Powiedziała, uśmiechając się do niego:

– Jakubku, tęskniłam za tobą.

Niemowlę zaczęło płakać, przestraszone.

EPILOG

Mężczyzna przyjechał na dworzec Berlin ZOO dobrze przed północą. Pociąg do Drezna przejeżdża przez stację Berlin Lichtenberg dokładnie o 4.06. Miał dużo czasu. Wziął taksówkę do hotelu Mercure. W barze zamówił butelkę czerwonego wina.

Zawsze lubił Natalie Cole. Za imię. I za to, że opowiada niezwykłe historie, śpiewając. Słuchając jej, miało się przeżycia, a przeżycia są najważniejsze. Tylko dla przeżyć warto żyć. I dla tego, aby móc je komuś potem opowiedzieć.

Była za kwadrans czwarta. Zapłacił. Podszedł do recepcji.

– Mogłaby mi pani zamówić taksówkę? Do dworca Berlin Lichtenberg.

Dzisiaj spotka wszystkich, których kocha.

Prawie wszystkich.

Piętnaście minut później…

ON: Z kieszeni marynarki wyjął plik niebieskich banknotów. Wszystkie, jakie miał. Jeden schował z powrotem do kieszeni, a resztę położył obok popielniczki z tlącym się cygarem. Ostrożnie, aby nie strącić popiołu, podniósł je i zanurzył ustnik w winie, po czym zaciągnął się głęboko. Wypuścił powoli dym, podniósł kieliszek do ust, zamknął oczy – jak robią to ludzie przy pocałunku – i w skupieniu delektował się smakiem. Przy pocałunku zamyka się oczy, aby wzmocnić inne zmysły; on też chciał teraz intensywniej poczuć smak. Chciał ten smak zabrać ze sobą. Na zawsze. Francuski Cabernet Sauvignon rocznik 1996. Na pożegnanie.

Wypił wino, zostawiając trochę na dnie kieliszka. Żarzący się koniec cygara zanurzył w resztce. Zgasło z sykiem. Kieliszkiem przycisnął banknoty do blatu. Wstał i bez słowa ruszył do wyjścia.

Ogromne, obite czarnym welwetem drzwi, sterowane kamerą na podczerwień, rozsunęły się i zamknęły za nim. Zapadła cisza. Natalie Cole zniknęła wraz z trzaskiem elektrycznej zapadki w drzwiach i teraz śpiewała o miłości tylko dla tych, co zostali w barze. Jasność, cisza i chłód hotelowego holu otrzeźwiły go. Czuł się jak tuż po przebudzeniu, kiedy pamięta się jeszcze w szczegółach sen i chciałoby się do niego jak najszybciej powrócić. Pamiętał, że gdy był dzieckiem, czasami mu się to udawało. Wracał do snu w miejscu, gdzie go z niego wyrwano, i śnił dalej.

Ale to było dawno. Teraz powrócił do świata. Zupełnie innego świata.

Bo bar był przecież zupełnie innym światem. Zdał sobie nagle sprawę, że każdy bar w jego życiu był jak inny świat. Ale to nic oryginalnego. W barach odgrywano przecież całe dramaty, w barach likwidowano lub powoływano do życia państwa, nie dbając o zamieszkujące je narody, w barach Trocki i Lenin, kiedy jeszcze nie byli na tyle poróżnieni, aby przestać ze sobą rozmawiać, przy wódce, samogonie i zakąskach przygotowali rewolucję październikową. To w barze w Getyndze, na poplamionej musztardą serwetce dwudziestotrzyletni Heisenberg udowodnił pijanym kolegom fizykom, że można być w kilku miejscach jednocześnie, pod warunkiem że da się to opisać kwantowo. Co oni natychmiast zrozumieli i z tego zachwytu zamówili osiem butelek Beaujolais Primeur, bo to był akurat trzeci czwartek listopada. A wiele lat później Heisenberg za te wzory na barowej serwetce dostał Nobla. Zasada nieoznaczoności, ta genialna idea z pogranicza fizyki i mistyki rozpisana na matematyczny wzór ze stałą Plancka obok plamy z musztardą! Sam widział tę serwetkę w muzeum w Getyndze. To w paryskich barach Toulouse-Lautrec malował od ręki portrety prostytutek, przyjmując zapłatę najpierw w karafkach, a potem już w gąsiorach wina. Zdarzało się, że należność za jeden obraz zdążył wypić, nim namalował kolejny. To do baru w Monterrey na wybrzeżu Pacyfiku w Kalifornii codziennie przez kilka miesięcy przychodził Steinbeck, aby na brązowym papierze do pakowania ryb pisać swoją słynną powieść *Ulica Nadbrzeżna*. To przecież w barze, albo czymś podobnym, Hemingway, a potem Hitler, a także Cortázar, a jeszcze Hłasko, a jeszcze Bergman…

Tak, w barach powstawały i rozpadały się całe kawałki cywilizacji.

Może właśnie dlatego ludzie chodzą do baru, zamiast kupić osiem razy taniej wino lub piwo w sklepie na rogu i wypić je przed telewizorem, siedząc na wygodnej kanapie, z kotem śpiącym spokojnie w nogach. Ale jeśli nawet pić przed telewizorem, to lepiej jednak pić to wino przed telewizorem w barze. Bo bary bardzo szybko się dostosowały i wstawiły telewizory na półki pod sufitami. Żeby było jak w domu.

Ludzie najchętniej pili przed telewizorem właśnie w barach. Osamotnieni tak ostatecznie, że wpatrując się niewidzącym wzrokiem w ekrany podwieszone nad szafami z kieliszkami lub kolorowymi butelkami, pili do komentatorów meczów koszykówki, piłki nożnej lub rugby, albo do tych teatralnie podnieconych i wypacykowanych na nienaturalną opaleniznę młodych analityków giełdowych z Wall Street. Podnosili jak w letargu kieliszki i pili, gdy wygrywała jakaś drużyna, której nazwy tak naprawdę nawet nie chcieli znać, lub pili do najnowszej wartości wskaźnika Dow-Jones na giełdzie w Nowym Jorku. Była im zupełnie obojętna, tyle że stanowiła bardzo dobry powód, aby nie pić samotnie w domu.

Czasami jednak lepiej – dla wszystkich – byłoby zostać w domu. Wiedział to od rozmowy z pewną barmanką ze wschodniej części Stanów Zjednoczonych.

Wysłali go z wykładem na kongres w Columbus, Ohio. Nikt z instytutu nie chciał jechać. Wszyscy byli tak zajęci przygotowaniami do Bożego Narodzenia, że kongres w Columbus, Ohio, tuż przed świętami wyglądał na karę za lenistwo lub pierwsze ostrzeżenie przed nadchodzącym zwolnieniem. „A pan przecież, chyba się nie mylę, nie czyni żadnych wielkich przygotowań, prawda?" – zapytał go szef któregoś ranka tak niby przypadkiem, przy automacie do kawy w kuchni. Prawda. On nie „czynił żadnych przygotowań". Po prostu starał się przetrwać od 23 grudnia do Nowego Roku. To nie wymagało żadnych przygotowań. Wigilia w biurze przy komputerze nie wymaga żadnych przygotowań. Wystarczy jak co dzień przyjechać do pracy. Dopiero wieczorem trzeba uważać. Najlepiej siedzieć przy wyłączonym świetle, aby strażnik nie zauważył. Niby wolno. Ale tak jakoś głupio się tłumaczyć.

Poleciał. Dwa lata temu. Na początku grudnia. Jeszcze przed Nią. Wcale nie chciał tam lecieć, bo w Columbus, Ohio, nawet maj działa depresyjnie, nie mówiąc już o listopadzie i grudniu. Bo Columbus, Ohio, to po prostu miasto, które powstało tylko po to, aby gdzieś można było wybudować kolejnego McDonalda. Pamięta, że w pierwszy wieczór po nużącym kongresowym dniu poszedł do baru przy głównej ulicy. Najbardziej rozświetlony neonami budynek w okolicy. Bar miał wspólny parking z McDonaldem.

Wszedł do zadymionej, gwarnej sali. Usiadł w rogu na stołku, który pozostawał wolny, choć cały bar był zapchany ludźmi do ostateczności. Dokładnie naprzeciwko telewizora, w którym szedł czarno-biały film z Fredem Astaire'em. Po kilku minutach zauważył, że mężczyźni patrzą na niego z nieukrywanym zdziwieniem. Kobiet nie było, tylko barmanka w szarym kostiumie, sportowych granatowych butach i z różową poplamioną apaszką na szyi. Wyglądała na 60 lat. W większości amerykańskich barów, w których bywał, za barem stali mężczyźni albo bardzo młode kobiety. Najpierw przyglądał się barmance. W elipsie przestrzeni wyznaczonej przez bar niemalże biegała, przyjmując zamówienia, napełniając szklanki i kieliszki kolorowymi płynami, wystukując sumy w kasie. Miał wrażenie, że wszyscy w barze są jej dobrymi znajomymi. W pewnym momencie, podając mu kolejny kieliszek, zatrzymała się i powiedziała:

– Wie pan, że na tym miejscu nikt nie siedział od osiemnastu dni?

Spojrzał na nią, zaciekawiony.

– Bo widzi pan, w czwartek osiemnaście dni temu usiadł tutaj nasz Michael. W pana wieku, a może młodszy, tylko bardziej łysy.

On miał sklep z gazetami, zaraz przy ratuszu. Dobrze mu się wiodło. Bardzo dobrze. Ostatnio dostał licencję na prowadzenie tego najnowszego totalizatora. Tylko on w Columbus dostał tę licencję. Osiemnaście dni temu przyszedł jak każdego wieczoru, usiadł na tym miejscu i zamówił dwie whisky bez lodu. Przyniosłam mu szkocką, bo przecież wiedziałam, on najbardziej lubi szkocką. To było trochę dziwne, bo on nigdy nie zamawiał dwóch kolejek od razu. Dobrze go znałam. Przychodził tutaj codziennie, odkąd pracuję. Od jedenastu lat. Postawił je obie przed sobą. Wypił pierwszą. Potem podniósł drugą, wypił szybko do połowy, wyjął pistolet, strzelił do ekranu z tym gościem od sportu na NBC. Dopił whisky, odstawił szklankę, serwetką wytarł dokładnie do sucha miejsce przy szklance, z kieszeni swojej skórzanej kurtki – bo wie pan, on chodził w tej okropnej staromodnej kurtce nawet latem – wyjął niebieską kopertę i położył przy szklance. Potem włożył lufę pistoletu w usta i pociągnął za cyngiel. Oderwało mu trzy czwarte głowy. Tą resztką uderzył o ścianę, tak na wysokości pana ramienia, i opadł na blat. Siedział tak, zanim przyjechała policja. Wzięli tę kopertę. Chciałam ją zabrać przed nimi, ale krew zalała ją całkowicie. A ja, wie pan, boję się krwi i pająków. Samotny był, mówili potem, i zwariował. Ale ja w to nie wierzę. Prawie wszyscy w tym barze są samotni, a przecież nikt się nie zabija. Na pewno miał jakieś długi.

Patrzył na nią, nie rozumiejąc, dlaczego opowiada mu o odstrzelonej głowie kogoś, kto według niej miał długi. Szczególnie że on doskonale wiedział, że Michael nie z powodu długów strzelił w telewizor, a potem w swoją głowę. I w tym momencie ona, jak gdyby czując jego zdziwienie, dodała:

– Mówię to panu, żeby pan nie myślał, że my tutaj w Columbus nie lubimy obcych. Po prostu ludzie nie zbliżają się do tego miejsca, odkąd Michael to zrobił. Myślą, że to miejsce jest napiętnowane. A ja myślę, że po prostu stąd najłatwiej trafić w telewizor.

Uśmiechnęła się do niego, postawiła kolejną kreskę na okrągłej serwetce pod kieliszkiem i odeszła.

Tak, bary to niezwykłe miejsca. Tutaj często wszystko się zaczyna, i tak jak w Columbus, Ohio, czasami także kończy. To właśnie w barach pełnych ludzi rodzi się samotność i poczucie, że prawdziwe życie jest gdzie indziej. I ten bar, który właśnie został za jego plecami, był taki. Tak naprawdę tylko dla tego baru w hotelu Mercure przyjechał tutaj z dworca Berlin Zoo. Bo to właśnie tutaj byli pierwszy raz na wyciągnięcie ręki. Tutaj zobaczył po raz pierwszy odbicie jej ust. Na wizytówce. Ale już wtedy nawet to odbicie na tekturce należało do innego mężczyzny.

Światła hotelowego holu oślepiły go w pierwszej chwili. Przeszedł po marmurowej posadzce do recepcji.

– Mogłaby mi pani zamówić taksówkę do dworca Berlin Lichtenberg? – powiedział, ściszając głos.

Recepcjonistka spała skulona w skórzanym fotelu obok komputera. Obudzona, podniosła kołnierz granatowej marynarki munduru i wyciągnęła go tak mocno, jak tylko się dało, pod brodę. Miała prawie czarne włosy, których kosmyk przykrywał kącik jej ust. Lewą dłonią przeniosła go za ucho, odsłaniając przy tym czoło.

Wpatrywał się przez chwilę w to czoło jak urzeczony. To Jej czoło z tamtej nocy w Paryżu. Ten sam kształt, ta sama wypełniona włosami trójkątna wypustka po prawej stronie. Dotykał tego miejsca palcami. A potem językiem. A rano, kiedy jeszcze spała, wpatrywał się w to miejsce i masował delikatnie opuszkami palców. Pamięta, że obudziła się, wzięła jego dłoń między swoje i tak splecione ścisnęła udami. Wyszeptała: „Jakub, bo ty jesteś taki inny. Jak gdyby Bóg zagapił się przy tobie na chmurę i dał ci wszystkiego więcej. Więcej smutku. I więcej szczęścia. Wszystko masz wrażliwsze. I słuch, i wzrok, i skórę. Tak inaczej dotykasz, jak gdybyś chciał wyczuć każdą moją cząsteczkę i zapamiętać na zawsze. A potem opiszesz mi to wszystko tak pięknie w e-mailu i ja się tym zachwycę. Bo ty jesteś taki inny, Jakub. Po prostu inny. Jakubku, słyszysz mnie?".

Pamięta, że gdy ona tak szeptała, on wpatrywał się z uwagą w to miejsce na jej czole. Zawsze miał jakieś ulubione miejsce na twarzy kobiety, którą kochał. U Natalii był to prawy kącik ust.

– Przepraszam pana – powiedziała recepcjonistka, nieudolnie maskując zakłopotanie. – Nawet nie zauważyłam, kiedy zasnęłam. To pewnie przez tę książkę. – Wskazała grubą czerwoną książkę ze znakiem paragrafu na obwolucie.

– Nic się nie stało. Ma pani śliczne czoło – powiedział, uśmiechając się do niej. – Czy mogłaby pani zamówić mi taksówkę?

– Oczywiście.

Uśmiechnęła się, podnosząc słuchawkę. Podała nazwę hotelu i zanotowała na skrawku papieru numer, przedyktowany najprawdopodobniej przez dyspozytora. Podając mu karteczkę, powiedziała:

– Taksówki stają przy południowym wjeździe na parking. Jak pan wyjdzie z hotelu, to proszę skręcić w lewo, a następnie przejść na ukos przez parking do bariery przy bramie wjazdowej. Nasi goście mają w tej firmie specjalne zniżki. Niech pan da kierowcy kartkę z tym numerem. On to uwzględni w rachunku.

– Tak, oczywiście – odpowiedział, zaciskając papier w dłoni. Specjalna zniżka na dworzec Lichtenberg…

Nieoczekiwanie wstała z fotela, stanęła przed nim, poprawiła włosy, znów odsłaniając czoło, i zapatrzyła się w jego oczy. Opuścił głowę.

– To ja już pójdę – powiedział cicho.

Za drzwiami skręcił w lewo. Wyłożona kamienną kostką alejka podjazdowa do hotelu łączyła się przy klombie z wąską ścieżką prowadzącą do parkingu. Dokładnie po przekątnej kwadratowego placu zobaczył oświetloną stróżówkę przy bramie wjazdowej.

Spała w niej starsza kobieta, ułożywszy głowę wprost na blacie biurka. Nie zauważyła go, gdy przechodził. Nie budził jej, schylił się i przeszedł pod barierą zamykającą wjazd. Po prawej stronie, w połowie na chodniku, w połowie na jezdni, stała taksówka. Wsiadł.

– Dzień dobry. Dworzec Berlin Lichtenberg – powiedział, rozpinając marynarkę.

Kierowca nie poruszył się.

– Lichtenberg, dworzec – powtórzył głośniej.

Kierowca nadal siedział bez ruchu. W pewnym momencie przechylił się do radia przy taksometrze i nie odwracając głowy, powiedział cicho:

– Bardzo pana przepraszam, ale ja nie jeżdżę do Lichtenbergu. Zamówię panu inną naszą taksówkę. To nie potrwa dłużej niż trzy minuty. Przepraszam pana. Załatwię, aby pan pojechał bezpłatnie.

– Jak to, nie jeździ pan do Lichtenbergu? – zapytał zaskoczony.

Kierowca zaczął naciskać klawisze radiostacji, zapalił światło w szoferce i odwrócił się, aby wyciągnąć podwieszony pod sufitem kwadratowy mikrofon.

– Boże... to pan...

Światło padło na jego twarz.

„Płakać trzeba w spokoju. Tylko wtedy ma się z tego radość". Jakby to było wczoraj. „Płakać trzeba w spokoju...". To on. Te same oczy.

Kierowca wpatrywał się w niego z ręką opartą o sufit.

– To przecież pan... Jakub... to pan... Szukałem pana. Przychodziłem na ten pociąg przez pół roku. Bałem się, ale przychodziłem. Chciałem pana przeprosić. Za to, że tak wtedy odszedłem, bez słowa. Przychodziłem co noc. Ale pana nie było. Potem wzięli mnie do kliniki i nie mogłem przychodzić, ale na przepustkach przychodziłem. I potem, latem, Christiane, ona była ze mną w tej samej klinice, powiedziała mi, że ludzie często są tylko raz w życiu na jakimś dworcu i że nie mam więcej tam chodzić, bo zawsze wracam taki nerwowy. Nie wierzyłem jej, ale nie chciałem mieć z nią problemu, to nie chodziłem. Ale wiedziałem, że pan przyjedzie. Wiedziałem. Bo ja chcę pana przeprosić, że wtedy tak odszedłem bez słowa. Nie powinienem tak odejść. Nie powinienem. Bo pan tyle dla mnie zrobił. A Christiane mówi, że pan był jak taki anioł i że każdy ma takiego anioła, i że to żadna wielka rzecz. Bo każdemu należy się taki anioł. I że mi też się należy. Bo ja jestem niby dobry człowiek. I ona mi wmawia, że może pana tak naprawdę nie było i mi się to wszystko tylko po pijanemu wydawało. Bo ja wtedy dużo piłem. Ale ona się nie zna. Ona nigdy nie była na Lichtenbergu. Nigdy. Na Lichtenberg nie przychodzą żadne anioły. Po prostu nie. I ja pana chcę przeprosić, że tak wtedy odszedłem bez słowa.

Przerwał na chwilę. Zgasił światło i mówił dalej:

– Bo pan mnie wyciągnął spod tego pociągu, a ja tak odszedłem bez słowa. Tak się nie robi. Po prostu nie. I ja tak przychodziłem na Lichtenberg, aby panu podziękować. Najpierw za ten pociąg, a potem to już bardziej za Christiane. Dziękuję panu. Powiem jej, że to żaden anioł. Że to pan. I że już nie będę nerwowy.

Zamilkł.

Jakub w ciemności wyszukał jego dłoń i ścisnął ją mocno. Trwali tak krótką chwilę. Potem otworzył drzwi taksówki, wysiadł i wrócił do hotelu.

S@MOTNOŚĆ W SIECI

kontynuacja

01

Dwadzieścia lat później…

Drzwi otworzyły się głośno i i Joachim wtoczył się do sypialni. Usłyszała ciężkie sapanie i po chwili poczuła odór alkoholu zmieszanego z potem i czosnkiem. Mocno zacisnęła oczy i znieruchomiała, czując na pośladkach jego wyciągniętą dłoń, którą próbował podsunąć do góry jej nocną koszulę. Gwałtownie odepchnęła jego rękę i pośpiesznie przesunęła się na skraj łóżka. Zaczął coś mamrotać pod nosem ze złością w głosie. Po chwili łóżko zatrzęsło się, zadrżało i zapadała cisza. Ulgę poczuła dopiero wtedy, kiedy usłyszała jego donośne chrapanie.

Nie spała. Odczekała do północy. Zadźwięczał dzwon na wieży osiedlowego kościoła. O dwudziestej trzeciej bił jedenaście razy, ale godzinę później, o północy, tylko wyciszonym, cherlawym, pojedynczym głuchym brzęknięciem. Jak gdyby umęczony niedzielnymi mszami i sutą kolacją proboszcz wiedział, że nie tylko jego, ale parafian także nie należy budzić. Bezszelestnie wymknęła się z łóżka. Z szufladki w kuchennym kredensie spod rupieci wyciągnęła ukrytą paczkę papierosów. Do wysokiej, kryształowej szklanki wrzuciła kilka kostek lodu i nalała whiskey. Potem do drugiej. Usiadła na betonowej posadzce balkonu stawiając obie szklanki na stercie obtłuczonych, kiedyś, dawno temu, jasno brązowych a dzisiaj brudno szarych, popękanych kafli, które Joachim kazał zerwać jakiemuś fachowcowi na początku ubiegłego lata z zamiarem położenia na ich miejsce desek. Ubiegłe lato się skończyło, przybyło następne, a stosy kafli ciągle zajmują pół balkonu przykrywając poczerniały beton.

Oparła się plecami o chropowaty tynk ściany i głęboko zaciągnęła papierosom. Poczuła zawrót głowy. Tak naprawdę pali tylko raz w roku. Whiskey pije także raz w roku. Osiemnastego lipca. Zgrzeszyła także tylko raz. Tamtego roku. Osiemnastego lipca. Dwadzieścia lat temu. Grzechem nieśmiertelnym, ale z pewnością głównym, bo te inne śmiesznie nieważne, uprzednie grzechy nie są nawet warte myśli, a co dopiero spowiedzi. Sięgnęła po szklankę i piła tak długo, aż poczuła chłód kostek lodu na wargach.

Dwadzieścia lat temu. W Paryżu…

Lotnisko. Terminal pełen ludzi, ale przy tym cichy jak szklano-betonowa katedra. Jak gdyby przybyli do niej sami głuchoniemi. Słyszy dokładnie tupot swoich kroków odbijanych zwielokrotnionym echem od marmurowej posadzki. Mija pośpiesznie grupkę ludzi z kamerami i mikrofonami w rękach. Szybko podchodzi do ciężkiej, kremowobiałej lady. Nagle starszy, siwowłosy mężczyzna w granatowym mundurze ze złocistą odznaką linii lotniczej wychodzi przed ladę. Pyta po angielsku, czy oczekuje na kogoś z tego lotu. Kiedy potwierdza krótkim skinieniem głowy, mężczyzna chwyta mocno jej obie dłonie i cicho mówi, cedząc każde słowo i patrząc w jej oczy:

– 800 nie przyleci…

Widzi siebie. Bardzo wyraźnie. Póki co stoi spokojna. Przez chwilę dziwi się, dlaczego ten obcy mężczyzna ściska jej dłonie. Nagle słyszy jego słowa jak gdyby rozciągnięte w czasie, jak gdyby odegrane ze spowolnionej taśmy magnetofonowej: „wszyscy zginęli…". Zaraz potem odwraca głowę, sądząc, że to dziwne zdanie nie było powiedziane do niej, ale do kogoś, kto stał za nią. Ale nikt za nią nie stoi. I wtedy docierają do niej tamte słowa:

– Czy to był ktoś bliski dla pani? Jest nam ogromnie przykro…

Wyciągnęła rękę po drugą szklankę. Zwisający popiół z papierosa ściskanego między drżącymi palcami opadł na pobłyskujący w świetle księżyca bursztynowy płyn. Przez chwilę patrzyła jak tonie szaroczarnymi, okrągłymi pyłkami, które bezpowrotnie znikają rozpuszczane w nicość i robiło jej się jeszcze smutniej. Przełknęła łzy, zapaliła kolejnego papierosa. Pomyślała, że chyba jest już trochę pijana. Zawsze wtedy albo milknie, albo wprost przeciwnie, ma nieodpartą ochotę rozmawiać. Ale tylko ze sobą. Aby nikt o nic nie pytał, nie komentował, nie dziwił się, nie udawał, że wszystko rozumie lub nawet współczuje, chociaż ona doskonale wie, że nie pojmuje absolutnie niczego a tym bardziej nie czuje.

Teraz też tak ma. Chce mówić o tym. Ze sobą. Gdy zbliża się do granicy odurzenia samo myślenie już jej nie wystarcza. Musi wypowiedzieć swoje myśli na głos, wypuścić je z głowy na wolność. I musi je koniecznie usłyszeć. Często wcale nie jest to monolog. Ona naprawdę rozmawia ze sobą, zadaje sobie pytania, jeśli potrafi, to na nie sama sobie odpowiada, dyskutuje, niekiedy nawet kłóci się ze sobą. Jak gdyby obok niej stała lub siedziała jakaś druga inna ona. Dziwaczne to bardzo, a zdaniem jej hipochondrycznej przyjaciółki Alicji, groźne i niebezpieczne, ponieważ jest „wyraźnym symptomem nieuchronnie nadciągającej schizy i ja na twoim miejscu nagrałaby wszystko na telefon i pobiegła z tym do psychiatry, bo masz tego świra przecież w genach". Alicja w tym ostatnim względzie miała rację. Faktycznie odziedziczyła to po swoim ojcu. Na szczęście to jedyne, oprócz koloru oczu, co ma po nim. On także, kiedy wracał do domu pijany, najpierw – w fazie milczenia – zupełnie bez powodu tłukł mamę. Kiedy upadała, przyduszał ją butem do podłogi.

– Pamiętam to dokładnie – zaczyna mówić cicho do siebie mocno zaciskając palce wokół szklanki, jak gdyby chciała ją zmiażdżyć – i także to, jak rzuciłam się na niego, odciągając jego nogę z wielkim obłoconym buciorem i blaszkami na obcasach. I jak mnie kopnął, to także pamiętam. I smak krwi w ustach, i siniaka na udzie, i jego pianę na ustach.

– I nigdy tego, do końca, kurwa, życia, nie zapomnę.

– A potem rozsiadał się jak basza za stołem w kuchni, kołysał się na krześle i długimi monologami bełkotał do siebie. Pod koniec praktycznie rozmawiał jedynie ze sobą, ponieważ pijany był nieustannie…

– Co ja teraz pierdolę?! No co?! Ja przecież chce o nim! I o lipcu osiemnastym, dwadzieścia lat temu. O moim grzechu, do którego się chcę przytulić i popełnić go jeszcze raz.

– Wtedy na tym lotnisku też płakałam. Pierwszy raz w życiu nie wydając z siebie żadnego dźwięku. Wyłam w konwulsjach, ale tak do wewnątrz. Do dzisiaj nie wiem, dlaczego akurat tak. Pomyśleli chyba, że straciłam głos albo oszalałam. Jakiś brodaty arabski sanitariusz z głęboką blizną na policzku przywołany przez tego pracownika TWA w mundurze wyszarpnął mu moją lewą rękę i bez jednego słowa zaczął wstrzykiwać mi coś do żyły. Nagle przy sanitariuszu pojawił się ten młody recepcjonista z hotelu. Potrącił sanitariusza i igła strzykawki uniosła żyłę napinając skórę na przedramieniu. Ale jej nie przebiła. Nie poczułam żadnego bólu. Żadnego. Jak gdyby ta igła nie tkwiła w mojej, ale jakiejś cudzej żyle. Sanitariusz wrzasnął coś ze złością po arabsku. Recepcjonista nie zwracał na niego najmniejszej uwagi. Przepchnął się do przodu i wymachując przed moimi oczami pomiętą kartką papieru krzyczał coś po polsku. W pierwszej chwili pomyślałam, że on wrzeszczy w moim śnie, że ten sanitariusz z okropną blizną wstrzyknął mi coś na podobieństwo narkozy, ja natychmiast zasnęłam, a recepcjonista pojawił się w moim sennym majaku jako pierwszy. Kiedyś, miałam chyba dwanaście lat, spadając z huśtawki, wybiłam w dzieciństwie palec i prostowali mi go pod narkozą. Wtedy też, pierwsze co usłyszałam, w tej narkozie, to był krzyk. Ten bardzo dobrze mi znany. Przerażający, pijacki wrzask mojego ojca. Wprawdzie był zniekształcony, chrapliwy, trzeszczący jak gdyby z megafonu, ale z pewnością to był jego głos. Mój ojciec w tym śnie, którego nigdy nie udało mi się zapomnieć, wrzeszczał na mnie z jakiegoś bardzo ciemnego, wąskiego korytarza wyciętego w jeszcze ciemniejszej czeluści. Ciemność w ciemności i jego wrzask, a tam, na tym lotnisku było przecież bardzo jasno i bardzo cicho. To nie mogła być więc narkoza.

– Nie pamiętam jakie słowa tego recepcjonisty dotarły do mnie wcześniej. Czy te, że „on żyje" czy te, że „on leci do ciebie". Pamiętam jednak, że sięgnęłam po tę kartkę, wyrwałam mu ją z dłoni i zaczęłam czytać. Kiedy doczytałam trzeci raz do końca wywróciło mi serce na drugą stronę i zaparło dech. Odepchnęłam sanitariusza, odepchnęłam recepcjonistę, a potem tego milczącego, siwowłosego w granatowym mundurze.

– A może sami się rozstąpili? Nie. Chyba nie…

– W każdym razie zaczęłam przeciskać się przez tłum, który był wielki i nie był wcale taki oniemiały. Wszędzie na posadzce widziałam nosze. Pod ścianami, przy ladach, obok marmurowych donic z kwiatami. Leżeli, siedzieli lub kulili się na nich ludzie. Zakrywali twarze dłońmi, modlili się, ale najczęściej płakali. A nad nimi pochylali się inni ludzie. W białych fartuchach, odblaskowych kamizelkach, w czarnych sutannach, a zakonnice w srebrno-szarych. Z głośników docierał spokojny, kobiecy głos spikerki powtarzającej jak katarynka, po francusku, angielsku i niemiecku, że „samolot kompanii TWA, numer lotu 800, z Nowego Jorku do Paryża z przyczyn technicznych w dniu dzisiejszym nie wyląduje".

– No kurwa jego mać! Trzeba było mieć skrajnie niemieckie poczucie porządku, aby móc wymyślić coś takiego jak „przyczyna techniczna" dla opisanie tego, co przydarzyło się temu samolotowi. Chociaż w samej istocie nie mijało się to z prawdą. Rozwalony uderzeniem o powierzchnię oceanu na tysiące części samolot w rzeczy samej, z przyczyn jak najbardziej technicznych, latać nie może. Do dzisiaj pamiętam surrealistyczny w tamtych okolicznościach spokój głosu tej spikerki. I tego też nigdy nie zapomnę.

– Pamiętam także, że po pewnym czasie siedziałam na jakiejś pustej ławce, dokładnie naprzeciwko mlecznobiałej bramy, która się rozsuwała i zasuwała z piskiem, a klęczący przede mną recepcjonista zapewniał mnie, że „on wyjdzie dokładnie z tego korytarza".

– A potem, to było nie do opanowania, zaczęłam wreszcie płakać i poczułam jakąś rozlewającą się w środku mnie, od podbrzusza po ramiona, falę uczucia wdzięczności. I zapragnęłam ją koniecznie wyrazić, a ponieważ nie wiedziałam komu, zaczęłam dziękować Bogu.

– Chociaż ja w Boga już wtedy przecież nie wierzyłam...

– I dokładnie w tym momencie po raz kolejny rozsunęły się te piszczące, mlecznobiałe, szklane drzwi...

– Na chwilę się zatrzymał. Wypatrywał, rozglądał...

– Pierwszy raz rzeczywisty. Ciągle w oddaleniu, ale wreszcie nie wirtualny. Z krwi i kości.

Podniosła pustą szklankę. Językiem wsunęła kostkę lodu do ust. Pozostałe wysypała na dłoń i przetarła nią piekącą skórę na twarzy.

– Kiedy zaczął powoli iść w moim kierunku, natychmiast zapomniałam i o Bogu, i o wdzięczności, i o tym, że z tym rozmazanym łzami makijażem i gigantycznym krwiakiem po igle na przedramieniu wyglądam jak zapuszczona narkomanka. Chciałam się poderwać z tej ławki, gnać do niego. I go dotknąć.

– I dopiero wtedy do końca uwierzyć.

– Ale nie mogłam. Moje nogi jakby stopiły się z marmurową posadzką.

– Może to i dobrze? Może był w tym jakiś plan? Kobieta nie powinna biec do mężczyzny. Nawet ta zakochana. Przede wszystkim taka nie powinna…

– Zobaczył mnie i zaczął powoli iść w moim kierunku. Pamiętam, że kiedy zbliżył się do mojej ławki i spojrzał na mnie tymi swoimi ogromnymi, niebiesko smutnymi oczami, położyłam palec na ustach, dając mu znak, żeby nic nie mówił.

– A potem…

– A potem to już tylko grzeszyłam – westchnęła głośno sięgając po kolejnego papierosa.

Nagle rozbłysło światło w kuchni. Po chwili usłyszała kroki. Zgniotła papierosa w szklance i ukryła ją między udami, zakrywając je koszulą nocną.

– Co jest mamo? Dlaczego tutaj siedzisz? Dlaczego płaczesz?! Co się stało?! – usłyszała głos Jakuba.

– Nic synku. Nic takiego. Zasnąć nie mogłam, a noc taka piękna… – skłamała zaskoczona.

@8

Obudziła go dziwna fala ciepła. Miał poczucie, że to ciepło jedynie muska jego plecy. Powoli unosił powieki. Tęcze – pomyślał – patrząc przez zmrużone oczy. Mnóstwo małych tęcz. Co jest? Inhalowali wprawdzie wczoraj zioła, ale niezbyt dużo. Na pewno za mało, aby trzymało mózg na haju do rana. Po pół skręta na każdego. Nie więcej. Maja w połowie swojego rozpięła bluzkę i zdjęła stanik. Pamięta wszystko, co działo się zaraz potem, ale jak dotarli do łóżka, zupełnie nie pamięta. Nie pierwszy raz zresztą. Wcale nie potrzebował przy niej trawy, aby odjechać w prawdziwy „trip" po ich seksie. Kiedyś w jakimś warszawskim hotelu kochali się w dekadencko wielkiej wannie. Wykręciło mu wtedy gałki oczne na drugą stroną. Nie ma chyba na świecie takich opiatów, które wygrałyby z jej ustami…

Otworzył oczy i chwilę leżał bez ruchu. To mnóstwo tęcz to przecież optyka! Żaden przedłużony haj. Na skórze Mai wysychały krople wody. Utworzyły mikroskopijne chmurki pary, która rozszczepiła światło. Jak w pryzmacie. Tak jak to dzieje się w prawdziwej tęczy na niebie po deszczu. Dużo pryzmatów to i mrowie tęcz. Na jej plecach, na jej pośladkach, na jej udach. A muskanie ciepła na plecach to zwykła termodynamika. Maja podpięła tani, kupiony na wyprzedaży chiński wentylator do skośnego sufitu swojego pokoiku na poddaszu. Od tygodnia panowały iście tropikalne upały. Sam wiercił dziury w deskach sufitu mocując to monstrum. Ogromny wentylator działał może piętnaście minut. Potem tylko leniwie obracał się, ledwo co przebijając się skrzydłami przez wiszące, nieruchome, gęste od wilgoci, jak przeźroczysta żelatyna, powietrze. Skrzydła wentylatora były tak duże, że ich końce docierały do połowy szyby w połaciowym oknie wyciętym w suficie. I obracając się, zacieniały je. Stąd to muskanie.

Przyglądał się plecom i pośladkom Mai. Przy jej wąskiej talii wyglądały jak przyklejone do jej korpusu serce. Przecięte wąską szczeliną w połowie. Tuż nad nią wypukłość. Nadmiernie duża. Jak gdyby ewolucja zostawiła jej zbyt dużo resztek małpiego ogona. Uwielbiał tę wypukłość. Dotykał opuszkami palców, całował, przywierał wargami, lizał, wydychał na nią powietrze. Czasami delikatnie gryzł okrywającą tę wypukłość skórę z ledwie widocznymi, jasnymi włoskami, które unosiły się jak na komendę do góry. Maja zaczynała wówczas głośno oddychać, poruszać biodrami i szeptać to swoje słodkie „Jakub, co ty znowu robisz ze mną…".

Bezszelestnie zsunął się i dotknął wargami małej tęczy na tej wypukłości. Natychmiast poczuł drżenie jej ciała.

– Dzień dobry kochanie – wyszeptał.

Odwróciła głowę i patrzyła na niego przestraszona. Dostrzegł łzy w jej oczach i na policzkach.

– Dlaczego płaczesz?! – zapytał, podnosząc się gwałtownie.

W milczeniu dotykała palcami jego twarzy i nerwowo targała jego włosy.

– To przez tę książkę. Wzruszyłam się… – wyszeptała po chwili.